헬게이트 런던
HELLGATE LONDON

1부 EXODUS(대탈출)

HELLGATE: London: Exodus by Mel Odom

Copyright © 2007 by Hanbitsoft Inc. Hanbitsoft and Hellgate are trademarks and/or registered trademarks of Hanbitsoft Inc.

All Rights Reserved.

This Korean edition was published by T3 Entertainment Inc. in 2024 by arrangement with the original publisher, Gallery Books, a Division of Simon & Schuster, Inc.

헬게이트 런던
1부 EXODUS(대탈출)

초판 1쇄 발행 2024년 5월 10일

지은이 Mel Odom
펴낸이 장길수
펴낸곳 지식과감성#
출판등록 제2012-000081호

디자인 이현
편집 이현
검수 한장희
교정 정은솔
마케팅 김윤길, 정은혜

주소 서울시 금천구 빛꽃로298 대륭포스트타워6차 1212호
전화 070-4651-3730~4
팩스 070-4325-7006
이메일 ksbookup@naver.com
홈페이지 www.knsbookup.com

ISBN 979-11-392-1800-8(04810)
　　　979-11-392-1799-5 (세트)
값 22,000원

- 이 책의 판권은 지은이에게 있습니다.
- 이 책 내용의 전부 또는 일부를 재사용하려면 반드시 지은이의 서면 동의를 받아야 합니다.
- 잘못된 책은 구입하신 곳에서 바꾸어 드립니다.

지식과감성#
홈페이지 바로가기

HELLGATE: LONDON
헬게이트
런던

1부: EXODUS(대탈출)

Mel Odom

《헬게이트 런던 1부: EXODUS(대탈출)》

사이먼은 자신이 본 것을 보지 않으려는 데 집중한 나머지 공격 타이밍을 놓칠 뻔했다. 모퉁이를 돌자 HUD(헤드 업 디스플레이; 전방 표시 장치)에 초록빛 점들이 깜박이며 지하철 역내 천장에 매달린 놈들의 존재를 알렸다.

뒤집힌 지하철 차량들 뒤에서 온몸이 흉하게 뒤틀린 녀석들이 숨어 기다리고 있었다. 사이먼은 놈들이 다크스폰(Darkspawn; 악마 종족)임을 즉시 알아챘다.

"매복이다!"

데릭의 부하 중 한 명이 외쳤다. 사이먼은 습관적으로 검과 스파이크 볼터(Spike Bolter; 총 - 무기)로 손을 뻗었다. 그의 등 뒤에 레아가 있음을 HUD를 통해 알 수 있었다. 그는 뒷걸음질치며 거칠게 말했다.

"숨어."

사이먼이 스파이크 볼터를 그러쥐고 발사하자 폭발음이 역내의 정적을 깨뜨렸다. 팔라듐 스파이크들이 무서운 기세로 날아가 천장에 매달려 있던 다크스폰을 돌벽에 그대로 꽂아 버렸다. 악마는 고통과 분노로 울부짖었다. 벗어나기 위해 자기 몸이라도 찢어 버릴 기세였다. 녀석의 홀쭉한 몸이 격렬하게 떨리며 뒤틀리는 바람에 상처가 더욱 크게 벌어졌다.

주변을 좀 더 자세히 살피던 사이먼은 악마들이 천장에 망을 쳐 놓은 것을 발견했다. 전복된 차량에서 화물용 그물을 찾아낸 것이 틀림없었다. 템플러들이 돌아올 때를 대비해 재빠르게 매복을 준비했던 것이다. 끔찍했다.

천장에 꽂혀 있던 다크스폰이 발에 힘을 주더니 결국 스파이크에서 몸을 빼냈다. 상처에서 검은 피가 마구 뿜어져 나왔다. 남은 다리 한 짝으로 사이먼 앞에 착지한 악마가 그르렁거렸다. 녀석은 무기를 들고 사이먼을 겨눴다.

HELLGATE
LONDON

1부: EXODUS(대탈출)

역사가의 노트

이 이야기는 〈헬게이트: 런던〉 비디오 게임으로부터 18년 전에 시작된다.

프롤로그

런던, 영국
핼러윈 데이, 2020

날개 돋친 악마는 먹잇감의 머리 위에 다다를 때까지 어떠한 소리도 내지 않고 어둠을 빠져나갔다. 그러고는 온몸의 피가 마를 것 같은 날카로운 비명을 내질렀다. 칼날 같은 발톱은 먹잇감을 붙들고 베는 것에 특화되어 있었다. 녀석은 머리에 가시가 돋은 고양이와 날도마뱀의 이종 교배종처럼 보였으며 어딘지 모르게 암컷 같은 형체를 띠었다. 반짝이는 은회색 비늘이 머리부터 꼬리까지 뒤덮었으며 녀석이 지나간 뒤로는 고약한 냄새가 꼬리를 물었다.

블러드 엔젤이었다. 놈이 노리는 먹잇감은 토머스 크로스였다. 토머스는 그 녀석이 겨우 몇 분 전에 그의 옆에 서 있던 동료 템플러의 배를 갈기갈기 찢어 놓은 것과 비슷한, 어쩌면 바로 그놈이라는 것을 알아보았다.

토머스는 세인트 폴 대성당의 그림자 속에 서 있었다. 그는 돌벽에 등을 댄 채, 지옥에서 온 것 같은 놈에게로 얼굴을 돌렸다. 성당에 바짝 붙지 않았더라면 놈은 겨우 몇 센티미터 차이로 그를 놓치는 대신 단 한 번에 그를 낚아챌 수 있었을 것이다.

한밤중에 그를 환히 비출 수도 있었을 보름달이 나무에 가려져 그나마 주변은 어두웠다. 토머스의 투구에 장착된 HUD(헤드 업 디스플레이; 전방 표시 장치)에 녀석이 선명하게 나타났다.

"장전."

토머스가 명령했다. 갑옷에 내장된 컴퓨터 증강 시스템이 악마를 즉각 추적했다. 놈이 멀리 날아갔음에도 방향 제어 장치 화면에서는 빨간 삼각형 불빛이 깜빡거리며 녀석의 위치를 쫓았다. 디지털 숫자가 악마와 토머스 사이의 거리를 알려 주었다.

- 목표물 확인.

컴퓨터가 아버지의 목소리로 말했다. 아버지가 죽기 전 트레가스 크로스 기록소(템플러 언더그라운드의 기록 보관소)에서 복사한 것으로, 토머스가 들었던 것 중 가장 차분한 목소리였다. 토머스 주변에서 그의 동료 전사들은 싸우다 죽었다. 템플러 수십 명이 이미 갑옷이 부서지고 조각난 채 이 땅 여기저기에 흩뿌려졌다. 동이 트기 전, 수백이 넘는 템플러들이 그들과 운명을 함께할 것이었다.

템플러의 기사단장(Grand Master)인 패트릭 써머라일 경이 그날 밤 그들을 소집했을 때, 그들 중 누구도 살아남을 것이라고 믿지 않았다. 사실 생존은 실패를 의미했다.

아버지와 할아버지가 그랬던 것처럼 그는 악마 무리로부터 이 세상을 지키기 위해 평생을 준비했다. 많은 피를 흘렸지만 여전히 형제들이 죽어 가는 모습을 지켜볼 준비는 되지 않았다. 굳게 결심했음에도 곧 맞이할 자신의 죽음에 마음이 흔들렸다. 한때 그가 알았던 용감한 이들이 서 있던 자리에서 벌어진 피비린내 나는 대학살은 그의 신념 자체를 뒤흔들었다.

그들은 홀로 죽었다. 그리고 지금은 모두 다 함께 죽어 가고 있다.

악마가 그에게 다가오자 토머스는 한쪽으로 몸을 날려 땅을 박차고 다시 일어섰다. 갑옷이 충격을 흡수해 토머스에겐 거의 타격이 없었다. 블러드 엔젤의 발톱이 성당 돌벽을 할퀴며 불꽃을 일으켰다. 토머스의 머리 위에서 놈의 날개가 퍼덕였다. 토머스는 휘청거리면서도 위대한 검을 꺼내 들었다. 나노다인 기술(NanoDyne technology)과 아케인 힘이 어우러진 검의 칼날에서는 에메랄드빛 에너지가 번뜩였다.

녀석은 짐승 가죽 같은 날개를 퍼덕이며 몸을 앞으로 기울여, 목표물을 향해 고공 낙하 하는 매처럼 재빠르게 돌았다. 헬게이트가 열리고 2주가 지났을 무렵엔 이미 영국 특수부대 제트기는 크고 강한 악마들에 의해 모두 파괴되어 버렸다. 고작 몇 시간밖에 걸리지 않았다. 비행기들이 추락하면서 런던 중심가와 도시 전체를 파괴하는 모습을 토머스는 힘없이 지켜볼 수밖에 없었다. 오직 학살 현장의 잔해만이 남아 있었다.

와라, 사악한 헬스폰[1] 놈들. 오늘 밤 죽음의 춤을 춰 보자고. 빠른 놈이 살아남는 거야.

토머스는 자신이 살아서 아침을 보지 못할 것임을 알았다. 지구를 침략한 악마와 최후의 전쟁을 하기 위해 언더그라운드(Underground)를 떠난 그 순간부터 그들 모두가 알고 있었다.

하지만 알면서도 멈출 수는 없었다. 그는 전사였다. 무엇보다도 규칙을 따르기로 맹세한 기사, '템플러'이자 로크 가의 '세라핌[2]'이었다. 가문의 퍼스트 가드(First Guard; 근위대, 친위대)로서 그의 충심과 용기는 확고했다.

---

1) '지옥에서 온 괴물', '악마의 새끼'라는 뜻으로 악마들 전체를 지칭한다.
2) Seraphim, 기사단 지위. '불타는 자', '고귀한 자'라는 뜻으로 인간의 모습을 한 가장 높은 천사를 말한다.

프리메이슨은 17세기에 이미 언더그라운드에 비밀 통로를 건설했다. 그곳에는 어딘지 으스스한 기운을 풍기는 대장간이 있었다. 토머스는 아버지와 함께 회색빛 백랍을 주조하여 갑옷을 만들었고, 바로 지금 그 갑옷을 입고 있었다. 검은 갑옷은 아케인 에너지로 번쩍거렸다. 몸을 보호하는 것에 그치지 않고 힘까지 끌어올려 주는 나노다인 기술 갑옷이었다. 검 또한 네고시에이터(강화된 검)로 변했다.

앞날을 대비해 몇 해 전 신비로운 합금 팔라듐으로 만든 그의 검은 성스러운 에너지로 강화되어 견고했다. 한 손으로 들 수 있을 만큼 가벼우면서 엔진을 자를 정도로 날카로웠다.

토머스는 블러드 엔젤이 미처 알아차리지 못하길 바라며 재빨리 몸을 날렸다. 갑옷으로부터 온 힘을 끌어내 고함을 지르며 검을 휘둘렀다.

악마는 한쪽 다리를 내밀어 토머스의 머리를 잡으려 했다. 검이 악마의 발톱과 부딪쳐 초록 불꽃을 튀겼다. 예리한 칼날이 녀석의 다리를 잘랐다. 다리가 떨어지며 검은색 핏줄기를 성당 벽에 흩뿌렸다. 끈적거리는 검은 액체에서 쉬익거리며 연기가 솟았다. 블러드 엔젤은 고통에 악을 지르며 어두운 하늘을 향해 날아올랐다.

토머스는 세인트 폴 대성당 바깥으로 늘어선 나무 그늘에 몸을 숨긴 채 녀석을 쫓았다. 성당 꼭대기에서는 당장이라도 끄지 않으면 건물 전체를 태워 버릴 기세로 불길이 춤을 추고 있었다.

몇 주 전이라면 런던 소방서에서 제때 왔을 것이다. 하지만 용감한 사람 대부분은 이미 죽어 버렸다. 지난 전투나 재난에서 살아남은 이들에겐 오늘 밤 당장 해결해야 하는 다른 비극이 기다리고 있었다. 죽음은 기다란 발톱과 발굽으로 온 도시를 돌아다녔다.

블러드 엔젤은 근처 높은 나무 위로 날아가 남은 한쪽 다리의 발톱으로 나뭇가지를 붙들었다. 악마의 피부에서 불로 새겨진 듯한 붉은 룬 문자가 사납게 번뜩거렸다. 잘린 다리에서 갑자기 피가 멈췄다. 악몽에서나 맞닥뜨릴 법한 이 짐승은 악의에 찬 눈빛으로 토머스를 노려보고는 날아올라 다시 공격해 왔다.

토머스는 오른쪽으로 몸을 던지며 보호구를 찬 왼팔로 놈의 일격을 막고 즉시 검을 잡았다.

"토머스, 숙여!"

익숙한 목소리에 토머스는 본능적으로 몸을 웅크렸다. 토머스의 등 위로 총 한 자루가 불쑥 나타났다. 총구가 6개 달린 납작하고 못생긴 스파이크 볼터(Spike Bolter; 총 - 무기)가 갑옷으로 무장한 손안에서 즉각 장전되었다.

뾰족한 팔라듐 총알이 곧장 총구를 뚫고 나가 블러드 엔젤의 비늘을 뚫고 박혀 피가 뿜어져 나왔다. 놈은 얼굴을 보호하려는 듯 두 팔로 머리를 감싸고는 방향을 틀어 하늘 높이 올라갔다. 총알 세례를 받은 녀석의 날개 구멍 사이로 달빛이 쏟아졌다.

한숨 돌린 토머스는 등 뒤의 템플러에게 돌아섰다. 가이 위커샴의 진한 자줏빛 갑옷을 바로 알아볼 수 있었다. 가이는 60대로 토머스의 아버지뻘이었다. 토머스뿐만 아니라 토머스의 아들을 훈련시킬 때도 도왔다. 토머스는 웃었지만 함부로 안면 보호구를 올리지는 않았다.

"고마워요, 가이."

늙은 템플러는 고개를 끄덕이고는 등 뒤 벽에 몸을 기댔다.

"별거 아니다."

"괜찮아요?"

"그냥… 숨이 좀 차서… 그뿐이야. 오늘 밤은… 정말… 대단했어."

토머스는 왼손을 가이의 흉갑에 댔다. 악마의 손톱에 깊이 패어 거의 뚫려 있었다.

"스캔."

토머스가 명령했다. 연결이 되자마자 토머스의 HUD로 정보가 입력되었다. 토머스와 가이의 생체 정보가 화면에 나타났다. 가이의 혈압이 위험할 정도로 낮았다. 심장은 간신히 뛰고 있었다.

"어쩌다 이렇게 됐어요?"

토머스가 가이의 몸을 살짝 돌리자 등에 두 줄로 난 상처가 보였다. 무언가가 갑옷을 뚫고 그에게 깊은 상처를 낸 것이었다.

"카나고어."

가이는 벽에 기댄 채 스르르 주저앉았다. 그의 손에서 스파이크 볼터가 힘없이 떨어졌다.

카나고어에 대해서라면 잘 알았다. 코끼리만큼 크고 코뿔소만큼 힘이 세며 대적할 수 없이 강한 괴물이었다. 엄니로 무장한 커다란 입 속에는 수백 개가 넘는 이빨이 있었고, 발이 아닌 손을 쓰는 놈들이었다.

"등 뒤 땅속에서 갑자기 나타났어."

가이가 헐떡였다.

"알아차렸을 땐 너무 늦었다. 데이비, 월리스, 모턴이 당했어."

모두 토머스의 친구였다. 고통에 심장이 찢어지는 듯했다. 눈물로 눈앞이 흐려졌다. 하룻밤 사이에 이들을 모두 잃다니, 너무나 불공평했다.

"저쪽 세상에서… 보자고."

가이의 몸이 무너져 내렸다. 그가 죽었다는 사실을 굳이 확인할 필요도 없었다. 하지만 토머스는 갑옷에 장착된 기기를 작동시켰다. 살아 있는 누군가를 두고 가는 일만은 절대 할 수 없었다. HUD에서는 가이의 생체 신호가 전혀 나타나지 않았다.

슬픔을 뒤로하고 토머스는 다시 싸움에 집중했다. 아직 그 자신의 죽음과 마주할 일이 남아 있었다. 그는 가이의 스파이크 볼터를 주워 들었다. 잃어버린 그의 권총 대신이었다.

얼마 못 가 땅이 흔들리는 것이 느껴졌다. 성당 구석으로 재빨리 달려가 몸을 돌리자마자 가이의 시체 옆에서 카나고어 한 마리가 튀어나오는 것이 보였다.

악마가 땅에서 기어 나오자 흙과 모래가 사방으로 굴렀다. 전투에서 몇 번 봤기 때문에 어떤 놈들인지 잘 알고 있었다. 런던 시내 중심가의 도로와 건물까지 손쉽게 허물어뜨릴 수 있는 악마였다.

뭉툭한 주둥이가 조심스럽게 구멍을 뚫고 나와 흙냄새를 맡았다. 놈은 뱀 같은 혀를 날름거리며 자신의 눈을 핥았다. 동료들을 죽이고 소리를 따라 가이를 쫓아온 그놈인지, 아니면 이제 막 등장한 또 다른 카나고어인지 토머스는 알 수가 없었다.

곧장 공격받지 않을 거라는 사실에 만족한 카나고어가 몸을 일으키자 흙덩어리들이 후드득 떨어졌다. 녀석은 한 마리 개처럼 부르르 몸을 떨었다.

놈은 거대했다. 토머스보다 머리 하나는 더 컸고, 몸통은 대형 화물차보다 넓었다. 달빛에 반짝이는 날카로운 송곳니 사이로 크게 벌어진 입은 성인 남자도 한입에 삼킬 수 있을 것 같았다.

토머스는 이 악마들이 정말로 어디에서 왔는지 알 수 없었다. 템플러 첩보원들로 이루어진 연구 기관 오파님(템플러 연구원)에서 밝혀내려고 했던 것들 중 하나이기도 했다. 악마들끼리도 너무 달랐기 때문에 모두가 하나의 세계에서 온 것이 아니라는 의견도 있었다. 나이 든 오파님들 중 몇몇은 많은 종족이 다른 악마에게 정복당한 후 무시무시한 마법으로 변형된 것이라 주장하기도 했다.

카나고어는 잠시 숨을 들이쉬더니 가이의 시체를 향해 돌진했다. 그러고는 거대한 손으로 죽은 기사의 갑옷을 조개껍데기 벗기듯 벗겨 냈다. 토머스가 스파이크 볼터를 집어 드는 사이 녀석은 애피타이저라도 되는 양 가이의 유해를 한입에 삼켜 버렸다.

토머스가 방아쇠를 당겼다. 스파이크 볼터의 총신 여섯 개가 빙글빙글 돌며 내뿜은 총알이 악마의 머리 옆으로 바람 소리를 내며 날아갔다.

놈이 두려움과 분노로 코를 벌름거리며 토머스를 바라보았다. 거대하고 못생긴 얼굴 앞으로 뭉툭한 팔을 들어 올리자 비늘로 뒤덮인 살 속에서 피 묻은 깊은 상처가 벌어졌다. 녀석은 으르렁대며 토머스를 향해 뛰어올랐다. 단 한 번의 점프로 그들 사이의 거리가 절반으로 좁혀졌다.

이 거대한 괴물이 착지하자 땅이 울렸다. 놈이 머리를 젖히고 포효하는 소리가 메아리쳤다. 녀석은 불타는 듯한 두 눈으로 토머스를 노려보았다.

토머스는 자신의 갑옷을 믿고 총을 내려놓기로 결심했다. 그리고 그의 검을 두 손으로 단단히 쥐었다. 그는 맹렬하게 고함을 지르며 짐승을 향해 달렸다. 놈의 끔찍한 식사 장면을 두 눈으로 똑똑히 보고도 온전히 돌려보낼 수는 없었다.

2020년 10월 31일

사랑하는 사이먼.

무엇보다도 내가 널 얼마나 사랑했는지 알 수 있다면 좋겠구나. 내가 엄격하게 대했다는 건 안다. 훈련을 받을 때 내가 너를 못마땅해한다고 느꼈을 수도 있겠지. 하지만 너는 내가 가르친 모든 것을 완벽히 익혔단다. 실은 나를 뛰어넘었지. 난 네가 충분히 그럴 수 있을 거라 믿었다. 네 안에는 항상 네 할아버지의 힘이 숨어 있었어. 네 할아버지는 절대 흔들리지 않는 강인한 템플러였지.

하지만 너는 내 생각보다도 훨씬 빨리 기술을 익혔다. 어쩌면 그 때문에 우리가 지난 몇 년 동안 그렇게 자주 다퉜던 건지도 모르겠구나. 네가 혼자 커 가는 모습을, 홀로 세상에 나가 실수를 저지르는 모습을 그저 보고만 있기는 힘들었단다. 아들아, 내가 네 나이였을 때보다 세상은 훨씬 잔인해졌다. 요즘에는 부주의한 사람들에게 용서가 없는 것 같구나. 어쩌면 살아남길 바랄 수조차 없는 거겠지.

내가 이 편지를 보낼 때쯤이면 우리는, 실제로 마주할 거라곤 생각 못 한 적들과 싸울 준비를 하고 있을 거란다. 그러기 위해 평생 동안 훈련해 왔으니 말이다. 기적이 일어나지 않는 한 우리는 돌아오지 못할 테지.

오늘 밤이다. 두렵다. 정말로, 나는 두렵구나. 때가 오면, 내가 지키리라 맹세한 이들을 위해 기꺼이 내 목숨을 바칠 것이라 항상 다짐했는데. 오늘 밤 기꺼운 마음은 어디로 가고 나는 마땅히 두려워야 하는 것보다 훨씬 더 두렵구나. 그래도 나는 써머라일 경이 이끄는 전투에 함께하겠지.

그럼에도 나는 사실 너와 이 세상을 생각하면 두려워진단다. 우리는 악마에 대해 공부했지만 모르는 것이 너무나 많고, 알아야 할 것을 여전히 모르고 있다.

카나고어가 달려들어 토머스를 물려고 했다. 놈의 단순한 공격 패턴을 알고 대비하고 있던 토머스는 힘껏 뛰어올라 왼발로 카나고어의 오른쪽 엄니를 밟고 섰다. 놈이 머리를 쳐들어 토머스를 물려 했지만 그는 중심을 잃지 않았다.

카나고어의 움직임을 발판 삼아 토머스는 위로 날아올랐다. 나노다인 기술로 갑옷에 장착한 미니자이로 시스템(방향 감지 센서)이 중심을 잡도록 도와주었다. 갑옷은 그의 방어력뿐만 아니라 힘까지 끌어올려 주었다. 토머스는 카나고어의 머리에 착지했다.

"고정."

그의 부츠에서 즉시 짧은 스파이크들이 튀어나와 악마의 비늘 거죽에 꽂혔다. 고통 때문인지, 인간이 뻔뻔스럽게도 자기 머리를 밟고 있다는 사실 때문인지 놈은 사납게 으르렁거렸다. 토머스는 검을 아래로 향하게 쥐고 그가 낼 수 있는 모든 힘을 다해 내리꽂았다.

검은 두꺼운 두개골을 뚫지 못했다. 하지만 곧이어 둔탁하게 갈라지는 소리가 들렸다. 그는 있는 힘껏 검을 더욱 깊게 박아 넣었다.

피와 살점이 터져 나왔다. 이번에야말로 카나고어는 고통으로 울부짖었다. 그러고는 세인트 폴 대성당까지 뒷걸음질하며 부딪혔다.

토머스는 꽂힌 검을 꼭 쥔 채 광란하는 짐승에 가까스로 올라타 있었다. 그는 왼팔로 검을 쥔 채 무릎을 꿇었다.

"무릎 고정."

갑옷 무릎 부위에서 또 다른 스파이크들이 나와 카나고어에게 단단히 박혔다. 자세가 안정되자 토머스는 주먹 쥔 오른손을 쳐들었다.

"오른손 해머."

나노다인 메모리웨어로 건틀릿이 모루만큼 단단해졌다. 토머스는 주먹을 들어 올려 검이 꽂힌 카나고어의 두개골을 계속해서 내리쳤다. 지칠 줄 모르는 타격에 버티지 못한 두개골에 금이 갔다.

핏덩어리와 살점들 사이로 뼈가 솟아 벌어졌다. 검이 빠져나오는 순간 토머스는 놈의 머리를 왼손으로 내리쳐 다시 한번 스파이크를 박아 넣어 몸을 단단히 붙들었다. 그리고 남은 마지막 힘을 다해 그가 열어젖힌 두개골 틈 사이로 주먹을 날렸다.

그는 갈라진 두개골을 바스러뜨리고 뇌를 움켜쥐었다. 두개골이 텅 빈 놈의 동작이 멈칫하더니 균형을 잃었다. 카나고어는 나무와 함께 쓰러져 몸을 한 번 부르르 떨고는 움직이지 않았다.

갑옷 속 온몸이 멍들고 망가진 토머스는 기진맥진하여 일어났다. 의기양양한 모습이라고 전혀 느껴지지 않았다.

"검."

그가 말하자마자 HUD가 즉각 360도 반경에 불을 밝혔다. 검은 그의 뒤쪽에 떨어져 있었다. 그는 스파이크를 해제하고 카나고어의 등에서 뛰어내렸다. 그의 무게 때문에 피로 뒤덮인 땅이 움푹 패었다.

토머스는 스파이크 볼터를 꺼내 들고 검을 가지러 갔다. 검을 되찾은 그는 주변을 둘러보았다.

템플러보다 악마의 수가 더 많았다. 저 멀리 도시 쪽은 연기로 뒤덮여 있었다. 고작 며칠 전만 해도 런던 시민들이 쇼핑을 하고 밥을 먹고 일을 하던 거리였지만 이제는 모두 폐허가 되었다.

탱크와 장갑차를 비롯한 영국 군대의 무기들은 모두 불타고 전복된 채 고장 난 장난감처럼 버려져 있었다. 평범한 군비로는 악마들의 무기에 흠집조차 내지 못했다.

> 사이먼, 이 소식이 어떻게 너에게 갈 수 있을지 모르겠구나. 언제 갈지도 모르겠고 말이다. 하지만 좋지 않은 타이밍에 갈 것만 같구나. 나쁜 소식은 항상 그렇지.
>
> 네가 떠날 때의 모습이 눈에 선하다. 너는 무척 화가 났고 자신감이 넘쳤지. 정말 너 자신에 대한 생각으로만 가득해 보였다. 내가 그다지 잘 대처하지 못했음을 안다. 그에 대해선 미안하구나. 네가 언젠간 나쁜 시절보다는 좋은 시절만 기억하기를 바란다.
>
> 그저 내가 질책하지 않는다는 점을 알아다오. 젊은 남자라면 당연히 느낄 만한 감정이지. 부모에게서 독립하려는 것뿐인데 부당한 대우를 받는다고 느끼니 말이다. 우리 대부분이, 그리고 나 역시 그랬던 것을.
>
> 네 엄마가 살아 있었다면 달랐을지도 모르겠다. 아마 평생 알 수 없겠지. 난 영원히 모를 거다. 하지만 네 엄마가 널 사랑했다는 걸 기억하렴. 넌 그녀의 전부였다.
>
> 네가 여기 언더그라운드에서 받았던 훈련이 아무 쓸모없다고 느꼈다는 걸 안다. 여러 번 불평했었지. 네가 익스트림 스포츠에서 네 기량을 확인하고 싶어 했을 때도 난 널 말렸다. 그럴 수밖에 없었다. 템플러로서 우리는 때가 오기 전까지, 우리를 필요로 하기 전까지, 조용히 그림자 속에서 살아가야만 했으니까.
>
> 그리고 이제 그 때가 왔다. 아들아, 너의 시간에 이 일이 일어나지 않길 바라는 건 이기적인 행동 같구나. 하지만 너의 시간에 그 때가 오지 않는다는 것은 너의 아이, 그 아이의 아이에게 그 끔찍한 때가 온다는 의미지.
>
> 끝을 보기 위해 우리 중 누구도 목숨값을 치르지 않을 수만 있다면 좋겠지만, 나는 맹세했고 끝을 지켜봐야 한단다.

악마들이 왔다, 사이먼. 헬게이트를 통해서, 이 런던에 말이다. 우리의 세계와 놈들의 세계를 이어 버린 이 헬게이트는 마법이고 과학이다. 고대의 예언을 이루러 온 녀석들은 우리가 지난 평생 예상했던 것보다 훨씬 크고 강하구나.

이 편지를 쓰는 지금, 다가올 전투를 준비하는 지금, 나는 네가 남아프리카 공화국에 있다는 것 말고는 아무것도 모르는구나. 네가 남긴 번호로 전화를 해 봤지만 모두들 네가 초원으로 나가 며칠 안으로는 돌아오지 않는다고 말할 뿐이니.

그럴 거라고는 생각했다. 놈들이 처음 공격을 개시했을 때 너에게서 연락이 없었으니까. 하지만 이제 놈들이 통신 위성도 파괴해 버렸다.

템플러 쪽에서 네게 연락을 할 수도 있단다, 아들아. 그게 가능하다면 말이지만. 아니면 아마 이 세상 어디 다른 곳에 또 다른 헬게이트가 열렸을 수도 있겠지. 아무것도 알 수 없다는 사실 때문에 두렵다. 네가 이 편지를, 네게 쓰는 이 마지막 편지를 볼 기회조차 없을 수 있다고 생각하면 마음이 무겁다. 그런 일은 일어나지 않기를 기도한다. 아비가 아들에게 마지막 작별 인사는 할 수 있어야 하지 않겠니?

템플러는 네가 돌아와 헬스폰이 지배한 이 세상에서 싸우다 죽길 원할 거란다. 네가 뭐라고 답할지 모르겠구나. 우리가 이길 기회는 너무나 희박하고, 다른 답이 있는지조차 나는 알 수 없다. 싸운다는 것은 죽는다는 뜻이고, 오늘이 아니더라도 내일 죽을 것이다. 도망가더라도 마찬가지겠지.

악마들에게도 약점이 있길 기도한단다. 그들이 놓친 무언가, 우리가 아직 알아채지 못한 무언가가 있길 말이다. 다시 널 볼 수 있을 그날까지 네가 안전하길 기도한다.

사랑한다, 사이먼. 내 온 마음을 다해 사랑한다.

너의 아버지
토머스 크로스
템플러 나이트
로크 가의 세라핌

토머스는 달렸다. 그 자신의 삶을 위해서가 아니라, 다른 이의 삶을 위해서 달렸다. 스토커 여섯 마리가 여자 템플러에게 달려드는 모습이 보였다. 그녀의 푸른 갑옷이 녀석들의 이빨과 부딪치며 스파크를 일으켰다. 그녀가 능숙하게 검을 휘두를 때마다 검에서는 루비처럼 붉은 불꽃이 튀어 올랐다. 그렇지만 놈들의 수는 너무 많았고, 녀석들은 그 점을 믿고 그녀를 공격했다.

스토커들은 작지만 단단했다. 늑대처럼 보이는 비쩍 마른 몸은 털과 비늘로 덮여 있었으며 면도날처럼 날카롭고 뾰족한 뿔이 팔과 등에 들쭉날쭉 솟아 있었다. 포식자다운 기다란 주둥이 속에는 톱니 같은 이빨이 감춰져 있었다.

토머스는 뒤에서 녀석들을 쳤다. 결코 살려 둘 생각은 없었다. 스토커는 자칼과 비슷했다. 떼를 지어 먹잇감을 노렸고, 상대가 보지 못할 때나 이미 무력해졌을 때 공격을 개시했다. 토머스는 검을 높이 쳐들어 스토커의 척추를 베어 박살 냈다.

그 악마는 고통에 울부짖었지만 곧이어 토머스를 공격했다. 놈은 못 쓰게 된 다리를 질질 끌면서도 토머스의 사타구니를, 약점을 노렸다. 토머스가 검의 자루로 놈의 머리를 때리자 이빨이 부서지고 두개골이 으스러졌다. 꿈틀거리며 토머스를 향해 다가오는 순간마다 죽음과 싸우던 스토커가 땅에 고꾸라졌다.

한편 다른 녀석들은 여자 템플러를 포기하지 않았다. 수가 많았는데도 놈들은 마치 한마음이라도 되는 것처럼 움직였다. 한 놈이 다른 녀석의 등 뒤로 뛰어오른 다음 템플러의 뒤에서 돌진했다.

공격에 맞서지 못하고 템플러는 쓰러졌다. 송곳니와 발톱이 그녀의 갑옷을 맹렬하게 뜯어내 멀리 던져 버렸다.

"안 돼!"

토머스는 미칠 것만 같았다. 그는 있는 힘을 다 끌어모아 이제 막 여자 템플러가 검으로 3분의 2쯤 갈라 놓은 스토커의 목에서 머리를 잘라 냈다. 다른 스토커들이 놈의 위로 우르르 넘어지자 더 이상 검을 쓸 수 없다고 판단한 토머스는 스파이크 볼터를 그러쥐었다.

토머스는 한 스토커의 어깨에 얼기설기 엮인 뿔을 움켜쥐고 무리로부터 끌어냈다. 그러자 녀석이 토머스의 정면으로 달려들었다. 토머스는 악마 녀석의 입 속에 스파이크 볼터를 밀어 넣었다. 놈이 토머스의 손을 물어뜯으려는 순간 스파이크가 놈의 뒤통수를 뚫고 발사되었다.

놈의 시체를 던져 버린 토머스는 권총을 다른 스토커의 뒤통수에 대고 다시 한번 방아쇠를 당겼다. 척추가 잘렸던 녀석은 울부짖으며 시체 더미 속으로 떨어졌다.

살아남은 두 놈의 스토커는 마지막까지 도전하듯 으르렁거렸지만 결국 도망갈 수밖에 없었다. 놈들은 불과 몇 미터 떨어진 나무 뒤에 숨어 동료들을 불렀다.

토머스는 시간이 얼마 없다는 사실을 알았다. 놈들은 금방이라도 다시 몰려들 것이었다. 그는 자신의 검을 주워 들고 여자 옆에 무릎을 꿇었다.

갑옷은 피로 뒤덮여 있었다. 고름이 흐르는 악마의 피가 아닌, 인간의 선량한 피였다. 하지만 너무 많았다. 멈추지 않고 흐르는 피를 본 토머스는 너무 늦은 것은 아닌지 걱정스러웠다.

"누구… 누구세요?"

여자의 힘없는 목소리가 토머스의 투구 안에서 울렸다.

"토머스."

토머스는 여자의 갑옷에 한 손을 올려놓고 있었다. 접촉하는 동안은 그녀가 그의 목소리를 듣고 있다는 사실을 알 수 있었다.

"토머스 크로스."

"로크… 가의… 세라핌."

"맞아요."

"당신을 알아요."

토머스는 자신이 그녀를 모른다는 사실에 마음이 좋지 않았다.

"나는… 캐슬린이에요. 스트러텀… 가의… 기사."

"캐슬린, 일단 상처부터 봐야 해요."

변화가에서 이야기를 나누는 양 토머스는 목소리를 낮추었다.

"너무… 너무 늦었어요."

신기하게도 토머스는 밋밋한 투구 너머에서 그녀가 미소 짓고 있다는 걸 알 수 있었다. 그녀의 갑옷에 댄 그의 손을 통해 그녀의 생체 신호가 꺼져 가고 있음이 느껴졌다. 그가 할 수 있는 일은 아무것도 없었다.

"헛되이 죽지 마세요."

그녀가 속삭였다.

"그러겠습니다."

토머스는 그녀의 손을 잡았다. 그녀에게서 힘과 생명이 달아났다.

토머스는 그녀의 손을 조용히 내려놓았다. 그는 사이먼을 생각했다. 성스럽지 않은 이 전쟁이 아들에게까지 이를 것인지 생각했다. 살아남은 자가 거의 없었다. 그는 두 발로 중심을 잡고 몸을 일으켜 세인트 폴 대성당에 펼쳐진 전장을 둘러보았다.

악마들이 이기고 있었다. 기사단장 써머라일의 예상 그대로였다. 템플러들은 피 흘리고 죽기 위해 여기 왔다. 악마들은 모든 템플러가 죽었다고 여길 것이다.

하지만 카발리스트들이 아직 곳곳에 남아 있는 것이 보였다. 템플러의 동맹이자, 악마와 맞서 싸우는 자들이었다. 그들은 죽기 위해서 싸우지 않았다. 악마들을 더 잘 이해하기 위해, 그리고 악마가 남긴 무기나 심지어 신체 일부라도 손에 넣기 위해 싸웠다. 그들에겐 그들만의 목적이 있었다. 토머스는 그렇게 믿었다. 하지만 그 목적이 무엇인지 밝혀졌을 땐 이미 너무 늦었을 것이다.

토머스는 자신이 만났던 여자, 키라 스카일러를 기억했다. 턱에는 뿔이 나 있었고 머리카락은 촉수처럼 꿈틀거렸으며 입고 있던 옷도 특이했다. 토머스는 그들 또한 세상에 위협이 될 수 있을 것이라 생각했다. 만약 다른 상황이었다면, 악마들이 헬게이트를 넘어와 이 세상의 운명이 위태롭지 않은 상황이었다면, 결코 그들과 같은 편일 수는 없었을 것임을 그는 잘 알았다.

등 뒤에서 분노에 가득 찬 고함 소리가 들려왔다. 토머스는 뼛속까지 얼어붙는 듯했다. 그는 새롭게 나타난 위험을 HUD로 확인했다. 그리고 돌아서서 검을 든 채 스파이크 볼터로 악마를 조준했다.

녀석은 4미터를 훌쩍 넘을 만큼 컸다. 머리에 파충류처럼 돋은 가시들 때문에 더 크고 끔찍해 보였다. 근육질 목에는 힘줄이 도드라졌고 뾰족한 송곳니들이 크게 벌어진 입에 가득했다. 두꺼운 어깨 때문에 머리가 작아 보일 정도였다. 떡 벌어진 가슴은 템플러의 갑옷만큼 단단한 회녹빛 키틴질로 덮여 있었으며 버티고 선 두 다리는 나무 기둥 같았다. 성당 꼭대기에서 타오르는 불길에 반사되어 놈의 비늘이 빛났다.

하지만 가장 끔찍한 것은 왼팔이었다. 놈의 왼팔은 몸 전체가 왜소해 보일 정도로 엄청나게 컸다. 그에 반해 오른팔은 단 한 번 힘을 주면 쑥 빠져 버릴 것처럼 가늘었다.

"슐고스."

녀석의 이름을 말하려던 것은 아니었다. 악마의 이름을 큰 소리로 부르면 힘을 얻을 수 있다고 주장하는 이들도 있긴 했다. 토머스는 자신이 그런 소리를 믿는지 믿지 않는지도 몰랐다.

하지만 그는 놈을 알고 있었다. 놈이 영국군의 최신 무기를 갈아 없애는 모습도 보았다. 슐고스는 겁도 없이 진영 한가운데로 걸어 들어갔었다. 탱크가 발사한 철갑탄도, 심지어 관통탄조차도 놈의 가죽을 뚫지 못하고 튕겨져 나왔다. 슐고스는 한 손으로 탱크, 장갑차, 자주포를 박살 냈다. 놈이 지나간 자리에는 폐허만이 남았다.

슐고스는 토머스가 이해할 수 없는 거칠고 거슬리는 말을 내뱉으며 입을 벌려 구름 같은 입김을 내뿜었다. 토머스는 옆으로 몸을 숙였지만 완전히 피할 수는 없었다. 회색 증기가 그의 오른팔과 옆구리를 스쳤다. HUD 비상등이 곧장 켜졌다.

- 경고.

차분한 남자 목소리가 말했다.

- 갑옷 외부 손상 -

"알람 종료."

토머스는 위에서 망치처럼 내리꽂히는 슐고스의 거대한 주먹을 피해 몸을 던졌다. 그는 앞으로 몸을 굴린 후 땅을 차고 몸을 일으켰다.

토머스는 한 바퀴 빙글 돌며 슐고스의 한쪽 다리에 검을 휘둘렀다. 템플러의 마력으로 더욱 예리해진 칼날이 악마의 살을 깊게 베었다. 산성 피가 뿜어져 나왔다.

- 경고. 칼날 손상 -

"알람 종료."

토머스는 이미 검이 손상된 것을 보았다. 팔라듐은 템플러가 다룰 수 있는 것 중 가장 단단한 금속이었다. 심지어 악마의 힘에도 뒤지지 않았다. 물론 녀석들의 피에도. 그는 검을 잡아당겨 뽑았다.

토머스는 두 번의 공격을 더 피한 후 스파이크 볼터를 꺼내 들고 슐고스의 눈을 쏘았다. 총알은 놈의 머리 가시를 스쳤지만 적중하진 못했다.

다음 순간 슐고스가 토머스를 힘껏 움켜쥐었다. 그는 자신의 팔과 다리가 부러지는 것을 느꼈다. 갑옷 부서지는 소리가 들렸다. 갑옷 가슴 부위와 갈비뼈가 조각나며 토머스의 폐를 찔렀다. 그는 숨을 쉴 수 없었다. 만약 숨을 쉴 수 있었다면 비명을 질렀을지도 몰랐다. 그는 스파이크 볼터의 방아쇠를 당기려 했지만 이미 너무 늦었음을 깨달았다.

슐고스는 토머스를 들어 올려 얼굴을 마주 보았다. 악마는 히죽히죽 웃고 있었다. 기다린 혀가 무시무시한 송곳니 사이로 삐져나왔다.

토머스는 자신이 두렵지 않음을 보여 주고 싶었다. 불경한 녀석에 맞서 고함을 지르고 싶었다. 하지만 그는 두려웠고, 곧 죽을 것임을 알았다. 망가진 폐로는 아무 소리도 낼 수 없었다.

슐고스는 턱을 크게 벌려 독성 가득한 숨을 내뿜었다. 보랏빛 회색 안개가 토머스의 투구를 휘감았다. 다음 순간 HUD 화면에 경고등이 켜졌다. 투구까지 뚫린 것이 분명했다. 토머스의 눈은 더 이상 아무것도 볼 수 없었다. 다행히도 주변 모든 것이 깜깜해졌다. 토머스는 마지막으로 아들을 다시 한번 만날 수 있을까 생각했다.

1장

핀보스 바이옴(Finbos Biome)
남아프리카공화국, 케이프타운 외곽

커다란 총성에 사이먼 크로스는 선잠에서 깨어났다. 살인적인 숙취가 몰려왔다. 그는 텐트 안에서 일어나 앉으며 침낭 옆에 둔 사냥용 라이플에 저도 모르게 손을 뻗었다. 어디서 들려온 총성인지 알아내려 했지만 꿈이었을지도 모른다는 사실을 곧 인정해야만 했다. 아니면 환청이거나.

그는 신음을 뱉으며 억지로 몸을 일으키고는 스스로를 질책했다. 이렇게 술을 마시면 안 된다는 걸 네가 더 잘 알잖아, 멍청한 놈. 게다가 시내도 아닌데.

모기장을 친 텐트 밖으론 밝은 햇살이 비추고 있었다. 아직 아무도 일어나지 않은 듯했다. 핀보스 초원의 동식물을 보기 위해 2주간 휴가를 온 관광객들이 머무는 다른 텐트에서는 아무런 기척도 없었다.

사이먼은 신중히 귀를 기울였지만 총성은 다시 들려오지 않았다. 꿈이었어. 다시 자는 거야. 조금 더 자면 기분이 나아질 거야. 땀이라도 흘리면 몸속에 가득한 알코올도 빠져나가겠지.

그는 한숨을 쉬며 침낭으로 돌아갔다. 어젯밤 손드라가 그의 텐트로 찾아왔다. 가끔 있는 일이었지만 그녀는 늘 고객들이 일어나기 전에 돌아갔다.

손드라는 키가 크고 말랐다. 그녀의 키는 177센티미터에 가까웠지만 사이먼이 그녀보다 17센티미터는 더 컸다. 게다가 그의 넓은 어깨 때문에 손드라는 더 작아 보였다. 그녀는 긴 적갈색 머리카락을 뒤로 높이 묶고 다녔으며 뺨과 코는 주근깨로 덮여 있었다.

사이먼은 그녀에게 크게 끌렸으나 사랑하지는 않았다. 그 점은 분명했다. 두 사람은 지난 16개월 동안 남아프리카 사파리에서 함께 일했다. 서로를 잘 알고 애정을 키우기에 충분한 시간이었다.

하지만 두 사람 중 어느 쪽도 그 관계를 다른 곳에서 이어 갈 위험을 감수할 생각이 없었다. 만약 다시 집으로 돌아간다면 사이먼은 런던에, 손드라는 호주 시드니에 살았으며, 각자 가족이 있었다.

사이먼은 자신이 가족을 떠나는 일이 손드라보단 쉬울 것이라 생각했다. 가족이라고 해야 아버지밖에 없었지만. 그런데 이제는 생각이 조금 달라졌다. 다시는 보지 않는 것보다는… 그저 런던에서 조금 더 오래 떠나 있고 싶었다. 이렇게 생각하면 그렇게까지 암울하게 느껴지지는 않았다.

그는 한숨을 쉬었다. 넌 생각이 너무 많아. 그럴 필요가 없는 이상한 일들까지 꿈꾸지. 이런저런 온갖 상상을 하고. 게다가 지난밤 파티를 했다고 이렇게 숙취까지 시달리고 말이야.

분명 실수였다. 케이프타운을 출발할 때, 필요 없는 물건은 챙기지 말라고 고객들에게 일렀지만 그와 손드라 둘 다 소지품을 점검하지 않았던 것이다. 만약 보수가 괜찮았다면 확인했을지도 모르지만 결국 그러지 않았다.

독일 뒤셀도르프에서 온 사진작가, 알 클링커가 러시아산 보드

카를 숨겨 놓은 걸 뒤늦게 알았다. 영화 연구소 단체 손님 중 한 명이었는데 나머지 두 사람은 자기들이 감독과 작가라고 주장했다.

사이먼은 라이플을 내려놓고 침낭에 다시 기어 들어갔다. 지금은 시원했지만 낮이 되면 더워질 것이다.

"깼어?"

손드라가 중얼거렸다.

"지금 막."

사이먼은 눈을 감은 채 돌아누웠다. 손드라가 그의 등으로 파고들었다.

"잠이 안 와?"

사실 그는 쉽게 잠들지 못하곤 했다. 해결하지 못한 일들이 너무 많아서일 거라고 생각했다.

"잘 수 있어."

"정말 자고 싶어?"

손드라가 잠긴 목으로 웃으며 그의 귀에 키스했다. 사이먼은 그녀를 향해 돌아누웠다.

"글쎄, 꼭 자야 하는 건 아니지. 게다가 아직 아무도 안 일어났으니까-"

그때 빠르게 이어지는 총성 두 발이 아침의 정적을 뚫었다. 손드라의 눈이 커졌다. 사이먼은 자신이 들었던 총소리가 환청이 아니었음을 깨달았다. 두 사람은 재빨리 침낭에서 나왔다. 총성 세 발이 다시 이어졌다. 사이민이 카키색 옷을 끌어낭겨 입었다.

"어디쯤인 것 같아?"

"1킬로, 아니, 2킬로 정도."

손드라가 민소매 셔츠를 입으며 말했다. 걱정이 되는지 그녀는 얼굴을 찌푸렸다.

"너무 가까워."

사이먼이 고개를 끄덕였다. 그는 종아리까지 오는 부츠를 신고 재빨리 끈을 묶었다.

"내가 가서 알아볼게. 여기를 부탁해."

"조심해."

손드라가 몸을 숙여 아웃도어 바지를 당겨 입자 복근에 힘이 들어갔다.

"무전기 가져가."

또다시 총성이 두 번 울렸다.

사이먼은 베이지색 티셔츠를 입으며, 총을 쏘고 있는 놈들을 향해 욕설을 중얼거렸다. 그는 작은 단거리용 무전기를 넣은 가방을 한쪽 어깨에 걸치고 라이플 한 자루를 챙겼다. 야생에서의 첫 번째 규칙은 준비 없이는 아무 데도 가지 말라는 것이었다.

"고객들 좀 살펴봐 줘."

사이먼이 텐트 입구 지퍼를 열고 나가며 말했다.

"최대한 빨리 올게."

"알았어."

트인 곳에 나온 사이먼은 시계에 설치된 나침반을 확인했다. 총성은 해변 동쪽 내륙에서 들려왔다.

"크로스 씨."

루퍼트 돌턴의 대머리가 다른 텐트에서 불쑥 나왔다.

"방금 총소리였나요?"

"네."

"사냥 금지 지역이라고 하셨잖아요."

돌턴은 40대 후반이었고 강단이 있지만 어딘가 어색해 보이는 남자였다.

"맞아요."

사이먼은 단호하게 말했다. 총성 몇 발이 다시 그들 머리 위로 울렸다. 이제는 다른 텐트에서도 웅성임이 느껴졌다. 차라리 잘되었다. 손드라는 끝까지 일어나지 않으려는 사람들 몇몇만 깨우러 다니면 될 터였다.

"누군진 몰라도 지금 총을 쏘고 있는 사람이-"

"매킨타이어와 함께 여기 계세요, 돌턴 씨."

사이먼은 라이플을 두 손으로 쥔 채 캠프를 달려 나갔다.

해가 높이 떠오르며 더워지자 사이먼의 온몸이 땀으로 뒤덮였다. 동쪽 하늘에서 장밋빛 하얀 구름 사이로 해가 비쳤다.

갑작스러운 격렬한 움직임에 머리와 배가 반발했지만 언제나처럼 그의 몸은 곧 통제되어 수월하게 움직였다. 아버지에게 받았던 힘든 훈련이 이번에도 도움이 되었다.

무술과 달리기, 특히 검술 훈련을 즐겼던 적도 있었다. 하지만 아직 어렸던 시절, 악마들이 이 세상 어딘가에 남아서 다시 세계를 정복할 때를 기다리고 있다는 말을 믿었던 무렵의 이야기였다.

이젠 더 이상 믿지 않았다. 그가 느끼는 가장 큰 문제는, 사실 무엇을 믿어야 할지 모르겠다는 점이었다. 그는 오로지 악마와 맞서 싸우기 위해 독특한 훈련을 하며 청춘을 보냈고, 아무나 접근

할 수 없는 신비한 가르침을 받았다. 미로처럼 얽힌 언더그라운드의 그림자 속에 몰래 숨어 지내는 템플러 외에는 아무도 모르는 일들이다.

사이먼은 그 모든 것에 지쳤다. 23세였던 2년 전, 그는 템플러와 아버지, 그리고 런던을 떠났다.

그곳의 광신적인 분위기와 그가 받았던 훈련에 대해 그 누구에게도 말할 수 없었다. 템플러를 떠난 몇몇 이들은 아무것도 발설하지 않음으로써 정신병원을 피할 수 있었다.

사이먼은 이 모든 잡념을 떨치고 달리는 것에만 집중했다. 초원에서의 사냥은 최근 금지되었다. 그와 손드라가 라이플을 소지할 수 있었던 것은 오직 스스로를 지키고 고객들을 보호하기 위해서였다. 사냥하기에는 너무 늙어 무리에서 버림받은 암사자가 가끔 피 냄새를 맡고 캠프까지 찾아오는 경우가 있었던 것이다. 하지만 가장 경계해야 할 대상은 밀렵꾼들이었다.

몇 분 후, 캠프에서 3킬로미터도 채 떨어지지 않은 곳에서 사이먼은 그들을 발견했다.

모두 다섯 명이었다. 20대 초반에서 40대 혹은 50대까지, 죄다 꾀죄죄했다. 평생을 초원에서 살기라도 한 것처럼 햇볕에 탄 피부는 다시는 원래대로 돌아갈 것 같지 않았다.

그들이 타고 온 사륜 랜드로버 두 대에는 예비 타이어와 연료, 물이 실려 있었다. 오래 머물 작정인 것이 분명했다.

관목이 무성하고 햇볕에 달궈진 땅에는 다 자란 코끼리 다섯 마리가 쓰러져 있었다. 마른 흙으로 피가 번져 나갔다. 머리 위에선 포식자들이 떠나길 기다리는 독수리들이 맴돌았다.

아기 코끼리 한 마리가 코로 어미의 머리를 감싸 당기며 애처롭게 울었다. 한 남자가 라이플을 어깨 높이로 들어 올리고 쏘자 아기 코끼리는 그 자리에서 쓰러졌다. 그 일은 사이먼이 미처 깨닫기도 전에 벌어졌다. 만약 멈출 수 있었더라면….

네가 어떻게 했을지는 모르지, 친구. 사이먼은 죽은 코끼리들에게서 애써 시선을 돌리고 남자들에게 집중했다. 그는 배낭을 내려놓고 낙타가시나무 그림자에 몸을 숨긴 채 밀렵꾼들을 지켜봤다.

그는 값비싼 메크아이 디지털 쌍안경을 가방에서 꺼냈다. 열 살 생일 선물로 아버지에게 받은 것이었다. 그 어떤 가이드들이 들고 다니는 것보다 훨씬 성능이 좋았다.

사이먼은 쌍안경 전원을 켜고 전방을 확대했다. 남자들은 막 끔찍한 작업을 시작하고 있었다. 그들은 작은 톱으로 코끼리 상아를 잘랐다. 관리가 불가능할 정도로 개체 수가 많아져 코끼리 수백 마리를 죽여도 된다는 허가증이 최근 승인되었다. 그런데도 상아는 여전히 암시장에서 가치가 높았다.

밀렵꾼들은 피 묻은 상품을 랜드로버 뒷좌석에 던져 가며 망설임 없이 매우 민첩하게 작업했다. 그중 한 명은 허리춤에 라이플을 차고 망을 보고 있었다. 그가 쓴 선글라스가 주홍색 담뱃불을 반사했다.

사이먼은 참혹한 시체와 함께 남자들의 모습을 찍어 저장했다. 그런 놀라운 기능을 활용할 수 있는 완벽한 소프트웨어가 장착된 쌍안경이었다.

좋아, 이 악랄한 놈들. 네놈들이 한 짓의 대가를 치러야 할 거야.

지난 16개월 동안 사이먼은 케이프타운 경찰과 핀보스 바이옴 사냥 관리인들과 알고 지냈다. 이곳은 국제법의 보호를 받는 지역이었다.

누군가는 네놈들을 알아보겠지.

사이먼은 현장 사진을 몇 장 더 찍어 저장한 후 엄니가 잘려 나간 코끼리 시체들을 말없이 바라보았다. 주머니에서 무전기가 진동했다. 그는 살짝 뒤로 물러나 귀에 이어폰을 꽂았다.

"응."

"괜찮은 거야?"

손드라가 걱정스레 물었다.

"마지막 총성을 들었는데-"

"나 아니야."

사이먼은 무슨 일이 있었는지 재빨리 설명했다. 그가 말을 마치자마자 손드라가 욕을 퍼부었다.

"그냥 넘어가면 안 돼."

그녀는 야생 보존의 열렬한 지지자였다. 그 때문에 두 사람이 함께 일하는 동안 사냥꾼 고객은 받지 않았다. 보수가 괜찮고 이윤이 남는다면 사이먼은 개의치 않았을 것이다. 손드라도 잘 알았지만 두 사람은 그 점에 대해 단 한 번도 이야기하지 않았다.

"놈들 사진을 찍었어. 도망가진 못할 거야."

머리 위를 맴돌던 독수리들이 시체에 내려앉아 부리와 발톱으로 매정하게 살을 찢었다.

"어쩌려고?"

"여기서 기다리려고. 우리 캠프 쪽으로 이동하진 않는지 지켜봐야지. 사람들을 안전한 곳으로 이동시켜 줘. 할 수 있는 한 빨리 갈게."

"알았어."

사이먼은 이어폰을 빼고 무전기를 다시 주머니에 넣은 후 단추를 단단히 잠갔다. 거의 20분이 흘렀다. 밀렵꾼들은 손이 빨랐다. 독수리들도 마찬가지였다.

피 냄새에 이끌려 다른 짐승들도 곧 올 것이 분명했다. 항상 그랬다. 하지만 사이먼은 아프리카 물소 한 마리가 바로 맞은편 관목 사이에 있다는 사실을 미처 알아차리지 못했다.

그 검정 물소는 거대했고 넙데데한 뿔은 휘어 있었다. 어깨는 2미터 가까이 벌어져 있었고 무게가 1톤은 족히 나갈 것 같았다. 커다란 얼굴의 뼈와 근육이 단단해 보였다. 사이먼이 아는 사냥꾼 대부분은 아프리카 물소를 그 지역에서 가장 위험한 동물로 여겼다. 사자조차도 혼자서는 놈을 쓰러뜨리지 못했다. 적어도 하이에나 한 무리는 되어야 기대해 볼 법했다.

혼자 있는 것으로 보아 '늙은' 놈인 것 같았다. 늙은 아프리카 물소는 젊은 무리에서 쫓겨나고는 했다. 사람들이 매년 물소의 뿔이나 발굽에 치여 죽어 나갔다. 대개 고통스러운 최후를 맞았지만, 그래도 홀로 죽는 일은 거의 없었다.

밀렵꾼들이 물소를 발견하고 손으로 가리키는 것이 보였다. 개중에 나이가 지긋한 남자들은 행동이 눈에 띄게 조심스러워졌다. 야생에서는 랜드로버도 항상 몸을 지켜 주시 않았다. 아프리카 물소는 차 한 대쯤은 쉽게 뒤집을 수 있었다.

젊은 남자들 중 한 명이 어깨에 라이플을 걸치고 나섰다. 나이든 쪽이 "안 돼!" 하고 외치는 것과 동시에 젊은 남자가 총을 쏘았다.

첫 번째 총알이 날아가 뿔 사이에 숨은 거죽 덩어리를 맞춰 날려 버렸다. 물소가 비틀거리며 고개를 쳐드는 바람에 두 번째와 세 번째 총알이 짐승의 가슴에 박혔다.

물소는 화가 나 으르렁거리며 숨어 있던 곳에서 튀어나와 밀렵꾼들을 향해 돌진했다. 사이먼은 짐승이 그들 모두를 해치우길 바라며 지켜보았다.

밀렵꾼들이 뿔뿔이 흩어졌다. 노련한 이들은 코끼리 시체 너머로 몸을 날렸다. 코끼리 시체는 랜드로버보다 크고 육중했다.

물소는 속도를 늦추지 않고 제일 앞에 세워져 있던 랜드로버의 측면을 들이받았다. 그 소리는 사이먼이 앉아 있던 나무 아래까지 울렸다. 놀랍게도 바퀴 두 개가 공중으로 치솟더니 랜드로버는 옆으로 넘어졌다.

물소는 멈추지 않고 속력을 내더니 나무와 키 큰 관목으로 돌진했다. 그러고는 눈 깜짝할 사이에 사라져 버렸다. 젊은 밀렵꾼이 용기를 되찾고 두 발을 더 쏘았으나 아무것도 맞히지 못한 것 같았다.

나이 든 밀렵꾼이 젊은 남자 쪽으로 가더니 라이플을 뺏었다. 그러고는 바닥에 누워 손을 쳐든 채 도망가려고 버둥거리는 또 다른 남자에게로 가 총을 겨누었다. 순간 사이먼은 나이 든 남자가 젊은 남자를 죽여 버리는 줄 알았다.

"멍청한 짓이었어."

늙은 밀렵꾼이 총을 내리더니 젊은 남자에게 다시 던지며 말했다. "한 번만 더 이런 짓을 하면 죽여 버리겠어."

그는 뒤돌아 가 버렸다.

사이먼은 다시 그늘 속에 몸을 숨겼다. 주머니에서 무전기가 울렸다.

"이번에도 나 아니야."

그는 작게 속삭이고는 무슨 일이 있었는지 말해 주었다.

"캠프에서 이동했어?"

"응. 서쪽으로 3킬로쯤 왔어. 해안으로 가는 중이야. 투어는 이제 더 못 할 거 같은데. 적어도 당분간은 말이야."

그녀의 목소리는 가라앉아 있었다. 손드라는 하릴없이 케이프타운에 갇혀 있는 것을 싫어했다. 시내에서는 돈을 벌 수가 없었다.

"가 볼 만한 야영지가 몇 군데 있어."

사이먼이 알려 주었다.

"정말 돌아가고 싶은 건 아니지 않느냐고 고객들을 설득해 볼 수 있을 거야."

사실 그 자신은 그런 건 아무 상관도 없었다. 그는 케이프타운에 머무는 것을 좋아했다. 적어도 런던은 아니었고 악마에 대해 듣고 말할 필요도 없었다. 그러나 행복하지 않은 손드라와 함께 있는 건 그다지 즐겁지는 않았다.

"난 돌아가고 싶지 않아."

손드라가 말했다.

"알아. 뭐든 할 수 있겠지."

사이먼은 밀렵꾼들이 한데 모여 뒤집힌 차를 세우려는 모습을 보며 한숨을 쉬었다.

"그런데 난 조금 늦을 것 같아."

"왜?"

"물소를 찾아야지. 다른 사람들이 다칠지도 몰라. 감염으로 서서히 죽게 내버려둘 수도 없고."

사이먼은 무전기를 통해 손드라의 숨소리를 들었다. 그녀가 실망한 와중에도 걱정한다는 것이 느껴졌다.

"가."

마침내 그녀가 말했다.

"다치지만 마."

그다지 즐거운 상황이 아님에도 사이먼은 슬쩍 웃었다. 손드라는 사냥을 싫어했다. 하지만 그는 사냥을 했다. 부상당한 물소는 이러한 야생에서 무시할 수 없는 위험한 존재였다.

사이먼은 조심스럽게 덤불 사이를 걸었다. 밀렵꾼들이 차에 집중한 틈을 타 주변을 탐색하여 다친 짐승의 흔적을 찾아냈다. 몇 분 후 그는 물소가 사라져 간 관목 숲 나뭇잎에서 밝은 진홍색 핏자국을 발견했다.

피의 양으로 미루어 보아 심하게 다친 것 같았다. 내버려두면 어차피 죽을 것이다. 하지만 며칠이 걸릴 수도 있었다. 비록 부상을 입었다고는 하나 여전히 위험한 놈이었다. 사이먼은 사냥용 라이플을 어깨에 둘러메고 걸음을 재촉했다.

2장

물소는 시냇가에서 요란스럽게 물을 마시고 있었다. 하이에나 두 마리가 부서진 바위틈에 움츠리고 그 모습을 지켜보았다. 가슴에서 피가 흘러내렸고, 굵은 아카시아 나무줄기 뒤에 숨은 사이먼에게도 상처가 얼마나 심한지 보였다.

사이먼은 녀석이 불쌍해졌다. 이런 야생에서는 상처가 완전히 낫지 않는다. 박힌 총알 주변 부위가 감염으로 괴사할 수도 있다. 누군가 놈을 죽여 주지 않는다면 고통스러운 최후를 맞을 것이 분명했다.

물론 놈이 먼저 그를 죽일 가능성도 있었다. 사이먼은 웃음이 나왔다. 손드라가 그런 그를 본다면 그를 책망할 터였다. 아버지도 마찬가지였을 것이다.

하지만 늘 삶에 도사리고 있는 단 한 조각의 불확실성이 사이먼을 움직였다. 그가 한때 스케이트보드 챔피언이 될 수 있었던 것도 이러한 그의 무모한 본성 덕분이었다. 예전에 경기에서 사용되곤 했던 보드의 회전 기능은 제한적이었던 반면 그의 보드에는 균형을 잡아 주는 기술이 적용되어 그는 누구보다도 높이, 빠르게 탈 수 있었다.

그런데도 아버지와 템플러 기사단장은 그가 익스트림 스포츠 쪽으로 발걸음을 내딛지 못하게 했다. 수많은 사람들이 여러 질문을 하기 위해 그에게 몰려들었다. 결국 그는 빅벤에서 베이스 점핑을 했다. 런던 타워에서의 베이스 점핑으로 물의를 일으킨 직후였다. 런던을 떠나기 전 마지막으로 보란 듯이 그들 앞에서 벌인 짓이었다. 경찰에 잡혔더라면 끌려가서 감옥에 갇혔을지도 모른다. 다행히 그는 제때 런던을 떠나 남아프리카공화국으로 향했다.

사이먼은 조심스레 소리를 내지 않고 라이플의 어깨끈을 풀고 배낭을 내려 바로 옆에 놓았다.

지난 한 시간 동안 그는 물소를 추적했다. 핏자국은 점점 옅어졌지만 절대로 사라지지는 않았다. 밀렵꾼들은 이미 멀리 떠나 총성을 듣지 못할 수도 있었다.

하지만 어쩌면 이미 그의 등 뒤에 와 있을지도 몰랐다. 그가 코끼리 학살을 목격한 건 아닌지 궁금해하며 말이다. 무엇보다도 사이먼은 지금 그들 중 한 사람을 다치게 한 아프리카 물소를 죽이려 하고 있었다.

그는 가방 안으로 손을 뻗어 남아프리카공화국에 온 지 며칠 되지 않아 구입한 칼들 중 하나를 꺼냈다. '번디 대거'라고도 하는 인도 카타르 스타일의 칼로, 손가락에 끼워 찌를 수 있는 위협적인 무기였다.

접어서 들고 다니기 용이했고 팔 보호대에 장착한 후 펼치면 날카로운 칼날이 50센티미터까지 세워졌다. 로마 군대는 이 40센티 남짓 되는 칼날로 세계를 재패했었다.

사이먼은 번디 대거를 오른팔에 장착하고, 집중력을 높이기 위해 마지막으로 깊이 숨을 쉰 다음 덤불을 헤치고 물소를 향해 다가갔다. 그는 스프링처럼 몸을 웅크린 채 움직였다.

하지만 이 늙은 물소는 명청하지 않았다. 여러 해를 살아오는 동안 수많은 일을 겪었고, 다친 만큼 특히 경계를 늦추지 않았다.

사이먼이 수풀에서 나오는 순간 물소는 그를 향해 어깨를 휙 돌렸다.

사이먼은 그 자리에 얼어붙었다. 장착된 번디 대거의 날이 흔들렸다. 덤불과 바위 그늘에서 도사리던 하이에나들이 조금 후면 어느 쪽이든 물어 삼킬 수 있음을 깨닫고는 낄낄거렸다.

토머스는 얕은 숨을 쉬며 꼼짝하지 않고 서서 물소에게 시선을 고정했다. 놈이 달아난다면 쫓고 싶지는 않았다.

하지만 물소는 아무런 경고도 없이 그에게 달려들었다. 발굽이 땅을 박차며 흙덩어리를 뒤로 튕겨 냈다. 사이먼의 발과 다리로 진동이 전해졌다. 그는 마지막 순간까지 기다리다가 옆으로 몸을 던져 굴렀다.

고작 몇 센티미터 옆 땅이 물소의 뿔에 패었다. 녀석이 커다란 몸을 돌려 또다시 그를 덮치려는 모습을 보며 사이먼은 일어섰다.

그리고 이번에는 아슬아슬하게 공중으로 뛰어올라 가까스로 뿔을 피했다. 한 바퀴 몸을 굴린 사이먼이 순간 짐승의 등으로 떨어지는 듯하다가 매끈한 가죽 위로 미끄러지며 아래로 떨어졌다. 그는 간신히 균형을 잡아 목숨을 건질 수 있었다.

물소는 계속되는 분투에 지쳤는지 휘청거렸다. 총에 맞은 상처는 벌어져 있었다. 사이먼은 놈에게 달려가 등 위로 올라탔다.

물소는 원치 않는 탑승객을 흔들어 떨쳐 내려고 미친 듯이 날뛰었다. 사이먼은 무릎을 꽉 죄어 버티려 했지만 그러기엔 아프리카 물소의 등은 너무 넓었다. 곧 떨어질 것이 분명했다. 시간문제였다.

그는 납작 엎드려 최대한 팔을 뻗어 물소의 목에 둘렀다. 그리고는 팔에 힘을 준 채 균형을 잃지 않으려고 애썼다. 바지 주머니에서 무전기가 빠져나와 땅에 떨어졌고 커다란 발굽에 밟혔다. 물소가 다시 다리를 들었을 땐 산산조각 나 있었다.

사이먼은 최대한 자세를 잡은 후 번디 대거를 물소의 갈비뼈와 심장 사이에 박았다. 떨어지면 발굽을 피할 수 없을 거라는 생각에 그는 절박하게 매달렸다. 다음 순간 물소는 갑자기 힘이 빠져 쓰러졌다. 거대한 산 같은 몸체가 개울가까지 굴렀다.

사이먼은 거대한 짐승 옆에 내동댕이쳐졌다. 머리 위 나무 사이로 햇빛이 비쳤다. 온몸이 마비된 건지, 숨을 쉬고는 있는 건지 두려움에 잠긴 그는 잠시 정신을 잃었다.

사이먼이 다시 눈을 떴을 때는 하이에나 한 마리가 거의 그를 깔고 있다시피 했다. 이 쓰레기 청소부는 코에 주름을 잡으며 누런 이빨을 날카롭게 드러냈다.

사이먼은 본능적으로 움직여 하이에나의 목을 번디 대거로 베었다. 놈은 사방으로 피를 튀기며 목숨이 끊길 때까지 달아났다.

깊은 숨을 들이쉬며 사이먼은 몸을 일으켰다. 다른 하이에나 한 마리가 미친 듯한 웃음소리를 내며 도망갔다. 사이먼은 죽은 물소를 내려다보았다. 안타까웠다. 코끼리들이 밀렵꾼에게 목숨을 빼앗긴 것과 마찬가지로, 이 물소 또한 그저 잘못된 때에 잘못된 장소에 있었을 뿐이었다.

냇물에 번디 대거를 씻은 사이먼은 망가진 무전기를 살펴보러 돌아갔다. 완전히 못 쓰게 된 것이 분명했다.

충격 방지 장치도 쓸모없군.

사이먼은 짐을 놓아둔 나무로 되돌아가 대거를 접어 넣었다. 배낭과 라이플을 메고 나침반을 꺼내 방향을 확인한 후 캠프를 향해 출발했다.

캠프가 있던 곳에 도착한 사이먼은 뭔가 심각하게 잘못되었다는 사실을 깨달았다. 밀렵꾼들의 차량 타이어 자국을 추적해 보고, 그들이 캠프 방향으로 떠났음은 알고 있었다.

그들이 캠프를 찾지 못했기를 바랐지만, 사이먼은 그곳에 도착하자마자 밀렵꾼들이 코끼리뿐만 아니라 사람들 또한 사냥하고 있음을 깨달았다. 타이어 자국은 버려진 야영지를 가로지르며 나 있었고 주변으로는 잿빛 먼지가 흩날렸다.

사이먼은 스스로를 저주하며 주변을 조사했다. 밀렵꾼들은 아무 어려움 없이 손드라의 흔적을 찾아낸 것이 분명했다. 손드라에겐 흔적을 지울 시간이 충분하지 못했다. 관광객들까지 있었기에 더욱 불가능했다. 지금쯤이면 밀렵꾼들은 분명 손드라와 관광객들을 따라잡았을 것이다.

그들이 어떤 짓을 할 수 있을까? 밀렵을 들켰다는 이유로 몽땅 죽이기라도 한단 말인가?

그 가능성을 인지한 사이먼은 피가 얼어붙는 듯했다. 그는 짐을 고쳐 진 후 뛰기 시작했다. 부상당한 물소를 쫓은 지 두 시간도 넘게 지났다. 옷이 땀에 젖어 몸에 달라붙었다. 근육이 비명을 질렀지만 그는 계속해서 앞으로 나아갔다.

7킬로미터쯤 갔을 때 사이먼은 밀렵꾼들이 손드라 일행을 따라잡은 곳에 다다랐다. 하이에나들이 경쟁하듯 무참하게 먹어 치운 돌턴과 케리의 시체를 발견한 것이다. 두 사람 모두 처형이라도 당한 듯 아주 가까이에서 두 눈 사이에 총을 맞은 흔적이 있었다.

폐가 불타오르는 것을 느끼며 사이먼은 두 사람 곁에 무릎을 꿇고 맥을 확인했다. 굳이 그러지 않아도 숨이 끊어졌다는 사실은 분명했다. 그는 노려보듯 부릅뜬 두 사람의 눈을 감겨 준 후 일어섰다.

당신들을 왜 죽인 거지? 저항했나? 그랬을 것 같지는 않았다. 그렇다면 의지를 보여 주려고? 그런 의도가 궁극적으로는 더 잘못된 일일 테지만 오히려 그럴듯했다.

그는 공황에 빠지려는 자신을 억누르며 주변을 다시 한번 살폈다. 곳곳에 발자국과 타이어 자국이 있었다. 밀렵꾼들은 관목 사이에 숨어 있는 손드라와 관광객들을 발견하고 끌어낸 다음 돌턴과 케리를 쏘아 죽인 후 다른 사람들은 랜드로버에 태운 것 같았다.

손드라는 살아 있어. 다른 사람들도 마찬가지고. 사이먼은 죽은 두 사람 대신 산 사람들에게 집중하기로 했다. 지쳤지만 수통을 꺼내 물을 마시고 걸으면서 에너지바를 먹었다. 그런 후 다시 뛰기 시작했다.

"우리를 어쩔 작정일까요?"

마음을 진정시킨 손드라가 일행 중 한 여자를 돌아보았다. 이 여자의 이름이 뭐였는지 기억나지 않는 것이 참을 수 없었다. 고객 이름을 항상 빠르고 정확하게 기억하는 것은 손드라의 자부심이었다. 그녀는 완벽주의자였다. 사이먼은 이를 두고 항상 그녀를 가차 없이 놀리곤 했다.

사이먼. 그가 아직 살아 있는지도 알 수 없었다. 밀렵꾼들이 그에 대해서 한마디도 없는 것으로 보아 아마 죽지는 않은 듯했다. 그런 일은 생각할 수도 없었다. 그녀는 사이먼 크로스보다 더 생존력이 강한 남자는 알지 못했다. 또한 그는 이 납치범들에게 굴복하지도 않았을 것이다. 그녀는 너무나 잘 알았다.

"매킨타이어 씨? 듣고 있어요?"

여자가 조금 더 강한 목소리로 속삭였다.

"듣고 있어요."

손드라는 차분하게 말하려 했다. 하지만 그녀는 전혀 침착하지 않았다. 그들은 등 뒤로 손이 묶인 채 다 함께 나무줄기에 매여 있었다. 처음에 손드라는 끈을 풀려고 시도해 보았지만 실패했고 피가 돌지 않아 손에도 곧 감각이 없어졌다.

"어떻게 생각해요?"

"저도 모르겠어요."

여자는 젊었다. 20대 중반쯤으로 아마도 손드라와 비슷해 보였다. 하지만 그녀는 손드라만큼 차갑고 거친 인생을 보지 못한 것이 분명했다. 여자가 고개를 숙이고 울었다. 먼지로 뒤덮인 볼을 타고 흐르는 눈물에 흙탕물 고랑이 생겼다.

여자의 이름이 갑자기 떠올랐다. 셰리. 손드라는 그녀에게 모든 일이 잘될 거라고 말할 뻔했다. 거의 본능적으로. 하지만 그녀는 그렇게 하지 않았다. 사이먼에게도 가르쳐야 했던 가장 중요한 규칙 중 하나가 돈을 내는 고객에게 지킬 수 없는 약속은 하지 않는다는 것이었다.

그래서 그녀는 여자가 울게 놔뒀다. 드니즈가 그녀에게 몸을 기울였다. 두 사람은 프랑스어로 무어라 속삭였다. 손드라는 프랑스어를 조금 알았다. 프랑스 파리 근교 어딘가에서 왔나 보다. 손드라가 생각했다. 하지만 확신하지는 못했다. 그들은 지루한 직장 노동을 잊게 만들어 줄 남자나, 흥미진진한 모험을 기대하며 여기 왔을 것이다.

지금 회사 일은 하나도 생각 안 나긴 하겠네. 불쑥 떠오른 생각에 죄책감을 느낀 손드라는 주변을 둘러봤다. 밤이 다가오면서 그림자가 길고 깊어졌다. 태양이 지평선 너머로 떨어지면 달이 떠오르기 전까지 잠시 동안은 완전한 어둠에 잠길 것이다. 보름달이 뜬 것이 이틀 전이었는지 사흘 전이었는지 전혀 기억나지 않았다.

밀렵꾼들은 손드라와 사이먼이 고객들에게 나눠 줬던 음식을 먹으며 모닥불에 둘러앉아 있었다. 그들은 어젯밤에 마시다 남은 보드카도 찾아냈다.

일렁이는 불빛 속에서 손드라는 그들 중 두 사람을 알아볼 수 있을 것 같았다. 좋은 일은 아니었다. 그녀가 안다면, 상대도 마찬가지로 그녀를 안다는 뜻이었다. 그들은 목격자는 원하지 않을 것이다. 조만간 사냥터지기들이 코끼리 시체를 발견하고 범인을 수색할 것이다.

너는 목격자야. 그녀가 스스로에게 상기시켰다. 죽음에서 겨우 한 발짝 떨어진 거지. 그녀는 다시 한번 밧줄을 당겨 보았지만 밧줄은커녕 손에 감각조차 느껴지지 않았다. 다른 사람들 모두 처음과 똑같은 자세였다. 주의를 끌지 않고 자세를 바꿀 수 있다 해도 밧줄을 풀지는 못할 것이다.

탈진한 사이먼은 말라붙은 땀과 흙먼지에 뒤덮인 채 아카시아 나무 옆에 엎드려 사냥용 라이플의 조준경을 들여다봤다. 375 웨더비 매그넘 볼트액션이었다. 아무리 빨라도, 밀렵꾼들이 눈치채기 전에 한 번, 혹은 많아야 두 번밖에 쏘지 못할 것이다. 그러면 생존자들을 두고 인질극이 벌어질지도 몰랐다.

라이플은 적당하지 않았다. 만일 그가 평범한 가이드였다면 지금 하려는 일은 하지 못했을 것이다.

그는 라이플을 옆에 내려놓고 다시 가방 속으로 손을 뻗었다. 번디 대거 두 자루를 꺼내 장착했다. 그러고는 그림자 깊숙이 몸을 숨긴 채 밀렵꾼 무리 가까이 다가갔다.

놈들은 미행 사실은 꿈에도 모르는 듯했다. 알았더라면 보초가 더 많았을 것이다. 게다가 모닥불을 피우고 둘러앉아 있지도 않았을 것이다. 모닥불 때문에 놈들은 쉽게 눈에 띄는 반면 놈들은 어둠 속을 볼 수 없었다.

사이먼은 그들에게 다가가면서도 불을 직접 쳐다보지 않고 주변시를 활용했다. 어둠 속에서 물체를 직접 보는 것은 좋지 않았다. 망막 가장자리, 즉 주변 시야로 보는 것이 최고였다.

그는 모두 다섯 명이 있음을 확인했다. 이제는 그들의 냄새까지 맡을 수 있었다. 모닥불 연기 속에 섞여 몸을 씻지 않아 남아 있는 머스크 향과 무언가 상한 듯한 냄새가 함께 풍겼다. 손드라는 그에게 종종 그녀가 만난 어떤 남자보다 그의 후각이 예민하다고 말했다. 청각과 시각도 마찬가지였다.

그 모두가 아버지를 비롯한 템플러와 함께한 훈련으로 얻은 것들이었다. 언더그라운드에는 대련장과 시험과 시련이 있었다. 그는 전투에서 오감을 모두 활용하는 법을 배웠다.

"텔레비전이랑 라디오에서 뭔 미친 소리를 떠들더라고."
한 남자가 말했다.
"무슨 외계인이 런던에 쳐들어왔다나, 괴물 같은 놈들이 우주선에서 빛 같은 걸 타고 내려왔다나."
"뭐 그런 헛소리가 다 있냐."
다른 남자가 말했다. 사이먼은 덤불에서 나와 쭈그려 앉은 자세로 한 발짝 앞으로 나아갔다. 방금 들은 이야기를 믿을 수 없었다. 처음 떠오른 것은 아버지였다.
하지만 외계인이랬지, 악마라고 하지는 않았으니까. 그는 조금씩 앞으로 나아가며 남자들이 그를 눈치챈 후 어디로 어떻게 흩어질지 동선을 파악했다. 그리고 가장 가까운 랜드로버 뒤에 몸을 숨겼다.
"아무도 안 물었어."
사태를 전달하던 남자가 말했다.
"그러니까 그냥 닥치고 있어."
그러자 헛소리라던 남자가 무어라고 구시렁거렸다.
"어떤 외계인인데?"
다른 누군가가 물었다.
"다른 세상에서 왔다고."
남자가 말했다.
"어떤 외계인이라니?"
"그러니까 〈에일리언〉이야, 아니면 〈프레데터〉야?"
"내가 어떻게 아냐?"
"봤다며."

"라디오에서 들었다고."

"언제?"

"며칠 전 케이프타운에서. 출발하려고 준비할 때."

"어디에서 온 놈들인지는 얘기 안 하고?"

"응."

"그거 재밌네. 외계인 몇 마리 잡는 것도 나쁘지 않겠는걸."

모두들 웃어 댔다.

사이먼은 랜드로버 옆에 쭈그려 앉은 채 번디 대거를 다잡았다. 머릿속에 떠오르는 온갖 생각과 의문을 밀어내고 아버지가 가르친 대로 집중하기 시작했다. 그는 크게 숨을 들이쉬고 다시 내쉬었다.

그러고는 가장 가까운 남자를 향해 할 수 있는 한 재빠르게 움직였다. 남자는 고객들이 가져온 접이식 캔버스 의자에 앉아 있었다. 사이먼의 공격에는 머뭇거림도, 용서도 없었다. 돌턴과 케리의 시체를 발견한 후로 그런 것들은 모두 사라졌다. 손드라와 고객들을 구하기 위해서는 손에 자비를 둬서는 안 되었다.

오로지 신속한 죽음이 우선이었다. 인정이라기보다는 전술적인 선택이었다. 죽이지 않고 살려 둔다면 나쁜 타이밍에 허점을 보일 수도 있었다.

남자의 등 뒤로 다가간 사이먼은 골반을 뒤틀어 어깨를 뒤로 빼고 오른팔을 힘껏 앞으로 날렸다. 번디 대거가 의자 등받이 천을 가르고 밀렵꾼의 등에 깊이 박힌 후 가슴을 뚫고 나왔다.

발에 힘을 실어 단검을 빼낸 사이먼은 숨이 끊어진 남자의 시체를 모닥불로 밀었다. 살이 구워지고 머리카락 타들어 가는 냄새가 코를 찔렀다. 밀렵꾼 하나가 그를 향해 라이플을 쏘자 그는 몸을 돌려 랜드로버 뒤로 피했다.

3장

갑작스러운 총성에 손드라는 밀렵꾼들이 있는 곳을 보았다. 그녀는 깜박 졸고 있었다. 랜드로버에 실린 채 보낸 조마조마한 시간으로 녹초가 되었던 것이다.

불가에 쓰러진 밀렵꾼이 보였다. 머리가 희끗희끗한 대장이 아니라 젊은 남자들 중 하나였다. 남자의 옷에 불꽃이 옮겨붙자마자 온몸으로 불길이 번졌다. 다른 네 남자가 재빨리 일어나 라이플과 권총을 들어 보이지 않는 목표를 향해 겨누고 있었다.

잠시 손드라는 내분이 벌어졌다고 생각했다. 그러나 곧 살아남은 네 남자가 랜드로버를 포위하고 천천히 돌며 누군가를, 혹은 무언가를 찾고 있음을 깨달았다. 이렇게 대범하게 공격해 들어온 포식자가 무엇인지 그녀는 상상조차 되지 않았다.

차 뒤에서 무언가가 질풍처럼 움직였다. 기다란 칼날이 한 남자의 다리 뒤에서 솟아오르자, 그 남자가 비명을 지르며 쓰러졌다. 사방으로 피가 튀었다. 남자는 쓰러지면서도 계속해서 라이플을 붙잡으려 했다.

다른 세 남자가 쓰러진 동료를 돌아보는 순간 랜드로버 뒤에서 사이먼 크로스가 튀어나왔다. 손드라의 심장이 급격하게 뛰었다. 사이먼이 구해 줄 거란 희망이 아니었다. 그가 무사할 수 있을지 두려웠다. 손드라는 예전에 그가 싸우는 모습을 본 적이 있었다. 술집 같은 곳에서 누군가 싸움을 걸 때, 혹은 손드라에게 추근거리는 술꾼으로부터 그녀를 지키려 했을 때였다.

하지만 이번엔 달랐다. 밀렵꾼들은 주저 없이 그를 죽일 것이다. 그리고 그 모든 일이 끝나기 전에 그녀와 고객들 또한 죽을 것이 분명했다. 지금까지 그들을 살려 둔 유일한 이유는 오직 몸값이었을 테니까.

어둠 속에서 사이먼은 위압적이고 위험한 커다란 살쾡이 같았다. 그의 키는 194센티미터 정도 되었다. 어깨는 넓고 허리는 날씬했다. 몸 어디에도 군살은 없었다. 어두운 금발이 불빛을 받아 반짝였다. 그의 얼굴은 어둠에 가려 있었지만 손드라는 창백하고 푸른 눈동자가 보이는 듯했다.

밀렵꾼들이 미처 반응하기도 전에 그는 춤추듯 랜드로버 위로 몸을 날렸다. 손드라는 그의 손에 장착된 칼날 두 개를 언뜻 보았다. 그의 가방에서 본 적 있었다. 아무도 없는 줄 알고 훈련하는 그를 발견했을 때에도 본 적 있었다. 사이먼은 랜드로버 위에 착지한 후 앞으로 훌쩍 뛰었다.

"저기, 위!"

쓰러진 남자가 외쳤다. 밀렵꾼 셋이 몸을 돌려 위협과 마주했다. 그들이 미처 발포하기 전에 사이먼은 숙련된 체조선수처럼 우아하게 그들 사이로 착지했다. 칼날이 번뜩이며 한 남자의 목을 갈랐다. 남자는 무기를 떨어뜨리고 두 손으로 목을 감싼 채 뒷걸음질했다.

다른 한 남자가 몸을 돌려 사이먼을 겨누고 가까이서 쏘았다. 하지만 총성이 울리는 순간 사이먼은 눈앞에서 사라졌다. 총알은 허공을 뚫고 랜드로버에 박혔다.

손드라는 사이먼이 곧 죽을 거라 확신하면서도 아무것도 할 수 없었다. 그저 지켜보는 것밖에는.

　두 놈 죽였고, 한 놈은 움직일 수 없으니 둘 남았군.
　사이먼이 씁쓸하게 생각했다. 그는 카타르를 바짝 몸에 붙인 채 권총을 든 남자의 등 뒤로 다가갔다. 오른 손등으로 남자의 무기를 쳐 올리고 몸을 돌려 왼손의 카타르를 남자의 갈비뼈 사이로 밀어 넣었다. 카타르는 곧장 남자의 심장을 찔렀다.
　또 한 남자를 쓰러뜨린 사이먼은 마지막 한 명에게 다가갔다. 총알이 날아드는 순간 그는 카타르를 쳐들었다. 총알이 칼날에 튕겨 나갔다. 칼날이 총알을 막아 줄 거란 희망은 없었다. 순수하게 본능적인 움직임이었다. 한 방이 칼날에 맞고 튕겨 나갔고, 다른 한 방은 저 멀리 엉뚱한 곳에 날아가 박혔다.
　밀렵꾼은 계속 총을 쏘면서 달아나려고 했지만 둘 중 어느 쪽도 성공하지 못했다. 사이먼은 남자를 막아서고 그의 두 다리를 차서 넘어뜨렸다. 그리고 등으로 내동댕이쳐진 놈에게 내리꽂기 위해 카타르를 높이 치켜들었다.
　공포에 질린 남자는 당황해서 칼을 막으려 손을 뻗었지만 날카로운 칼날에 손가락뼈까지 잘려 나갔다. 하지만 남자는 숨을 한 번 내뱉었을 뿐, 상처 같은 것엔 신경도 쓸 수 없는 상태였다.
　사이먼은 남자의 눈동자가 느릿해지더니 동공이 풀리고 확장되는 모습을 바라보았다. 그날 밤 이전에는 사람을 한 번도 죽여 본 적이 없었다. 그런데 지금, 단 몇 분 만에 네 사람을 죽였다. 현실 같지 않았다. 아버지나 템플러 그 누구도 이런 일을 하라고 그를 훈련시킨 것은 아니었다.

"사이먼!"

손드라의 목소리가 사이먼을 상념에서 깨웠다. 다리를 베여 쓰러진 남자가 그새 라이플을 찾아 쥐고 쏘려 하고 있었다. 사이먼은 시체를 발로 밟고 카타르를 뽑아낸 후 몸을 돌렸다.

사이먼은 가볍게 옆으로 피한 후 남자의 라이플을 걷어찼다. 발에 챈 라이플이 빙글빙글 돌며 멀찍이 미끄러졌다. 겨우 심장이 한 번 뛰는 사이 사이먼의 칼날은 어느새 남자의 목에 있었다. 놈이 두 눈을 감으며 양팔을 벌렸다.

"살려 줘! 제발 살려 줘!"

보는 것도 두렵지만 보지 않는 것도 두렵다는 듯 그는 반복해서 눈을 떴다 감았다.

사이먼은 돌턴과 케리의 시신을 떠올렸다. 두 사람은 버려진 채 쓰레기 청소부 하이에나에게 발견되고 유린되었다. 이놈은 살 자격이 없다. 케이프타운 당국 또한 자비롭지 않을 것이다.

방어가 가능한 사람을 죽이는 것과 아무 힘 없는 사람을 냉혹하게 죽이는 것은 달랐다. 하지만 놀랍게도 사이먼은, 그럴 만한 사정이 있다면 죽일 수도 있겠다는 생각이 들었다. 놈도 사이먼의 생각을 읽은 것 같았다.

"제발."

그가 갈라진 목소리로 속삭였다. 단 한 번, 재빨리 찌르기만 하면 남자의 경동맥을 자를 수 있었다. 순식간에 피가 쏟아져 나올 것이고 비교적 고통도 없을 것이다. 돌턴과 케리가 겪어야 했던 일과는 다르게.

"사이먼."

손드라가 차분한 목소리로 말했다.
"저 사람은 이제 아무도 해칠 수 없어. 하지 마. 이미 충분해."
그녀가 잠시 말을 멈췄다.
"사이먼, 듣고 있어?"
사이먼은 냉정을 되찾고 남자를 보았다.
"운 좋은 줄 알아."
그는 밀렵꾼의 목에서 칼날을 떼었다.
"멍청한 짓 하고 싶으면 한번 해 보시고."
밀렵꾼은 가슴을 들썩거리며 드러누워 있었다. 그는 눈을 감고는 꿀꺽 침을 삼켰다.
사이먼은 몸을 일으켜 장착된 카타르를 풀었다. 그러고는 놈의 라이플을 집어 들어 가장 가까운 랜드로버에 던졌다.
"꼼짝도 안 할게요. 그냥 여기 가만 누워 있을게요."
독일이나 네덜란드 쪽 말투 같았다. 사이먼은 아직 거기까지는 구분하지 못했다.
사이먼은 말없이 포로들을 향해 걸어갔다. 카타르로 손드라를 묶은 로프를 자르고는 다른 이들을 풀어 줄 수 있도록 그녀에게 부트 나이프를 건넸다.

밀렵꾼들이 자리 잡은 야영지에서 조금 떨어진 곳에 강이 있었다. 사이먼은 손드라에게 고객을 맡기고 그곳으로 향했다. 사람들과 남아 있을 수도 있었지만, 그 누구도 사이먼 근처에 오고 싶어 하지 않았다. 어젯밤에는 즉흥 파티를 즐겼는데 오늘 밤 그는 네 사람을 죽였다.

억지 부리지 마. 사이먼이 스스로를 타일렀다. 저 사람들은 오늘 일행 두 명이 죽는 걸 봤다고. 모두가 너 같은 건 아니야.

사파리에서 지내는 동안 사이먼은 세 명의 죽음을 목격했다. 불행 중 다행히도 그중 어떤 죽음도 그의 탓은 아니었다. 한 명은 아프리카 물소의 뿔에 받혀 죽었다. 다른 한 명은 강 깊숙이 들어가는 바람에 악어에게 끌려갔다. 세 번째는 다른 남자와 칼부림을 하다가 찔려 죽었다.

그 모든 사고 하나하나가 그에게 흉터를 남겼다. 그의 고객들 또한 그들이 겪은 사건을 곧바로 잊을 수 없음을 잘 알았다.

그는 카키 바지에 젖은 진흙이 스며드는 것을 느끼며 강가에 무릎을 꿇었다. 건너편에는 몸길이가 122센티미터쯤 되어 보이는 악어 한 마리가 진흙과 물에 반쯤 잠겨 있었다. 녀석은 달빛에 푸르게 빛나는 차가운 눈으로 사이먼을 바라보았다.

다른 야행성 짐승과 새들이 물을 마시거나 사냥을 하고 있었다. 일부는 서로를 공격했다.

사이먼은 몸을 숙여 두 손 가득 물을 떠 얼굴에 뿌렸다. 랜드로버 위아래로 구를 때 베이고 긁힌 상처들이 따끔거렸다. 아픔을 느낄 사이도 없었다. 갑작스레 속이 울렁거려 그는 물속에 토했다. 짧은 순간이었지만 그는 소리를 내지 않으려 애썼다. 하지만 온몸에 힘이 빠지며 부들부들 떨렸다.

"괜찮아?"

손드리었다. 그녀가 뒤쪽 어딘가에 있있다.

느린 물길이 토사물을 떠내려 보냈다. 사이먼은 다시 한번 몸을 숙여 얼굴에 물을 뿌렸다. 토하지도 삼키지도 못한 채 목구멍에 남겨진 담즙 맛이 끔찍했다.
"괜찮아."
"다친 거야?"
"아니."
사이먼은 그녀가 돌아갔으면 했다. 혼자 있으려고 나온 건데.
"사이먼, 네가 한 일은-"
그는 고개를 돌려 그녀를 보았다.
"사람을 넷이나 죽였어. 꽤 끔찍하지, 안 그래?"
그는 의도했던 것보다 목소리가 더 크게 나왔음을 깨달았다. 손드라는 물러나지 않았다. 대신 그에게 다가와 무릎을 꿇어 그를 당황하게 했다. 그녀는 그의 눈을 똑바로 바라보았다.
"그래."
그녀가 부드럽게 말했다.
"꽤 끔찍했어. 다른 방법이 있었다면 그놈들을 죽이는 일 같은 건 바라지 않았을 거야. 그런데 다른 방법이 없었잖아. 나는 알아. 우리 고객들도 알아."
그녀가 잠시 말을 멈췄다.
"그리고 너도 알아."
사이먼은 아무 말도 하지 않았다. 그녀는 몸을 숙여 그를 두 팔로 꽉 끌어안았다.
"네가 잘못될까 봐 무서웠어. 그놈들이 널 죽여 버리는 줄 알았어. 네가 그렇게까지 해낼 거라곤 생각 못 했어."
"솔직히, 나도 몰랐어."
나는 괴물들을 상대로 싸우는 훈련을 받았거든, 인간이 아니라.

물론 그 말은 할 수 없었다. 그는 잠시 그대로 그녀에게 기대 말없이 있었다. 그를 둘러싼 밤의 추위를, 그리고 외로움을 막아 주는 그녀의 따스함을 느끼면서.

야영지로 돌아간 사이먼은 텐트 설치에 쓰이는 천막 중 하나를 꺼내 랜드로버 전면에 설치했다. 그런 후 모닥불 잿더미 사이로 죽어 누워 있는 밀렵꾼의 시신을 끌어왔다.

불길은 남자의 머리카락과 얼굴을 모두 태워 버렸다. 이를 드러낸 까만 두개골만이 남아 있었다. 뱃속까지 휘젓는 듯한 악취가 사라지지 않고 끈질기게 야영지 주변 공기에 떠다녔다.

사이먼은 강물을 떠 와 검게 그을린 옷을 시체로부터 벗겨 냈다. 옷은 녹아내려 시체 상반신에 엉겨 붙어 있었다. 잔불이 사그라들었음을 확인한 사이먼은 시신을 천막으로 옮겨 다른 시체와 나란히 뉘었다.

처음엔 아무도 움직이지 않았다. 말없이 지켜보기만 했다. 하지만 손드라가 나서 세 번째 시신 옮기는 것을 도왔다. 곧이어 두 남자가 나서 네 번째 시신을 천막으로 끌고 갔다.

"시체들을 어쩌려고요?"

블레이스델이 물었다. 책을 쓰고 있다는 한 미국인 남자였다.

"케이프타운으로 옮기려고요."

사이먼이 천막 한쪽 끝을 잡은 후 시신 위를 덮었다. 손드라가 그를 도와 반대쪽을 잡아 주었다.

"왜요? 장례라도 치러 주려고요?"

블레이스델의 말투에 분노가 묻어 나왔다.

"그럴 만한 가치도 없는 놈들이에요. 여기서 그냥 짐승 먹이나 되라지요."

사이먼이 입을 열었지만, 그의 대답이 화를 더욱 북돋을 거라는 사실은 잘 알았다.

"그럴 경우 동물들이 인육에 맛을 들일 위험이 있어요."

손드라가 침착하게 끼어들었다.

"게다가 이번 사태를 알게 된 사람들이 같은 일을 시도할 엄두를 내지 못하게 할 수도 있고요. 호의를 베풀려는 게 아니에요. 이놈들은 죽었어요. 더 신경 쓸 가치도 없어요."

블레이스델이 고개를 떨구고 뒤로 물러났다.

"미안해요. 돌턴은 좋은 사람이었어요. 그런 일을 당할 이유가 없는데. 케리도 마찬가지고요."

사이먼은 묵묵히 듣고 있는 것으로 동의를 표했다.

사이먼과 손드라는 시체를 한데 감싼 후 한 번에 로프로 묶었다. 그러고는 그 소름 끼치는 시체 더미를 랜드로버에 실었다. 맹수 전문 사냥꾼의 포획물 같았다. 사이먼에겐 어울리지 않았지만 더 어찌할 방법이 없었다.

돌턴과 케리의 시신을 수습하는 일은 더 끔찍했다. 사이먼과 손드라는 허공에 총을 쏴 랜드로버의 전조등에도 달아나지 않는 덩치 큰 포식자들을 쫓으려 했다. 작은 녀석들은 이미 재빨리 달아난 후였다.

사이먼은 또 다른 천막과 커다란 손전등을 꺼냈다. 그리고 밀렵꾼들이 가지고 다니던 권총 중 한 자루를 차고 다가갔다.

케리의 시신은 거의 온전했지만 돌턴의 시신은 흩어져 있었다. 그들은 시체 조각들을 주워 모아야만 했다. 손드라는 비위가 더 이상 견딜 수 없을 때까지 도왔다. 사이먼은 울렁거림을 애써 억누르며 작업을 계속했다.

돌턴에겐 아내와 아이들이 있었다. 그들은 아버지의 몸을 최대한 많이 수습하고 싶어 할 것이다. 사이먼이 마침내 마지막 한 조각까지 찾아내는 데에는 거의 한 시간이 걸렸다.

케이프타운을 향해 출발해 야영지에서 꽤 멀어지자 밤이 내려앉았다. 사이먼은 보초를 서고 손드라는 고객들을 돌봤다. 그는 사냥 라이플을 무릎 위에 두는 것을 잊지 않았다.

고객 대부분은 말이 없었다. 만약 그들 스스로 결정을 내릴 수 있었다면 곧장 텐트로 가 잠을 청했을 것이었다. 하지만 손드라는 인스턴트 수프를 데워 먹자고 고집을 부렸다.

고객들을 모두 살핀 후 그녀는 수프 한 그릇을 들고 사이먼에게 갔다. 듬성듬성 썬 채소와 소고기가 푸짐한 든든한 식사였다. 사이먼의 코에서는 죽음의 냄새가 계속 맴돌았지만 수프에서는 천상의 향기가 났다.

손드라는 자신의 수프 그릇을 들고 그의 맞은편에 양반다리를 하고 앉았다. 그들은 잠시 말없이 수프를 먹었다.

"이 사람들은 다시 올 것 같지는 않네."

손드라가 말했다.

"입소문 내기도 틀렸고. 저 여행 기자도 마찬가지일 거야."

사이먼은 고개를 끄덕였다. 그녀가 그저 아무 말이나 하는 것뿐임을 그는 잘 알았다.

"기분은 조금 나아졌어?"

그녀를 흘끗 보면서 사이먼이 고개를 끄덕였다.

"내일 케이프타운에 도착하면 더 나아질 거야."

"랜드로버가 있으니까 아마 내일 오후쯤 도착하겠지."

사이먼이 고개를 저었다.

"연료를 확인 못 했네."

그는 그릇을 옆으로 밀어 놓았다.

"내가 했어. 충분해."

뱃속을 팽팽하게 당기던 긴장이 조금 느슨해졌다. 손드라는 긍정적이고 유능했다. 모든 일이 그의 어깨 위에 올려져 있지 않다는 사실이 그는 좋았다.

"다른 손님은 어때?"

사이먼이 살아남은 밀렵꾼을 두고 말했다.

"아픈가 봐. 무섭고. 피는 겨우 멈춘 것 같아. 상처를 지져야만 하는 줄 알았는데."

손드라가 수프를 조금 떠먹으며 말했다.

"평생 불구로 살까 봐 걱정해."

"법정에 서면 재활 치료를 받을 만큼 그렇게 오래 살진 못할 텐데."

손드라가 그를 쳐다봤다.

"당신, 다른 사람 같아."

"어떻게 다른데?"

그녀는 잠시 멈칫했다가 어깨를 으쓱했다.

"매정해."

사이먼은 잠시 생각에 잠겼다. 아버지와 템플러들은 인생에 대해서 가르쳐 주었다. 어린 시절 그는 템플러 외에는 거의 신뢰하지 않았다. 그는 삶 대부분을 런던의 언더그라운드에서 보냈다. 첫 몇 해는 홈스쿨링을 했다. 청소년이 되기 전까진 진짜 세상에 나가 본 적이 없었다.

그리고 단 한 번도 친구를 사귀지 못했다. 친구들을 언더그라운드로 데려와 도장이나 훈련소를 보여 줄 수는 없었다. 싸움을 할 수도 없었다. 처음으로 싸움을 한 날 그는 상대 아이 둘을 거의 반 죽음으로 만들었다. 그 일을 수습하기 위해 기사단장 써머라일 경이 무슨 일을 해야 했는지 그는 아직도 몰랐다. 하지만 그 후로 한 달 동안 그는 언더그라운드에서 나가지 못했다.

"그냥 돌아가고 싶을 뿐이야."

사이먼이 마침내 입을 열었다. 그는 밀렵꾼에게 런던 침공 사태라는 것에 대해서도 묻고 싶었다.

그 남자는 랜드로버 뒷좌석에 놓인 상아 더미 위에서 잠들어 있었다. 사이먼은 상아를 버리고 와 봤자 소용없음을 잘 알았다. 어차피 누군가 주워 갈 것이다. 게다가 상아는 값비쌌다. 상아를 판 수익금 일부를 돌턴과 케리의 장례에 보탤 수 있을 것이다.

"일어나."

사이먼이 낮지만 위협적인 목소리로 말했다.

눈을 뜬 남자는 피곤해 보였다. 손드라가 말은 안 했지만, 그에게 진통제를 준 것 같았다.

"뭐죠?"

의혹과 공포에 남자의 목소리가 쪼그라들었다.

"런던 침공에 관해서 뭘 들었지?"

사이먼이 팔짱을 끼고 섰다.

"그걸 물으려고 깨운 거예요?"

두텁게 붕대가 감긴 발을 잡으려는 듯 사이먼은 손을 뻗었다.

"런던에 대해서 말해 봐."

"별로 얘기할 게 없어요. 케이프타운을 출발하기 전에 술집에서 들었어요. 영상도 있긴 했는데, 그게 좀, 가짜 뉴스처럼 허무맹랑했다니까요. 그… 그것들의 모습이 나오긴 했는데. 뭐라고 불러야 할지도 모르겠네요."

"어떻게 생겼는데?"

"몰라요. 화질이 안 좋아서. 런던 사람들 대부분 빠져나가지 못했대요. 그것들이 무슨 무기 같은 걸 써서 사람들이 도망 못 갔다나. 그 사람들 다 죽었을걸요. 기자들이 그렇게 말했어요."

"놈들이 런던엔 어떻게 갔지?"

밀렵꾼은 자기 코를 비틀었다. 진통제 때문이었다. 예전에 스케이트보드를 타고 베이스 점핑을 하던 무렵 사이먼도 진통제를 자주 먹었다. 진통제 대부분이 코를 마비시키거나 간지럽게 했다.

"잘 모르겠어요. 기자들 말로는 무슨 빛기둥 같은 걸 타고 내려왔대요. 엄청나게 큰 차원문 같은 걸 열고 넘어왔다는 사람들도 있고요."

"영국군은? 군부라면 무슨 일인지 알 텐데."

"몽땅 죽었대요."

밀렵꾼이 말했다.

"몽땅까진 아니더라도 아무튼 대부분이요. 군대가 전멸한 흔적이 꽤 있었어요."

사이먼은 자리를 떠 손드라가 보초를 선 곳으로 돌아갔다. 아버지에게 들었던 말들이 계속해서 그를 괴롭혔다. 토머스 크로스는 항상 주장했다. 악마 무리가 지구로 온다면 특별한 훈련을 받은 사람들과 무기 없이는 그 누구도 놈들에게 맞설 수 없다고.

"뭐래?"

사이먼은 고개를 저었다.

"아무 말도 안 해?"

"지금 당장 케이프타운에 있었으면 좋겠다는 생각이 들 만큼은 말했어."

"런던에 가족이 있는 거지?"

"아버지가."

"어머니는?"

"세 살 때 암으로 돌아가셨어. 거의 기억도 안 나."

하지만 그것은 사이먼이 평생 벗어날 수 없는 기억이기도 했다. 어머니는 템플러 의료 기관에서 죽었다. 사이먼은 그 병원이 런던 병원만큼 제대로 의료 시설을 갖췄는지도 알 수 없었다. 결코 그럴 것 같지 않았다. 그들은 치료를 위해 어머니를 다른 병원에 데려가 보지도 않았다.

사이먼은 템플러가 매우 오만하고 고집스러운 탓에 어머니를 잃었다고 믿었다. 그가 어머니를 미처 알기도 전에 말이다.

"아버지가 많이 걱정되겠네."

"별로."

토머스 크로스는 언제나 스스로를 지킬 수 있는 사람이었다. 사이먼은 땅에 드러누워 몸을 쭉 뻗고 마음을 가라앉히려고 애썼다. 템플러가 항상 말했던 대로 마침내 악마가 이 세상에 온 것이라면 어떻게 해야 할지 알 수 없었다.

결국 아무 일도 할 필요가 없을 거라는 생각이 들었다. 아버지, 그리고 아버지가 함께한 사람들은 이런 사태를 위해 평생을 대비한 것 아닌가. 잘못될 수가 있다는 말인가?

그러나 그는 무언가 잘못되었다는 느낌을 떨쳐 낼 수 없었다. 밀렵꾼의 말에 따르면 영국군도 괴멸된 것 아닌가? 아니면 과장일까? 사이먼의 평화로운 마음에 경각심을 일으키는 마지막 경고인가?

오래도록 뒤척인 후 사이먼은 마침내 잠들었지만, 악몽이 이어졌다. 어렸을 때 배웠던 무서운 이야기들과 그 모든 경고가 몰고 온 꿈이었다. 템플러가 학교에 전시해 놓은 괴물, 날개 돋은 악마가 자꾸만 보였다. 아버지는 그것이 템플러들이 아는 실제 악마를 본떠 만든 형상이라고 말해 주셨다. 언더그라운드에 있는 모두로 하여금 자신들이 그곳에 있는 이유, 그리고 훈련하는 이유를 잊지 않도록 하기 위해 그곳에 전시해 놓았다는 것이다.

수백 년 전 프랑스 국왕 필리프 4세는 악마 숭배자로 몰아 템플러를 추방했다. 템플러가 인간이 아닌 것들의 뼈로 악마의 두개골을 만들려 했다는 이유였다. 템플러는 뼈를 연구하여 악마에 대해 더 잘 알 수 있길 바랐다. 하지만 왕은 그 기회를 템플러의 땅과 재산을 몰수하는 기회로 삼았다.

사이먼은 악마가 진짜라는 믿음은 이미 오래전에 버렸다. 아이들을 겁주기 위해서 하는 이야기일 뿐이라고 여겼던 것이다.

하지만 그게 아니었다면?

4장

비숍스게이트 타워(Bishopgate Tower)
영국, 런던

"창문에서 물러나는 것이 어떻겠습니까, 경정님?"

앨프리드 하이드 경정은 쌍안경을 내려놓고 돌아섰다. 하이드는 그 남자가 어두운 방 안으로 들어오는 소리를 듣지 못했기 때문에 사실 조금 불안했다. 그리고 저기 저것들은…….

하이드는 한숨을 쉬었다. 그는 무슨 일이 일어나는지 모두 보았다. 그럼에도 세인트 폴 대성당에 교두보를 쌓은 저 기괴한 놈들을 악마라고 부르자니 입이 떨어지지 않았다. 하는 짓을 보면 적절한 명칭이었지만, 그럼에도 미친 짓 같았다.

방은 어두웠다. 아주 희미한 달빛만이 바닥을 비췄지만 경정은 자신이 빛에 조금도 노출되지 않도록 조심했다. 그들은 가장 최근에 런던에 지어진 건물인 비숍스게이트 타워 59층에 있었다. 침략자들과 전투를 벌이는 동안 이 건물 역시 직격탄을 몇 번 맞았지만 아직 무너지진 않았다.

"자넨 누군가?"

하이드가 물었다. 자신을 따라다니는 개인 경호원은 아니었다. 하지만 남자의 신원이 걱정되지는 않았다. 팀이 이미 남자의 신원을 확인했을 것이다. 그런 것보다 어쨌든 이 남자는 인간처럼 보이긴 했다. 저들과는 달리.

젊은 남자는 평상복 차림이었지만 차려 자세를 취했다. 모두들 경찰청 제복은 입지 않는 편이 낫다는 것을 이젠 잘 알았다. 도시를 침략한 괴이한 생명체들은 특히 제복을 입고 있는 사람들에게 악의를 품은 듯했다.

하이드는 그것이 초반 영국군의 대응 때문인지 아니면 기사들 때문인지 알 수 없었다.

무장한 그 사람들을 기사라고 부르는 것도 어찌 보면 제정신이 아닌 일 같았지만, 어쨌든 전투에서 살아남은 사람들은 그들을 그렇게 불렀다. 그들의 옷차림, 목숨을 바쳐 적과 싸우는 영웅적인 모습을 두고 기사가 아니라면 무어라고 부를 수 있다는 말인가?

"크레브스입니다, 경정님. 윌리엄 크레브스."

젊은 남자가 절도 있게 경례했다.

"경례는 필요 없다. 크레브스."

하이드가 말했다.

"출전해서 목숨을 내던지는 것이 자네 임무라 하더라도 자네가 저 빌어먹을… 것들에게 날 상관으로 지목하는 일은 없길 바란다."

젊은 남자는 당황한 것처럼 보였다.

"네, 알겠습니다. 경정님."

"'경정님'이라고 부르는 것도 그만두도록. 빌어먹을."

50대에 접어든 하이드는 흰머리가 났지만, 몸은 탄탄하고 건장했다. 그는 콧수염을 기르고 동그란 안경을 쓰고 있었다. 크레브스는 현명하게도 침묵을 지켰다.

"혼이나 나려고 여기 온 건 아니겠지."

"아닙니다, 경정님. 아닙니다. 스미더스 박사께서 보내셨습니다."

"그래?"

검시관 중 한 명인 스미더스 박사는 런던 경찰국(Metropolitan Police Service)에서 일했다. 그의 친구였고, 좋은 사람이었다.

"그가 무장한 자들 중 한 명의 신원을 확인했다고 합니다."

"정말인가? 누구라던가?"

"제겐 말씀하지 않으셨습니다. 경정님을 즉시 검시소로 모시고 오라고만 하셨습니다."

"알았다."

하이드는 건물 밖으로 나가 이동해야 한다는 사실이 썩 내키지 않았고, 안전하지도 않았다. 폐허가 된 도시를 점령한 괴물들은 무리 지어 다니며 겁 없이 사냥을 했다. 그는 적의 첫 공격에서 살아남은 일부 경찰들과 함께 얼마 동안 비숍스게이트 타워 지하에 머물렀다. 가장 최근에 지어진 이 건물은 영구히 무너지지 않게끔 튼튼하게 지어졌다. 하지만 하이드는 사실 이 건물이 한 달은 버틸 수 있을지 의심스러웠다. 적은 매일매일 장악 지역을 넓혔다. 그 모습을 지켜보자면 할아버지가 그에게 들려주었던 나치의 프랑스 점령과 런던 공습 이야기가 떠올랐다.

하이드는 다시 창문가로 가서 쌍안경을 들어 세인트 폴 대성당 쪽을 바라보았다. 헬게이트의 검은 소용돌이가 번쩍거리고 있었다. 헬게이트. 어느 단파 라디오 기자가 그렇게 불렀지. 하이드는 그 이름을 굳이 거부할 이유를 찾지 못했다.

그것이 무엇이든 간에 기상에 끼치는 효과는 매일매일 점점 더 심각해졌다. 하이드는 그 파괴적인 징후에 대해 날마다 보고를 받앗다. 만성절 전야, 그 기사… 아니, 무장한 사람들이 대규모 반격에 들어갔던 지난 며칠 동안 템스강까지 영향을 받았다. 위험할 정도까지 강 수위가 내려갔던 것이다.

런던 전역에 밤이 내려앉았다. 2차 세계 대전 이래로 이 도시가 이렇게까지 어두웠던 적이 있었을까. 하이드는 궁금했다. 격동의 시간을 거슬러 올라가 보면 밤의 어둠을 견딘 사람들이 결국 살아남았다. 독일 폭격기에 대응하는 가장 큰 방어 수단이 어둠이었기 때문이다.

어떻게 했는지 모르지만 이번 침략자들은 전력망에 침투해 도시에 전기를 차단했다. 지하철은 멈춘 채 더 이상 사람들을 시내 곳곳으로 실어 나르지 않았다. 기름등과 초 외에는 불을 밝힐 수 없었다. 심지어 이 불빛 때문에 사람들은 위험에 빠졌다. 침략자들은 밤에 이동하면서 인간을 쫓았고, 눈에 띄는 즉시 그 자리에서 죽였다.

그가 없는 사이 무언가 놓치지는 않을까 걱정되었지만 하이드는 마지못해 창가에서 몸을 돌려 젊은 경관을 따라나섰다.

50층 높이에 매달리는 경험은 전혀 즐겁지 않았다. 하이드는 로프를 연결한 DCS(Distributed Control System; 분산 제어 시스템) 운송용 케이지에 매달려 있었다.

전기가 끊겼기 때문에 엘리베이터를 대신할 것을 임시방편으로 만들어야 했던 것이다. 케이지가 무거워질수록 이를 올리고 내리는 일에 부담이 갔기 때문에 사람들은 로프와 골격만을 활용하기로 했다. 발판이 미친 듯이 흔들려 하이드는 배 속까지 뒤틀리는 것만 같았다.

케이지는 속도를 조절하며 서서히 텅 빈 엘리베이터 통로를 내려갔다. 하이드는 내려가는 것과 올라가는 것 중 어느 쪽이 더 나쁠지 알 수 없었다. 내려가는 길은 길지 않은 단 한 번의 추락으로 끝날 테지만 올라갈 때는 케이지 속에서 매우 빠르고 짧은 추락을 반복적으로 겪어야 할 것이다. 케이지가 덜컹거릴 때마다 그의 심장도 함께 요동칠 것이다.

어쨌든 마침내 그들은 지하에 도착했다. 로비는 곧장 거리로 연결되었기 때문에 너무 위험했다.

지하층에는 지난 전투에서 간신히 보전한 장갑차들 중 한 대가 기다리고 있었다. 측면 강철판은 흠집투성이였고 유리창은 거미줄처럼 금이 가 있었다. 소형 대포와 기관총 총구가 총안을 통해 살짝 보였다.

측면 문이 열리고 한 젊은 남자가 나왔다.

"경정님."

하이드가 고개를 끄덕였다.

"머리 조심하십시오. 차체가 낮습니다."

하이드는 고개를 숙이고 차량으로 들어가 안내된 의자에 앉았다. 장갑차 안은 인상이 날카로운 사람들과 무기로 꽉 차 있었다. 외모만 보자면 평생을 전장에서 보낸 자들 같았다. 제대로 면도조차 못 한 초췌한 얼굴. 귀신에 시달린 듯한 눈. 하이드는 그들이 마주했을 공포를 조금이라도 상상하고 싶지 않았다.

"벨트 매십시오."

크레브스가 하이드 옆자리에 앉고 안내했던 젊은 남자는 다른 곳에 가 앉았다.

"어디로 가는 건가?"

"중앙 도서관으로 모시라는 명령입니다. 그곳에서 스미더스 박사님과 만날 예정입니다."

"스미더스 박사가 거기 있는지는 몰랐군."

"옮기신 지 얼마 안 되었습니다. 새로운 시체 안치소가 필요해서 말입니다."

"예전 안치소는 어찌 되었나?"

"꽉 찼습니다."

"그렇군."

하이드는 장갑차가 흔들리며 움직이기 시작하는 걸 느끼며 의자에 기대어 앉았다. 수습 가능했던 시신만으로도 안치소가 꽉 찼을 테지. 미처 수습하지 못한 시신은 더욱 많을 것이다.

장갑차 변속기가 부드럽게 작동하며 속도를 올렸다. 밖을 볼 수 없자 하이드는 더욱 불안했다. 기습을 알아차렸을 땐 너무 늦을지도 몰랐다.

"피란 작전은 어떻게 되고 있습니까, 경정님?"

젊은 경관이 물었다. 마치 일요일에 드라이브라도 하는 것처럼 목소리는 평온했다.

"집결지를 지정했네."

길거리에 노출되었다는 생각을 떨칠 수 있는 것에 감사하며 하이드가 대답했다.

"하지만 슬프게도 큰 도움은 되지 않는 것 같군."

"그렇습니까?"

"모인 사람들을 내보낼 방법이 없어."

하이드는 그 작전이 얼마나 쓸모없었는지에 대해 얘기하고 싶지 않았다. 대영국은 섬나라 왕국이었다. 과거에는 강점이었을지는 모르나 이제는 그 반대였다.

"해저 터널이 있잖습니까?"

해저 터널은 영국해협 아래 건설되어 영국과 프랑스를 잇는 50킬로미터 남짓의 지하 철로였다.

"그… 침략자들이 부대 일부를 그곳에 집중 배치했다는군."

하이드가 말했다.

"그곳으로 향하던 마지막 수송 차량도 몇 대 격파당했다네."

"공항 수복엔 진전이 없습니까?"

"없네."

히스로 공항은 놈들의 첫 공격에 폐허가 되었다 해도 과언이 아니었다. 개트윅과 스탠스테드 공항도 마찬가지였다. 루턴 공항의 상황은 아무도 몰랐다.

"안타깝습니다. 민간인들이라도 대피시켰다면 좋았을 텐데……."

"그래. 그랬겠지."

하이드는 시민 대부분이 탈출하지 못할 거라고 생각했다. 기적이 일어난다면 모를까.

남자가 인이어를 톡톡 두드리며 말했다.

"꽉 잡으십시오. 위험 지역을 통과합니다."

하이드는 장갑차가 어디까지 속력을 낼 수 있는지 잘 알았다. 그는 손을 뻗어 팔걸이를 잡았다.

잠시 후, 기관총과 대포 소리가 맹렬하게 울렸다. 곧이어 무언가가 세게 부딪혀 와 장갑차는 한쪽으로 크게 휘청였다. 하지만 그에 굴하지 않고 급격히 속도를 올리더니 좌우로 비틀거리며 앞으로 나아갔다.

"조이, 조심해! 왼쪽!"

누군가 소리쳤다.

"아니! 빌어먹을, 그쪽 말고 다른 쪽!"

포병들은 위치를 바꿔 가며 끈질기게 목표물을 추적했다.

"저렇게 날아다니는 놈들은 정말 싫군."

하이드는 놈들을 목격했던 순간을 떠올렸다. 고작 이틀 전이었다. 놈들 중 하나가 거리에서 한 아이를 낚아채 갔었다. 마치 매가 토끼를 잡는 것 같았다. 하이드는 놈이 그 아이를 죽였는지, 아니면 부하들의 총알이 그 아이를 죽였는지 알 수 없었다. 다만 그 아이를 다시 볼 수는 없었다.

"스치지도 못하잖아."

누군가 말했다.

"화만 더 돋우고 있다고."

운전병이 운전대를 신속하게 돌리며 계속해서 방향을 바꾸었다. 장갑차가 건물 벽면을 긁으며 덜컹거렸다. 그리고 곧 사방이 다시 조용해졌다.

"됐습니다."

경관이 눈에 띄게 안심하며 말했다.

"안전합니다."

한동안은 그렇겠지. 이런 생각이 드는 것은 하이드도 어쩔 수 없었다. 저기 어딘가에 아직 놈들이 있으니까.

한 건물 지하 주차장에 멈추자 하이드는 장갑차 밖으로 나왔다. 사복을 입은 경찰 몇몇이 그를 기다리고 있었다. 모두 중화기로 무장하고 두터운 폭동 진압복을 입고 있었다. 그 정도로는 저 짐승 같은 놈들을 늦출 수는 있어도 막지는 못할 터였다.

"여기를 떠날 때 필요하시다면 언제든 도와드리겠습니다."

젊은 기갑부대 장교가 말했다.

"고맙군."

하이드는 젊은 남자와 악수했다.

"조심하게."

장교가 엄지손가락을 힘차게 들어 보이며 말했다.

"물론입니다."

장갑차 문이 닫히는 모습은 마치 짐승 같기도 했고 괴물 같기도 했다. 장갑차는 출구를 향해 나아갔다.

"이쪽입니다, 경정님."

하이드는 그를 기다리던 일행과 합류했다. 그들은 한껏 중무장한 상태로 경계를 늦추지 않았다.

그들의 발소리가 넓은 주차장에 울렸다. 그들은 계단을 통해 한 층 더 아래로 내려갔다.

입구에는 보초들이 차려 자세로 서 있었다. 밝은 빛줄기가 문틈을 비집고 흘러나왔다.

"경정님이 스미더스 박사님을 뵈러 왔다."

한 남자가 알렸다. 보초병이 하이드의 신분증을 확인한 후 돌려

1부: EXODUS(대탈출) 73

주면서 고개를 끄덕였다. 그의 왼쪽 뺨에는 반쯤 봉합된 상처가 있었다. 끔찍한 흉터를 남길 만한 상처였다. 만약 그가 그만큼 오래 산다면 말이지만.

하이드는 임시 안치소에 들어서면서 눈을 여러 번 깜빡여야 했다. 불빛이 매우 밝아서 열기마저 느껴질 정도였다. 그 열기 탓에 방 안을 가득 메운 죽음의 냄새가 더 심해지는 것 같았다. 런던 경찰국에서의 오랜 경험에도 불구하고 그는 몸이 떨리고 속이 울렁거렸다. 냄새를 조금이라도 덜 맡기 위해 입으로 숨을 쉬기 시작했지만 크게 도움이 되지는 않았다.

철제 침대 여러 개가 차고 구역에 놓여 있었지만 그럼에도 그 주위로 엄청나게 많은 시체 운반용 포대가 마치 장작더미처럼 마지막 운명을 기다리며 쌓여 있었다.

시체 운반 포대가 떨어지면 어떻게 하지? 하이드는 생각했다. 2주 전이라면 자신이 이런 생각을 했다는 사실에 놀라고 어쩌면 구역질이 나왔을지도 몰랐다. 하지만 오늘 밤 그는 그것이 정말로 심각하게 걱정해야 할 문제임을 깨달았다.

스미더스 박사는 뼈만 남은 60대 남자로, 잘 맞지 않는 틀니를 하고 너무 여위어 두 눈은 움푹 패어 있었다. 두꺼운 안경알 때문에 얼굴에 비해 눈이 너무 커 보였다. 그는 피 묻은 하얀 수술복을 입고 있었다.

"잘 지냈나, 앨프."

스미더스가 사포처럼 거친 목소리로 속삭이듯 말했다.

"오는 길에 큰일 날 뻔했단 얘기는 들었네."

"조금. 그 정도는 아무것도 아니지. 이젠 너무 흔한 일이라 지나간 후에는 그다지 떠올리지도 않는다네."

100퍼센트 진실은 아니었다. 하이드는 밤이면 거의 매번 악몽을 꿨다. 그가 악수를 하려고 손을 내밀었다. 스미더스는 양손을 번쩍 들었다. 그의 장갑은 응혈로 뒤덮여 있었다.

"슬프지만 겉치레 같은 걸 할 때는 아닌 것 같군."

하이드는 내밀었던 손을 거두었다.

"날 보자고 했다고."

"그랬지."

스미더스는 벽 쪽에 누워 있는 시신으로 하이드를 데리고 갔다.

다른 대부분의 시체와는 달랐다. 이 시신은 거리의 전투에서 수세에 몰린 영국군을 도우러 온 이들이 입었던 것과 같은 그 이상한 갑옷을 걸치고 있었다.

바로 며칠 전 세인트 폴 대성당에서 목숨을 잃은 수백 명이 이런 것을 입고 있었지. 하이드가 떠올렸다.

시신 근처에 한 남자가 서 있었다. 30대 후반, 아니면 40대 초반쯤 되었을 구릿빛 피부에 건장한 남자였다. 터틀넥과 슬랙스 위로 트렌치코트를 입고 있었다. 머리를 매끈하게 밀었고 턱도 마찬가지였다. 검정 선글라스에 두 눈은 보이지 않았다.

하이드는 스미더스의 소개를 기다리며 남자를 쳐다보았지만 곧 그런 일은 없을 거라 판단했다. 하이드는 먼저 손을 내밀며 이름을 밝혔다. 남자는 미동도 하지 않았다. 그리고 여전히 무표정한 얼굴로 말했다.

"우리는 당신이 누구인지 압니다, 경정님."

바보가 된 것처럼 느끼며 하이드는 손을 물렸다.
"그러는 당신은 누구요?"
"아실 필요 없습니다."
"그렇다면 위층에서 기다리는 게 나을 텐데요."
남자는 웃었다.
"아닐 것 같군요."
하이드는 스미더스를 흘끗 보았다.
"내게도 이름을 말하지 않았어."
스미더스가 말했다.
"하지만 어디 윗선에서 보낸 것 같아. 총리 관저의 편지를 들고 왔다는군."
"그렇다고… 할 수 있죠."
남자가 말했다. 그는 선글라스를 쓴 눈으로 하이드를 바라보았다.
"이 시신의 신원을 확인해 주실 수 있다고 들었습니다."
화가 치미는 와중에도 하이드는 죽어 누워 있는 기사에 대한 관심이 일었다. 도대체 누가 그런 말도 안 되는 생각을….
그런데 그는 이 남자를 알아보았다. 경정은 놀라 잠시 말을 잃었다.
"이 남자를 아십니까?"
하이드는 고개를 끄덕였다.
"압니다."
"그럼?"
"토머스 크로스."
시신 상태 때문에 제대로 알아보기는 힘들었지만 하이드가 확실히 기억하는 그 남자였다. 굉장히 잘생기지는 않았어도 분명 눈에 띄는 사람이었다. 눈앞에 누워 있는 크로스는 마치 끓는 물에 들어갔다 나온 것처럼 보였다. 살이 뼈에서 거의 분리될 지경이었다.

"토머스 크로스가 누굽니까?"

"예전 수사와 관련해서 알게 된 사람입니다."

"2년 전에 베이스 점핑으로 체포된 이 사람 아들을 당신이 수사했죠."

하이드는 놀랐다. 이 남자가 어디에서 그런 정보를 얻었는지 궁금했다.

"그랬죠. 빅벤에서 베이스 점프를 했다는 혐의였죠."

"그 사건으로 토머스 크로스와 그 아들을 만났던 건가요?"

"네, 그런데 대체 그 일이 이 일과 무슨 상관인지-"

"두 사람에 대해 아는 게 뭐죠?"

남자가 말을 끊었다. 하이드는 날카롭게 반박하고 싶은 것을 억눌렀다. 경정으로서 그는 이렇게 무례한 태도에 익숙하지 않았다.

"아무것도 모릅니다."

남자는 아무 말도 하지 않았지만 하이드에겐 그의 침묵마저 모욕적이었다.

"벌금은 냈어요."

하이드가 말했다.

"사회봉사를 마친 후에는 도시를 떠났지요."

"린던 밖으로 말인가요?"

"네."

하이드는 대체 얼마나 더 분명하게 말해야 하는 건지 몰랐다.

"런던 타워에서 또다시 베이스 점핑을 선보인 후에 말이죠. 기차에 오르기 직전이었어요. 비행기가 이륙하지 못하도록 조치하기 전에 벌써 사라져 버렸으니까요. 꽤나 건방진 녀석이었죠."

"어디로 갔습니까?"

"누가요?"

"사이먼 크로스."

"남아프리카공화국. 아마도 케이프타운으로요."

"왜요?"

"모르죠."

"남아프리카공화국으로 간 건 확실합니까?"

"네. 그의 아버지가-"

하이드가 시신을 향해 고개를 끄덕여 보이며 말했다.

"아들을 위한 거라며 몇 가지 일을 제게 부탁했습니다."

"무슨 일이었죠?"

"아들의 여권에 좀 문제가 있었어요."

"문제가 뭐였죠?"

하이드는 남자의 선글라스를 쳐다보았으나 자신의 유령 같은 모습만 비칠 뿐이었다.

"입국 심사를 통과하지 못한다고."

"당신이 도왔군요."

"네. 흔한 일이니까요. 그저 그 애가 영국 시민임을 보증했을 뿐입니다. 그 앤 갈 길을 갔고요."

"왜 굳이 그런 수고를 했죠?"

하이드는 다시 한번 죽은 남자를 향해 고갯짓했다.

"저 사람이 마음에 들었거든요. 아버지 쪽 말입니다. 기운 넘치는 젊은 남자아이를 돌보는 게 어떤 일인지 압니다. 사이먼 크로스는 스물세 살이었죠. 날개를 펼 시기였습니다. 아니면 불쌍한 아버지를 미치게 만들든가."

"사이먼 크로스는 지난 2년 동안 런던에 없었나요?"

"모릅니다. 돌아왔을 수도 있겠죠."

남자는 갑옷을 걸친 토머스 크로스를 봤다.

"이자가 그들 중 하나인 건 알고 있었습니까?"

"기사를 말하는 건가요?"

남자는 기분이 상했음을 굳이 숨기려 하지 않고 얼굴을 찌푸렸다.

"그들은 기사가 아닙니다."

갑옷을 입고 괴물을 쓰러뜨리려 돌격하는 사람이라면 누구든 기사라고 할 수 있지. 하이드는 생각했다.

"저 슈트를 말하는 거라면, 몰랐습니다."

"아들이 베이스 점핑으로 체포되기 전에 토머스 크로스는 공식적인 영국 시민으로 존재하지 않았단 사실을 들으면 놀라시겠네요?"

"네."

하이드가 솔직하게 대답했다.

"무척 놀라겠죠."

"우리는-"

남자가 말하는 '우리'가 누구를 지칭하는 것인지 하이드는 절로 궁금해졌다.

"슈트를 입은 토머스 크로스의 시신을 발견한 뒤로 그에 대해

1부: EXODUS(대탈출) 79

면밀히 조사했습니다. 경정이었던 당신이 맡은 사건 파일에 그의 사진과 지문이 있었죠."

하이드는 다음 말을 기다렸다. 본격적인 이야기가 이어질 것을 알 만큼 그는 충분히 오래 경찰로 일했다.

"그 사건 전에는 토머스 크로스와 사이먼 크로스, 둘 모두 존재하지 않았습니다. 디지털 포렌식 부서에서 조사한 결과, 해커가 토머스와 사이먼의 신분을 생성하느라 남긴 흔적을 발견했습니다."

그 말에 하이드는 허가 찔렸다.

"이해가 안 가는군요."

"이런 식으로 무장한 자의 시체를 입수한 것이 처음은 아닙니다."

하이드는 그 말이 사실임을 잘 알았다. 당시 세인트 폴 대성당으로 구조대가 출동했었다.

"하지만 이번이 신원을 확인한 첫 번째 케이스입니다. 나머지는 신원을 알 수 없었어요."

남자의 얼굴이 썩어 갔다.

"이미 죽어서 아무 말도 못 하는 자들이기도 하고."

하이드는 분노가 치밀었다. 그는 토머스 크로스를 좋아했었다. 그는 솔직했고, 법률문제에 휘말려 힘든 와중에도 여전히 아들을 사랑했다.

"왜 이 사람을 범죄자처럼 다루는 거죠? 이 사람은 온 힘을 다해-"

"자살했다?"

남자가 웃자 눈꼬리가 올라갔다. 하이드는 아무 말도 하지 않았다.

"절 믿으세요, 경정님. 이들이 무슨 짓을 하든 그건 이들 자신을 위해서입니다. 어떤 이타적인 이유가 아닙니다."

"군대가 처음 침략자들에 맞섰을 때 기사들도 거기 있었다고 들었습니다."

"그 악마들이겠죠?"

하이드가 이를 악물었다.

"네."

"피에 굶주린 놈들을 우리 세상에 데려온 것이 이들이 아니라고 어떻게 확신하죠?"

하이드에게도 새로운 관점은 아니었다. 경찰관으로서 그는 모두를 수상하게 여기도록 훈련되어 있었다. 목격자나 범죄를 제보하러 오는 사람은 일반적으로 항상 첫 번째 용의자가 되었다. 하지만 기사들은 세인트 폴 대성당에서 온 힘을 다해 악마와 싸웠다. 하이드는 도저히 그들을 악당으로 여길 수가 없었다.

"이젠 제 딜레마를 이해하시겠죠, 경정님?"

"아뇨. 당신이 정말로 알고 싶은 것이 뭔지 모르겠군요. 당신이 누군지도 아직 말하지 않았는데."

"말 못 합니다."

"안 하는 거겠죠."

남자는 어깨를 으쓱했다.

"당신이 아는 한 사이먼 크로스는 아직 남아프리카공화국에 있는 거죠?"

하이드는 머뭇거리다가 고개를 끄덕였다.

"좋습니다. 그의 사진을 확인해 주실 수 있나요?" 남자가 파일을 열자 안에서 사이먼 크로스의 머그 숏(범인 식별용 얼굴 사진)이 나왔다.

사이먼 크로스는 젊었고, 순수하면서도 세상 온갖 경험을 다 한 사람처럼 보였다. 하이드는 이 청년이 아버지의 죽음을 어떻게 받아들일지 궁금했다. 쉬울 것 같지는 않았다. 부모와 자주 다투는 아이들은 보통 부모에게 친밀감을 느끼지도 못했다. 하지만 하이드는 2년 전, 두 사람이 서로 다른 길을 걸을 뿐 매우 가깝다고 느꼈다. 그들의 이목구비는 똑 닮았다. 똑같이… 고결한 분위기를 풍겼다. 고결함. 이미 머릿속에 자리 잡고 있었던 양 이 말이 떠올랐다.

"맞습니다. 사이먼 크로스네요."

"당신이 사이먼 크로스라고 여긴 사람 말이겠죠."

하이드는 대답하지 않았다. 남자는 파일을 닫고 겨드랑이에 끼웠다.

"좋은 하루 보내십시오, 경정님. 안전하게."

그는 절도 있게 발꿈치를 축으로 몸을 휙 돌린 다음 걸어 나갔다. 키와 덩치가 비슷한 네 남자가 벽에 붙어 서 있다가 뒤를 나란히 따랐다. 꼼짝 않고 있는 동안 그들은 거의 방의 일부 같았다. 하지만 이제 움직이기 시작하자 위협적으로 느껴졌다.

순간 하이드는 그들이 누구인지 알 것 같았다. 특수 작전팀의 일원. MI-6(Military Intelligence section six; 영국 대외 정보기관, 비밀정보국) 혹은 그보다 더 은밀한 집단.

하이드는 예전에 가끔 이쪽 사람들과 마주쳤다. 대개는 잔인한 죽음의 현장에서. 그들은 때때로 살인을 저질렀다. 하지만 그러고도 아무런 문제에 휘말리지 않았다. 총리 관저에서 조용히 서류를 보내면 이들은 마치 존재하지 않았던 것처럼 사라졌다.

하지만 거리가 끔찍한 괴물들로 가득 찬 이때 왜 하필 기사에 대해 조사하는 걸까? 사이먼 크로스에게 원하는 것이 무엇이란 말인가?

요원들이 떠난 후 하이드는 죽은 남자에게 주의를 돌렸다.

"이 사람에 대해 알아낸 것 좀 있나, 스미더스?"

"사실 거의 없네. 건강했다는 정도. 자길 죽일 놈과 만나기 전까지는 말이지."

스미더스는 어딘지 능글맞게 웃어 보였다.

"이 갑옷을 어디서 만들었는지 찾는 게 더 쉬울 걸세. 이 남자보다 더 독특하니까."

갑옷 틈새로 드러난 회로에서 푸른빛 전자파가 순간적으로 반짝이다가 사라지는 것이 보였다. 갑옷은 대단해 보였다. 하지만 경정에겐 그 갑옷을 걸친 채 숨을 거둔 이 남자 역시, 그만큼 대단해 보였다.

5장

시 경계 지역
남아프리카공화국, 케이프타운

무장한 경찰과 군인들이 케이프타운으로 진입하는 도로를 막고 있었다. 한 경찰이 흰 장갑 낀 손을 들어 사이먼에게 도로변을 가리켜 보였다.

사이먼이 모는 차의 헤드라이트가 밤의 어둠을 뚫는 듯했지만 근처 정차한 플랫베드 트럭의 아크등 때문에 그의 차는 마치 불이라도 붙은 것 같은 모습으로 어둠 속에서 모습을 드러냈다. 사이먼은 속도를 늦추고 도로변에 차를 세웠다.

"무슨 일이죠?"

뒷좌석에서 시체와 코끼리 상아 사이에 끼어 앉은 한 고객이 물었다. 랜드로버 안에서는 냄새가 무르익고 있었다. 한낮의 열기 속에서 이동했기에 당연한 일이었다.

"저도 잘 모르겠군요."

사이먼은 벌레로 뒤덮인 전면 유리를 통해, 경찰관이 총을 든 두 군인과 함께 랜드로버로 다가오는 모습을 보았다.

"신분증 좀 보여 주시죠."

중년 경찰관은 배가 나왔지만 엄격해 보였다. 어두운 피부에 희끗희끗 돋은 수염이 대비되었다. 손은 권총집에 놓여 있었다.

그가 서류를 건네는 동안 그에게 기댄 손드라가 긴장하는 것이 느껴졌다. 앞좌석에는 세 사람이 나란히 앉아 있었다. 누구에게도 편안하고 즐거운 여정은 아니었다.

라이플로 무장한 남자 중 하나가 손전등으로 창문을 비췄다. 사이드 미러에 반사된 빛이 사이먼의 눈을 찔렀다. 그들이 상아를 발견하는 데에는 오랜 시간이 걸리지 않았다. 사이먼은 경찰관에게 재빨리 설명하려 했지만 지난 2년 동안 주워들어 익힌 언어로는 충분하지 않았다. 하지만 경관이 총을 빼서 얼굴을 겨누자, 무슨 일이 벌어질 것인지는 분명히 알 수 있었다.

"차에서 내려."

경관이 동료들에게 가까이 오라고 신호했다.

사이먼은 문을 열고 차에서 내렸다. 한 남자가 그를 붙들어 랜드로버에 대고 강하게 눌렀다. 총구가 목을 파고드는 것이 느껴졌다. 당혹스러웠다. 도시로 들어갈 때 검문을 받은 적은 한 번도 없었다. 케이프타운 시내에서도 외지 행상이나 상인을 제외하고는 신분증을 확인하는 일은 거의 없었다.

상아만으로도 이미 불리했지만 시신까지 발견되자 사태는 정말로 나빠졌다.

"대단한 이야기군요, 크로스 씨."

사이먼은 케이프타운 경찰서 소속 경위 맞은편에 앉아 멍든 손목을 문질렀다. 경위의 이름을 듣기는 했지만 정확히 뭐라고 했는지는 알 수 없었다. 그들을 신문하는 남자는 신사적이라고 할 수는 없었다.

"저도 믿지 못했을 거 같군요."

경위는 미소를 지었지만 피곤하고 시름에 잠긴 듯 보였다.

"다행히도 여러 목격자의 진술이 일치합니다. 죽은 남자들도 이미 밀렵꾼으로 잘 알려졌고요."

사이먼은 고개를 끄덕였다. 땀에 절어 냄새나는 다른 죄수들과 함께 몇 시간 동안이나 갇혀 있다가 신문받으러 온 터였다. 그는 고객들에게 별일이 없기를 바랐다.

"그 목격자들 말입니다만, 감옥이 익숙하지 않을 겁니다."

"이해합니다. 당신이 여기 온 후 그분들도 곧장 조사실로 갔습니다. 진술을 기록하고 신분을 확인하면 곧 돌려보내 드릴 겁니다. 당신도 마찬가지고요."

돌아갈 수 있다니, 기분 좋은 말이었다. 제법 괜찮은 호텔에서 맥주와 위스키를 몇 잔 마신 후 침대에 드러누워 자고 싶었다.

"도로에 왜 그렇게 검문소가 많죠?"

경위가 눈썹을 찌푸렸다.

"얼마나 오래 나가 계셨죠, 크로스 씨?"

"9일 됐습니다. 2주 일정이었지만요."

"그렇군요. 소동을 다 놓치셨겠네요."

두려움에 사이먼은 가슴이 죄었다. 케이프타운으로 돌아오는 내내 그는 밀렵꾼에게 들은 얘기를 곱씹으며, 별것 아닌 일을 과장한 거라고 스스로를 세뇌했다. 경찰서에서는 아무도 그와 얘기하지 않았고, 유치장에 함께 있던 사람들은 고객들을 접주다가 사이먼에게 기절할 때까지 맞은 후로는 그를 피했다.

"무슨 소동 말인가요?"

"외계인이 런던을 침공했답니다. 뉴스가 온통 난리예요."

외계인.

"외계인인 게 확실해요?"

무슨 소리냐는 듯 경위가 사이먼을 쳐다봤다.

"직접은 아니지만 뉴스에서 봤어요. 저라면 외계인이라고 부르겠네요. 달리 뭐라고 하겠어요?"

"글쎄요. 그저… 이상하게 들려서요."

사이먼은 나무 의자에 기대어 앉으며 그저 지금 자신이 고향 런던에 있기를 바랐다. 하지만 만약 지금 경위에게 자신의 생각을 말한다면 그는 즉시 구금될 것이다. 그리고 제정신인 사람들 사이를 자유롭게 돌아다니도록 놔두지 않을 것이었다.

"그 짐승들이 찍힌 영상은 얼마 없어."

바텐더가 말했다. 사이먼은 그의 이름이 플린이라는 걸 어렴풋이 기억해 냈다. 아일랜드인이었는데 20년 전쯤 용병으로 케이프타운에 온 후 다리를 잃고, 코사족(Xhosa; 남아프리카 부족) 여자와 사랑에 빠졌다. 두 사람은 현지인과 여행자를 돌봐 주고 용병에게 방을 제공하는 술집 '월터스'를 운영했다.

그들은 바 뒤에 놓인 모니터로 며칠 지난 CNN 뉴스 영상을 봤다. 기자는 지난 14시간 동안 영국에서 들려온 새로운 소식은 없다고 했다. 런던의 전기며 통신이 모두 끊긴 듯했다.

사이먼은 당장 자리에서 일어나 떠나고 싶었다. 지금 케이프타운이 아니라 저곳에 있어야 한다고 느꼈다. 공항에 전화해 봤지만 유럽행 비행기가 언제 뜰지는 아무도 몰랐다. 현재로서는 모두가 집에 머물고 싶어 했다.

하지만 사이먼이 머물고 싶은 곳은 바로 저기였다. 집. 그토록 강렬한 감정에 그 자신도 놀랐다. 떠나 있던 2년 동안 저곳을 그리워한 적은 한 번도 없었다. 런던에서보다 케이프타운에서 더 많은 친구를 사귀었고 더 많이 자유로웠다.

가게는 서로 어울리지 않는 재활용 가구로 가득 채워져 있었다. 직원들이 탁자 사이를 바삐 움직이며 병과 캔에 든 맥주를 서빙했다.

경찰서를 나오면서 사이먼은 손드라가 어디 있는지 알아보았다. 그녀는 여전히 남아서 진술을 하고 있었다. 그는 월터스에서 만나자는 메시지를 남기고 왔다.

거리로 나오자마자 런던 침공에 관한 이야기들이 조각조각 들려왔다. 그 소문이 믿을 만하다면, 런던 사람 거의 모두가 이미 죽었고 도시 절반이 파괴되었을 것이다.

사이먼은 플린의 머리 위에 설치된 모니터의 분할 방송에 집중했다. 채널 두 개가 틀어져 있었다. 하나는 뉴스였고 하나는 리우데자네이루에서 열리는 축구 챔피언십 경기였다. 믿을 수 없게도 술집 손님 대부분이 뉴스가 아니라 축구에 관심을 보였다.

"어디에서 온 놈들인지 아는 사람이 있긴 해?"

사이먼이 물었다. 플린은 고개를 저었다.

"아마도 모선[3]이겠지. 아무도 말하지 않지만."

"그런데 왜 하필 영국이냐는 거지."

사이먼 옆에 앉아 있던 건장한 남자가 말했다. 독일 억양을 쓰

---

[3] 여러 척의 배가 딸려 있는 어떤 작업의 중심체가 되는 큰 배 혹은 비행 물체.

는 흑인이었다.

"지구를 파괴해서 손에 넣고 싶었다면 미국으로 갔어야지."

"미국은 너무 강하잖아."

플린이 말했다.

"핵을 날려 버리면 그만이니까. 이미 그러지 않은 것도 기적이야. 장담하는데, 저놈들이 대서양을 건너려고만 해 봐. 양키들이 영국 섬 전체를 북해 바닥에 가라앉혀 버릴걸."

사이먼도 그 점은 의심하지 않았다. 미국은 많은 국제 전쟁에 개입했지만 한편으로는 국제적 지지를 항상 얻지도 못했다. 하지만 미국은 존경받을 자격이 있었다. 아니면 두려움의 대상이 되든가. 어느 쪽이어야 할지는 확신할 수 없었다.

화면에선 영국 전투기가 날아다니는 악마 한 마리와 싸우고 있었다. 고대 문헌에서 그 녀석의 그림을 본 기억이 떠올랐다. 저건 진짜야. 이 생각이 끊임없이 사이먼을 때렸다. 저놈들은 진짜야. 블러드 엔젤이라고.

영상 속 악마는 사이먼이 생각했던 것보다 훨씬 컸다. 박쥐 같은 날개도 거대했다.

악마가 제트기 전면에 착지해 장갑을 뜯기 시작했다. 몇 초 만에 지붕을 뚫고 파일럿을 향해 손을 뻗었다. 악마가 아무 대항도 하지 못하는 피해자를 팔로 감싸 쥐고 날개를 펼쳐 도약하자 제트기는 엄청난 불꽃을 튀기며 런던 브리지 꼭대기로 돌진했다. 그리고 이미도 인디이 도크로 여겨지는 곳에 추락하자마자 즉시 폭발했다. 불길과 잔해와 돌덩어리가 사방으로 솟았다.

영상에서는 기자가 등장해 짤막하게 설명을 덧붙인 후 다시 사이먼이 본 적 있는 거리의 모습을 보여 주었다. 거리는 폐허가 되어 있었다. 이번에는 거대한 악마가 버킹엄 궁의 성문을 찢고 들어갔다. 한쪽 팔은 말라비틀어진 반면 주먹을 꽉 쥔 다른 한쪽 팔은 무시무시하도록 거대했다.

탱크들이 공격을 개시했다. 포탄이 악마의 가슴에 명중하며 폭발했다. 포탄은 계속해서 터졌지만 놈은 거대한 주먹을 들어 올려 맹렬하게 내려쳐 탱크를 박살 내고 포탑을 잡아 뜯었다. 그러고는 탱크 안으로 유독 물질로 보이는 입김을 뿜어 넣어 혹시 살아 있을지도 모를 인간을 모조리 죽였다.

산 채로 가죽이 벗겨진 듯 근육과 뼈를 드러낸 좀비 무리가 그 거대한 악마의 뒤를 따랐다. 그들은 궁을 지키려던 쓰러진 군인들을 모조리 집어 삼켰다. 총은 아무 소용없었다. 놈들이 나아가는 속도조차 늦추지 못했다.

"영국으로 갈 수 있을까?"

사이먼에게서 두 번째 머리라도 솟은 양 뜨악하게 플린이 그를 바라보았다.

"이런 때 저기 가서 대체 뭘 하려고?"

사이먼이 맥주를 한 모금 삼켰다.

"저기 가족이 있어."

플린은 말이 없더니 바 아래로 손을 뻗어 깨끗한 유리잔 두 개를 꺼냈다. 그러고는 아일랜드 위스키 부쉬밀을 3분의 1 정도 채웠다. 잔 하나를 들어 건네며 플린이 말했다.

"저 높은 곳에서, 그리고 저 멀리서 우리를 지켜볼 성인(聖人)들을 위해."

사이먼이 건배한 후 위스키를 홀짝였다.

"영국으로 갈 수 있을까?"

"대영국으로 가는 민간 항공기는 전부 취소됐어. 섬 전체가 격리 구역으로 선포됐다고. 외계인 박테리아라나 뭐라나. 시체가 일어나서 걸어 다닌다는 얘기도 떠돈다고."

플린은 평소의 무뚝뚝한 표정과는 달리 부드러운 시선으로 사이먼을 바라보았다.

"나도 안타까워, 친구."

사이먼은 한때 우뚝 서 있었을 장벽의 잔해를 뛰어다니는 영상 속 남자와 여자, 아이들의 모습을 보았다. 악마들이 그들을 쫓아다니며 거리 한쪽으로 몰아넣고 있었다.

보고 있기가 너무 끔찍했다.

하지만 다른 무엇보다도, 그는 저기 있어야 했다. 위스키가 그의 식도를 불태우듯 훑으며 내려갔다. 목덜미에 부드러운 손가락이 닿는 것이 느껴졌다. 그가 몸을 돌려 손드라를 보았다.

"안녕."

"내보내 줬네."

"이제야."

손드라는 화면을 보며 얼굴을 찌푸렸다. 그녀의 눈빛에 근심이 어렸다.

"넌 괜찮아?"

"응. 좀 피곤할 뿐이야."

사이먼은 화면 속에서 생동하는 악몽을 바라봤다. 사실 그저 피곤한 것이 아니었다. 그는 두려웠고, 죄책감을 느꼈다. 런던을 떠나지 말았어야 했다. 아버지를 의심하지 말았어야 했다.
 손드라가 그의 팔을 당겼다.
 "방 구했어. 나가자."
 사이먼은 고개를 끄덕였다. 그가 돈을 내려 했지만 플린은 손을 저으며 한사코 거절했다. 심지어 부쉬밀 한 병까지 그냥 줬다.
 "악몽을 쫓아 줄 거야."
 그럴 것 같지는 않았지만 사이먼은 병을 받아 들었다.

 수수한 호텔 방에서 손드라가 먼저 씻는 동안 사이먼은 룸서비스를 시켰다. 평소라면 함께 씻었겠지만 두 사람은 별로 말이 없었다. 자신이 밀렵꾼들을 죽였다는 사실이 그들 사이에 벽을 만들었는지, 아니면 런던 소식 때문인지 사이먼은 확신할 수 없었다. 이유가 무엇이든 당장은 친밀한 감정이 불편하게 느껴졌다.
 그는 견딜 수 있는 한 가장 뜨거운 물을 틀었다. 거의 데기 직전이었다. 그는 비누와 샴푸로 온몸을 박박 문질렀지만 결코 깨끗해지지 않는 것 같았다. 머릿속이 악마의 모습과 아버지의 차분한 목소리로 가득했다.
 손드라가 노크하고 음식이 왔다고 말할 때까지 사이먼은 멈추지 않고 몸을 씻었다.

 사이먼은 수건을 두르고 침대에 앉아 음식을 먹었다. 손드라는 그의 옆에 앉아 그와 함께 영상을 보았다. 끔찍한 장면들이 반복해서 재생되었다. 식사에 부쉬밀을 곁들이자 사이먼은 기운이 빠져나가는 것 같았다.

"정말로 일어나고 있는 일이라는 걸 믿을 수 없어."

손드라가 속삭였다.

"나도 그래."

그렇지만 내가 평생 들어 온 일이기도 하지.

"아버지가 런던에 계시지?"

"응."

사이먼은 억지로 한 입 더 삼켰다. 힘이 필요했다. 그는 전사들에게 훈련받았다. 그 자신도 전사였다. 생각보다 훨씬 쉽게 마음을 다잡을 수 있었다. 그는 먹을 수 있을 때 먹을 것이고, 잘 수 있을 때 잘 것이며, 할 수 있는 모든 힘을 다해 싸울 것이다.

"괜찮으실 거야."

손드라가 사이먼의 머리카락을 손가락으로 정돈하며 말했다.

"그랬다면 전화를 하셨을 거야."

사이먼은 현실과 마주하기 위해 일부러 입 밖에 내어 말했다.

"일이 터지자마자 거의 바로 통신 시스템이 다운됐다고 했어. 파손됐거나 댐퍼가 망가졌을지도 몰라. 그래서 전화하실 수 없었을 거야."

"단파 수신기도 있다고."

고통스러운 듯한 손드라의 얼굴을 보자 그는 자신이 너무 강하게 말했다는 걸 깨달았다.

"저기, 미안해. 화내려는 건 아니었어."

"괜찮아."

하지만 말과는 다르게 그녀는 눈길을 피했다. 사이먼은 한숨을 쉬었다. 두 사람 모두 가족과는 멀리 떨어져 지냈다. 그녀의 어머니와 아버지는 호주에 있었다. 남동생 하나와 여동생 둘, 어쩌면 그 반대일 수도 있지만 어쨌든 동생도 셋 있었다. 사이먼은 그들에 대해 세세하게 알지는 못했다.

어머니는 돌아가셨고 아버지만 계시다는 것 말고는 그도 가족에 대해 별다른 이야기는 하지 않았다. 템플러들 사이에서 자란 일을 말할 수 있을 리 만무했다. 손드라는 그가 밀렵꾼들을 처리하는 모습을 보고 어떤 설명을 원하는 듯했지만 실제로 물어볼 만큼 무례하지는 않았다.

"그저…"

사이먼이 머뭇거렸다.

"넌 우리 아버지를 잘 모르니까. 아버지는 어떻게든 전갈을 보내셨을 거야. 단파 수신기는 위성이나 다른 것에 의존하지 않고 세계 절반과 연결되니까."

"단파 수신기가 뭔진 알아. 난 호주에서 자랐다고, 기억해? 대도시가 아닌 이상 어디든 외딴집에서 사는 셈이라고. 우리 아버지는 아직도 무전기를(base radio) 가지고 계셔. 그런데 당신 아버지, 어디로 연락해야 하는지는 아셔? 네가 어디서 지내는지는 아시느냐고?"

사이먼은 잠시 생각했다가 고개를 저었다.

"아니."

"수신할 곳을 모르면 송신할 수도 없지. 나도 아버지 연락을 못 받았어."

그녀가 잠시 멈췄다가 다시 말했다.

"나도 무서워, 사이먼. 집에 가고 싶단 말이야."

"알아."
그는 그녀를 두 팔로 감싸고 힘을 주어 꼭 안았다.
"방법을 찾아보자."

6장

시내
영국, 런던

워런 시머는 다른 열두 명과 함께 상점 바닥에 무릎을 꿇은 채 쓰레기 더미를 뒤지고 있었다. 그는 두 눈으로 보지 않고도 악마를 느꼈다.

평생 동안 그는 사람, 장소, 물건을 느꼈다. 누군가 그를 해치려 하면 대체로 미리 눈치를 챘고, 누구도 그에게 거짓말을 할 수 없었다. 밤거리에서 위협을 느끼면 도둑 때문인지 자동차 때문인지 알았다. 물건에 손을 대면 그 과거 또한 어렴풋이 알 수 있었다.

가끔 스포츠 경기에 굉장히 집중할 때면 어느 팀이 이길지 알 수 있었고 경마장에서 어느 말에 걸어야 할지도 알았다. 그렇더라도 큰 수익을 낼 만한 밑천이 없었다. 그의 인생에서 돈을 만지기란 힘들었다. 항상 그랬다. 하지만 크게 벌지는 못하더라도 때론 베팅의 결과가 꽤 괜찮았고, 덕분에 어려운 상황을 넘길 때도 있었다. 그러나 평소에는 항상 주머니 사정을 염두에 둬야 했다.

악마를 피해 안전한 집 안에 숨어 군부가 사람들을 대피시킬 방법을 찾기를 비는 대신 밖에 나와 먹을 것을 찾아 헤매는 이유이기도 했다. 아파트에는 오래 숨어 지낼 만큼 충분한 식량이 없었다. 악마가 한동안 런던을 떠나지 않을 것임을 그는 본능적으로 알았다. 되도록 빨리 대피할 수 있기를 바랐지만 그에 대해선 아무것도 느껴지지 않았다.

달리 갈 곳이 있는 것은 아니었다. 그는 평생을 런던에서 살았다. 프랑스나 스코틀랜드, 혹은 아일랜드에 놀러 간 적조차 없었다. 서점에서 버는 돈은 충분하지 않았다.

아파트에 함께 사는 세 명의 공동 세입자에게 쫓겨나지는 않을 정도의 벌이였다. 만약 그 세 사람이 지금보다 더 많이 벌었거나 지출을 줄였거나 월세를 분담할 다른 사람을 찾았다면 아마 진작 내보냈을 거라고 그는 확신했다.

그들이 보기에 워런은 너무 소름 끼치고 너무 이상한 사람이었다. 너무 조용하고 너무 내성적이었다. 그들은 워런의 등 뒤에서 '괴상한 워런'이라는 둥 쑥덕거렸다. 그가 아는 줄은 모를 것이다. 또한 그가 그들의 비밀을 거의 다 알고 있다는 점도 모른다.

워런은 본인이 과묵할 뿐이라 생각했다. 하지만 사람들은 타인과 어울리기 싫어하는 워런을 불편해했다. 자기네 사생활에 끊임없이 끼어들려 하지 않는 점을 감사히 여기는 대신 증오와 경계심을 품고 그를 바라봤다.

그들은 그가 항상 월초에 월세를 준비한다는 점도 싫어했고 가끔은 돈이 부족한 누군가의 몫을 채워 줄 여유가 있다는 점도 싫어했다. 그의 인심이 후한 것에 감사하는 대신 불법적인 일을 할 거라며 의심했다. 가끔은 상황에 이끌려 어쩔 수 없이 돈을 대신 내야 하는 경우도 있었는데, 워런도 썩 즐겁지는 않았다.

의심을 확신으로 바꾸기 위해 그를 미행하려 한 적도 있었다. 그의 방을 뒤지고는 현금을 발견하면 아무렇지도 않게 가져갔다.

워런은 소름 끼쳤지만 한편으로는 운 좋은 사람이었고, 모두가 그 사실을 알았다.

바로 그 때문에 그가 오늘 밤 식량을 구하러 나오게 된 것이었다. 그는 운이 좋았으니까.

그리고 바로 그 순간, 상점 밖까지 자신을 쫓아온 악마를 워런은 느꼈다. 행운과 불운 사이에는 오직 가느다란 선 하나가 그어져 있을 뿐이다. 워런 시머는 평생에 걸쳐 그 선 너머를 오갔다.

워런은 좁은 편의점 구석 벽을 따라 늘어선 냉장 코너에 무릎을 꿇고 몸을 웅크리고 있었다. 이제 거기 있는 것들은 더 이상 차갑지 않았다. 육류와 채소는 모두 상했지만 가공식품인 치즈는 상온에서 몇 주는 버틸 수 있을 것이다. 탄산음료나 주스, 차 같은 음료도 마찬가지였다. 그는 그중 일부라도 가져갈 수 있기를 바랐다.

공동 세입자들 중 두 명이 여자였는데, 그나마 분별 있는 쪽인 켈리가 움직이려 했다. 그는 그녀의 손목을 붙들었다. 그녀는 금발에 예뻤지만 눈빛이 사나웠고 타인과 관련된 일이라면 속 좁게 굴곤 했다. 아침에는 제과점에서, 금요일과 토요일 밤에는 클럽에서 일했다. 댄서가 아니라 호스티스였다.

금발 때문에 어둠 속에서도 그녀는 쉽게 눈에 띄었다. 반면 워런은 거의 보이지 않을 정도였다. 188센티미터인 그는 켈리보다 머리 하나는 더 컸지만 23세로 그녀보다 몇 살 어렸다. 그는 긴 팔다리에 블랙진과 검정 터틀넥, 검정 버스터 롱코트를 입고 검은 바이크 부츠를 신고 있었다. 피부색까지 어두워 그야말로 그림자 속에 숨은 그림자였다.

"움직이지 마."

워런이 속삭였다. 그의 뇌 속에서는 경고하는 듯한 간지러움이 사라지지 않았다. 그녀를 내버려두고 가지 않는 것이 그가 할 수 있는 최선이었다. 만약 그녀가 목소리를 높이며 싸움이라도 건다면 그길로 도망칠 작정이었다. 사실 왜 여태 도망가지 않았는지 스스로도 궁금했다.

"대체 뭐야?"

켈리가 손을 잡아 빼며 따졌다. 그녀는 냉장 코너 문을 향해 손을 뻗었다.

"여기… 우리만 있는 게… 아니야."

워런이 그녀의 귀에 속삭였다.

"당연하지."

그녀가 손가락으로 긴 머리카락을 넘기며 마찬가지로 속삭였다.

"여기 왔을 때부터 그랬잖아."

다른 사람들은 캔 코너에서 바삐 움직이고 있었다. 모두들 그들이 갖고 갈 수 있을 만큼 최대한 많이 주워 담았다. 워런과 켈리도 가능한 한 많이 담아 가려고 베갯잇까지 가지고 왔다.

"내 말 좀 들어."

워런이 그녀와 시선을 맞추면서 간절하게 말했다. 신기하게도, 누군가를 설득하려면 논리적인 주장을 펼치는 것보다 그 사람과 눈을 맞추는 편이 훨씬 낫다는 사실을 그는 지난 몇 년에 걸쳐 깨달았다.

"저기 바깥에 뭔가 있어."

그러자 켈리는 머뭇거렸다. 넉 달 전 한밤중에 그가 갑자기 클

럽에 들이닥쳐 그녀를 데리고 나가려 했던 것이 떠올랐다. 나쁜 일이 벌어질 것 같다고 했다. 그리고 고작 몇 분 후, 질투에 미친 한 남자가 들어와 여자 친구를 비롯해 손님 아홉 명을 총으로 쏘았다. 여자 친구 외에도 두 사람이 목숨을 잃었다.

"어떻게 알아?"

"그냥 알 수 있어. 여기서 나가야 해."

"우린 먹을 게 필요하다고."

켈리가 반박했다.

"거의 다 떨어졌잖아."

"지금 나가지 않으면, 오늘 밤 집으로 돌아가지 못할지도 몰라."

그녀가 그의 눈을 들여다봤다.

"확실해?"

워런이 고개를 끄덕였다.

"확실해."

켈리는 여전히 주위를 둘러봤지만 워런은 그녀가 설득당했음을 알 수 있었다.

"알았어."

워런은 자기 베갯잇을 고쳐 들었다. 반도 채워지지 않았지만 땅콩버터가 있었다. 분명 조지가 행복해할 것이다.

깨진 편의점 창문이 갑자기 환해졌다.

"경찰이다."

누군가 신음했다.

사람들은 방금 전까지 훔치던 물건들을 바닥에 떨어뜨렸다. 그들 대부분에게 약탈은 생존을 위한 자연스러운 행동이었다. 훔친

장신구나 모니터, 유흥거리들을 당장은 팔아 치울 수 없겠지만 그들은 곧 일상이 돌아올 거라고 믿었다. 그래서 장물을 팔아 큰돈을 만지려는 계획을 포기하지 않았다. 조지 역시 자기 차례에 식량을 찾으러 나갔을 때 똑같은 짓을 저질렀다.

경관이 편의점에 들어와 손전등을 이리저리 비췄다. 빛에 드러난 그는 피곤하고 늙어 보였다. 두껍고 뻣뻣한 폭동 진압복을 입고 다른 한 손에는 라이플을 들고 있었다.

"당장 여기서 나가십시오."

경관이 말했다. 손전등이 바닥에 흩어진 장신구들을 비롯하여 편의점에서는 팔지 않는 것이 분명한 물건들을 비췄다. 그의 얼굴이 굳었다.

"그리고 이 망할 도둑질도 그만두십시오. 양심도 없으십니까? 죽은 사람 물건을 훔치다니. 길바닥에서 공포에 떨며 죽어 간 사람들 물건을요."

"설교 따윈 그만두시지."

덩치가 커다란 남자가 거칠게 말했다.

"우린 살아 나가지 못할지도 모른다고. 설령 살아남더라도 남는 건 없을걸. 보험이라고 우리 피해를 보상해 주진 않을 테니까. 게다가 난 외계인 보험 같은 건 들지 않았는데. 당신은 들었소?"

"놈들은 외계인이 아니에요."

누군가 말했다.

"악마쇼."

"이건 또 뭐야."

덩치 큰 남자가 비꼬듯 말했다.

"목사님이 우리 이교도들이랑 도둑질이라도 하려고 오셨나? 목사관은 여기서 멀 텐데."

"그런 말 마세요."

다른 누군가가 말했다.

"슬슬 나오시죠. 아니면 지금 당장 여러분을 체포-"

순간 그림자가 창문에 드리우더니 유리가 깨지면서 허공에서 무언가 떨어져 내렸다. 경관이 뒤돌아 라이플을 들고는 재빨리 방아쇠를 당기려 했다.

하지만 그런 일은 일어나지 않았다. 악마는 단 한 걸음에 경관에게 달려들어 한 손으로 머리를 쥐고 꺾었다.

워런은 가게 반대편에서도 남자의 목뼈 부러지는 소리를 들었다. 그는 이미 켈리의 손목을 붙들고 달리고 있었다. 그는 뒷문 비상 손잡이 바를 밀어 열었다. 알람이 즉시 밤의 공기를 울렸다.

비상전력이 있었군. 미처 생각 못 한 자신에게 화가 났다. 전기가 나갈 경우를 대비해 예비 동력 장치가 알람을 가동한 것이다.

자갈길은 두 갈래로 나뉘었지만 왼쪽 길은 뾰족한 철조망을 감아 놓은 높은 담장으로 막혀 있었다. 켈리는 즉시 오른쪽으로 향했다.

워런도 그녀를 뒤따르려 했지만 머릿속에서 또다시 경고가 울려 퍼졌다. 이번에는 거의 고통스러울 정도였다. 그는 재빨리 멈추고 켈리의 손목을 힘주어 잡았다. 그녀가 그에게 욕설을 뱉었다.

"빨리."

목소리는 절박함으로 오그라들었다.

"놈이 온다고!"

편의점에 있던 사람들이 두 사람을 지나쳐 달려갔다. 워런은 그녀의 손목을 붙든 채 서 있었다.

"안 돼. 그쪽은 안 돼."

"놔!"

켈리가 손목을 빼내려고 몸을 뒤틀었다.

"안 돼! 살고 싶으면-"

그 순간 골목 끝에 한 사람이 도달했다. 그러자 거대한 괴물 같은 놈이 땅을 뚫고 솟아 나왔다.

워런은 그런 짐승은 본 적이 없었다. 주둥이를 크게 벌린 놈은 코끼리만큼이나 커다랬다.

앞서 달리던 사람들이 바닥에 벌어진 틈 사이로 떨어져 사라졌다. 악마가 손을 뻗어 한 사람을 붙들었다. 워런은 너무 혼란스러워 그 사람이 남자인지 여자인지도 구분할 수 없었다. 악마가 그를 물어뜯었다. 다리가 산산조각 나면서 부스러기들이 땅으로 떨어져 내렸다.

다른 이들은 달리던 방향을 바꾸려 했지만 너무 늦었다. 거대한 악마 등 뒤에서 투견 마스티프만 한 다른 악마들이 줄을 지어 튀어나와서는 사람들을 물고 땅속으로 들어갔다.

워런이 켈리를 다시 잡아 끌고 막다른 길로 이끌었다. 그는 담장 아래에 멈춰 서서 손을 깍지 껴 켈리가 디딜 수 있도록 했다.

"올라가."

켈리는 워런의 손을 밟고 올라갔다. 다행히도 그녀는 몸집이 작아 문제없이 올릴 수 있었다. 그녀는 담장 끝을 잡고 몸을 굴렸다.

뒤이어 워런이 점프해 한 번에 담장을 붙들고 몸을 끌어 올리고는 반대편으로 뛰어내렸다. 켈리가 이미 앞서 뛰고 있는 것을 확인한 워런도 앞으로 달려 나갔다.

7장

 방금 넘어온 담장에 무언가 강하게 충돌했다. 워런은 어깨 너머로 쐐기 모양 머리와 루비 같은 눈이 가시철사 사이에서 어른거리는 것을 잠깐 보았다. 놈은 다른 쪽으로 휙 모습을 감추어 버렸다.
 담장이 너무 높은가 보네. 그가 생각했다. 사실이기를 바라는 희망에 가까웠다.
 곧이어 무언가가, 혹은 무언가들이 담장에 계속해서 부딪쳤다. 나무가 쪼개지고 부러지기 시작할 때 워런은 켈리를 따라잡았다. 네 걸음 더 가자 큰길이 나왔다.
 "어느 쪽으로-"
 켈리가 말을 끝내기도 전에 워런은 다시 한번 경고의 간지러움을 느꼈다. 그는 몸을 날려 그녀를 넘어뜨리는 동시에 자기 몸으로 보호했다.
 맞은편 이탈리안 레스토랑의 깨진 창문을 통해 날아온 악마가 아슬아슬하게 두 사람을 비껴갔다. 놈은 마치 날개 돋은 여자처럼 보였고 위협적이었다.
 워런은 벌떡 일어나 켈리를 일으켜 세우고는 다시 뛰기 시작했다. 켈리는 있는 힘껏 달렸지만 뒤처지기 시작했다.
 달려! 켈리는 놔두고 달리라고! 그래야 한다는 사실은 잘 알았다. 그러나 그럴 수 없었다. 사실 그는 진심으로 그녀를 신경 쓴 적이 없었다. 공유 아파트에서 함께 사는 지난 몇 달 동안 모두들 그를 무례하게 대했고, 그는 그들을 신뢰할 수 없었다. 이 세상에서 그가 아낀다고 말할 수 있는 사람은 아무도 없었다.

워런이 가끔 들르던 만화책 상점 문이 열려 있었다. 그는 다급히 안으로 뛰어 들어가 뒤에서 뛰어오는 켈리를 잡아끌었다. 그녀는 숨이 차 꺽꺽거렸고 다리가 풀리기 직전이었다.

사냥개처럼 생긴 악마 두 놈이 문을 지나 돌진했다. 놈들의 주의를 끌지 않기 위해 워런은 켈리를 데리고 천천히 매장 뒤쪽으로 갔다. 엄청난 힘을 가진 슈퍼히어로 포스터가 벽에 잔뜩 붙어 있었다. 불가능한 일들만 벌어지는 세계가 아닌, 해피 엔딩으로 끝나는 세계. 그가 있는 곳에서 수만 킬로미터는 떨어진 듯한 세계였다. 만화책 속 영웅들은 죽음을 두려워하지 않았다. 그러나 워런 시머는 두려웠다. 그는 생명이 꺼져 가는 모습을 가까이에서 지켜본 적이 있었다. 그것이 얼마나 쉬운 일인지도 잘 알았다.

"조용."

워런이 켈리의 귓가에서 숨을 들이마셨다. 목소리에 두려운 기색을 드러내지 않으려 애썼지만 성공적이었는지는 의심스러웠다.

"조용히만 하면 여기서 나갈 수 있을 거야."

그와 맞닿은 그녀의 몸이 긴장으로 떨리는 것이 느껴졌다. 그녀는 그를 믿지 않았다. 그러나 그것이 공평했다. 그도 그 자신을 믿지 않았으니까.

악마 중 한 놈이 그들을 향해 돌아서서 코를 내밀고 킁킁거렸다. 우리 냄새를 맡은 건가? 워런은 알 수 없었다. 그는 판매 코너 뒤쪽에 열린 문을 지나 창고로 샀다. 한 번도 들어가 본 적이 없었던 터라 뒤늦게 막다른 곳이라는 사실을 깨달았다.

선반에 상자들이 줄줄이 놓여 있었고 한쪽 끝에는 테이블이 놓여 있었다. 다행히도 창고 안은 어두웠다. 악마는 문으로 다가와 다시 코를 킁킁거렸다.

워런은 켈리에게 말을 하거나 소리를 내지 말라고 부탁했다. 제발 이유를 묻지 않고 자기 말을 따라 주길 바랐다. 그녀는 워런이 자신을 아이 다루듯 하게 놔두고 바닥을 기어 탁자 아래로 들어갔다. 문 저쪽에서 악마의 발자국 소리가 가까워졌다.

켈리는 거의 비명을 지를 뻔했다. 워런은 손으로 켈리의 입을 틀어막았다. 그러지 마. 그가 그녀에게 생각을 집중했다. 아무 소리도 내지 마.

켈리가 비명을 삼켰지만 두근거리는 심장이 그의 팔로 전해졌다.

어둠 속에서 악마는 거의 모습이 드러나지 않았지만 워런은 놈의 두 발을 볼 수 있었다. 근육이 불거져 울퉁불퉁하고 뒤틀린 그 발은 인간과는 너무나 달랐다. 발가락 위로 난 발톱이 길게 구부러져 있었다.

넌 우리를 볼 수 없어. 워런이 생각했다. 그러다가 생각을 바꾸었다. 넌 우리를 감지할 수 없어. 우리는 여기 없어. 이 방에는 아무도 없어. 잠시 후 악마가 추한 머리를 탁자 아래로 불쑥 들이밀었다. 침이 뚝뚝 떨어지는 턱이 켈리의 머리에서 30센티미터도 안 되는 곳에 있었다. 그 강력한 턱에 단 한 번이라도 물린다면 켈리의 얼굴은 떨어져 나가 버릴지도 몰랐다.

넌 우리를 감지할 수 없어. 우리는 여기에 없어. 저리 가. 우리는 여기에 없어. 입 밖에 낼 수 없는 말들이 머릿속에서 망치질하듯 쾅쾅 울렸다. 갑자기 관자놀이에서 엄청난 통증이 느껴졌다. 그는 자신의 주문 같은 말에 절박하게 매달렸다. 악마가 그냥 지나치지 못할 정도로 너무 심하게 떨고 있는 켈리에게도 매달렸다.

얼마 후 악마가 물러나 방을 나갔다. 믿을 수 없었다. 워런은 발소리가 줄어들다 사라질 때까지 귀를 기울였다. 방금 벌어진 일에 그 자신도 놀랐다.

기나긴 몇 분이 흘렀다. 켈리가 덜덜 떨면서 조용히 흘리는 눈물이 워런의 손가락을 타고 흐르는 것이 느껴졌다. 미처 도망가지 못한 사람들의 비명과 울음소리 또한 들려왔다.

잠시 후, 오로지 고요함만이 남았다.

"여기 있어."

그가 켈리에게 말했다.

"가서 좀 보고 올게."

"안 돼."

그녀가 그의 셔츠를 붙들었다.

"놔."

워런이 반사적으로 말했다. 목소리가 의도했던 것보다 거칠게 나왔다. 머리가 너무나 아파 그저 누워서 자고 싶었다. 켈리가 그를 놔주었다.

워런은 일어나 문으로 가서 밖을 살펴보았다. 악마들은 보이지 않았다. 문에서 이어지는 거리를 쭉 훑어보았으나 여기저기에서 미처 꺼지지 않은 불길만 타오를 뿐 악마의 흔적은 없었다.

"어떻게 한 거지?"

한 여자의 목소리에 워런은 흠칫 놀랐다. 그는 재빨리 뒤로 물러서다 문틀에 머리를 부딪혔다. 새로운 통증이 물줄기처럼 머릿속을 흘렀다.

그의 옆에 비쩍 마른 여자가 서 있었다. 너무 수척해서 검시관 사무실 쓰레기통에서 기어 나오기라도 한 것처럼 보였다.

"누구세요?"

두통 사이로 위험을 알리는 간지러움이 낚싯줄에 꿰인 지렁이처럼 꿈틀거렸다. 만일의 경우를 대비해 워런은 주먹을 꽉 쥐었다. 그는 보육 기관에서 자라면서 싸우는 법을 배웠지만 한 번도 이겨 본 적은 없었다. 다른 아이들을 다치게 하기보단 늘 자신이 더 다치곤 했다.

"진정해."

여자는 뒤로 한 걸음 물러서서 마치 워런이 그녀의 얼굴에 불빛이라도 비춘 양 고개를 돌렸다.

"너, 아무것도 모르는구나. 훈련받은 적도 없니?"

워런은 그녀가 무슨 얘기를 하는지 알 수 없었다. 그는 그녀를 피해 켈리가 있는 창고를 향해 뒷걸음질했다.

자세히 보니 여자는 40대 후반이나 50대 초반쯤인 것 같았다. 피부는 우유처럼 하얬으나 온통 문신으로 뒤덮여 있었다. 어두워 제대로 보이지 않았지만 워런은 도서관에서 인상 깊게 보았던 문양과 상징 같은 것들을 언뜻 알아볼 수 있었다. 몇몇 문신은 초록빛으로 불타오르는 것처럼 보였다. 하지만 그중에서 가장 놀라운 부분은 이마에 솟은 뭉툭한 뿔들이었다.

"너 뭐야?"

워런은 자기가 무슨 말을 하는지 깨닫기도 전에 따져 물었다.

"인간이야. 네가 궁금한 게 그 점이라면."

인정하기 싫었지만 바로 그 점을 알고 싶긴 했다.

"이디스 버크너야."

"워런."

워런이 반사적으로 말했다가 성을 밝히기 전에 입을 다물었다. 사실은 이름도 알려 주고 싶지 않았다.

"그래, 워런. 만나서 반가워."

그녀를 쳐다보던 워런은 여자가 어두운 빛깔 망토를 걸치고 있는 것을 보았다. 망토에는 검은 실로 문양들이 수놓여 있었다.

"여기서 뭘 하는 거죠?"

"너랑 같은 일."

그녀가 웃었다.

"힘든 시기에 살아남는 일. 하지만 난 배우기도 해. 너도 그래야 하듯이. 모두에게 재능이 있는 건 아니니까."

그녀가 그의 앞으로 손을 내밀어 흔들었다. 그러자 그녀의 눈동자에 밝은 노란 빛이 드리웠다.

워런 안에서 무언가 똬리를 틀더니 뒤틀렸다. 그를 만지지도 않았는데 그녀의 손이 느껴졌다. 거의 메스꺼울 정도로 불편했다. 그는 그 느낌을 거부하며 밀어내려 했다.

여자의 이마와 볼에 새겨진 문신들이 잠깐 희미하게 초록색으로 빛났다. 하지만 어찌나 빨리 사라졌는지 상상력이 장난쳤다 해도 믿을 정도였다. 그녀가 그의 머릿속을 만지는 것이 느껴지지 않았다면 말이다.

순간 그녀가 마치 공격이라도 당한 듯 비틀거리며 뒤로 물러났다. 그녀는 그를 노려보면서 크게 숨을 들이쉬었다.

"이런 건 어디서 배웠니?"

"난 아무 짓도 안 했어요."

워런은 뒤돌아섰다. 켈리를 데리고 집에 돌아가고 싶었다. 여자가 그의 팔을 잡았다.

"등 돌리지 마."

워런이 그녀의 손아귀에서 팔을 빼냈다.

"내게 손대지 마요."

"네게 힘이 있다는 걸 알고 있었잖아."

이디스가 차분하지만 냉정하게 말했다. 워런은 아무 말도 하지 않았다. 새아버지와 어머니에 대한 기억이 머릿속을 스쳐 지나갔다.

"그 쓰레기들한테 또 돈 버리고 왔지?"

새아버지가 고함쳤다.

"쓰레기 아니야."

어머니가 대답했다.

"내게는 힘이 있어, 마틴. 거기서도 흔치 않은 힘이라고."

"멍청한 년 같으니라고. 타마라, 너처럼, 아니 너만큼 멍청한 놈들이나 그런 멍청한 짓에 돈을 쓰지."

"물러서! 안 돼!"

비명을 끝내 버린 총성이 워런의 머릿속에서 다시금 생생하게 울려 퍼졌다.

"악마들이 나타나기 전부터 힘이 있었니?"

고통스러운 기억에 다시 벽을 쌓으며 워런은 그녀의 질문을 무시했다. 그녀는 정신접촉(mind-touch) 능력으로 그의 기억을 수면 위로 끌어 올렸던 것이다. 워런은 그녀를 가만두고 싶지 않았다. 지난 몇 달 동안은 부모님과 그날 밤 일을 생각하지 않고 지냈는데.

"아까 악마를 그냥 돌아가게 한 거, 할 수 있다는 걸 알고 한 거지? 안 그래?"

사실 워런도 확신한 것은 아니었다. 하지만 아무 말도 하지 않을 작정이었다.

"헬게이트가 열리기 전부터 힘이 있었다면, 그 힘은 앞으로 더 강해질 거야. 제대로 다루는 법을 배우지 않으면 너 자신도 파괴될 거야."

그녀의 손가락이 다시 그의 머릿속을 찌르고 헤집는 것이 느껴졌다.

살이 타는 냄새, 그리고 피… 입 안에서 느껴지는 쇠 맛… 온몸을 갈가리 찢는 강렬한 날것 그대로의 힘… 새아버지의 마지막 비명 소리…….

"저리 가요."

워런이 쉰 목소리로 말하고는 부모님이 죽던 날 밤 이래 품어온 분노를 터뜨리며 여자를 밀어 냈다.

여자가 비명을 지르더니 휘청거리며 뒤로 물러나 몸을 웅크렸다. 그녀는 가게 앞 도로에 토하고는 속이 울렁거리는 듯 손등으로 입가를 닦았다.

"널 가르칠 사람이 필요해. 너를 이끌어 줄 사람. 네가 너 자신이나 다른 사람을 해치기 전에 말이야. 난 널 도울 수 있어."

워런이 돌아섰다. 여자의 뽈보다 머리 반 정도 큰 그가 그녀를 내려다봤다.

"당신 도움 같은 건 필요 없어. 이해 못 하겠어요? 당신이나 당신 무리 그 누구와도 연관되고 싶지 않다고요. 한 번만 더 손대면 가만두지 않겠어요."

두려웠는지 여자는 뒤로 물러났다.

"네겐 우리가 필요해, 워런. 네 힘에 감전되어서 스스로 불타 죽어 버릴 거야. 그 전에 도움을 받아야 해."

"그런 일은 없을 거예요."

"모르는 일이야. 악마가 우리 세상에 온 뒤로 우리 중 많은 이들이 더 강해졌어. 그리고 앞으로도 계속 강해질 거야. 너도 그렇게 되기 전에 네게 무슨 일이 일어날지 알아야 해."

"당신 도움 같은 건 필요 없다고."

밤의 정적을 뚫고 다른 구역으로부터 사이렌 소리와 연이은 총성이 섞여 들려왔다. 아까 그 경관이 지원을 요청한 듯했다. 도움이 될 거라 생각했겠지만 사이렌 소리가 오히려 악마들을 불러들일 것이다.

"전 갈 거예요."

그가 단호하게 말했다.

"비켜요."

"몇 년간 알고 지낸 사람들이 있어. 헬게이트가 열린 후 숨겨진 힘이 빠르게 발현되는 사람들이 있다는 걸 우린 알아차렸어. 그리고 우린 그들을 돕고 있지."

여자가 망토 속으로 손을 뻗어 펜과 수첩을 꺼냈다.

"우리는 널 도울 수 있어."

"됐어요."

이디스는 주소를 쓴 쪽지를 그에게 내밀었다.

"네가 겪는 일에 대해 더 알고 싶어지면 찾아와."

그러고 싶지 않다고 생각하면서도 워런은 손에 쥐여 주는 쪽지를 받았다.

"우릴 찾아와. 도와줄게."

그녀가 다시 한번 설득하며 미소를 지었다.

"네가 강해지도록 도울 수 있어. 지금 일어나는 일들에서 살아남을 만큼 강하게."

워런은 켈리가 부르는 소리를 들었다. 자신이 아직 여기 있다는 걸 알리기 위해 그는 상점 안쪽으로 돌아섰다. 하지만 다시 뒤돌아봤을 때 이디스 버크너는 사라지고 없었다. 연기와 안개만이 거리를 떠돌고 있었다. 워런은 주소가 적힌 쪽지를 천천히 바지 주머니에 넣었다. 그러고는 켈리를 데리러 갔다.

"나, 들었어."

워런은 켈리를 돌아봤다. 두 사람은 아파트로 돌아와 소중한 수확물을 식탁에 내려놓는 중이었다. 조지와 도로시도 식량을 찾으러 나간 것 같았다. 워런은 그들이 살아서 돌아올 수 있을지 궁금했다.

"뭘 들었다는 거야?"

워런은 농담이라도 하냐는 듯 살짝 웃었다.

"네가 그 괴물, 쫓아 버렸잖아."

워런은 땅콩버터 두 병과 연어 캔 여섯 개를 꺼냈다. 다음 주 조지의 특식이 될 것이다.

"상상이야."

워런이 부정했다.

1부: EXODUS(대탈출)

"무섭고 혼란스러워서, 그래서 내가 악마를 쫓아냈다고 상상한 거야."

"아니, 들었다고."

워런은 말없이 식품을 정리했다. 수확은 나쁘지 않았다. 몇 주나 몇 달쯤은 버틸 수 있을 듯했다. 하지만 여전히 물이 부족했다. 물은 무거운 데다 부피도 커서 하루치를 확보하는 데에도 넷 모두가 나서야 할 정도로 힘들었다.

"뭘 들었는진 몰라도 헛걸 들은 거야. 너무 무서워서."

"네 목소릴 들었어."

켈리가 고집스레 말했다.

"근데 진짜로 말하는 것 같진 않았어. 마치 내 머릿속으로 들어와 말하는 것 같았어."

짜증이 난 워런은 일에 몰두했다.

"네 말이 어떻게 들리는지 알아, 켈리? 미친 사람 같아. 정신병원에 가도 되겠는데."

그녀의 얼굴이 굳었다. 이젠 죽을까 두려워할 필요가 없으니 화를 낼 수 있었다.

"내가 뭘 들었는진 분명히 알아."

"아니, 모를걸."

"저 짐승들하고 말하는 법은 어떻게 안 거야?"

"몰라."

"왜 거짓말해?"

"거짓말 아니야."

켈리는 뭔가 더 얘기하고 싶은 듯했지만 입을 닫고 자리를 떴다.

그들은 맨체스터에 살았다. 원래 창고였던 부지를 이층집으로 개조해 다락방을 만든 집이었다. 제일 큰 방은 도로시의 그림들로 채워지곤 했지만 나름 편안하게 지낼 수 있는 공간이었다.

켈리는 사다리를 타고 그녀의 개인 공간으로 올라갔다. 그러고는 그를 보고 싶지 않다는 듯 커튼을 끌어당겼다. 벽 대신 설치해 둔 커튼이었다. 몇 분 후 부드럽고 구슬픈 어쿠스틱 기타 소리가 다락에 울려 퍼졌다.

워런은 식품을 계속 정리했다. 시내에서 구해 온 것들을 모두 목록으로 만들어 언제든 재고와 필요 물품을 알 수 있게 하자는 것은 그의 아이디어였다. 그는 보육 시설에 머무르는 동안 최소한 없는 듯이, 그리고 기계적으로 지내는 법을 익혔다. 그곳에서 '살았다'고는 말하고 싶지 않았다. 하지만 그때 익힌 생활 방식이 지금 쓸모가 있었다.

그는 켈리의 잔잔한 기타 연주 소리를 배경 삼아 일을 마쳤다. 그러고는 자기 공간으로 가 커튼을 당겼다. 다시 밖에 나가야 한다는 것은 알았다. 물을 구하지 못했는데, 그들에겐 물이 가장 필요했다. 그날 밤 최우선 목표 중 하나가 바로 물이었다.

하지만 그는 침대에 누웠다. 혼돈의 한가운데에서, 악마들이 도시를 누비는 와중에도 그는 여전히 침대 정리를 했다. 매일매일 일어나자마자 침구를 정리했다. 그 일을 끝내기 전까지 다른 어떤 일도 시작할 수 없었다. 어느 위탁 가정에서 지낼 때 들인 습관이었다. 그를 거둔 가족의 아버지가 영국 공수특전단 교관이었던 것이다.

책장에는 만화책을 비롯해 그가 가장 좋아하는 책들 그리고 DVD가 꽂혀 있었다. 그의 물건을 자주 빌려 가는 공동 세입자들로부터 사수하기 가장 힘든 것이 DVD였다. 결국 그는 그들이 손도 댈 수 없게 만들어 버렸다.

어떻게 한 건지 설명하긴 힘들었다. 위탁 가정에서 지내며 터득한 기술이었다. 그는 항상 작고 병약했기 때문에 이용당하기 좋았다. 하지만 그만의 방법으로 반격하는 법을 익혔다.

그는 사람들을 조종할 수 있었다. 그들이 조종당하고 있음을 깨닫지 못하는 한은. 오늘 밤 켈리는 공포에 질려 있었기 때문에 눈치채지 못했다. 두려움이 그녀를 지배하고 있었다. 그래서 그가 그녀의 마음을 조종하려 한 사실을 조금도 느끼지 못했다.

시행착오를 몇 번 거치며 그는 다른 사람들이 그의 물건에 손대지 못하게 하는 법을 터득했다. DVD나 책 같은 것에는 효과적이었지만 돈을 가져가는 것은 막을 수 없었다. 그가 그들을 조종하는 힘보다 그들의 욕망이 더 강했던 것이다.

오늘 밤 켈리는 위험에서 벗어나고 싶어 했다. 그를 믿고 싶어 했다. 그녀는 쉬웠다.

하지만 그 악마는…….

그는 자신이 정말로 해낼 줄은 몰랐다. 순수한 공포에서 나온 힘이었다. 부모님이… 죽던 그날 밤처럼.

그는 망설이다가 바지 주머니에서 쪽지를 꺼내 주소를 보았다. 그렇게 멀지는 않았다.

그의 마음 깊숙한 곳에서 솟은 공포가 그를 아프게 찔러 왔다. 이 통증은 자신에게 내재된 신비로운 힘이 그에게 보내는 경고일까? 아니면 그의 안 어딘가에 분명 살고 있을 어떤 괴물을 포용하려는 것에 대한 반발인 것일까?

8장

월터스 바
남아프리카공화국, 케이프타운

이틀 동안 사이먼은 케이프타운에서 빠져나갈 방법을 찾았다. 영국 쪽으로 가려는 민간 항공사는 없었다. 보트를 타고 가야 하나 생각할 만큼 절박해졌을 때 영국 시민을 최소한 프랑스까지라도 데려다주는 용병 비행사에 대한 소문을 들었다.

월터스의 숙소에 머무는 호너라는 사람이었다. 플린은 휴대전화 사용을 꺼리는 사람들을 위해 직접 거리를 뛰어다니며 소식을 전하는 남자아이들 중 한 명을 통해 이 정보를 전했다.

호너는 키가 컸지만 수척했고 피부는 햇볕에 그을었다. 적어도 60세는 되어 보였으며 코와 누렇게 뜬 볼에는 터진 핏줄이 지도에 그려진 도로처럼 얽혀 있어 그가 애주가임을 알려 주었다. 소매를 잘라 낸 낡은 그레이트풀 데드 티셔츠를 걸치고 가슴에는 탄띠를 두른 그는 챙 한쪽을 접어 핀으로 고정한 아웃백 모자를 쓰고 호박색 파일럿 선글라스를 쓰고 있었다.

샷건으로 무장한 두 남자가 호너의 양옆에 앉아 있었다. 호너가 사이먼을 올려다보고는 흡연과 음주 때문에 걸걸해진 목소리로 물었다.

"크로스?"

"그렇습니다."

손드라를 향해 고갯짓하며 호너가 물었다.

"여자는 누구?"

"친구입니다."

"한 명만 탄다고 들었는데."

"맞습니다."

"그래서, 누가 가는 거지?"

"내가 갑니다."

사이먼은 슬펐다. 손드라가 그리울 것이었다. 그녀가 호주로 갈 수 있는 방법도 아직 찾지 못했다. 계속해서 방법을 알아볼 것이며 연락도 자주 하겠다고 그녀와 약속했다. 그렇게 할 수만 있다면 말이다.

"자네 덩치가 이렇게나 큰 줄 알았다면 몸무게로 비용을 책정할 걸 그랬군."

호너가 웃었다. 사이먼은 농담을 주고받을 만한 여유가 없었다. 런던과는 아직도 연락이 닿지 않았다.

"언제 떠납니까?"

"내일 아침 해가 뜰 때. 돈은 가져왔나?"

사이먼은 지폐 다발을 꺼내 건넸다. 케이프타운에서 지내며 모은 돈 대부분이었다. 심지어 장비와 무기도 모두 팔아야 했다. 호너는 돈을 셌다.

"맞는 것 같네."

그는 돈다발을 주머니에 넣고 뭔가 가늠하려는 듯 사이먼을 쳐다봤다.

"런던까지 가려고?"

"네."

호너는 고개를 끄덕이며 담뱃갑에서 담배를 한 개비 꺼내 불을 피웠다.

"프랑스에 아는 사람이 있어. 그의 보트에 탈 수 있을지도 몰라."

그는 담배 연기를 위로 날린 후 꽁초를 자기 앞에 놓인 빈 유리잔에 빠트렸다.

"배편으로 사람들을 탈출시키려고 계속 시도하나 보더군. 프랑스 쪽에서 반기지는 않지만, 그럭저럭 추진하는 중이지."

사이먼이 고개를 저었다.

"방금 드린 게 제가 가진 전부입니다."

호너는 한숨을 쉬고는 이 사이로 공기를 들이쉬었다.

"돈이 있다면 더 쉬웠겠지만 방법은 있어. 영불해협은 안전하지 않아. 그 외계 짐승 놈들이 생존자를 쫓아서 해변까지 나왔다는군."

"놈들이 해협은 건너지 않았나요?"

"아직은. 하지만 프랑스 군이 산병선(전투 대형)을 형성했어. 영국보다 잘 버틸 거 같지는 않지만. 내가 알기로 그자는 영국으로 들어가는 게 아니라 나오는 뱃삯을 받는다는군. 안전하게 영국까지 가는 데 자네가 도움이 될 거라고 말해 두지. 그런데 나오는 자리까지 요구하면 아마 엉덩이를 걷어차일걸."

사이먼이 고개를 끄덕였다.

"알겠습니다."

호너가 손을 내밀었다.

"그럼 계약 완료. 친구랑 작별 키스 잘 하고, 내일 아침 날 보러 오게나. 6시. 늦으면 자네 돈만 태우고 북쪽으로 떠날지도 몰라."

호너의 비행기는 한때 꽤 괜찮은 나날을 보냈을 것 같은 낡은 군수송기였다. 그래도 프로펠러는 매끄럽게 돌아갔고 엔진 소리도 튼튼했다. 조종석 창문에 선글라스를 쓰고 비키니를 입은 금발 여자가 스프레이로 그려져 있었다.

이륙장으로 향하는 통로가 가까웠을 때 손드라가 멈춰 서서 사이먼의 손을 잡았다. 그는 그녀를 향해 돌아섰다.

"이제 작별이네."

그는 너무나 어색했다. 무슨 말을 해야 할지 몰랐다. 손드라를 처음 만났을 때도 그랬다. 무슨 말을 해야 하고, 무슨 말을 하지 말아야 할지 알 수 없었다. 하지만 지난 1년 반 동안 두 사람은 서로를 잘 알게 되었다. 그녀는 그가 평생 가져 보지 못한 최고의 친구였다. 언더그라운드에서 자라며 함께 훈련했던 남자아이들까지 헤아려도 마찬가지였다. 그녀는 아무도 하지 못했던 방식으로 그를 이해해 주었다.

그리고 이제는 그 전부를 잃을 참이었다. 어쩌면 영원히.

받아들이기가 힘들었다. 바로 그 순간까지 확신이 없었기 때문에 더욱 그러했다. 이제 와서 런던에 가는 것은 이미 늦었을지도 모른다. 그가 런던에 있든 없든 아무 상관이 없을지도 모른다. 당연하다. 겨우 한 인간이 무엇을 할 수 있다는 말인가? 그래서 그는 망설였다. 손드라와 함께 이곳에서 안전하게 머무는 게 나을지도 몰랐다.

하지만 그는 그렇게 할 수 없었다. 그가 태어나는 순간부터 아버지로부터 끊임없이 받았던 가르침이 허락하지 않았다. 그는 가야만 했다. 가서 무슨 일을 할 수 있는지, 그리고 아버지가 어떻게 되었는지 알아내야 했다.

그래도 거기서 죽어야만 하는 건 아니야. 이렇게 결심하자 기분이 조금 나아졌다.

손드라가 사이먼에게 미소를 지어 보이려 했지만 쉽지 않았다.

"'안녕'이라고 하지 않을 거야. '이따 봐'라고 할 거야. 잘 있다고, 기회 닿는 대로 연락 줘야 해."

"그럴게."

손드라는 아버지의 단파 라디오 전파 호출 부호를 사이먼에게 이미 알려 주었다.

"만나러 갈게. 군대가 외계인들을 몽땅 없애 버린 후에 말이야. 항상 런던에 가 보고 싶었어."

사이먼은 뉴스 영상에서 보았던 무너진 건물들을 떠올렸다. 이젠 남은 건물도 얼마 없을 것 같았다. 하지만 그는 고개를 끄덕였다. 그리고 그녀를 품에 안고 작별 키스를 했다.

그녀를 놓아 주기 힘들었지만, 애써 해냈다. 그는 어깨를 한 번 으쓱해 보이고는 배낭을 다시 멨다. 마지막으로 그녀의 손을 힘주어 쥐고 이륙장으로 향했다.

이륙장은 짐과 사람들로 혼잡했다. 호너 밑에서 유상하중을 관리하는 담당자는 머리가 희끗희끗했다. 그는 사이먼을 흘끗 보고는 구시렁거렸다.

"크다고는 들었지만, 맙소사."

그는 서류를 보고 무게와 중심을 가늠하여 승객들을 이리저리 배치했다. 많은 사람들 사이에 있을 때면 늘 불편해지는 사이먼은 비행기 측면 금속 바닥에 자리를 잡은 후 무릎 사이에 배낭을 놓고 기대앉았다.

비행기가 덜덜 떨리는 것이 느껴졌다. 지난밤 제대로 자질 못했다. 손드라를 다시 볼 수 있을지 알 수 없다는 사실은 두 사람이 함께하는 마지막 몇 시간을 더욱 특별하고도 절망스럽게 했다. 두 눈 사이로 통증이 몰려왔다. 그는 긴장을 풀려고 애썼다. 그는 다른 사람들과 함께 비행기나 차로 이동하는 것을 좋아하지 않았다.

잠시 후 그는 누군가 자신을 쳐다보고 있음을 느꼈다. 눈을 뜨자 화물칸 맞은편에 앉은 젊은 여성이 시선을 돌리는 모습이 보였다. 주변을 둘러봤을 뿐이라는 듯 행동했지만 사이먼은 분명 그녀의 눈길이 자신에게 머무는 것을 느꼈다.

여자가 누구인진 알 수 없었다. 키가 크고 늘씬했지만 운동을 꽤 한 듯 연약해 보이지는 않았다. 청바지에 단순한 블라우스를 입었으며 등산화를 신은 발 앞에는 배낭이 놓여 있었다. 짧게 자른 머리카락은 검정에 가까울 정도로 짙은 갈색이었다. 사이먼은 짙은 제비꽃 빛깔 눈동자를 떠올렸다. 인상적인 두 눈은 기억에 남아 있었다. 예전에 그녀를 봤던 기억이 분명했다.

그런데 왜 내게 관심을 보이는 거지? 문득 사이먼은 자신이 편집증적이거나 혹은 자기중심적으로 생각하고 있음을 깨달았다. 화물칸에 있는 모두가 다른 사람들을 흘끗대고 있었다.

사이먼의 오른쪽에 앉은 남자가 큰 목소리로 "안녕하세요." 하고 인사하며 악수를 청했다. 사이먼은 그 손을 잡았지만 아무 말도 하지 않았다. 별로 대화 같은 걸 하고 싶지가 않았다.

"필립. 필립 토런스예요."

하얀 셔츠와 슬랙스를 입은 그 남자는 세일즈맨처럼 보였다. 30대나 40대쯤으로, 햇볕에 그은 몸은 탄탄했다.

"사이먼 크로스."

"어디까지 가시는지 여쭤봐도 될까요?"

"런던."

남자가 얼굴을 찡그렸다.

"이 비행기가 거기까진 가지 않는 거 아시죠?"

"압니다."

"프랑스에서 영국으로 건너가는 방법이 있다는 건 들었어요. 전 관심 없지만. 너무 위험하잖아요. 저는 자원 봉사하러 가는 겁니다. 영국에서 도망쳐 나오는 사람이 어마어마하게 많다고 해요. 가서 제가 어떤 도움이 될지 봐야죠."

사이먼이 고개를 끄덕였다. 그는 주변을 둘러보며, 여기 있는 사람들 중 영국으로 가려는 사람이 과연 몇이나 될지 궁금했다. 그는 보랏빛 눈동자가 자신을 다시 바라보고 있음을 의식했다.

엔진이 갑자기 크게 웅웅거리자 화물칸이 소음으로 가득 찼다. 유상하중 담당자와 그의 조수 셋이 바닥에 털썩 주저앉아 벽에 몸을 바싹 붙였다. 화물칸 뒤편 화물망 뒤에 놓인 상자와 가방들이 흔들리며 덜덜 떨렸다. 잠시 후 조종사가 브레이크를 풀자 비행기가 기우뚱거리며 앞으로 나아가기 시작했다.

머리를 뒤로 기대며 사이먼은 눈을 감았다. 정말 옳은 일을 하고 있는 것인지 궁금했다. 아버지는 살아남지 못한 것이 분명했다. 아버지의 죽음에 자신이 어떤 감정을 느끼는지조차 분명히 알 수 없었다. 그렇다면 런던에선 무엇이 그를 기다리고 있다는 말인가?

목적지까지 얼마 남지 않자, 비행기 화물칸은 한기로 가득했다. 숨을 내쉴 때마다 응축된 공기 속으로 창백한 회색 숨결이 희미하게 퍼져 나갔다.

사이먼은 담요를 두르고 차가운 칸막이벽에 기대앉아 잠을 청했다. 어떤 환경에 놓이든 일반적으로 그는 잠들 수 있었다. 특히 이 비행기에 오르기 전 마지막 사흘 동안 그는 근심하고 스트레스를 받는 것 외엔 할 수 있는 일이 없었다.

탑승객들은 새로운 소식 대부분을 건너건너 전해 들었다. 화물칸에서는 라디오 신호가 잡히지 않았다. 무엇보다도 연료와 샌드위치를 싣기 위해 잠시 착륙했을 때조차 오래 머물지 못했다. 게다가 연료와 샌드위치 둘 모두 너무 값비쌌다.

소문은 계속 런던 밖으로 흘러나왔다. 무서운 이야기들뿐이었다. 도시는 연기에 휩싸인 채 끊임없이 불타고 있다고 했다.

잠시 후 즉석에서 데워지는 비프스튜 통조림이 제공되었다. 사이먼은 양반다리를 하고 앉아 화학 작용으로 열을 내는 통조림 꼭지를 당겼다. 내용물이 어느 정도 따뜻해지기를 기다리며 스튜 냄새를 들이마셨다. 기대감에 배에서 꼬르륵 소리가 났다.

빵 조각과 물 한 병도 나눠 받았다. 사이먼은 빵을 조금씩 갉아서 꼭꼭 씹어 먹었다. 그러지 않았더라면 이전 식사 때 먹었던 빵이 아직도 덩어리로 굳은 채 위에 남아 있을 것이다. 그는 물도 한 모금 마셨다.

젊은 여자는 눈 위로 드리운 앞머리 사이로 그를 계속 쳐다보았다. 맞받아 보지 않아도 사이먼은 그녀가 자신을 지켜보고 있음을 알 수 있었다. 단지 그 이유를 모를 뿐이었다.

그는 머그잔처럼 생긴 캔에서 뭉툭한 숟가락을 꺼내 곧게 폈다. 스튜가 충분히 식자 숟가락을 들어 재빨리 먹어 치웠다. 그러고는 다시 빵을 먹기 시작했다. 젊은 여자가 사이먼에게로 몸을 기울이며 캔을 앞으로 내밀었다.

"더 드실래요?"

사이먼은 아무 말도 하지 않았지만 그의 위는 더 많은 음식을 달라며 꼬르륵거렸다.

"전 충분합니다."

사이먼은 받아 든 캔을 왼편에 앉은 젊은 엄마와 아기에게 주었다. 엄마 쪽은 여행 내내 거의 먹지 못했고, 식사 후에도 여전히 배가 고프고 지쳐 보였다.

여자는 망설이다가 고개를 끄덕이며 감사를 표했다. 사이먼은 그녀가 영어를 모르는 거라고 생각했지만 어디 사람인지는 알 수 없었다. 그녀는 캔을 받아 들고 은밀하고도 재빠르게 젊은 여자를 슬쩍 보았다. 젊은 여자는 보랏빛 눈동자로 다시 사이먼을 바라보았다.

"전 레아예요. 레아 크리시."

그녀가 준 음식을 받았다는 사실이 조금 불편했던 사이먼도 자기 이름을 알려 주었다. 레아는 귀 뒤로 검은 머리칼을 넘기며 말했다.

"런던에 간다고요?"

"네."

"저도 그래요."

사이먼은 아무 말도 하지 않았다.

1부: EXODUS(대탈출)

"런던에 가는 사람이 또 있는지는 모르겠어요."

레아가 말했다. 사이먼이 아는 한 승객 중 누구도 런던까지 갈 생각은 없었다. 런던이 아니라 영국 다른 지역이라도. 모두들 프랑스 북부 난민 캠프로 가 생존자를 찾으려는 사람들이었다.

"가는 방법을 알아요?"

"아마도요."

"같이 가도 될까요?"

사이먼은 잠시 여자를 관찰했다. 그녀는 아담하고 날씬했는데, 운동선수라기보다는 곡예사에 가까웠다. 이 여자라면 손드라가 간단히 제압해 버릴 수 있을 거라고 사이먼은 확신했다. 런던에 도착했을 때 짐이 될 만한 것은 원치 않았다. 아니, 런던까지 가는 여정에도 그런 건 원치 않았다. 그는 전쟁 지역으로 향하고 있었다.

"제발요."

레아의 목소리가 부드러워졌다. 사이먼은 자기와는 상관없는 일이라며 마음을 다잡았다. 거절하려는 순간 그녀가 말했다.

"아버지예요."

그녀의 보랏빛 눈동자가 촉촉하게 빛났다.

"엄마가 돌아가신 후 우리에겐 서로뿐이었어요."

그녀는 마음을 가라앉히려는 듯 빠르게 숨을 들이쉬었다.

"몇 달 전에 아버지에게 굉장히 화가 났어요. 그럴 이유가 없었는데도요. 아버지 덕분에 대학에 갔는데, 배운 걸 살려서 일하지 않는 절 아버지는 이해하지 못했어요. 음, 마케팅을 공부했거든요. 하지만 전 결국 대학 때 잠깐 일했던 옷가게에 취직했어요. 청구서는 쌓여만 갔고 저는 거의 굶어 죽을 뻔했어요. 아버지는 그 모든 공부가 이렇게 쓸모없어지는 건 지켜볼 수 없다고 하셨죠."

그녀의 말은 사이먼의 가슴 깊숙이 와닿았다. 그가 남아프리카공화국으로 떠나기 전 아버지와 나눴던 마지막 대화와 아주 비슷했다. 사이먼은 평생 템플러 훈련을 받았고, 아버지는 그가 익스트림 스포츠에 너무 많은 것을 낭비한다며 질책했다. 베이스 점핑은 그가 붙든 마지막 지푸라기였다.

"전 아버지에게 직장을 구하는 게 그렇게 쉽지 않다고 말했어요. 하지만 아버지는 듣지 않으셨죠."

그녀가 눈가를 닦자 손가락을 적신 눈물이 반짝였다.

"그래서 일자리를 구한다는 게, 남아프리카공화국까지 간 거죠. 아버지는 못마땅해하셨어요. 그 무렵 저는 화가 나 있었고, 마침 아파트 계약도 끝났거든요. 전 아프리카로 이주하는 데 모았던 돈을 다 써 버렸죠."

사이먼은 자신이 내려야 할 결정의 무게가 어깨에 내려앉는 것을 느꼈다. 쉽지 않은 결정이었다. 그는 레아가 겪은 일이 어떤 것인지 정확하게 알았다.

"그게 14개월 전이었어요."

레아가 힘없이 속삭였다.

"그 후로 아버지를 보러 가지 않았어요. 만약 아버지에게 무슨 일이 생겼다면…."

그녀의 목소리가 갈라졌다. 그녀는 더 이상 말이 없었.

사이먼은 무슨 말인가 하려 했지만 할 수 없었다. 레아의 두려움이 바로 그 자신의 두려움이었다. 그는 자신의 두려움에 어떻게 대처해야 할지 몰랐다.

실망하고 당황한 듯 레아는 그의 곁에서 물러나 다시 맞은편에 자리를 잡고 앉았다.

사이먼은 잠시 동안 비행기 엔진 소리에 귀를 기울이려 했다. 하지만 귓가에는 자꾸 방금 전의 대화가 맴돌았다. 자신을 괴롭히는 죄책감과 두려움을 없애기 위해서라도 무언가 하고 싶었다. 저 여자는 나와 상관없어. 하지만 정말로 그렇게 느껴지지가 않았다. 그녀는 그의 감정을 건드렸고 무엇보다도 생생하게 느껴지도록 했다.

"아마 당신 아버지는 런던을 빠져나왔을 거예요."

잠시 후 사이먼이 입을 열었다.

"난민 캠프에 계실 수도 있어요."

레아는 그의 말을 못 들은 척했다. 그녀는 등을 돌리고 코트를 머리끝까지 뒤집어써서 자신을 차단했다.

사이먼은 칸막이벽에 기대 눈을 감았다. 그녀의 아버지는 런던을 탈출했을지도 모른다. 어쩌면 수천 명이 탈출했을 것이다. 하지만 그의 아버지만은 절대 런던을 떠나지 않았을 것이다. 그는 알고 있었다. 그는 반쯤 빈 위장을 그러안고 눈을 감으며 억지로 잠을 청했다.

하지만 그곳에는 악마들이 기다리고 있었다.

9장

난민 캠프
프랑스, 파리 외곽

사이먼은 겨우 16시간 동안 파리에 머물렀다. 칼레에서 멀지 않은 코켈로 가는 방법을 찾는 데 그만큼이 걸린 것이다. 시골은 폭설로 눈에 파묻혀 있었다. 기상학자 대부분은 이 현상이 런던에서 발생한 기이한 기상 현상이나 그것을 야기한 힘과 관련된 것 같다고 추측했다.

런던 거리를 끊임없이 휘몰아치는 폭풍우가 계속해서 방송에 나왔다. 번개가 번쩍였고, 평범해 보이지 않는 열기가 뿜어 나왔다. 도시를 빠져나온 몇몇 리포터들은 믿기지 않을 정도로 새까만 안개가 하늘을 꽉 채워 해조차 보이지 않을 정도라고 했다.

"정말로 거기 가려고요?"

사이먼과 함께 짐을 실으러 가던 트럭 기사가 물었다.

"그래야만 합니다."

사이먼이 말했다. 필요하다면 눈길을 뚫고 걸어서라도 런던을 잠식하는 지옥으로 가야만 했다.

사이먼은 영국 난민들을 위한 보급품을 가득 실은 카고 트럭 짐칸에 가만히 앉아 체온을 유지하려고 애썼다. 보급품을 싣고 내리는 것을 도와주기로 하고 길을 따라 나선 참이었다. 일은 힘들었지만 샌드위치와 포도주도 추가로 실었다.

트럭 짐칸은 추웠다. 그는 얼마 안 되는 남은 돈으로 두꺼운 겨울 코트와 장갑, 모직 모자를 장만했다. 충분히 무장하고 싶었지만 권총과 탄약을 살 만큼 돈이 충분하지 않았다. 하지만 그런 걸 장만했다 하더라도 악마에게 맞서는 데 도움이 될 것 같지는 않았다.

입김으로 눈앞이 흐려졌다. 트럭이 흔들리자 상자와 양동이들도 덜컹거렸다. 짐 뒤쪽으로부터 두터운 눈송이가 날려 들어왔다. 달빛이 비추는 새하얀 풍경이 끝없이 이어졌다.

갑작스럽게 트럭이 심하게 커브를 틀었다. 상자들이 서로 부딪치며 넘어져 철제 바닥에 미끄러졌다.

사이먼은 간신히 몸을 지탱하고 두 팔을 앞으로 뻗어 얼굴로 덮쳐 오는 상자들의 충격에 대비했다. 순간 그는 트럭이 눈길에 미끄러진 줄 알았다.

마침내 트럭이 멈추자 사이먼은 보급품 상자들을 밀어 내고 일어섰다. 그리고 짐칸 뒷문을 훌쩍 뛰어넘어 내렸다.

트럭 기사와 조수는 자동차 앞쪽에 서서 망가진 왼쪽 타이어를 침울하게 내려다보고 있었다. 기사가 시원하게 욕설을 내뱉었다.

"무슨 일입니까?"

사이먼이 프랑스어로 물었다.

"글쎄, 갑자기 타이어가 터지는 걸 느꼈어. 나무를 들이박고 몽땅 다 죽지 않은 것만으로도 다행이네."

세 사람은 트럭을 도로에 남겨 두고 계속해서 내려 쌓인 눈을 헤치며 자리를 옮겼다. 보송보송한 눈은 금세 트럭 후드까지 쌓였다. 그들이 지나느라 깊이 팬 자리가 오솔길처럼 나 있었다.

"저기 봐요."

조수가 도로 아래쪽에서 다가오는 헤드라이트를 가리켰다.

"누가 오고 있어요."

기사가 운전석으로 돌아가더니 조명탄을 꺼냈다. 그는 점화장치를 켜고 사그라들기 전에 얼른 도로 위로 던졌다. 짙은 루비색 불꽃이 어둠을 갈랐다.

사이먼은 두 사람과 조금 떨어진 곳에 서서 기다렸다. 나쁜 이야기와 함께 좋은 이야기들도 들려오곤 했다. 하지만 여전히 도둑이나 살인자들이 활개 치고 있었다. 다가오는 자들이 그들을 해치려 해도 사이먼은 도망칠 수 있을 것이다. 날씨가 아무리 혹독해도 살아남을 자신이 있었다.

그는 트럭 그늘에 숨어 조용히 기다렸다. 파리에서 출발한 또 다른 트럭이었다. 새로운 보급품들을 싣고 가는 중이었던 것이다.

레아 크리시가 앞좌석에 앉아 있다가 운전수와 함께 내렸다. 그녀는 커다란 외투에 푹 파묻혀 있었다.

두 트럭 기사는 재빨리 상황을 살폈다. 사이먼의 트럭 기사가 그에게 와서 말했다.

"우리 트럭은 못 움직여. 윈치로도 안 될 것 같네. 자크와 난 여기 남을 테니 자네는 저기 저 트럭을 타고 가게나. 태워 주겠다는군."

사이먼은 노인의 얼굴을 조용히 바라보았다. 여기 이대로 고립되지 말고 당장 떠나라고 그의 온몸이 소리치고 있었다. 하지만 아버지는 그를 그렇게 가르치지 않았다. 그는 약속을 지키는 사람으로 자랐다. 이제, 런던에서 일어나는 그 모든 일과 마주하려는 이 순간, 그것은 중요한 문제였다.

"짐 내리는 걸 돕겠다고 했습니다."

사이먼이 프랑스어로 말했다. 기사가 손을 내저으며 마다했다.

"구조대가 오는 데 몇 시간, 아니, 며칠이 걸릴 수도 있어. 젊은이, 난민 캠프에 가족이 있다고 했잖나. 가라고. 얼른 가서 가족을 찾으라고."

사이먼은 더 이상 거절하지 않았다. 그는 노인에게 감사 인사를 건네고 발걸음을 옮겼다. 다른 트럭을 몰고 온 기사가 그에게 손짓했다.

"여기 타세요. 같이 앉아요. 자리가 있어요."

서리 낀 창문 저쪽에서 레아가 자신을 쳐다보고 있었다.

"서두르자고요."

기사가 말했다.

"보급품을 간절하게 기다리는 사람들이 있으니."

사이먼은 잠시 머뭇거리다가 문을 열고 좌석으로 올라탔다. 레아가 몸을 비켜 자리를 마련해 주었지만 넉넉하다고는 할 수 없었다.

"제가 앉으면 비좁을 겁니다. 전 뒤에 타도 됩니다."

"말도 안 되는 소리. 우린 괜찮아요."

기사가 기어를 조작하며 말했다.

"다 같이 있으면 좀 더 따뜻하겠죠."

그가 콧수염 너머로 미소를 지었다.

"마침 여기를 지나다니, 운이 좋았네. 그렇지 않아요?"

사이먼은 창문 너머로 트럭과 함께 남겨진 두 사람에게 고개를 끄덕여 인사했다. 저들에겐 운이 좋은 것이 아니겠지. 그가 숨을 내쉬자 창문이 뿌예지며 두 사람의 모습이 가려졌다.

몇 시간 후 사이먼은 기사가 기어를 바꾸고 주요 도로로 접어드는 소리에 잠에서 깼다. 멀어지는 도로 표지판이 코켈에 도착했음을 알려 주었다.

레아는 사이먼 옆에서 잠들어 있었다. 그의 팔에 기댄 그녀의 머리가 트럭이 덜컹거릴 때마다 조용히 흔들렸다.

"거의 다 왔어요."

기사가 말했다. 사이먼은 레아를 내려다보며 깨워야 할까 생각하다가 그러지 않기로 결심했다. 곧 그녀가 맞닥뜨려야 할 현실과 그 공포를 앞당길 이유가 없었다.

"영국에 가려고요?"

"네."

"가족이 거기 살아요?"

"아버지가 계십니다."

기사가 사이먼을 바라보았다.

"그곳 상황이… 좋다고 할 순 없어요. 당신도 알다시피."

삶의 풍파가 서린 그의 얼굴에 걱정이 드러났다.

"압니다."

"당신 아버지는 난민 캠프에 와 계실 수도 있어요. 그러길 바라자고요, 네?"

"물론입니다."

사이먼이 말했다.

"아버지는 아마 거기 계실 겁니다."

그러나 토머스 크로스는 난민 캠프에 없었다.

영불해협에 면한 작은 마을에 꾸려진 캠프 곳곳에는 다 무너져 가는 조립식 건물이 설치되어 있었다. '해협을 잇는 지하 터널'이라고 한때 '해널(Chunnel)'이라고 불렸지만 이 별명은 사람들 입에 익숙해지지는 않았다.

간이 건물은 영국에서 사람들이 건너오기 시작할 때 세워졌다. 사이먼이 들은 이야기를 종합하면 그들 중 상당수는 전기가 끊기기 전 터널 반대편 포크스턴, 켄트 같은 지역에서 기차로 건너온 듯했다. 그 후 며칠 동안은 사람들이 걸어서 터널을 지나오기도 했다. 하지만 결국 괴물들은 해협 지하 터널 출입구를 모두 막아 버린 듯했다.

괴물.

놈들은 이제 그렇게 불렸다. 사이먼이 볼 때도 그 이름은 썩 잘 어울렸다. 그는 언더그라운드에서 거의 매일 놈들에 관한 책을 읽었다.

생존자들은 트라우마에 시달렸고, 어찌할 바를 몰랐다. 그들 대부분이 여전히 가족과 친구 소식을 기다렸지만 시간이 지날수록 희망은 사라졌다. 보트와 배로는 이제 영불해협을 거의 건널 수 없었다. 가끔 용감한 선장이 배를 몰고 나가다 침몰하기도 했다. 영국 해안에 도착한다 하더라도 배에 태울 수 있는 생존자는 거의 없는 것이나 마찬가지였다. 괴물들은 해안에서도 사냥을 했던 것이다.

새벽이 되자 동쪽 하늘이 밝아 왔다. 더러운 잿빛 솜뭉치에 젖었던 하늘에 황금빛 태양이 떠오르는 걸 보며 사이먼은 호너가 말했던 남자를 찾아 나섰다. 볼리바르 파텔은 차가운 북해와 영불해협에서 왕성하게 활동했던 구조 전문가였다. 50대 초반으로, 인상이 매서운 그 남자는 건장했고 햇볕에 그을었으며 빈틈이 없었다. 어두운 갈색 피부와 매부리코가 그의 몸속에 흐르는 동인도 핏줄을 짐작하게 해 주었다.

사이먼은 생존자들을 실은 보트가 한 시간 전쯤 도착했다는 소식을 듣고 급식소를 찾아갔고, 그곳에서 그를 발견했다. 생존자 대부분은 아이들이었다. 부모가 아이들만 배에 태운 것이었다.

급식소는 수프와 빵을 받으려는 수백 명의 사람들로 붐볐다. 그들은 각자 그릇과 머그잔을 하나씩 들고 그곳에서 나왔다. 차와 물 중에서 마실 것을 선택할 수도 있었다.

"파텔 선장님?"

사이먼이 불렀다. 선장은 뒤돌아 그를 바라보았다. 그와 나란히 선 사이먼의 체구가 두드러졌다.

"날 아나?"

파텔은 한 손에는 수프 그릇과 빵을, 다른 한 손에는 컵을 쥔 채 멈춰 섰다. 카키색 셔츠 위로 멜빵 작업복을 입고 두꺼운 울 코트와 겨울 모자를 걸치고 있었다. 왼쪽 뺨에 화상 자국이 선명했다.

"아뇨."

사이먼은 호너에게 들은 이야기와 그의 메시지, 영국으로 가야 하는 이유에 대해 조용히 설명했다.

"가서 먹을 것 좀 가져오지. 그리고 저기 가서 함께 들자고."

파텔이 다섯 남자가 웅크리고 앉아 있는 구석 자리 테이블을 가리키며 말했다. 사이먼은 망설이다가 줄을 서서 음식을 받은 후 구석 자리 테이블에 합류했다.

파텔이 소개한 남자들은 그의 대원들이었다. 그들 대부분은 식사를 마치고 담배를 피우며 앉아 있었다.

"거기 가려고 하다니, 바보 같군."

파텔은 마지막 수프 한 방울까지 먹기 위해 빵으로 접시를 닦으며 말했다. 사이먼은 치밀어 오르는 화를 꾹꾹 눌렀다.

"아버지가 거기 계신다고 했잖습니까."

파텔이 경계하듯 그를 바라보았다.

"자네 아버지는-"

그가 피곤한 듯 한숨을 쉬더니 검은 눈동자 주변을 문질렀다.

"무례했다면 용서하게. 크로스 씨. 요즘은 예의범절이란 게 도통 쓸모가 없어서."

"이해합니다."

"그러길 바라네."

파텔이 빵을 씹어 삼켰다.

"하지만 자네 아버지는 이미 돌아가셨을 거야. 슬프지만 그게 현실이라고."

"전 알아야 합니다."

파텔이 조금 오랫동안 그를 바라보았다.

"라이플은 쏠 줄 아나, 크로스 씨?"

"네. 잘 쏩니다."

"두고 보자고."

파텔은 살짝 웃어 보였지만 그런 노력에도 전혀 즐거워 보이지는 않았다.

"그… 생명체들은 거의 죽일 수가 없어."

당신네 무기로는 그렇겠지. 사이먼이 수프를 한 입 삼키며 생각했다. 수프는 따뜻하고 맛있었다.

"놈들을 발견하고 싸워야 하는 상황이 닥쳤을 때면 총은 그냥 탈출 시간을 벌어 줄 뿐이야. 그리고 만약 해협 건너편에 도착했을 때 여자와 아이들을 태울 자리가 부족하다, 근데 자네가 배에서 내리지 않는다, 그럼 내가 당장 자넬 쏘아 죽일 거라는 점도 명심하라고."

생기라고는 없이 차갑게 죽어 버린 듯한 남자의 두 눈을 바라보며 사이먼은 단호하게 말했다.

"그런 일은 없을 겁니다."

"그럼 해 떨어지기 한 시간 전에 선착장에서 보세."

"고맙습니다, 파텔 선장님."

파텔은 일어서서 빈 그릇을 챙기며 얼굴을 찡그리고 사이먼을 바라보았다.

"나에게 고마워하지 말라고, 크로스 씨. 자네를 배에 태우겠다는 건 자네 사망 진단서를 끊어 주겠다는 거나 마찬가지니까 말이야."

10장

시내
영국, 런던

 주위로 밤이 내려앉는 것을 느끼며 워런은 건물 건너편 거리에 서 있었다. 여자에게 받은 쪽지에 적힌 주소로 찾아온 참이었다. 그는 불안하고 혼란스러웠지만 한편으로는 궁금했다. 호기심이 점점 더 커졌지만 쉽게 굴복한 것은 아니었다.
 알고 싶은 것이 너무 많았다. 두려운 것도 너무 많았다. 신비로운 힘에 다가가려던 어머니에 대한 기억이 그를 붙들었다. 관심은 호기심이 되고, 호기심은 집착이 되었다. 그리고 결국엔 그것이 어머니의 목숨을 빼앗았다. 워런 또한 그 때문에 거의 죽을 뻔했다.
 워런의 인생을 영원히 바꾸어 버린 총성이 머릿속에서 다시 울렸다. 그 소리는 살이 타는 냄새도 불러왔다. 고통이 파도처럼 밀려와 워런은 휘청였다. 그리고 간신히 건물 벽에 기댔다.
 부풀어 오른 시체들이 주변 도로에 아무렇게나 뒹굴고 있었다. 건물 창문 밖으로 늘어진 다리들이 그에게 닿을 것만 같았다. 건물 안에서는 고양이 세 마리가 시체를 뜯어먹고 있었다. 길거리를 돌아다니는 것보다 그곳이 더 안전해 보였다.
 악마가 런던을 침공한 후로, 고양이나 새처럼 본래 야생동물이었던 반려동물들은 본성을 되찾은 것 같았다. 지난 며칠 식량을 구하러 다니면서 만난 이들 중 몇몇은 동물이 런던을 가득 메운 사악한 마법의 영향을 받는다고 믿었다.

하지만 동물이 인간에게 덤벼드는 것은 어느 면에선 공평해 보였다. 한때 공원에서 고양이와 비둘기에게 먹이를 줬던 사람들이 이제는 그들의 먹이가 되었다. 눈앞의 세상은 암울하게 변해 가고 있었다.

해내야만 해. 그러지 않으면 죽고 말 거야. 정말로 그럴 수 있었다. 구조대만 기다리며 견뎠던 때도 있었으나 이제 구조 희망 같은 건 버렸다. 오로지 살아남는 것만 생각했다.

헬게이트가 열리고 며칠이 흘렀다. 워런은 거의 매 순간 호주머니 속에 든 쪽지를 의식했다. 몇 번이나 망설였지만 정말로 건물 가까이 온 것은 이번이 처음이었다.

낡은 8층 건물이었다. 처마와 창턱, 건물 앞 인도에는 눈이 쌓여 있었다. 어디에서도 빛은 흘러나오지 않았다. 드나드는 사람들을 보지 못했다면 버려진 건물인 줄 알았을 것이다.

그래도 이곳엔 무언가 다른 것이 있었다. 마법이 건물을 감싸고 있었다. 워런은 그것을 느꼈다. 어떤 마법인지도 알 수 있을 것 같았다.

그런데 어째서 악마들은 발견하지 못한 거지? 워런은 그 무렵 헬게이트에서 뿜어져 나와 사방을 뒤덮으며 사악한 기운을 풍기는 연기를 저도 모르게 바라보며 생각했다. 헬게이트는 아직 저기 그대로 있었다. 하늘에서 맥동하며 닥치는 대로 도시를 파괴하고 있었다.

워런은 주머니 속으로 손을 뻗어 페퍼민트 사탕을 꺼내 포장을 벗기고 입안으로 던져 넣었다. 그 자신에 대해 정말로 알고 싶다면 다른 선택이 없었다. 그는 지저분한 주머니에 손을 아무렇게 찔러 넣고 길을 건넜다.

"누구시죠?"
순간 워런은 건물 안에서 들려온 목소리라고 생각했다. 현관 계단 위에 올려놓았던 발을 본능적으로 거두었다.
그러자 크고 뚱뚱한 남자가 그림자 속에서 나와 하얀 눈과 달빛 속에 모습을 드러냈다. 머리는 볼링공처럼 반들반들했고 목은 거의 없는 것과 마찬가지였다. 얼굴을 뒤덮은 문신이 청량한 초록색으로 빛났다. 빡빡 민 두피에도 문신이 새겨져 있었고 귀에서는 금 귀걸이가 달랑거렸다.
"워런."
워런이 더듬거렸다.
"…워런입니다."
"여기서 뭘 하고 있죠, 워런?"
남자가 스코틀랜드 억양으로 말했다.
"초대받았어요."
"당신이?"
의심스럽다는 듯 눈썹을 날카롭게 치켜올리며 남자가 물었다.
"누구한테?"
"이디스 버크너요."
남자가 얼굴을 찌푸렸다.
"당신 얘긴 안 하던데."
"제가 잘못 알았나 봅니다."

워런은 자리를 뜨려고 했다. 하지만 문득 옳지 않다는 생각이 들었다. 그의 안에서 스멀스멀 올라온 간지러움이 그를 다시 건물 쪽으로 끌어당겼다. 그는 멈춰 서서 몸을 돌리고 건물을 똑바로 올려다보았다.

건물 안에서 흐르는 힘이 느껴졌다. 강력했지만 어느 한곳에 집중되지는 않았다. 마치 파도가 해변을 때리듯 이리저리 움직이며 흔들리고 있었다. 교향곡 같기도 했지만 각각의 음은 조화되지 못한 채 어긋나고 있었다. 그 진동이 그에게까지 전해지자 그는 이를 악물었다.

그는 이 안에 속해 있었다. 워런은 확신했다.

넓은 가슴 앞으로 팔짱을 낀 채 남자는 여전히 워런을 사납게 노려보고 있었다. 벌어진 외투 사이로 허리춤에 찬 권총이 보였다.

심장이 목구멍 밖으로 튀어나오려는 것을 느끼며 워런은 다시 현관 계단을 올라갔다. 마음을 다잡고 덩치 큰 남자와 눈을 마주쳤다. 그의 직감이 그렇게 시켰다.

"나는 저기 속해 있어요."

워런이 침착하게 말했다.

"초대 없이는 못 들어갑니다."

워런이 주머니에서 접힌 쪽지를 꺼내 내밀었다.

"여기 초대장."

그는 가능한 한 목소리에 자신감을 실으려 했다. 문을 지키는 남자가 정확히 자신이 원하는 것을 보도록 만들려 했다.

"누구든 받을 수 있는 최고의 초대장이죠."

남자는 코트 안 권총에 손을 얹은 채 쪽지를 건네받고는 꼼꼼히 살펴보았다. 그러더니 고개를 끄덕였다.

"들어가시죠."

"몇 층이죠?"

"8층입니다."

다른 말 없이 워런은 건물 안으로 들어갔다. 문을 통과할 때는 심장이 흉곽을 뚫고 나올 것처럼 두근거렸다. 자신이 남자를 무사히 지나왔다는 사실을 믿을 수 없었다. 하지만 그는 이미 자신이 더 강해졌다고 느꼈다.

그는 주머니에서 손전등을 꺼내 전원을 켜고 계단 위치를 파악한 후 올라가기 시작했다.

8층에 다다르자 에너지가 더욱 강하게 느껴졌다. 마치 강물이 그를 끌어당기는 것 같았다. 돌아갈까 하는 생각이 여전히 들었지만, 이젠 그럴 수 없다는 것을 알았다. 그의 생 앞에 놓인 것이 무엇이든, 바로 이 에너지가 비롯하는 곳에 있을 터였다.

그는 입구에서 손전등을 들어 복도를 휙 비추었다. 복도 바닥에 앉아 자신을 쳐다보고 있는 사람들을 발견하고 그는 너무 놀라 손전등을 떨어뜨릴 뻔했다. 손이 떨려 춤을 추는 손전등 불빛이 문신 가득한 얼굴들을 비추었다.

외부에서 빛을 알아챌지도 모른다는 사실을 워런은 그제야 깨닫게 되었다. 악마들을 이곳으로 끌어들이고 싶지는 않았다. 그는 재빨리 손전등을 껐다.

"미안합니다."

그가 손전등을 주머니에 넣으며 중얼거렸다.

"안 보이나 봐."

누군가 속삭였다.

"누군데?"

"어둠 속에서 볼 수도 없는데 여기서 뭐 하는 거지?"

"여긴 어떻게 온 거야?"

"혼자 왔나?"

"맥캘럼이 들여보낸 것인가? 어째서?"

옷들이 스치며 바스락거리는 소리가 들렸다. 워런은 그들 중 몇몇이 그에게 가까이 다가왔다는 것을 알았다. 각자 손에 총과 칼 같은 무기를 들고 있는 모습이 그려졌다. 이렇게 깜깜한 어둠 속에서 어떻게 그를 볼 수 있는지 알 수 없었다.

어린 시절 어머니가 그를 데려갔던 마술 가게들이 머릿속을 가득 채웠다. 상점들은 대개 작았고 평범한 사람들은 발견하지 못하도록 거의 숨겨졌다시피 했다.

취미로 마술을 즐기는 사람들을 위한 상점으로 위장한 가게도 있었다. 그런 곳에서는 마킹된 카드나 몇 가지 마술 용품을 전시해 놓고 뒤에는 불가사의한 학문을 다룬 책들을 숨겨 놓았었다.

또 다른 가게들은 뉴에이지 상점이라 자처하며 수정구나 타로 카드를 비치해 놓았다. 그러나 다시 말하지만, 진짜 지식은 철저히 비밀에 부치고 숨겼다.

워런의 어머니가 자주 드나들던 가게 중 몇몇은 상품을 공공연하게 전시했다. 악마 연구 서적, 십자군 전쟁 시기 유물을 정교하게 재현한 공예품, 점치는 구슬 같은 것이 선반에 놓여 있었다. 그러나 그런 상점에서조차 현자들의 두개골이나 성인의 뼛조각, 희생자들의 피로 물든 무기 같은 것은 따로 보관했다.

"혼자예요."

눈앞의 어둠 속에 모여 있을 이들이 자신을 위협으로 느끼지 않길 바라며 워런이 말했다. 손전등이 꺼지기 직전, 그는 복도 양쪽 끝 창문에 두꺼운 천을 드리워 빛이 들고 나지 않도록 해 둔 것을 보았다.

"누구도 다치게 할 생각은 없어요."

"꼬마, 넌 여기 있는 누구도 해칠 수 없어."

한 남자가 단언했다. 목덜미에서 누군가의 뜨거운 입김이 느껴졌다. 워런은 움직이지 않았다. 자신이 두려워하고 있다는 사실을 알리고 싶지 않아서가 아니었다. 어차피 그들은 이미 아는 것이 분명했다. 단지 앉아 있는 사람들 중 누구라도 밟아서 상황이 악화되지는 않을까 걱정되었다.

"귀찮게 하려고 온 건 아니에요."

워런이 조용히 말했다.

"초대받았을 뿐입니다."

"누가 초대했지?"

"이디스. 이디스 버크너."

"아."

누군가 말했다.

"저 사람인가 봐."

"이디스가 말했던 사람."

"악마에게 말을 걸었다던 사람."

"우리와 합류할 거라고 이디스가 그랬어."

"진짜인진 몰랐는데."

"그런데 여기 왔잖아, 안 그래?"

워런은 그 여자가 자기 얘기를 누군가에게 했다는 것을 믿을 수 없었다. 그녀는 그가 여기 나타날 거라고 확신했던 것이 분명했다.

그는 사람들이 자신을 둘러싸는 것을 느꼈다. 이따금 누군가의 옷이 그를 스쳤다. 직접 만지는 일은 거의 없었지만, 설령 만졌다 하더라도 너무나 가벼워 거의 느끼지 못할 정도였다.

"이 사람에게 힘이 있다고 했어."

"진짜 힘이."

"너라면 저 사람 내면을 들여다볼 수 있잖아."

"난 볼 수 있지."

"이디스를 데려와."

누군가 자리를 뜨느라 옷자락이 바스락거리는 소리가 들렸다. 워런은 움직이지 않고 가만히 서 있었다. 그 순간 그는 무엇보다도 어둠을 꿰뚫어 보고 싶었다.

잠시 시간이 흐른 뒤 누군가 물었다.

"정말 어둠 속을 보고 싶어, 워런?"

그는 이디스 버크너의 부드러운 목소리를 알아들었다. 그녀와 마주 보고 싶었지만, 어디쯤 있는지 알 수가 없었다.

"네."

"그럼, 눈을 뜨고 봐."

그녀가 속삭였다. 워런은 어둠 속에서 주변을 둘러보았다.

"안 보여요."

"네가 그러려고 하지 않기 때문이야. 악마와 대화할 때 사용했던 그 힘이 어둠 속에서도 볼 수 있게 해 줄 거야. 그냥 그 힘을 쓰면 돼."

"이것 봐요."

워런이 말했다. 그는 당장 그곳을 떠나고 싶었다.

"여기 온 건 실수였던 거 같아요."

하지만 그 말을 입 밖에 내는 순간 진심이 아님을 깨달았다. 이곳에 온 것은 실수가 아니었다. 단지 지금 어떻게 해야 하는지 모를 뿐이었다.

"오지 말았어야 했어요."

얼굴 한쪽에서 갑작스러운 통증이 느껴졌다. 짝 소리와 함께 머리가 옆으로 홱 돌아가고 난 후에야 그는 누가 뺨을 때렸다는 사실을 깨달았다. 이디스가 그를 때린 것이었다. 아니면 다른 누군가가.

"눈을 떠."

여자가 명령했다.

"눈을 뜨고 봐."

"나는-"

또 한 차례의 매서운 따귀에 워런은 거의 무릎을 꿇고 쓰러질 뻔했다. 어둠 속에서 잠시 그는, 위탁 가정에서 잠을 자다가 깬 것이라 착각했다.

그의 내면에서 공포와 분노가 뒤엉켰다. 다시는 그때 그 시절로 돌아가지 않겠다고 다짐했는데. 그렇게 괴롭힘 당하고 공포에 떨던 시절로 다시는 돌아가지 않겠다고. 그는 무기력했다. 일단 계단을 찾자. 그런 후에….

누군가 또 그를 때렸다. 그의 입술이 터지고 피 맛이 느껴졌다. 그러자 분노가 끓어 넘쳤다.

"눈을 떠."

여자가 명령했다. 워런은 눈을 떴다. 통증 때문에 두 눈을 꼭 감고 있었다는 사실을 그제야 알았다. 그리고 그는 마치 달이라도 뜬 듯 어두운 복도를 선명하게 볼 수 있다는 사실을 깨달았다. 그는 깜짝 놀라 순간적으로 누군가 불을 켰다고 생각했다.

"저 사람 눈 좀 봐."

"볼 수 있네."

"이디스가 옳았어."

한 남자가 워런을 때리려고 했지만 워런은 공격을 막으면서 그의 손을 잡았다. 어느 때보다도 자신이 강하다고 느껴졌다. 심지어 그 남자는 그보다도 덩치가 컸는데 그쯤은 아무것도 아니라는 듯 남자의 팔을 마음대로 다룰 수 있었다.

"그만둬요."

워런이 남자에게 말했다. 남자의 얼굴이 발작하듯 구겨졌다. 눈동자가 희번덕 뒤집히더니 남자는 바닥에 쓰러졌다.

사람들이 워런에게서 물러났다. 한 남자가 무릎을 꿇고 쓰러진 남자를 깨우려고 했다. 그는 남자의 입과 코에 재빨리 손바닥을 대 보더니 가슴에 귀를 대고 눌렀다. 그리고는 믿을 수 없다는 듯 워런과 다른 사람들을 올려다보았다.

"숨을 안 쉬어. 맥도 잡히지 않아."

"조엘이 죽었어."

누군가 속삭였다.

"저 아이가 그를 죽였어."

11장

죽었다.
이 말이 워런의 머릿속에 울려 퍼졌다. 그는 남자를 내려다보았다.
"죽었을 리 없어."
이디스 버크너가 말했다.
"이 애는 손도 대지 않았는데."
"난 응급실에서 일했다고."
시체 옆에 무릎을 꿇고 앉은 남자가 말했다.
"보면 알아. 조엘은 죽었어."
워런은 어둠 속에 장님처럼 서 있는 동안 맞았던 뺨이 아직도 화끈거렸다. 하지만 바닥에 쓰러진 남자를 보며 느껴지는 공포와 혼란에 비하면 그 통증은 아무것도 아니었다.
"난 아무 짓도 안 했어요."
워런이 쉰 목소리로 속삭였다.
"그냥 저 사람이 날 그만 때렸으면 하고 생각한 게 다라고요."
양아버지와 어머니가 마지막으로 싸우던 때의 기억이 떠올랐다.

"또 돈을 다 갖다 쓴 거야!"
양아버지가 위협적으로 소리쳤다.
"정말로 할 수 있을 것 같았다고."
어머니가 항변했다.
"필요한 일이었어. 내 힘에 다가가기 위해서 쓴 거야. 문제가 될 건 없어. 일단 그 힘을 다룰 수만 있으면-"

"다룬다고?"

양아버지는 인내심이 강한 사람이 아니었다. 결코 자비로운 사람도 아니었다.

"살림 하나도 제대로 못하는 주제에! 개 같은 년! 집구석 꼴 좀 보라고! 난 하루 종일 일하고 오는데-"

"도둑질하고 다니는 거잖아! 고상한 척하지 마! 당신이 무슨 짓을 하고 다니는지 다 아니까! 당신이나 당신 패거리들은 그냥-"

언제나처럼 워런은 비좁은 거실의 소파 뒤에 숨어 있었다. 거실은 마법과 전설에 관한 어머니의 책들로 가득했다. 양아버지가 훔치고는 아직 팔아넘기지 못한 비디오 부품이나 컴퓨터 같은 물건들도 많았다.

두 사람은 그렇게 자주 싸웠다. 양아버지는 어머니를 때린 후에 술을 마시곤 했다. 워런이 할 수 있는 일은 그저 조용해질 때까지 숨어 있는 것뿐이었다.

하지만 그날 밤은 평소와 달랐다. 그 당시에 워런은 미처 몰랐지만 양아버지가 마약상에게서 마약을 훔쳤던 것이다. 마약상은 도둑의 정체를 알아내고 양아버지를 쫓고 있었다. 양아버지는 런던을 떠나거나 경찰에게 체포되거나 그도 아니면 죽을 수도 있었다. 마약상은 이미 아버지의 공범 한 명을 죽인 참이었다.

그날의 다툼은 평소와 같이 끝나지 않았다.

공포와 분노에 사로잡힌 양아버지는 권총을 꺼내 어머니의 얼굴과 가슴을 쏘았다. 욕설을 퍼붓고 저주하며 어머니를 죽였다. 자신을 쫓는 마약상들로 인한 절박함을 어머니 탓으로 돌렸다.

겨우 여덟 살이던 워런은 비명을 지르며 엄마를 부를 수밖에 없었다. 아버지는 권총을 그에게로 향했다. 아버지가 자신을 죽일 거라는 사실은 의심할 수 없었다.

첫 번째 총알이 빙글빙글 돌며 날아와 워런의 엉덩이에 박혔다. 그는 심한 충격과 통증에 온몸이 굳은 채 쓰러졌다. 두 번째 총알은 그의 머리에서 겨우 몇 센티미터 떨어진 벽을 맞췄다.

바로 그 순간 워런은 아버지를 바라보며 말했다.

"죽어 버려요."

온몸의 세포 하나하나까지 아버지가 죽기를 바랐다.

양아버지는 워런을 쏘는 대신 총을 자신의 관자놀이로 가져갔다. 그는 도와 달라고 울부짖고 비명을 지르다가 방아쇠를 당겼다. 살이 타들어 가는 냄새가 공기를 가득 채웠다.

그 모든 기억이 워런의 머릿속에서 맴돌았다. 15년이나 지났는데 조금도 희미해지지 않았다. 이웃이 경찰에 신고했다. 워런은 병원으로 이송되었고 퇴원할 수 있을 만큼 회복되자마자 위탁 기관에 맡겨졌다.

하지만 양아버지는 죽어 마땅했다. 그는 워런이 겪은 사람 중 가장 두려운 존재였다. 워런은 아직도 양아버지에 대한 악몽을 꿨다.

워런은 쓰러진 이 남자가 누군인지 몰랐다. 자신을 때리던 남자인지도 몰랐다.

이디스 버크너는 몸을 숙여 남자의 심장에 손을 얹었다.

"숨을 쉬어."

그녀가 명령했다. 그녀의 손에서 희미한 빛줄기가 뻗어 나왔다.

마치 누군가 허리띠를 잡아당기기라도 한 것처럼, 남자가 갑자기 벌떡 상체를 일으켰다. 그러고는 다시 쓰러졌다.

"아직도 숨을 쉬지 않아요."

재빨리 살펴본 남자가 다시 말했다. 이디스는 명령을 다시 한번 반복했다. 이번엔 이디스 주변에서 어둠이 흩어지는 것처럼 보였다.

잠시 후 남자가 크게 숨을 내쉬고 다시 들이마셨다.

"살았어."

"이디스가 살렸어."

그녀의 얼굴에 새겨진 문신과 뿔에서 뿜어져 나온 초록 빛줄기가 그녀가 걸친 가운 주위로 모여 빛났다. 이디스가 워런을 바라보았다.

"와 줘서 기뻐."

워런은 뭐라고 말해야 할지 알 수 없었다. 그의 마음 한편에서는 당장이라도 그곳을 떠나고 싶었다. 그저 달려서 거리로 나갈 때까지 멈추고 싶지 않았다.

"시간이 많진 않아. 조만간 네 힘을 감추는 법을 배우지 못한다면 네 근처를 지나던 악마가 알아챌 거야. 상대를 조종하는 네 특별한 힘이 놈들에게 통하지 않는다면 넌 놈들에게서 도망치지 못할 것이고. 놈들은 널 끝까지 뒤쫓다 죽여 버리겠지."

"하지만 제가 그런 게 아니에요."

워런이 아직 쇼크 상태에 빠진 채 자기가 어디 있는지도 모르는 깃 같은 남자를 가리키며 말했다.

"저 사람은 그냥… 그냥 발작을 일으킨 거라고요."

"발작이 아니었어. 힘이었어. 한 번도 본 적 없는 힘. 말 한마디로 누군가의 심장을 멈추게 하는 힘 말이야."

"내가 그런 게-"

"저자가 한 게 맞아."

지켜보던 사람 중 한 명이 말했다.

"목소리에 담긴 힘을 느꼈어."

워런은 그들이 제발 입 좀 다물어 주길 바랐다. 워런은 쓰러졌던 남자를 보았다. 그는 응급실에서 일했다던 남자의 부축과 지시에 따라 어쩔 줄 몰라 하며 이리저리 걸어 보고 있었다. 내가 그런 게 아니야. 내가 그랬을 리가 없어.

하지만 그는 진실을 알고 있었다.

"양아버지가 널 죽이려 했을 때 처음 힘이 나타났다고?"

워런은 푹신한 의자에 긴장한 채 앉아 있었다. 맞은편에 자신을 조너스라고 소개한 한 남자가 앉아 질문을 했다. 30대로 보이는 조너스는 180센티미터가 넘어 워런과 거의 비슷했지만 좀 더 건장했다. 어두운 눈동자는 힘을 발산하는 듯 은색으로 빛났다. 아무도 알려 주지 않았지만 그가 이 그룹의 리더인 것이 분명했다. 이디스는 그의 뒤 가까이에 앉아 있었다.

다른 사람들과 마찬가지로 조너스의 몸에도 문신이 많았다. 흉터와 피어싱도 많았고 그중 몇 개는 굉장히 고통스러웠을 듯했다.

"모르겠어요."

복도에서의 위기에서 간신히 벗어난 지금, 워런은 무엇을 믿어야 할지 확신할 수 없었다.

"넌 양아버지가 자살하도록 만든 거야."

조너스가 말했다.

"아버지가 자초한 거예요."

워런은 방어적으로 말했다.

"어머니를 죽이고 날 쏘았다고요."

조너스는 달래려는 듯 손을 들었다.

"널 비난하는 게 아니야. 듣자 하니 사악한 인간이었던 것 같은데."

"맞아요."

워런은 순간 조너스의 손등에서 이상한 무언가가 자라나는 것을 보았다. 손목 바로 아랫부분에서 시작되는 것 같았다. 워런은 어둠 속에서도 볼 수 있게 되었지만 그것들이 무엇인지는 알아보기 힘들었다. 비틀리고 뒤틀린 작은 촉수들 같았다.

그들은 건물 중앙에서 조금 떨어진 작은 방에 있었다. 꼭대기 층은 사무실 4개만 남기고 모두 터서 넓게 개조되어 있었다. 워런이 있었던 두 방 모두 벽과 바닥에 이상한 낙서가 그려져 있었다. 한 번도 본 적은 없지만 이상하게 낯익은 공예품 같은 것들도 눈에 띄었다.

가운을 걸친 사람들이 조금씩 무리 지어 앉았다. 그들은 함께 밥을 먹었고, 완전히 벗은 몸을 탐구하며 서로에게 문신을 해 주었다. 책과 두루마리를 읽거나 어떤 명상 같은 것을 연습하기도 했다. 시내 소식을 전하거나 보급품을 가지고 들락거리는 사람들도 있었다.

"다만 대부분은 그렇게 일찍 힘을 빌건하지는 못해."

조너스가 말했다.

"사실 이 방에 있는 그 누구도 말 한마디로 사람의 심장을 멈추게 하진 못한다고 장담해."

그가 살짝 웃었다. 의심을 누그러뜨리기 위해서임을 워런은 알 수 있었다.

워런은 이 남자의 생각을 대체로 읽을 수 있었다. 조너스가 그에게 거짓말을 할 수는 없을 것이다. 하지만 숨기는 것은 가능했다. 감춰진 생각이 저 너머에서 어른거리는 것이 느껴졌다.

"일반적인 경우는 아냐."

이디스가 미소 지으며 말했다.

"과장이 아니야."

조너스가 동의했다. 그는 가운 속으로 손을 넣어 동전 하나를 꺼내 꼭 쥐고는 워런을 바라보았다.

"이 동전을 띄울 수 있겠어?"

속임수일 거라고 생각하면서 워런은 잠시 망설이다가 동전으로 손을 뻗었다.

"손가락으로 말고."

조너스가 지시했다.

"정신으로."

워런은 손을 거뒀다.

"못해요."

당연히 못하지. 무슨 말도 안 되는 소리야.

"말도 안 되는 소리 아니야."

조너스가 말했다.

"오늘 밤 여기 오기 전까진 어둠 속을 볼 수 있을 거라고는 생각 못 했을 텐데."

워런은 인정한다는 듯 고개를 끄덕였다.

"악마들이 이 도시로 오기 전부터, 불가능하다고 여겨졌던 많은 일들이 사실은 이미 가능했어."

조너스가 말했다.

"유체이탈, 예지력, 초감각적 능력 같은 것들이 뉴스에도 나왔지. 들어 봤겠지?"

"네."

워런은 어머니가 그런 책들을 얼마나 많이 사서 읽고 또 읽었는지 잘 알았다.

"그런 척하는 사람들이 넘쳐 났다는 게 문제였지. 일반인들에겐 진짜 힘을 가진 사람과 그런 사기꾼을 구분할 방법이 없었거든."

워런은 어머니가 어울렸던 사람들은 그저 양아버지의 돈을 챙겨서 기뻤을 것이라고 믿었을 뿐 정작 진짜 마법을 본 적이 한 번도 없었다.

양아버지가 자기 머리를 쏴 버린 그날 밤까지는 말이지.

조너스가 입술을 축이더니 다시 동전으로 주의를 돌렸다.

"게다가 헬게이트가 열리기 전까지 그 힘이라는 것은 아주 미미했어. 그냥 순간적으로 번뜩이는 빛이나, 잠시 후 일어날 일이 눈앞을 스치는 느낌 정도일 뿐이었지. 염력이 뭔지 알아?"

워런이 자세를 바꾸었다.

"대충 알아요."

"말해 봐."

"정신으로만 물건을 움직이는 거잖아요."

"실재한다고 믿어?"

1부: EXODUS(대탈출) 155

"아뇨, 당연히 아니죠."

조너스가 그에게 미소를 지었다.

"왜?"

"왜냐하면 진짜가 아니니까요. 누구도 그런 건 못-"

조너스가 동전을 쥐었던 손을 뒤로 뺐다. 동전은 공중에 둥둥 떠 있었다.

"할 수 있는 사람도 있어."

워런은 떠 있는 동전을 응시했다. 조너스가 방금 사용한 힘이 그의 안 깊숙이 진동하는 것이 느껴졌다.

"침공 전에는 평평한 바닥에서 겨우 2~3센티 옮기는 게 다였어. 뒤집지도 못했지. 그런데 지금은 봐, 문제없어."

동전은 보이지 않는 축을 중심으로 빙글빙글 돌면서 속도를 높였다. 마치 공중에 떠 있는 은빛 공처럼 보였다.

"조너스를 이해해 줘."

이디스가 말했다.

"저 장난에 푹 빠졌어."

"단순한 장난이 아냐."

조너스가 눈썹을 치켜올렸다. 동전이 방을 가로질러 쏜살같이 날아가더니 빠직 하는 소리를 내며 벽에 박혔다.

"이게 한 움큼이었다고 생각해 봐. 아니면 조약돌이었다든지. 산탄총과 맞먹는 힘이라고. 내 생각이 맞다면 이 '장난'은 충분히 파괴적일 수 있어."

"악마들과 싸울 작정이에요?"

조너스가 고개를 저었다.

"우린 악마를 물리치고 싶은 게 아니야, 워런. 우린 악마를 연구하고 통제하는 법을 배우고 싶어. 나는, 그리고 나랑 같은 사람들은 악마에게서 배울 것이 많다고 생각해."

그가 잠시 말을 멈추었다.

"그게 바로 우리가 원하는 거야. 하지만 네가 원하는 것은 뭐지?"

12장

영불해협

해가 완전히 떨어지기까지는 한 시간이 남았다. 하루 종일 자다 깨기를 반복한 사이먼은 제대로 쉬지 못하고 지친 상태로 선착장에 나타났다. 누구인지 몰랐지만 그를 알아본 선원들이 트럭을 태워 주었다.

눈은 끊임없이 내려 이미 새하얀 땅 위로 계속해서 두텁게 쌓여만 가고 있었다. 나뭇가지에 매달린 고드름이 프리즘처럼 마지막 석양빛을 주변으로 흩뿌렸다.

트럭 짐칸에 앉은 사이먼은 너무 추워 온몸이 뻣뻣해질 정도였다. 눈앞에서 입김이 흩어졌다. 잠시 후 트럭은 영불해협으로 이어지는 경사로로 진입하기 위해 방향을 틀었다. 얼어붙은 수면 위로 안개가 소용돌이치듯 휘감아 올라오는 해협의 풍경은 불길했다.

배는 해안에서 70미터쯤 떨어진 곳에 정박해 있었다. 덱에 볼트로 고정한 커다란 기관총 뒤에서 선원들이 경계를 서고 있었다. 어둠 속에서 전등이 비누 거품처럼 희미한 빛을 발산했다.

불빛을 본 사이먼은 기분이 나아졌다. 한 시간 동안 남자들과 어깨를 맞붙인 채 갇혀 있는 것만큼이나 괴롭던 참이었다.

선원들과 함께 구명정에 탄 사이먼은 안개에 휘감긴 배를 바라보았다. 방아쇠에 올려놓은 손가락을 한 번이라도 당기면 즉시 위치가 노출되고 적들을 끌어들일 것이 분명했다.

그들이 타고 갈 배는 가솔린 엔진이나 바람으로도 나아갈 수 있는 길쭉한 기범선(돛을 갖춘 소형 발동기선)이었다. 밋밋한 회색으로 칠해 놓아 어두운 바다 한가운데로 나가면 야간 항행등이나 석양에도 눈에 잘 띄지 않을 것 같았다. 밤이 깊어 완전히 어두워지면 아마 거의 보이지 않을 것이 분명했다.

어쨌든 인간의 눈으로는 말이지. 여기에 생각이 미치자 사이먼은 정신이 번쩍 들었다.

"무기를 탑재했지."

파텔이 사이먼에게 말했다.

"50-cal 기관총과 20mm 기관포 2문을 선미와 후미에 장착했다네. 사냥용 라이플 몇 자루도 마련했고. 코끼리 한 마리는 쓰러뜨릴 수 있겠지."

선장의 표정은 암울했다.

"그 외계인 놈들 상대로는 기껏해야 시간밖에 못 끌겠지만."

사이먼은 그 말을 의심하지 않았다. 일단 영국에, 런던에 가기만 하면 좀 더 좋은 무기를 더 많이 구할 수 있을 것이다. 정말로 그럴 수 있기를 바랄 뿐이었다.

레아 크리시는 이미 던틀러스호에 타고 있었다. 어느 것에도 지지 말라는 의미에서 파텔의 선원들이 배에 붙인 이름이었다. 두 번째로 고려했던 이름은 풀리시니스호였는데, 그렇게 불렀다가 바보스러운 짓을 하게 되는 징크스는 그 누구도 원하지 않았다.

레아가 배에 탄 것을 보고 사이먼은 적잖이 놀랐다. 그는 잠깐 망설이다가 한쪽 옆에 자리를 잡았다. 그녀는 두터운 겨울옷을 입고 두 팔로 몸을 꼭 감싸고 있었다.

"난민 캠프에 아버지는 없었어요. 찾아보지 않은 곳이 없어요. 이웃에 살던 베어드 부인까지 만났는데, 베어드 부인은 며칠 전에 우리 아버지 덕분에 탈출할 수 있었다고 하더군요. 그런데 아버지는 빠져나오지 못하셨대요. 아이들과 여자들이 너무 많아서."

사이먼이 고개를 끄덕였다. 난민 대부분은 여자와 아이들이었다.

"좀 더 기다려 보지 그랬어요."

무슨 말도 안 되는 소리를 하느냐는 듯 그녀가 그를 흘끗 보았다. 그런 눈빛을 할 줄 아는 그녀가 마음에 든다는 사실을 그는 깨달았다.

"당신 같으면 기다렸겠어요?"

한 선원이 보급품을 배에 싣자며 사이먼을 불렀다. 보급품 대부분은 약과 붕대 같은 의료품과 담요, 여벌 코트와 음식이었다. 해협을 건너는 몇 시간 동안은 생존에 충분한 것들이었다. 사이먼은 손쉽게 상자들을 들어 다른 사람들이 가져갈 수 있도록 갑판에 쌓았다.

"이 배가 영국을 떠날 땐 우리 둘만 남는대요, 들었죠?"

레아가 말했다. 사이먼은 몰랐다.

"당신만 괜찮다면, 거기 혼자 있고 싶지는 않아요."

사이먼은 그녀를 바라보며, 자기와 함께 있더라도 안전은 장담할 수 없다고 말해 주고 싶었다. 하지만 그러지 않았다.

"해안에 분명 다른 사람들도 있을 거예요."

"그렇겠죠. 하지만 그중 몇 명이나 런던으로 들어가고 싶어 하겠어요?"

그 점은 미처 생각하지 못했다. 그는 말없이 계속 갑판에 상자를 실었다. 대답하고 싶지 않았다. 그녀와 엮이고 싶지 않았다. 하지만 아버지는 그를 그런 사람으로 키우지 않았다.

"정말로 런던으로 가고 싶은 거예요? 그 모든 걸 다 보고도?"

"절대 가고 싶지 않아요."

레아가 망설임 없이 대답했다. 그러나 두려움에 목소리가 떨리는 것만은 그녀도 어쩔 수 없었다.

"하지만 가야만 해요. 아버지가 아직 살아 계실지도 몰라요."

사이먼은 뭔가 말하려다가 입을 다물었다. 무슨 말을 하든, 다른 사람들이 여태껏 그에게 했던 말과 조금도 다르지 않을 것이다. 그리고 그들은 그를 말리지 못했다. 템플러 훈련을 받고 자랐음에도 아버지를 잃는다는 감정은, 만약 정말로 잃었다면, 그 상실감은 그녀와 다르지 않을 것이었다. 그는 자신이 남들보다 용감하다고 생각하기 때문에 런던으로 가는 것이 아니었다. 아버지에게 무슨 일이 생긴 건 아닌지 두려웠기 때문에 가는 것이었다. 레아와 마찬가지로.

"그리고 만약에 아버지가 돌아가셨다면-"

그녀의 목소리가 갈라졌다.

"글쎄요, 어쨌든 전 알아야만 해요."

"좋아요."

사이먼은 자신의 결정을 후회하지 않기를 바라며 말했다. 그녀는 고맙다고 하면서도 그가 정말로 그녀에게 큰 호의를 베풀었다고 생각하지는 않는 듯했다. 그녀를 비난할 수는 없었다.

얼마 후 북쪽에서 잿빛 안개 벽이 불쑥 솟으며 던틀러스호를 휘감았다. 사이먼은 갑판에 서서 배를 삼켜 버릴 듯 소용돌이치는 연기 덩어리를 바라보았다. 멀리 떨어져 있는 사람들에게는 배가 전혀 보이지 않을 것이 분명했다.

해안선에 가까워졌으므로 주변을 떠돌고 있을 생물에게 들키지 않도록 엔진은 끈 채 돛으로만 나아가고 있었다. 사이먼은 휘몰아치는 어둠 속을 살펴보았다. 파텔은 '외계인' 무리가 생존자들을 사냥하며 다닌다고 했다. 물론 쫓기는 생존자들을 구하러 올 만큼 용감한 그들 역시, 놈들의 사냥 대상이었다.

사이먼은 11발 탄창과 바렛 .50-cal 스나이퍼 라이플(.50-cal Barrett sniper rifle)을 잡아 들었다. 무엇이든 템플러 무기를 하나 지니고 있었더라면 얼마나 좋았을까 하는 생각을 떨칠 수 없었다. 그는 라이플보다는 권총과 검에 더 익숙했다.

파텔이 능숙하게 키를 조종했다. 때때로 드러나는 달빛이 안개를 뚫고, 어둠 속에서 긴장으로 몸이 굳은 채 심각하게 서 있는 그의 모습을 비추었다.

잠시 후 육지가 모습을 드러내자 선원 한 명이 이를 알렸다. 험준한 바위투성이 해안가를 바라보자 사이먼은 위가 뒤틀리는 것 같았다. 안개가 너무 짙게 깔린 탓에 차가운 공기와 따뜻한 공기가 머리 위에서 맞부딪치며 용솟음쳤다. 그는 라이플을 쥔 손에 힘을 꽉 주었다.

파텔의 명령으로 선원들이 돛을 접고 닻을 내렸다. 해안까지 6미터도 채 남지 않았지만 던틀러스호는 바닥에 닿지 않을 만큼 여유를 두고 정박했다. 희미한 노란 불빛이 어둠 속에서 깜박였다.

"저기."

한 선원이 쉰 목소리로 속삭였다.

"봤어."

파텔이 키를 다른 선원에게 넘겨주고 뱃머리로 향했다.

"던틀러스호의 파텔 선장입니다. 난민들을 태우러 왔습니다."

남자와 여자, 아이들이 어둠 속에서 걸어 나와 그림자가 드리운 해안가에 섰다.

"와 주셔서 감사합니다. 선장님."

한 남자가 소리쳐 말했다.

"거의 포기하고 있었습니다. 해협을 건널 만한 용감한 사람들이 모두 악마들에게 끔찍하게 죽었다는 얘기를 들었어요."

"모두가 그런 건 아닙니다."

파텔이 말했다.

"전부 몇 명입니까?"

"19명입니다. 아이들은 5명이에요."

"60명은 태울 수 있습니다. 더 없습니까?"

"해안을 따라 뿔뿔이 흩어졌어요. 악마들이 매일 늘어납니다. 쉬지 않고 우릴 쫓아와요."

"일단 탑시다. 어느 방향으로 갈지 나중에 살펴보죠."

파텔은 선원들에게 돌아서 명령을 내렸다. 그는 사이먼과 레아에게 건너왔다.

"크로스 씨, 크리시 씨. 이제 선택을 하지. 우리와 조금 더 함께 다녀도 되고 여기서 떠나도 된다. 아직은 자리가 있으니까."

"전 여기서 이만 가 보겠습니다."

사이먼이 말했다.

"여기 있던 사람들이 아직 악마에게 붙잡히지 않은 걸 보니 이쪽은 당분간 안전할 것 같군요."

"알겠네. 크리시 씨는?"

"저도 여기 남겠어요."

"일단 이 사람들이 승선하는 걸 돕자고. 그런 후에 약속했던 보급품들을 주겠네."

사이먼은 해안으로 가는 고무 구명정을 타고 노 젓는 것을 도왔다. 그런 후 밧줄을 근처 나무에 맸다. 라이플을 어깨에 둘러멘 그는 주변에 내려앉은 어둠에 대한 경계를 늦추지 않은 채 생존자들을 구명정에 태웠다.

사이먼은 사람들의 상태에 경악했다. 거의 먹지 못하고 쉬지 못했음이 분명했다. 아이들마저 두 눈이 움푹 꺼지고 삐쩍 말라, 인간이라기보다 막대기에 가까웠다.

구명정에 올라탄 첫 번째 무리는 서둘러 던틀러스호에 승선했다. 밧줄로 구명정을 끌어당긴 후 두 번째 무리가 올라탔다. 그들이 떠난 해안에는 무장한 선원들 외에 오직 생존자 세 명만이 남아 있었다.

그때 악마들이 예고도 없이 공격해 왔다.

사이먼은 눈으로 보기 전에 이미 어둠 속에서 그들을 느꼈다. 해안 뒤쪽으로 뒤돌아서자 우거진 나무 사이로 노란 눈동자 12개가 달빛을 맞아 불꽃처럼 번뜩이는 것이 보였다.

악마들은 소리 없이 나무 사이를 뛰어넘었다. 얼핏 보면 두 발로 걸어 다니는 휴머노이드 같았다. 팔다리는 나무줄기 같았고 몸통에선 힘이 넘치는 듯했다. 몸에 비해 너무 큰 머리로 하나같이 어뜩비뜩 움직였다. 머리 꼭대기에는 두툼한 돌기 세 개가 뻗어 나왔고 얼굴 한가운데는 6개의 눈이 동그랗게 원을 이루며 빛을 발했다.

다크스폰. 그는 수업 때 배웠던 놈들의 모습을 즉시 알아보았다. 악마 중 최고 계급에 속하는 프라이머스(Primus)로 호기심이 많은 놈들이었다.

사이먼은 소리쳐서 경고하는 대신 어깨에 .50-cal 라이플을 걸치고 본능적으로 놈을 조준하고 발사했다. 묵직한 총성과 함께 뜨거운 열기가 터져 나와 사이먼에게 역류했다. 총알이 빠르게 날아가 목표물의 가슴 정중앙을 파고들었다.

다크스폰은 분노로 가득 차 쉭쉭거리며 쓰러졌다. 밝은 초록색 피가 가슴에서 쏟아져 나왔다. 놈이 팔을 버둥거리더니 다시 두 발을 딛고 일어섰다.

사이먼은 방아쇠를 당기고, 또 당겼다. 다크스폰은 두 발을 더 맞았다. 그중 한 발은 거대한 머리에 솟은 뿔을 산산조각 냈다. 그러나 놈은 죽지 않았다. 대신 무기를 꺼내 들고는 사이먼에게 발사했다.

보라색 광선이 사이먼의 머리를 아슬아슬하게 지나가 바다 쪽에서 폭발했다. 재빨리 피하지 않았다면 광선에 머리가 날아갔을 것이다. 파텔의 선원 몇 명이 즉사한 듯했다. 배에 탄 사람들이 두려움에 질려 비명을 질러 댔다.

사이먼은 해안에 남아 있던 생존자 셋을 향해 달렸다. 그들을 물가로 밀며 외쳤다.

"바다로 들어가요! 당장!"

물속으로 뛰어들 생각이었지만 그들이 살아남을 가능성은 거의 없어 보였다. 생존자 세 명은 간신히 바다로 뛰어들어 헤엄치기 시작했다.

그때 레아가 한쪽 무릎을 꿇고 H&K MP5 기관단총(H&K MP-5 machine pistol)을 꺼내 들었다. 파텔이 그녀에게 준 무기였다. 제대로 조준해 세 발을 쏘는 모습을 보고 사이먼은 놀랐다. 레아가 공포에 얼어붙었을 거라 생각했던 것이다.

아니면 벌써 죽었거나.

하지만 그녀는 살아 있을 뿐만 아니라, 싸우고 있었다. 사이먼은 앞으로 마주할 몇 분 동안 그들 중 누구도 살아남을 거라고 기대하지 않았다. 남아 있던 파텔의 세 선원 중 한 명은 던틀러스 호에서 쏜 20mm 기관포에 갈가리 찢겼다.

갑자기 머리 위로 총알과 포탄이 쏟아지기 시작했다. 20mm 포탄이 떨어져 바위투성이 땅과 화염에 휩싸인 나무에 사람 크기만 한 구멍이 팼다.

악마와 불길에 쫓기며 사이먼은 그곳에서 벗어나야겠다고 생각했다. 하지만 바다도 안전하지 않았다. 파도에 휩쓸려 가는 검게 탄 두 남자의 시신이 언뜻 보였다. 그는 레아의 팔을 잡았다.

"일어나요. 달려요."

그녀를 잡아당기려던 그는 작은 체구를 버티고 있는 단단한 힘에 놀랐다.

고맙게도 그녀는 그들이 위험한 위치에 노출되었음을 이해했다. 그녀는 사이먼의 뒤를 따랐다. 두 사람은 악마 무리가 쫓아오는 길을 에둘러 숲으로 깊숙이 들어가고 있었다. 만약 여유가 있었다면 숲속에서 길을 잃을지도 모른다는 생각을 할 수 있었을지도 몰랐다. 다크스폰은 사냥감을 뒤쫓는 데 능했다. 도시의 폐허를 뒤지고 다니며 먹잇감을 찾았다. 사이먼이 읽었던 책에 따르면, 그리고 그를 가르쳤던 교사들에 따르면 그랬다. 탁 트인 곳이라면 그들에게도 승산이 있었다.

그는 달렸다. 하지만 다크스폰이 그들보다 빠르다는 사실은 잘 알았다. 그들이 들고 있는 무기의 무게를 고려하면 더욱 그럴 것이다. 바렛(Barrett) 같은 중화기는 거의 10킬로그램에 육박했다.

그들이 생존자를 태웠던 해안 지점은 순식간에 화염에 휩싸였다. 불꽃은 나뭇가지들을 타고 하늘로 치솟은 후 다시 빗줄기처럼 매섭게 쏟아져 내렸다. 기관총과 기관포 소리가 해안을 따라 울렸다.

사이먼은 그의 검과 갑옷을 간절히 그리워하며 가슴 앞으로 바렛을 들었다. 그의 무기만 있었더라도 적들과 맞설 기회가 있었을 것이다.

사실 달라지는 건 전혀 없을지도 모르지. 런던에서 발견된 죽은 '기사들'에 대한 소문을 생각해 보면, 템플러 무기조차 아무 소용없을지도 몰랐다. 놈들의 수가 너무 많았던 거야. 미처 전술을 쓸 여력조차 없었던 거지. 너무 자만했던 거야. 하지만 그런 생각이 진심인지조차 그는 알 수 없었다.

나뭇가지들이 사이먼의 얼굴을 때렸다. 그는 얼굴을 보호하기 위해 라이플을 높이 들었지만 생각했던 것만큼 효과는 없었다. 다크스폰의 무기에서 발사된 무시무시한 보라색 광선이 나무들을 쓰러뜨렸다. 쓰러진 나무에서는 불길이 치솟았다.
 눈앞에서 나무 한 그루가 넘어지며 길을 막았다. 사이먼은 나무에 손을 짚고 뛰어넘은 후 재빠르게 뒤를 돌아보며 기계적으로 라이플을 조준했다.
 레아가 올림픽 체조선수처럼 속도도 늦추지 않고 쓰러진 나무를 훌쩍 뛰어넘었다. 파텔의 선원은 허둥대다가 나무에 제대로 걸려 넘어졌다. 그가 다시 일어서기도 전에 다크스폰 한 놈이 거대한 손으로 그의 머리를 움켜쥐었다. 놈이 손에 힘을 주자 그의 머리통이 으스러졌고 피가 사방으로 튀었다.

13장

 사이먼은 다크스폰의 얼굴에 거의 맞닿을 만한 거리에서 총을 쏘았다. 바렛으로도 충분히 타격을 입히기를 바라며 놈의 눈들 중 하나를 겨냥했다. 50구경 총탄이 눈알을 짓이기며 박혔다. 놈은 추격을 멈추고 비틀거리며 동료들이 있는 곳으로 뒷걸음질 쳤다. 그러고는 붙들었던 희생자를 쥔 손을 놓고 분노로 포효했다.
 다음 순간 20mm 기관포가 나무를 쓰러뜨리며 숲을 훑고 지나갔다. 사이먼은 다리를 따라 올라오는 진동을 느끼며 레아 쪽을 향해 물러났다.
 레아는 나무를 등지고 서서 악마들을 응시하고 있었다. 그녀가 기관단총의 탄창을 바꾸었다. 눈빛에는 두려움과 불안이 서렸지만 목소리는 차분하다고 할 수 있을 정도였다. 그녀가 소리쳤다.
 "이대로는 안 돼요! 저놈들은 너무 빨라요!"
 "달려요!"
 사이먼이 그녀를 힘껏 잡아당기며 지시했다. 다른 선택의 여지는 없었다.
 레아가 앞장서 나무와 바위를 피하며 숲을 헤쳐 나갔다. 쌓인 나뭇잎과 얼음이 녹아 진창인 비탈길에 미끄러지면서도 거의 공중을 걷다시피 달렸다. 다크스폰이 뒤를 바짝 쫓았다.
 예상치 못하게 오른쪽에서 또 다른 악마 무리가 나타났다. 사이먼은 어둠 속에서 놈들을 발견했다. 레아가 손을 들어 경고했다.
 "왼쪽!"

사이먼이 소리치고는 재빨리 그녀를 지나쳐 그쪽을 막아섰다. 숨이 턱까지 차올랐고 매운 연기에 두 눈은 불타오르는 듯했다.

보라색 광선이 그의 바로 앞을 일직선으로 지나가며 땅에 고랑을 팼다. 미처 방향을 바꾸지 못한 사이먼은 몸을 날려 피하려 했지만 딛고 있던 땅의 한쪽 경사면이 허물어지면서 넘어지고 말았다. 그는 데굴데굴 구르면서도 바렛을 놓지 않았다. 비록 악마 녀석들을 죽이지는 못하더라도, 놈들과 맞설 마지막 무기였던 것이다.

무언가가 사이먼의 발을 잡고 끌었다.

패닉에 빠지려는 것을 간신히 억누르며 사이먼은 홱 돌아누워 다크스폰을 노려보았다. 사이먼은 벗어나려고 애쓰며 발길질을 두 번 했지만 성공하지 못했다. 그의 발은 놈의 가슴팍을 때렸지만 그저 장애물에 걸리듯 아무런 타격을 입히지 못했고, 발목에 가해지는 충격과 통증에 비명이 터져 나올 것만 같았다.

악마는 사이먼의 발을 꽉 움켜쥔 채 웃었다.

사이먼은 놈과 자신 사이에 바렛을 밀어 넣고 놈의 얼굴을 향해 발사했다. 총알이 튕겨 나오면서 곧장 사이먼의 얼굴을 향했고 겨우 몇 센티미터 옆 땅에 박혔다. 그는 어떻게든 벗어나길 바라며 라이플을 휘둘렀다.

놈은 거의 게으르다고 할 만큼 느릿하게 팔을 몇 차례 흔들었다. 그 충격으로 사이먼의 손에서 라이플이 미끄러져 떨어졌다. 손가락 하나 움직일 수 없는 사이먼은 라이플이 근처 나무에 부딪쳐 튕겨 나간 후 6미터 아래 땅으로 떨어져 산산조각 나는 모습을 무기력하게 지켜볼 수밖에 없었다.

"죽어라, 인-간!"

악마가 외쳤다. 고대 문헌에 따르면 다크스폰에게는 어느 정도 언어 능력이 있었다. 그렇다 하더라도 놈들은 이미 영어까지 습득한 것 같았다. 먹잇감과 그들의 기술을 이해하고 스파이 노릇을 할 수 있을 만큼 놈들은 영리했던 것이다.

사이먼은 다크스폰의 단단한 손목을 두 손으로 움켜쥐었다. 참을 수 없이 끔찍한 손아귀에서 벗어나려고 애썼지만 힘으로는 놈과 견줄 수 없었다. 사이먼은 녀석이 고통을 느끼게 할 만한 신경다발이 있을 만한 곳을 찾아보았다. 비늘로 뒤덮인 가죽은 뚫리지 않을 것 같았다. 검은 혜성들이 눈앞에서 소용돌이치기 시작했다. 그는 숨을 쉬려고 했지만… 쉴 수 없었다.

다음 순간 다크스폰의 기괴한 머리가 널따란 어깨 아래로 굴러 떨어졌다. 혈액으로 보이는 초록색 액체가 사방으로 뿜어져 나왔다. 사이먼은 자신이 환각을 보는 것이라고 생각했다. 경험을 통해 그는 자신이 거의 정신을 잃기 직전임을 알고 있었다.

내부에서 루비처럼 붉은 빛이 흐르는 짙은 회색 갑옷으로 무장한 손이, 사이먼의 목을 쥐고 있는 다크스폰의 엄지손가락을 붙잡고 꺾었다. 빠직하고 뼈 부러지는 소리가 기관포 소리마저 뚫고 들려왔다.

사이먼은 다급하게 숨을 들이켰다. 폐가 불타는 듯했다. 눈앞에 우뚝 선 무장한 기사를 올려다보았다. 커다란 에너지로 단단한 방어막을 생성하는 나노다인 기술이 활성화된 템플러의 갑옷이 굉장히 밝게 빛나고 있었다. 사이먼은 매끈한 투구 앞면에 비친 자신의 모습까지 볼 수 있었다.

"사이먼?"

증폭된 목소리는 사이먼의 귀에 순간 굉장히 어색하게 들렸다. 그 목소리 역시 꽤 놀란 듯했다.

사이먼이 대답하기까지는 오랜 시간이 걸리지 않았다. 자신을 구한 사람의 여성스러운 곡선이 갑옷으로도 감추어지지 않았고, 사이먼은 그자가 누구인지 알아볼 수 있었다.

"지젤?"

사이먼 또한 놀라서 물었다.

템플러가 손을 내밀어 사이먼이 일어나는 것을 도와주었다. 사이먼은 어릴 때부터 지젤 플레처를 잘 알았다. 두 사람은 동갑이었고, 언더그라운드 같은 구역에서 함께 자랐다.

"맞아."

지젤이 '고스트(ghost)' 기능을 활성화하자 얼굴이 드러날 만큼 투구가 투명해졌다. 그녀의 빨강머리는 아름다웠고 뺨과 코를 잇는 주근깨가 도드라졌다. 회색 눈동자는 따뜻했지만 사이먼의 기억 속에서보다 지쳐 보였다.

"여기서 자기를 만날 줄은 몰랐네."

"그럴 만한 장소는 아니지."

사이먼의 심장이 세차게 뛰었다. 지젤의 등장에 힘이 솟았다. 그녀의 등 뒤에서는 템플러 다섯 명이 마치 자기 팔처럼 검을 다루며 다크스폰과 싸우고 있었다.

악마 한 마리가 무기를 들어 발사하자 무엇이든 다 파괴해 버릴 만한 보라색 광선이 뿜어 나왔다. 하지만 지젤은 방패를 들어 막았다. 방패에 새겨진 커다란 십자가 문양이 광선에 빛났다. 히포그리프 한 마리가 십자가를 휘감고 있었다.

사이먼은 십자가를 보지 못했지만 방패에 그려진 문양이 무엇인지는 잘 알았다. 템플러 대장간에서 지젤이 자기 방패에 문양을 그려 넣는 모습을 직접 보았던 것이다.

방패에 튕겨 나간 광선이 나무를 가르고 가지를 떨어뜨리면서 하늘 높이 뻗어 나갔다.

"나중에 얘기해."

지젤이 말했다.

"지금은 싸워야지. 내 그르나디에(Grenadier)를 들어."

그녀가 자신이 차고 있던 커다란 템플러 검을 들어 보였다. 그러고는 적의 움직임을 눈으로 좇으며 말했다.

"네 몸을 베지는 말라고."

사이먼에겐 무례할 것도 없는 말이었다. 두 사람은 항상 경쟁하면서 서로를 다음 단계로 끌어올려 주는 사이였다.

그는 지젤로부터 받아 든 그르나디에를 휘둘러 보았다. 묵직하고 견고한 검이었다. 못생겼지만 상대의 목숨을 능히 빼앗을 만한 무기였다. 검에서는 수세기 전에 발명된 액체 발화물인 '그리스의 불(Greek Fire)'을 채운 수류탄이 발사되었다. 가장 최근에 업그레이드된 템플러 기술이었다.

상황은 절망적이었지만 사이먼은 씁쓸하게 미소를 지었다. 템플러 무기를 손에 쥐었다는 사실이 기뻤다. 그는 무기를 들고 지젤의 곁에 바짝 붙어 섰다. 두 사람 중 한 명이 다치거나 갑옷이 파손되었을 경우를 대비해 훈련한 방식이었다. 지젤이 보랏빛 광선을 막는 동안 사이먼은 놈들을 조준해 쏘았다.

그르나디에의 뭉툭한 포구에서 수류탄들이 발사되어 목표물을 맞히며 굉연하게 터졌다. 다크스폰은 고온의 불길에 휩싸이며 갈가리 찢겨 나갔다.

"적어도 감을 잃지는 않았네, 자기."

마치 부모님들이 준비한 대련장에서 함께 연습하던 시절로 돌아간 것처럼 지젤이 담담하게 말했다. 사이먼은 뿌듯했다. 비록 갑옷도 없이 허점투성이인 상태로 전장에 섰지만, 그는 적을 해치울 수 있었다. 그 모든 훈련이 바로 이를 위한 것이었다. 그는 레아를 찾으려 주변을 둘러보았다. 그녀는 덩치 큰 두 템플러 뒤에 안전하게 있었다. 겁에 질린 것 같았지만 공격 위치에서는 벗어나 있었다.

"저 어린 양은 누구야?"

"친구."

그 순간으로서는 그것으로 충분한 정보였다.

"그래, 그럼 가자. 저기 저 배를 도울 수 있는지 보자고."

갑옷을 입고 성큼성큼 나아가는 지젤은 인간의 한계를 넘어선 것 같았다. 수트 안에서는 모든 것이 증폭되었다. 힘, 속도, 그리고 의식까지도.

사이먼은 지젤이 그를 보호하고 전방의 사격 방해물을 없애며 나아가기 용이하도록 오른쪽 뒤에서 그녀를 쫓았다. 그녀를 따라잡기 위해서는 거의 뛰다시피 해야 했다.

템플러는 밤을 뚫고 나아갔다. 그들은 총기보다 검을 선호했다. 좀 더 가까운 거리에서 싸울 때를 대비한 보조무기로 자주 사용했다. 언더그라운드에서 전투가 벌어질 경우를 가정하면 다른 방도가 없었다. 그들의 전투에서 검은 가장 강력한 무기였다.

다크스폰 한 마리가 어둠 속에서 불쑥 나타나 지젤을 깜짝 놀라게 했다. 다크스폰은 악마 중에서도 엘리트에 속했다. 사이먼은 놈이 망토 같은 것을 걸치고 숨어 있었을 거라고 생각했다. 그렇지 않았다면 갑옷의 적외선 센서가 놈을 감지했을 것이다.

놈은 지젤을 들이받고 무시무시한 소리를 내며 밀어붙였다. 그녀의 몸이 붕 떴다가 사이먼에게 떨어졌고 그는 가까스로 피할 수 있었다. 그렇지 않았더라면 죽었을지도 몰랐다.

어디에선가 난데없이 로켓이 비명을 지르며 날아와 그가 서 있던 곳에 떨어졌다. 머리를 울릴 만큼 커다란 진동이 파도처럼 사이먼을 덮쳐 넘어뜨렸다. 쓰러진 그의 몸 위로 흙덩어리와 바위 조각들이 산산이 쏟아졌다.

사이먼은 순간적으로 귀가 멍멍해져 아무것도 들을 수 없었다. 그는 몸을 굴려 자리를 피한 후 한쪽 무릎을 세우고 앉아 웃옷을 코까지 끌어 올렸다. 휘몰아치는 먼지와 잔해를 들이마시는 일을 막기 위해서였다. 만약 눈이 내리지 않았더라면 바짝 마른 땅에서 비롯한 먼지가 공기를 꽉 채웠을 것이다.

"나무 위!"

지젤이 벌떡 일어나 검을 들고 소리쳤다. 다크스폰 한 마리가 그녀 위로 거대한 망치를 들어 올렸다. 원래 템플러가 소지했던 망치 같았다. 놈들은 적의 무기를 손에 넣고 사용하기도 했던 것이다.

슈트가 증폭한 그녀의 목소리가 제대로 들린다는 사실을 확인한 사이먼은 재빨리 무릎을 꿇고 앞으로 미끄러진 후 발가락을 구부려 속도를 늦추고 자세를 잡았다. 그는 그르나디에를 양손으로 들어 나무 높이 있는 목표물을 조준했다. 녀석 주위로 로켓 발사의 후폭풍이 보랏빛으로 맴돌고 있었다.

다크스폰 저격수에게 십자 조준선을 맞추고 사이먼은 방아쇠를 당겼다. 수류탄 세 발이 나무 꼭대기로 발사되었다. 악마는 도망치려 했지만 실패했다.

수류탄이 터지며 온몸에 불이 붙은 놈은 조각조각 찢겨 나무에서 떨어졌다. 사이먼은 놈이 명중당했다는 사실을 눈으로 확인하기도 전에 쉰 목소리로 짤막하게 승리의 함성을 뱉었다.

"잘했네."

지젤이 말했다.

"자축은 그만하고 눈앞에 집중하라고."

좀 더 자신감이 붙은 사이먼은 굵직한 떡갈나무 줄기 뒤에 숨어 악마들을 조준했다. 그르나디에의 마력으로 '그리스의 불'은 무한하게 재생되었다.

목표물이 조준에 들어오는 대로 그는 빠르게 방아쇠를 당기며 놈들을 쓰러뜨렸다. 다크스폰 대부분은 일격에 죽었다. 두 번째 방아쇠를 당길 필요는 거의 없었다.

지젤과 다른 템플러들은 놀라운 힘과 검으로 그들에게 달려드는 다크스폰을 끊임없이 쓰러뜨렸다. 칼날이 번쩍일 때마다 악마들이 땅 위로 널브러졌다.

사이먼은 땅에 누운 템플러 한 명을 보았다. 그의 자세를 보니 분명 다시는 일어나지 못할 것이다. 그의 시신 바로 곁에, 손을 조금만 더 뻗었다면 닿았을 만한 곳에 그의 검이 놓여 있었다.

허리춤에 그르나디에를 차고 사이먼은 쓰러진 템플러의 검을 살펴보았다. 날이 넓은 그 검은, 예전에 그가 대장간에서 벼렸던 그의 검과 비슷해 보였다.

　사이먼은 앞으로 몸을 날려 눈 덮인 진창을 미끄러졌다. 진흙이 눈에 튀어 잠깐 앞이 보이지 않았다. 그는 다급하게 검을 움켜쥐었다. 그림자가 그의 몸에 드리우는 것이 느껴졌다. 그는 몸을 굴려 한쪽 무릎을 세워 몸을 일으킨 후 두 손으로 검을 들었다. 에너지를 뿜어내는 초록빛 불빛이 검의 날을 따라 번뜩였다.

　조금 더 자신감을 얻은 사이먼은 검을 휘둘렀다. 검은 악마의 팔뚝을 쉽게 잘라 냈다. 잘린 팔이 스르륵 떨어졌고, 미처 바닥에 닿기도 전에 사이먼은 오른쪽으로 빙글 몸을 돌렸다. 그는 자신이 갑옷을 입지 않았다는 사실을 상기하며 악마를 공격했다.

　사이먼은 악마의 다리 뒤쪽 힘줄을 베었다. 놈은 눈앞의 죽음으로부터 도망가려 했지만 균형을 잃고 휘청거리다가 힘없는 발을 제대로 디디지 못하고 땅에 쓰러졌다.

　사이먼은 손에 든 검을 휘돌리며 악마의 가슴에 내리꽂았다. 검은 놈의 가슴을 뚫고 땅까지 깊숙이 박혔다. 악마가 입을 크게 벌리고 비명을 내질렀다. 사이먼은 부츠를 신은 발로 놈의 머리를 걷어찼다. 다스크폰은 잠시 몸을 부르르 떤 후 곧 온몸의 힘이 빠지며 죽음을 맞이했다.

　"조심해!"

　사이먼은 요동치는 그림자가 자신에게 드리우는 것을 보고 몸을 날렸다. 차가운 진흙을 튀기며 몸을 굴려 놈에게서 벗어난 사이먼은 검을 꺼내 들었다. 악마가 팔다리를 마구 흔들며 방금까지 사이먼이 있던 자리에 그래플러(Grappler; 템플러 무기)를 던졌다.

그래플러는 템플러의 마법이자 기술이었다. 다크스폰이 전투에서 손에 넣은 것 같았다. 굵고 짤따란 통에서 팔라듐 합금 밧줄이 튀어나와 적을 꼼짝 못 하게 휘감은 후 사용자에게 끌어 주는 무기였다. 만약 사이먼이 걸려들었다면 악마에게 끌려갔을 것이다.

화가 난 놈은 울부짖으며 다시 그를 조준했다. 사이먼은 무릎 반동을 이용해 힘껏 점프한 후 검을 앞으로 곧게 뻗고 온몸의 무게를 실었다. 그러고는 검 끝이 등에 닿는 것이 느껴질 만큼 배 깊숙이 찔러 넣었다. 검날이 척추를 훑었다. 사이먼은 검을 지렛대 삼아 비틀자 놈의 내장이 쏟아졌다.

온몸이 텅 빈 다크스폰이 허물어져 내렸다. 차가운 공기 가득 유독가스가 퍼졌다. 폐가 쪼그라드는 것 같았다. 죽음 이후의 예기치 못한 반격에 사이먼은 팔을 들어 입과 코를 막으며 뒤로 비틀거렸다. 검은 여전히 내리지 않고 있었다.

사이먼은 아직 완전히 헐벗지는 않은 나무들 사이로 파괴된 땅을 둘러보았다. 템플러가 이기고 있었다. 다크스폰 몇 마리가 쓰러진 채 움직이지 않았다. 겨울이 다가오고 있어서인지, 차갑게 식어 가는 놈들의 시체 위로 수증기가 피어올랐다.

해안의 총격마저 잠잠해졌다.

사이먼은 그 고요함이 무엇을 뜻하는지 두려웠다. 구명정에 타도록 도왔던 여자와 아이들의 얼굴이 눈앞에 어른거렸다. 사이먼은 나무들 사이를 헤치고 달리기 시작했다.

14장

 갑옷의 도움으로 재빠르게 사이먼을 따라잡은 지젤이 재빨리 그를 잡아 세웠다.
 "바보야."
 그녀가 화가 나서 쏘아붙였다.
 "영웅이 되고 싶은 거야? 제일 먼저 죽는 게 바로 영웅이라고."
 그녀의 목소리가 갈라졌다.
 "이미 우린 잃을 만큼 잃었어."
 사이먼이 뭐라고 말하기도 전에 지젤이 그를 앞질렀다. 그는 더 힘껏 달렸지만 살아남은 다른 템플러들도 마찬가지로 그를 지나쳐 앞서 나갔다.
 몇 분 후 그들은 해안에 도착했다. 두터운 안개에 섞여 탄연이 맴돌고 있었다. 저 멀리 던틀러스호가 높아지는 수평선 너머로 속력을 높여 나아가고 있었다. 갑판에서는 불길이 두어 개 춤을 췄다. 먼 거리에서도 사이먼은 불길을 잡으려 애쓰는 선원들의 모습을 볼 수 있었다.
 행운이 함께하기를. 사이먼은 그들 모두가 무사하길 빌었다. 곧 파도 사이로 배가 모습을 감추었다. 배에서 솟는 불길이 꼬리처럼 길게 연기를 남겼지만 곧 그조차도 안개에 삼켜졌다.
 "하루 종일 여기 서 있을 셈이야?"
 사이먼이 지젤을 바라보았다.
 "해야 할 일이 있다고, 자기."

그녀가 조용히 말했다. 해안을 살펴보던 사이먼은 템플러들이 이미 죽었거나 죽어 가는 생명들 사이를 걷고 있는 모습을 보았다. 대부분 악마였지만 인간도 몇 명 쓰러져 있었다.

한 중년 남자가 힘없이 손을 더듬거리고 있었다. 그 남자의 다리를 본 사이먼은 경악했다. 위가 쪼그라드는 듯했다. 남자의 두 다리는 악마의 광선에 맞아 허벅지부터 새까맣게 타 버린 채 피로 뒤엉켜 있었던 것이다.

그 처참한 모습과 냄새는 사이먼이 여태껏 마주했던 그 어떤 것과 달랐다. 남아프리카에서 그가 밀렵꾼과 벌였던 싸움도 여기에 비하면 아무것도 아니었다. 너무도 악랄하고 잔혹하며 원초적인 학살이었다.

지젤이 남자에게 다가가서 무릎을 꿇고 앉아 건틀릿을 벗고 남자의 손을 잡았다. 그리고 투구 안면부를 열어 얼굴을 보이도록 했다.

"당신은… 당신은 천사인가요?"

"아뇨."

지젤이 조용히 말했다.

"천사가 아니에요. 그냥 여자예요."

"제가 만난 어떤 여자들과는 다르군요."

사이먼은 가까이 가고 싶지 않아 거리를 두고 서서 검을 쥔 손에 힘을 주었다. 지젤은 갑옷에 장착된 작은 함에 손을 넣어 첩부제를 꺼냈다.

"그게 뭐죠?"

"몽혼 패치(dreamie)예요. 고통을 없애 줄 거예요."

"그거 좋군요."

남자의 눈꺼풀이 파르르 떨렸다.

"너무 아파요."

"이젠 아프지 않을 거예요."

지젤이 남자의 목에 패치를 붙였다. 마취 성분이 즉시 남자의 혈관을 통해 흘러 들어갔다. 고통과 공포가 그의 얼굴에서 사라져 갔다.

"저는… 저는 괜찮을까요?"

지젤이 다정하게 미소 지으며 남자의 얼굴을 부드럽게 어루만 졌다.

"괜찮을 거예요."

"다행이군요."

남자가 한 번 숨을 들이쉬고는, 길게 내뱉었다. 그의 몸을 이루는 모든 근육에서 힘이 빠져나가더니 머리가 옆으로 기울었다.

지젤의 뺨에 흐르는 눈물이 달빛에 반짝였다. 그녀는 투구 안면부를 닫아 사이먼이 자신의 슬픔을 보지 못하게 했다. 하지만 그는 그녀의 심장을 짓누르는 슬픔을 느낄 수 있었다.

사이먼은 다 함께 수습해 나란히 뉘어 놓은 시신 일곱 구를 내려다보았다. 구명정에 오르는 것을 양보하고 뒤에 남았던 남자가 셋, 사이먼이 바다로 도망치게 했던 두 남자와 한 여자, 그리고 아이도 한 명 있었다. 이들 외에도 얼마나 많은 사람들이 바다에서 자취를 감추었을지 알 수 없었다.

"아는 사람이 있나요?"

한 템플러가 물었다. 사이먼이 고개를 저었다. 레아도 마찬가지였다.

"파텔 선장은 해안에서 생존자들을 태우고 있었습니다."

사이먼이 말했다.

"만나기로 약속한 지점도 없었고, 프랑스나 영국 사이에서 어떤 정보를 주고받을 수도 없었어요. 저들은 그저… 그냥 사람들이었어요."

공포에 떨고 겁에 질린 사람들.

"누구인지 알 수 있다면 좋을 텐데. 가족에게 알려 줄 수라도 있으니."

저스틴이 말했다. 함께 수업을 들었던 것 같긴 한데 거의 기억이 나지 않았다. 아마도 서로 다른 구역에서 지내다가 대회가 열리면 1년에 두 번 정도 마주쳤을 것이다.

"저 사람들 가족도 이미 죽었을 거야."

데빈이 말했다. 갈색 머리에 체격이 가냘픈 젊은 여자였다. 사이먼과 지젤보다 서너 살 정도 어려 보였고 얼굴은 마치 석고상 같았다.

"여기에서 이 사람들을 위해 할 수 있는 일은 없어."

지젤이 말했다.

"일단 사진을 찍어 뒀다가 여건이 되면 공개하자. 어쩌면 가족들이 제때 소식을 들을 수도 있으니까."

제때라는 건 없어. 사이먼이 씁쓸하게 생각했다. 저들은 죽었어. 누구도 그런 소식은 원하지 않아.

결국 그들은 다크스폰 무기에 쓰러진 템플러 두 명과 함께 다른 사람 모두를 매장해 무덤을 만들어 주기로 했다. 달리 아무것도 할 수 없었다.

"아버지가 어떻게 되셨는지 알고 싶어, 지젤."

사이먼이 템플러들과 함께 숲 속을 터벅터벅 걸으며 말했다. 사이먼은 무기를 들고 있었다. 갑옷도 입고 싶었지만 템플러의 갑옷은 모두 맞춤 제작을 했다. 그의 체격을 고려하면 맞는 것을 찾기란 거의 불가능했다. 하지만 적절한 주요 부위만이라도 찾는다면 다른 부위와 덧대거나 연결할 수도 있을 것이다. 다른 템플러들 역시 동료의 갑옷에서 필요한 것들을 챙겼다. 그 무엇도 악마 손 아귀에 들어가서는 안 되었다. 지젤이 사이먼을 돌아봤다.

"핼러윈 전투에서 돌아가셨어, 사이먼. 난 그분이 마지막까지 명예로웠다고 믿어."

예상했던 대답이었다. 그럼에도 그는 심하게 충격을 받았다. 그는 잠시 비틀거렸지만 곧 다시 중심을 잡았다.

"미안해. 알고 있다고 생각했어."

"몰랐어. 어떻게 알았겠어?"

"전투 장면이 보도됐거든."

사이먼은 케이프타운에서 봤던 영상들을 떠올렸다.

"피해가 끔찍했다는 건 알아."

"맞아. 템플러들도 거의 살아남지 못했어."

사이먼은 이해해 보려 애썼지만 이해가 되지 않았다. 그는 템플러 사이에서 평생을 살았다. 템플러 수천 명이 런던을 비롯한 영국 전역에서 시민 사이에 섞여, 혹은 분리되어 살아갔다. 템플러들은 대부분 제대로 지어지지 못해 폐쇄되고 잊힌 지하철 역사와 통로에서, 혹은 시골 지하 벙커나 버려진 복합 건물 단지에서 지냈다.

"왜?"

그가 경직된 목소리로 물었다.

"수백 년 동안이나 대비했는데 그냥 그리 가서 죽어 버린 건 너무 멍청하잖아. 나방 떼처럼 불에 뛰어들기라도 한 것인가?"

"아냐!"

지젤의 목소리가 허공을 가르는 채찍처럼 날카롭게 울렸다.

"그런 게 아냐, 사이먼."

사이먼은 자리에 멈춰 그녀의 갑옷을 밀었다. 그런 식으로 말하려던 것은 아니었지만 이미 뱉은 말이었다. 그녀의 이야기는 전혀 납득이 되지 않았다. 아버지의 죽음부터 시작해서. 그는 화가 났고, 감정을 거의 통제할 수 없었다.

"그러면 어떤 건지 말해 봐!"

사이먼이 소리쳤다. 템플러 두 명이 그들에게 다가왔다. 사이먼 또한 자기네 일원임을 확인했지만 그는 갑옷을 입고 있지 않았다. 갑옷을 입지 않은 모든 자는 적일 가능성이 있다. 사이먼 또한 그렇게 교육받았다.

지젤이 한 손을 들자 템플러들이 멈췄다.

"그들을 모욕하지 마."

지젤이 사이먼의 눈을 똑바로 들여다보며 차갑게 말했다.

"그들은 바보 같지도, 멍청하지도, 자만하지도 않았어. 할 수 있는 가장 용감한 일을 했던 거야. 자신들을 희생했다고."

"희생했다고?"

사이먼은 믿을 수 없었다.

"아니, 그런 건 우리 방식이 아냐, 지젤. 우리는 그렇게 배우며 자라지 않았어. 나라를 위해 목숨을 버릴 것이 아니라 다른 이들이 나라를 위해 목숨을 바치도록 만들라고 했어."

"그건 조지 패튼이라는 미국 장군이 한 말이잖아."

사이먼은 거칠게 숨을 몰아쉬었다. 자신을 꿰뚫어 버릴 듯한 분노와 고통과 불신을 가라앉히려 애썼지만 거의 불가능했다.

"아버지가 내게 하신 말씀이었어. 하고, 또 하셨지. 훈련할 때마다, 전략을 배울 때마다. 내겐 가장 중요한 수업이었어. 네가 말한 그런 선택을 하는 아버지는… 그건……."

그는 말을 잇지 못했다.

"그들은 이길 수 없다는 걸 알았어."

지젤이 좀 더 부드럽게 말했다.

"그 사실을 받아들여야만 했어. 악마들이 너무 많았거든. 영국군도 참패한 뒤였어."

그녀가 투구를 열었다. 사이먼은 그녀의 얼굴에 새겨진 고통을 보았다. 갑자기 그는 부끄러워졌다. 예상하지 못했던 그는 갑자기 마음이 아파 왔다. 유리를 삼킨 것처럼 목소리가 나올 것 같지가 않았다.

"악마는 템플러라는 존재를 이미 알고 있었어. 템플러만이 대비해 온 게 아니었던 거야. 악마는 우리를 사냥했어. 조직적이고 집요했지. 오래된 언더그라운드 구역까지 찾아와 우리를 몰아냈어."

"놈들이 어떻게 알았던 거야?"

지젤이 고개를 저었다.

"아무도 몰라. 아직은. 놈들은 영리하고 믿을 수 없을 만큼 창의적이야. 어떻게 한 건진 모르지만, 놈들은 우리 세계로 와서 우리를 사냥하기 시작했어."

그런 이야기는 뉴스에는 전혀 나오지 않았었다.

"악마들이 언더그라운드 구역 중 몇 군데를 기습했어, 사이먼. 그곳에 살던 사람들을, 가족들을 모조리 죽여 버렸다고. 더 참을 수 없는 건, 죽은 이들이 언데드가 되어 돌아왔다는 거야. 놈들이 그렇게 만들었어."

지젤의 볼을 타고 눈물이 흘러내렸다.

"우리는, 나는, 그곳에 내려가서 구역을 폭파해야만 했어. 이미 한 번 죽었다가 좀비가 되어 악마들을 따라 돌아온 이들을, 마지막 한 명까지 불태워 버려야 했어. 다른 선택은 없었어."

그녀가 숨을 깊이 들이마셨다.

"밤에 자려고 누우면 아직도 그들이 비명을 지르며 불길에서 빠져나오려 하는 모습이 보여. 우린 그들을 막고 있었지."

눈앞에 생생하게 놓인 지젤의 고통을 보자 사이먼은 그 자신의 고통이 사그라드는 것이 느껴졌다. 그는 얕은 숨을 쉬며 그녀의 말에 집중했다.

"결국엔 써머라일 경을 비롯해서 많은 이들이, 악마를 속여야만 한다고 판단했어. 어떤 식으로든 템플러들이 모두 죽었다고 믿게 만들어야 한다고. 최소한 집중포화를 멈추게 할 만큼, 훗날 살아남은 자들이 다시 모여 새롭게 계획을 세울 수 있는 시간을 벌 만큼이라도."

"템플러가 세인트 폴 대성당에서 악마들을 공격했지."

지젤이 고개를 끄덕였다.

"그곳에 간 모두가, 그날 죽었어. 모두가 가려고 했기 때문에 우린 제비뽑기를 했어. 누군가는 뒤에 남아야만 했으니까. 네 아버지는 남는 사람들이야말로 가장 어려운 임무를 맡은 거라고 하셨어. 다른 전사들도 동의했지. 살아남을 방법을, 악마의 약점을 찾아야만 한다고."

"써머라일 경에겐 쉬운 결정이었나."

그녀가 얼굴을 찌푸렸다.

"써머라일 경은 그곳에서 돌아가셨어. 그분의 형제인 맥심이 이제 그분 자리에서 일하셔."

사이먼은 그 모든 일에 대해 생각했다. 불가능한 일처럼 느껴졌다.

"템플러들이 거의 모두 죽었다면서 어떻게 성공을 바랄 수 있지?"

"해야만 하니까, 사이먼. 우리에겐 다른 선택이 없어."

"템플러가 그날 그런 결정을 내리지 않았다면-"

"악마들의 사냥이 계속됐겠지. 놈들은 우리 미래까지 가져갔을 거야. 그때의 그 결정 덕분에, 이젠 어떻게 할지에 대해 생각이라도 할 수 있는 거야."

사이먼은 반박하고 싶었다. 어쩔 수가 없었다. 그가 다시 입을 열려고 했다.

"그만해."

지젤은 투구를 닫고 다시 걷기 시작했다. 갑옷의 소리 증폭기를 통해 그녀의 목소리가 차갑고 기계적으로 들렸다.

"이게 우리가 해야 하는 일이야, 사이먼. 다른 방법은 없어."

그녀는 그를 그 자리에 내버려두고 걸음을 옮겼다. 사이먼은 그녀가 멀어지는 모습을 지켜보았다. 다른 템플러들이 그를 지나쳐 갔다. 아무 말도 없었다. 그는 속이 텅 빈 것처럼 공허했다.

레아가 악마들에게서 수거한 무기들을 팔에 한가득 안고 그에게 다가왔다.

"괜찮아요?"

"괜찮아요."

사이먼은 다시 짐을 챙겨 들고 걷기 시작했다.

15장

시내
영국, 런던

"최근 들어 우리는 스스로를 카발리스트라고 부르지만 설립자들이 생각했던 이름은 아냐."

조금 전보다 더 넓은 방에 모여 있는 사람들을 바라보며 조너스가 워런에게 말했다.

"템플러가 우리를 그렇게 부르기 시작했지. 신비주의자라는 말뜻 그대로라면 가장 진실된 이름인 셈이지."

"초기에는 우리를 가리키는 이름이 없었어."

이디스가 끼어들었다.

"설립자들은 더 오래도록 숨어 지내기 위해, 불리지 않는 편을 선호했어. 서로가 서로를 알고 지내면서 말이야. 모두들 악마에게 관심이 많았고, 그들의 연구가 비슷한 사람들을 계속해서 끌어들였지."

"카발은 비밀스러운 조직이야."

조너스가 계속했다.

그런 건 알고 있었어. 워런이 생각했다. 조너스는 다른 이들도 본인만큼 많은 것을 알지도 모른다는 사실을 인정하고 싶어 하지 않았다. 그 사실이 마음에 들지도 않았다. 이야기를 멈추지 않았다.

"숨어야 하는 존재에 이름이 있다는 것도 우습지. 하지만 뭐, 그렇게 됐어."

이디스가 말했다.

"그래야 했으니까."

이번에는 조너스였다.

"초기에 조직 사람들은 비밀스러웠어. 하려는 일에 대해 거의 이해받지 못했지. 악마의 존재를 알던 몇 안 되는 사람들은 그 불경한 존재에 대해 파고들고 싶지 않았다고 주장해. 이해하지 못하는 것을 두고 무지한 자들이 항상 쓰는 방어법이지. 수년 동안 많은 역사가들이 우리를 유대교파 카발라(Jewish Kabbalah)와 관련지었지만 적절하지 않아. 템플러도 우리를 카발리스트라고 부를 때 그런 점을 모르진 않았어. 내 생각에 그들은 가능한 한 우리를 부정적으로 규정하고 싶었던 것 같아. 이름만으로 불신과 수상함이 느껴지잖아."

"템플러가 이 조직에 이름을 붙였다고요?"

워런이 되물었다.

"십자군 전쟁에 나섰던 성전 기사단 말이에요?"

내딛는 모든 걸음 하나하나가 불가능해 보였다. 템플러가 카발리스트의 존재를 안다는 말에 그의 뇌가 멈췄다.

"템플러는-"

이디스가 뿔에서 초록빛을 발하며 말했다.

"성지를 되찾기 위해 출전한 이들만 가리키는 게 아니야. 악마와 싸우기 위해 훈련하는 큰 조직이 아직도 존재해."

"핼러윈 밤 이후로는 그다지 많이 남지 않았지만."

조너스가 말했다.

"십자군 원정이 끝나고 수년이 흐른 뒤에도 모두가 악마를 믿지는 않았어."

이디스가 말했다.

"필리프 4세는 성전 기사단이 그들의 이익을 위해 악마의 도움을 구했다며 누명을 씌웠어. 그 누구도 기사단이 발견해서 가지고 온 뼛조각과 갑옷이 악마들 것이라고 믿고 싶어 하지 않았지. 하지만 기사단의 후손들은 믿음을 지켜 왔어. 그리고 악마가 우리 세상을 지배하러 올 날을 대비해 훈련을 계속했지."

워런은 핼러윈 날 밤 세인트 폴 대성당에서 죽었다는 갑옷 입은 사람들에 관한 이야기를 떠올렸다. 그들이 악마와 싸우기 위해 훈련을 한 것이 정말이라면 그 훈련은 그다지 효과적이지 않았던 것이 분명했다.

그 생각을 떨치고 대신 그는 이렇게 말했다.

"모두 죽은 줄 알았는데. 성당에서 무슨 일이 있었는지 뉴스에서 들었어요."

조너스가 고개를 저었다.

"템플러들이 모두 죽은 건 아니야. 대다수가 그날 밤, 그리고 다음 날 아침에 죽었지. 전투가 끝나던 날 오후에 난 시신들을 봤어. 악마들이 더 이상 그들을 위협으로 여기지 않을 만큼은 되더군. 그렇게 생각하는 건 실수일 테지만. 어쨌든 남은 템플러들은 악마를 더 연구할 것이고 우리도 무언가 더 배울 수 있겠지."

"십자군 원정 당시 우리 조직은 악마와 접촉해 보려 했었어."

이디스가 말했다.

"우리가 그들에 대해 충분히 안다면 그들을 지배할 수 있다고 생각한 거야."

"어떻게 그런 게 가능하다는 생각을 하게 된 거죠?"

"우리가 인간이니까."

조너스의 목소리에서 자부심이 울렸다.

"세상 만물의 주인이 되는 것이 인간의 운명이야. 우리는 해변 마을부터 거대한 사막까지, 모든 땅을 정복했지. 바다도 정복했어. 그 속에서 살아가는 생명까지 대부분. 세상에 우리가 두려워해야 하는 포식자는 없어. 우리는 인간을 달에도 보냈지."

조너스가 잠시 말을 멈췄다.

"악마는 그저 우리에게 열린 세상의 또 다른 부분일 뿐이야. 우리는 그들마저 정복할 거야. 시간문제지."

"왜 파괴하지 않고요?"

"그들에게서 많은 것을 배울 수 있으니까."

이디스가 말했다.

"악마는 우리가 겪어 보지 못한 새로운 자원이야. 그들의 지식, 힘, 모두 우리가 오직 꿈꿨던 것들이야. 악마를 통해 우리는 더 많은 것을 깨달을 수 있어."

그녀는 '깨달을 수 있어'라고 말할 때 목소리에 힘을 주었다. 워런은 그녀가 진심으로 그렇게 믿는다는 것을 알 수 있었다.

"하지만 그들은 사악하잖아요."

"고양이가 사악한가?"

조너스가 물었다. 워런은 조너스의 주장에 힘을 싣지 않을 만한 대답이 없다는 걸 알고 아무 말도 하지 않았다.

"아이는 고양이가 사랑스러운 반려동물이라 생각하겠지. 그 고양이가 뒷마당에서 예쁜 새를 죽이기 전까지는 말이야. 얼마나 잘 길들였든, 고양이는 진짜 본성에서 그렇게 멀어지지 못해. 고양이는 저 깊은 곳에서부터 여전히 포식자고, 다른 생명을 죽이는 동물이야. 악마도 그런 본성에 따라 움직이는 거야."

"악마는 고양이보다 심하잖아요."

"맞아. 하지만 우리는 악마를 길들일 수 있을 거라 믿어. 적어도 가둬 놓고 놈들의 마법을 배울 순 있겠지. 어떻게 해서 우리 세상으로 왔는지 말이야."

조너스가 웃었다.

"바로 이게 우리 카발리스트들이 원하는 거야. 악마의 그 힘."

"템플러는 방해가 돼."

이디스가 말했다.

"우리가 도움을 줄 수 있다 하더라도 그다지 함께하고 싶지는 않아."

"세인트 폴 대성당에서 그들을 도운 카발리스트들이 몇몇 있긴 했지만."

조너스가 덧붙였다.

"제대로 관찰하려면 악마들이 천천히 움직이는 것도 도움이 되거든. 잠깐 따라와 봐."

"십자군 원정 이후로 악마에 관한 이야기는 우리와 늘 함께했어. 몇 세기에 걸쳐 연구했지만 모든 자료를 추적하는 일은 힘들었지. 가짜가 너무 많아 더 어려웠고."

인쇄된 책들에 이끌린 듯 워런은 책등을 가만히 바라보았다.

"H. P. 러브크래프트[4]."

"그 사람은 올바른 길로 가고 있었지."

조너스가 말했다.

"러브크래프트와 로버트 E. 하워드[5]는 악마의 본성에 대해 논했어. 더 많아. 클라크 애슈턴 스미스[6]와 알리스터 크롤리[7] 같은 사람들도 있지. 그들은 모두 심연을 좇았어. 그 비밀을 마주 보고 탐구하기 위해서 말이야."

"하지만 그런 건 그냥 이야기잖아요."

워런이 책들을 바라보며 말했다. 어린 시절 모두 읽어 봤던 책들이었다. 지금 그가 사는 다락방 책장에도 많이 꽂혀 있었다.

"맞아. 하지만 이야기의 초석이 된 그들의 영감은 십자군 원정 때부터 전해졌어. 악이나 악마에 대한 믿음, 초자연적인 힘에 대한 믿음도 마찬가지야. 유명한 문학 작품엔 그런 것들이 가득하지. 절대로 사라지지 않아."

책장을 살펴보던 워런은 어머니가 읽던 책도 발견했다.

"악마에 대한 전설은 우리 세상을 완전히 떠난 적이 없어. 신화

---

4) Howard Phillips Lovecraft, 1890~1937. 미국의 호러 소설가이자 크툴루 신화의 창조자.
5) Robert Ervin Howard, 1906~1936. 미국 펄프 잡지의 전성기를 통해 장르 문학의 한 획을 그은 작가. 러브크래프트와 편지로 교류했다.
6) Clark Ashton Smith, 1893~1961. 미국의 호러, 판타지 소설가이자 시인. 러브크래프트, 하워드와 함께 호러 소설 전문지 《위어드 테일스》의 삼인조로 통했다.
7) Aleister Crowley, 1875~1947. 영국 오컬리스트이자 신비주의자. 시인이자 등반가. 텔레마 종교 철학을 설립했으며 이탈리아 시칠리아에 텔레마 사원을 건립한 후 그곳에서 오컬트 의식을 했다.

를 말하는 게 아니야. 물론 내가 직접 확인한 것도 아니지. 하지만 난 악마가 여기에 계속 있었다고 생각해. 어떤 이유에서 그들의 세계에서 떨어져 나와서 말이야. 인류가 동굴에 모여 살면서 모닥불 너머 어둠 속에 무엇이 숨어 있나 이야기하던 그런 시대부터 우리와 함께했다고 믿어."

"우리 세상에서 태어나고 살아온 놈들이라고요?"

조너스가 고개를 저었다.

"다른 어딘가에서 왔어. 어디 다른 세상에서. 아니면 존재하는 다른 행성에서."

"그러면 어떻게 여기에 온 거죠?"

"난 인간이 언제나 그들을 느낄 수 있었다고 생각해. 애초에 두 세상 사이에 드리운 장막이 굉장히 얇은 거지."

"이쪽 사람들이 그들을 두려워할 때까지 기다린 거야."

이디스가 말했다.

"놈들은 포식자예요. 두려운 게 당연하죠."

"당연하다고?"

조너스가 눈썹을 치켜떴다.

"개가 언제나 인간에게 최고의 친구였던 건 아니야. 개는 길들었지. 하지만 나는 그런 과정의 시작은 불분명했다고 확신해."

"악마는 인간만큼 영리해요."

"그건 우리가 그들로부터 배울 게 더 많다는 뜻도 돼. 그렇지 않니?"

워런은 생각해 보았다. 그리고 자신이 납득했음을 알았다.

"우린 악마가 우리 세상에 마법을 가지고 왔다고 믿어."

이디스가 말했다.

"악마에 대한 인류의 믿음이 비밀로 지켜졌기 때문에, 그들이 이 세상에 풀어 놓은 그 불가사의한 에너지를 이용하는 능력도 마찬가지로 감춰져야 했던 거야."

"그런데 이제 그들이 돌아왔어. 그리고 우리의 잠재 능력이 커지고 있지."

조너스가 워런을 바라보았다.

"물론 보통 사람들에 비해 자연스럽게 능력을 발휘하는 사람들은 언제나 있었어. 네가 바로 그런 사람들 중 하나야."

"내가 악마를 믿었기 때문은 아니에요. 며칠 전에 악마를 보기 전까지 난 그런 놈들이 있다는 것도 몰랐어요."

"네 어머니가 믿었지. 그걸로 충분한 걸 수도 있어."

워런은 몇 해 전 느꼈던 그 모든 고통과 혼란스러움에서 거리를 두려고 애쓰며 말했다.

"어머니는 마법을 믿고 싶어 하셨어요. 어머니 인생에서 불가능한 것들을 통제할 힘을 가질 수 있길 바랐죠."

"어떤 사람들은 그냥 마법에 친근하게 태어나기도 해. 우린 네가 그런 쪽이라고 믿어. 며칠 전 이디스가 악마를 돌려보냈다며 네 얘기를 했을 때, 너를 만나야만 한다고 생각했어. 와 줘서 기뻐."

워런은 남자의 미소를 바라보았다. 조너스는 그 자신을 위해, 그 앞에 놓여 마주한 기회에 행복해하고 있었다. 사람들이 말을 걸 때면 진실을 꿰뚫어 보게 하는 능력 없이도 그가 얼마나 행복한지 쉽게 알 수 있었을 것이 분명했다.

"그래서 나에게 원하는 게 뭐예요?"

넓은 방에 둥그렇게 모여 앉은 채 워런은 사람들을 바라보았다. 많은 사람들이 그를 환영하려고 노력했고, 몇몇은 질투와 의심을 드러내 보였다.

그들은 워런이 누구인지 알았다. 적어도 조너스와 이디스는 워런이 누군가의 후손일 수도 있다고 짐작했다. 그의 이름조차 몰랐었는데 말이다.

"이번 사태가 벌어진 후 우리는 헬게이트가 어떻게 열렸는지, 침공이 어떤 식으로 진행되었는지 조금은 알게 되었습니다."

워런과 이디스 사이에 앉은 조너스가 말했다.

"하르빈저스(Harbingers)라는 악마가 다른 악마들을 위해 길을 연 것으로 보입니다. 그들은 우리 세상에 들어온 후 빠져나가는 길을 발견하지 못했고, 갇힌 채 그대로 죽는 운명을 맞았습니다. 그들이 생명을 다하자 템플러가 유골을 발견했습니다. 아니, 성전기사단을 설립한 사람들이 발견했다고 말해야겠군요. 그들은 악마의 비밀을 추적하고 밝혀내기 시작했습니다. 우리는 하르빈저스가 이번 침공 이전부터 이미 우리 세상에 와 있었다고 생각합니다. 침공이 일어나기 몇 달 전부터 사람들이 사라진다는 신고가 여럿 있었지요. 아이와 노인들이… 사라져 버렸다고요."

워런도 기억했다. 알려지지 않은 어떤 것에 잔인하게 공격당하는 사건 또한 발생했다. 그런 사건들은 도시 전체에 히스테리를 일으켰다. 런던 경찰국은 그들이 할 수 있는 모든 성명을 발표했다.

"코벤트 가든에서 경관도 살해당했었죠."

워런이 말했다.

"야생동물 짓이라는 발표를 들었어요."

하지만 어떤 야생동물이었는지에 대한 언급은 없었지, 아마? 그는 기사를 읽었지만 곧바로 잊어버렸다. 그의 삶과는 아무런 상관없는 이야기였다. 적어도 그때는 그렇다고 생각했다. 조너스가 고개를 끄덕였다.

"경찰은 그 사건을 계속 조사하려 했지만 너무 늦었었지요. 하르빈저스는 이미 인간 피를 제물로 바쳐 우리 세계와 그들 세계 사이에 드리운 장막에 '구멍'을 내는 데 성공했으니까요. 그리고 그 후 곧바로 헬게이트가 열렸습니다. 제가 획득한 문서에 따르면 악마의 세상으로 향하는 '창문'을 여는 방법이 있다고 합니다."

"악마들이 우리 세상을 들여다보지는 않을까요?"

워런이 프리드리히 니체를 떠올리며 물었다. 당신이 심연을 들여다보면, 심연도 당신을 들여다본다. 악마의 세계를 들여다볼 수도 있다는 생각에 워런은 긴장되었지만 그를 훑고 지나가는 흥분에는 미치지 못했다.

"만약 악마가 우리 세상을 들여다본다 하더라도, 우리가 허락하지 않으면 넘어오지 못합니다."

그가 잠시 기다렸다.

"준비는 되셨습니까?"

워런은 입술을 깨물었다. 그는 마음 한구석으로는 자신이 그곳에 있음을, 어둠 속에 앉아 있으면서 볼 수 있음을, 악마의 문을 두드릴 준비를 하고 있음을 여전히 믿지 못했다.

"네."

하지만 그는 대답했다. 왜냐하면 준비가 되었든 안 되었든, 가능한 일이라면 해야만 했기 때문이다.

16장

 조너스는 모인 사람들 중 '탐구자(Seeker)'가 있는 것을 보고 그에게 고개를 끄덕였다. 조너스에 따르면 탐구자들은 먼 옛날부터 악마에 대한 카발의 지식과 유물을 발굴하고 조사하는 자들이었다. 조너스는 '목소리(Voice)'로, '제1의 선견자(First Seer)'를 보좌했다. 카발 안에서 그들은 동등했지만 때로는 규모가 큰 몇몇 그룹으로 갈리기도 했다.

 '탐구자'가 카발리스트들이 이룬 원 가운데로 걸어 들어와 다이아몬드처럼 생긴 다면 거울을 바닥에 내려놓았다. 거울은 소프트볼공만 했다.

 '탐구자'가 그대로 원 안에 자리를 잡았다. 조너스는 거울을 향해 손을 뻗었다.

 "라탈루킨의 눈(the Eye of Raatalukkyn)'입니다. 살라딘[8]이 악마로부터 빼앗아 시나이 사막 깊은 곳에 위치한 산꼭대기 요새 칼라트 알긴디(Qalaat Al-Gindi)에 보관했다고 전해지죠."

 조너스가 손짓하자 거울은 한 점을 향해 서서히 솟아올랐다. 그러고는 사람들의 얼굴로 연한 보랏빛 광선을 내뿜었다.

 "조반니 디 비치 드 메디치의 요청으로 한때 이 '눈'은 베네치아로 옮겨졌습니다."

---

8) Saladin, 1138~1193. 이슬람 세계의 정치가이자 무장. 이집트 아이유브 왕조의 시조로 1187년 십자군을 격파하고 예루살렘을 탈환했다.

조너스가 말을 이었다.

"그의 은행 고객 중 한 명이 '눈'을 원했지요. 그 고객이 누구인지는 알려지지 않았지만 술탄 메메트 2세[9], 즉 1453년 콘스탄티노플을 함락한 정복자가 '눈'을 다시 손에 넣었습니다. 드라큘라고도 알려진 블라드 체페슈[10]와의 전투에서 '눈'의 힘을 사용하려고 했지요."

조너스가 다시 한번 손짓하자 거울은 동전처럼 빙글빙글 돌기 시작했다.

"수백 년 동안 '라탈루킨의 눈'은 왈라키아[11]에서 자취를 감췄습니다. 그러다 6년 전, 한 고고학자가 발견해 다시 세상에 내놓았습니다. 이것을 다시 카발로 되돌려 놓기 위해 전 3년 동안 고군분투했습니다."

곁눈질로 살피던 워런의 눈에 갑자기 조너스의 손에 묻은 피가 보였다. 워런이 숨을 들이쉬자 죽음의 냄새가 훅 풍겨 왔다. 조너스가 부적을 손에 넣기 위해 취한 피임이 분명했다.

"헬게이트가 열리기 전에, 저는 이 '눈'을 사용하려고 여러 번 시도했습니다. 침공 전에는 성공하지 못했습니다. 점점 나아가고는 있지만, 여전히 '눈'은 뜨이지 않았습니다."

이제 '눈'은 너무 빨리 돌아서 윤곽이 거의 보이지 않을 정도였다. 윙윙거리는 소리가 워런의 귀를 가득 울렸다. 추운 방에서 뜨

---

9) Mehmet, 1432~1481. 동로마제국을 멸망시키고 콘스탄티노플로 도읍을 옮겼으며 발칸반도 영토를 확장하고 흑해를 제패한 정복자.
10) Vlad Țepeș, 1431~1476. 오스만제국의 군대를 물리친 루마니아의 왈라키아 공. 영미권에서는 스토커의 소설《드라큘라》의 모델로 알려져 있다.
11) Wallachia, 유럽 남동부의 옛 공국으로 1861년 루마니아로 통합되었다. 오늘날 루마니아 남부 평원에 있는 지역을 뜻한다.

거운 물을 채운 욕조에 몸을 담근 것 같은 기분 좋은 느낌이었다.

"여러분과 함께, 여러분의 힘과 함께, 제가 지금까지 하고자 했으나 마주했던 그 모든 한계를 넘어설 수 있기를 바랍니다."

워런은 바닥에서 번쩍이며 빙글빙글 돌고 있는 거울을 응시했다.

"살라딘의 일기에는 이 '눈'에 대해 기록되어 있습니다. '눈'을 차지하기 위해 맞서 싸웠던 악마를 바로 이 '눈'을 통해 볼 수 있다고 그는 주장합니다. '눈'에 집중하세요. 그것을 연다고 생각하세요. 우리가 무엇을 할 수 있는지 지켜봅시다."

그의 목소리는 최면을 거는 것처럼 부드러웠다. 조너스의 목소리를 겨우 알아차린 워런은 '눈'에 집중했다. 하지만 곧 전혀 집중할 필요가 없다는 사실을 깨달았다. '눈'이 그를 끌어당겼기 때문이다. 자신과 똑같은 것을 느끼는지 조너스에게 묻고 싶었지만 손가락 하나 움직일 수 없었다.

'눈' 꼭대기에서 은빛 섬광이 번뜩였다. 하지만 그 섬광은 천장에 닿아 흩어지는 대신 상공 1미터쯤에서 멈추었다.

흥분이 온몸을 뜨겁게 달구었다가 한기에 금세 식어 버리는 것이 느껴졌다. 벽에 그려진 표식과 상징에 온통 서리가 끼기 시작했다. 잠시 후 벽에 기다란 균열이 생겼다. 갑자기 바람이 불더니 회오리가 되어 방 안을 빙글빙글 돌기 시작했다.

몇몇 카발리스트들이 자리를 박차고 일어나 뒤로 물러서거나 꼼짝 못 하고 굳어 버렸다.

"가만!"

조너스가 소리쳤다.

"움직이지 마!"

워런은 움직이고 싶었다. 움직여야만 할 것 같았다. 하지만 움직일 수 없었다. 그는 마치 석상처럼 자리에 앉아 '눈'을 응시했다. 그리고 문득 '눈' 또한 자신을 응시하고 있음을 확신했다.

좀 더 많은 카발리스트들이 조심스럽게 자리를 이탈해 뒤로 물러섰다.

"가만!"

조너스가 다시 소리쳤다.

"자리를 지키고 접촉을 도와요!"

시키는 대로 하지 않으면 그들을 어떻게 할 것인지 워런은 알 수 없었다. 하지만 궁금하지 않았다. 그는 오로지 '눈'에 온 정신이 쏠렸다.

"저 사람이야."

누군가 속삭였다.

"저 사람이 뭔가 해낸 거야."

"이런 건 한 번도 본 적 없는데."

"우리 모두 죽을지도 몰라."

"아무도 안 죽습니다!"

조너스가 거칠게 말했다.

"우리는 이런 일을 위해 훈련했어요. 우린 악마보다 강합니다. '눈'을 가진 건 우립니다. 주문에 집중하세요. 여러분은 안전합니다."

워런은 자신의 시선이 어떤 저항에 부딪히는 것을 느꼈다. 꿈에서 깨려고 애쓰지만 절대 눈이 떠지지 않는 그런 느낌이었다. 그는 저항이 사라지길 바라며 온 힘을 쥐어짰다.

단말마의 고통이 온몸을 녹이는 듯 휩쓸고 지나갔다. 워런은 저도 모르게 바닥에 무릎을 꿇고 손을 짚었다.

"너는 누구냐, 인간?"

깊고 끔찍한 목소리가 울려 나왔다. 공포에 심장이 옥죄었다. 부모님이 죽던 날 밤만큼이나 두려웠다. 그런 공포는 다시는 느끼지 못할 줄 알았는데!

"말하라!"

깊이를 알 수 없는 목소리가 명령했다.

"워런."

그가 겨우 입을 열어 속삭이다시피 말했다.

"죽기를 원하는가?"

"아니, 죽고 싶지 않아요."

"그렇다면 바보 같은 짓을 했구나."

주변에 있는, 그리고 방 안을 채운 카발리스트들을 거의 의식하지 못한 채 워런은 '눈'을 바라보았다. 한 번도 앓아 본 적 없는 최악의 열병에 걸린 듯 온몸이 뜨겁게 불타오르는 것만 같았다.

"너와 더 할 이야기는 없다."

목소리가 말했다.

"넌 누구냐?"

조너스가 나섰다. '눈' 꼭대기에서는 둥글고 길쭉한 은색 빛이 계속해서 번뜩였다. 그 빛 깊숙이 새파란 무엇인가가 움직이는 것처럼 보였다.

"오만."

목소리가 말했다.

"인간이 느끼는 온갖 감정 중 그나마 존경할 만한 것이지. 노력

없이 취하지만 적어도 강력한 감정."

"나는 카발의 '목소리', 조너스 웨인이다. 너는 나에게 복종할 것이다."

요란한 웃음소리가 벽을 타고 울렸다.

워런은 금방이라도 죽을 것처럼 벌벌 떨고 있었다. 어머니는 '다정한' 유령과 대화하기 위해 끊임없이 연습했지만, '눈'에서 들려오는 목소리는 순전히 악 그 자체였다.

"나는 인간에게 복종하지 않는다."

"내가 너에게 명하노니, 이름을 말하라!"

조너스가 외쳤다. 그의 문신들이 호박색으로 빛났다.

전통적으로 이름을 부르는 행위는 악마에게 힘을 부여한다고 워런은 들은 적이 있었다. 그러나 그가 정말로 악마와, 그것도 이 정도로 강력한 악마와 마주한 적이 한 번도 없었기 때문에 그 속설이 진실인지는 알 수 없었다.

둥그런 은빛 불꽃이 강렬한 신호를 수신한 영상처럼 갑자기 선명하고 맑아졌다. 그러자 얼굴이, 도마뱀처럼 짤따랗고 빨간 비늘로 덮인 냉혹한 얼굴이 모습을 드러냈다. 거쳐 온 그 모든 전투에서 났을 법한 흉터가 얼굴에 가득했다.

"나는 '역병을 가져오는 자', 메리힘(Merihim, the Bringer of Pestilence)이다."

악마가 위협적으로 말했다.

"내 앞에서 너는 아무것도 아니다."

둥그란 은빛 불꽃이 점점 더 커지더니 무언가를 타고 있는 악마의 모습이 나타났다. 자세히 보이지는 않았지만 맨홀 뚜껑만큼이나 거대한 비늘이 돋은 코끼리와 비슷한 생물로 거대한 뿔이 돋아 휘어져 있었다.

메리힘이 녹색 금속 삼지창을 쥔 오른손을 들어 올렸다. 창에서는 에너지 같은 것이 타닥타닥 튀고 은빛 구체 너머에서는 희미한 빛이 일렁였다.

보이지 않는 손이 조너스를 붙들고 공중으로 들어 올렸다. 그가 공포에 질려 새된 비명을 내질렀다. 자신을 통제할 수 있는 상황이 아니었다. 손을 들어 그를 휘감은 힘을 내치려고 했으나 아무 소용없었고, 두 다리도 전혀 움직일 수 없었다.

조너스의 몸이 뒤틀리고 구부정해지더니 허리가 잭나이프처럼 반으로 접혀 버렸다. 빠지직 하고 뼈가 부러지며 산산조각 나는 소리가 들렸다.

카발리스트들이 문을 향해 뛰쳐나갔지만 문이 쾅 닫히며 모두를 방 안에 가두어 버렸다. 그들은 울음을 터뜨리며 자비를 구하기 시작했다.

이디스가 그들을 다시 불러 모으려 했지만 아무 소용없었다. 워런은 그녀가 공포에 휩쓸렸음을 알았다.

그녀는 조너스에게 달려가며 가운 속에서 단검을 꺼냈다. 동양에서 사용하던 언월도였다. 방 안에 마력이 가득했고 워런은 그녀의 반대편에 있었는데도 구부러진 검에서 뿜어져 나오는 힘이 느껴졌다.

메리힘이 창을 들지 않은 손을 한 번 더 휘둘렀다. 그러자 은빛 불꽃에서 거대한 사냥개 같은 악마들이 펄쩍 튀어나와 방에 착지했다. 놈들은 뾰족하게 가시 돋은 꼬리를 민첩하게 흔들며 으르렁거렸다.

"오래도록 기다렸는데 고맙군. 덕분에 헬게이트가 필요 없어졌다."

악마가 마법의 창문 가장자리를 잡고 불쑥 몸을 내밀더니 방으로 건너왔다.

적어도 2.5미터는 되는 듯, 악마의 머리에 솟은 뿔이 천장에 닿았다. 역도 선수처럼 단단한 근육이 섬세하게 조각된 듯 울퉁불퉁했다. 도마뱀 비늘로 만든 듯한 청록색 갑옷을 걸치고 허리춤에는 거대한 검을 차고 있었다.

"안 돼!"

이디스가 비명을 지르며 두 손을 앞으로 뻗어 힘껏 밀었다. 번쩍이는 에너지가 파도처럼 밀려 나와 메리힘의 가슴팍에 부딪치며 산산이 부서졌다. 악마는 가볍게 몸을 뺐다가 흉측한 얼굴로 씩 웃었다.

"인간치고는 나쁘지 않군. 하지만 힘을 진실로 통제하지는 못하는구나. 힘을 보여 주겠다."

그가 삼지창을 들어 올렸다. 조너스가 비명을 질렀다. 워런으로서는 절대 예상하지 못할 정도로 끔찍한 비명이었다. 문신이 금빛으로 불타올랐다. 너무 밝아서 쳐다볼 수조차 없었다. 갑자기 불빛이 격렬한 붉은색으로, 먼지 가득한 수평선 너머로 지는 석양빛으로 바뀌었다.

불가능한 일 같았지만, 조너스는 폭발했다. 그의 몸이 조각나며 온 방 안으로 튀었다. 자기에게 튄 핏덩어리가 어찌나 뜨거운지 워런은 얼른 몸에서 떼어 내야만 했다. 그는 할 수 있는 최대한 몸에서 피를 닦아 냈다.

이디스가 목 졸린 듯한 고함을 지르며 악마를 향해 달려들었다. 자신이 파멸할 것임을 확신하고도 주저하지 않았다. 워런은 알 수 있었다.

메리힘은 아주 가볍게, 마치 그쯤은 아무것도 아니라는 듯, 삼지창을 그녀에게 튕겼다. 삼지창은 이디스의 가슴을 꿰뚫고 그대로 방을 가로질러 날아갔다. 그리고 마치 곤충 표본처럼 이디스를 벽에 박아 버렸다. 이디스는 삼지창에서 빠져나오려고 힘없이 버둥거렸다.

워런이 이해할 수 없는 언어로 메리힘이 무어라고 중얼거렸다. 그러자 순식간에 불길이 일어 이디스를 집어삼켰다. 얼마 후 벽에는 불탄 자국만 남았다.

악마가 다시 입을 열었다. 그러자 함께 넘어온 덩치 작은 악마들이 카발리스트들에게 덤벼들었다. 놈들은 발톱과 송곳니로 방에 모여 있던 이들의 살을 찢어발겼다.

그곳은 이제 광란의 현장이 되었다. 죽음은 피비린내와 살이 타는 냄새로 방을 가득 채웠다.

순간 워런은 자신을 옥죄던 모든 것들에게서 해방되었음을 깨달았다. 그는 가장 가까운 창문을 향해 달려갔다. 마력으로 모든 문이 폐쇄되었을 수도 있었으나 그는 그렇게 해야만 했다. 창 아래에는 비상계단이 있을 터였다.

"어디 가느냐?"

악마가 자신에게 묻고 있다는 건 알았지만 무시한 채, 워런은 살기 위해 달렸다. 누군가의 내장을 끄집어내고 있는 사냥개 같은 악마를 피해 달렸다.

창문에 이르렀을 때 워런은 멈추지 않았다. 눈을 보호하기 위해 팔로 얼굴을 가리고 몸을 날렸다. 그의 몸에 부딪힌 유리가 산산조각 났다.

17장

 사방이 소용돌이처럼 휘돌았다. 그러다 갑자기 멈추었다. 악마의 주문에 걸린 워런의 몸은 꼼짝달싹하지 못하고 공중에 둥둥 떠 있었다. 워런은 눈 쌓인 골목길을 내려다보았다. 떨어지면 죽을 것이 틀림없었다. 하지만 악마가 원하는 대로 되는 것보단 차라리 그 편이 나을 것 같았다.
 하지만 그가 선택할 수 있는 것은 없었다.
 워런은 손가락 하나 움직일 수 없는 채 그대로 방까지 둥둥 떠서 되돌아갔다. 방 여기저기에서 불길이 타오르고 있었다. 살아남은 사람들은 거의 없었다.
 악마가 워런을 바라보았다.
 "평범한 인간이 아니군. 어떻게 그런 힘이 있는 것이냐?"
 워런은 너무 겁에 질려 대답도 할 수 없을 듯했지만 절로 입이 열리더니 목소리가 흘러나왔다.
 "나도 몰라요."
 "처음 이 세상에 왔을 때 너희 인간들의 힘은 보잘것없었다. 우리가 모습을 드러내기 전까지 인간은 우리 존재를 거의 믿지 않았다. 진실로 믿지 않았다."
 악마와 눈이 마주치면 평생 잊지 못할 일을 겪을지도 몰라, 워런은 생각했다. 악마가 웃었다.
 "내가 사악하다고 생각하는군, 인간."
 "네."

워런은 입을 다물려 했지만 대답이 튀어나왔다.
"*나는 사악하지 않다. 강할 뿐이지.*"
메리힘이 한 손을 앞으로 내밀어 불꽃을 일으켰다. 피부가 아무렇지 않은 것 같았다.
"*힘이 선과 악을 정의한다. 전리품은 승자의 것이다. 언제나 그랬다. 이번 시대라 하여 달라질 것은 없다.*"
그가 잠시 말을 멈추었다.
"*하지만 너에 대해선 좀 더 알고 싶군.*"
워런은 악의로 빛나는 두 눈을 말없이 바라보았다. 그는 사람들을 상대로 거짓말을 하고 조종할 때 종종 썼던 힘과 에너지를 힘껏 끌어모았다. 그러고는 그 모든 힘을 악마에게 집중해 맞서려고 애썼다.

자신의 힘을 더 잘 이해했다면 좋았을 것이라는 생각을 하지 않을 수 없었다. 아니면 적어도 정말로 할 수 있다고 믿을 수라도 있었다면.

사냥개 같은 악마들이 주인의 발아래 모였다. 그들이 가까이 와서 모습을 드러내자 워런은 놈들이 개보다는 인간과 비슷하게 생겼다는 것을 알 수 있었다. 놈들의 레몬색 눈동자에서는 지성이라고 부를 만한 빛이 번뜩였다.

"*벌레 같은 인간, 무슨 생각을 하느냐?*"
악마의 주문에 사로잡혀 공중에 둥둥 뜬 채 워런은 다시는 기회가 오지 않을 것임을 알았다. 그는 끌어모은 힘 전부를 메리힘을 향해 터뜨렸다. 예기치 못한 맹습에 악마는 비틀거리며 뒷걸음질해 '눈'이 열어 놓은 은색 포털까지 물러났다.

포털에는 어떤 신비한 힘이 작용하고 있는 것 같았다. 그 힘이 메리힘을 끌어당겼다. 다음 순간, 워런은 악마의 마력에서 풀려나 바닥에 쓰러졌다. 워런은 '눈'이 포털을 닫으려는 것을 지켜보면서 곧장 몸을 일으키려 애썼다.

아직 사냥개 악마들이 남아 있었다. 놈들 중 몇몇은 주인과 함께 포털로 뛰어들려 했다.

"인간!"

메리힘이 포털 건너편에서 울부짖었다. 그는 삼지창으로 워런을 가리켰다.

불길이 가지 뻗듯 포털로부터 튀어나와 워런을 덮쳤다. 휘몰아치는 불길을 피해 워런은 뒤쪽 창으로 몸을 던져 8층 높이에서 떨어졌다.

이번에는 그를 붙들어 줄 주문이 없었다.

떨어지면서도 그는 자신의 죽음을 직감하고 괴로웠다. 하지만 비명을 지르기 위해 입을 벌릴 수조차 없었다. 아직도 달라붙어 있는 불꽃이 목구멍으로 들어올까 두려웠던 것이다.

그는 몇 센티미터 높이로 눈이 쌓인 땅바닥에 떨어졌다. 하지만 두터운 눈조차도 낙하하는 힘을 줄여 주진 못했다. 그는 인도에 머리를 부딪쳤고, 모든 것이 깜깜해졌다.

몇 시간이나 지났을까, 워런이 눈을 뜨고 깜박였다. 통증이 밀려와 온 세상을 재웠다. 그는 자신이 숨을 쉬고 있지 않다는 사실을 깨닫고, 숨을 들이쉬려고 애썼다. 눈을 뜨기 전에 숨을 쉬고 있었는지조차 몰랐지만 어쨌든 지금은 숨을 쉬어야 했다.

세상은 밝았다. 낮이었다. 밤새도록 의식을 잃었거나 잠이 들었던 것 같았다. 그는 다시 숨을 쉬었다. 가슴 안쪽에서 무언가 부러진 것 같았다. 머리가 빙빙 돌면서 주변이 다시 새까매졌다. 이제야 죽는 것이 분명했다.

하지만 그는 다시 깨어났다.

통증은 아직 남아 있었지만 참을 만했다. 부러진 갈비뼈가 뻐걱하는 것이 느껴졌고 몸이 찢기는 것 같았지만 기절하지 않고 버텼다.

눈이 녹으면서 옷이 흠뻑 젖었다. 아직 체온이 남아 있다는 증거였다. 믿기 힘들었지만, 그가 아직 살아 있다는 증거였다.

그는 또한 자신이 맨발이라는 사실도 알아차렸다. 정신을 잃은 동안 누군가 부츠를 훔쳐 간 것이었다. 도둑이 누구든, 남자이든, 여자이든, 제발 악마에게 잡혀가라고 저주했다. 대체 왜 그런 놈들은 잡아가지 않는지 알 수 없었다. 그는 왼쪽 팔을 천천히 얼굴 앞으로 들어 보았다. 무감각했다. 눈에 파묻혀 드러누워 있었기 때문인 듯했다.

어쩌면 신경이 손상된 것일지도 몰랐다. 팔의 화상은 심각해 보였다. 분명 3도 화상인 것 같았다. 까맣게 탄 살 사이로 선명한 붉은 피와 분홍색 속살이 점점이 보였다.

암울했지만 한편으로는 신경 손상은 축복일지도 모른다는 것을 깨달았다. 그렇지 않았더라면 죽을 만큼 아팠을 터였다. 말 그대로, 고통이 그의 머리부터 발끝까지 뒤덮었을 것이다.

워런이 몸을 일으켜 두 발로 서는 데에는 한 시간이 걸렸다. 열기로 유리가 깨지긴 했지만 바늘은 여전히 움직이고 있는 손목시

계를 보고 알 수 있었다. 오전 10시 43분이었다.

워런은 벽에 기대 힘을 아끼며 몇 번 심호흡을 했다. 팔은 여전히 움직이지 않았고 옆구리에 아무런 감각도 쓸모도 없이 늘어져 있을 뿐이었다.

다른 쪽 팔과 가슴, 배, 다리까지도 온통 화상이었다. 눈, 코, 입이 뻑뻑하게 잘 움직이지 않는 것으로 보아 얼굴도 화상을 입은 것이 분명했다. 콧구멍에 머리카락 타는 것 같은 냄새가 가득 차 속이 메스꺼웠다. 그는 토했지만 시큼하고 걸쭉한 액체 같은 것만 조금 나왔을 뿐이었다.

타다 남은 소매로 입을 닦으며 워런은 건물을 올려다보았다. 위층은 화염에 휩싸였고, 옆 건물까지 불길이 어른거리고 있었다. 하지만 눈 덕분에 더 크게 번진 것 같지는 않았다. 하지만 화염에 무너져 내리지 않았을 뿐, 검게 그을려 폐건물이 되어 있었다.

얼마나 많은 카발리스트들이 살아남았을지 궁금했다. 아마 아무도 살아남지 못했을 것 같았다. 그가 떨어진 골목 주위로 시신이 전혀 없었기 때문에, 제대로 싸워 보지도 못했을 거라고 그는 짐작했다.

그런데 왜 사냥개 악마들이 나를 쫓아와 죽었는지 확인하지 않았을까?

또래로 보이는 세 남자가 골목으로 걸어 들어왔다. 등에 멘 배낭으로 보아 먹을 것을 구하러 나온 듯했다.

"이봐요."

앞에 선 한 사람이 물었다.

"괜찮아요?"

"아니요."

워런은 대답하면서도 내가 괜찮아 보이나? 하고 생각했다. 자신이 괜찮아 보일 리 없다는 사실을 잘 알았다.

"무슨 일이에요?"

다른 남자가 물었다.

"지옥 불에라도 들어갔다 나온 것 같아요."

세 번째 남자가 말했다.

"그러지 않고서야-"

"도움이… 필요해요."

워런이 말했다.

"제발."

그는 사람들에게 도움을 청하는 것을 좋아하지 않았다. 자신이 약하다는 것을 인정하는 셈이었다. 경험에서 볼 때, 사람들은 약해 보이는 사람을 이용하려고 했다. 앞장서 있던 사람이 고개를 저었다.

"안 돼요. 못 해요. 여자 친구와 여자 친구 아이를 돌봐야 하는데, 몸도 성치 않은 사람을 데려갈 순 없어요. 미안해요."

워런은 "제발."이라고 말하고 싶었지만 자존심이 허락하지 않았다. 그저 세 남자를 쳐다보았을 뿐이었다.

세 남자는 말없이 몸을 돌려 가 버렸다. 상처받은 워런은 굴욕감에 고개를 숙였다. 기분이 너무 좋지 않아서 눈물이 나올 것만 같았다. 하지만 어머니가 돌아가신 이후로는 한 번도 운 적이 없었다. 또한 그날 밤 이후 그 누구에게도 도움을 청한 적이 없었다.

하지만 눈물은 나오지 않았다. 그것이 자신의 의지 덕분인지 아니면 얼굴이 너무 심하게 망가져 눈물조차 나오지 않게 된 것인지 알 수 없었다.

　잠시 후 그는 누구도 자신을 도우러 오지는 않을 거라는 사실을 깨달았다. 그는 기대고 있던 벽을 밀며 몸을 일으켜 세운 후 집으로 향했다. 달리 할 수 있는 일은 없었다.

　아파트에 도착한 워런은 스스로에게 놀랐다. 9블록 거리였는데, 눈과 얼음 탓에 길을 걷기가 무척이나 어려웠는데, 아파트까지 한 발, 그리고 또 한 발 그렇게 몸을 움직여 결국 도착했던 것이었다. 그가 숨을 내쉴 때마다 가느다란 회색 입김이 뿜어져 나왔다. 그는 자신의 입김을 쫓아 움직였다.
　어쨌든 집까지 가려면 4층이나 걸어 올라가야 했다.
　그는 현관 계단에 잠시 그대로 앉아 쉬고 싶었다. 하지만 두려웠다. 지금 거기서 주저앉는다면 다시는 몸을 일으켜 걸을 수 없을 것이 분명했다. 자신이 결국 죽을지 살지도 알 수 없었다. 어쨌든 아직까지는 죽지 않았다.
　그는 누군가가, 켈리나 조지, 아니면 도로시가 밖으로 나와 자신을 발견해 주길 바랐다. 그들의 도움을 받아들여도 그 자신을 너무 많이 잃지는 않을 것 같았다. 어쨌든 같이 사는 사람들이었으니까. 서로를 돌보아야 하는 사이니까.
　워런이 깊게 숨을 들이쉬자 불에 탄 콧구멍 안쪽에서 휘파람 같은 소리가 났다. 워런은 계단을 오르기 시작했다. 걸음 하나하나마다 욱신거리는 고통을 선사했다.
　마침내 목적지에 도착한 그는 문으로 몸을 기울였다. 호주머니에서 열쇠를 꺼내 열고 집 안으로 들어갔다.

친숙한 물건들을 보자 가슴이 아팠다. 마치 아무 일도 없었던 것만 같았다. 눈을 뜨기만 하면 악몽에서 깨어날지도 몰랐다. 구석에 놓인 석탄 난로가 방 안을 온기로 가득 채우고 있었다. 그가 그렇게 화상을 입지만 않았으면 따뜻하다고 여겼을 것이다.

켈리는 짧은 잠옷 바지를 입고 부엌에 서 있었다. 워런을 보자 그녀는 비명을 지르며 뒤로 물러섰다.

"괜… 찮아."

워런이 쉰 목소리로 말했다. 성대는 더욱 상태가 나빴다. 엄청나게 노력을 해야 겨우 한마디를 할 수 있었다. 화상을 입고 갈라진 살에서 피가 흘러 목재 마룻바닥에 떨어졌다.

"…나야…."

"워런?"

켈리가 틀어막았던 입에서 손을 내리며 그를 바라보았다. 하지만 다가오거나 그를 도우려 하지는 않았다.

"응."

워런이 침을 삼켰다.

"좀… 문제가 있었어."

"병원에 가야 할 것 같은데."

"나도… 알아. 갈 수가… 없어서… 그렇지."

머릿속이 빙글빙글 돌았다. 쓰러지는 건 아닐까 불안해진 워런이 주변을 둘러보았다.

"그냥… 가서… 좀 누워야겠어."

그가 몸을 돌려 비틀거리며 마루를 지나 다락방에 걸쳐진 사다리로 갔다. 사다리를 오르는 데엔 오랜 시간이 걸렸다. 켈리에게 도와 달라고 말할 수가 없었다.

"죽는 거야?"

"그럴 거… 같진… 않은데."

그가 사다리를 반쯤 올라가다 쉬면서 말했다.

"무슨 일이야?"

워런은 대답하지 않았다. 켈리는 언제나 까탈스러웠고 이기적이었다. 그는 사다리를 마저 올라간 후 간신히 침대까지 몸을 끌고 가 쓰러졌다.

켈리가 따라오며 뭐라고 묻는 소리가 들린 것 같았다. 그는 그 소리를 무시했다. 더 이상 깨어 있기조차 힘들었다. 계속해서 밀려오는 통증에 속수무책으로 당하기만 할 뿐이었다.

아직 살아 있느냐, 인간?

열에 들뜬 꿈속에서 목소리가 울려 퍼졌다. 워런은 메리힘의 목소리를 알아들었다. 그 목소리를, 그 악마를 결코 잊지 못할 것이었다.

죽었어야 했을 텐데.

난 안 죽었어. 워런은 무참한 자부심을 느꼈다. 평생 아무도 그에게 기대를 하지 않았다. 실패 외에는. 하지만 그는 죽지 않았다. 그는 문득 그것이 재미있게 느껴졌다. 하지만 만약 이것이 꿈이 아니라 현실이었다면, 악마가 정말로 말을 건 것이었다면, 그는 분명 겁을 먹었을 거라는 사실 또한 알 수 있었다.

너를 기억해 두겠다. 너는 내게서 도망갈 수 없을 것이다. 네게 어떤 능력이 있는지 알아야겠으니 지금은 살려 두겠다. 지금은.

위협을 느끼며 워런은 잠에서 깼다. 너무나 진짜 같아서 침실에 악마가 없음을 확인해야만 했다.

열에 들뜨고 입 안이 마른 채 워런은 침대 밖으로 나와 물병이 있었어야 할 곳으로 손을 뻗었다. 그의 침대 옆 물건들은 누군가 몽땅 가져가고 없었다. 공동 세입자들이 그런 것이 분명했다.

벽 쪽에서 무언가 움직이는 것이 느껴졌다. 그는 벽에 걸린 거울을 들여다보았다. 커튼이 드리워 방은 아주 어두웠지만 어렴풋이 볼 수 있었다. 카발리스트에게서 배워 온 기술 덕분인지도 몰랐다.

거울 속에서 그를 바라보는 무시무시한 형체는 바로 그 자신이었다. 거울이 있는 것을 몰랐다면 워런은 자기 모습을 알아보지 못했을 것이다. 그의 얼굴 오른쪽 반은 거의 떨어져 나갈 듯 까맣게 탄 두툼한 고깃덩어리 같았다. 머리카락은 머리통에 찰싹 달라붙어 있었고, 오른쪽 눈이 퉁퉁 부어 거의 반쯤 감겨 있었다. 눈을 깜박이자 피가 흘러내리는 것이 느껴졌다.

망가진 손을 내려다보자 손가락 마디에 하얀 뼈가 드러나 있었다. 손가락은 부은 소시지 같았으며 석탄처럼 검었다. 원래 피부는 초콜릿색이었지만 불에 탄 자국 주변은 오히려 창백해 보였다. 그는 주먹조차 쥘 수 없었다.

갑자기 패닉이 몰려와 그의 심장을 마구 할퀴었다. 그는 온 신경을 휘감는 아드레날린을 느끼며 비명을 질렀다. 살아남는다 해도 예전 같지는 않을 것이었다. 괴물로 살아갈 것이었다. 너무나 큰 충격에 그는 온몸을 부들부들 떨었다. 심장이 마구 두근거렸고, 서 있을 수조차 없이 자신이 나약하게 느껴졌다.

등 뒤에서 발자국 소리가 들렸다.

워런이 돌아보자 켈리가 커튼을 젖히고 섰다. 그녀도 충격을 받은 것처럼 보였다.

"아직 살아 있어?"

"물은… 어디 있어?"

"네겐 물이 더 이상 필요 없을 거라 생각했어."

그는 분노에 차서 비틀거리며 그녀에게 다가섰다.

"너희가… 내 물을… 가져갈… 권리는 없어."

"그냥 물을 낭비하고 싶지 않았을 뿐이야. 네가 죽은 줄 알았거든."

"안 죽었어."

워런이 그녀를 응시하며, 그토록 오래 그의 안에서 살던 힘을 뻗쳤다. 자신이 전에 없이 강하게 느껴졌고, 확신이 있었다.

"물을… 가져와."

켈리가 즉시 나가서 물 한 통을 가지고 돌아왔다.

워런은 간신히 뚜껑을 열고 마침내 물을 마셨다. 두껍게 부어오른 입술이 바싹 말라 있는 것이 느껴졌다. 그는 자기 안의 모든 힘을 집중하여 그녀에게 말했다.

"넌… 날 돌보는… 거야. 알겠어? 먹을 거랑… 마실 거를… 준비해 주는 거야…."

"알았어."

워런은 물을 좀 더 마셨다. 구역질이 났다. 그는 침대로 물러났다. 물속에 푹 잠기고 싶었다. 그의 몸이 그것을 필요로 했다. 그는 눈을 감고, 죽지 않기를 바랐다. 하지만 지금 그 상태로 살고 싶은지는 확신이 들지 않았다. 치료해야만 했다. 그렇게 상처 입고 불완전한 상태로 살고 싶지는 않았다.

18장

영국 해안
영국

"그래서 저 사람들, 당신 친구들이에요?"

사이먼은 조금 떨어진 바위에 앉아 있는 레아 크리시를 바라보며 그 질문에 대해 생각해 보았다. 친구들인가? 확신할 수 없었다. 그는 무기 여기저기에 묻은 피와 총구에 낀 응혈을 닦아 내며 손질을 하는 중이었다.

레아는 자가 발열 통조림 수프와 냉동건조 로스트비프 샌드위치를 먹고 있었다. 사이먼도 샌드위치 하나를 먹었는데, 그걸 포장했던 비닐이 차라리 더 맛있을 거라고 확신했다.

"두 명 정도는 압니다."

"지젤."

"그렇죠."

레아가 템플러들을 바라보았다. 그들은 사이먼과 레아로부터 멀찍이 떨어져 있었다. 사이먼은 처음에는 어떻게 해야 할지 몰랐지만 나중에는 아무렇지 않게 여기기로 결정했다. 그는 그들에게 아무것도 빚지지 않았고 그들 또한 그에게 아무것도 빚지지 않았다.

"얼마나 잘 알았어요?"

그녀가 흥미를 느끼는 것은 오로지 순수한 호기심이라는 것을 사이먼은 잘 알았다. 그런 호기심이 그 순간만큼은 거의 모든 것을 정상적이고 자연스러워 보이게 해 주었다. 방금 일곱 명을 땅에 묻고 무덤을 만든 슬픈 일은 없었던 것처럼.

"그렇게 잘 알지는 못합니다. 그렇게는."

레아는 조금 마음이 놓인 것처럼 보였다.

"그런데 왜 그렇게 당신에게 화가 났어요?"

"이야기하자면 길어요."

황금빛으로 물들어 가는 동쪽 수평선을 의미심장하게 바라보던 레아가 말했다.

"긴 이야기를 하기에 시간은 충분한 것 같은데요. 당신 친구들에게 들은 얘기인데, 낮에는 길을 떠나지 않을 거래요."

그랬다. 지젤도 이미 사이먼에게 알려 주었다. 악마들은 밤에도 낮에도 사냥을 하지만, 태양빛 아래에서 그들은 더 멀리서도 눈에 띄었고 움직임을 포착당할 위험도 더 컸다. 그들은 밤의 어둠에 몸을 숨긴 채 이동하는 쪽을 택했다.

"나도 예전엔 저들의 일원이었어요."

"저런 깡통 슈트를 입는 사람처럼은 안 보이는데."

사이먼이 얼굴을 찡그렸다.

"저건 갑옷입니다. 팔라듐 합금으로 만든."

"그런 건 들어 본 적도 없어요."

"귀중한 금속이에요. 구하기도 어렵고, 다루기는 더 어렵죠."

"당신 갑옷을 직접 만들었어요?"

"아버지가-"

사이먼의 목소리가 갈라졌다. 예상하지 못했던 일이었다. 그는 제대로 목소리가 나오기까지 그래플러를 소개하는 데 집중했다.

"치련하는 걸 아버지가 도와주셨습니다. 보통은 그렇게들 했죠. 언제나 그렇게 해야만 하기도 했고. 그리고 저건 일반 갑옷이 아닙니다. 케블라(Kevlar) 방탄조끼 같은 것과는 완전히 달라요."

그가 템플러를 향해 고갯짓을 하며 말을 이었다.

"저 갑옷을 입으면 탱크보다 더 강해져요. 굉장한 첨단기술로 만듭니다."

"전산화된 거죠? 눈 위치에 구멍이 없는 걸 보고 알았어요. 시각장애 수도승에게 훈련받은 게 아니라면, 영상 시스템 같은 게 장착되어 있을 거라 생각했죠."

"HUD라는 영상 장치가 있습니다. 군이 활용하는 그 어떤 시스템보다 기술이 뛰어나요."

사이먼은 목소리에 묻어나는 자부심을 느끼지 않을 수 없었다.

"그리고 마법도요."

레아가 눈썹을 치켜떴다.

"방금 '마법'이라고 한 거예요?"

"네."

"과학적인 마술 뭐 그런 거 말이에요?"

"아뇨. 물리나 과학으로는 접근할 수 없는 에너지 분야입니다."

사이먼은 레아를 바라보면서, 문득 이 세상의 나머지 대부분이 레아와 같은 사람들이라는 사실을 깨달았다. 모두들 도대체 뭐가 뭔지 알 수 없는 전쟁의 한가운데 놓인 것이었다.

"아까 싸우던 놈들을 봤죠."

"외계인들요, 네."

"외계인이 아닙니다."
레아는 동요한 듯 얼굴을 살짝 찡그렸다.
"뉴스에서는 외계인이라고 했어요."
"언론은 그놈들이 진짜로 뭔지 모르니까요."
레아가 수프 그릇을 쥔 손에 힘을 주었다.
"그럼 그놈들은 대체 뭐죠?"
"악마."
그녀가 깊게 숨을 들이마셨다.
"그… 지옥에 있는…?"
"어디에서 왔는지는 나도 모릅니다. 어디 다른 세계에서 왔다는 것 말고는."
사이먼이 고개를 저었다. 그는 상처받았고 피곤했으며 슬프고 화가 났다. 예전에는 한 번도 느껴 본 적 없는 감정이었다. 아버지가 죽었다. 이 생각이 모루를 치는 망치처럼 그의 머릿속을 끊임없이 때렸다.
"공부했던 책에는 놈들이 어디 사는지에 대한 언급은 없었어요. 아마도 거기가 지옥이라고 불리는 곳이겠지요. 놈들이 이 세상에 처음 나타날 무렵 인간이 붙인 이름일 테고요."
"우와, 책이라고요?"
사이먼은 심호흡을 하며 인내심을 끌어올리려고 애썼다.
"내가 살던 곳에서는-"
"어디 살았는데요?"
"런던에서요. 평생."
"남아프리카공화국에도 있었잖아요."

사이먼이 고개를 끄덕였다.

"일하러 갔었죠. 집에서 멀어지려고."

그가 잠시 말을 멈추었다.

"이 일이 일어나기 전까지, 악마들이 돌아오기 전까지, 나도 그놈들의 존재를 믿지 않았으니까요."

"책에 대해서 더 말해 줘요."

"악마들에 관한 책들이 있습니다. 저기서 우리가 싸웠던 놈들 있죠? 그놈들은 다크스폰이에요. 죽이기 아주 어렵죠. 하지만 더 위험한 놈들에 비하면 그냥 기습 부대일 뿐입니다."

"더 위험한 놈들도 있어요?"

"무척 많이, 위험한 놈들이 있죠."

"그 책들은 어디 있어요?"

사이먼이 알아차리기도 전에 지젤이 그에게 다가와 서는 바람에 대화가 끊겼다.

"기억을 좀 되살려 봐, 사이먼. 우리 임무에 대해 외부인에게 이야기하면 안 된다는 사실을 잊지 않았을 텐데."

지젤이 날카롭게 말했다. 사이먼이 지젤을 바라보았다. 죄책감이 느껴졌지만 그보다 더 큰 분노가 안에서 맴돌다 금방이라도 폭발할 것만 같았다.

"아직 모르나 본데, 며칠 전과는 상황이 많이 달라져서 말이지. 그 엄청난 비밀이 이젠 드러났거든."

아버지는 돌아가셨고.

"그렇다고 우리 비밀이 모두 드러난 건 아니지."

매끄러운 투구에 사이먼의 주저하는 듯한 얼굴이 비쳤다.

"그리고 달라지는 일은 없었으면 해. 두 사람은… 여기 이 조그마한 네 친구도 말이지, 이제 그만 자는 게 어때? 그렇지 않으면 네 살길을 찾으라 하고 우린 떠날 테니까."

사이먼은 혼나는 것을 좋아하지 않았다. 특히 자초한 일인 경우엔 더욱 그랬다. 하지만 바로 그 때문에 그는 맞받아 논쟁을 하려 들지도 않았다. 그는 마지못해 고개를 끄덕였다. 지젤이 자기 말을 지킬 것임을 그는 잘 알았다.

지젤이 자기 위치로 되돌아갔다.

"우와. 어떻게 하면 분위기를 망치는지 잘 아는 사람이네요. 그렇지 않아요?"

"그냥 자기 일을 한 것뿐입니다."

"루이 16세의 사형 집행인도 그랬죠. 그래도 반란을 일으킨 농민들은 그에게 책임을 물었고요."

"지젤을 비난하지 마세요."

레아가 한숨을 내쉬었다.

"알았어요. 그럴게요. 그런데 왜 이렇게 당신에게 엄격해요?"

"왜냐하면… 내가 그들을 배신했거든요."

"어떻게요?"

"거의 2년 전에. 그들을 떠났습니다. 난 내가 들었던 그 모든 것들을 믿지 않으려 했거든요. 그렇게 사는 게 지긋지긋했어요. 그래서 원하는 대로 살자고 결심했습니다."

"그래시 남아프리카공화국으로 간 거에요?"

"네. 저들이 날 필요로 할 때 내가 여기 없었던 이유이기도 하죠."

레아의 얼굴이 부드러워졌다.

"뉴스에서 저 사람들을 봤어요. 병사 하나쯤 더 거기 있었다고, 아니, 기사인가, 아무튼요, 그랬다고 해서 세인트 폴 대성당 전투에서 뭔가 달라지진 않았을 거예요. 당신도 죽었을 거라고요."

어쩌면 그 편이 쉬웠을지도. 그러나 그는 아무 말도 하지 않았다.

아침이 되자 안개가 깔려 내리는 눈과 뒤섞였다. 사이먼은 숲속 깊숙이 은신처에 몸을 숨기고 누워 있었다. 지젤과 템플러들은 주변 나무에 워블러(warblers)를 매달아 놓았다. 워블러는 움직임을 포착하면 즉각 갑옷으로 경고를 보내는 보안 장치였다. 그래서 소란스러운 도시보다는 자연에서 더 적절하게 쓰였다.

사이먼은 자신이 구하려 했던 생존자들을 위한 보급품에서 첨단기술 담요를 발견하고는 몸을 말고 조용히 누워 있었다. 많지는 않았지만 담요는 특유의 나노다인 기술로 주변의 빛을 그러모아 열로 만들어 온기를 내뿜었다.

담요에 달린 다이얼로 온도를 조절할 수도 있었다. 주변 눈을 녹일 정도는 아니지만 편안하게 잠들 수 있도록, 신체와 접촉한 부분의 온도만 따뜻하게 하는 것이 요령이었다. 하지만 이제 막 흩날리기 시작하는 눈보라 때문에 쉽지는 않았다. 그는 조용히 누워서, 다시 잠이 들 정도로 온도를 유지했다.

새로이 내리는 눈 덕분에 그날은 더욱 밝게, 더욱 깨끗해 보였다. 앙상한 나무들은 벌거벗은 듯 연약해 보였고 그 때문에 드문드문 서 있는 상록수들은 더욱 푸르러 보였다.

템플러들은 번갈아 불침번을 섰다. 사이먼에게 불침번을 서겠느냐 묻는 사람은 없었다. 사이먼은 모욕을 주려는 고의적인 행동임을 잘 알았다. 한편으로는 그를 믿지 못하기 때문일 수도 있었다.

그의 마음은 온갖 감정으로 들끓었고, 일어나 무언가를 해야 할 만큼 절박했는데도 낮 대부분을 잠을 자며 보냈다. 제대로 손질한 검과 그르나디에를 손이 닿는 곳에 두었고, 배가 고플 땐 지젤이 준 에너지바를 조금 먹고 수통에 든 물을 마셨다.

낮은 아주 느리게 흘러갔지만, 마침내 밤이 되었다.

사이먼은 숲속에서 나흘을 보냈다. 템플러와 함께 걸었고, 나란히 싸웠다. 생존자들을 쫓던 다크스폰 두 무리와 더 마주쳤고, 거의 모두 죽여 없앤 후 생존자들이 해안으로 갈 수 있도록 도왔다.

"우린 이렇게 이 지역을 순찰하고 있어."

어느 날 밤, 지젤이 사이먼의 등에 난 상처를 꿰매며 말했다. 그는 상처에 손이 닿지 않았고, 그런 일에는 면역이 없는 레아에게 부탁할 수는 없었다.

"한 달 중 열흘은 런던 밖에서, 나머지는 런던 안에서. 도시에 있는 것에 비하면 여기 있는 건 휴가나 마찬가지인 것처럼 느껴져."

"도시는 어떤데?"

사이먼이 통증을 애써 잊으려 하며 물었다. 훈련을 통해 배운 방법이었다. 지젤이 한 땀을 더 꿰맸다. 그녀는 말하기 전에 조금 망설였다.

"도시가 함락되고 있어. 악마는 최후의 한 사람까지 런던을 떠나지 못하게 사냥하다가 빌 건 즉시 박멸해 버리지. 마치 해충이라도 되는 것처럼 말이야."

"예언 그대로네."

사이먼은 어렸을 때 템플러 예언을 듣고 두려워했었다. 그러나 나이가 들어 가면서는 한 번도 본 적 없는 괴물 이야기를 끊임없이 듣는 것이 지겨웠고, 믿지 않기로 했었다.

"응. 하지만 예언에서 말하지 않은 게 있어."

사이먼은 지젤이 구부러진 봉합용 바늘구멍에 나일론 실을 끼우는 모습을 어깨 너머로 보며 기다렸다.

"놈들이 지대를 변화시키고 있어. 헬게이트 주변부터 시작해서-"

"헬게이트?"

사이먼은 들어 본 적 없는 말이었다.

"악마가 우리 세상으로 쏟아져 나온 지점을 써머라일 경은 그렇게 불렀어."

"적절하네."

"그렇지. 어쨌든 헬게이트에서 시작해서, 악마들이 어떤 힘 같은 것을 방출했어. 기술인지 마력인지 우리도 아직 몰라. 어쩌면 둘 모두일 수도 있겠지. 그 힘 때문에 그 지역 대지가 달라지고 있어. 도로가 꺼지고 건물은 허물어지고 치명적인 화학 물질이 고여서 웅덩이를 이루고 산성비가 내리지. 여기저기 불에 타면서 황량해지고 있어. 그들이 우리 세계를 그들의 세계처럼 바꾸려 한다는데 지금은 거의 모두가 동의해."

"테라포밍[12]한다는 거야?"

"다른 어떤 용어보다 그럴듯하네."

---

[12] 지구가 아닌 다른 행성이나 위성을 지구의 환경과 비슷하게 바꾸어 인간이 살아갈 수 있게 꾸미는 일.

"그렇다면 그 변화를 통해 놈들에 대해 뭔가 알아낼 수도 있겠는데."

사이먼은 곰곰이 생각해 보았다.

"도시에 써머라일 경이 그 구역으로 정찰대는 보냈어?"

"응. 그런데 발각될 위험이 커."

"템플러들이 모두 죽지는 않았다는 걸 악마도 이미 알 거야."

"놈들도 알아. 그쪽으로 간 템플러는 모두 잡혀 죽어. 거기서 뭔가 발견하더라도 그게 뭔지 알 도리도 없고. 아주 천천히, 오랜 시간에 걸쳐 무언가를 알게 되겠지. 큰 대가를 치르고 나서. 분명해."

사이먼 역시 그럴 것이라 믿어 의심치 않았다.

"결심은 한 거야?"

지젤이 의료 장비를 치우며 물었다.

"무슨 결심?"

"뭘 할지. 남을지 아니면 떠날지."

사이먼은 대답하지 않고 가만히 생각에 잠겼다. 그의 아버지조차 어쩌지 못한 그의 반항적인 성격 때문임을 그도 알고 있었다.

"남을 거야."

지젤의 투구가 탁 열렸다. 그녀는 피곤한 듯한 미소를 지어 보였다.

"네 가문에서 허락해야 할 거야, 사이먼. 그리고 솔직히 말하자면, 아마 허락하지 않을 거야."

사이먼은 마음이 아팠다. 하지만 드러내지 않으려 애썼다.

"그렇다면 그들이 멍청한 것이겠지."

"넌 이미 그들을 한 번 버렸어."

지젤의 목소리는 부드러웠다. 비난하려는 것이 아니었다.

"버리지 않았어."

"그들이 보기엔, 그랬어."

사실이었다. 지젤과 논쟁해 봐야 아무 의미 없었다. 런던으로 돌아가면 그는 가문에 스스로를 변호해야 할 것이었다.

"왜 남는 거니?"

아버지 복수를 하려고. 사이먼이 씁쓸하게 생각했다. 그것 말고는 무슨 일을 해야 할지 모르겠으니까. 그러나 그는 그저 이렇게 말했다.

"나도 템플러 훈련을 받았어, 지젤. 지난주까지는 단 한 순간도 악마를 믿지 않은 것이 사실일진 몰라도, 그래도 항상 템플러가 대의를 위해 싸운다고 믿었어."

지젤이 희미하게 미소를 지었다.

"아주 좋아. 난 널 믿어도 좋다고 생각해. 밀고 나가라고. 로크 가문의 원수(High Seat)인 부스 부단장(Master)을 설득하는 건 쉽지 않을 거야. 네가 떠나기 전에도 널 그다지 좋아하지는 않았지."

테렌스 부스는 사이먼보다 네 살 더 많았다. 아직 소년이었을 때부터 둘은 서로를 그다지 좋아하지 않았다. 둘은 언제나 경쟁했다. 사이먼이 열네 살이 되었을 때 싸움이 벌어졌다. 부스는 이미 성인이었는데도 사이먼에게 졌다. 10년 동안은 사람들 입에 오르내릴 만한 이야기였다.

"설득할 거야."

"그러길 바라. 하지만 네가 그의 코를 부러뜨렸을 때보다 지금 널 더 미워할걸."

지젤이 몸을 숙여 사이먼의 볼에 입을 맞췄다.

"가서 좀 자. 내일 밤 런던으로 갈 거니까."

사이먼이 셔츠를 끌어당겨 입기 시작했다. 어찌나 추운지 감각이 둔해질 정도였다. 부상에 비하면 그렇게 나쁜 건 아니었다. 하지만 옷을 입고 몸이 따뜻해지자 다시 통증이 밀려왔다.

"화해했나 보네요."

레아가 조금 뒤쪽 나무에 기대어 있었다. 얼굴은 흙먼지투성이였고 씻지 못한 머리카락은 엉겨 붙어 있었다. 한쪽 뺨에 난 긁힌 상처가 보였다. 몇 번의 전투가 벌어졌을 때 그녀는 후방에서 저격을 하며 큰 도움을 주었다. 그녀는 라이플을 정말로 잘 쏘았고, 지젤은 그 재능을 최대한 이끌어 냈다.

"그런 거 아니에요."

사이먼은 장비를 모아서 눈 아래 10센티미터 정도를 파서 설치해 놓은 임시 천막 안으로 치웠다.

"가서 좀 쉬어요."

"왜요?"

"내일 런던으로 출발한답니다."

사이먼은 지금 런던이 어떤 모습일지 생각하며 보온 담요 아래로 몸을 밀어 넣었다. 견딜 수 없을 정도로 궁금했다.

자는 내내 악몽이 사이먼의 머릿속을 헤집고 다녔다. 꿈속에선 시커멓고 썩은 내 나는 것들이 멈추지 않고 런던을 휩쓸었다. 깨었을 땐 잠들기 전보다 더욱 피곤했다.

19장

브릭스턴 시장
영국, 런던

템플러는 차량 두 대에 나눠 타고 런던으로 향했다. 철판을 두르고 위에는 총포를 탑재해 탱크처럼 강화 개조한 랜드로버였다. 도시로 들어가는 데에는 이틀이 걸렸다. 운이 좋게도 그곳에서 나타날 법한 악마들과는 마주치지 않았다.

남쪽에서 진입하여 가장 먼저 브릭스턴 시장으로 향했다. 살아 있는 것이라고는 아무것도 느껴지지 않았다. 여기저기에서 모닥불만 피어오르고 있었다. 망가진 차량들이 거리에 가득했고 건물 사이에 널브러져 장애물을 이루고 있었다. 일부는 전복되고 일부는 미사일과 레이저 같은 무기에 찢기고 부서져 있었다. 꽃집 앞에는 산산조각 난 2층 버스의 잔해가 나뒹굴었다.

떠나기 전 마지막으로 보았던 거리가 온통 파괴된 모습에, 여전히 마음속에 생생하게 남아 있던 곳이 폐허가 된 모습에 사이먼은 동요했다. 대학살에 대한 소문을 듣는 것도 괴로웠지만, 현장을 두 눈으로 직접 보는 것은 또 다른 일이었다.

"더 나빠질 거야."

갑옷을 입고 랜드로버 운전석에 앉은 지젤이 말했다. 그녀는 전조등을 켜는 대신 갑옷 영상 시스템으로 운전하고 있었다.

"대부분의 구역에서 죽은 이들의 유골을 볼 거야. 먹히고 남은 뼈들이지. 그레이터런던 건물 대부분이 파손됐어. 무너지기 직전인 것들도 많고."

죄책감이 사이먼을 옥죄었다. 이런 사태를 막기 위해 모두들 그렇게 노력했었는데. 여기 있었다 하더라도 파괴를 막을 수 없었을 거라는 점을 그는 잘 알았다. 하지만 여기 없었던 자신을 용서할 수 없었다. 그는 한 번도 느껴 보지 못한 부끄러움을 느꼈다.

그들은 계속 나아갔다.

캠버웰과 뉴잉턴 쪽으로 갈수록 상황은 더욱 심각해졌다. 켄싱턴 공원의 나무들은 모두 끔찍하게 불에 타서는 하얗게 쌓인 눈 위에 까맣게 서 있었다. 뉴잉턴에 도착하자 지젤은 템플러들이 보초를 서고 있는 지하 주차장으로 들어가 랜드로버를 세웠다.

"여기서부터 걸어갈 거야. 차가 악마를 시내로 끌어들이면 안 되니까. 휘발유도 문제이고. 확보해 놓은 상점 몇 군데를 지난 후에는 연료를 구할 수 없거든. 언더그라운드 연구소에서 휘발유를 대체할 동력 전지를 개발 중이긴 한데 시간이 걸릴 것 같아."

사이먼은 상처가 심하게 쓸리지 않는 위치를 찾아 배낭을 걸메려고 애쓰며 지젤을 따라 걸음을 옮겼다. 템플러들은 무너진 건물과 부서진 차량 사이를 한 줄로 나란히 걸었다. 폐허에 숨어 그들을 경계하며 지켜보는 사람들이 가끔 눈에 띄었다.

"생존자야."

지젤이 목소리를 낮추었다.

"이쪽 수가 많을 땐 공격하지 않아. 하지만 식량이 다 떨어지고 며칠 굶은 후에는 뭐든 뺏으려고 덤벼들 거야. 전쟁은 이제 국적이나 민족 문제를 넘어섰어. 영토와 생존 문제가 됐지."

사이먼은 어린 아이들이 모여 있는 모습을 보았다.

"아무도 애들을 돌보지 않는 거야?"

"어떻게?"

지젤은 피곤한 듯 말했다.

"시내에 먹을 게 있을 거 아냐."

"그건 악마한테 제 발로 걸어가라는 소리나 마찬가지야. 덫에 걸리는 거라고. 그냥 떠나는 게 최선이야. 템플러 의회에서는 민간인들이 떠나길 바라. 그러면 우리 행동도 좀 더 자유로워질 수 있으니까."

"프랑스 쪽에서도 난민이 바다를 자꾸만 건너오는 상황에 그다지 만족스러워하는 것 같지는 않아."

사이먼은 파리에서 영불해협까지 가는 동안 사람들이 원망하는 소리를 아주 자주 들었다.

"너라면 다른 방법이 있겠어?"

지젤이 도전적으로 물었다. 사이먼이 지젤의 눈을 피해 멀리 런던 하늘에 떠 있는 먹구름을 바라보았다.

"아니."

"그럼 다른 누군가 그 방법을 생각해 낼 때까지, 계획은 그것뿐이야."

사이먼은 지젤을 따라 뉴잉턴 거리와 골목길을 지났다. 도시에는 완전한 어둠이 내려앉았다. 전기는 모두 끊겼고, 기름 램프를 가지고 있다 하더라도 아무도 켜지 않았다. 사이먼은 런던이 이렇게까지 어둠에 잠긴 모습을 단 한 번도 본 적 없었다. 어릴 때 2차 세계 대전 당시 독일의 야간 공습에 관해 읽었지만 이 정도까지 깜깜한 런던을 상상하지는 않았다.

그들은 지하철 역사 건너편의 엘리펀트 앤 캐슬 거리에 웅크려 주변을 살폈다. 아치형 창문을 낸 2층 석조 건물인 역사는 짙은 붉은색으로 칠해졌었다. 하지만 이제 페인트는 벗겨지고 부식되었으며, 공습에 파손되어 창문은 깨져 있었다. 역사 앞 인도에는 시체들이 어지러이 널려 있었다.

그들이 몸을 숨긴 엘리펀트 앤 캐슬 거리의 이름은 1700년대 언젠가 세워진 건물에 문을 연 술집 이름과 같았다. 그 건물은 1800년대에 두 번 재건축되었었다. 술집 이름은 작은 성처럼 생긴 하우다(howdah)라는 안장을 얹은 인도코끼리에게서 따온 것이었다. 그 상징은 무기 제조 회사 커틀러스(Cutlers')의 문장(紋章)이, 스튜어트 왕조 때 왕립 아프리카 컴퍼니(Royal African Company)의 노예무역에 쓰였다.

"몇 년 전 지하철이 폐쇄되었어."

지젤이 거리를 둘러보며 말했다.

"그래서 우린 여길 활용하기로 했지."

사이먼은 묵묵히 고개를 끄덕였다. 어렸을 때 아버지와 함께 여기 온 적이 있었다. 템플러들은 미래의 기사가 될 아들딸들이 런던에 익숙해지길 원했다. 그들은 혼잡한 도로를 건널 때 지하철 지하도를 이용하며 마치 미국인처럼 '서브웨이(subway)'라고 불렀던 기억을 떠올렸다. 이제 이 거리들은 모퉁이 곳곳에 보행자 횡

단도로가 생겨 좀 더 유럽다워진 것 같았다.

아마도 엘리펀트 앤 캐슬 구역을 재건하기로 결심한 도시 계획자들은 지하철이 그렇게까지 안전하지는 않다고 느꼈던 것인지도 몰랐다. 사이먼이라면 악마 대신 기꺼이 강도들과 맞서는 쪽을 택했을 것이다.

사이먼은 등에 멘 검집에 검을 집어넣고 그르나디에를 들었다. 그리고 앉은 자세로 귀를 기울였다. 지젤이 늘 그렇게 하는 것을 보았다.

바람에 실려 무언가 울부짖는 소리가 비명과 함께 들려왔다. 죽은 것들의 악취까지 함께였다.

"자, 한 번에 한 명씩."

지젤이 속삭였다. 그녀가 갑옷의 힘을 이용해 재빨리 길을 건넜다. 다른 템플러가 그녀의 뒤를 이었고, 이어서 한 명씩 길을 건너기 시작했다. 사이먼이 소총들을 그러쥐고 뒤따랐다.

그는 역사 안에 자리를 잡았다. 달빛이 어둠을 뚫고 비쳐 들어 그곳에서 벌어졌던 전투와 약탈의 잔흔을 희미하게 드러냈다. 바닥에 자동판매기가 나뒹굴었다. 그보다 더 많은 시체가 팔다리를 아무렇게 늘어뜨린 채 쓰러져 있었다. 악취가 너무 심해 사이먼은 입으로 숨을 쉬어야 했다.

나머지 템플러들이 사고 없이 길을 건넜다. 그때 하늘 위를 높이 나는 어떤 형체의 그림자가 사이먼의 주의를 끌었다. 그는 깨진 창문 뒤에 서서 여기저기 불이 붙은 거리를 바라보았다.

사이먼은 그림자의 움직임을 눈으로 좇으며 그르나디에를 꺼내 들었다. 그리고 길 건너편 건물 위로 내려앉는 블러드 엔젤 한 놈을 발견했다. 건물에 매달린 놈은 메뚜기 같기도 했고 박쥐 같기도 했다. 탐욕스럽고 포악해 보였다. 달빛이 놈의 날개 가죽을 따라 반짝였다.

사이먼은 블러드 엔젤을 시야에서 놓치지 않은 채 손가락을 방아쇠에 올려놓았다. 템플러들은 정말로 준비가 되기 전까지는 손가락을 당기지 않았다.

잠시 후 블러드 엔젤이 박쥐 같은 날개를 활짝 펼치더니 소리 하나 내지 않고 거의 즉각 시야 밖으로 사라졌다.

뒤돌아선 사이먼은 템플러들도 안심하는 것을 알아차렸다. 그들의 투구는 표정 하나 드러내지 않았지만 몸짓을 통해 알 수 있었다.

"저놈들은 혼자 다니지 않아."

지젤이 속삭였다.

"네가 숙지해야 할 것들 중 하나지."

그들은 오래전부터 텅 비어 있었을 것이 분명한 자동판매기와 시체들을 피해 걸었다. 강도를 당한 것 같은 시체를 보고 사이먼은 얼굴을 찌푸렸다. 악마에게는 분명 인간의 돈이 필요 없을 테지만, 어쩌면 그저 인간이 가지고 있는 것을 재미로 빼앗고 싶어 할지도 몰랐다.

엘리펀트 앤 캐슬 역에는 에스컬레이터가 없었다. 그들은 지하 선로로 통하는 계단으로 향했다.

런던 지하철의 절반은 지상에, 나머지 절반은 지하에 있었다. 지하 선로는 서로 다른 두 층으로 이루어졌는데 지면 바로 아래 통로는 4.5미터 깊이로 판 후 콘크리트를 덮는 절삭식 공법으로 건설되었다.

엘리펀트 앤 캐슬 역은 베이컬루 선로와 연결되어 있었다. 베이컬루 선로는 가끔 지상으로 올라갈 때를 제외하고는 대부분 지하 18미터 깊이에 실드 공법으로 건설한 터널을 지났다. 선로 틀은 마룻돌과 강철 고리로 씌웠는데 이 하층부로 다니는 차량은 상층부를 달리는 차량에 비해 작았다.

템플러들은 적외선 기기로 어둠 속에서도 쉽게 돌아다녔지만 사이먼은 앞을 거의 볼 수 없었다. 템플러에게 의지하고 싶지는 않았지만, 가방에 든 손전등은 쓸 수 없었다. 위치를 노출시킬 위험이 있었기 때문이다. 어둠 속에서 그를 향해 손을 뻗는 악마들의 모습이 눈앞에 어른거렸다.

"내 어깨를 잡아."

사이먼은 곧 지젤을 발견하고 시키는 대로 했다. 그런데도 계속해서 잔해에 발이 걸리고 비틀거렸으며 선로 바깥으로 넘어진 것이 분명한 지하철 차량에 부딪쳤다.

"선로를 지나는 전기는?"

사이먼이 물었다.

"배전망은 시내까지 들어가야 있어. 발전소는 악마들의 첫 목표물 중 하나였고."

어디로 가는 중인지 사이먼은 묻지 않았다. 이미 알고 있었다. 그리고 아무런 기대도 하지 않았다.

겨우 몇 분 후, 지젤이 걸음을 멈추었다. 사이먼은 지젤이 자세를 바꾸고 고개를 쳐드는 것을 느꼈다. 지젤의 건틀릿 손바닥 부위에서 자주색 불빛이 재빠르게 깜빡였다.

그러자 벽의 한 부분이 미끄러지듯 열렸다. 깜깜해서 무슨 일이 일어나는지 직접 볼 수는 없었지만 그 끔찍한 소리가 무엇인지 경험으로 알 수 있었다. 그는 지젤이 앞으로 나아가는 것을 느꼈고, 그녀를 따랐다.

잠시 후 지젤이 멈췄다. 그들 뒤로 거대한 벽이 다시 미끄러져 닫혔다.

"이름."

기계음이 섞인 목소리가 말했다. 폐소공포증을 일으킬 것만 같은 조용한 방에 지젤의 투구가 열리는 소리가 달칵 울렸다. 사이먼은 지젤의 어깨에서 손을 내렸다. 런던의 언더그라운드로 향하는 숨겨진 관문소 중 한 곳이었다. 템플러 외에는 그 누구도 알지 못하는 비밀 지하 통로였다.

시골과 농장에서 많은 사람들이 도시로 이주해 오자 도시에서는 지하 운송 수단을 건설할 계획을 세웠다. 그 조직 위원회에 템플러들이 있었다. 런던이 위험에 처할 것임을 예언을 통해 알고 있던 템플러들은 언제든 그 땅과 도시를 지키겠다고 맹세했다.

템플러들은 정체를 숨긴 채 도시 전역에서 프로젝트를 진행했다. 그 수가 몇 명이나 되는지도 비밀에 부쳤다. 그들은 악마와 맞서 싸울 때를 대비한 거점들을 몰래 건설했다. 심지어 지금도 그 작업은 계속되었고, 그들은 런던 지하에서 점점 더 영역을 확장해 나갔다.

"코널리 가문의 병장, 지젤 플레처입니다."

그녀의 목소리는 분명했고 자부심이 묻어났다.

병장이라고? 사이먼과 지젤은 동갑이었다. 하지만 그는 세인트 폴 대성당에서 수많은 사람들이 목숨을 잃은 것을 떠올렸고, 남은 사람들이 빠르게 진급했을 거라는 사실을 깨달았다. 어쩌면 그가 떠난 직후 병장이 되었을 수도 있다. 그녀는 언제나 야망이 넘쳤고 보상을 좇았다.

"돌아온 것을 환영한다, 플레처 병장. 필요한 것이 있는가?"

"부상자가 둘입니다. 치료가 필요합니다."

"알겠다. 승인받지 않은 자도 두 명 있군."

사이먼은 마음이 조금 아팠다. 2년 전 이곳을 떠날 때 이미 템플러 언더그라운드의 문이 닫힐 것임을 그는 잘 알고 있었다. 하지만 그는 조금도 신경 쓰지 않고 떠났다. 그리고 이후로도 신경쓸 일은 없을 거라고 생각했다.

그러나 아니었다. 신경이 쓰였다. 하지만 그는 얼른 마음의 문을 닫았다. 약해지고 싶지 않았다. 템플러는 상대의 약점을 찾는 훈련을 받았다. 그 순간 그는 자신이 적으로 간주될 것임을 잘 알았다.

"한 명은 사이먼 크로스입니다."

"알고 있다. 그자는-"

"제 손님입니다."

지젤의 목소리가 날카롭게 주위를 사로잡았다.

"그와 함께 온 여자도 마찬가지입니다. 저에게는 그럴 권리가 있습니다."

"해당 부처에 직접 말하게나, 플레처 병장. 이만 들어오지."

그들 앞에 우뚝 서 있던 벽이 갑자기 양쪽 옆으로 갈라졌다. 엄청나게 밝은 불빛이 갑자기 밀려와 사이먼의 눈을 단검처럼 찔렀다. 한 손으로 눈을 가렸지만 다른 한 손은 공격을 대비해 자유롭게 두었다. 안전하다고 믿을 만한 어떤 이유도 없었다.

지젤이 앞으로 나서자 사이먼은 저도 모르게 뒤를 따랐다. 여전히 눈을 못 뜰 정도로 불빛은 밝았다. 숨을 곳은 없었다.

20장

"켈리에게 무슨 짓을 한 거야?"

화난 목소리에 워런은 잠에서 깼다. 간신히 눈을 떴지만 햇빛이 너무 환했다. 그는 눈을 깜박거리며 오른손을 들어 빛을 가리려 했다. 누군가 창문에 커튼을 쳤다.

"들었냐, 워런?"

워런은 조심조심 옆으로 돌아누웠다. 거의 불에 타다시피 한 옷을 아직도 그대로 입은 채였다. 피부와 살점이 너무 많이 떨어져 나가진 않을까 두려워 벗을 엄두가 나질 않았던 것이다.

조지는 문가에 서서 크리켓 배트를 들고 있었다. 그는 키가 크고 체격이 좋았으며 푸른 눈에 옅은 금발이었다. 아마추어 럭비팀에서 뛰었기에 몸을 난폭하게 쓰는 데 익숙했다.

워런은 배트를 보았다. 거기 얻어맞고 싶지는 않았다. 조지는 힘이 셌고 배트는 단단해 보였다. 뼈가 부러지지는 않는다 하더라도 적어도 살은 충분히 찢어질 것 같았다.

자신이 낫고 있는 중인지, 아니면 그저 죽음의 문턱에서 허덕이고 있는 것인지, 여전히 알 수 없었다. 또한 통증이 사라지고 있는 것인지, 아니면 그저 점점 익숙해지고 있는 것인지도 알 수 없었다.

"때리지… 마."

워런이 몸을 일으켜 앉으며 말했다. 그는 조지에게 집중해서 자기 말을 듣도록 조종했다.

조지가 경악스럽다는 눈빛으로 그를 바라보았다. 침공 전에 조지는 성격이 밝은 금발 청년이었다. 워런과 도로시, 켈리가 겨우 생계를 꾸리는 동안에도 조지는 꽤 넉넉하게 살았었다. 하지만 아버지가 사업에 그를 끌어들이려 하자 집을 나왔다고 했다. 그는 예술계에서 일하고 싶어 했다.

그래서인지 조지는 평소에 돈을 제대로 관리하지 못했다. 한 번도 살림이라는 걸 해 본 적 없었고, 다른 사람들처럼 생계에 압박을 느끼지도 않았다. 마음 한구석에는 언제나 아버지와 아버지의 돈으로 돌아갈 수 있다는 마음이 있었기 때문이다. 절대 길거리에 나앉을 일은 없었던 것이다.

"어째서?"

"맞고 싶지… 않으니까."

무서워서 몸이 떨렸지만 워런은 조지를 똑바로 바라보았다.

"네가 원하는 것 따윈 상관 안 해."

조지가 콧구멍을 벌름거리며 크리켓 배트를 고쳐 쥐었다.

겁먹었구나. 워런은 깨달았다. 나한테 겁먹은 거야. 워런은 문득 호기심이 생겼다. 조지는 항상 그를 무시했고, 냉담했다. 그런데 지금 그를 무서워하고 있는 것이다.

"지금 당장 널 패 줄 수 있어. 넌 날 막지 못해."

조지가 선언하듯 한 걸음 앞으로 다가왔다. 워런은 거의 뒤로 물러날 뻔했다. 하지만 그렇게 갑작스럽게 움직이다가는 상처가 벌어질지도 모른다는 생각에 멈칫했다.

"그러지 마."

"왜 안 돼?"

조지가 고함을 질렀다. 커튼 뒤에서 누군가 움직이고 있었다.

아마도 도로시일 듯했다. 맞벌이 부부의 아기를 봐 주고 베이커리에서 일하는 소심한 도로시. 그녀는 문제에 휘말리는 것을 좋아하지 않았다. 하지만 켈리와 조지가 시키는 바람에 가끔 워런에게 와서 월세를 내거나 집기를 살 돈을 달라고 했었다.

"왜냐하면… 내가 원하지 않으니까."

워런이 위협은 느껴지지 않는 목소리로 조용히 말했다. 그는 조지를 조종하는 데 더 많은 에너지를 집중하려 했다.

조지는 망설였다. 혼란스럽고 패닉에 빠진 것처럼 보였다.

"켈리에게 무슨 짓을 한 거야?"

"아무 짓도 안 했어."

"거짓말하지 마."

"안 했다고."

"켈리는 한 번도 널 신경 쓴 적 없어, 워런. 널 싫어했다고. 너 같은 건 소름 끼치고 역겹다고 생각했어. 그렇게 소처럼 멍청한 눈을 크게 뜨고 자길 쳐다보는 걸 끔찍해했다고."

워런은 마음이 아팠다. 켈리 곁에 있을 기회 같은 건 없다는 사실은 언제나 알고 있었다. 사실 그런 걸 원한 적도 거의 없었다. 둘 사이엔 어떤 공통점도 없었다. 그러나 가끔은 켈리가 재미있고 매력적이라고 생각했다. 그리고 때로는 그녀가 자신을 진짜 사람처럼 대해 준다고 느꼈다. 필요할 때면 언제든 돈을 갈취할 수 있는 공동 세입자가 아니라 진짜 사람으로.

"네가 이 꼴이 되기 전에 켈리는 너에게 단 하루도 시간을 내어 주지 않았어. 그런데 지금은 네 손발이 된 거 같다고. 먹을 걸 구하러 나가자고 해도 꼼짝 안 해. 우린 음식이 필요해, 워런. 물도 필요하고."

미처 몰랐다. 얼마나 시간이 흘렀는지 모를 정도로 너무 오랫동안 정신을 차리지 못하고 침대에만 있었던 것이다. 피에 흠뻑 젖은 침대보 여기저기에 불에 타 떨어져 나간 살점들이 흩어져 보였다. 갑자기 악취가 코를 찌르는 듯했다.

"날… 들여다봐 달라고 부탁했을 뿐이야."

"켈리는 꼭 뭐에 씐 것 같아. 아파트를 떠나려 하질 않는다고."

조지의 눈빛이 냉담해졌다.

"네가 무슨 짓을 한 게 분명해."

"아니야."

워런이 힘을 주어 강하게 말했다. 조지에게 집중할수록 통증이 점점 사라지는 것 같았다.

"켈리가 그냥… 돕고 싶다고 한 거야."

조지가 고개를 저었다.

"널 위해 그럴 리가 없어."

"너도 날 돕고 싶잖아."

순간, 조지는 망설였다. 그러더니 뒤로 물러서 욕설을 퍼부었다.

"그만둬."

"뭐를?"

워런이 순진한 목소리로 되물었다.

"그냥 닥치라고!"

워린은 입을 다물있다.

"넌 죽었어야 해."

조지가 낮게, 하지만 공격적으로 말했다.

"그렇게 화상을 입고도 살아남을 순 없어. 아무도 그 상태론 살지 못해."

"보이는 것만큼 그렇게 심하진 않아."

조지가 쓸쓸하게 웃었다.

"그래, 그렇겠지. 너 지금 보기에도 역겨울 정도야. 정말 소름 끼친다고."

"대체 뭘 원해?"

"네가 죽어 버리면 물을 아낄 수 있을 거라 생각했는데. 오래 걸리지 않을 줄 알았다고. 그런데 지금 보니 곧 죽을 거 같지가 않네. 켈리한텐 무슨 이상한 짓을 했고 말이지."

"잘못한 일은 아무것도 없어."

경고도 없이 조지가 덤벼들어 배트를 휘둘렀다. 워런은 머리를 제대로 얻어맞았다.

워런 안에서 자기보호본능이 싸움을 벌였다. 피하지 않는다면 조지의 배트에 머리가 박살 날 것이다. 하지만 피하려고 몸을 움직인 순간 온몸이 조각조각 부서져 버릴까 두려웠다.

그는 자신도 모르게 오른손을 들어 얼굴을 보호하면서 왼손을 뻗어 배트를 잡았다. 깜짝 놀란 워런이 배트를 쳐다보았다. 여전히 소시지처럼 퉁퉁 부어오른 검게 탄 손가락이 배트를 움켜쥐고 있었다. 방 안은 고기 타는 냄새로 가득했지만 통증은 없었다. 심지어 피도 나지 않았다.

조지는 배트를 잡아당겨 빼내려고 했다. 온 힘을 다했지만 그럴 수 없었다. 조지는 단념하지 않고 커다란 발을 들어 워런의 가슴팍을 걷어차려고 했다.

워런은 생각보다 빠르게 상체를 돌려 발을 피했다. 그러고는 조지의 바짓가랑이를 잡아 들어 올리면서 손으로는 배트를 잡아챘다.

조지가 비틀거리다가 다시 제대로 섰다. 워런이 즉시 침대에서 미끄러져 나와 일어선 후 배트를 휘둘러 조지의 옆통수를 때렸다. 끙 소리조차 내지 못하고 조지가 팔다리를 늘어뜨리며 마룻바닥으로 넘어졌다.

녹초가 된 워런은 공포로 몸을 떨며 숨을 헐떡였다. 그리고 발아래 쓰러진 적을 바라보았다. 무슨 일이 일어난 것인지 믿을 수가 없었다. 크리켓 배트 손잡이를 쥐고 있는 왼쪽 손을 본 워런은 살갗이 찢어지지 않은 것을 보고 놀랐다.

도로시가 비명을 지르며 커튼 뒤에서 튀어나와 조지 옆에 무릎을 꿇고는 그의 머리를 조심스레 안아 올렸다. 고양이 눈처럼 뾰족하게 올라간 안경을 쓴 두 눈에서 눈물이 쏟아져 나와 뺨을 타고 흘러내렸다.

"네가 조지를 죽였어!"

도로시가 비명을 지르듯 말했다. 비록 조지가 먼저 그를 죽이려 들긴 했지만 워런은 방금 일어난 일에 기분이 좋지 않았다. 만약 조지가 아직 죽지 않았다면 다시 워런을 죽일 것이 분명했다! 조지를 다치게 할 생각은 없었다. 때리려는 생각조차 하지 않았는데 손이 절로 나갔다. 그가 그런 일을 할 수 있다는 사실을 미처 알기도 전에 말이다.

"안 죽었어."

켈리가 방으로 들어오며 말했다.

"아직 숨 쉬네."

켈리가 평소에 비해 아주 침착하다는 점을 워런은 인정해야만 했다. 그녀는 도로시의 맞은편에 앉아 조지의 머리를 살펴보았다.

"어디 깨진 거 같지는 않아."

도로시가 워런을 올려다보았다.

"넌 괴물이야! 끔찍하고, 무서운 괴물!"

"넌 멍청이고."

켈리가 말했다.

"항상 조지 뒤를 졸졸 따라다니지. 다른 예쁜 애들을 옆구리에 끼고 있는데도 널 신경 쓴다는 듯 말이야. 여기 들어와서 워런을 공격하면 안 되는 거였어. 말했잖아."

"그래야 했어."

도로시가 얼굴에 달라붙은 긴 머리카락을 떼며 말했다.

"모르겠어? 음식이랑 물이 거의 다 떨어졌어. 아무 도움도 안 되는 워런이 이대로 몽땅 먹고 마시도록 내버려둘 수 없었을 뿐이야."

"먹지는 않았어."

이렇게 말하긴 했지만 워런은 배가 고팠다. 불행하게도 배 속에서 꾸르륵거리고 있었다. 그가 크리켓 배트를 멀리 던졌다.

"물도 그렇게 많이 마시지 않았고."

도로시는 그저 조지의 손만 잡고 있었다. 지긋지긋했다. 도로시를 보면서 죄책감을 느끼고 싶지 않았고, 조지의 의식이 돌아왔을 때 예상되는 분노도 마주하고 싶지 않았다. 워런은 서랍에서 갈아입을 간단한 옷을 꺼냈다. 그러고는 사다리로 향했다.

"어디 가는 거야?"

켈리가 물었다.

"밖에."

워런이 사다리를 내려가며 말했다. 걱정되는 듯 그녀의 얼굴이 딱딱하게 굳었다.

"네 몸 상태가 아직-"

"이제 괜찮은 것 같아."

그때 딱 하고 사다리 단이 부러지더니 워런은 6미터 아래로 떨어졌다. 하지만 그는 마치 마지막 칸을 내려가려는 참이었다는 듯 자연스럽게 두 발로 바닥에 사뿐히 섰다.

"워런!"

켈리가 위에서 걱정스럽게 불렀다. 워런은 놀라서 자신의 다리를 내려다보았다.

"난 괜찮아."

그가 속삭였지만 그녀를 안심시키기보다는 그 자신을 안심시키는 것이 우선이었다. 그는 그 자리에 우뚝 서서 자신이 지난 며칠 중 가장 강해진 것처럼 느꼈다. 사실 언제 또 그렇게 스스로를 강하게 느꼈는지 알 수 없었다.

그는 욕실로 향했다.

누더기가 된 옷을 벗는 것은 고역이었다. 처음엔 겁이 나서 몸이 움츠러들었다. 하지만 막상 해 보니 마땅히 아파야 할 만큼, 혹은 그가 예상했던 것만큼 아프지가 않았다.

옷은 조각나면서 벗겨졌다. 천 조각에는 함께 벗겨져 나간 불탄 살점들이 붙어 있었다. 화상 상처에서 아직 피가 나거나 감염되기 시작했을 거라고 예상했지만 그 대신 가장 심한 상처에서 하얀 새

살이 쭈글쭈글 돋아나고 있었다.

그는 낫고 있었다.

믿을 수 없었다. 하얀 새 피부를 바라보았다. 그의 피부에서 색소조차 사라진 것이 분명해 보였다. 새로 돋아나는 살은 원래 피부와 같은 색일 것 같지 않았다. 그는 괴로웠지만 죽는 것에 비하면 훨씬 낫다는 생각이 들었다.

켈리가 양동이에 눈을 담아 와 난로에 녹였다. 그리고 따뜻해진 물을 욕조에 부었다.

런던의 공기가 그렇게 오염되지 않았더라면 눈은 식수 문제를 해결해 주었을 것이다. 하지만 사람들 대부분은 병에 걸릴까 두려워 녹인 물을 마시지 않았다.

워런은 사치스럽게도 욕조에 누워 자신을 돌봐 주는 켈리를 의식했다. 조지가 옳았다. 그녀는 변했다.

몸을 씻자 불에 탄 살점들이 더 많이 떨어져 나가 하얀 피부가 더 많이 드러났다. 문드러졌던 왼손은 부기가 가라앉아 어느 정도 원래 크기로 돌아와 있었다. 하지만 창백한 흰색으로 변했고 여전히 아무런 감각이 없었다.

워런은 물이 식을 때까지 욕조에 그대로 있었다. 켈리가 데운 물을 더 가져다주었지만 바로 그때 워런은 답을 구해야만 한다는 사실을 알았다. 그의 마음속은 의문으로 가득 차 있었다. 그리고 그 답을 구할 곳은 한군데밖에 없었다.

그는 욕조에서 나와 옷을 입었다.

카발리스트들이 머물렀던 건물의 불은 사그라들었다. 다른 건물들 사이에서 척박한 바위처럼 서 있는 그 건물의 꼭대기 두 층은 폭발의 여파로 철근과 시멘트 덩이가 밖으로 삐죽삐죽 튀어나와 있었다.

워런은 검은 먼지를 뒤집어쓴 채 추운 겨울바람을 맞으며 서 있었다. 불에 타 새까매진 피부 껍질이 달라붙어 있는 화상 부위는 새하얀 피부에 솟은 섬처럼 보였다.

"여기야? 그 일이 벌어진 곳이?"

켈리가 물었다. 그녀는 그를 따라 나섰지만 그의 뒤에 바짝 붙어 그때까지 한마디도 하지 않고 있었다.

그는 그녀에게 그냥 집에 있으라고 말할까 했지만 혼자 있고 싶지 않았다. 하지만 지금 이렇게 거리에 서자 자신이 그녀를 악마와 인간과 포식자에게 노출시켰음을 알았다. 두 사람에겐 무기도 없었다.

오른쪽에서 눈 밟히는 소리가 뽀드득 들렸다. 뭐든 뺏으러 온 강도가 아니길 바라며 워런은 그쪽을 바라보았다.

망토를 걸친 남자와 여자 여섯 명이 다가왔다. 제일 앞에 선 남자는 키가 크고 말랐다. 문신을 한 이마에는 짧은 뿔 하나가 솟아 있었다.

워런이 남자를 바라보았다. 남자는 그 자리에서 걸음을 멈추었다.

"맬컴입니다."

그가 깊고 부드러운 목소리로 말했다.

"카발의 '보는 자(Seer)'죠."

"워런이에요."

"당신이 누구인지 압니다. 다시 오길 기다리고 있었습니다."

워런은 남자를 살펴보았지만 누구인지 알 수 없었다.

"그날 밤 여기 있었나요?"

남자가 고개를 저었다.

"아뇨. 그날 밤 여기서 살아남은 사람은 아무도 없습니다. 조너스와 이디스도 잃었죠. 둘 모두 우리에겐 아주 중요한 사람들이었습니다. 하지만 당신이 살아 있다는 사실을 알게 되었습니다."

"어떻게요?"

"여기 와 봤습니다. 무슨 일이 있었는지 알기 위해서요. 근처에 사는 사람 중 한 명이, 온몸에 화상을 입은 남자를 봤다고 하더군요. 그날 밤 여기 말고 불이 났던 곳은 없었죠."

맬컴이 건물을 올려다보았다.

"저에게는 가까운 과거에 일어났던 일을 볼 수 있는 능력이 있습니다. 당신이 살아남는 것을 보았죠. 하지만 어디로 갔는지는 몰랐습니다."

"날 기다린 건가요?"

워런은 혼란스러웠다.

"다시 올지는 몰랐을 텐데."

"돌아오길 바랐습니다. 저는, 우리는, 당신과 이야기를 하고 싶었습니다."

"무슨 이야기를?"

"당신에겐 특별한 능력이 있습니다, 워런. 이디스가 말해 줬지요. 조너스에게 했던 얘기 그대로 말입니다. 우린 그 말을 믿지 않았습니다. '눈'을 통해 나타난 그 악마를 보기 전까지는 말이죠."

"메리힘을 봤어요?"

"그렇습니다."

워런은 공포에 질렸다. 주위를 둘러보고 싶은 충동을 가까스로 억눌렀다.

"지금 여기에는 없습니다."

워런은 조금 마음이 놓였다. 맬컴이 다가오더니 아주 천천히 손을 뻗어 워런의 얼굴을 만지려 했다. 워런은 뒤로 물러났다.

"미안합니다. 불편하게 할 생각은 없었습니다."

"누가 절 만지는 걸 싫어해요."

사실이었다. 위탁 가정에서 자라면 그렇게 되기 마련이었다.

"심하게 다쳤군요."

맬컴이 워런의 얼굴을 살펴보았다.

"끔찍한 화상이라고 듣기는 했지만 과장이라고 생각했는데. 지금 보니 그자가 제대로 본 거군요."

"낫고 있어요."

"보입니다."

맬컴이 워런의 눈을 똑바로 바라보았다.

"당신에겐 대단한 힘이 있군요. 그 힘을 제대로 쓸 수 있도록 이디스와 조너스가 훈련시키려 했다는 걸 압니다. 당신이 그들을 찾아간 이유도 그것이었겠죠. 저도 당신에게 똑같은 제안을 하고 싶군요."

불에 타 뼈대만 남다시피 한 건물을 보며 워런은 의미심장하게 고개를 까닥거렸다.

"지난번에 그런 결심을 했을 때, 일이 잘 풀렸다고 할 순 없겠네요. 그 누구에게도요."

"우리는 메리힘을 통제할 수 있습니다."

"조너스와 이디스도 그렇게 생각했어요."

맬컴이 희미하게 미소를 지었다.

"당신이 앞으로 만날 사람들은 그 두 사람보다 훨씬 강합니다. 그리고 그곳에선 훨씬 안전하게 지낼 수 있을 겁니다."

"그럴 것 같지는 않군요."

워런은 그 누구에게도 휘둘리고 싶지 않았다.

"이미 충분히 겪었어요, 그러니까-"

"악마가 당신을 점찍었습니다."

맬컴이 워런의 말을 막았다.

"제가 봤습니다. 눈이 있는 사람이라면 누구라도 알 수 있었겠죠. 지금 당신은 그의 손바닥 안에 있는 거나 마찬가지입니다. 살아남지 못할 겁니다."

그의 목소리는 담담하면서도 신랄했다.

"놈이 더 이상 당신에게 흥미를 느끼지 못하거나 재미가 없어지면 당신을 죽일 겁니다. 그걸 원하는 건가요?"

워런은 화염이 휩쓸고 간 시꺼먼 건물을 올려다봤다가, 하얗게 죽어 버린 왼손을 내려다보았다. 문득 맬컴이 거짓말을 하고 있다는 확신이 들었다. 자신이 가지고 태어난 그 힘이 축복인지 저주인지는 알 수 없었다. 하지만 지금 그 힘을 쓰지 않아도 그는 한 가지만은 분명 알 수 있었다. 그 누구도 맬컴이 한 약속은 지킬 수 없었다.

"그래서 어떻게 할 건데, 워런?

워런은 생각했다. 그는 살고 싶었다. 그 점만은 분명했다. 죽음에 그렇게 가까웠던 후로, 그것도 인생에서 두 번이나 겪은 후로, 살고 싶다는 것은 분명히 알았다. 무엇보다도 그는 살아남을 자격이 있다고 믿었다. 진실로. 하지만 문제는 카발리스트들과 함께하는 것이 생존에 도움이 되느냐 아니냐는 것이었다.

결국엔 선택의 여지가 없었다. 그는 자신이 믿을 수 없는 무언가를 꼭 붙들고 있음을 알았다. …어머니처럼 말이다.

그 생각에 그는 충격을 받았다. 그리고 분노했다. 덫에 걸린 것만 같은 그 느낌이 싫었다. 그는 몇 년 동안을 그런 식으로 살았다.

"아뇨."

그가 조용히 대답했다.

"아뇨. 죽고 싶지 않아요."

내 삶을 되찾고 싶을 뿐이야. 무슨 일이 있더라도.

21장

손가락 사이로 템플러 열두 명이 문 앞에 서 있는 것이 보였다. 모두 검과 라이플로 무장하고 있었지만 몹시 지치고 초췌해 보였다.
"크로스 씨."
한 템플러가 말했다.
"무기를 버리십시오. 천천히."
사이먼이 지젤을 바라보았지만 그녀는 그와 시선을 마주치려 하지 않았다. 템플러의 일원이 아니라 민간인을 대하는 것처럼 '크로스 씨'라고 불린 것 때문에 심장이 따끔했다. 거부할까 잠시 고민했지만 그만두기로 했다.
이들이 널 싫어할 거란 건 알았잖아. 여기 오기로 결심했을 때부터 이미 알고 있었잖아. 그는 조심스럽게 발아래 무기를 내려놓은 후 뒤통수에 두 손을 얹었다. 레아도 그대로 따라 할 수밖에 없었다.
사이먼은 손목에 수갑이 채워질 때도 태연한 것처럼 굴었다. 두 사람은 등 뒤로 손이 결박되었다. 레아는 손뿐이었지만 사이먼은 발목까지 내줘야 했다.
"이 여자는 누구지?"
한 템플러가 물었다. 사이먼은 그가 누구인지 몰랐다. 그가 입고 있는 갑옷만으로는 신원이나 직책을 알아볼 수 없었다. 만약 사이먼도 갑옷을 입고 있었다면, HUD로 남자의 신원을 확인할 수 있었을 것이다.

"크로스를 발견했을 때 함께 있던 자입니다."

지젤이 대답했다.

"아버지를 찾으러 왔어요."

레아는 겁에 질린 것 같았다.

"누구도 해칠 생각 없어요."

"이 여자는 여기 데려오면 안 돼."

지젤이 얼굴을 찡그렸다.

"저 밖에서 그냥 죽도록 내버려둘 수는 없었습니다. 우리는 그런 일을 하는 사람들이 아닙니다."

잠깐 시간을 두더니 템플러가 대답했다.

"악마를 죽이는 사람들이지. 플레처 병장. 그것을 잊지 마라."

지젤이 대답하기도 전에 그는 휙 몸을 돌려 부하들에게 포로를 데려오라고 명령한 후 멀어져 갔다.

템플러 두 명이 재빨리 사이먼에게 다가왔다. 고향에 온 걸 환영해. 그는 씁쓸하게 생각했다. 그들의 행동에 정말로 놀란 것은 아니었다. 하지만 어쩌면 조금은 다를지도 모른다고 생각했던 그 자신을 믿을 수 없었다.

템플러 언더그라운드는 런던 시민들이 흔히 아는 지하 교통수단으로서의 공간이 아니었다. 훨씬 거대했다. 사이먼도 그렇게까지 클 줄은 몰랐다. 여러 구역으로 분리되었으면서도 한데 통하고 있었다.

템플러 언더그라운드에는 주거 구역, 의료 구역, 훈련 구역 외에도 초소, 템스강의 수력 터빈으로 작동되는 발전실, 의료 연구실, 무기 개발실, 갑옷을 주조하는 대장간, 각 가문마다 고인의 시신을 모셔 놓은 마우솔레움, 고립되었을 경우를 대비한 수경 재배 농장이 갖춰져 있었다.

템플러는 레아를 감방에 남겨 두고는 사이먼을 초소 중 한 곳으로 데려갔다. 하지만 적어도 그녀의 수갑을 풀어 주는 정도의 예의는 보여 주었다.

지젤이 사이먼의 곁을 계속 지켰기 때문에 사이먼은 마음이 조금 편안했다. 하지만 만약 그가 템플러에게 위협이 된다고 믿는 순간, 그녀는 사이먼의 목을 베어 버릴 거라는 점도 분명했다. 템플러들이 복도에서 지나쳐 갔지만 그 누구도 사이먼과 시선을 마주치지 않았다.

마음 깊은 곳에서 날카로운 두려움 한 줄기가 꿈틀거렸다. 그는 탈출 경로를 탐색했다. 하지만 만약 그가 도망을 시도할 경우 템플러가 가차 없이 그를 죽일 거라는 사실을 잘 알았기에 충동을 억제할 수 있었다.

조금 더 가자 다른 초소에 도착했다. 그들을 재빠르게 인계한 템플러는 뒤로 물러났고 거대한 팔라듐 문이 열렸다. 그들이 통과하자 문은 뒤에서 닫혔다.

문들은 공기와 물을 차단했다. 템플러 언더그라운드의 각 구역들은 서로 나뉘어 독립적으로 운용되고 있었다.

지하에서 생활하는 방식은 여전히 자신에게 맞지 않는다고 사이먼은 생각했다. 그는 매 순간 자신을 짓누르는 도시의 무게를 느꼈고, 밖으로 나가기를 갈망했다.

한 템플러가 장갑 낀 손을 복도 옆 엘리베이터 문에 가져다 댔다. 문이 열리고 그들은 안으로 들어갔다. 엘리베이터는 너무 빠른 속도로 내려가서 어지러울 정도였다. 사이먼은 몸을 좌우로 흔들고 침을 삼킨 후 꼿꼿하게 서 있으려 애썼다.

엘리베이터가 내려가는 동안 불빛이 깜박거렸다. 더 아래로 내려갈수록, 더욱 중요한 사람을 만날 거라는 뜻이었다. 사이먼은 그런 생각이 드는 것 역시 싫었다. 아버지는 가끔 그를 템플러 언더그라운드 깊숙이 데리고 내려갔는데, 그럴 때마다 사이먼은 전혀 즐겁지 않았다. 깊숙이 내려갈수록 탈출 가능성은 적어졌다.

엘리베이터가 갑자기 멈추었다. 일시적으로 중력이 상승하며 사이먼을 끌어당겼고 곧이어 사라졌다. 그들은 엘리베이터에서 내린 후 미로 같은 또 다른 터널로 향했고 마침내 목적지에 다다랐다.

팔라듐 문 앞에는 더 많은 보초들이 서 있었다. 그들이 옆으로 물러서자 문이 벽 안쪽으로 푹 들어가며 열렸다.

방 안에는 컴퓨터 장비가 가득했고 작업대에는 사람들이 앉아 있었다. 방 중앙에는 런던의 한 구획을 비추는 프로젝터가 설치되어 있었다. 지금 영상이 보여 주는 곳이 엘리펀트 앤 캐슬 역 주변이라는 사실을 사이먼은 알아차렸다.

몇몇 사람들이 악마들에게 쫓기며 골목을 달리고 있었다. 블러드 엔젤 한 마리가 건물 꼭대기에서 급강하해 도망치는 남자를 낚아챘다. 다시 높이 날아오른 놈은 승리의 고함을 지른 후 포획물을 떨어뜨렸다. 팔다리를 애처롭게 버둥거리며 떨어지던 남자의 작은 몸은 땅에 부딪치더니 그대로 움직이지 않았다.

맞서 싸우려는 사람들도 있었지만 그들의 무기로는 악마에게 상처 하나 낼 수 없었다. 학살이었다. 영사기에서 나오는 희미한 빛이 주변 사람들의 굳은 얼굴에 비쳤다. 사이먼은 모여 있는 여섯 템플러 중 몇 명은 알아볼 수 있었다. 모두 젊었다. 가장 나이 많은 자는 테렌스 부스로, 지금은 로크 가문의 원수였다.

지금은 사이먼보다 8센티미터 정도 작아 보였지만, 사이먼이 그의 코를 부러뜨렸을 땐 그가 더 컸다. 검은 머리에 염소수염을 기르고 있었는데, 마지막으로 보았을 때 콧수염 같은 것은 없었다. 아마도 수염 때문에 자신이 더 성숙해 보인다고 생각할지도 몰랐다. 부스가 사이먼에게 비웃는 듯한 눈길을 던졌다.

"이젠 악마를 믿나, 사이먼?"

사이먼이 앞으로 나서려 했지만 지젤이 그의 앞을 막아섰다. 로크 가문의 원수를 지키는 호위병 두 명이 앞으로 나왔다. 위협이 된다 생각한다면 언제든 사이먼을 때려눕힐 것이 분명했다.

"사이먼은 이곳으로 돌아온 겁니다."

지젤이 차분한 목소리로 말했다.

"더 빨리 돌아오지 않은 것이 안타깝군."

부스가 말했다.

"세인트 폴 대성당에서 사람들과 함께했어야 했는데 말이지."

사이먼이 숨을 깊게 들이쉬며 분노를 억누르려고 애썼다. 생각했던 것보다 어렵지 않았다. 하지만 그것은 사실 그가 자기 또래 템플러 사이에 둘러싸여 스스로를 부끄럽다고 여겼기 때문이다. 사이먼이 아버지의 명예를 실추시켰다는 사실을 거기 있는 모두가 알고 있었다. 사이먼은 아버지와 템플러들을 죽인 악마에게 복수하는 일만 생각하기로 했다.

"싸울 수 있는 사람이 갑자기 많이 생긴 것이 아니라면, 그의 합류를 허락해도 되지 않겠습니까?"

지젤이 물었다. 부스가 검은 눈동자로 지젤을 바라보았다.

"자넨 저자의 싸움에 함께하려는 건가?"

"제가 지금 그의 싸움에 동참하려 하는 것으로 보입니까? 아니면 이쪽의 실수를 바로잡으려 하는 걸로 보입니까?"

그녀의 단도직입적인 솔직함에 부스는 화가 치밀었다. 그는 손짓을 해 프로젝터가 도시의 다른 구역의 영상을 내보내게 했다. 오래전 템플러는 그들의 흔적을 숨기기 위해 도시 전체에 보안 시스템을 설치했었다. 9.11 테러로 사람들은 편집증에 빠져 있었기 때문에 비교적 수월했다. 뿐만 아니라 초창기 때부터 템플러는 독립적인 동력을 준비해 놓고 있었다.

"자네 아버지는 죽었다."

부스가 시내를 바라보며 말했다. 많은 건물들이 무너졌고 좁은 거리마다 잔해가 나뒹굴었다. 몇몇 건물에서는 여전히 불길이 타올랐고 가스관이 파열되면서 뿜어져 나온 가연성 가스가 건물 안에 가득한 것으로 보였다. 런던은 이미 예전에 모두 불타 버렸다. 사이먼은 그의 눈앞에 펼쳐진 학살 현장을 보며 깨달았다.

"압니다."

사이먼이 북받친 목소리로 말했다.

"어쨌든 자네는 돌아왔군."

사이먼은 대답하지 않았다. 그가 그 자리에 있는 것 자체가 의도를 충분히 증명할 것이다.

"바보 같은 짓이었어."

부스가 단언했다.

"그럼 제가 어떻게 했어야 합니까?"

"남아프리카공화국에 남아 있었어야지. 여기로 오기 전 어디에 있었든 간에 거기 남아 있었어야 해."

"거기 머무는 건 아무 의미도 없습니다. 아시지 않습니까? 악마들은 바로 여기에 기반을 마련했습니다. 그냥 이대로 어디론가 떠나 버리지는 않을 겁니다. 다른 헬게이트도 곧 열리겠지요. 이미 열린 것이 아니라면 말입니다."

부스가 사이먼을 똑바로 바라보며 다가왔다. 자신의 키가 남들에게 언제나 밉살스러워 보인다는 것을 사이먼은 잘 알았다.

"자넨 우리를 이미 한 번 떠났다. 이번엔 머물겠다고 하지만, 어째서 자넬 믿어야 하지?"

"전 아버지의 복수를 하고 싶습니다."

부스가 활짝 웃었지만 그 미소는 차라리 잔인했다.

"복수가 다는 아닌 것 같은데."

맞아, 나를 위해서야. 사이먼은 생각했다.

"자네도 이미 배웠을 텐데. 복수는 재앙을 초래하는 좁은 길이다."

"그저 단순히 보복하려는 것이 아닙니다. 아버지가 가르친 바로 그 일을 하러 온 겁니다. 템플러에서 훈련받은 대로 말입니다. 그러면 아버지를 위한 복수도 함께 이루지 않겠습니까."

부스가 미소를 지었다.

"거짓말."

사이먼은 아무런 감정도 내보이지 않으려고 노력했지만 실패했음을 확신했다.

"거짓말을 잘하지는 않는군."

"잘하려고 연습하려는 분야가 아니라서 말입니다."

"안타깝군."

부스가 돌아섰다.

"저는 싸우려고 왔습니다, 부스 경."

사이먼은 어떻게든 부스를 설득해야만 했다.

"여기서 로크 가문의 일원으로 싸우든 살아남은 다른 템플러와 함께 싸우든, 아니면 거리로 나가 혼자 제 뜻대로 싸우든, 저는 악마와 싸울 겁니다. 절 막을 수는 없을 겁니다."

부스가 다시 사이먼을 바라보았다.

"그렇지. 자넬 막을 수는 없지. 그리고 도울 이유도 없지."

"원수님."

한 템플러가 말했다. 사이먼은 그가 누구인지 알아보았다. 함께 수업을 들었던 데릭 치플화이트였다.

"제가 그를 보증하겠습니다."

훈련장에서 수없이 보낸 시간 덕분에 그는 우람하고 건장했다. 석탄처럼 검은 피부는 어둠 속에서 약간 푸르스름하게 보였다.

"기사로서 맹세합니다."

주변의 공기가 멈추는 듯했다. 조용한 숨소리만 들렸다. 사이먼은 기다렸다. 기사의 명예는 귀중한 것이었다. 맹세를 받아들이지 않는 것은 데릭의 뺨을 때리는 것과 마찬가지였다.

"그렇다면 살 알겠다."

부스가 못마땅하게 말했다.

"하지만 자네가 보여 준 명예에 그가 부응할 수 있도록 해야 할 것이다."

데릭이 고개를 끄덕였다.

"알겠습니다."

"자네가 그러지 못한다면, 그리고 만약 저놈이 그러지 못한다면, 저놈을 거리로 내쫓아 버릴 것이다."

사이먼은 입을 열고 싶은 것을 꾹 참았다. 부스는 명예를 한계까지 아슬아슬하게 밀어붙이고 있었다.

"이 방에서 내보내."

부스가 사이먼을 무시하고 걸어가며 말했다.

오히려 잘됐어. 사이먼이 생각했다. 날 쳐다봤다면 난 참지 못했을 테니까.

데릭이 병사들에게 손짓했다.

"수갑을 풀어 주도록."

병사들이 명령에 따랐다.

"고마워."

사이먼이 데릭에게 말했다. 그가 사이먼에게 미소를 지어 보였다.

"그저 내가 널 믿는 만큼만 하면 돼. 그게 내가 바라는 전부야."

"함께 온 여자가 있어. 이름은 레아야."

"알아볼게. 그런데 일단 너부터. 여기까지 오느라 분명 배가 고플 테니까."

22장

 "부스를 탓하면 안 돼. 다른 사람들을 대할 때 누구보다 성스럽다는 듯한 태도를 보이는 건 그렇게 자랐기 때문이야. 그의 아버지는 옛날 방식을 완전히 고집하셨거든."

 데릭이 말했다. 사이먼은 고개를 끄덕이며 참았던 한숨을 내쉬었다.

 "알아."

 "의회 때문이기도 해. 그런 걸 기대하거든."

 데릭이 어깨를 으쓱했다.

 "그렇게 행동하는 사람이 부스뿐인 것도 아니고."

 그들은 식당 구석 탁자에 앉았다. 사이먼은 몇 달 만에 제대로 조리한 음식을 먹는데도 깨작거렸다. 축산 구역에서 제공받은 스테이크 고기에 수경재배 농업 지역에서 제공받은 감자와 그린빈을 곁들인 요리였다. 음식은 예상보다 맛이 좋았다.

 "부스를 탓하지는 않아."

 사이먼이 차를 홀짝이며 말했다.

 "그저 나는 단 한 번도 그를 좋아한 적이 없었을 뿐이야. 그도 나를 좋아한 적 없고. 그가 의회에 속하지 않았던 옛날엔 그래도 상관없었던 문제인 거지."

 "지금은 아니야."

 사이먼이 어깨를 으쓱했다.

 "대처할 수 있어. 여기 그렇게 오래 머물지도 않을 거야."

그가 포크를 휘저었다.

"바깥세상에 있고 싶어."

"밖은 별로 있을 만한 곳이 못 돼."

데릭이 차를 한 모금 마셨다.

"나가면 죽을 거야."

"아마도 그렇겠지."

"날 믿어. 죽는다고."

고개를 젓는 데릭의 얼굴이 어두워졌다.

"템플러의 수가 급격하게 줄었어. 그게 바로 써머라일 경의 계획이겠거니 했지만, 전사가 부족해. 전투에서 잃은 그 모든 사람들이-"

그가 말을 멈추었다.

"모두가 소중해, 사이먼. 훈련받은 전사를 계속 잃을 수는 없어."

사이먼은 기계적으로 음식을 씹고 억지로 삼켰다. 어느 정도 배가 차자 물을 홀짝이고는 마침내 입을 열었다.

"나는 여기 있을 수 없어. 부스가 이 구역 책임자가 아니었어도, 우리는 여전히 잘 지내지 못했을 거야."

데릭이 살짝 미소를 보였다.

"알아. 몇 년 전에 네가 코를 부러뜨렸잖아. 그는 무척 당황했고. 널 싫어하는 것도 당연하지."

식사를 끝낸 후 데릭은 앞장서서 미로처럼 얽힌 언더그라운드 단지를 걸어갔다. 템플러 언더그라운드는 여러 층으로 이루어졌고 각 층은 비상시 폐쇄될 수 있었다. 터널 대부분이 어둑했고 낮에도 약간의 빛만 들어올 뿐이었다.

사이먼은 엘리펀트 앤 캐슬 역 주변 구역은 익숙했지만 모든 층과 개인 구역을 알지는 못했다. 템플러 언더그라운드의 각 구역은 서로 다른 가문들에 의해 유지되었다. 로크 가문 구역은 베이커 스트리트 역 근처에 있었다. 정상적인 상황이었다면 지하철을 타고 15분만 가면 되는 거리였다. 대신 그들은 걸었다.

검과 스파이크 볼터로 무장한 사이먼은 데릭을 따라 어두운 터널을 통과했다. 그렇지만 이번엔 소형 야간 투시경을 쓰고 있어서 다양한 녹색 음영을 띠는 터널 안을 볼 수 있었다.

레아가 비슷한 장비를 차고 뒤를 따랐다. 선로에 시체들이 뒹굴고 있었다. 사이먼은 마음이 아팠다. 죽음의 냄새가 짙게 풍겼다.

"이 시체들은 왜 여기 이대로 둔 거지?"

갑옷을 입은 데릭이 주변을 둘러보았다.

"할 수 있는 일이 없어."

"어째서?"

데릭의 투구는 어떠한 표정도 보여 주지 않았지만 몸짓에서 짜증이 드러났다.

"생각해 봐. 우리가 시체를 치우기 시작한다면, 무슨 일이 벌어지겠어?"

그 질문만으로도 사이먼은 이유를 짐작할 수 있었다. 스스로 대답을 발견하지 못했다는 생각이 들자 부끄러웠다.

"누군가 여기 있다는 걸 악마가 알게 되겠군."

"그렇지."

"그래서 그냥 이대로 내버려뒀다는 거예요?"

레아가 믿을 수 없다는 듯 물었다.

"우리는-"

데릭이 대답하려 했다.

"이건… 이런 건 비인간적이에요."

"이것이 바로 생존이라는 겁니다. 우리는 전쟁 중입니다. 크리시 씨."

데릭이 한 여자의 시체를 넘으며 말했다. 여자의 두 팔에는 보호하려고 했던 듯 작은 아이가 안겨 있었다.

"힘든 일입니다. 여기를 지날 때마다, 우리를 인간이게 해 주는 따뜻한 요소가 하나씩 사라지는 것처럼 느낍니다."

그의 무거운 한숨 소리가 투구의 오디오 장치를 통해 흘러나왔다.

"우리는 그 점이 염려스럽습니다."

"악마들이 지하철로도 들어오는 거야?"

사이먼이 물었다.

"응. 악마들 몇 놈은 언더그라운드를 작전 기지로 삼기 시작했어. 숨어 지내는 인간도 갈수록 늘고."

"지하철이 숨기에 좋은 장소기는 하지."

사이먼이 혼잣말을 했다.

"좁고 폐쇄적이니까. 한 번에 조금씩밖에 들어오지 못하지."

"우린 그 점도 고려하고 있어. 또 염려되기도 해. 우리가 여기 주거 지역을 이루고 살고 있다는 사실을 놈들이 알까 봐."

데릭은 잠시 말없이 어둠 속을 나아갔다.

"놈들은 곧 알게 될 거야. 세인트 폴 대성당에서 죽은 그 모두는 우리에게 시간을 벌어 준 거야. 그 시간이 얼마나 될지 우린 몰라.

하지만 만에 하나 지금 이 순간만이라도, 우리 같은 건 위협이 안 된다고 놈들이 생각해 주기만 한다면, 우리는 놈들에 대해 연구해서 지금보다 훨씬 위협적인 존재가 될 수 있을 거야. 그게 우리 모두가 바라는 거야."

베이커 스트리트 역에 도착하자 데릭은 자신만이 볼 수 있는 벽의 한 위치에 손바닥을 대어 숨겨진 문을 드러냈다. 셜록 홈즈 타일이 있어 눈에 띄는 지점이었다. 사이먼은 데릭의 투구에 장착된 영상 보안 기기가 펄스 통신기를 찾을 수 있도록 해 준다는 것을 알았다.

데릭이 통신기에 손을 가져다 댔다. 몇 초 후 중후한 목소리가 말했다.

"물러서라, 기사 치플화이트."

데릭이 뒤로 물러섰다. 사이먼과 레아도 그를 따라 했다.

사이먼은 조금 가슴이 뛰었다. 그는 바로 이곳, 템플러 담장으로 숨겨진 베이커 스트리트 지하철 구역에서 자랐던 것이다. 그 사실이 그에게 아직도 희망을 주었지만 한편으로는 아버지를 잃었다는 고통이 더욱 날카롭게 그를 찔렀다.

문이 덜컹 열렸다. 템플러 기사들이 나와 그들을 벽 너머 숨겨진 방 안으로 데리고 갔다. 등 뒤에서 문이 닫혔다. 데릭 앞에 덩치 큰 한 기사가 나타나 버티고 섰다.

"용긴을 말히리."

"기사 사이먼 크로스가 왔음을 보고합니다."

초소에 있던 한 템플러가 사이먼에게로 고개를 돌렸다. 제일 앞에 서 있던 전사가 투구를 열었다.

"사이먼?"

"브라이언."

사이먼이 자신보다 어린 그 남자의 얼굴을 알아보고 말했다. 사이먼이 집을 떠났던 2년 전에 브라이언 헤지스는 아직 정식 기사가 아니었다. 지금 그를 보면서 사이먼은 이 어린 남자가 아직 면도할 나이도 되지 않았음을 알았다. 그의 뺨은 여전히 매끄러웠다.

하지만 브라이언은 이제 순수하지 않았다. 그의 푸른 눈동자에 담긴 상처를 보면 알 수 있었다. 지난 며칠간 악마는 그들의 임무를 제대로 해낸 것이었다.

브라이언이 잠시 망설이다가 건틀릿을 낀 손을 내밀었다.

"다시 보니 좋네, 사이먼."

"나도 그래. 브라이언."

사이먼이 그의 손을 잡고 흔들었다. 브라이언이 살짝 얼굴을 찡그리며 물었다.

"아버지 얘긴 들은 거야?"

사이먼이 고개를 끄덕였다.

"응. 내가 여기 온 이유이기도 하고."

"겨우 그런 걸로. 이제 와서."

한 템플러가 작게 중얼거렸다. 사이먼은 그 소리를 무시하면서 젊은 템플러의 손을 놓았다.

"내 갑옷을 가지러 왔어."

브라이언이 고개를 끄덕였다.

"아버님 유품과 함께 뒀어."

"어디…."

사이먼은 목이 메어 와 힘겹게 목소리를 쥐어짰다.

"아버지는 어디 계셔?"

깊은 숨을 내쉰 후 브라이언이 고개를 저었다.

"나도 몰라. 세인트 폴 대성당 전투는 너무 힘들고 혼란스러웠어. 그 일에 대해서는 들었지?"

"응."

브라이언이 데릭을 바라보았다.

"그래, 그랬겠지. 그땐… 전투가 끝난 후에도 혼란은 계속됐어. 시신을 수습할 수도 없었지. 거기에… 그저… 놈들이 너무 많았거든."

눈물이 그의 뺨을 타고 흘러내렸다.

"우리 아버지도 거기서 돌아가셨어. 아직 수습하지도 못했고."

"아버님 갑옷은 추적해 봤어?"

"응. 아버지 갑옷은 아직 세인트 폴 대성당에 있어."

"우리 아버지는?"

"거기 안 계셔."

브라이언이 안타깝다는 듯 사이먼을 바라보았다.

"듣기로는 군대와 경찰이 시신 몇 구를 가져갔대. 어디 검시소 같은 데로."

"왜?"

"우리도 몰라. 아마도 연구하려는 거겠지."

사이먼은 아무 말도 할 수 없었다.

"침공이 시작됐을 때 우린 놈들의 정체를 즉각 알아보았고 행동을 개시했어. 당황한 경찰과 군대 쪽에서는 우리와 대화를 시도하려고 했지만 써머라일 경이 막았어."

"왜?"

"경찰과 군대는 우리처럼 악마와 맞서는 훈련을 받지 않았으니까. 그저 대포만 쏴 댈 테니까. 게다가 우리가 노력해서 이루고자 하는 일에 방해가 될 수도 있었으니까."

브라이언이 얼굴을 찌푸렸다.

"우리 아버지들은 악마가 더 이상 우리를 위협으로 여기지 않게 하려고 희생하신 거야. 우리가 더 강했다면 악마를 물리쳤을 거야."

"그렇게 할 거야."

브라이언이 반항적으로 턱을 치켜들었다.

"우리 중 단 한 명이라도 살아 있는 한, 악마의 약점을 발견해서 대항할 거야."

그가 사이먼을 찬찬히 바라보았다.

"너는 어때? 어떻게 할 거야?"

잠시 생각하던 사이먼은 잘 모르겠다고 대답하려 했다. 그 순간 데릭이 입을 열었다.

"우리 부대에서 함께할 거야. 내가 보증인이거든."

브라이언이 고개를 끄덕이며 희미하게 미소를 지었다.

"그게 최선일지도."

그가 다시 사이먼을 바라보며 말했다.

"여기 있는 동안 데릭이 돌봐 주겠지?"

"응."

사이먼이 마음속에서 일렁이는 괴로움과 상처, 분노를 감추려 애쓰며 말했다. 그를 모욕하려고 한 말이 아님을 사이먼도 잘 알

앉다. 우호적인 경고임이 분명했다. 그럼에도 그는 마치 뺨을 한 대 맞은 것 같았다.

너는 여기에서 환영받지 못해. 그가 스스로에게 가혹하게 말했다. 알고 있었잖아. 애쓰지 마. 이길 수 없어.

"필요한 만큼 머물러. 하지만 기억해. 빨리 결정할수록 좋을 거야."

브라이언이 말했다. 데릭이 고개를 끄덕였다.

잠시 후, 그들은 초소를 통과했다.

데릭이 어디로 가야 하는지 물었다. 그는 로크 가문 구역을 잘 몰랐다. 사이먼이 간단한 길을 차분하게 알려 주었다. 자신이 자란 구역의 터널을 걸으며, 내면을 가득 채워 오는 고통과 혼란을 감추고 싶었다.

한때 이곳은 그의 집이었지만, 다시는 그러지 못할 터였다. 그는 자신이 어딘가 소속되었다는 기분과 집이 있다는 사실을 그리워함을 잘 알았다. 남아프리카공화국에서는 그런 상실감이 현실적이지 않았기에 모른 척할 수 있었을 뿐이다.

복도를 걸으니 전사의 수가 얼마나 줄었는지 확연히 드러났다. 얼마나 많은 사람들이 세인트 폴 대성당에서 죽었는지 알 방법은 없었다. 오로지 써머라일 경과 그 주변 인물들만이 정확한 사상자 수를 알고 있었다.

그리고 그들은 말해 주지 않았다.

그 섬에 대해 생각하던 사이먼은 얼마나 많은 템플러가 언더그라운드에 사는지 들어 본 적이 한 번도 없다는 사실을 알았다. 그의 삶 전체가 비밀로 가득했다. 모든 것을 다 안다고 생각했었는데.

유일한 진실은, 그들이 덫에 걸린 채 살아왔다는 것이었다.
그리고 괴물은 현실이었다.
"여기 살았던 거예요?"
걸어가면서 레아가 물었다.
"네."
사이먼은 더 자세히 말하지 않았다. 언더그라운드에서의 삶은 입 밖에 내지 않도록 어릴 때부터 훈련을 받았던 것이다.
"힘들었겠군요."
"항상 여기 머물렀던 건 아닙니다."
사이먼이 변명하듯 말했다.
"그럼 어디 또 살았어요?"
"런던 시내에도 종종 갔었고 프랑스로 가족 여행을 간 적도 있습니다."
"하지만 그 외에는 평생 여기 살았던 거죠?"
사이먼이 고개를 끄덕였다. 다른 누군가에게 언더그라운드에서의 삶에 대해 말한 적은 단 한 번도 없었다. 손드라에게도 말하지 않았다. 그런데 지금 레아와 그런 이야기를 한다는 사실이 불편했다. 하지만 그의 불편함은 지금 그녀의 기분에 비하면 아무것도 아닐 것이다.
"그렇게 나쁘지는 않았습니다."
"부모님도 여기에서 함께 살았어요?"
"아버지만요. 어머니는 나를 낳다 돌아가셨어요."
그것은 그가 느꼈던 그 모든 죄책감의 시작이었다. 아버지로부터 너무 큰 것을 앗아 갔으면서, 단 한 번도 기대에 부응하지 못했다.

"안타까워요."

"그렇죠."

무기고에는 경비들이 서 있었다. 창고 구역은 거주 구역에서 멀리 떨어져 있었다. 무기고에는 모든 군수 물자를 비축해 놓았고, 그 누구도 위험을 무릅쓰려 하지 않았기에 경비를 철저히 섰다.

"사이먼 크로스."

한 템플러가 말했다. 사이먼은 그 딱딱한 목소리를 알아볼 수 없었다.

곧장 투구가 열리더니 마일스 그레이던의 우락부락한 얼굴이 드러났다. 마지막으로 그를 보았을 때와는 달리 그의 머리카락은 서리처럼 하얗게 새어 있었다. 검은 바탕에 어두운 붉은색으로 칠한 그의 갑옷은 몸을 숨기는 스텔스 기능이 제대로 작동되지 않을 경우를 대비해 도시의 어둠에 숨어들기 적당한 무늬가 새겨져 있었다.

그레이던은 험악해 보이는 턱수염과 콧수염을 기르고 있었다. 그를 잠시 바라보던 그의 검정색 눈동자가 예전과 같은 온화함을 띠었다. 눈 주위로 주름이 잡혔다.

늙은 템플러가 사이먼에게로 걸어와 그를 껴안았다.

"이렇게 보니 반갑구나, 녀석."

사이먼도 노인을 힘주어 안았다. 갑옷 때문에 비록 느낄 수 없었을 테지만.

"저도 반가워요."

그레이던이 사이먼을 놔주고 뒤로 물러섰다.

"갑옷을 가지러 왔구나?"

"네."

"잘했다. 네가 올 거라는 걸 네 아버지는 알고 있었지. 너에게 편지를 남겼다. 물품 보관소 금고에 있을 게다."

사이먼은 놀라서 무슨 말을 해야 할지 알 수 없었다.

"대성당으로 출정하던 날 밤 네 아버지는 두 가지 사실을 알고 있었다."

그레이던이 건틀릿을 낀 손가락을 펼쳤다.

"자신이 돌아오지 못할 거라는 것, 그리고 자신이 가르친 대로 네가 갑옷을 가지러 올 거라는 것."

사이먼은 목구멍을 꽉 죄는 감정을 가까스로 삼켰다.

"그렇다면 아버지는 저보다 많은 걸 알고 계셨군요."

그레이던이 사이먼에게 슬픈 미소를 어렴풋이 지어 보였다.

"언제나 그랬지. 그 사실을 절대 잊지 말거라. 네 아버지는 언제나 널 믿었다. 스스로도 그 점을 잘 알았고."

늙은 템플러가 고갯짓으로 문을 가리켰다.

"문을 열고 이 젊은이를 들여보내도록."

"나는 밖에서 기다릴게."

데릭이 말했다. 레아가 사이먼을 따라 무기고로 들어가려 하자 그레이던이 그녀를 막아섰다.

"미안하군, 아가씨. 여기는 로크 가의 전사들만 들어갈 수 있다네."

"알겠어요."

사이먼이 무기고로 들어가자 불이 자동으로 켜졌다. 빛이 파도처럼 퍼져 나가며 동굴 같은 공간을 채웠다.

23장

물품 보관소는 무기고 한쪽 옆에 있었다. 무기고 안에 다른 사람은 아무도 없었다. 당연했다. 언더그라운드에서는 모두가 경비를 서거나 훈련을 받는 동안 무기나 갑옷을 착용했고 그 외에는 각자 숙소에 보관했기 때문이다.

사이먼은 아버지가 처음 이곳으로 그를 데려왔을 때를 기억했다. 무서운 한편 흥분한 사이먼은 어린아이다운 호기심으로 주위를 두리번거렸다. 다른 템플러와 마찬가지로 아버지 역시 늘 갑옷을 입고 다녔고, 사이먼도 언제나 아버지의 갑옷을 보며 지냈다. 그렇다 하더라도 물품 보관소는 충분히 숭배할 만한 장소였다. 그곳에 쓰러진 전사들의 영혼이 깃들어서 방 안으로 들어오는 사람에게 축복을 내린다고 믿는 사람들도 있었다.

보관소는 거의 텅 비어 있다고 해도 될 정도였다. 시스템이 망가져 녹인 후 새로 주조하거나 부품으로 사용해야 하는 것들밖에 없었다.

명예로운 전투에서 쓰러진 템플러의 갑옷을 녹여 새로 주조한 갑옷은 특별히 강하다고 여겨졌다. 사이먼은 그런 이야기를 다 믿지는 않았다. 제련할 때의 온도라면 그 어떤 유기물도 남아나지 못할 것이다.

피는 단순한 유기물 그 이상이란다, 사이먼.

어느 날 사이먼이 자기 생각을 얘기했을 때 아버지는 이렇게 말했다.

피는 존재에 내재했던 마력이기도 하단다. 각자 충만하게 살았던 개인, 그가 자신의 갑옷에 깊이 새기길 단 한 순간도 주저하지 않았던 것이지. 신비로운 힘이 서린 그 영혼은 저렇게 새로이 만들어진 것에도 그대로 담겨 있단다.

정교한 기술로 갑옷을 만들던 대장장이들조차 그 사실을 진실로 믿었다.

사이먼은 깊이 숨을 들이쉰 후 바닥에 울리는 발걸음 소리를 들으며, 크로스 금고가 있는 곳을 향해 4분의 3쯤 걸어갔다. 어렸을 때 그곳은 무척이나 커 보였다. 하지만 지금은 그만큼이나 커 보였던 신비로움도 느껴지지 않았다.

누구보다 강하고 누구에게도 당하지 않을 거라는 느낌과 함께 모두 사라져 버렸다.

3미터 높이에 30센티미터 두께인 금고는 벽 안쪽으로 설치되어 있었다. 아무 특징 없는 진회색 탄소강 문에 사이먼의 모습이 비쳤다. 다른 금고 문과 아무런 차이가 없었지만, 사이먼은 그것이 자기 가족의 금고임을 알 수 있었다.

어렸을 때 그 문은 더 이상 클 수 없을 정도로 커 보였다. 이제 그는 이렇게 작은 문이 그렇게 안전하게 내용물을 지킬 수 있다는 것이 믿기지 않았다.

사이먼은 문으로 몸을 기울이고 표면에 두 손바닥을 가져다 댔다. 금속 물질인 문이 액체처럼 살짝 출렁이는 것이 순간적으로 느껴졌다. 대장장이들은 그것을 세포 기억이라고 불렀다. DNA를 통해 가족 구성원을 인식하도록 프로그램한 문이었다.

- 어서 오세요, 사이먼 크로스.

여성 목소리가 말했다. 어머니의 목소리로 금고 암호화 설정을 하려 했다고, 언젠가 아버지가 말했었다. 그렇게 해서라도 토머스 크로스는 아내의 목소리를 결코 잊지 않으려 했던 것이었다.

하지만 사이먼은 아버지가 무언가를 잊을 수 있는 사람이라고 생각할 수 없었다. 토머스 크로스는 사진 같은 기억력을 갖고 있었다. 결국 아버지는 어머니의 목소리가 아닌 보안 프로그램이 제공하는 일반적인 음성을 택했다.

- 무엇을 도와드릴까요?

"접근."

사이먼은 깊이 숨을 들이마시며 아버지가 자신을 믿었다는 마지막 증거를 기다렸다. 토머스 크로스가 그를 차단하지 않았다면, 아들이 돌아올 것이라는 희망을 마지막까지 품고 있었다는 의미였다.

- 접근 허가.

커다란 문이 거의 무중력 상태에서 움직이듯 아무런 마찰 없이, 물 위를 미끄러지듯 스르르 열렸다. 금고 안에 불이 들어와 갑옷 거치대에 걸쳐진 짙은 푸른색과 은색 갑옷을 비추었다.

사이먼은 잠시 자리에 서서 갑옷을 물끄러미 바라보았다. 그의 인생 매 순간에 걸쳐 아버지는 갑옷이 무엇을 의미하는지 가르쳤다. 그리고 언젠가 그가 어떤 행동에 나서도록 요구받을지에 대해서도.

어렸을 때 사이먼은 그 갑옷을 사랑했다. 갑옷을 입으면 사이먼은 더 빨리 달리고 더 높이 뛰어오를 수 있었으며 지독한 충격을 받아도 살아남을 수 있었다. 그리고 믿을 수 없을 정도로 힘이 세졌다. 투구 내부에 장착된 HUD는 360도 시야를 확보할 뿐 아니라 적외선과 열화상 측정 기능도 있었다. 갑옷은 그 자체만으로도 믿을 수 없을 만큼 파괴적인 무기였다.

- 문제가 발생했나요?

여성의 목소리가 사이먼의 주의를 돌렸다. 그는 목구멍이 죄는 것을 외면하며 말했다.

"아니, 아무 문제없어."

그는 금고 안으로 들어가 갑옷에 다가갔다. 아버지의 편지는 갑옷 옆 선반에 놓여 있었다. 사이먼은 떨리는 손으로 편지를 열었다. 거기 쓰여 있는 것이 아버지의 마지막 목소리임을 알았다. 그는 어떤 말을 들을지 두려웠다.

그렇지만 예상과 달리 아버지의 부드럽고 이해심 깊은 목소리가 그의 마음과 심장을 가득 채웠다. 너무 과하다 싶을 정도였다. 사이먼은 잠시 감정이 북받쳐 올랐다. 하지만 집중해서 감정을 꽁꽁 얽맨 후 밖으로 밀어냈다.

지금은 생각하지 마. 할 일이 있잖아. 나중에 생각할 시간이 있을 거야. 생각 말고는 달리 아무것도 할 수 없는 시간이.

전투에 임할 때면 언제나 그런 식으로 생각하도록 아버지는 그를 가르쳤다. 어렸을 때 사이먼의 상상 속에서 그는 언제나 아버지 곁에 있었고, 아버지와 함께 악마와 싸웠다.

단지 악마가 진짜로 오지 않았을 뿐이었다. 사이먼이 10대가 되었을 때 그 꿈은 멀리 사라져 갔다. 그리고 언더그라운드에서 나가 더 많은 일을 해야 한다는 마음이 점점 자라나 사이먼의 마음을 꽉 채웠다. 아버지는 그런 그를 붙잡았다.

- 사이먼 크로스.

컴퓨터 음성이 말했다.

- 요청 사항이 있습니까?

"아니, 괜찮아."

사이먼이 손가락을 흉갑 안쪽에 설치된 함에 가져다 댔다. 함이 열리자 그는 조심스럽게 편지를 집어넣었다.

그는 겉옷을 벗은 후 허벅지 보호대에 다리를 넣어 갑옷을 입고 무게를 감당하도록 제작된 강화 벤치에 앉았다. 갑옷은 무거웠다. 갑옷 개발자들은 괴물과 싸울 땐 갑옷이 무거운 쪽이 좋다는 사실을 알았다. 표적을 향해 텅 빈 깡통을 던지는 것보다 꽉 찬 깡통을 던지는 편이 낫기 마련이었다.

갑옷을 완전히 걸친 상태에서 그의 무게는 거의 180킬로그램에 달했다. 두껍게 주조한 합금의 무게뿐만이 아니라 독립적으로 사용 가능한 각종 기기, 폐기물 처리기, 의료 시스템까지 장착되었기 때문이다. 그럼에도 미세융합 장치와 나노다인 서보(NanoDyne servosystems) 덕분에 그 자신은 거의 무게를 느끼지 못했다. 더 나아가 파워와 스피드까지 향상된 상태에서 곡예 하듯이 움직일 수 있었다.

퀴스가 완전히 장착되자 그는 커다란 부츠로 발을 밀어 넣었다. 부츠에는 심장박동으로 충전되는 전자기 밑창이 장착되어 미끄러지거나 담장을 뛰어넘거나 착지할 때 마찰과 저항을 최소화해 주었다. 스파이크가 튀어나가 원한다면 무기로 사용할 수도 있었고, 닻을 내린 듯 그를 바닥에 단단히 고정해 주기도 했다.

그가 흉갑과 스파울더를 걸치고 명령을 내리자 두 부위가 서로 연결되었다. 건틀릿이 부드럽게 미끄러지며 단단히 고정되었다. 벌써부터 그는 지난 2년 중 그 어떤 때보다도 가뿐하고 강하게 느껴졌다. 이 감각이 얼마나 그리웠는지 믿을 수 없을 정도였다. 매끈한 투구를 들어 올려 머리에 썼다. 딱 들어맞았다.

완료. 이제 그는 더욱 집중했다. 아직은 매끈한 유리처럼 투구 밖을 볼 수 있을 뿐이었다. 어떤 특별한 시각 표시도 나타나지 않았다. 사이먼이 깊이 숨을 들이쉬고 말했다.

"회선 연결."

갑옷 전원이 즉시 켜지며 동면해 있던 태양 전지에서 에너지를 끌어냈다. 한 번 전원이 켜지면 몇 년 동안 지속되었다. 갑옷을 꾸준히 사용하는 동안에도 재충전할 필요는 거의 없었다. 미세융합 드라이브를 통해 태양광 에너지를 끌어오는 것이 예전에 쓰던 태양 전지 기술보다 훨씬 우수하다는 것이 증명되었다.

갑옷은 태양 전지 말고도 예비 전력인 아케인 에너지로 작동되었다. 데릭의 갑옷 같은 경우에는 태양 전지가 예비였고, 아케인 에너지를 주 동력원으로 사용했다.

갑옷은 단단했다. 이음새는 갑옷마다의 특성에 따라 전자기나 마력으로 결합되었다. 사이먼의 갑옷은 둘 모두를 사용했다. 몸과 갑옷 사이 공간에 액체 물질이 가득 채워져 더욱 견고해졌.

액체는 사이먼이 충돌하거나 갑자기 멈추어 서거나 강하게 떠밀리는 경우에 충격을 흡수해 주었다. 동시에 위생적이었고 치료 기능도 있어서 치명상이 아닌 경우엔 상처를 치료하고 소독할 수 있었다. 팔다리가 잘리기라도 한다면 갑옷은 봉합과 지혈을 한 후 약물을 투여해 착용자의 상태를 안정시키기까지 했다.

사이먼은 팔을 들어 보았다. 아무런 힘도 들어가지 않았다. 그는 뒤돌아서 무기를 골랐다. 갑옷을 만들기 전 아버지와 함께 벼렸던 날이 넓은 검을 골랐다. 그가 막 성인이 되었을 무렵이었다.
　스파이크 볼터를 꺼내 옆구리에 차고 검은 등에 걸몠다. 그리고 몸을 돌려 금고 끝 벽에 걸린 거울을 들여다보았다.
　완전히 무장한 템플러 전사가 그를 바라보고 있었다. 푸른빛이 도는 은색 갑옷을 걸치고 눈앞에 서 있는 자가 위협적이지 않음을 판독기가 확인하고 알렸다. 그는 처음으로 갑옷을 입었을 때의 기분을 떠올리며 자신의 모습에 자부심을 느꼈다.
　그는 열두 살에 처음으로 진짜 갑옷을 입어 보았다. 악마와 싸우도록 허락된 가장 어린 나이였다. 이후 키가 자랄 때마다 새 갑옷을 장만했고, 완전히 성장했을 때, 그래서 최고의 역량을 발휘할 수 있게 되었을 때, 지금 입고 있는 바로 이 갑옷을 만들었다.
　짙푸른 은색 갑옷이 불빛에 반짝였다. 햇빛이 쨍한 낮에 스텔스 기능을 켜지 않는다면 눈을 멀게 할 수 있을 정도였다.
　모든 것이 그대로였지만, 항상 그의 뒤에 서 있던 아버지만이 사라지고 없었다.
　사이먼은 몸을 돌려 금고를 떠났다. 그의 등 뒤에서 금고 문이 쿵 닫혔다.
　제 목소리를 들으실 수 있길 바라요, 아버지. 사이먼은 생각했다. 제가 어떤 모습으로 자라길 바라셨든, 바로 그런 사람이 되겠습니다. 이비지를 자랑스럽게 해 드리겠요.
　하지만 그런 일은 오로지 기회가 주어져야만 가능하다는 점 또한 사이먼은 잘 알고 있었다.

무기고에서 나온 사이먼은 잠시 서서 주위를 둘러보았다. 갑옷을 입은 지금, 그는 더 커지고 더 힘이 세진 것처럼 느꼈다. 레아가 믿을 수 없을 만큼 작아 보였다.

"사이먼?"

레아가 한 걸음 뒤로 물러섰다. 놀란 것 같았다.

"네."

목소리가 자신에게는 평소와 똑같이 들리지만 그녀에게는 다르게 들릴 것임을 그는 알고 있었다. 그녀가 그를 바라보았다.

"그게… 당신 아주 많이 달라 보여요."

"압니다."

사이먼은 또한 다르게 느끼기도 했다. 그동안 잊고 있었던 세계와 그를 HUD가 연결해 주었다. 센서가 피부를 통해 척추까지 활성화되며 그에게 많은 정보를 전달했다. 그는 만지고 느낄 수 있었지만 한편으로는 그 감각을 확실하게 통제할 수도 있었다. 갑옷이 완전하게 보호하는 한, 그리고 치료 시스템과 약물 기기가 손상되지 않는 한, 그는 진정한 통증을 결코 느끼지 못할 것이다.

"그게 전부야?"

데릭이 물었다.

"응."

"개인 물품은?"

아버지는 금고에 다른 물품들도 남겨 놓았다. 그중에는 아버지와 함께 갔던 곳의 사진과 영상 같은 기념품도 있었다. 모두 금고에 그대로 남겨 놓았다.

"가져가고 싶은 건 아무것도 없어."

사이먼은 일이 실패로 돌아간 경우, 그 모든 것들이 안전하게 남기를 바랐다. 지난 세월 동안 크로스 가문은 계속 구성원을 잃었다. 아버지에겐 남동생 로버트 크로스가 있었지만 비극적인 사고로 죽었다. 남은 사람은 사이먼뿐이었다. 데릭이 주저하며 말했다.

"가지러 돌아오지 못할 수도 있어."

"알아. 가지러 올 거야. 만약 내가 살아남는다면 말이야. 아버지의 유품인걸. 아무리 작은 것들이라도, 잃지 않을 거야."

그레이던이 사이먼의 어깨에 묵직한 손을 얹었다. 늙은 템플러의 금속 건틀릿이 철커덕 하고 소리를 냈다.

"넌 돌아와서, 필요한 걸 되찾을 거다, 사이먼. 마음만 먹으면 말이다. 내가 보장하지."

사이먼이 노인의 손을 잡고 악수했다.

"고맙습니다."

"무사해라."

그레이던이 미소를 지었다.

"밖에 나가거든 조심해야 한다."

사이먼은 그러겠다고 대답했다. 그리고 데릭을 따라 로크 가문 구역을 빠져나갔다.

베이커 거리에서 돌아오는 길은, 그곳으로 향하던 길과는 완전히 달라 보였다. 야간 투시경을 쓰고 있었기 때문에 진정한 의미에서 '본다'고는 할 수 없었지만.

투구를 쓴 사이먼에게 지하철 터널은 낮처럼 밝았다. 사이먼은 겁 없이 걸었다. 그곳에서 이제는 그가 포식자였다.

또한 그는 악마에게 습격당했던 학살 현장까지 더 자세하게 볼 수 있었다. HUD는 너무나 정교해서, 단순히 녹색 불빛으로 주변을 나타내는 대신 실제 색깔까지 거의 재현해 냈다.

사이먼은 자신이 본 것을 보지 않으려는 데 집중한 나머지 공격 타이밍을 놓칠 뻔했다. 모퉁이를 돌자 HUD에 초록빛 점들이 깜박이며 지하철 역내 천장에 매달린 놈들의 존재를 알렸다.

뒤집힌 지하철 차량들 뒤에서, 온몸이 흉하게 뒤틀린 녀석들이 숨어 기다리고 있었다. 사이먼은 놈들이 다크스폰임을 즉시 알아챘다.

"매복이다!"

데릭의 부하 중 한 명이 외쳤다. 사이먼은 습관적으로 검과 스파이크 볼터로 손을 뻗었다. 그의 등 뒤에 레아가 있음을 HUD를 통해 알 수 있었다. 그는 뒷걸음질 치며 거칠게 말했다.

"숨어."

사이먼이 스파이크 볼터를 그러쥐고 발사하자 폭발음이 역내의 정적을 깨뜨렸다. 팔라듐 스파이크들이 무서운 기세로 날아가 천장에 매달려 있던 다크스폰을 벽에 그대로 꽂아 버렸다. 악마는 고통과 분노로 울부짖었다. 벗어나기 위해 자기 몸이라도 찢어 버릴 기세였다. 녀석의 홀쭉한 몸이 격렬하게 떨리며 뒤틀리는 바람에 상처가 더욱 크게 벌어졌다.

주변을 좀 더 자세히 살피던 사이먼은 악마들이 천장에 망을 쳐 놓은 것을 발견했다. 전복된 차량에서 화물용 그물을 찾아낸 것이 틀림없었다. 템플러들이 돌아올 때를 대비해 재빠르게 매복을 준비했던 것이다. 끔찍했다.

천장에 꽂혀 있던 다크스폰이 발에 힘을 주더니 결국 스파이크에서 몸을 빼냈다. 상처에서 검은 피가 마구 뿜어져 나왔다. 남은 다리 한 짝으로 사이먼 앞에 착지한 악마가 그르렁거렸다. 녀석은 무기를 들고 사이먼을 겨눴다.

사이먼은 몸을 휙 돌려 그 치명적인 광선을 피했다. 광선은 뒤쪽 벽에 맞았다. 사이먼은 레아가 뒤집힌 차량 옆에 숨어 있는 것을 HUD로 확인했다.

다크스폰이 다시 총을 쏘기 전에 사이먼이 기습했다. 그는 검으로 악마의 목을 군더더기 없이 정확하게 찔렀다. 머리 없는 몸이 잠시 비틀거리다가 부서진 잔해 사이로 쓰러졌다.

그가 악마 한 놈을 해치우는 동안 데릭과 그의 부하들도 힘든 싸움을 하고 있었다. 검들이 번쩍이며 빛을 발하고 가끔씩 총성이 밝은 섬광과 함께 터널 안을 가득 채웠다. 바닥에 적나라하게 쓰러진 시체들 사이로 한 걸음 내디딘 사이먼은 적과 맞붙기 위해 돌진했다.

다크스폰 네 마리가 사이먼을 향해 달려들었다. 그는 힘껏 점프해 가운데 놈의 얼굴을 발로 찼다.

"스파이크."

그가 거의 반사적으로 명령했다. 부츠 밑창에서 스파이크들이 튀어나오며 악마의 얼굴을 가격했다. 두 눈이 갈기갈기 찢긴 놈은 비틀거리면서 뒷걸음질 쳐 폐허가 된 터널의 어둠 속으로 들어갔다.

사이먼은 또 다른 녀석의 얼굴로 스파이크 볼트를 발사해 놈을 뒤집힌 차량 측면에 못 박았다. 사이먼은 곧장 세 번째 녀석을 검으로 공격했지만 놈은 총을 들어 사이먼의 무거운 검날을 막아 냈다.

잽싸게 자세를 바꾼 사이먼은 HUD를 통해 움직일 공간이 충분한지 확인했다. 그는 오른쪽으로 빙글 몸을 돌리면서 검을 꺼내 들어 반짝이는 검광으로 호를 그렸다. 그는 갑옷에 장착된 서보 엔진(servo-motors)과 구동장치를 통해 온 힘을 끌어올린 다음 악마를 두 동강 냈다.

네 번째 다크스폰이 사이먼의 가슴으로 돌격했지만 반동으로 뒤로 벌러덩 넘어졌다. 다른 악마들은 그래플러와 클러스터 라이플(cluster rifles)을 쏘고 있었다.

- 경고.

여성의 부드러운 음성이 투구 안에서 울렸다.

- 기습.

HUD에 밝은 불길이 번쩍거리는 것을 보며 그는 몸을 날려 엎드렸다.

"로켓이다!"

그가 다른 사람들에게 소리쳐 경고했다. 하지만 폭발이 일어나며 화염에 휩싸인 그는 다른 이들의 대답을 듣지 못했다.

24장

　로켓은 다른 두 템플러를 아슬아슬하게 비껴 날아와 사이먼의 왼쪽 벽에 박혔다. 폭발로 템플러들은 쓰러졌고, 다크스폰은 땅으로 내려왔다.

　사이먼은 귀가 먹먹하여 아무 소리도 들을 수 없었다. 갑옷의 약음기가 즉각 발동하여 소음을 잠재웠다. 잠시 그의 세상은 완전히 고요했다.

　거의 6미터 가까이 뒤로 내동댕이쳐진 그는 전복된 지하철 차량에 등을 부딪히며 멈추었다. 갑옷이 보호해 주었음에도 그는 잠시 정신을 차릴 수 없었고, 뇌진탕을 견뎌야 했다. 그는 두 손을 내려다보며 검과 스파이크 볼터를 들고 있는지 확인했다.

　그가 다시 고개를 들었을 땐 다크스폰 세 마리가 그를 향해 달려오고 있었다. 놈들 중 두 마리는 불길이 붙어 타오르고 있었다. 갑옷에 장착된 치료 시스템 덕분에 사이먼의 청력은 꾸준히 되돌아오고 있었다.

　"로켓이 어디서 날아왔는지 본 사람 있나?"

　데릭이 물었다.

　"난 못 봤어."

　사이먼이 대답하고는 발을 모아 다크스폰의 머리 위로 힘껏 점프했다. 그는 스파이크 볼터를 악마의 얼굴에 조준하고 빠르게 방아쇠를 당겼다. 스파이크 네 개가 발사되어 악마를 맞췄고 놈은 비틀거렸다. 그리고 쓰러져 땅에 닿기도 전에 숨이 끊겼다.

1부: EXODUS(대탈출)

옆에 있던 다른 녀석은 간신히 검을 들어 올려 사이먼의 스파이크를 막았다. 사이먼은 오른쪽 다리로 놈의 머리를 걷어찼다. 그때 또 다른 놈이 사이먼의 왼손을 개머리판으로 때려 사이먼은 스파이크 볼터를 놓쳤다.

사이먼은 필사적으로 몸을 뒤로 빼고 양손으로 검을 움켜쥐었다. 놈들이 덤벼들고 있었다. 마치 검이 몸의 일부인 것처럼 느껴졌다. 그는 검을 휘두르며 놈들의 공격을 막아 냈다.

싸우면서 그는 레아를 떠올렸다. 어둠 속 어딘가에 홀로 숨어서 무방비 상태일 것이 분명했다. 그런 처지에 놓인 것이 레아뿐만은 아닐 것이다. 그는 해안에서 죽어 간 사람들을 기억했다. 그들은 자유를 목전에 두고 목숨을 잃었다. 그는 도시 폐허에 숨어 있던 사람들도 기억했다. 그들은 다른 사람들을 약탈할 기회를 노렸지만, 그것이 그들이 할 수 있는 최선이었으리라.

아버지는 바로 이런 사태를 막기 위해 평생토록 훈련을 해 온 것이었다. 그리고 어쨌든 이 일은 일어났다.

갑옷이 힘을 끌어올려 주었는데도 그는 숨을 헐떡였다. 막 마지막 다크스폰 한 녀석을 처치했을 때 머리 위로 또 다른 로켓이 날아갔다. 투구에서 여성 목소리가 다시 경고했다.

하지만 이번에는 로켓이 어디에서 날아왔는지 추적하는 데 성공했다.

"표적 표시."

그가 컴퓨터 시스템에 명령했다.

"표적 확인. 위치 추적."

지하철 터널 너머 100미터쯤 깊숙한 곳에 있는 악마들의 위치가 즉시 빨간 십자 표시로 나타났다.

불행하게도 이번에는 다크스폰의 로켓포 조준이 정확했다. 로켓은 템플러 기사 한 명을 명중시켰다. 그의 몸이 뒤틀리며 금속 갑옷이 녹아 웅덩이를 만들며 무너져 내렸다.

사이먼은 떨어뜨렸던 스파이크 볼터를 주워 들어 목표물을 향해 힘껏 달려 나갔다. 다크스폰 한 무리가 그의 앞을 막아섰다. 놈들의 코앞에서 그는 공중으로 힘껏 뛰어올랐다. 갑옷 없이는 하지 못했을 테지만, 갑옷을 입고 있었던 그는 심지어 더 강하게 움직였다.

쿵. 사이먼은 다크스폰의 머리 위로 몇 미터쯤 높이 점프해 발 아래 시멘트 바닥이 갈라질 정도로 세게 착지했다. 허공에서 한 바퀴 도는 동안에도 HUD는 목표물 추적을 유지하며 사이먼이 가야 할 방향을 알려 주었다.

그는 갑옷의 서보 엔진이 발동하는 것을 느끼며 용솟음치는 순수하고 원초적인 힘으로 힘껏 발돋움했다. 아드레날린이 솟구쳤다. 억누르지 않고 그대로 내버려두는 편이 낫다는 것을 그는 잘 알고 있었다. 그에겐 다른 선택의 여지도 없었다.

갑옷을 입고 훈련했던 그 오랜 세월 동안 갑옷의 기량을 온전히 이끌어 내면 어떤 기분일지 그는 미처 몰랐다. 그렇게 많은 연습을 했는데도 그는 몸을 제대로 통제할 수가 없었다.

아버지도 같은 일을 겪었을지 궁금했다. 자신이 지금 느끼는 것과 같은 이런 열렬한 흥분에 휩싸여 괴로웠을까? 그럴 것 같지 않았다. 아버지는 그가 아는 가장 유능하고 가장 완전한 사람이었다.

하지만 아버지는 돌아가셨어. 그렇잖아? 이 생각이 마치 팔라듐 스파이크나 화재의 불길처럼 고통스럽게 그를 뚫고 지나갔다. 심장이 다시금 빨리 뛰는 것이 느껴졌다. 죽는 것은 두렵지 않았다. 그가 평생 해 온 훈련이었다.

하지만 그럼에도….

- 의료 시스템 연결.

갑옷 시스템에 내재된 음성이 말했다.

- 심장박동 상승 대비.

"아니."

자신은 아직 갑옷과 이러한 상황에 익숙해지지 않았을 뿐임을 사이먼은 알고 있었다. 그 누구도 이런 걸 미리 알고 정말로 준비할 수는 없었다. 이런 상황에 놓여 불안한 것은 당연했다.

"프로그램 중지."

그가 중단 암호를 댔다. 그 순간 그는 로켓포를 든 악마와 충분히 가까워졌다. 다크스폰은 포를 장전하려고 애쓰면서 사이먼을 노려보았다. 악마의 등에 불그스레한 이끼 덩어리가 보였고 유연하게 구부러진 뿔이 돋아 있었다.

갑자기 뿔에서 액체 같은 불길과 연기가 사이먼에게 뿜어져 나오기 시작했다. 다음 순간 그는 강렬한 화염에 휩싸였다.

특별한 갑옷을 입고 있었는데도 오래 버틸 수 없을 것 같았다. 마력뿐만 아니라 나노다인 기술로도 강화된 갑옷이었지만 그 힘이 무궁무진하지는 않았다. 방어 시스템이 작동을 멈추며 각종 수치가 급격하게 떨어지기 시작했다.

HUD가 판독기 기준을 자동으로 빛에서 열로 전환했다. 너무도 섬세해서 날름거리는 불길 단계마다 온도가 얼마나 차이 나는지까지 구분할 수 있을 정도였다.

- 경고.

HUD의 여성 음성이 말했다.

- 방어 한계 -

사이먼은 두 걸음 만에 로켓포의 엄청난 열기 밖으로 빠져나갔다. 그리고 악마를 향해 스파이크 볼터를 쏘았다. 하지만 다크스폰의 얼굴이 아니라 등을 조준했다.

그는 연달아 두 번 방아쇠를 당겼다. 팔라듐 스파이크가 자줏빛 이끼 두 개에 박혔다. 사이먼은 그곳에 연료가 담겨 있을 거라고 기대했던 것이다. 다음 순간, 이끼가 물방울처럼 터졌고 사이먼을 향해 불덩어리가 날아왔다.

- 경고.

HUD가 알렸다.

- 방어 위험 수준 도달.

머리에 충격을 받고 비틀거리던 사이먼은 자욱한 연기 속을 뚫어져라 쳐다보았다. HUD는 목표물을 제대로 찾기 위해 지직거리고 있었다. 그는 마지막으로 다크스폰이 로켓포를 들고 있던 지점을 찾아 보았다. 냉각 시스템이 액체 보완제를 내보내 순환시키는 동안에도 갑옷에선 계속해서 열기가 맴돌았다. 터널 안은 연기로 자욱했다. 연기를 날려 보낼 바람 한 점 없었다.

짙은 연기 너머에서 무언가 움직이는 것이 보였다. HUD 역시 그것을 포착했고 목표물을 선명하게 보여 주기 위해 자동으로 영상 기기를 조정하기 시작했다.

악마가 다시 로켓포를 들어 그를 조준하고 있었다. 사이먼은 스파이크 볼터를 총집에 넣은 후 두 손으로 검을 쥐고 펄쩍 뛰어올랐다. 놈의 옆에 착지한 사이먼은 검을 휘둘렀다. 칼날이 불꽃을 튀기며 로켓포와 부딪쳐 산산조각 낸 후 악마의 어깨를 가르고 가슴까지 베었다.

다크스폰은 고통과 분노로 울부짖으며 뒤로 쓰러졌다. 놈은 망가진 로켓포를 내동댕이치더니 허리에 찬 권총으로 손을 뻗었다.

사이먼은 공격을 늦추지 않았다. 검을 그대로 세워 놈의 심장을 꿰뚫으려 했다. 그 기세에 밀려 놈은 뒷벽에 세게 부딪혔고, 검은 벽에 밀려 나왔다. 다크스폰은 커다란 팔을 휘둘러 사이먼의 머리를 가격하려 했지만 사이먼은 몸을 옆으로 빼 재빨리 피한 후 놈의 팔을 잡았다. 그가 배운 바에 따르면 다크스폰은 인간과 관절 구조가 비슷했다. 팔꿈치와 무릎이 한 방향으로만 구부러졌다.

사이먼은 팔과 옆구리 사이에 악마의 팔을 끼우고는 홱 잡아당겼다. 팔꿈치가 딱 하고 부러지며 바깥으로 접혔다. 뼈가 살을 뚫고 나왔다. 놈을 쥐고 있는 힘을 지지해 검을 빼낸 사이먼은 이번만큼은 제대로 심장을 가르기를 바라며 칼을 깊숙이 찔러 넣었다. 놈의 척추가 부러지는 것이 느껴졌고, 악마는 땅으로 쓰러졌다.

사이먼은 헐떡이면서 숨을 쉴 수 없거나 과호흡이 오는 사태를 막기 위해 숨을 골랐다. 그리고 악마의 가슴에 발을 올린 후 검을 빼냈다. 사이먼의 갑옷 겉에 묻은 로켓포 연료에서는 여전히 불길이 타오르고 있었다. 악의에 가득한 다크스폰의 두 눈이 불빛에 반사되어 번뜩였다. 잠시 후 악마의 눈동자가 멀리 어딘가를 바라보며 초점을 잃더니 움직임을 멈추었다.

갑옷 냉각 시스템이 마침내 화염의 열기를 잠재우자 피부에 서

늘한 바람이 느껴졌다. 사이먼은 뒤돌아 그가 온 방향을 바라보았다.

살아남은 악마는 한 마리도 없었다. 데릭과 그의 부대는 쓰러진 두 부대원 곁에 서 있었다.

사이먼은 두 손에 무기를 든 채 그들에게 걸어갔다. 쓰러진 두 전사가 다시는 일어설 수 없음을 단번에 알 수 있었다. 흉갑을 산산조각 낸 로켓은 가슴까지 망가뜨렸다. 온몸을 뒤덮은 피 사이로 금속 파편들이 보였다. 다른 한 명은 몸 절반이 거의 날아갔지만, 절망적인 마지막 순간을 버티고 있었다.

데릭은 투구를 열고 죽어 가는 템플러 옆에 무릎을 꿇었다. 그러고는 남자의 피 묻은 손을 잡고 부드럽게 말을 걸었다. 남자는 평온해 보였다. 아무런 불평 없이 자신의 죽음을 받아들이는 것만 같았다. 하지만 사이먼은 그렇게 평온한 모습이 남자의 갑옷에 장착된 패치에서 주입된 약물 때문이라는 것을 알 수 있었다.

레아가 옆에 섰다. 불빛 때문에 그녀의 얼굴이 갸름하게 드러났다. 놀랍게도 그녀로부터 아무런 감정도 읽을 수 없었다.

사이먼은 그녀가 지난 며칠간 맞닥뜨려야 했던 그 모든 일들 때문에 과부하에 걸린 것이라고, 즉 탈진한 것이라고 추측했다.

데릭은 죽어 가는 전사가 더 이상 아무 소리도 듣지 못할 때까지 계속해서 말했다. 그러고 나서 그는 말없이 무릎을 꿇고 앉아 있었다.

데릭 옆에 무릎을 꿇고 앉아 있던 다른 템플러가 그에게 짧게 무어라고 말했고, 또 다른 템플러는 숙은 남자의 손에서 데릭의 손을 떼어 냈다. 일어선 데릭이 사이먼을 바라보았다. 그의 얼굴은 초췌했고 고통으로 가득했다.

"네가 돌아와 맞닥뜨려야 하는 일이야. 이 모든 죽음, 고통, 그리고 상실. 저 사람 아내도 사흘 전에 죽었어. 이제 나는 그의 아이들에게 아버지를 잃게 되었다는 얘기를 해야 해."

그가 가까스로 숨을 뱉었다.

"이런 일들에 준비가 되었다고 확신해?"

사이먼이 천천히 숨을 내쉬었다. 침착함은 전사에게 반드시 필요한 자질이었다. 그들 모두 이런 일에 맞서 훈련을 하고 대비를 해 왔다. 당연했다. 하지만 교사들은 전사의 죽음을 용기와 용맹, 그리고 희생으로 조심스레 덧칠했었다.

토머스 크로스는 사이먼에게 한 번도 그런 환상을 심어 준 적이 없었다. 얼마나 준비했는지 상관없이, 죽음과 맞닥뜨리는 일은 정말로 힘들고 끔찍한 것이라고 아버지는 항상 이야기했었다.

"아니."

사이먼이 말했다.

"아무도 이런 일을 준비할 수 없어. 그래도 나는 떠나지 않아."

그가 말을 잠시 멈추었다. 그가 느끼는 모든 감정이 말 속에 담기길 바랐다. 데릭을 위해서만이 아니라 그 자신을 위해서이기도 했다.

"다른 길은 없다는 걸 우리 둘 다 잘 알잖아. 악마들을 이대로 내버려두면, 놈들은 모든 걸 파괴할 거야."

데릭이 우울하게 고개를 끄덕였다.

"네가 나와 함께하기로 결정하면, 너는 내가 요구하는 일을 해야 할 거야. 울어서도 안 되고, 실패해서도 안 돼."

"그럴 거야."

"좋아."

쓰러진 두 템플러에게로 돌아선 데릭이 얼굴을 찌푸렸다.

"이들을 집으로 데려간다."

데릭의 부하 두 명이 차량을 뒤져 담요와 화물, 그리고 그물을 가져왔다. 그들은 시신을 담요에 올린 후 감쌌다. 그리고 그물에 담아 들어 올린 후 옮겼다.

데릭이 부하 한 명을 선두로 보냈다. 사이먼은 그 남자가 있던 위치로 가서 담요로 감싼 시신 옮기는 것을 도왔다. 다른 두 명은 부상당한 템플러를 부축했다.

"계속 여기서 지낼 거예요?"

사이먼은 그에게 배정된 병영의 침대에 앉아 레아를 바라보았다.

"네."

자신이 받아들여졌다는 사실에 그는 놀라고 있었다. 잘해야 갑옷을 챙기고, 이후에는 지상으로 쫓겨날 거라 생각했던 것이다. 만약 그랬다면 그는 기꺼이 아무것도 묻지 않고 떠났을 것이다.

데릭이 부대에 그의 자리를 마련해 준 의지도 놀라웠다. 물론 그의 부대는 정기적으로 장소를 옮겨 다니는 것 같았다.

"나는 어떡해요?"

몇몇 템플러들이 두 사람의 대화를 듣고 있었다. 병영 반대쪽 끝에서는 다들 모여 방송을 보고 있었다. 런던에서 내보내는 새로운 방송은 거의 없었고 언론인들은 옛 영상과 새로운 추측만으로 방송 시간을 채우기로 결심한 것처럼 보였다.

사이먼이 손에 들고 있던 투구를 이리저리 살펴보았다. 몇 시간에 걸쳐 갑옷을 열심히 닦고 있던 중이었다. 흙이나 먼지 같은 것이 달라붙어 있으면 스텔스 기능이 제대로 작동하지 않았다. 그 순간 다른 무엇보다도 그는 갑옷 소재를 끝내고 잠을 조금 자고 싶었다. 그는 자신이 얼마나 피곤한지 알고 놀랐다.

"어떻게 하고 싶어요?"

"아버지를 찾고 싶어요."

"내일 정찰 임무가 있습니다."

생각이 얼마나 빨리 가지를 치고 나가는지 사이먼은 놀랐다.

"주소를 알려 주면 데릭과 상의해 보겠습니다. 어쩌면 그곳을 지나갈지도 모르죠."

"저도 뭔가를 해야 할 것 같아요."

레아가 가슴 앞으로 팔짱을 꼈다. 사이먼이 투구를 옆으로 치웠다.

"지금 뭔가를 하고 있지 않습니까? 살아남고 있으니까."

"그걸로 충분하지 않아요. 저도 밖에 나가야 할 거 같아요."

"당신이 밖에 나가면 몇 분도 안 돼 죽을 겁니다."

사이먼이 조금 떨어진 침대에 누운 부상당한 사람을 고갯짓하며 말했다.

"갑옷을 입고서도 저렇게 될 수 있다고요."

"그렇다면 당신은 왜 가는 거죠?"

"이런 일을 위해 훈련을 했으니까요."

"악마와 싸우기 위해 훈련한 거군요."

레아가 그를 책망하듯 바라보았다. 목소리에서 그녀가 진짜로 믿고 있음을 알 수 있었다.

"네."

그녀가 고개를 저었다.

"쉽게 믿을 수 없는 일들이에요."

"지난 며칠간 봤지 않습니까? 악마가 현실이라는 걸 당신도 이미 알아요."

조용히 숨을 고르다가 레아가 말했다.

"네. 하지만 그런 괴물과 맞서기 위해 훈련했다는 건 악마의 존재보다 더 받아들이기 힘들 사실이라고요."

"지금은 믿어집니까?"

사이먼이 정중하게 물었다. 잠시 생각하던 그녀가 고개를 끄덕였다.

"우리는 놈들을 상처 입힐 수 있습니다. 죽일 수도 있고요. 런던 경찰이나 영국군은 할 수 없는 일이죠."

"그… 그 악마들은 당신들보다 훨씬 많잖아요."

사이먼은 그녀가 한 번 이상 악마를 가까이서 보았는데도 여전히 그들이 무엇과 싸우는지 인정하기 어려워한다는 사실을 알았다. 대부분의 사람들에겐 단 한 번의 경험으로도 충분했다.

"당신들 수가, 내가 본 것보다 많지 않다면 말이에요."

레아가 덧붙였다.

"악마들은 더 많지요. 바로 그래서 우리가 조심스럽게 움직여야 하는 겁니다. 악마에겐 분명 약점이 있을 거예요. 우리가 그걸 찾아낼 겁니다."

"하지만 여기 이렇게 숨어서 기다리기만 하잖아요."

레아는 터무니없다는 듯 말했다.

"그동안 런던은 완전히 놈들의 땅처럼 되고 말 거예요."

"우린 그걸 멈출 수 없어요. 아직은."

"만약 그 영향이… 놈들이 무슨 짓을 하는 건지는 모르겠지만, 어쨌든 되돌릴 수는 없겠죠?"

사이먼은 마음속 깊숙이 솟아오르는 두려움을 간신히 억눌렀다. 레아는 그가 품은 온갖 공포를 건드리고 있었다. 그는 애써 태연한 척했다. 그가 받았던 그 모든 템플러 훈련의 목적은 살아남는 것, 그리고 사람들을 구하는 것이었다.

"그런 생각은 하면 안 됩니다."

"왜요?"

레아는 더욱 좌절한 듯했다.

"우린 희망을 품어야만 하니까요."

"희망은 축복이 아니에요. 저주죠."

사이먼은 좌절감을 억눌렀다. 이 여성의 어린 시절은 그와는 달랐을 것이다. 사이먼조차도 템플러식 사고방식을 유지하는 것이 쉽지 않았다. 사이먼이 조용히 말했다.

"그냥 죽을 거라고 생각하면, 정말로 그렇게 되어 버리죠."

"어떤 훈련을 했어요?"

레아가 병영을 둘러보며 말했다.

"이런 건 어떻게 다 여기 있는 거예요? 당신들은 왜 이렇게 비밀스럽죠? 경찰이나 군부가 당신들에 대해 안다면 뭔가 달라질 수도 있지 않을까요?"

깊이 숨을 들이쉰 사이먼이 생각하다 말했다.

"템플러 조직은 언제나 비밀이었습니다. 악마와 대면한 것이 이번이 처음도 아니죠."

레아가 조금 마음을 가라앉혔다.
"그런 건 언제 알았어요?"
"태어난 이후 줄곧 들었습니다."
"누구한테요?"
"아버지, 할아버지. 그리고 여기서 알고 지낸 모두에게서요."
"그들이 악마 이야기를 해 준 건가요?"
"네."
"당신은 악마를 믿었어요?"
사이먼은 움찔했다. 잠시 시선을 피했다가 다시 그녀를 똑바로 바라보았다.
"아뇨, 안 믿었습니다. 이런 식으로 사는 데 신물이 났지요. 그래서 떠났습니다."
"남아프리카공화국으로 가서 숨어 지낸 거예요?"
"숨었다고는 생각하지 않습니다."
사이먼이 항변했다.
"그저 내 인생을 살고 싶었던 거예요. 여기 지하에서 23년을 살았고 땅 위로 올라갈 기회는 거의 없었습니다. 남아프리카공화국으로 간 이유는, 그곳 사람들은 내게 많은 것을 묻지 않았기 때문입니다. 가이드로 일하는 동안 문명사회로부터 멀리 떨어져 있을 수도 있었고요."
"당신이 마지막으로… 템플러로서 악마와 싸운 건 언제였어요?"
"이전엔 한 번도 싸워 본 적 없어요."
레아가 고개를 저었다.
"이해가 안 되네요."

"따라오세요. 보여 줄게요."

사이먼이 일어나 병영에서 입고 있던 보온복을 벗고, 벌거벗은 채 갑옷을 당겼다. 레아가 시선을 돌렸다. 레아가 자기 때문에 당황했다는 것을 깨달은 사이먼은 마음이 좋지 않았다. 미안하거나 위축된 건 아니었다.

"미안합니다. 잠시 다른 델 보고 계세요. 갑옷 안에는 아무것도 입으면 안 되거든요."

"괜찮아요."

사이먼은 부끄럽지 않았다. 병영 대부분은 남녀 공용이었다. 갑옷을 다 입은 그가 투구를 썼다. 갑옷이 몸에 착 달라붙어 단단해지자 그는 투구를 열고 무기를 들었다. 무기는 이미 깨끗했다. 무기를 가장 먼저 소재해 두었던 것이다.

"이곳에서 갑옷을 입지 않고는 어디에도 갈 수 없습니다."

특히 이런 시기라면.

"가죠."

사이먼이 앞장서며 말했다.

25장

잔뜩 긴장한 워런은 소형 밴 뒷좌석에 앉아 어두운 창 너머를 바라보았다. 박쥐 같은 날개가 돋은 한 생명체가 달을 거의 4분의 3이나 가린 채 날아가고 있었다. 차량은 눈 덮인 숲을 지나는 중이었다.

"저게 뭐죠?"

켈리가 물었다. 그녀는 두터운 겨울옷을 입고 담요를 푹 뒤집어 쓴 채 그의 옆에 앉아 있었다. 워런이 카발리스트들과 함께 가기로 결정했을 때, 그녀도 그를 따라간다고 고집을 부렸다.

다른 사람들과 집에 있으라고 말할까 생각도 해 보았지만 그럴 수 없었다. 너무 쇠약해진 상태라 그는 낯선 사람들 사이에 혼자 있고 싶지 않았다. 그들이 그를 진심으로 돕고 싶어 하는 것처럼 보였는데도 말이다. 만약 문제가 발생한다면 켈리는 별 도움이 되지 않을 테지만 그래도 그녀는 친근했다.

"블러드 엔젤이야."

짐칸 바닥에 앉아 있던 한 남자가 말했다.

"지옥 같은 놈이지. 영리하고 무시무시해."

"으."

켈리가 담요를 더 바짝 끌어당겼다. 나른하게 날개를 퍼덕이는 악마를 워런은 바라보았다. 놈은 런던 시내 마천루의 숲으로 하강하여 사라졌다. 헬게이트에서 뿜어져 나온 유독한 안개가 낮게 깔려 시야를 가렸다.

"리엄."

앞좌석에서 맬컴이 불렀다.

"네."

리엄은 어렸고, 얼굴에는 문신과 피어싱이 가득했다. 온통 까만 옷을 입었고 길쭉한 머리에 뿔 세 개가 나 있었다. 딱딱한 껍질로 싸인 뿔들은 이제 막 새로 돋은 것 같았다.

"저놈들이 더 보여?"

리엄은 저 멀리 시선을 고정했다. 워런은 이 젊은 남자 주변으로 어떤 기운이 감도는 것을 느꼈다. 리엄은 평범한 시각이 아니라 다른 무언가로 보고 있었다.

"아뇨, 이 부근에선 사라졌어요. 당분간은 안전해요."

맬컴은 운전기사에게 길로 올라가라고 지시했다. 밴은 나무 뒤에서 나와 재빠르게 도로를 탔다. 워런은 악마가 밤에 가장 열심히 순찰한다는 사실을 알고 있었다. 놈들은 매연 냄새뿐만 아니라 소리를 듣고 지나가는 자동차를 노렸다.

워런은 등받이에 기대고 긴장을 풀었다. 맬컴은 카발리스트 은거지로 함께 가면 어떤 도움을 줄 수 있는지 알아보겠다고 했다. 아파트로 돌아가 봤자 싸울 일만 남았다는 사실을 아는 워런은 그의 제안을 받아들였다. 살아남기 위해 더 많은 것을 배우고 싶기도 했다.

하지만 그 선택은 결코 쉽지 않았다. 그는 변화를 좋아하지 않았다. 하지만 이미 너무 많은 것이 달라졌다. 그는 자신이 그들의 일원인 것은 아닌지 두려웠다.

한 시간도 채 지나지 않아 그들은 도시의 흔적이 보이지 않는 메이페어 깊숙이 들어갔다. 대지가 넓어 이곳 거주지들은 서로 드문드문 떨어져 있었고, 그나마도 많은 땅이 개발되지 않은 채였다. 몇몇 주택에는 말 농장이 딸려 있었다.

겨울의 혹독한 숨결로 헐벗은 나뭇가지들이 꼬불꼬불한 길에 나뒹굴고 있었다. 길이 굉장히 좁았기 때문에 워런은 사유지 도로로 접어들었을 거라고 짐작했다.

잠시 후 밴은 서서히 속도를 늦추며 방향을 돌려 거대한 연철 대문으로 다가가 멈추었다. 차고에서 누군가 나오더니 빠른 걸음으로 다가와 거대한 문을 열어 밴이 지나갈 수 있도록 해 주었다.

밴 전면 유리를 통해 워런은 눈 쌓인 드넓은 대지가 높다란 돌벽 안으로 이어지는 것을 보았다. 상류층 사람들이 사는 곳이 분명했다.

"여기는 어디죠?"

"후원자의 집입니다."

맬컴이 대답했다.

"우리 집단에서 가장 강한 사람 중 한 명이죠. 헤드거 툴레인이라고 합니다. 잠시 후면 만날 수 있을 겁니다."

워런은 그 이름을 들어 봤었다.

"툴레인? 언론계 거물인?"

그의 기억에 따르면 툴레인은 텔레비전, 라디오, 뉴스를 포함한 언론 그룹의 오너였다.

"네."

"그 사람이 카발리스트라고요?"

"네. 그의 아버지와 아버지의 아버지도 그랬죠."

그 사실은 철저히 비밀에 부쳐졌음에 틀림없었다. 만약 세간에 알려졌다면 그의 지위와 사업 모두 끝장났을지도 모르는 일이었다.

밴이 좁은 길을 달려 성처럼 거대하게 우뚝 솟은 4층짜리 본채를 향했다. 그 어느 창문에서도 빛 한 줄기 비치지 않았다.

잠시 후 차는 집 앞에 섰다. 창문은 여전히 어두웠고 문은 닫힌 채였다. 워런은 어쩌면 집사가 그를 맞이할지도 모른다고 생각했다. 영화 같은 것을 보면 항상 그랬으니까.

"아무도 없는 거 같아."

켈리가 말했다.

"아무도 없습니다."

맬컴이 말했다.

"지금은 우리가 너무 노출되면 안 되는 때이니까요. 그렇지 않나요?"

한 남자가 차 문을 열었다. 워런은 밴에서 내려 차가운 바람을 맞으며 걸었다. 바람을 막아 주는 차 안에서 히터를 틀고 있을 때가 따뜻했다.

맬컴은 코트 주머니에서 손전등을 꺼내 앞장섰다. 문에는 무장한 사람들이 그림자 속에 꽁꽁 숨어 경비를 서고 있었다. 워런은 거의 바로 옆에 가서야 그들을 알아챘다.

그때 땅을 울리는 발걸음 소리가 들렸다. 그 소리가 놀랍도록 커서 워런은 정말로 기습이라도 당한 줄 알았다.

그러나 악마가 아니었다. 조금 떨어진 울타리에 무슨 품종인진 알 수 없는 말 다섯 마리가 보였다. 말들은 회색 입김을 깃털처럼 콧구멍에서 뿜어내며 발을 구르면서 바닥의 눈을 진창으로 만들고 있었다.

"말이네."

켈리가 말했다. 그녀의 목소리에서는 경외와 기쁨이 느껴졌다.

"네. 악마들이 죽이지 않는 한 신선한 고기를 얻을 수 있죠."

"뭐라고요?"

켈리가 '헉!' 하고 숨을 멈추었다.

"말을 먹는다고요? 비인간적이에요. 얘들은… 얘들은 말이잖아요."

워런이 그녀를 바라보았다. 그 모든 죽음과 파괴를 겪었는데도 그녀가 여전히 여기서, 이 런던에서 말들을 염려할 수 있다는 사실에 조금 놀랐다.

"악마가 먹는 것보다는 우리가 먹는 게 낫지요."

맬컴이 대답했다.

"말고기도 먹다 보면 그렇게 나쁘지 않아요. 칼집을 내서 육질을 부드럽게 하면 훨씬 먹을 만하죠."

맬컴은 문을 지나갔다. 켈리가 역겨워하며 워런을 바라보고 비난했다.

"저 사람들이 말을 먹는다는데 넌 왜 아무 말도 안 하니."

워런은 자신도 몰랐다고 굳이 변명하지 않았다. 그는 몸을 돌려 맬컴을 따라 문을 지났다.

집 안에 늘어선 워런은 크기에 감명을 받았고, 여러 방을 가득 채운 확연한 재력에 놀랐다. 타일 바닥에서 부츠가 닿을 때마다 메아리가 울리며 그가 지금 얼마나 넓은 집에 있는지 새삼 깨닫게 했다.

그들은 현관과 대연회장을 지나 오른편에 있는 서재로 갔다. 책장에는 책들이 가득했다. 또 다른 책장에는 아름다운 아시아 유물들이 놓여 있었다. 워런은 그것들이 모두 얼마나 비쌀지 짐작조차 가지 않았다.

맬컴은 벽 하나를 거의 다 차지한 커다란 벽난로로 걸어갔다. 워런은 그곳에서 불이 타오를 때 방 안을 손쉽게 가득 채울 분명한 열기를 느낄 수 있을 것만 같았다.

맬컴은 벽난로의 돌에 손을 얹은 채 그들에게 손짓으로 들어오라고 했다. 워런과 켈리는 그의 말을 따랐다. 벽난로 앞에 선 워런은 스스로가 너무 바보처럼 느껴졌다.

그런데 갑자기 벽난로가 숨겨진 축을 중심으로 돌기 시작했다. 벽난로 바로 뒷면에 지하로 내려가는 좁다란 계단이 숨어 있었다. 맬컴이 잉크처럼 검은 공간으로 앞장서 들어가 손전등을 비췄다.

"이쪽입니다."

그는 어둠 속에서 굽이치는 좁은 계단에 서서 그들을 재촉했.

워런은 망설였다. 그러나 선택의 여지가 없었다. 아파트로 돌아갈 수도 있었지만, 그곳에서 일어날 일을 맞닥뜨릴 준비 또한 되어 있지 않았다. 그는 마음을 다잡은 후 숨을 고르고 맬컴의 뒤를 따랐다.

"헤드거 툴레인의 선조들은 집 아래 자연 동굴을 활용했죠."

그들이 나선 계단을 따라 내려가 동굴에 다다랐을 때 맬컴이 말했다.

"여기저기 손봐야 했지만 그들이 무엇보다 원했던 것 대부분은 이미 여기 있었으니까요."

워런은 최근에 어둠 속을 볼 수 있는 새로운 능력을 얻었음에도 많은 것을 볼 수가 없었다. 그들을 둘러싼 동굴 벽은 반들반들해져 있어 이미 오래 사용된 곳임을 알 수 있었다.

"툴레인 사람들은 2차 세계 대전 때 이곳을 다시 사용했죠. 물론 여기 들어오는 것을 허락받은 사람들조차 모든 비밀을 볼 수는 없었습니다. 툴레인은 믿지 않는 자들로부터 카발리스트의 비밀을 항상 보호해 왔습니다. 그런데 2차 세계 대전이 벌어지고 위기가 왔습니다. 히틀러의 부하가 우리 조직이 보관하고 있던 강력한 부적들을 좇았죠."

그가 걸음을 멈추고 손전등으로 좌측에 있는 커다란 연못을 비추었다.

"여기 조심하세요. 꽤 깊으니까요. 그리고 차갑고요."

워런은 연못에서 물고기 몇 마리가 수면에 입을 대고 뻐끔거리는 것을 보았다.

"마실 수 있는 물입니다."

맬컴은 손전등을 이리저리 돌리며 연못 오른쪽을 비춰 주었다.

"이 지역의 기반은 석회암입니다. 자연적인 여과가 가능하고 미네랄도 많이 함유되어 있습니다. 사람을 살릴 수도 있는 물이라고 난 생각합니다. 맛을 위해 조금 많이 걸러 내긴 하죠."

워런은 축축한 바닥을 지났다. 바위들이 미끈거려 물에 빠질 수도 있다고 생각하니 위가 경련을 일으켰다. 그는 수영을 못했다. 지금 그는 예전보다 스스로를 강하게 느꼈지만 그렇다고 해서 수

영을 할 수 있을지는 의심스러웠다.

조금 더 가자 다른 통로가 나와 간신히 몸을 곧게 펴고 걸을 수 있었다. 멀리서 희미한 불빛이 보이자 워런은 그곳이 목적지일 것이라 예상했다.

하지만 맬컴은 통로 중간에서 멈추고 벽을 바라보았다. 잠시 후 벽이 열리면서 더 작은 길이 나타났다.

군 진압복 차림으로 무장한 경비 두 사람이 작은 층계참에 서 있었다. 그들 뒤 벽에는 CCTV 두 대가 설치되어 이제 막 도착한 사람들을 향하고 있었다.

맬컴은 그들의 이름을 말했다. 이곳에 오는 것은 예정된 일이었던 듯 경비한 명이 고개를 끄덕이더니 그들을 보내 주었다.

워런은 맬컴을 따라 왼쪽으로 갔다. 지나온 통로에 비해 내리막길이 훨씬 가팔랐다. 그는 이 비밀 장소를 설계하고 건설한 사람들이 비탈진 자연 동굴의 장점을 활용했다고 확신했다. 깎아 만든 돌계단에는 바위의 줄무늬가 그대로였다.

바닥에 가까워지자 불빛이 보였다. 처음에는 희미했지만 가까워질수록 밝아졌다. 마침내 그들은 컴퓨터 장비로 가득 찬 데다 조명이 제대로 설치된 동굴에 다다랐다.

"우리가 운영하는 커뮤니케이션 센터 중 하나입니다."

맬컴이 컴퓨터를 조작하는 사람들과 그 모든 기기들을 가리키며 말했다. 워런이 물었다.

"여기에 카발리스트들이 가장 많나요?"

"이 동굴에요?"

맬컴이 고개를 저었다.

"물론 아닙니다. 여기보다 더 많은 카발리스트가 머무는 곳이 있습니다. 하지만 이곳은 전략 요충지 중 하나로-"

그가 잠시 말을 멈추었다.

"당신이 습득하고 개발하려는 것을 다룰 수 있을 거라 생각합니다."

"시내에도 카발리스트들이 사나요? 지하에?"

맬컴이 고개를 끄덕였다.

"조금요. 하지만 기본적으로 큰 집단들은 도시 외곽에 있습니다. 적어도 현재로서는요. 카발리스트는 19세기에 추적을 피해서 런던 밖으로 이주했습니다. 몇몇 카발리스트들이 '마법'이라고 알려진 것들을 너무 자유롭게 이야기하기 시작했었죠. 귀신 목소리를 추적하는 고스트박스나 심령 모임 같은 것도 크게 유행했고요. 그들은 유령 이야기는 좋아했지만 우리가 노력했던 것처럼 악마 세계와 접촉하는 데에는 관심이 없었어요. 최근에 우리 기관을 런던으로 옮기자는 이야기도 나오고 있습니다."

"왜요?"

맬컴이 그들을 다른 쪽으로 이끌기 시작했다.

"물론 힘의 원천과 더 가까워지기 위해서죠."

"힘의 원천이라뇨?"

"헬게이트 말입니다. 분명 당신도 이곳으로 오는 동안 그 힘의 반응이 약해지는 것을 느꼈을 테지요."

워런은 런던에 있을 때보다 압박감이 줄었다고 생각하긴 했지만, 그것이 무슨 의미인지는 미처 몰랐다. 지금 그는 자신의 내면을 감싼 듯한 안개가 엷어지고 혼란스러움 또한 줄어든 것을 느꼈

1부: EXODUS(대탈출) 311

지만 한편으로는 힘과 확신도 약해졌음을 알았다.

"그렇네요."

"악마의 힘을 제대로 연구하려면 우리는 그 가까이 있어야만 합니다. 마법과 힘이 가장 원시적인 형태로 흐르는 바로 그곳에요."

맬컴은 벽 앞에 멈춰 서서 손을 뻗으며 워런을 바라보았다.

"여기를 만질 수 있겠어요?"

워런이 손을 뻗어 벽에 가져다 댔다. 그곳은 다른 벽들처럼 부드럽지 않고 단단했으며 알갱이가 박혀 있는 것처럼 느껴졌다.

"네."

맬컴이 미소를 지었다.

"진짜 문제는, 통과할 수 있느냐입니다."

그는 앞으로 걸어 나가 그대로 돌벽을 통과했다. 깜짝 놀란 워런은 손가락으로 벽을 더듬어 보았다. 속임수가 분명해. 이렇게 단단한 벽을 그냥 통과할 수 있을 리 없어.

"그 사람 어디 간 거야?"

켈리가 물었다.

"나도 모르겠어."

워런이 양손으로 벽을 밀어 보면서 열고 닫는 버튼이나 장치가 있는지 찾아보았다. 입구가 있을 리 없잖아. 보지 못했으니까. 열리는 걸 못 봤다고. 바로 여기 서 있었는데.

"당신도 통과할 수 있습니다, 워런."

맬컴이 벽 너머에서 용기를 주었다.

"그냥 당신을 맞추면 됩니다."

나를 맞추라고? 워런은 벽 여기저기를 누르면서 무슨 의미인지 이해하려고 해 보았다. 그는 돌벽을 응시했다. 카발리스트 집회에 갔을 때 어둠을 뚫고 볼 수 있었던 것을 떠올리며 그런 방식으로 보려고 해 보았다.

처음에는 오로지 단단한 벽일 뿐이었다. 이런 일은 불가능하다는 생각이 막 드는 순간 벽에 어떤 형상이 나타나는 것이 보였다. 그 벽은 여러 평면들이 모여 두 겹으로 이루어져 있었다. 평면들은 서로 겹치지 않았다. 사실 몇몇 평면은 워런이 밀어 낼 수 있을 만큼 충분히 헐거웠다. 평면들은 천천히 움직이고 있어 그 사이를 지나가려면 엄청난 인내심이 필요할 것 같았다.

벽의 비밀을 깨닫자 워런은 몸 안이 재구성되는 것처럼 느껴졌다. 그 자신의 신체 또한 조각조각 움직이는 것만 같았다. 이 새로운 발견에 흥분한 그는 거의 무의식적으로 벽을 향해 발걸음을 옮겼다.

26장

벽을 지나는 것은 마치 급류가 흐르는 강을 건너는 것 같았다. 벽을 미처 다 건너지 못한다면, 움직이는 패턴이 그의 통제를 벗어난다면, 그래서 그를 갈기갈기 찢어 놓는다면 무슨 일이 벌어질지 몰랐다. 벽을 건너는 길이 갑자기 더욱 어려워 보였다. 패닉이 밀려오기 시작했다.
"실패는 생각하지 마세요."
낯선 남자의 목소리가 명령했다.
"당신이 자연 법칙이라고 생각했던 것은 잊고 당신의 생각을 받아들이세요. 당신이 진실이라고 인식했던 이 세상의 규칙 중 일부만이 진실일 뿐입니다. 당신이 불가능하다고 생각했던 많은 일들이 가능해질 것입니다. 그저 당신 안에 잠자고 있던 것을 터득하기만 하면 됩니다."
회전하는 두 겹 평면의 움직임에 다시 집중하면서 워런은 포기하지 않았다. 잠시 후, 그는 다른 동굴 밖으로 나왔다. 이번 동굴은 좀 더 정교했고 거의 완성된 것처럼 보였다. 아케인 에너지가 발산되는 그림들이 벽을 장식하고 있었다. 유리 진열장과 선반에는 다양한 물건들이 놓여 있었다. 실험실 같았다. 맬컴은 한 남자와 나란히 서서 워런을 보고 미소를 지었다.
그 남자의 키는 2미터가 넘어 보였다. 곤충처럼 가늘고 기다란 체격에 머리는 컸고 이마는 넓었으며 턱은 길었다. 짧게 자른 머리카락은 불그스레했고 피부 구석구석까지 문신과 흉터가 보였다. 30센티미터는 되어 보이는 구부러진 뿔 두 개가 관자놀이에서 뻗어 나오며 끝이 세 갈래로 갈라졌다. 남자는 20대 후반 정도로 보였다.

그 남자의 겉모습에 워런은 케르눈노스(Cernunnos)를 떠올렸다. 켈트 신화에 나오는 뿔 난 수컷으로 생식력이 좋다고 했다. 어머니가 신비한 힘을 공부하며 읽었던 몇몇 책에 그 신이 등장했었다.

"아, 오셨군요."

그 남자가 말했다.

"이 사람, 강하다고 했잖아."

맬컴은 기쁜 듯했다. 뿔이 난 남자가 허공에 대고 어떤 상징을 그렸다. 유령 같은 잔상은 잠시 후 사라졌다. 하지만 늑대 한 마리의 따뜻함과 악취 나는 입김은 여전히 남아 있었다. 한 번도 늑대의 입김을 느껴 본 적 없었는데 어째서 그 감각을 아는지 스스로도 궁금했다. 하지만 원래 그런 법이라고 믿기로 했다.

"당신을 의심한 건 아니에요."

뿔 난 남자가 워런을 빤히 바라보았다.

"능력이 있다고 해서 그 능력을 받아들이기로 했다는 뜻은 아니니까요."

"악마가 그를 점찍었어."

맬컴이 말했다.

"그를 봐."

워런은 화상을 의식하고는 밍도를 더 단단하게 여몄다.

"누구세요?"

"헤드거 툴레인입니다."

남자가 대답했다.

"우리 집에 온 것을 환영합니다."

"워런!"

돌벽 너머에서 켈리가 외치는 소리가 들렸다. 워런은 회전하는 2겹 평면을 한결 수월하게 통과해 그녀에게 손을 뻗었다.

"내 손을 잡아."

그녀의 손가락을 느낀 그는 그녀를 끌어당겼다. 잠시 후 켈리도 그와 함께 동굴로 나왔다. 맬컴과 툴레인이 그를 바라보았다.

"나와 함께 갈 거예요."

워런이 방어적으로 말했다.

"내가 가는 곳이면 함께 갑니다."

"물론이죠."

툴레인이 말했다.

"그저 당신이 벽 너머에서 그녀를 끌어당기는 것을 보고 놀랐을 뿐입니다. 저기를 통과하는 사람은 봤어도, 당신처럼 다른 사람을 데려오는 건 한 번도 본 적 없거든요."

그가 잠시 말을 멈추고 워런을 보다 면밀히 관찰했다.

"당신과 함께 일하면서 잠재된 당신의 진짜 능력을 찾도록 돕는 일은 재미있겠군요."

워런은 그 말이 거슬렸다.

"누군가의 과학적 목적을 위해 여기 온 건 아니에요."

"아, 물론이죠."

툴레인이 동의했다.

"당신은 그 누구의 과학적 프로젝트도 되지 않을 겁니다. 이건 과학이 아닙니다. 적어도 우리가 경험한 이 세계에서의 진짜 과학, 한계에 갇힌 과학은 아니라는 뜻입니다. 이건 분명 우리 세계의 불가사의한 힘에 관한 일입니다."

"런던을 비롯해 영국 전역에 우리 단체가 흩어져 있습니다."
툴레인이 동굴을 안내하며 말했다.
"사실 전 세계에 걸쳐 있다고 할 수 있지요. 인류가 처음으로 환영과 음성으로 악마 세계와 접촉한 이래 우리 중 일부는 그들을 연구했습니다. 악마가 휘두르는 힘이 우리가 닿을 수 없는 곳에 있다는 사실을 결코 받아들이지 않았지요."

워런은 그들이 지나온 여러 방들을 바라보았다. 고작 몇 분 동안 카발리스트 수십 명을 보았다. 그들은 문신을 그려 넣거나 실험을 하고 있었다.

"왜 문신을 하는 거죠?"
"저 말입니까? 아니면 카발리스트 말입니까?"
"카발리스트요."
"문신은 힘을 집중할 수 있게 해 줍니다. 어떤 상징이나 단어를 그려 넣으면 아케인 에너지를 통제하는 데 도움이 됩니다. 마법은 우리가 에너지를 활용할 때 일상적으로 사용하는 회화체 같은 거라고 보시면 됩니다. 이제 막 능력을 개발하려는 카발리스트들이 보다 잘 이해할 수 있도록 해 주는 연구 분야죠. 또 흔히 물리라는 한계적 수단으로 세상을 보기로 선택한 사람들과 우리를 즉각 구분하게 해 주죠."

동굴에 멈추어 선 툴레인은 조롱하는 듯한 미소를 지었다. 동굴 한쪽에서 안대를 한 젊은 여성이 탁자에 놓인 칼을 향해 이상한 몸짓을 하고 있었다. 칼은 허공을 둥둥 떠다니다가 보이지 않는 축으로 빙글 돈 다음 방 다른 쪽 끝에 놓인 과녁을 향해 정확히 날아갔다. 칼자루까지 깊숙이 꽂힌 칼은 마치 물을 베듯 쉽게 나무 과녁을 베어 냈다.

근처 다른 동굴에서는 한 젊은 남자가 불길에 휩싸였지만 불길은 그에게 상처 하나 입히지 않고 팔을 타고 춤추듯 올라갔다. 그 모습을 보는 워런은 고통스러웠다. 자신의 살이 타면서 났던 냄새와 통증이 떠오르자 견딜 수 없었다. 젊은 남자는 몸을 돌리더니 불이 이글거리는 팔을 높이 들어 올렸다. 그의 팔에서 순식간에 불길이 날아가 몇 미터 떨어진 나무 과녁을 맞췄다. 과녁은 즉시 불길로 집어삼켜졌다.

"우리 세상에는 악마의 에너지를 활용할 수 있는 사람들이 언제나 있어 왔습니다."

툴레인이 말했다.

"우리가 믿는 한 악마는 우리 세상과 접촉했습니다. 그리고 다시는 닫히지 않는 균열이 생겼지요. 그곳으로 에너지 일부가 새어 들어왔습니다. 당신이 오늘 직접 본 것, 직접 해낸 것, 그것만으로는 충분하지 않습니다. 우리가 지금 모든 것을 다 경험하고 있다고도 할 수 없습니다."

"헬게이트 때문이군요."

워런이 말했다.

"우리는 그렇게 생각합니다. 헬게이트가 열린 이후 능력의 발생 빈도와 힘이 가파르게 증가했습니다."

"저를 왜 여기 데려온 거죠?"

"가르치기 위해서죠. 그리고 당신으로부터 배우기 위해서기도 합니다."

"무엇을 배워요?"

"배울 것이 있다면 무엇이든."

"왜 그렇게 생각하죠?"

툴레인이 의미심장하게 워런을 바라보았다.

"지금까지 그 누구도 악마의 공격을 이겨 내지 못했거든요. 적어도 우리 중에선 한 명도."

"우리는 악마와 싸우지 않아요."

툴레인이 중앙 테이블에 놓인 홀로그램 기기를 켜면서 말했다. 그들은 벽에 목재 패널을 대고 굉장히 비싼 가재를 채워 넣은 서재에 앉아 있었다. 창문이 없다는 사실만이, 대저택이 아니라 그 아래 깊숙이 위치한 동굴이라는 점을 상기해 주었다.

"악마를 관찰하죠."

런던 거리에서 군의 탱크, 전투기와 싸우는 악마들의 모습이 홀로그램으로 재현되었다. 거대한 악마 하나가 몸에 비해 너무 큰 주먹으로 탱크의 주포를 박살 내고 있었다.

직접적인 타격을 받기도 전에 총열이 구부러지더니 결국 뚝 부러져 버렸다. 또 다른 탱크 한 대가 직접 탄도 거리에서 포를 발사해 악마에게 명중시켰지만 가죽에 상처 하나 입히지 못했다. 악마는 괴성을 지르며 탱크로 돌아서서 주포의 총열을 움켜쥐고 떼어 내 버렸다. 그러고는 망치처럼 주먹을 휘둘러 탱크를 납작하게 찌

그러뜨렸다. 안에 타고 있던 군인들은 살아남지 못할 것이 분명했다.

"이 악마는 슐고스입니다. 주요 악마 중 하나죠."

툴레인이 설명했다. 거의 숭배하는 듯한 목소리에 워런은 속이 메슥거리는 것만 같았다.

"놈을 잘 아나요?"

"네."

툴레인은 전투를 지켜보았다.

"슐고스는 완전히 무자비하고 사나운 전사입니다. 더 많이 알고 싶지만 현재로서 그런 일은 불가능할 듯합니다."

그는 영상을 멈추고 워런을 바라보았다.

"당신이 다르다는 사실을 안 지는 얼마나 되었습니까?"

워런은 망설였다. 어디까지 얘기해도 될지 판단이 되지 않았다. 사실 이 남자에게 그 어느 것도 말하고 싶지 않았다.

말해. 네가 살 수 있는 유일한 방법이야.

"내가 남들과 다른지 모르겠어요."

툴레인이 잠시 워런을 바라보다가 테이블에 놓인 키보드를 가볍게 두드렸다. 영상이 다시 나타났다. 이번엔 워런의 부모였다.

"당신 아버지의 이름은 마틴이었죠. 하지만 생물학적 아버지는 아니었습니다."

한기가 워런을 훑고 지나갔다. 친아버지의 넓적하고 잔인한 얼굴을 보면 항상 그랬다. 아버지의 피부는 너무 검어서 푸르스름해 보일 정도였다. 머리는 빡빡 밀었지만 뭉툭한 턱에는 짧은 염소수염이 나 있었다.

"생물학적 아버지의 이름은 하킴 엔부시입니다. 하지만 그 성을 쓰지는 않았죠."

"위탁 가정에 있을 때 어머니의 처녀 때 성을 쓰기로 했으니까요."

"타마라 시머."

툴레인이 다른 키를 눌렀다. 떠오른 영상을 본 워런은 마음이 아팠지만 동시에 혼란스럽기도 했다. 어머니는 백인이었고 유대계였다. 검은 눈으로는 영혼을 들여다볼 수 있을 듯했고 어깨로 늘어뜨린 곱슬머리는 검었다. 어머니는 너무 마르고 창백했다. 어머니가 건강했던 모습은 한 번도 본 적이 없었다. 오래전 사진 속에서도 어머니는 건강해 보이지 않았다. 그런데 바로 지금, 그는 어머니가 얼마나 젊은지 보고 놀랐다. 그 자신보다 몇 살 많은 것 같지 않았다.

"어머니는 마틴 드영과 결혼했습니다. 당신 양아버지요."

세 번째 영상에, 눈이 작고 얼굴이 누렇게 떴으며 금발이 성성한 백인의 얼굴이 나타났다. 마틴은 사나운 쥐처럼 보였다.

"양아버지가 어머니를 살해했죠."

워런은 켈리가 자신을 바라보는 것을 느꼈다. 그는 그녀를 마주 보지 않았다. 그녀가 그의 손을 잡았다. 그러자 그녀에게 힘을 사용한 것에 죄책감이 들었다. 하지만 그는 여기 와서 홀로 이 모든 것을 감당하기에는 너무 두려웠고 너무 상처가 깊었다.

"네."

워런이 잠긴 목소리로 대답했다.

"이웃이 신고를 했고요."

영상에서는 전화에 녹음된 두려움에 질리고 혼란스러운 목소리가 흘러나왔다.

"네. 경찰이죠? 이웃집이요! 이번에는 정말 아내를 죽이려나 봐요!"

벽 혹은 마루 혹은 천장 너머에서 들려오는 비명 소리를 배경으로 잠시 통화가 이어졌다. 워런은 그때 누가 신고를 했을 줄은 몰랐다.

기억의 문이 활짝 열리며 워런을 빨아들였다. 그는 더 이상 툴레인과 함께 동굴에 있지 않았다. 그는 예전의 그 아파트로 돌아가, 어머니와 아버지가 다투는 소리를 듣고 있었다. 이웃 사람이 경찰과 통화하는 와중에 총소리가 울려 퍼졌다.

"나는 할 만큼 했어."

마틴 드영이 단호하게 말했다. 워런은 양아버지가 어머니를 쏘는 모습을 생생하게 볼 수 있었다. 이제 아버지는 권총을 그에게 향했다.

"사람들이 날 죽이러 온다고!"

양아버지가 소리를 질렀다.

"네 연놈들을 먹여 살리려 했을 뿐인데! 그런 이유로 죽을 순 없어. 빌어먹을 네 엄마는 손에 쥔 게 무엇이든 다 갖다 써 버렸어. 그리고 네놈은… 네놈은 그저 먹어 대고 키만 크더니 돈이 썩어 나는지 옷이나 사 대고."

해묵은 공포가 워런의 내면에서부터 치밀어 오르더니 덫에서 벗어나려는 야생동물처럼 마구 꿈틀거렸다. 이마에 땀이 맺히는 것이 느껴졌다. 그러자 왼쪽 팔과 등에 딱지가 앉은 화상 부위와 하얗게 변한 피부가 미칠 듯 가려워지기 시작했다.

"이제 더는 안 돼!"

마틴이 외쳤다. 켈리가 툴레인에게 영상을 멈추라고 부탁하는 소리가 어렴풋이 들렸다. 툴레인은 그녀를 무시한 채 워런에게서 시선을 떼지 않았다.

총성이 울리고, 워런은 다시 한번 총에 맞은 것만 같았다. 걷잡을 수 없이 공포가 치밀었다. 그때 자신의 기분이 어땠고, 얼마나 벗어나고 싶었는지 새삼 떠올랐다.

한 아이의 목소리가, 제발 멈추라고 애걸하는 아이의 목소리가 들렸다. 그 뒤로는 불같이 분노한 목소리가 이어졌다.

"죽어 버려!"

그런 상황에서 그런 말은 아무것도 아니었다. 아무것도 아니었어야 했다.

하지만 마틴 드영은 저주와 비명을 멈추고 쓰러진 워런을 바라보며 눈을 껌벅거렸다. 그러고는 권총을 관자놀이에 가져다 대더니 살려 달라고 빌기 시작했다.

"안 돼! 그러지 마! 안 돼! 멈춰! 제발!"

마틴은 울기 시작했다. 관자놀이에서 권총을 멀리 떼어 내려고 하면서 부들부들 떨었다. 그러나 할 수가 없었다.

"안 돼애애애애애애애-!"

날카로운 총성이 비명을 끊었다. 이웃이 경찰과 통화하는 소리도 멈추고 충격적인 침묵만이 맴돌았다.

워런은 더욱 심한 가려움증을 느꼈다. 그 모든 기억을 불러일으킨 툴레인에게 엄청나게 화가 났지만 어떻게 반응해야 할지 알 수 없었다. 워런은 자신이 죄수나 다름없다는 것을 잘 알았다.

영상이 사라졌다.

"경찰이 도착해서 아파트를 수색했죠. 현장에 제3자가 있었을 거라고 생각했으니까요. 이웃이나 어머니의 친구가요. 양아버지보다 힘이 센 누군가가 머리에 권총을 가져다 대고 방아쇠를 당겼다고요. 그렇지만 사실이 아닙니다. 그렇죠?"

툴레인이 부드럽게 물었다. 워런은 망설이면서 대답을 저울질했다.

"네."

"당신은 아버지가 죽길 바랐습니다."

"네. 하지만 몇 년 동안 계속 그랬어요."

"하지만 그날 밤처럼 강하게 바란 적은 없었을 테죠."

"네."

"그러면 정말로 무슨 일이 벌어진 거죠?"

"아버지는… 자살한 거예요."

툴레인이 워런을 응시했다.

"당신이 그러라고 말했으니까요."

"네."

툴레인은 놀라워하며 고개를 저었다.

"여덟 살이었어요. 게다가 헬게이트가 열리기 전이었고요."

워런은 뭐라고 말해야 할지 알 수 없었다.

"그날 이후 다시 힘을 쓴 적이 있나요?"

워런은 거짓말을 할까 생각했지만 들킬 것이 분명했다. 거짓말을 했다가 걸리면 무슨 일이 일어날지 장담할 수 없어 워런은 진실을 말하기로 했다.

"네."

"어떻게요?"

"사람들을 조종했어요."

"이디스를 만난 날, 악마를 돌려보냈던 그런 방법으로요?"

워런이 고개를 끄덕였다. 팔을 따라 간지러움이 올라왔고 심지어 더 강해졌다.

"그리고 며칠 전 당신은 악마의 공격을 버텼죠."

워런이 다시 고개를 끄덕였다.

"예전에는 그런 일이 한 번도 없었나요? 분명 크게 다쳤어야 하는데 의외로 멀쩡했다든가?"

"없었어요."

워런은 코트 소매로 손을 집어넣어 팔을 긁었다. 무언가 떨어져 나가는 느낌에 위가 요동쳤다. 손을 꺼내 보자 하얀 세포막이 보였다.

피부잖아!

워런은 공포에 사로잡혔다. 상처가 다시 벌어졌다고 여긴 그는 코트를 벗고 셔츠를 열어젖혔다.

피로 물든 분홍색 살점이 있어야 할 자리에 초록빛이 도는 검정 비늘이 돋아난 것이 보였다. 하얀 피부가 뜯겨 나간 부위에서는 가려움이 느껴지지 않았다. 하지만 등은 여전히 가려웠다. 등을 긁자 더 많은 피부가 벗겨졌다. 갈비뼈와 옆구리를 따라, 피부 대신 초록빛을 띤 희고 검은 비늘이 반짝였다. 그뿐만이 아니었다. 화상을 입지 않은 피부까지 하얗게 변해 이제 그의 예전 피부는 거의 찾아볼 수 없었다.

27장

"이게 뭐예요?"

로크 가문 박물관 겸 교육 센터의 유리 진열장에 들어 있는 악마를 보고 레아가 물었다. 3미터쯤 되는 크기에 도마뱀처럼 생긴 녀석으로 두껍고 육중해 보이는 발톱을 세운 채 금방이라도 덤벼들 것 같은 자세였다. 악어보다 긴 주둥이 안에는 이빨이 잔뜩 나 있었다. 꼬리는 두툼했고 힘줄이 불끈 솟은 근육질이었다. 악마는 초록빛 도는 비늘로 뒤덮였고 기다란 흉터가 나 있었다. 그렇게까지 사악해 보이지 않았다면 아름답게 보였을지도 몰랐.

몇 해가 훌쩍 지났는데도 사이먼은 이 전시물을 처음 봤을 때 얼마나 겁에 질리고 경외심을 느꼈는지 생생히 기억했다. 그때는 심지어 더 커 보였고, 그에 못지않게 험악하게 느껴졌었다. 지하철 터널에서 전투를 치른 후였는데도, 공격 태세를 취한 악마를 바라보자 동요가 일었다.

"파괴자라는 의미에서 래비저(Ravager; 악마 종족. 파괴자, 약탈자)라고 부릅니다."

"악마예요?"

"네."

"여기 얼마나 오래 있었어요?"

"수백 년 전에 템플러가 손에 넣었습니다."

"왜 아무에게도 보여 주지 않은 거예요?"

"보여 줬어요."

사이먼이 생명체를 물끄러미 바라보았다. 무장한 상태였음에도 오래전 느꼈던 공포가 그를 다시 찾아왔다.

"하지만 아무도 진짜라고 믿지 않았어요."

"아무도?"

"아무도."

"바로 앞에 이렇게 증거를 갖다 대는데도요?"

"아무도 믿지 않았어요. 만약 더 많은 것을 발견했더라면 설득할 수 있었을지도 모르죠. 하지만 이놈밖에 없었어요. 게다가 갈기갈기 찢겨 있어서 각 부위를 짜 맞춰서 다시 만들어야 했지요."

"진짜같이 잘 만들었네요."

"그렇죠. 사람들이 악마의 존재를 믿지 않는 또 다른 이유이기도 하죠."

레아는 사이먼이 미처 말리기도 전에 저도 모르게 유리에 손을 얹었다. 그러고는 비명을 지르며 손을 확 떼어 냈다.

"무엇을 느꼈나요?"

"전기요."

레아가 자기 손을 살펴보았다.

"보안 장치예요?"

사이먼이 고개를 끄덕였다. 그녀의 눈에서 원초적인 공포가 즉각 떠오르는 것을 보고 그는 그녀가 겁에 질렸었음을, 한순간이나마 악마가 무슨 짓을 했다고 생각했음을 알 수 있었다.

"어떤 악마는 죽은 후에도 몸속에 어둠의 힘을 남겨 놉니다. 적을 병들게 하거나 심지어 죽음에 이르게도 하지요. 살았건 죽었건, 만지지 않는 게 좋아요."

"접근하지 못하게 진열장에 전기를 흐르게 한 걸 알면서 왜 절 말리지 않은 거예요?"

"당신이 그걸 만질 거라고 생각도 못 했습니다. 바라지도 않았고요. 물론 저도 만지지 않으니까요. 당신이 그러고 싶어 하리라고 전혀 예상하지 못했어요."

사이먼은 고성능 충격 방지 유리 너머에 있는 파충류 같은 악마가 불러일으키는 공포를 보았다.

"그리고 모두가 같은 방식으로 방어 마법에 반응하는 것도 아닙니다."

"마법이라고요?"

"아케인 에너지, 신비로운 힘 말입니다."

레아가 그를 보고 웃는 듯 마는 듯했다.

"마법과 악마라. 당신, 정말로 마법을 믿는 건 아니죠?"

"아케인 에너지는 진짜입니다. 그 힘을 잘 다루는 템플러와 만나게 해 줄 수도 있습니다. 저도 몇 가지 주문을 알지만 전문 분야는 아니에요."

"어떤 주문을 알아요?"

레아가 의심스럽다는 듯 눈썹을 꿈틀거렸다.

"선한 마법? 아니면 사악한 마술?"

"아케인 에너지를 선하다 악하다로 구분할 순 없어요. 그렇게 간단한 문제가 아닙니다."

사이먼은 그가 들었던 수업을 떠올렸다. 그런 것들을 알지 못하거나 믿지 않는 사람에게 설명하는 것은 생각보다 힘든 일이었다. 그 사람이 그런 것들에 둘러싸여 있는 이런 상황에서도 말이다.

"아케인 에너지는, 내가 이해하는 바로는, 힘입니다. 바람, 밀물과 썰물, 중력처럼 자연적인 힘. 어떻게 쓰느냐에 따라 선이라고 부를지 악이라고 부를지 결정되겠죠."

"그런 건 너무 편리하게 들리네요."

"선악을 정의해 봐요."

레아가 그를 바라보았다.

"간단해요."

"그런가요? 그럼 말해 봐요. 적을 죽이는 군인은 선합니까, 악합니까?"

레아가 망설였다.

"상대 군인이 아군이냐 적군이냐에 달렸겠지요."

"과학은 선합니까, 악합니까? 전염병을 근절하려는 연구는 한편으로는 병을 조작하고 활용하는 연구가 되기도 합니다."

"전염병을 근절하는 건 좋은 일이죠."

"그런가요? 숲을 황폐화시키는 메뚜기를 근절해야 한다면요?"

레아는 아무 말도 하지 않았다.

"전염병을 생산하는 것은 악인가요?"

사이먼이 물었다. 짧게 망설이며 생각한 그녀는 "네."라고 대답했다.

"적군을 섬멸하기 위한 전염병이라면요?"

레아가 한숨을 쉬었다.

"상황에 따라 다르지 않을까요?"

"맞습니다. 전기는 집을 밝히고 따뜻하게 해 주지만 미국에서는 사형을 집행할 때 쓰기도 하지요."

사이먼이 유리 진열장을 뒤돌아보았다.

"어쨌든 이 진열장은 마법으로 보호받습니다."

"이 래비저는 어디서 발견했대요?"

"저도 모릅니다. 밀러와 이야기해 보는 것이 좋겠네요. 이곳 관리자입니다."

사이먼이 뒤돌아 걸어갔다.

"따라오세요."

박물관 겸 교육 센터는 언더그라운드에서 가장 큰 구역 중 하나였다. 모든 가문에 각각 하나씩 있었고 센터마다 악마를 전시한 유리장을 두었다. 모두 합해 14마리가 있었지만 서로 다른 종은 6마리뿐이었다.

래비저와 마찬가지로 어느 것도 진짜는 아니었다. 환영, 악몽, 신화, 그리고 잠깐 악마 세계를 엿보게 해 준 심령 여행에서 목격한 것을 종합해 외양을 만든 것이었다. 전시용 외에도 연구용과 무술 훈련용으로 이런 악마를 활용하기도 했다.

책꽂이에는 책들이 꽂혀 있었고, 탁자에는 컴퓨터도 몇 대 놓여 있었다. 컴퓨터들은 한때 모두 강한 인터넷 선에 연결되어 있었으나 지금은 회선이 끊긴 것도 몇 대 있었다.

"여긴 누가 사용해요?"

"모두가요. 아이들은 여기에서 교육을 받아요."

사이먼은 이 센터에서 보냈던 그 오랜 시간을 떠올렸다. 템플러는 그에게 악마에 대해 아는 모든 것을 가르쳤다. 얼마 후 그는 금세 지루해졌는데 똑같은 내용이 언제나 반복되었기 때문이었다.

그는 수업에 집중하지 않는다는 이유로 늘 혼이 났다. 그 말고도 문제를 일으키는 아이들은 아주 많았다.

사이먼은 아버지의 얼굴에 나타났던 괴로움과 실망을 아직도 기억했다. 아버지에게 사과할 수 있는 기회가 정말로 사라졌다는 사실을 깨닫자 사이먼은 고통에 사로잡혔다. 그리고 이제 그가 배웠던 모든 것은 너무도 부족하게 느껴졌다.

"왜 아이들은 런던에서 학교를 다니지 않았어요?"

"이곳 커리큘럼은 너무 달랐습니다. 행정 시스템에 우리 이름이 오르내리는 것을 좋아하지 않고요. 1307년에 필리프 4세)가 정한 규칙입니다. 그 시절 템플러가 래비저 시체를 발견하고 연구하면서 악마의 존재를 알려야 한다고 주장했어요. 필리프 4세는 템플러에게 금을 요구하며 위협했습니다. 템플러가 왕관을 노리고 래비저를 만들어 내 왕을 협박했다고 주장하면서요. 그러자 템플러는 바람 속으로 뿔뿔이 흩어졌고 이후 언제나 비밀스럽게 살아왔습니다."

그의 목소리가 고요한 박물관에 메아리처럼 울렸다. 그가 아는 한 가장 조용한 순간이었다. 어렸을 때 그곳은 항상 시끄러웠다. 사실 템플러 언더그라운드 대부분이 굉장히 소란스러웠다.

사이먼은 슬펐다. 이 모든 것이 이제 시작에 불과할 뿐이었다.

병영으로 돌아오면서 그들은 완전무장한 두 여자가 지나가는 것을 보았다. 아이들 다섯 명을 데리고 박물관으로 향하는 템플러였다. 아이늘을 훈련시키려는 것이었다.

"안녕, 사이먼."

둘 중 한 명이 사이먼에게 인사했다. 사이먼은 자리에 멈춰 그녀를 보았지만 갑옷을 알아볼 수 없었다.

템플러는 임무를 잠시 중단하겠다는 듯 그 자리에 서서 안면 보호구를 열었다. 갸름한 얼굴에 깊은 갈색 눈동자가 아름다웠다. 삐져나온 계피색 머리카락 몇 가닥이 그녀의 눈과 잘 어울렸다.

"앤."

사이먼이 그녀를 알아보았다. 피곤하고 울적했는데도 그녀를 보니 행복한 기분이 들었다. 그가 떠날 때 앤은 마지막 성인용 갑옷을 아직 만드는 중이었다.

젊은 여자가 사이먼에게 다가와 그를 안았다. 그들의 흉갑이 닿으며 찰캉하고 울렸다.

"좋아 보이네."

사이먼이 몸을 떼고 한 걸음 물러나며 말했다.

"고마워."

앤이 미소를 지었다. 사이먼의 기억보다 더 자신감 넘쳐 보였다. 어렸을 때 그녀는 결코 외향적이라고 할 수는 없었다. 언제나 조용히 가족과 함께 있었다.

"너도 그래."

그녀가 친구에게 돌아서며 사이먼을 소개해 주었다.

"케이코, 사이먼 크로스야. 사이먼, 여긴 케이코 나가무치."

다른 템플러의 안면 보호구도 열렸다. 아시아계인 그녀는 갑옷을 입었는데도 가볍고 연약해 보였다. 아몬드 빛깔 눈동자에는 불신과 불편함이 드러났다. 케이코가 고개를 끄덕였다.

"당신에 대해선 들었어요."

그녀의 목소리는 단조롭고 무덤덤했다. 그를 싫어하는 것이 분명했다.

사이먼은 그녀의 거부감에 동요하지 않으려고 애썼다. 언더그라운드에 살 때는 만난 적 없는 사람이었다. 세 살이나 네 살 정도 많아 보이는 걸로 보아 생활 반경이 겹치지 않았던 것이 분명했다.

"데릭이랑 함께하는 거야?"

"응."

"곧 부대가 재편성될 거래. 함께 훈련받았으니 어쩌면 같은 부대에 소속될지도 모르겠다."

"어쩌면."

오늘 겪은 일을 되돌아보면 그런 일은 없는 편이 나을 터였다. 지옥에서 온 악마의 발톱에 앤이 죽는 것을 지켜보는 일은 결코 바라지 않았다. 그러다 문득 자기중심적 생각임을 알았다. 앤과 다시 만날 때 그가 살아 있는 쪽일 것이라는 보장은 없었다.

"그레이던 아저씨가 아직 여기서 지내는데."

"만났어."

네 아이들이 불안한 듯 몸을 들썩였다. 다른 시절이었다면 왜 멈췄느냐고 따졌을지도 몰랐다. 템플러 아이들은 하루 종일 바쁘게 지냈다.

그러나 이 아이들은 근심에 잠겨 있었다. 물려받은 유산의 무게에 이미 충분히 짓눌려 있었다. 이 아이들에게 악마는 항상 진짜였던 것이다. 악마를 다른 세상 존재라고 여길 기회도 없었다. 악마가 이 세상에 오지 않았던 시절을 그들이 알고는 있을지 궁금했다.

"가끔 병영에 들를게."

"좋아."

잘 아는 사람이 죽음에 직면하는 모습을 더는 보고 싶지 않다는 바람에도 불구하고 사이먼은 대뜸 대답했다. 동료 전사를 잃는 것도 큰일이었지만, 친구를 잃는 것은 훨씬 힘든 일이었다.

"늦겠어."

케이코가 돌연 안면 보호구를 탁 닫으며 짜증을 냈다. 앤은 난처해하며 말했다.

"가야겠어."

"만나서 기뻤어."

그녀가 그에게 미소를 짓자, 예전에 알던 그 조용한 소녀의 모습이 엿보였다.

"조만간 보러 갈게."

"네가 안 오면 내가 갈지도."

미소가 웃음으로 변했다.

"그거 기대되네."

케이코가 코웃음을 치자 소리 증폭기 탓에 더욱 조롱하듯 들렸다. 두 템플러는 아이들을 재촉하며 센터로 향했다. 앤이 뒤돌아 다시 한번 사이먼을 본 후 안면 보호구를 닫았다.

"옛날 친구?"

레아가 물었다.

"네."

사이먼이 걸어가기 시작했다.

"어떤 사연이 있는 것처럼 보이던데요."

"무슨 뜻이에요?"

무슨 의미로 그런 말을 한 것인지 확신하면서도 사이먼은 되물었다.

"어떤 로맨스의 기운이 감지됐어요."

"아니에요."

"난 이런 일에는 별로 틀린 적이 없다고요."

사이먼은 레아에게 다시 한번 아니라고 말하거나 무시할까 생각했다. 하지만 여기, 그들이 처한 환경에서, 아버지가 죽고 그의 이름을 아는 친구도 거의 없는 상황에서 조금은 그런 이야기를 하고 싶다고 느끼는 자신에게 조금 놀랐다.

"아버지가 앤과 나의 결혼을 추진했었어요."

"결혼이라고요?"

"네."

"농담이죠. 정략결혼 말이에요?"

사이먼은 레아를 바라보면서, 이 터널의 보안 시스템이 그들의 대화를 어디까지 수집할 수 있을지 궁금했다.

"이런 이야기를 하기에 좋은 장소는 아니네요. 좋은 때도 아니고요."

"전 침대로 기어 들어갈 준비가 되지 않았어요. 이야기를 하고 싶어요."

사이먼도 마찬가지였다. 앤을 본 것은 혼란스러운 축복이었다. 앤은 손드라에 대해선 몰랐다. 그는 손드라에게도 런던 이야기는 한 번도 하지 않았었다.

그 역시 병영으로 돌아갈 준비가 되지 않았다. 데릭이 그를 부대원으로 받아들이긴 했지만, 오늘 그들이 함께 피를 흘리긴 했지만, 그곳에는 그를 마땅치 않아 하는 사람들이 너무 많았다.

"좋아요."

28장

  거의 텅 빈 식당 한쪽 구석에 놓인 작은 테이블에 김이 오르는 뜨거운 차를 놓고 마주 앉아 사이먼은 말했다.
"여기서 모두가 정략결혼을 하는 건 아닙니다. 서로 사랑에 빠지기도 하고, 결혼도 하고 아이도 갖지요."
"그런데 왜 정략결혼을 하는 거예요?"
레아는 마치 그것이 비난받을 만한 행동인 듯 말했다.
"당신 생각만큼 그렇게 아주 끔찍한 건 아니에요."
"분명히 야만적이에요. 만약 여자가 결혼을 원하지 않으면요? 엄마가 되고 싶지 않다면요?"
"남자라고 여자보다 자유로운 건 아니에요."
"아."
레아가 눈을 깜박거렸다.
"남자도 결혼하고 싶어 하는 건 아니라고요?"
"때로는 여자보다 더 싫어하죠."
"그런데 대체 왜 결혼을 하는 거죠?"
"아이들을 갖기 위해서요. 템플러는 지속되어야 하니까요."
레아는 얼굴을 찌푸렸다.
"종의 번식 말이에요?"
  사이먼은 그녀의 말에 조금 화가 났다. 그저 얼른 대화를 끝내고 싶었다. 하지만 그래 봤자 병영으로 돌아가 혼자 앉아 있을 것이다.

"우리에겐 살아가는 우리만의 방식이 있습니다. 모두에게 의미가 있는 건 아니지만요. 템플러 바깥세상에서 관계를 맺는 건 문제의 소지가 있어요."

"문제의 소지요?"

"19세기 중반에 템플러 두 명이 요양소로 보내졌어요."

"왜요?"

"아내에게 템플러의 역할에 대해 말했거든요. 그들의 의무에 대해서요."

레아가 얼굴을 찡그렸다.

"그 시절에는 많은 사람들이 요양소에서 생을 마감했어요. 가족에게 버림받고요. 아내들은 이혼할 수가 없었고, 아이들은 관리되지 않았죠."

사이먼이 고개를 끄덕였다. 그 시절 템플러 역사는 학교에서 의무적으로 배웠다.

"그 템플러들에게 무슨 일이 일어났나요?"

"탈출해야만 했어요."

"외부에서 들어오는 사람은 아무도 없어요?"

"조금, 아주 극소수가 들어온 적 있습니다."

"사랑 때문은 아니었겠죠, 그렇죠?"

레아가 비꼬는 것처럼 미소를 지었다.

"어쨌든 결혼은 힘든 일입니다. 비밀이 섞이고 더해지고, 또 다른 것에 충성하고, 그러다 보면 유지가 거의 불가능해지기 마련이죠."

사이먼은 식당을 둘러보았다.

"이곳에서 정략결혼을 한 경우라면, 이혼은 좀처럼 발생하지 않죠."

"달리 어쩔 도리가 없으니까요?"

"남편과 아내가 같은 삶의 목표를 갖게 되니까요."

"그렇다면 왜 괜찮은 템플러와 정착하지 않았어요? 어째서 남아프리카공화국까지 간 거죠?"

사이먼은 길게 숨을 내쉬었다.

"템플러의 삶이 제공하는 것 그 이상을 원했으니까요. 악마를 믿지 않았고요."

"저 박물관 전시물을 보고도요?"

"만약 바깥에서 악마들을 보지 않았더라면 당신은 믿었을 거 같아요?"

한숨을 쉬면서 레아가 고개를 저었다.

"아마 아니겠죠. 그래서 당신은 저 젊은 여성의 마음에 상처를 준 건가요?"

사이먼이 미소를 지었다. 적어도 그 일은 그렇게까지 어렵지 않았다.

"아뇨. 2년 전에 앤은 결혼하기에는 너무 어렸어요. 아버지는 손주를 원했지만요."

"그분은 당신을 여기 정착시킬 다른 방법을 찾았어야 했겠네요."

"아마도요."

"그래서 복도에서 당신과 그렇게 이야기를 나눌 수 있었네요. 당신 머리를 베어서 접시에 올려놓는 대신."

"떠나기 전에 앤에게 말했어요. 내가 어떤 기분인지도 설명했고요. 그녀는 이해했어요."

"오늘 그녀를 만나서 기뻐 보이던데, 후회하지는 않아요?"

많이 후회합니다. 사이먼은 생각했다. 앤 때문은 아니지만.

"후회 안 합니다."

"템플러는 결혼 생활을 지속하죠?"

"대부분은요. 바깥세상보다는 이곳의 이혼율이 낮을 겁니다."

"그래도 이혼하는 사람들이 있긴 한가 봐요?"

"네. 어떤 사람들은 진심으로 결혼을 하진 않아요. 하지만 그런 사람들도 아이는 낳죠."

"결국 중요한 건 아이네요."

레아의 목소리가 냉소적이었다.

"이 세상 어디에서든 인구는 넘쳐 나니까요. 이곳 사람들이라고 그렇지 않다는 게 오히려 놀랄 일이겠죠."

"우린 항상 인구에 대해 고민했습니다. 언더그라운드의 인구는 세심하게 관리되었어요. 때로는 너무 빨리 불어나기도 했죠. 그럴 때는 아이를 갖지 않는 것이 좋겠다는 이야기가 나왔고요."

"그런데도 만약 아기가 생기면요?"

"보통은 그러지 않아요."

"사람들은, 일반적으로는 말이에요, 이래라저래라 하는 걸 싫어해요."

"여기 사는 사람들은, 일반적인 사람들이 아니에요."

사이먼이 일깨워 주었다.

"너무 고귀해서?"

"아무리 짧게 머물렀다고 해도 이곳 사람들에게서 다른 점을 보지 못했다면, 앞으로도 모를 거예요."

의도하지 않았는데도 목소리에 날이 섰다.

"무슨 말인지 알겠어요."

레아가 숨을 들이마시고 화제를 돌렸다.

"명령을 무시하고 어쨌든 아이를 갖기로 결심한다면요?"

사이먼은 어떤 이유에서 그러는지 모르겠지만 레아가 자신을 테스트한다고 느꼈다. 그래서 목소리에 감정을 싣지 않았다.

"결과는 정해져 있습니다. 진급에서 제외됩니다. 그리고 가문이 유지되긴 하더라도 무시당하지요. 특권도 모두 취소됩니다."

"'특권'이라고요?"

"어떤 템플러는 언더그라운드 밖에서 일할 수 있는 특권이 있죠."

"바깥에서 무슨 일을 해요?"

사이먼이 차를 한 모금 마셨다. 차는 아직도 아주 뜨거웠다.

"관찰합니다."

"뭘요?"

"정치, 경제, 기술 발전."

"템플러는 사회 체제에서 한 걸음 물러난 줄 알았는데요. 기술은 다른 어디보다도 앞섰을 테고요."

"무기에 한해서라면 그렇죠. 템플러도 기술이 그쪽에만 집중되었다는 사실을 잘 압니다. 의학도 무척 중요하지만 따라갈 만한 자원이 없어요. 템플러는 바깥세상으로부터 분리되어 존재하지만, 완전히 단절되지는 않았습니다. 그들은, 우리는 악마로부터 그 바깥세상을 지키기 위해 바로 여기 있는 겁니다."

사이먼은 자신이 템플러를 제3자처럼 이야기한다는 것을 깨닫고 바꾸어 보려고 했다. 하지만 그가 여전히 템플러의 일원인 듯 말하고 행동하는 것도 어색하게 들렸다. 사실은 항상 그랬다.

"그렇다면 템플러는 왜 도시의 생존자들을 여기로 데려오지 않는 거죠? 왜 알아서 살아남으라고 저대로 밖에 내버려두는 거죠?"

"여기로 온다고 해결되는 문제가 아닙니다. 그들을 여기로 데려온다면, 악마도 당장 뒤쫓아 올 테니까요."

사이먼은 그녀가 질문하기 전에 답을 생각해 보지 않은 것에 화가 났지만 침착하게 화를 가라앉혔다. 언더그라운드까지 오는 동안 보았던 그 불행한 생존자들의 기억을 떠올리자 더욱 감정이 요동쳤다.

"핼러윈 전투에 스러져 간 그 모든 전사들의 희생이 헛될 겁니다. 악마와 전투를 계속하기 위해 식량을 비축하긴 했어도 훈련받지 않은 사람들을 모두 수용할 정도로 여유가 있지는 않을 겁니다."

레아가 그를 바라보았다.

"나는요? 난 훈련받지 않은 사람인데요."

사이먼이 대답은 하지 않고 뒤로 물러나 앉았다. 솔직히 그도 알 수 없었다.

"사이먼 크로스."

전투에서의 극심한 흥분으로 아직도 심장에 통증이 남아 있었던 사이먼은 몽롱한 채 깊게 잠이 들지 못했고, 자신을 부르는 소리에 잠에서 즉각 눈을 떴다. 브루스 마틴데일이 갑옷을 들고 침대 옆에 서 있었다. 데릭 부대의 부사령관이었다. 그는 젊고 오만했으며 템플러로서 갖춰야 할 모든 것을 갖고 있었다.

사이먼은 일어나 앉아서 그를 따라 갑옷을 입기 시작했다.

"무슨 일입니까?"

"작전이다."

브루스가 흉갑을 걸치며 말했다.

"밖에 나간다."

"무슨 작전이죠?"

사이먼이 부츠를 신으며 물었다.

"알아야 할 때 알게 될 것이다."

사이먼은 고개를 끄덕였다. 템플러들이 퉁명스럽게 대하는 것이 싫었다. 하지만 그들을 바꿀 수도 없었다. 그는 아버지에게 한 약속에 집중하기로 했다. 가장 중요한 것이었다. 다시는 그 약속을 깨뜨리지 않을 생각이었다.

사이먼은 HUD를 통해 시각을 확인했다. 새벽 3시 14분이었다. 두 시간 조금 넘게 잔 셈이었다. 레아와의 대화는 점점 줄어들어 두 사람 다 말이 없어졌다. 병영으로 돌아와서는 쉽게 잠이 들수가 없었다. 그는 소리를 죽이고 하품했다. 턱이 삐거덕하더니 아플 지경이었다. 눈물이 찔끔 나왔다.

거리와 창턱, 건물은 하얀 눈에 덮여 반짝였고 파손된 자동차와 2층 버스, 군용 차량과 탱크가 진창이 된 거리에 그대로 나뒹굴고 있었다. 칠흑 같은 어둠에 잠긴 도시를 희미한 달빛이 간신히 비추고 있었다. 불빛도, 불꽃도, 전등도 없었고 아직 도시에 누군가 생존해 있음을 알려 주는 촛불도 전혀 없었다. 케이프타운 외각 야생 지역에서 2년 동안 가이드로 지낸 사이먼에게도 런던은 괴이하게 느껴졌다. 그리고 위험해 보였다. 몇몇 건물 꼭대기에 조각된 가고일은 숨어서 그들을 노리고 있을 악마와 잘 구분되지 않앉다.

 작전 중인 첼시 지역은 일반적으로 부유한 지역으로 여겨졌고 주택들도 매우 비쌌다. 사이먼은 아버지와 함께 이곳을 지나간 적이 있었다.

 "킹스로드 바로 옆에 집 한 채가 있다."

 데릭이 낮은 목소리로 지하철역에 모인 템플러 스무 명에게 말했다.

 "현재 위치를 알려 주겠다."

 사이먼의 HUD에 빛이 깜빡거리며 업로딩 메시지를 보냈다. 그들의 위치가 표시된 거리의 지도가 스크린에 겹쳐 나타났다. 바로 근처에는 템스강이 흘렀다.

 "이곳이 목표 지점이다."

 그들이 있는 슬론 스퀘어 역에서 17블록 떨어졌고, 킹스로드에서 반 블록 떨어진 지점이 지도 위에 빨간색 점으로 표시되었다.

 "연구 부서에서 우리가 손에 넣어야 할 것으로 추정되는 유물을 발견했다. 책이다."

 몇몇 템플러가 긴장한 듯 자세를 바꾸었다.

 "책 말입니까?"

 웨이버리라는 병사가 의심스럽다는 듯 물었다.

 "책 한 권 때문에 우리 목숨을 걸라는 말입니까?"

 "회고록으로 알려진 책이다."

 데릭이 계속했다.

 "악마에게 감금되었다가 탈출한 미친 수도승이 쓴 것으로 추정된다."

"그런 얘긴 들어 본 적 없습니다."

웨이버리가 말했다.

"나도 마찬가지다."

데릭이 인정했다.

"형제 카길(Brother Cargill)."

사이먼이 저도 모르게 불쑥 말했다. 템플러들의 투구가 일제히 사이먼을 향했다.

"그렇다."

데릭이 말했다.

"책 사진을 한 장 받았다."

가죽 장정을 입힌 커다란 책 사진이 사이먼의 뷰스크린에 떴다.

"이 책에 대해서 아는 것이 있나, 사이먼?"

데릭이 물었다.

"쓸 만한 정보 하나도 받지 못했다. 이 책을 가져오라는 것 말고는."

"형제 카길은 로크 가문의 박물관에 전시된 래비저의 시체를 발견한 사람입니다."

아무도 이 이야기를 모른다는 사실을 사이먼은 믿을 수 없었다.

"들어 봤어."

어맨다 파이어가 말했다. 사이먼은 이 젊은 여자를 어렴풋이 기억했다. 학창 시절 그녀는 펜보다 칼에 재능을 보였다.

"아버지가 이야기해 주셨습니다. 형제 카길은 3차 십자군 전쟁이 벌어졌던 1189년에 리처드 1세와 함께 여행을 했다고 전해집니다. 붉은 수염 때문에 바르바로사(Barbarossa)라고 불린 신성로마제국 황제 프리드리히 1세가, 알려진 것처럼 사고로 익사한 것이 아니라 악마에게 살해당했다고 그는 주장했습니다."

"지금 여기서 역사 공부를 할 필요는 없잖아."

누군가 투덜거렸다.

"프리드리히 1세가 갑자기 죽는 바람에 3차 십자군 원정이 끝났지."

데릭이 말했다.

"프랑스 국왕 필리프 2세가 떠난 후 리처드 1세는 살라딘과 휴전할 수밖에 없었다."

"카길은 리처드 1세와 함께 영국으로 돌아왔습니다."

사이먼이 말을 이었다.

"프리드리히 1세가 악마의 손에 죽었다는 이야기를 기록한 책을 가지고 있었어야 했죠."

"1,000년 전에 이미 악마가 건너올 수 있었다면, 왜 침공하지 않았던 거지?"

아무도 대답하지 않았다.

"카길은 악마에게 포로로 붙잡혀 있었다고 말했습니다. 그의 말대로, 악마는 잠시 그를 그들의 세계로 데려갔었지요."

아버지에게 처음 이 이야기를 들었던 날 밤, 그는 악몽을 꿨다. 카길이 겪은 일이 어땠을지 상상하면서.

"왜 그를 데려간 거지?"

"그건 카길도 몰랐습니다. 악마가 다시 그를 데리고 우리 세계로 넘어왔을 때 그는 도망쳤죠."

"카길을 완전히 죽이지 않다니, 믿을 수 없군."

누군가 말했다.

"템플러는 카길이 생포된 동안 미쳐 버렸다고 보고했습니다. 카길이 무슨 말을 하든 믿지 않았지요. 악마 세계로 끌려갔었다는 것도요. 카길이 가져온 래비저의 시체를 보고 의심이 들긴 했지만, 그가 보았다고 주장했던 것들, 즉 불에 타 황폐해진 세상 같은 건 믿지 않았습니다. 그 누구도 믿고 싶어 하지 않는 것들이었으니까요."

"헬게이트처럼."

브루스가 말했다.

"런던에서 일어난 일처럼."

다른 누군가 말했다.

"영국으로 돌아가는 길에 템플러는 리처드 1세와 합류했습니다. 폭풍우가 몰아치자 조난당한 그들은 오스트리아 해안에 도달했지요. 리처드 1세의 오랜 적이었던 레오폴드 공작은 그를 사로잡아 독일 제국의 하인리히 6세에게 넘겼습니다. 카길은 몸값을 받고 풀려나길 기다리는 동안 오스트리아에서 회고록을 완성했지만, 그 책은 그곳에서 사라져 버렸지요."

잠시 아무도 말이 없었다. 사이먼은 길게 이어지는 어두운 거리를 바라보았다. 데릭이 말했다.

"글쎄, 그 책이 지금 첼시에 등장한 것 같군. 킹스로드의 저 집에서 말이지. 그리고 그것을 손에 넣는 것은 우리에게 달렸다. 페럴, 자네가 선두에 선다."

페럴이 즉시 앞장섰다. 다른 템플러들이 조금씩 거리를 두고 그의 뒤를 따랐다.

29장

　의료진이 그의 몸을 검진하는 동안 MRI 기계 안에서 워런은 숨이 막히고 갇힌 것만 같았다. 그는 침착하기 위해 애썼다. 견딜 수 없을 정도로 가려워서 의료진이 그를 컨베이어벨트로 옮겨 기계를 통과할 수 있도록 돕는 동안 가만히 누워 있을 수가 없었다.

　비늘이 실제로 피부 속으로 미끄러져 들어가 자리를 잡고 자라며 증식하는 것이 느껴지는 듯했다. 하지만 그는 그런 감각은 현실이 아니라 오로지 그의 상상일 뿐임을 알았다. 아니, 그러길 바랐다!

　처음에는 비늘이 일종의 딱지 같은 것이어서 없앨 수 있을지 모른다고 생각했다. 실제로 툴레인에게 칼을 빌려 시도해 보기도 했다. 바로 그때 비늘이 이미 그의 피부만큼이나 그의 일부가 되었음을 알았다.

　피부'였었'지. 그가 스스로에게 상기시켰다.

　비늘은 제거되긴 했지만 믿을 수 없을 정도로 고통스러웠다. 그리고 잠시 피를 흘렸을 뿐, 상처는 금세 아물었다. 의료실로 가자고 툴레인이 그를 설득하는 동안 비늘이 있던 자리에는 하얀 물집이 생겼다. 없어진 비늘을 대신할 새로운 비늘이 이미 자라는 중이라고 워런은 확신했다.

　기계가 워런 주위에서 웅웅거리며 작동했다. 그는 호흡에 집중해서 금방이라도 패닉에 빠질 것 같은 자신을 다스렸다. 잠시 후 다행히도 컨베이어벨트가 그를 MRI 기계 밖으로 내보내 주었다.

내과의 해거티가 프로젝터에 띄운 워런의 영상을 보며 설명했다. 영상 속 워런은 벌거벗은 채 누워 있었다. 의사는 40대 중반으로 의료 경험은 충분할 듯했지만 한편으로는 정보를 떠벌릴 만큼 충분히 어려 보였다.

그 사람뿐만 아니라 수련의까지 와서 그의 몸을 살폈다. 수련의는 툴레인의 사람들처럼 괴물식 훈련을 받지는 않았을 것이 분명했다. 결국 답을 구할 곳은 아무 데도 없다는 생각이 들었다. 도움을 구할 곳 역시.

자신의 모습을 지켜보던 워런은 속이 메슥거렸다. 프로젝터는 공중에 둥둥 떠 유령 같은 그의 몸을 거의 60센티미터 크기로 띄워 놓았다. 창피했지만 몸 상태에 대한 두려움과 근심에는 미치지 못했다.

"보시다시피 3도 화상으로 훼손된 조직 부위가 재생되고 비늘로 씌워졌습니다."

의사가 말했다.

"조직이 재생된 것을 어떻게 알 수 있죠?"

툴레인이 탁자 끝에 서서 주의 깊게 지켜보다가 물었다.

"3도 화상의 경우, 일반적으로 조직이 손상됩니다."

"신체는 손상된 조직을 자연적으로 재생하지 않나요? 다쳐서 통증을 느끼다가 상처가 나은 경험이 다들 있을 텐데요."

"네. 하지만 어디까지나 한계가 있습니다. 게다가 화상은 보통 그런 자가 치유력을 기대하기 힘듭니다. 그래서 죽은 살을 긁어내 새로운 살이 자라도록 하는 화상 치료법도 있습니다. 언제나 성공하는 것은 아니지만요."

의사가 고개를 저었다.

"그리고 이런 현상과는 완전히 다릅니다. 여기 화상 부위를 보시면, 안에서 살이 차오르는 모습이 보일 겁니다. 몸을 채워 정상으로 되돌리려는 것처럼요."

"비늘로 말이죠."

"네."

의사가 키보드를 두드렸다. 워런의 왼쪽 팔이 확대되어 초록빛이 도는 검정 비늘로 덮인 화상 부위를 더 잘 보이게 해 주었다.

"흥미롭게도 여기 새로 채워진 살은, 그러니까 비늘은, 워런 씨의 DNA와는 다릅니다."

"DNA가 다르다고요?"

의사가 고개를 끄덕였다. 키보드를 다시 한번 두드리자 두 개의 DNA 차트가 나타났다.

"이것이 워런 씨의 DNA입니다."

꼭대기 부분의 DNA 가닥이 반짝거렸다.

"그리고 이것이, 음, 다른 DNA입니다."

이번엔 아래쪽의 DNA 가닥이 반짝거렸다.

워런은 DNA에 대해서는 잘 몰랐고, 차트를 어떻게 봐야 하는지도 몰랐다. DNA의 이중나선이 고유하다고 학교에서 배운 것이 어렴풋이 기억나는 정도였다. 하지만 그것이 전부였다. 그는 무력하게 거기 앉아 있는 매 순간이 증오스러웠다.

"그 DNA가 무엇인진 확인했습니까?"

툴레인이 물었다.

"아니요. 하지만 무엇이 아닌지는 말할 수 있습니다."

툴레인은 기다렸다. 의사가 입술을 핥고 손가락으로 검은 머리카락을 쓸어 넘겼다.

"인간의 DNA가 아닙니다. 컴퓨터에 기록된 그 어떤 종의 DNA도 아니라고 말씀드릴 수도 있겠군요."

인간이 아니라고. 점점 더 커지는 공포를 느끼며 워런은 화상 부위에 새로 돋은 피부를 바라보았다.

"워런의 DNA가 인간이 아니라는 겁니까?"

툴레인이 물었다. 워런은 툴레인과 해거티가 나누는 이야기에 주의를 기울였다. 두 사람은 워런의 정신 상태에는 전혀 신경 쓰지 않는 것 같았다.

"네."

의사가 대답했다.

"그 사실을 부정하는 어떤 증거도 발견할 수 없습니다."

워런은 툴레인을 바라보았다. 자신이 인간이 아니라는 이야기를 그가 어떻게 생각하고 있을지 궁금했다. 자라나는 비늘은 그들에겐 좋은 논쟁거리일 것이 분명했다. 워런에겐 그렇지 않았지만.

"그렇다면 워런의 신체에는 서로 다른 두 DNA가 공존한다는 말입니까?"

툴레인이 물었다. 해거티가 고개를 끄덕였다.

"평범한 인간에게도 불가능한 일은 아닙니다. 예를 들어 시머 씨가 태내에서 쌍둥이였다고 합시다. 한 아이가 자궁에서 사망하면 다른 아이가 사망한 태아의 세포를 흡수하는 키메라 현상이 발생하기도 합니다."

"그런 경우엔 두 DNA가 모두 인간의 것이겠죠."

툴레인이 말했다.

"바로 그렇습니다."

해거티가 고개를 저었다.

"이 두 번째 DNA는 인간의 것이 아닙니다."

워런은 비늘을 응시했다. 바로 그 순간 칼을 꺼내 물고기 비늘을 치는 어부처럼 자기 비늘을 긁어 낼 수 있기를 간절히 바랐다. 고통을 견디고, 팔을 더 이상 쓸 수 없게 된다 해도 상관없을 것 같았다. 하지만 그는 비늘 단 하나를 뽑는 것도 얼마나 고통스러웠는지 기억해 냈다.

"비교해 볼 만한 악마 DNA가 있습니다."

툴레인이 말했다.

"압니다."

의사가 말했다.

"비교해 봤습니다. 두 번째 DNA가 그 샘플과 비슷하긴 합니다만 완전히 일치하지는 않습니다."

"자연 발생한 악마의 DNA라고 판단하시는 거군요."

"네."

툴레인이 워런의 영상을 바라보았다. 그리고 천천히 숨을 내쉬면서 속삭였다.

"아주 멋지군요."

워런은 저 두 사람이 얼마나 조용하게, 그리고 얼마나 침착하고 철저하게 그들의 임무를 수행하는지 바라보면서 믿을 수 없었다. 그들은 감염 당사자들도 아니었다.

"어떻게 이런 일이 일어났는지 이해가 안 돼요."

워런이 잠긴 목소리로 말했다. 해거티가 어깨 너머로 워런을 바라보며 말했다.

"저도 이해가 안 됩니다. 시머 씨. 이런 건 한 번도 본 적 없어요."

그는 다시 영상으로 주의를 돌렸다.

"하지만 이 비늘은 상처를 낫게 하기 위해 자라는 것 같습니다. 어쩌면 당신을 보호하기 위해서요."

"그를 보호한다고요?"

툴레인이 물었다.

"무엇으로부터요?"

무엇으로부터가 아니겠지. 워런이 근심에 젖어 생각했다. 누군가로부터 보호하는 거겠지.

"비늘이 얼마나 퍼졌나요?"

워런이 물었다.

"오리지널 촉매 작용은 화상 부위에서 시작된 것으로 보입니다."

해거티가 키보드를 눌러 빨간 화상 부위를 띄웠다. 워런은 자신의 상처를 보고는 헉 하고 숨을 참았다.

"비늘은 현재로서는 손상이 아주 심한 부위를 제외하고는 경막 아래 부위에만 퍼져 있습니다. 저기 보이시죠."

그가 잠시 멈추었다가 다시 말했다.

"아마 저 비늘들은 저 부위를 더 잘 보호해 줄 것으로 보입니다."

"비늘이 신체의 약점을 알아본다는 것인가요?"

툴레인이 물었다. 해거티가 망설였다.

"그렇게 말하는 것은, 비늘을 하나의 독립체로 본다는 의미입니다."

"아마도 그런가 보군요."

"당신 말은 그러니까 기생충 같은 거란 말입니까?"

"그렇게 부르고 싶으시다면요."

해거티는 다른 의견은 덧붙이지 않았다. 워런은 구토감이 더 심해졌다. 의사의 침묵을 통해, 그가 바로 그런 가능성도 고려했음을 알 수 있었다.

"그럼-"

워런은 목소리가 나오지 않았다. 그는 침을 삼키고 헛기침을 한 다음 다시 입을 열었다.

"그럼 이 비늘을 없앨 수는 있나요?"

"수술로요?"

워런이 고개를 끄덕였다. 해거티는 공중에 떠 있는 워런의 벗은 형상을 바라보며 잠시 말이 없었다.

"피부는 조직입니다. 인간 몸에서 가장 큰 조직이지요. 만약 그런 일을 시도한다면, 만약 성공한다면, 만약 당신이 살아남는다면, 아주 오래도록 엄청난 고통에 시달릴 것입니다."

"막아 줄 순 없나요? 코마에 빠뜨리거나 다른 어떤 방식으로?"

"코마는 치유 인자를 감소시킬 수 있습니다. 그리고 위험합니다. 우리는, 당신은, 이 새 피부를 제거한 후 새로운 피부가 돋지 않는 경우도 고려해야 합니다."

"난 지금 나를 죽이려는 기생충에 감염됐다고요."

워런은 목소리를 낮추려고 애썼지만 살 해냈는지는 확신할 수 없었다.

"아직 분명한 건 아닙니다."

툴레인이 말했다. 워런이 그를 힐끗 쳐다보았다.

"워런, 당황하지 마세요."

툴레인이 워런을 달랬다.

"이 비늘이 당신에게 어떤 해를 끼칠지는 알 수 없습니다."

"사실-"

해거티가 재빨리 끼어들었다.

"비늘이 당신 목숨을 구했다고 말하고 싶군요. 새 피부가 치유 작용을 하지 않았더라면 당신은 분명 죽었을 겁니다. 그 비늘이 당신 생명을 구한 유일한 방법이었다고 나는 믿습니다. 그렇지 않다면 그런 화상을 입고도 어떻게 살아남은 건지 설명할 수가 없어요. 당신 신체가 끔찍하게 훼손되지 않은 이유도요."

"내겐 비늘이 있다고요."

워런이 쉰 목소리로 말했다.

"하지만 흉터는 아니죠."

해거티가 동의했다.

"심지어 이 화상 부위에 감각도 살아 있어요."

그가 워런의 팔에 손을 뻗어 만지며 말했다. 워런은 비늘을 통해 의사의 체온과 부드러움을 느꼈다. 이 남자는 그보다 약했다. 그가 이해할 수 없는 어떤 잠재적인 차원을 통해 워런은 그 사실을 알았다.

"느껴지시죠."

해거티가 말했다. 워런은 아무 말도 하지 않고 해거티의 손을 뿌리쳤다.

"당신은 잘못 판단하고 있습니다. 당신이 얻은 것은, 워런, 선물입니다."

툴레인이 말했다.

"선물이 아니에요!"

워런이 외쳤다. 그의 목소리가 의사의 사무실을 가득 채웠다.

"악마는 선물을 주지 않아요! 나는 놈들을 봤어요. 충분히 가까이서 봤다고요. 그날 밤 그 방에 있던 그 누구도 선물을 받지 않았어요. 그들은 살해당했다고요. 끔찍하게, 무자비하게!"

"그들은 그랬지요."

툴레인이 부드럽게 말했다.

"하지만 당신은 아닙니다. 그 이유가 무엇이든 당신은 살아남았어요."

워런은 더욱 간절해졌다.

"아케인 에너지는 어때요? 마법으로 이걸 없앨 순 없나요?"

툴레인이 의자에 털썩 앉아 얼굴을 쓸어내렸다.

"모르겠습니다. 우리도 연구하는 중이에요. 매일매일 조금씩 알아 가는 중이죠. 워런, 우리에게 시간을 주세요. 만약 우리가 당신을 도울 수 있다면, 도울 겁니다. 하지만 당신이 우리와 함께 머물러야 합니다. 그럴 수 있겠어요?"

워런은 싫다고 대답하고 싶었다. 사실 바로 그 순간 동굴을 떠나고 싶었다. 하지만 그럴 수 없음을 알고 있었다. 그는 덫에 걸렸다. 아니, 그보다는 차라리 저주받았다고 해야 할 것이다.

그는 내면 깊은 곳에서부터 울려오는 메리힘의 웃음소리를 들었다. 놈이 어딘가에서 그를 조롱하고 있었다.

30장

  3층짜리 저택은 다른 두 집 사이에 끼어 있었다. 벽돌 건물이었고 창문들이 앞으로 나란히 튀어나와 있었다. 휘어진 연철 울타리에는 불에 탄 오토바이가 얽혀 있었다. 무언가가 오토바이를 들어 올린 후 내동댕이친 것 같았다.
  건물 앞을 살펴보던 사이먼은 그들이 건네받은 주소로 제대로 왔음을 알았다.
  데릭은 빠르고 간결하게 명령을 내려 집 주변에 템플러를 배치하고 안전을 확보하도록 했다. 사이먼은 내부 수색조였다.
  사이먼은 검과 스파이크 볼터를 뽑아 들고 데릭과 다른 네 템플러의 뒤를 따라 낮게 설계된 벽감 아래 문을 향해 계단을 올랐다. 사방에 내려앉은 어둠에도 불구하고 사이먼은 누군가 자신을 지켜보고 있는 것 같았다. 그는 투구의 망원 기능을 이용하여 주위를 둘러보았다.
  거리에서도, 드리운 그늘 속에서도 움직임은 없었다.
  누군가 이미 집에 침입했던 것 같았다. 문은 닫혀 있었지만 자물쇠가 부서져 있었다. 데릭이 속삭였다.
  "우리보다 먼저 온 사람이 있다."
  "골디락스[13]는 아니라는 데 걸겠습니다."

---

[13] goldilocks, 영국 동화에 나오는 금발 소녀. 곰이 사는 집에 몰래 들어가 수프를 먹는 이야기다.

브루스가 앞장서서 건물 안으로 들어가며 말했다.

데릭에 이어 거의 즉시 사이먼이 뒤를 따랐다. HUD의 광증폭기를 통해 사이먼은 집이 엄청나게 호화로운 것을 보았다. 아시아 조각품과 도자기들로 채워져 있었던 듯한 진열장과 선반은 산산조각 난 채 바닥에 흩어져 있었다. 화선지에 섬세하게 그려 넣은 수채화들이 벽에 삐딱하게 걸려 있었다. 거의 모두 전설 속 용과 키메라의 그림이었다.

"여긴 누구 집입니까?"

브루스가 물었다.

"판타지 소설 작가."

데릭이 대답했다.

"로버트 손턴."

"저, 읽어 봤습니다."

젊은 축에 속하는 템플러인 카일이 말했다.

"꽤 잘 씁니다."

허물어진 집 내부의 청사진이 각 층별로 HUD에 떠올랐다. 사이먼은 계단을 향해 복도를 지났다.

"그럼 그 책은 어디에 있습니까?"

브루스가 물었다.

"손턴의 서재, 3층에 있다. 정보에 따르면 손턴은 서재 금고에 오컬트 책과 수집품을 보관했다고 한다."

"손턴은 지금 어디에 있습니까?"

"영국에 없다. 악마가 넘어왔을 땐 이미 북투어로 미국으로 간 후였다."

"운도 좋지 말입니다."

사이먼은 넓은 거실을 둘러보았다. 한때 첼시에는 보헤미안들이 살았지만 군 장교와 부유층의 유입으로 고향을 떠나야 했다고 아버지에게 들은 기억이 났다.

커다란 벽난로가 서재를 거의 꽉 채우고 있었다. 깨진 유리창으로 차가운 밤공기가 들어왔다. 바닥과 값비싼 가구에 눈이 쌓여 있었다. 만약 돌아올 수 있다면 손턴은 예전 같지 않은 집을 마주할 터였다.

벽난로 위에 사진이 놓여 있었다. 한 남자와 한 여자, 그리고 어린 두 아이들이었다.

"손턴의 가족은 어디 있습니까?"

사이먼이 물었다.

"손턴과 함께 미국에 갔습니까?"

"나도 모른다."

사이먼은 사진에서 시선을 돌렸다. 사진 속 아이들과 여자가 이미 악마의 먹이가 되었을 거라는 끔찍한 생각은 떨쳐 버리고 싶었다. 하지만 그 생각이야말로 그가 무엇을 위해 싸우는지, 암울하게 일깨워 주었다.

2층에는 침실과 욕실들이 있었다. 그들은 3층에서 서재를 찾았다. 컴퓨터가 놓여 있고 책장으로 채워진 넓은 방이었다. 벽에는 액자에 넣어 놓은 작가의 사진과 그의 책 사진들이 걸려 있었다. 책상에는 판타지에 나올 법한 괴물 장난감과 프라모델이 진열되어 있었다. 3층의 창문들은 깨진 것 없이 모두 멀쩡했다.

"도와줘."

데릭이 책장 옆에 서서 말했다. 사이먼이 그에게 다가갔다.

"책장 뒤입니까?"

"그렇게 들었어."

사이먼은 HUD의 청사진을 확인했다. 책장 뒤에 빈 공간이 있었다. 브루스가 말했다.

"진부하군요."

"기능이 중요한 거지."

데릭이 대답했다. 사이먼이 책장을 손가락으로 훑었다.

"여기! 스위치를 찾았습니다."

브루스가 책상 모서리 아랫면에 손을 대고 외쳤다. 사이먼과 데릭이 뒤로 물러났다.

"전기가 끊겼으니 작동되지는 않을 것 같은데. 어서 해 봐."

데릭이 말했다. 브루스가 스위치를 올렸다. 아무 일도 일어나지 않았다.

"좋습니다, 그럼 힘을 쓰죠."

그가 책상 아래로 몸을 숙여 와이어 한 줌을 움켜쥐고 홱 잡아당겼다. 석고보드와 페인트 조각들이 떨어져 나가며 전선이 마치 밀폐되었던 정어리 통조림 뚜껑처럼 벽에서 벗겨져 나왔다.

전선은 천장까지 이어진 후 방을 가로질러 책장까지 갔다. 브루스는 몸을 웅크리고 전선을 추적하여 해제 스위치를 발견했다. 그는 스위치에 집게손가락을 가져다 댔다.

"열리는지 봅시다."

브루스는 갑옷으로 전력을 방출했다. 비밀 문에 걸려 있던 걸쇠의 용수철이 빠지며 벽의 한 부분이 소리 없이 앞으로 나왔다.

"저기네요."

브루스가 일어서며 말했다. 그는 벽장을 잡아당겨 뒤쪽 공간이 더 드러나도록 했다. 선반에 더 많은 책과 인공유물, 유리 약병, 항아리가 놓여 있었다. 적외선 탐지경으로 보면 뭐가 뭔지 식별할 수 없는 물건도 많았다.

데릭이 갑옷 외장 등의 불을 켰다. 책 수십 권이 서가를 점령하고 있었다. 서재에 꽂혀 있던 평범한 책과는 달리 대부분 크고 묵직해 보이는 책들이었다.

브루스가 데릭의 뒤를 이어 비집고 들어갔다. 사이먼은 밖에서 흥미롭게 지켜보았다. 브루스는 은빛으로 반짝이는 금속 실로 엮은 듯한 길쭉한 막대기를 잡으려고 손을 뻗었다. 그러자 갑자기 막대기에서 다리가 돋아나더니 종종걸음으로 도망쳤다.

"저건 정말 신기하군요. 가지고 가 보는 게 어떻습니까."

브루스가 말했다. 사이먼은 구석에 움츠리고 있는 막대기를 살펴보았다. 예전에도 움직였던 것일까? 아니면 헬게이트가 열리면서 근방에 마법의 힘을 증폭시켰기 때문에 움직이게 된 걸까?

템플러 언더그라운드에서도 조사해야 하는 부분이기도 했다. 아케인 에너지를 집중적으로 연구하는 팀에서는 어떤 특별한 힘이 특히 젊은 템플러 사이에서 증폭되었다고 주장했다.

"가져갈 수 있는 건 다 챙긴다."

데릭이 책장에서 책 한 권을 꺼냈다.

"우리가 여기 온 목적이 바로 이 책 같군."

그가 책을 펼쳐 전등으로 비추어 보았다. 마력이 서린 불빛 탓인지 책장에 그려진 생명체들이 겁을 먹고 스르르 미끄러지며 모습을 감추었다. 감추어진 어떤 공간에서 신음 소리가 메아리쳤다.

"들리나?"

데릭이 펼쳐진 책을 응시했다. 브루스가 그의 옆에 서서 물었다.

"무엇 말입니까?"

"신음 소리."

"아뇨."

"저는 들립니다."

사이먼이 말했다. 브루스가 어리둥절해서는 얼굴을 찌푸리며 두 사람을 쳐다보았지만 그의 안면 보호구에는 표정이 드러나지 않았다.

"저는 아무 소리도 안 들립니다."

손 하나가 책 밖으로 꿈틀거리며 나왔다. 사이먼은 네 개의 손가락과 그 양쪽으로 두 개의 엄지손가락이 있는 것을 보았다. 그리고 그 손이 데릭의 투구를 손바닥으로 덮고 손가락을 구부려 뒤통수까지 움켜쥐었을 때야 비로소 얼마나 큰지 알았다.

방어 마법이 활성화되어 데릭의 갑옷이 밝은 푸른색 에너지를 발했다.

"조심해!"

데릭이 경고했다.

"뭐를 말입니까?"

브루스가 허리춤에 찬 검을 움켜쥐며 물었다.

"아무것도 안 보입니다."

그는 몸을 웅크리고 뒷걸음질 치려고 했다. 팔은 여러 개의 관절로 이루어져 있는 듯, 책에서 튀어나온 손이 사방을 마구 휘젓더니 브루스에게 곧장 향했다. 팔은 막힘없이 뻗었고 손바닥이 브루스의 투구를 때리며 소시지처럼 두꺼운 손가락이 머리를 감싸 쥐었다.

"뭔가 나를 잡았어!"

브루스가 소리치면서 벗어나려고 발버둥 쳤다. 사이먼이 스파이크 볼터를 들고 쏘려고 했다. 자신이 보는 것을 브루스는 보지 못하는 것이 분명했다. 그리고 바로 다음 순간, 브루스는 뭔가 잡아챈 듯 책 속으로 끌려 들어가며 몸이 마치 책장처럼 비현실적으로 얇고 길게 늘어났다.

브루스는 책장을 통과하는 것처럼 보였다. 그대로 사라져 버렸지만 무언가 웅성거리고 모여 있는 책장 위로 모습이 나타나지는 않았다. 데릭의 손에서 책이 펄쩍 뛰어오르더니 바닥으로 툭 떨어졌다.

"무슨 일입니까?"

아래층에 있던 한 템플러가 물었다.

"오지 마라! 자리를 지켜!"

데릭이 휴대하기 좋은 크기에 핸드가드가 설치된 권총인 파이어스타터(Firestarter)를 꺼내 들며 명령했다. 이 모든 일로도 아직 충분하지 않다는 듯 총열에서 액화 불줄기가 뿜어 나왔.

지금은 거의 잊힌 그리스의 불 혼합물로 이루어진 불꽃이 발사되어 책에 명중했다. 놀랍게도 책은 불붙지 않았고 책장마다 그을음만 묻었을 뿐이었다. 책장 속에 숨어 있던 생명체들은 텅 빈 양피지만 남긴 채 달아나 버렸다.

데릭이 저주를 퍼부었다. 책은 닫혔고, 개처럼 몸을 부르르 떨더니 그대로 가만히 있었다. 숨겨진 방에 다시 신음 소리가 울려 퍼졌다. 이번에는 브루스의 겁에 질린 비명도 함께 들려왔다.

"안 돼."

데릭이 쉰 목소리로 말했다. 그는 무릎을 꿇고 책으로 손을 뻗었다. 귀신이 씐 것만 같은 책이 휘리릭 순식간에 거대한 입을 펼치더니 손이 다시 튀어나왔다. 브루스의 비명 소리가 더 크게 들렸다.

사이먼이 단검으로 악마 같은 손등을 갈랐다. 상처에서 노란 피가 흐르더니 나무 바닥에 뚝뚝 떨어졌다. 피가 닿은 곳에서 작은 불꽃과 연기가 피어올랐다.

"안 돼. 만지지 마십시오."

"브루스가 저 안에 있다."

벽에 기댔던 데릭이 다가섰다.

"어떻게 꺼내야 하는지 아무도 모릅니다."

사이먼이 북커버를 덮었다. 브루스의 비명 소리가 희미해지다 결국 멈추었다. 그 갑작스러운 침묵이 무엇을 의미하는지 분명히 알 것 같았다. 사이먼은 무릎으로 책을 세게 눌렀다. 저항하듯 책은 잠시 꿈틀거렸지만 곧 잠잠해졌다.

"결박할 만한 것이 있습니까? 그렇지 않으면 이 책을 두고 가야 할지도 모릅니다."

데릭이 갑옷에 내장된 함에서 기다란 사슬이 촘촘히 엮인 제인을 꺼냈다.

"여기."

사이먼이 체인을 받아 들고 살펴보았다. HUD의 판독으로 팔라듐 합금임을 알 수 있었다. 자연적인 마법으로 복잡한 매듭이 형성되고 연결될 수 있다고 아버지가 가르쳐 주었던 기억이 났다.

"축복받은 체인이라고 들었어."

데릭이 말했다.

"그러길 바라보죠."

사이먼이 책 아래로 체인을 미끄러뜨릴 만큼만 무릎을 들었다. 책 끝까지 체인이 닿자 끝을 꼬아 마치 크리스마스 선물에 리본을 묶듯 네 방향으로 교차했다. 그런 다음 단순하지만 단단하게 매듭을 지었다.

"이 체인으로 묶기만 하면 된다고 하던가요?"

"책에 존재하는 모든 악을 축복이 봉인할 거라더군."

데릭이 이제 괜찮아진 듯했기에 사이먼은 용기를 냈다. 하지만 이미 이 비밀의 방이 감췄을지도 모를 또 다른 공포에 대해 온갖 상상이 되고 있었다.

"이 책이 이런… 이런 짓을 할 거라고 듣지 못했는데."

"들었어도 왔을까?"

사이먼이 물었다.

"연구진들도 몰랐을 거야. 알았다면 말해 줬겠지."

사이먼도 그러길 바랐다. 얼마나 오래일지는 몰라도 그의 미래는 템플러와 함께했다. 그는 템플러가 정직할 거라고 생각하고 싶었다.

"템플러만이 이 세상에서 악마를 몰아낼 수 있는 유일한 존재니까."

사이먼이 배낭을 내려 한쪽 주머니를 열었다. 거기 담겨 있던 물품들을 바닥에 쏟으며 언더그라운드로 돌아가는 길에 그것들을 쓸 필요가 없기를 바랐다.

그가 손대자 책은 갑자기 두꺼비처럼 부풀어 올랐다. 팔라듐 합금 체인에 묶여 안간힘을 쓰더니 어두운 액체를 내뿜었다. 그 액체는 HUD에서는 녹색으로 보였다. 사이먼은 그것이 무엇인지 알 것 같았다.

"피?"

데릭이 물었다. 사이먼은 대답하지 않고 마음을 굳게 먹은 후 책을 배낭에 쑤셔 넣었다. 두 사람 모두 진심으로 알고 싶지 않았다. 책이 부르르 떠는 것이 느껴졌지만 그저 상상일 뿐이라고 믿고 싶었다. 바로 그때 HUD에서 목소리가 들려왔다.

"악마에게 발각됐습니다."

닥쳐온 위기에 데릭은 침착함을 되찾은 듯했다. 그 정도는 그가 대처할 수 있는 위협이었던 것이다.

"위치는?"

그가 비밀의 방에서 서재로 걸어 나오며 물었다.

"사방입니다."

사이먼이 배낭을 어깨에 둘러메면서, 축복받은 체인에서 책이 풀려나더라도 갑옷이 충분히 버텨 주기를 바랐다. 그는 스파이크 볼터를 꺼내 들고 서재로 걸어 나갔다.

악마가 발톱으로 저택 지붕을 긁으며 날아갔다. 위협적인 얼굴이 창문에 불쑥 나타났다. 거대한 회색 머리는 얼룩덜룩한 흰 불가사리처럼 보였고 거대하고 사악한 눈들이 얼굴 한가운데 박혀 있었다. 턱에서 돋은 두 촉수는 45센티미터는 족히 넘어 보였으며 떡 벌린 입 안에는 톱니 모양 이빨이 가득했다.

"정찰병 그렘린(Gremlin)."

데릭이 말했다. 사이먼은 이미 그 생명체가 무엇인지 확인하고 스파이크 볼터를 들어 올리고 있었다. 악마들 스스로 그렇게 이름을 붙인 것은 아니었지만, 정찰병 그렘린은 이름이 지칭하는 역할을 수행하는 녀석들이었다. 템플러들이 이 건물에 있는 것을 정찰병에게 들켰다면, 다른 무리 역시 알고 있다고 여겨야 했다.

사이먼이 발포하기 전에 그렘린이 먼저 쇼크웨이브(Shockwave) 권총을 유리창에 쏘았다. HARP 기술로 공기 중 전하를 그러모아 폭발시키는 무기였다. 반경 6미터 정도로 위력은 제한적이었지만 이 정도 거리에서라면 서재 정도는 손쉽게 날려 버릴 수 있었.

사이먼이 스파이커 볼터를 조준해 방아쇠를 당기려는 순간 눈이 멀 정도의 뜨거운 섬광이 폭발하며 세상을 뒤덮었다.

31장

먼저 창유리가 깨지고 이어서 사이먼의 몸이 허공으로 밀려 뒤로 날아갔다. 부츠를 바닥에 단단히 고정하는 기능을 작동시켰어야 함을 알았지만 이미 늦은 데다가 폭발이 너무 강해 도움이 되었을지도 확신할 수 없었다.

그는 벽에 부딪혔다. 책들이 그의 머리 위로 와르르 쏟아졌다. 배낭 안에 넣어 둔 책이 꿈틀거리는 것이 느껴졌지만 진짜인지는 알 수 없었다. 순간 감각이 둔해지며 기절할지도 모른다는 생각이 들었다. 갑옷의 힘을 끌어올렸는데도 두 팔이 납덩이처럼 느껴졌다.

데릭은 거의 납작해질 정도로 폭발에 휩쓸려 뒤로 데굴데굴 구르면서 파이어스타터를 놓쳐 버렸다.

정찰병 그렘린은 몸을 굴려 산산조각 난 창문을 넘어왔다. 두 번째 녀석이 놈의 뒤를 따랐다. 첫 공격의 엄청난 여파가 서재 안을 윙윙 울렸다.

뇌가 젤리로 변한 것이 분명하다고 생각하며 치밀어 오르는 메스꺼움을 애써 삼킨 사이먼은 스파이크 볼터를 들어 조준도 하지 않고 쏘았다. 믿을 것은 속도뿐이었다. 총알은 그렘린의 목을 깊게 찢으며 올라가 거대한 얼굴까지 다다른 후 눈들을 갈기갈기 찢었다.

그렘린은 화가 나서 고함을 지르고는 비틀거리며 뒤로 물러났다. 그리고 쇼크웨이브를 다시 한번 발사했다.

또 한 번의 커다란 폭발로 사이먼은 다시 벽에 날아가 부딪혔다. 음파로 공격하는 그 무기의 진정한 위력은 제대로 조준할 필요가 없다는 것이었다. 총을 쏘는 자의 질량을 중심으로 발생한 폭발의 파동은 멀어질수록 강해졌다.

이번에는 사이먼도 의식을 잃었다. 하지만 거의 즉시 정신을 차렸다. 입에서 흘러내리는 피에서 녹슨 쇠 맛이 났다.

눈앞의 그렘린은 무릎을 꿇고 있었다. 놈의 얼굴은 피투성이 넝마 같았다. 부러진 뼈가 얼굴 사이로 드러났다. 놈은 쇼크웨이브를 들어 올리려 했지만 앞으로 내동댕이쳐졌다.

사이먼은 발에 힘을 주고 다음 동작은 갑옷의 힘이 이끌 수 있도록 내버려두었다. 사이먼은 몸을 일으켰다. 스파이크 볼터를 조준하려 했지만 손은 텅 비어 있었다. 두 번째 폭발로 무너져 내린 책들 아래 어딘가 파묻혀 있을 것이다.

두 번째 정찰병 그렘린이 전쟁 도끼를 움켜쥐고 일어섰다. 어깨에는 라이플 같은 총을 메고 있었다. 뒤쪽 깨진 창문으로 눈발이 소용돌이치며 들이쳤다.

사이먼은 검을 뽑아 들었다. 데릭은 문 쪽에 쓰러져 움직이지 않았다. 그가 살았는지 죽었는지 알 수 없었다.

그렘린이 미소를 지으며 무어라고 으르렁거렸다. 한마디도 알아들을 수 없었지만, 도발하고 있다는 것만은 분명했다.

사이먼이 앞으로 나섰다. 그렘린은 도끼를 빙글빙글 돌렸다. 단 몇 초면 승부가 날 것이었다. 사이먼은 거의 반사적으로 놈의 도끼 자루를 검날로 막았다. 갑옷이 그의 힘을 끌어올려 주었는데도 겨우 버티는 것이 전부였다. 악마가 목 뒤를 긁는 듯한 소리로 으르렁거렸다.

사이먼이 몸을 돌려 놈의 얼굴에 옆차기를 하자 놈의 머리가 뒤로 튕겼다. 벽의 반동을 이용하여 갑옷의 힘을 충분히 끌어올린 사이먼은 이번에는 반드시 놈을 쓰러뜨릴 기회라 믿으며 두 번 더 발차기를 날렸다.

 어떤 검술도 제대로 발휘하지 못하는 상황에서 사이먼은 그렘린의 얼굴을 자기 머리로 박았다. 놈은 반걸음쯤 뒤로 물러났다. 사이먼은 머리가 깨지는 것 같았다. 하지만 꾹 참으며 도끼 자루에서 검을 뽑고 한 걸음 뒤로 물러난 후 앞으로 칼을 겨누며 돌진했다.

 검이 악마의 가슴을 힘겹게 뚫었다. 뼈가 갈라지고 비늘이 찢어지는 소리가 투구 청각기를 통해 들려왔다.

 악마가 도끼를 떨어뜨리고 사이먼의 검을 쥐었다. 걸걸거리는 소리를 힘겹게 내지르며 녀석은 검날을 두 손으로 감쌌다. 사이먼은 부츠를 바닥에 단단히 고정하고 갑옷의 무게까지 전부 실었지만 믿을 수 없게도 검은 더 이상 가슴을 뚫고 들어가지 못했다.

 잠깐 동안 사이먼은 공포를 느끼며 움직이지 못했다. 하지만 곧 그는 나약함을 몰아내고 아버지를, 아버지를 잃은 현실을, 아버지와 했던 그 모든 훈련을, 그를 향한 아버지의 믿음을 떠올렸다.

 그는 검을 힘껏 밀었다. 그러자 검은 톱질하듯 그렘린의 손가락을 자르고는 칼자루가 가슴에 닿을 때까지 들어가 박혔다. 사이먼은 맹렬하게 검 손잡이를 비틀며 악마의 살을 헤집었다. 놈은 놀라서 입을 벌린 그대로 숨이 끊어졌다.

 사이먼은 칼자루를 꽉 잡고 악마의 가슴에 발을 얹었다. 그리고 힘을 주어 검을 빼냈다.

 그렘린은 깨진 창문 너머로 떨어졌다. 숨을 고르려 헉헉대던 사이먼은 다른 그렘린 시체에 발이 걸려 비틀거리다가 중심을 잡았다. 그는 창틀을 붙들고 밖으로 제때 몸을 내밀었다. 악마가 빠른 속도로 추락하여 바닥을 부서뜨리는 모습을 확인할 수 있었다. 하지만 또 다른 그렘린 두 마리가 건물 벽을 기어오르고 있었다.

사이먼은 데릭에게 갔다. 다른 템플러는 간신히 몸을 가누고 있었다. 사이먼은 재빨리 방을 가로질러 나뒹구는 책 더미에서 스파이크 볼터를 찾아내 총집에 넣었다. 그런 다음 데릭의 팔을 붙들었다. 데릭도 이제 막 파이어스타터를 찾은 참이었다.

"괜찮습니까?"

"그래."

데릭은 숨을 헐떡댔고 아직 혼란스러운 듯했다. 그는 죽은 그렘린을 바라보았다.

"다른 녀석은? 두 놈이었는데."

"죽었습니다. 철수합시다. 다른 녀석들이 오고 있어요."

사이먼이 그의 팔을 당겨 이끌었다. 공포가 밀려왔다. 이곳에서 벗어나고 싶었다. 죽는 것이 두려운 것은 아니었다. 이르든 늦든 언젠가 죽음과 마주할 것이라는 사실은 이미 받아들였다. 단지 잃고 싶지 않을 뿐이었다.

사이먼은 데릭을 이끌고 계단을 내려갔다. 다른 템플러가 비틀거리며 계속 부딪쳐 몇 번이고 발을 헛디뎠다. 그는 검을 등 뒤로 미끄러뜨려 메고 스파이크 볼터를 들었다.

2층 복도 끝 마지막 모퉁이를 돈 사이먼은 HUD를 자기온도계 디스플레이로 전환하여 벽 너머를 투시했다. 어둠 속에서 노란 형체 셋과 빨간 형체 하나가 나타났다.

사이먼은 계단에 멈춰 서서 스파이크 볼터를 총집에 넣고 조끼에서 수류탄을 꺼냈다. 핵만큼이나 폭발력이 강한 그리스의 불로 제작된 수류탄이었다.

"여기는 사이먼. 2층에 남은 대원 있습니까?"

"아니, 악마를 확인하고 모두 밖으로 나왔다. 도움이 필요한가?"

"아닙니다. 모두 탈출했는지 확인했을 뿐입니다."

사이먼이 수류탄 고리를 잡아당긴 다음 2층 복도로 집어 던졌다. 수류탄이 복도에서 내는 소리에 반응하여 빨간 그림자와 노란 그림자가 움직였다. 소리의 원천이 무엇인지 알아챘다 하더라도 놈들이 할 수 있는 일은 아무것도 없었다.

수류탄은 귀를 멀게 할 정도의 굉음을 내며 폭발했지만 갑옷은 그 소리를 거의 차단했다. 사이먼의 발 아래에서 바닥이 마구 진동했고 방에서는 연기가 피어올랐다.

사이먼은 다시 스파이크 볼터를 쥔 채 모퉁이를 돌았다. 앞으로 총을 겨누고 데릭을 부축해서 나아갔다.

그리스의 불이 벽과 마루를 휘감고 타올랐다. 밤이 지나기 전까지 집은 버티지 못할 듯 보였다. 아침이 되면 그 구역에 있는 거의 모든 집들이 화염에 휩싸일 것이다. 마음이 불편했지만, 어쩔 수 없었다.

그렘린이 다른 방에서 나타났다. 놈은 사이먼이 처음 보는 괴상한 총을 들고 있었다. 뭉툭한 금속제에 볼품없었다. 밋밋한 강철 회색 마감을 따라 진홍색 불빛이 반짝였다. 악마는 그들을 본 즉시 총을 쏘았다.

강렬한 섬광 수십 개가 총구에서 뿜어져 나와 사이먼의 갑옷에 부딪쳤다. 대부분 갑옷에 맞고 튕겨 나간 덕분에 타격은 없었다. 그것이 팔라듐 합금 덕분인지 방어 마법 덕분인지 확실히 알 수 없었다. 하지만 갑옷의 방어력이 급격히 떨어졌다.

그가 스파이크 볼터를 들어 발사했다. 그리스의 불길이 그의 다리를 휘감고 올라왔다. HUD 디스플레이에 경고 신호가 떴다. 천장과 벽에는 불길을 머금은 액체가 더 많이 매달려 있었고 사이먼 위로 떨어지거나 투구 앞에서 시야를 가렸다가 주르륵 미끄러져 내렸다.

데릭이 사이먼의 뒤쪽에 중심을 잡고 서서 파이어스타터를 조준했다. 발사된 불줄기가 악마를 휘감으며 즉시 끔찍한 화상을 입혔다. 놈은 미친 듯이 불길을 끄려 했다.

화염에 약해진 천장이 휘기 시작했다. 곧 무너져 내릴 것이 분명했다. 그렇다면 갑옷도 화염의 소용돌이를 버티지는 못할 것이다.

사이먼은 불타오르는 복도에서 악마를 겨누어 스파이크 볼터를 쏘며 놈을 향해 돌진했다. 팔라듐 스파이크들이 악마의 살을 파고들어 찢어발기자 놈은 비틀거렸다. 놈에게 가까워지자 사이먼은 몸을 숙여 어깨를 내리고 악마의 옆구리를 파고든 후 2층 난간 너머로 자빠뜨렸다.

그렇게 높지는 않지만 놈의 상태를 확인하는 것은 불가능했다. 부상을 입은 것만은 확실했다. 놈은 발버둥 치며 몸을 일으키려 했지만 불가능했다.

사이먼은 계단을 달려 내려갔다. 180킬로그램이 넘는 템플러가 완전무장한 무게를 염두에 두지 않은 행동이었다. 계단이 삐걱거리며 갈라지고 발밑에 구멍이 뚫렸다. 데릭은 그곳에 발이 빠질 뻔했다. 하지만 데릭은 뒤로 물러나는 대신 간단히 옆으로 점프해 계단 난간을 뛰어넘었다. 그는 두 발과 한 손으로 바닥을 짚으며 가쁜히 착지했다.

"서둘러!"

데릭이 외쳤다. 사이먼은 다른 템플러의 뒤에 바짝 붙어 달렸다. 데릭이 막 현관을 통과할 때 현관 벽장문이 열리며 어린 여자아이가 머리를 빠끔히 내밀었다. 깜짝 놀란 사이먼은 그 아이가 작가의 가족사진에 있던 딸임을 알아보았다.

아직 여기 있잖아. 그 사실을 깨닫자 사이먼의 위장이 꼬이는 듯했고 욕지기가 올라왔다. 전투 중 악마가 아이들을 잡아갔다는 사실은 들어서 알고 있었다. 놈들이 런던에서 한 짓도 알고 있었다. 하지만 그 자신은 아직 런던의 집들을 공격하거나 파괴한 적이 없었다. 그런데 지금 이 어린 여자아이의 집을 무너뜨리기 직전이었다.

아이가 그를 바라보았다. 사이먼의 등 뒤에서 집을 집어삼키고 있는 화염에 대조되어 아이의 금발이 반짝였다. 아이의 뺨을 타고 눈물이 흘러내렸다. 아이가 입술이 떨며 말했다.

"도와주세요! 제발 도와주세요!"

사이먼이 아이의 팔을 잡고 당겼다. 살살 하지 않으면 팔이 빠져 버릴지도 몰라 조심스러웠다.

"안 돼요!"

아이가 벗어나려고 발버둥 쳤다.

"어머니를 구해야 해요."

어머니가 있다고! 어머니라는 단어가 사이먼을 폭포처럼 덮치고 덩굴처럼 휘감았다. 사이먼은 속이 메슥거렸다.

"저 아래 있어요."

소녀가 벽장 안을 가리켰다. 사이먼은 벽장 안을 들여다보고 바닥에 숨겨진 문을 발견했다. 집 설계도에는 지하실이 표시되어 있지 않았지만 그렇게 특이한 것은 아니었다. 건물이 무너질 때를 대비해 경찰이나 소방서에는 기록이 있어야 했지만, 항상 그런 것도 아니었다. 런던에서는 언제나 밀수와 암거래가 횡행했다. 가난한 사람들의 삶의 일부분이었던 것이다.

"사이먼."

데릭이 불렀다.

"여기 있습니다."

"거기서 뭘 하는 건가? 건물이 무너진다. 어서 나와."

"그럴 수 없습니다."

사이먼이 벽장으로 이어지는 좁은 현관 복도를 걸어가며 말했다. 너무 비좁아 어깨를 움츠렸는데도 벽에서 나무 조각들이 쓸려 나왔다. 고맙게도 바닥의 입구는 조금 더 넓었다.

그러나 불행하게도 벽장 안 계단은 템플러의 완전무장 무게를 버틸 만큼 튼튼해 보이지 않았다.

"사이먼."

데릭이 다시 그를 불렀다.

"여기 사람들이 있습니다. 여자아이와 그 엄마, 어쩌면 더 있을지도 모릅니다."

사이먼에게 그들을 두고 떠난다는 선택지는 없었다. 그럴 수도 없었다. 아버지였다면 분명 그들을 버려두지 않았을 것이다. 그 또한 마찬가지였다.

32장

벽장 밖에서 3층이 무너져 내리기 시작했다.

떨어져 내리는 불비를 맞으며 그는 벽장 바닥 문으로 머리를 들이밀었다. 중년 여성 한 명과 여자아이보다 조금 더 어려 보이는 남자아이가 있었다. 남자아이는 여자를 꼭 붙들고 있었지만 여자는 미동도 없었다.

다행히도 그렇게 깊지는 않았다. 사이먼이 계단에 발을 디디자 무게 때문에 큰 충격을 받은 듯 계단이 빠직거렸다.

"사이먼."

데릭이 말했다. 사이먼은 여자와 소년에게로 다가가 살펴보았다. 여자는 담요를 덮고 누워 있었는데, 가슴이 미세하게 오르락내리락했다. 방 안에 연기가 모여 여자는 연신 기침을 했다.

"이들을 두고 떠날 수 없습니다. 떠나지 않을 겁니다."

아버지는 그에게 아서왕과 기사들 이야기를 읽어 줬다. 성전사의 의무에 대해 이야기할 때면, 토머스 크로스는 언제나 약하고 무력한 사람들을 도와야 한다고 강조했다. 그의 마음속에서 템플러란, 악마와 맞서는 것 못지않게 인류를 구하는 존재였다. 사이먼은 자신이 그들을 버리고 떠날 수 없음을 잘 알았다.

"그러다 죽는다."

사이먼은 소년을 안아 들었다. 소년이 발버둥 치며 비명을 지르기 시작했다. 사이먼은 할 수 있는 최대한 조심스럽게 소년을 안고 지하실에서 나와 벽장에 내려 주었다.

"동생을 데리고 나가렴."

사이먼이 소녀에게 말했다. 소녀는 눈을 크게 뜨고 그를 바라보았다. 뺨으로 눈물방울이 흘러내렸다.

"어머니는-"

기침 때문에 목소리가 끊겼다.

"내가 모시고 나올게. 약속하마. 가거라."

소녀가 입구를 향해 돌아섰다. 사이먼은 지하실 문 모서리를 밀어 입구를 더 크게 벌렸다. 여자에게 다가간 그는 두 팔로 손쉽게 그녀를 안아 든 후 입구로 이동해 구멍을 빠져나왔다.

삐걱거리는 소리와 흔들림에 그녀가 눈을 떴다. 그리고 고통에 가득한 두 눈으로 그를 올려다보았다.

"내 아이들."

"밖에 있습니다. 내보냈어요."

어깨를 구기고 벽장을 빠져나오느라 틀이 비틀어지며 부서졌다. 그는 먼지와 연기로 가득한 곳을 빠져나왔다.

여자아이는 남자아이의 손을 잡고 열린 현관 곁에 서 있었다. 밖에 드리운 밤의 어둠 속에서 거대한 형체 하나가 그들을 향해 휘뚝거리며 다가오고 있었다.

사이먼은 여자를 어깨로 옮겨 지고 스파이크 볼터를 꺼내 들었다. 그렘린이 어둠 속에서 불쑥 튀어나왔다. 사이먼이 즉시 앞으로 달려 나와 아이들 머리 위로 총을 들어 조준한 후 쏘았다. 팔라듐 스파이크들이 그렘린의 어깨와 머리를 파고들었다.

어린 소녀는 비명을 지르며 동생을 끌어당겼다. 놀라 그 자리에 얼어붙지 않은 것이 대단해 보였다. 그는 계속 총을 쏘면서 악마에게 다가가 다리를 높이 들어 올려 놈의 얼굴을 걷어찼다.

악마는 뒤로 날아가서는 땅에 내동댕이쳐졌다. 사이먼은 놈이 죽었다는 확신이 들 때까지 계속 총을 쏘았다. 그러고는 집을 향해 돌아섰다.

창문으로 불길이 날름거리며 탐욕스럽게 집을 삼키고 있었다. 산소를 들이켜며 현관을 향해 재빠르게 다가오는 이글거리는 불길 바로 앞에 아이들이 서 있었다.

"이리 와!"

사이먼이 외쳤다. 소녀는 동생을 홱 잡아당긴 후 눈 쌓인 인도를 향해 뛰었다. 집 안에서 전투가 벌어지는 동안 폭설이 내렸던 것이 분명했다. 눈은 몇 센티미터나 더 높이 쌓여 있었다.

템플러는 길 한편에 진지를 구축하고 있었다. 그들의 무기가 밤의 어둠 속에서 밝은 초록색과 하얀색 그리고 루비와 사파이어색으로 뒤섞이며 번뜩였다.

사이먼은 길 다른 편 위치에 자리를 잡았다. 어깨에 진 여자는 의식이 없었다. 두 아이는 그의 곁에 서 있었다. 슬론 스퀘어 역까지 돌아가는 길이 얼마나 먼지 사이먼은 그제야 알았다.

근처 골목에서 갑자기 환한 빛이 번쩍였다. 밴 한 대가 새로 쌓인 눈에 타이어 자국을 내며 질주하고 있었다. 정확히 사이먼을 향해 다가오던 밴의 뒷부분이 순간 좌우로 마구 미끄러지다가 전복된 소형차를 들이받았다. 소형차는 뒤집힌 거북이마냥 빙글빙글 돌았다.

HUD로 넓은 시야를 확보한 사이먼에게 운전대에 앉은 겁먹은 남자가 보였다. 60대쯤으로 보였고 추위 탓에 온몸을 꽁꽁 싸매고 있었다. 그는 브레이크를 밟고 밴을 멈추려는 듯했다.

하지만 눈 때문에 차는 멈추지 않았다. 사이먼은 부츠를 땅에 고정하고 손을 앞으로 내밀어 힘껏 버텼다. 그에게 부딪친 차가 파손되지 않기만 바랐다.

밴 앞부분이 몇 센티미터쯤 찌그러지며 파사삭 날카로운 소리를 냈다. 사이먼의 부츠 스파이크가 30센티미터쯤 뒤로 밀리며 땅에 자국을 냈지만 어쨌든 밴은 멈추었다. 남자는 조수석에 몸을 기댄 채 문을 열었다.

"이쪽으로 와!"

사이먼은 화물칸 문을 열고 여자를 태웠다. 그리고 아이들이 타는 것을 도와주었다.

"어디로 데려가지?"

남자의 질문에 사이먼은 움찔했다. 거기까지는 미처 생각하지 못했던 것이다.

"슬론 스퀘어 역으로."

불이 옮겨붙은 차량과 버스가 폭발을 일으켰다. 건물 꼭대기에서 잔해가 떨어져 내렸다. 남자는 고개를 끄덕였다.

"서두르게. 이렇게 탁 트인 곳에서 먹잇감을 발견하면 절대 추격을 멈추지 않는다고."

불과 몇 미터 떨어진 거리 어딘가에서 또 한 번 폭발이 일어났다.

"출발해요."

밴은 난파된 차량들 사이를 흔들리며 질주해 갔다.

사이먼은 몸을 웅크린 채 스파이크 볼터를 들어 밴을 쫓아가는 블러드 엔젤을 조준했다. 장전을 한 사이먼은 방아쇠를 당기고 반동을 견디며 총열이 녹지 않기를 바랐다.

팔라듐 스파이크가 블러드 엔젤을 쫓아가다가 한 건물에 순간 부딪칠 뻔하더니 재빨리 방향을 바꾸어 악마에게 박혔다. 넓게 펼쳐진 날개에 구멍이 뚫렸다. 다른 방향에서 템플러 무기가 날아갔고 놈은 곧 화염에 휩싸여 산산조각 나 버렸다. 불붙은 시체 조각들이 내리는 눈과 뒤섞여 거리로 내려앉았다.

템플러들은 각자 들쭉날쭉한 위치에서 싸우고 있었지만 어쨌든 악마와 맞섰다. 죽어 쓰러진 템플러가 셋 있었는데 그중 한 명은 갈가리 찢겼고 다른 한 명은 불길에 휩싸여 있었다.

한 템플러가 덤벼드는 블러드 엔젤을 향해 컨스트릭터(Constrictor)를 발사했다. 뭉쳐 있던 팔라듐 합금 와이어 그물이 공중에서 날아가며 펼쳐졌다. 파워를 최대한 끌어올리도록 팔라듐 자체에 프로그래밍한 압력조절 메모리웨어 기술이었다.

넓게 펼쳐진 그물은 블러드 엔젤을 휘감고 세게 조였다. 메모리웨어가 압력을 더 높이자 악마의 몸에서 날개가 뽑혀 나오려 했다. 놈은 귀를 찢는 비명을 내지르며 하늘에서 떨어졌다. 근처 건물에 쿵 부딪힌 후 뒤집힌 MGB(Medium Girder Bridge; 조립교)를 들이박고 멈추었다.

사이먼은 차를 뛰어넘어 인도에 섰다. 그리고 1미터도 채 안 되는 거리에서 스파이크 볼터를 들고 놈의 얼굴 정면을 조준했다. 놈은 처절하게 저항하며 울부짖었다. 공포가 아닌 분노로 얼굴이 일그러졌다. 뾰족하게 구부러진 손톱으로 자신을 옥죄는 메모리웨어 팔라듐 그물을 마구 찢으려 했다. 하지만 그물에 깃든 아케인 에너지의 마력이 악마의 노력을 방어하며 보랏빛으로 타올랐다.

사이먼이 방아쇠를 당겨 블러드 엔젤의 가슴 한가운데를 맞히자 그 반동이 놈의 턱밑까지 타고 올라갔다. 스파이크들은 놈의 가슴을 산산조각 냈다. 선혈이 사이먼의 투구로 튀었다.

"엎드려, 사이먼!"

데릭이 소리쳤다. 반사적으로 반응한 사이먼은 머리를 숙이고 바닥에 바짝 엎드렸다. 그의 머리 위로 불길이 지나가며 근처 건물을 집어삼키고 큰길까지 뻗어 나갔다.

"벗어나!"

사이먼은 엎드린 채 한 손으로 땅을 밀며 나아갔다. 갑옷 덕분에 큰 힘을 들이지 않고 움직일 수 있었다. 그는 지난 며칠간 그를 괴롭혔던 두려움과 근심이 사라진 것을 알고 미소가 지어지기까지 했다. 그는 그와 같은 사람들 사이에, 자신이 속해야 할 바로 그 자리에 있었다.

그는 10미터쯤 떨어진 그늘에서 갑자기 튀어나온 그렘린 무리를 향해 스파이크 볼터를 발사했다. 악마들이 광폭한 에너지와 색채로 이루어진 레이저와 전자파를 발포하여 그 충격이 갑옷 안까지 파고드는 것만 같았다. 갑옷의 방어력이 떨어졌지만 후퇴는 선택지에 없었다. 놈들은 공격을 감행하면서 이미 탈출구도 확보해 둔 것이 분명했다.

여기가 바로 템플러들이 살아가기로 선택한 곳이었다. 템플러는 악마와 어둠이 있는 곳이라면 이 땅 어디에서든 맞서 싸우기로 굳게 다짐했다. 사이먼의 심장은 노래하고 있었다. 여태껏 한 번도 경험해 보지 못한 만큼 아드레날린이 솟구쳤다.

사이먼은 검집에 꽂혀 있던 검을 빼어 들었다. 다른 템플러들도 그와 같은 동작을 하고 있었다. 그들은 살아남은 그렘린과 맞설 준비를 했다. 사이먼은 스파이크 볼터를 총집에 채우고 검을 쥔 두 손에 기합을 넣었다. 곧 힘차게 활강하는 첫 번째 악마와 마주쳤고 온 힘을 실은 검으로 놈을 베었다.

팔라듐 합금 검이 아케인 에너지의 힘을 발산하며 눈부시도록 푸르게 빛났다. 아버지가 그를 도와 검에 주입한 힘이었다. 검은 악마를 반으로 갈랐다. 그렘린이 두 쪽으로 갈라져 미처 땅에 떨어지기도 전에 사이먼은 빙글 몸을 돌려 다른 녀석을 노렸다. 한 악마가 사이먼의 얼굴에 창을 찔러 들어왔다.

날카로운 창끝이 투구를 긁으며 미끄러졌다. 그 충격에 사이먼은 거의 무릎을 꿇을 정도로 휘청거렸다. 하지만 창 아래로 몸을 숙인 후 어깨로 힘껏 놈의 횡격막을 들이받으며 뒤로 쓰러뜨렸다.

인도에서 벗어난 악마는 뒤로 벌러덩 나자빠지면서 입김을 토해 냈다. 사이먼은 놈의 어깨를 무릎으로 짓눌러 일어나지 못하게 하며 검을 들어 머리 중앙에 꽂아 넣었다. 검은 두개골을 뚫고 들어가 콘크리트 바닥에 닿을 때까지 멈추지 않았다. 사이먼이 가차 없이 검을 비틀자 놈의 두개골이 으스러졌다. 사이먼에게 깔린 채 놈의 숨이 끊겼다.

쓰러져 죽었는지 정신을 잃었는지 모를 한 템플러의 손 근처에 컨스트릭터가 떨어져 있는 것이 보였다. 그는 몸을 던져 왼손으로 총을 잡은 후 빙글 굴러 몸을 세웠다.

데릭이 그렘린 두 마리를 상대하고 있었다. 그는 번개같이 빠른 방어 기술로 그에게 날아드는 검과 도끼를 쳐 냈다. 그런데도 데릭은 점점 밀렸다.

사이먼은 가장 가까운 그렘린을 빠르게 조준하여 컨스트릭터를 발포했다. 그물이 튀어 나가 그렘린 주위에 펼쳐지며 놈을 옥죄었다. 놈의 살점이 뜯겨 나갔다.

악마가 기우뚱하더니 추락하기 시작했다. 꽁꽁 묶인 놈을 데릭이 한 손으로 붙들고 방패로 삼아 다른 악마의 공격을 재빠르게 방어해 냈다. 그리고는 빙글 몸을 돌려 또 다른 악마를 베었다. 검이 악마의 목을 깨끗하게 잘라 냈고 놈이 미처 움직이기도 전에 머리가 떨어져 나갔다.

"고마워."

데릭이 말했다.

"이쯤이야."

사이먼이 블러드 엔젤의 공격을 피하며 대답했다. 컨스트릭터를 들어 올려 방아쇠를 당기기도 전에 놈이 머리를 휙 돌려 그를 향해 비명을 질렀다. 놈이 손을 내밀자 피부에 새겨진 진홍빛 룬 문자가 밝게 타올랐다.

사이먼은 바로 앞 허공에서 무언가 광대하게 빛나는 것을 보았다고 생각했지만 미처 피하기도 전에 믿을 수 없을 만큼 강한 힘이 그를 강타해 10미터도 넘게 뒤로 몰아붙였다. 그는 땅에 내동댕이쳐지면서도 예전에 배웠던 대로 몸을 굴려 즉각 두 발로 일어선 후 옆으로 몸을 날려 공격을 피했다.

블러드 엔젤이 날개를 퍼덕이며 힘껏 그에게 달려들었다. 사이먼은 컨스트릭터를 조준하여 두 발을 쏘았다. 첫 번째 그물은 목표물을 놓치고 검은 하늘로 날아가 네모나게 펼쳐진 후 사라져 버렸다. 두 번째 그물이 블러드 엔젤을 감싸 옥죄려는 순간 놈의 피부에 새겨진 룬 문자가 다시 빛났다. 또 다른 힘이 파도가 되어 사이먼을 뒤로 내쳤다.

- 방어 시스템 위기.

차분한 목소리가 그에게 알렸다. 정신을 차릴 수 없었지만 사이먼은 자리에 서서 블러드 엔젤을 찾았다. 놈은 18미터쯤 떨어진 곳에 있었다. 그는 수류탄을 꺼내 놈에게 던졌다. 그물 속에서 놈은 뒹굴며 도망가려 했지만 수류탄이 터지면서 불길에 휩싸였다. 그리고 단말마의 비명을 지르며 숨이 끊겼다.

몇 차례 더 이어진 교전 끝에 그 거리에서 살아 있는 그렘린은 더 이상 찾아볼 수 없었다. 템플러는 브루스를 제외하고도 다섯 명을 잃었다.

데릭이 시신 수습과 복귀 명령을 내린 이후로는 아무도 말이 없었다. 사이먼은 한 남자의 시체를 어깨에 짊어진 후 슬론 스퀘어 역을 향해 달리기 시작했다.

33장

"당신이 가진 것은 특별합니다."

여자가 워런의 왼쪽 팔을 손가락으로 쓰다듬다가 손톱으로 작은 비늘을 조심스럽게 잡아당기며 말했다. 그 느낌과 목소리는 거의 관능적이다 할 정도였다.

비늘 아래 따끔한 느낌이 팔을 따라 기어 올라가 뒤통수로 모여들었다. 여자가 꽉 쥐고 있는 팔을 빼고 싶었지만 그러지 않았다. 툴레인은 나오미가 그곳 카발리스트들 중에서 가장 섬세하고 능숙하다고 했다.

나오미는 그보다 두어 살 정도 많은 것 같았다. 분명 네 살 이상 많지는 않을 것이다. 피부를 장식한 문신과 피어싱들만 아니었다면 예뻤을 것 같았다. 이마에 솟은 짧고 구부러진 두 뿔은 그녀를 왠지 사악하게 보이게 했다. 키는 자그마했지만 몸매는 풍만했으며 깊게 파인 검정 블라우스와 검정 가죽 바지를 입고 은 체인이 달린 종아리까지 오는 부츠를 신고 있었다.

켈리가 보았다면 비꼬았을 것 같은 차림새였다. 켈리의 내면에 여전히 그런 면이 남아 있다면 말이지만. 그 대신 켈리는 방 한쪽 바닥에 앉아서 고분고분 워런을 기다리고 있었다.

켈리의 행동에 워런은 죄책감을 느꼈다. 비록 그녀에게 못된 면이 있고 때때로 잔인하게 굴었지만 지난 몇 시간 동안 그가 그녀의 삶에 얼마나 큰 영향을 끼쳤는지 몰랐다. 그전엔 너무 아프고 너무 고통스러워 다른 사람 일은 미처 알아차리지 못했었다.

그럼에도 그녀를 조종한다는 죄책감보다 모르는 사람 한가운데 혼자 있기 두렵다는 감정이 여전히 더 컸다. 그래서 그녀가 계속 거기 앉아 그를 기다리기를 바랐다.

"난 이게 특별하다고 생각하지 않아요."

워런이 대답했다. 여자가 그를 올려다보더니 곁에 서 있던 툴레인을 쳐다봤다. 그들은 다른 방으로 이동해 있었다. 이번 방은 수십 가지 언어로 쓰인 고서로 가득했고 플라스틱 상자에는 서로 다른 허브와 가루가 담겨 있었다.

"당신이 가진 것에 감사하는 마음이 들도록 제대로 훈련을 받지 못했기 때문이에요."

마치 반려동물이라도 대하는 것처럼 여자는 그의 팔을 계속해서 쓰다듬었다. 따끔함이 더 심해졌다.

나오미가 워런의 눈을 들여다보았다.

"악마가 당신에게 이런 짓을 했다는 걸 아는군요. 그렇죠?"

툴레인이 관심을 보였다. 여자에겐 메리힘에 대해서 아직 말하지 않았던 것이다. 워런은 너무 놀라 아무 말도 할 수 없었다.

"그의 이름을 아는군요. 그렇죠?"

"메리힘."

워런이 말했다. 나오미가 희미하게 미소 짓고 팔을 놓아 주었다. 그리고 의자에서 일어나 방을 가로질러 물건이 잔뜩 놓인 책장으로 갔다. 잠시 고민하던 그녀는 두껍고 화려한 가죽 장정 책 한 권을 골라 돌아왔다.

"메리힘은 카발리스트가 환영 속에서 봤던 위대한 악마 중 하나예요. 명명(命名)된 악마죠."

"명명되었다고요?"

워런이 되물었다.

"모든 악마에게 이름이 있는 게 아니에요. 대부분은 그저 악마일 뿐이죠. 네, 물론 강력한 악마요. 하지만 도구보다 약간 나은 정도랄까요. 그들은 스스로 이름을 획득해야만 해요. 그러기 위해서는 계급 상승을 위해 싸우는 방법밖에 없죠."

말을 마친 그녀가 약간 혼란스럽다는 듯 툴레인을 바라보았다.

"이 사람, 악마에 대해 모르나요?"

"정식으로 훈련받은 적이 없어."

나오미가 워런을 살펴보았다.

"메리힘 같은 악마의 눈에, 당신의 어떤 점이 그렇게 특별해 보였을까요?"

워런은 답을 몰랐다. 대답하려는 노력도 하지 않았다.

"메리힘에 대해서 아는 게 있나요?"

"자기 스스로를 '역병을 가져오는 자'라고 했어요."

나오미가 고개를 끄덕이더니 책을 펼쳐 탁자 위에 놓았다. 펼쳐진 책장에는 한 악마가 어두운 영광을 드러내며 서 있었다. 청록색 갑옷이 반짝였고 초록 삼지창은 어슴푸레 빛났다. 토막 난 시체들이 주위에 어지럽게 나뒹굴었다.

"메리힘은 예전에 우리 세계에 왔었어요. 중세 시대였으니 아주 오래전 일이죠. 선택된 악마 몇몇이 우리 세계를 방문했고, 이곳에서 보고 만난 것을 연구했어요. 메리힘은 유럽에 죽음과 질병을 퍼뜨렸죠. 수십만 명이 그때 목숨을 잃었어요. 어떤 사람들은 그가 크리스토퍼 콜럼버스와 함께 신대륙으로 가서 그곳에 살던 아주 많은 원주민들을 죽음으로 몰아넣었다고들 해요. 에스파냐 정복자들은 그곳에서 발생했던 대학살이 이 악마 때문이라고 주장하죠."

워런은 콜럼버스가 신세계로 향하는 여정에 대해 배운 것을 거의 잊어버렸다. 하지만 아메리카 원주민 수백만 명이 유럽인과의 접촉으로 죽었다는 이야기는 기억했다. 천연두와 또 다른 질병이 휩쓸었다고 했다.

"어떤 사람들은 아메리카 원주민들은 메리힘의 실체를 알고 있었다고들 해요. 악마 세계와 더 많이 접촉했고요. 누군가는 그들이 다른 사람들에 비해 더 쉽게 악마를 본다고도 하죠. 웬디고(Wendigo) 전설이 거기서 시작된 거예요."

워런도 웬디고 전설은 알고 있었다. 아메리카 원주민들은 사악한 영혼이 때때로 전사들을 잠식하여 인간의 살을 맛보게 한다고 믿었다. 그런 식인종과 영혼을 그들은 '웬디고'라 불렀다.

"아메리카 원주민들은 메리힘과 싸워서 결박하려고 했어요. 메리힘은 백 년이 넘게 우리 세계에 머물다가 마침내 버지니아 주 로어노크에서 붙잡혔지요. 그 대가는 값비쌌어요. 그를 내쫓을 때 그 도시에 살던 모든 남자와 여자, 아이들까지 값을 치러야 했죠."

"그 사람들에게 무슨 일이 일어난 거죠?"

"악마 세계로 끌려갔다고들 전해져요. 누군가 악마를 내쫓을 때면 가끔 그런 일이 벌어졌죠."

"추방이 답은 아니란 겁니다."

툴레인이 말했다.

"통제가 답입니다. 우리는 악마를 통제할 방법을 찾아야 합니다. 그러면 그들을 두려워할 이유가 전혀 없을 겁니다."

워런이 왼쪽 팔을 따라 피부에 자리 잡은 초록빛 검정 비늘을 응시했다. 악마를 통제하기란 쉽지 않을 것이었다. 그는 다시 나오미의 검정 눈동자를 바라보았다.

"메리힘이 나 같은 인간에게 무엇을 원하는 걸까요?"

"그는 당신을 살려 두었어요. 아마 당신을 손에 넣고 싶어 하는 게 아닐까요."

"어째서요?"

나오미가 고개를 저었다.

"저도 모르겠네요. 하지만 이유를 찾아볼 수는 있을 거예요. 당신에게 그럴 의지가 있다면요. 힘들고 위험한 길이 될 거예요."

워런은 잠깐 고민했다. 팔에 돋은 비늘 아래에서 느껴지는 따끔거림은 그의 머리까지 계속 타고 올라갔다. 길은 이미 힘들고 위험해졌다.

"알겠어요."

그가 동의했다.

워런은 방 한가운데 놓인 작은 매트에 등을 대고 누워 있었다. 나오미가 그의 곁에서 손과 무릎을 짚고 엎드려 매끈한 돌바닥에 파란색 분필로 복잡한 상징을 그려 넣고 있었다. 그들을 둘러싼 파란 양초에서 노랗고 푸른 불꽃이 춤을 췄다.

"두 사람 존재를 메리힘이 눈치챌까?"

툴레인이 나오미가 그려 놓은 원 바깥에 서서 물었다.

"알아채지 못하도록 최선을 다할 거예요."

나오미가 상징을 잔뜩 새겨 넣은 나무 상자에 분필을 넣으며 말했다.

"혹시라도 알아채면 접촉하려고 할까?"

악마를 엿보자는 의견을 듣고 툴레인은 흥미를 보였다. 하지만 메리힘 쪽에서도 접촉할 수 있다는 가능성을 깨달은 지금은 일을 계속 추진하고 싶어 안달인 것처럼 보이지는 않았다. 워런 역시 마찬가지였다.

나오미는 양반다리를 하고 앉아서 양 무릎에 손바닥을 올려놓았다.

"잘 아시잖아요, 툴레인 경. 우리는 악마가 무슨 일을 할 수 있는지 전부 다 알 수 없어요. 그리고 전 아직 메리힘처럼 강력한 악마를 엿보는 데 성공한 적도 없어요."

"하지만 최근 침공 때 슐고스(shulgoth; 주어진 자)는 성공했지. 악마가 우리 세계에 와 있는 동안은, 그 재능으로 그들을 들여다보는 일이 더 쉬워졌다고."

"슐고스가 우리를 막지 않았기 때문에 성공했던 거예요. 슐고스는 여전히 우리가 통제할 수 없는 영역에 있어요."

매트에 누워 있는 워런은 걷잡을 수 없이 두려워졌다. 살이 타들어 가는 냄새가 진동하는 듯했다. 그의 살, 지난밤 방에 모여 있던 카발리스트들의 살, 그리고 양아버지의 살이 까맣게 익는 냄새가.

"만약 우리가 덫으로 걸어 들어가는 거라면요?"

워런이 저도 모르게 입을 열었다. 툴레인이 그를 바라보았다.

"메리힘이 나를 이렇게 바꾸어 놓은 거라면 여기로 올 수도 있지 않을까요? 만약 그의 진짜 목적이 카발리스트 네트워크라면요?"

 무거운 침묵이 방으로 내려앉았다. 툴레인과 나오미가 그 점은 미처 생각하지 못했다는 사실을 워런은 알 수 있었다.

 "그날 밤 놈은 손가락 하나로 이디스와 조너스를 죽였어요. '라탈루킨의 눈'도 손에 넣었고요. 나를 놓아준 건 오로지 내가 더 많은 카발리스트와 접촉하길 원했기 때문인지도 모르잖아요."

 "주의할게요. 죽은 사람들을 존중하지 않으려는 건 아니지만, 나는 지금 하려는 일에 이디스나 조너스보다 훨씬 능숙해요. 제 전문 영역이거든요."

 나오미가 한 손을 워런의 이마에 댔다.

 "긴장을 푸세요. 눈을 감으면 그 후엔 제가 당신을 이끌어 줄게요."

 그의 심장이 두방망이질 치고 아드레날린이 솟구쳤다. 그런데도 온몸이 따뜻하고 노곤해졌다.

 "눈을 감으세요."

 나오미가 그에게 몸을 숙이며 그의 눈꺼풀에 손가락을 지그시 눌러 눈을 감겼다.

 순간 워런은 패닉에 빠질 것 같았다. 벌떡 일어나 손을 치워 버리고 싶은 것을 꾹 참아야 했다. 벽에서 그림자가 스멀거리며 그에게 내려오는 모습이 보이는 듯했다.

 "긴장을 푸세요. 심호흡하세요."

 워런은 가슴을 활짝 열어 깊게 숨을 들이쉬려 노력했다.

 "당신과 악마는 서로 연결되어 있어요. 악마에겐 그래야 할 이유가 있었겠지만, 우리도 그 점을 이용할 수 있어요."

 워런은 내면에서부터 그 연결점이 점점 강하게 드러나는 것을 느꼈다. 그럴수록 더욱 두려워졌다. 그 어두운 힘으로부터 도망가서 높은 벽으로 차단할 방법을 찾으려 애썼다.

"싸우지 마세요."

나오미가 속삭였다.

"받아들이세요."

"안 돼요."

워런이 숨을 헐떡였다.

"무서워요."

"두려움은 좋은 거예요. 우리 의지로 해낼 수 있는 것보다 더 강한 힘을 이끌어 내죠. 두려움을 감싸 안고 이용하세요. 굴복하지 마세요."

그에게 시간을 주기 위해 나오미가 잠시 말을 멈추었다.

"자, 다시 해 보세요."

워런이 그녀의 명령에 따라 심호흡을 하며 내면에서 일어나는 일을 그대로 두었다.

"좋아요. 잘하네요."

그녀가 원하는 흐름을 찾은 워런은 조금 긴장이 풀렸다. 잠시 후 마음속에 갇혔던 암흑이 활짝 펼쳐지며 그를 집어삼켰다.

워런은 어둠 속에서 템스강이 점점 모습을 드러내는 것을 내려다보았다. 그는 다리 중앙에 서 있었다. 주변을 둘러보니 런던 브리지에 있음을 알 수 있었다.

다리 위에는 수십 대의 차량이 멈춰 있었다. 몇 대는 전복되었고 더 많은 차들은 새카맣게 불타 뼈대만 남았다. 차량 근처에 군용 헬리콥터의 잔해가 흩어져 바람에 이리저리 나뒹굴며 삐걱거리는 소리를 냈다. 헬리콥터 문에는 한 남자의 시신이 안전벨트에 걸린 채 매달려 있었다. 플렉스글라스 앞 유리창에 박힌 시신도 있었다.

오른쪽에서 어떤 움직임이 느껴졌다. 못해도 20마리는 넘는 악마가 거기 있었다. 놈들은 목구멍을 긁으며 소름 끼치는 소리를 냈다.

가능한 한 그늘에 몸을 숨긴 워런은 조심스럽게 나오미 쪽으로 몸을 돌렸지만 거기에 그녀는 없었다. 심장이 미친 듯이 뛰는 것을 느끼며 그는 어디로 탈출해야 할지 찾아보았다.

나는 진짜로 여기 있는 게 아니야. 그가 스스로에게 말했다. 그저 눈을 뜨고 깨어나면 돼. 그러면 동굴로 돌아갈 거야. 깨어나기만 하면 돼.

그러나 그는 깨지 않았다. 꿈속에 갇힌 채 남아 있었다. 그는 다리 건너편을 바라보았다. 강물로 뛰어든다면 살아남을 수 있을지 궁금했다.

뛰어들 필요 없다.

강력한 목소리가 워런에게 말했다. 그의 마음속에서 단어 하나하나가 폭발하는 듯했다. 그에게 말을 거는 자가 누구인지 바로 알았다.

내가 원하지 않는 한 저들은 널 보지 못할 것이다.

34장

워런은 뒤를 돌아보았다. 메리힘이 거기 있었다. 바로 조금 전만 해도 없었는데. 악마가 거만하게, 그리고 위협적으로 다가왔다.

두려워하지 마라.

메리힘이 말했다. 비늘로 덮인 얼굴에 음산한 미소가 떠올랐다.

이런 벌레 같은 놈들이 널 가지게 두진 않을 것이다.

메리힘은 세워진 차량 사이에서 우왕좌왕하는 악마들을 가리켰다. 놈들 중 누구도 워런이 있는 곳을 보지 않았다.

너를 위한 더 큰 계획이 있다.

워런은 그 계획이란 것이 분명 사지를 절단한다거나 하는 고문일 거라고 확신했다. 하지만 만약 그가 미리 알 수만 있다면 계획을 짤 시간을 조금이나마 벌 수 있을지도 몰랐.

메리힘이 요란하게 웃음을 터뜨렸다.

아니다. 죽음과 고문은… 여흥거리는 되겠지. 하지만 너는 다른 용도로 쓸 것이다. 내 군대를 이끌게 될 것이다. 너는 우리가 사냥하는 인간과 이 세계에 대해 잘 안다. 그것은 매우 가치 있을 것이다.

절망에 빠진 워런은 깨어나려고 애썼지만 그럴 수가 없었다.

"기다려요."

나오미의 부드러운 목소리가 저 멀리에서 들려왔다.

"이곳에서 그는 당신을 해칠 수 없어요. 나는 여기서 당신을 보호할 수 있고요."

쉬운 일은 아니었지만 다른 어떤 선택도 없었기에 워런은 그대로 서 있었다. 메리힘과 나오미 둘 모두 그를 보호해 줄 수 있다고 말하고 있다. 그렇다면 누군가는 거짓말을 한다는….

"악마는 거짓말을 해요."

나오미가 말했다. 하지만 워런은 누가 거짓말을 하는지 알 수 없었다. 둘 다 저마다의 이유로 그에게 거짓말을 할 것이라는 생각이 들었다.

악마가 워런의 팔을 내려다보았다. 검정색 티셔츠를 입고 있었기에 팔이 훤히 드러나 있었다. 파충류 같은 비늘은 악마의 몸이 내뿜는 빛을 반사하며 반짝거렸다.

내 선물이 뿌리를 내린 것이 보이는구나. 네 생각은 어떠하냐? 매우 관대하지 않은가?

"왜 내게 이런 짓을 했죠?"

너는 너무 약했으니까. 이 세계의 가혹함에 절대 맞설 수 없었을 테니까. 내가 너를 돕지 않았다면 그 화상은 너에게 고통을 주고 죽음에 이르게 했겠지.

메리힘이 삼지창으로 워런의 머리를 좌우로 돌리며 살펴보았다. 금속 창은 너무도 차가워서 닿은 곳의 피부가 불에 타는 것만 같았다.

많이 진행되었지만 아직 충분하지는 않군.

"이런 부탁 한 적 없어요."

순간, 두려움을 잊게 할 정도로 분노가 치밀어 올랐다.

나는 원하는 것을 주지 않는다. 네가 무언가 요구했다면, 그 자리에서 네놈을 죽였을 것이다.

악마가 대답했다. 분노는 녹아 버리고 두려움만이 남았다. 그러나 순간적으로 차라리 죽는 편이 더 쉽지 않았을까 하는 생각이 들었다. 메리힘이 워런의 고개를 들게 하고는 그를 바라보았다.

죽는 게 나았다? 목숨을 구걸하고 나를 섬기고자 하는 자들도 많다.

살고자 하는 자기보호본능이 두려움과 망설임을 날려 버렸다.

"아뇨."

그렇다. 너는 살고 싶어 했다. 지금도 살고 싶을 것이다.

메리힘의 입술이 미소로 뒤틀렸다.

그렇다면 말하라. 살아 있어서 기쁘다고 말하라.

여태껏 한 번도 느껴 보지 못한 자기혐오가 밀려왔다. 어머니가 눈앞에서 죽고 아버지가 그의 명령에 따라 자살했을 때가 떠올랐다. 그때 분명 아버지는 반항할 수 없었다. 하지만 만약 워런이 죽지 말고 들어가 잠이나 자라고 말했다면 아버지를 쉽게 멈출 수 있었을 것이다. 그 사실을 알았을 때 느꼈던 바로 그 감정이었다.

어머니와 양아버지가 죽고 몇 주가 지난 후 워런은 스스로를 탓했다. 양아버지의 죽음뿐만 아니라 어머니의 죽음도 마찬가지였다. 두 사람은 싸울 때 언제나 워런을 들먹였다. 그는 다툼의 원인이었다. 두 사람이 죽은 것이 어째서 그의 잘못인지 분명히 알지는 못했지만 그런 확신이 들었다. 총상 치료를 위해 병원에서 지내는 동안 그는 종종 차라리 죽었더라면 하고 생각했다.

그리고 그에게 일어난 비극을 사람들이 안 후 그 누구도 그를 입양하려고 하지 않았을 때, 그는 스스로를 다시 비난했다. 그는 가치 없었고, 저주받은 아이였고, 고아원에 방문하는 모두가 그에게서 그런 모습을 볼 수 있는 것만 같았다.

너는 아무 가치도 없는 인간이었다. 그것을 내가 바꾸었다. 나는 너를 바꾸었다. 네겐 이제 가치가 있다. 내가 너를 향상시켰다. 내가 너를 알아보지 않았다면 네 친구라는 그자들이 네게 그렇게까지 흥미를 보였을 거라고 생각하느냐?

사실이었다. 만약 워런이 그 화재에서 살아남지 않았다면 카발리스트는 그를 찾지 않았을 것이다.

"우리는 이미 당신을 찾고 있었어요."

나오미가 일깨웠다.

"그날 밤 화재 전부터요."

그녀의 말이 조금은 도움이 되었다. 하지만 문득 워런은 자신이 카발리스트와 머문다는 사실을 메리힘이 알고 있다는 점을 깨달았다.

한 번도 마주한 적 없는 존재의 그림자와 노는 아이들은 그 위대함이 던져 주는 아주 보잘것없는 환영에도 쉽게 현혹되기 마련이다. 메리힘이 비웃었다.

오만함인가? 워런은 궁금했다. 아니면 진실인가? 알 수 없었다.

"버텨요."

나오미가 말했다.

"악마가 당신에게 주의를 기울이는 일 분 일 초를 버텨요. 뭔가 알아내는 중이에요."

메리힘의 두 눈에서 악의에 찬 검은 불길이 폭발하듯 뿜어져 나왔다.

살아 있어서 기쁘다고 말하라. 그렇지 않으면 바로 이 자리에서 널 죽이겠다.

"워런."

나오미의 목소리는 긴장한 듯했고 근심이 서려 있었다. "하라는 대로 하세요. 안 그러면 당신을 죽일 거예요."

살아오는 동안 이렇게 간절히 도움을 바란 적도 없었다. 그가 무슨 말을 하고 어떤 행동을 하든, 그는 파멸이었다. 도망칠 곳은 어디에도 없었다.

"당신은 모르겠지만 우리가 도울 수 있어요. 하지만 방법을 찾기 전까진 당신 스스로 해내야만 해요."

"살아 있어서 기뻐요."

워런은 흐느껴 울면서 숨을 뱉듯 말했다. 뺨을 타고 눈물이 흘러내렸다. 위탁 가정에서 지내는 동안 흘렸던 것보다 더 많은 눈물이 쏟아져 나오는 것 같았다. 그는 자신이 진실을 말하고 있음을 알았다. 만약 거짓말을 했다면 메리힘은 다음 숨을 들이켜기도 전에 자신을 베어 버렸을 것이다.

"잘했어요. 다 잘될 거예요."

워런은 아무 말도 하지 않았다. 그 어떤 일도 잘될 것 같지 않았다. 그저 다리를 벗어나 악마로부터 멀리 도망치고 싶을 뿐이었다. 메리힘이 우쭐해서는 미소를 지으며 워런을 바라보았다.

나를 어떻게 찾았느냐?

"몰라요."

워런이 대답했다. 나오미가 어떻게 그를 여기로 보냈는지, 어떻게 악마의 위치를 추적했는지 몰랐기 때문에 그 대답이 진실에 충분히 가깝기만을 바랐다.

"잠이 들었는데 당신이 여기 있었어요."

메리힘이 잠시 생각했다.

연결이 생각보다 강하군.

그 점이 어떤 식으로든 악마를 취약하게 만드는 것인지 궁금했다. 아니면 메리힘이 그렇게 느끼는 것인지도. 어느 쪽이든 그에게는 재난일 것이다.

왜 내게 왔느냐?

"그러려고 한 게 아닙니다."

이것이야말로 완전히 진실이었다.

그러나 넌 여기 있다.

"그를 붙들어 둬요. 뭔가 찾을 수 있는지 한번 볼게요." 나오미의 목소리가 들려왔다. 워런은 싫다고 대답하고 싶었다. 기회를 얻는 건 그녀지만 대가를 치르는 건 그일 것이다.

메리힘이 워런에게 가까이 다가왔다. 거대한 그가 옆에 오자 그는 난쟁이가 된 것 같았다. 악마의 몸에서 뿜어져 나오는 열기가 워런을 감싸며 다리에 휘몰아치는 겨울바람이 몰고 온 한기를 물리쳤다.

나는 너를 이용할 수 있다. 그러니 네가 모습을 드러낸 건 좋은 일이다.

워런은 다시 공포를 느꼈다. 카발리스트를 따라온 것을 저주했다. 그가 만약 그들과 함께하지 않았다면 지금 여기 있지도 않았을 것이다.

나를 위해 가져올 것이 있다.

"뭐죠?"

메리힘이 음산하게 웃었다.

알 필요 없다. 찾지 못한다면 너를 가만두지 않을 거라는 사실만 알아라.

그때 나오미의 힘이 그의 몸을 훑고 지나가는 것이 느껴졌다. 그가 그토록 확실하게 느낄 수 있다면 악마 역시 그렇지 않을까 염려되었다. 그러나 메리힘이 무언가 눈치챈 낌새는 없었다.

"능숙하다고 했잖아요."

머릿속에서 울리는 나오미의 목소리에서 자랑스러움이 묻어났다. 메리힘이 삼지창을 들어 올리더니 창끝을 워런의 눈썹 사이에 가져다 댔다.

너는 나의 투견이 될 것이다. 내가 바라는 것을 좇을 것이다. 인간 또한 그것을 찾고 있지만 놈들은 실패해야 할 것이다. 전리품은 내 것, 오로지 나의 것이다. 내가 원하노니 그것을 발견하거든 내게 알리라.

"어떻게요?"

너에게 길이 주어질 것이다.

"그게 뭔지 내가 어떻게 알죠?"

알게 될 것이다.

암흑 에너지가 삼지창에서 뻗어 나와 워런의 뇌 속으로 들어갔다. 저 깊은 곳에서 나오미가 지르는 비명 소리가 들렸다. 그리고 어디에서도 그녀가 느껴지지 않았다.

가라.

메리힘이 명령했다.

더 이상 나를 방해하지 마라. 할 수 있는 한 빨리 너의 임무를 완수하라. 다음 날이 밝기 전에 전리품을 손에 넣어야 한다.

믿을 수 없는 힘이 워런 안에 휘몰아쳤다. 폐에서 바람이 빠져 나갈 정도로 강한 충격이 다리에 와 부딪치며 워런은 눈 깜빡할 사이에 30미터는 족히 뒤로 길게 포물선을 그리며 날아갔다.

검은 강물 위에 떠 있는 불붙은 보트와 배 위로 악마들이 뛰어다니고 있었다. 그는 다이빙하듯 몸을 쭉 뻗어 보려 했지만 추락의 충격으로 정신을 잃을 것만 같았다.

물이 아니라 불타는 유조선으로 곧장 떨어지고 있음을 깨달았을 때는 이미 너무 늦었다. 그는 배 위로 곧장 떨어졌고 그때 갑자기 배가 폭발했다. 화염이 그에게 치솟으며 열기가 그를 집어삼키려 했다. 공포에 질려 비명을 지르며 팔을 들어 얼굴을 가리려는 순간---

---깨어났다. 그는 나오미의 사무실 바닥에 얇은 매트를 깔고 누운 채 숨을 헐떡이고 있었다. 헤드거 툴레인은 원 바로 바깥에 서 있었다. 표정이 심각해 보였지만 워런을 보고 있지는 않았다. 대신에 그는 나오미에게서 시선을 떼지 않았다. 그녀는 태아처럼 몸을 웅크리고 누워 있었다.

"나오미에게 무슨 일이 있었던 거죠?"

툴레인이 물었다. 워런은 머릿속을 가득 메운 안개를 헤집었다. 관자놀이가 쿵쾅거렸다. 워런은 툴레인의 질문은 무시했다. 숨이 가쁘고 어지럽고 무언가 달라졌음을 느끼며, 앉은 자세 그대로 나오미에게 손을 뻗었다.

"저기요, 저기요. 일어나요."

감사하게도 그녀가 정신을 차렸다. 얼굴엔 고통의 흔적이 뚜렷

했다. 앉으려던 그녀는 토했다. 그녀가 팔을 흔들자 초들이 모두 꺼졌다.

툴레인이 원을 건너 그녀에게 가서 일어서도록 도왔다. 벽에 기대앉는 워런에게 도움을 청했지만, 남을 돕기에 그는 너무 약했다.

방 건너편에서 켈리가 일어나 그들을 바라보고 있었다. 겁에 질린 듯 보였다.

무서워하지 마. 워런이 생각했다.

켈리가 천천히 심호흡하자 공포가 잦아드는 듯했다. 그녀의 얼굴에는 어떠한 감정도 드러나지 않았다.

이리 와서 날 도와.

켈리가 로봇처럼 워런에게 왔다. 그 어떤 때보다 그녀 같아 보이지 않았다. 워런은 죄책감을 느껴야 한다는 것을 잘 알았다. 하지만 그가 마땅히 느껴야 할 후회보다 공포가 훨씬 컸다. 그가 쥔 그녀의 손은 차가웠지만 신경조차 쓰이지 않았다. 그는 그저 혼자 있고 싶지 않았다.

그때 의사가 나오미를 검진하러 왔다. 그녀는 조금 나아졌는지 툴레인의 걱정을 뿌리치고 휘청거리며 워런에게 걸어왔다.

"내 예상보다 당신과 악마가 강하게 연결되어 있어요."

"알아요."

워런이 무릎을 떨며 일어나 그녀 앞에 섰다. 기분은 여전히 나아지지 않았고 뱃속은 험악하게 꼬인 듯했다. 나오미는 꿰뚫어 보듯 그를 응시했다.

"메리힘이 원하는 게 뭔지 알아요?"

"아뇨."

"그가 말해 주지 않았나요?"

워런은 화가 났다. 분노를 억누르고 싶지도 않았다. 뼛속까지 먹어 치우려는 공포에 잠식당하느니 그 편이 나았다.

"당신도 거기 있었잖아요. 뭐라고 하는지 듣지 않았나요?"

나오미가 갑자기 그의 관자놀이로 손을 뻗었다. 그는 뿌리치려 했지만 눈을 멀게 할 정도의 전기 충격이 뇌를 가르며 들어왔고 그 고통에 눈앞이 까매졌다.

35장

"대체 무슨 생각이었나?"

원수 테렌스 부스의 얼굴은 화가 나서 시뻘겋게 달아올라 있었다. 그는 방 안을 이리저리 왔다 갔다 했다. 사이먼은 옆구리에 투구를 낀 채 부스의 사무실에 서 있었다. 전투에서 입은 상처에서는 피가 흐르고 녹초가 된 그는 믿을 수 없다는 듯 부스를 바라보았다.

"그 사람들을 구해야겠다고 생각했습니다."

"그 집에 남기로 선택했던 사람들이다!"

부스가 소리쳤다.

"빌어먹을 우리 임무가 아니라고!"

사이먼은 간신히 입을 다물고 있었다. 당신은 거기 없었잖아. 그 어린 여자아이의 표정을 보지 못했잖아.

"남아서 자네를 구하기로 한 치플화이트 병장의 결정은 팀을 위험에 빠트렸다. 지난밤, 잃지 않아도 되었을 템플러 여섯 명을 잃었다."

사이먼은 브루스의 죽음이 임무였던 책 때문이지, 그렘린과 맞닥뜨렸기 때문이 아니라는 사실은 지적하지 않았다.

"엄밀히 말하자면-"

사이먼 뒤에 서서 그의 차례에 쏟아질 분노를 기다리던 데릭이 입을 열었다.

"생각하시는 그런 상황이 아니었-"

"사이먼이 의도한 바가 아니었다……."

부스가 끼어들며 데릭을 험상궂게 바라보았다.

"그리고 자네 의도도 아니었다. 전사 여섯의 목숨을 한 명과 맞바꾸는 것이 좋은 거래라고 생각하나, 병장? 리더로서의 자네 자질을 심각하게 재고해야겠네."

데릭은 입을 다물고 더 이상 항의하지 않았다. 부스는 눈빛만으로도 어떻게든 그를 상처 입힐 수 있다는 듯 사이먼을 험악하게 쳐다보았다.

해묵은 억울함이 치밀어 올랐다. 마치 그 순간 학교로 되돌아간 듯했다. 부스는 자기보다 어리고 작은 아이라면 괴롭힐 수 있다고 여기는 것 같았다. 그때와 마찬가지로 지금도 그런 일은 일어나서는 안 되는 것이 마땅하다고 그는 온몸으로 울부짖고 싶었다.

그러지 말자. 그가 생각했다. 이런 식으로 만나서 정치 싸움을 한들 이기지 못해. 하지만 여전히 그는 그 사실을 인정하기조차 싫었다.

"임무를 수행하기 위해 그곳에 간 것이다."

부스가 계속했다.

"책을 손에 넣고, 집을 빠져나온다. 쉬운 임무였다. 엉망이 될 일도, 법석을 떨 일도 아니었다."

그가 잠깐 말을 멈추었다.

"그리고 어떠한 손실도 없었어야 했다. 어떤 병사도 잃지 않았어야 했다."

"여자아이가, 사람들이 도움을 필요로 했습니다. 집 안에 남았다면 분명 죽었을 겁니다."

사이먼이 죄어드는 목소리로 말했다.

"내가 상관할 일이 아니다."

부스가 사납게 말했다.

"자네가 상관할 일도 아니야. 바깥세상에서 많은 사람들이 목숨을 잃고 있다. 나는 그들의 시체를 보았다. 그리고 난 자네에게 분명히 말해 줄 수 있다. 이 모든 일이 끝나기 전에 훨씬 더 많은 사람들이 죽어 갈 것이다."

사이먼은 감정을 억누르는 데 집중하며 숨을 토해 냈다. 화를 내서는 안 된다. 그 순간 그에게는 너무 사치스러운 일이었다.

"더 나쁜 건, 여기 그들을 데려왔다는 것이다. 비밀로 유지되어야 하는 곳인데도!"

"다른 어디에도 데려갈 만한 곳이-"

"저들은 우리 소임이 아니다! 우리는 한 줌도 안 되는 사람이 아니라, 세상을 구하기 위해 존재한다. 그리고 오로지 악마를 물리쳐야만 세상을 구할 수 있다. 피난처를 제공하는 것은 아무것도 아니다. 그 여자와 아이들이 여기 남는다면 자네는 이곳에 부담을 지우는 셈이다. 그들이 이곳을 떠난다면, 만에 하나 그런 선택을 한다면, 언더그라운드의 비밀을 사람들에게 말할 수도 있다. 그렇다면 머지않아 악마도 알게 되고 여기 들이닥칠 것이다."

언더그라운드로 돌아오기 전까지 사이먼은 미처 그 점에 대해서는 생각하지 못했다. 그는 오로지 불타는 집에서 사람들을 구출해 안선한 곳으로 이동시키는 것만 생각했다. 그들을 구히는 것이 우선이었다.

"우리는 사람들을 구하기 위해 여기 남은 것이 아니다."

부스가 말을 이었다.

"세인트 폴 대성당에서 목숨을 바친 그 모든 템플러가 의도했던 것도 아니다. 자네 아버지가 죽으며 바랐던 것도 아니다. 그들 덕분에 우리는 이 전쟁을 계속할 기회를 얻었다."

우리 아버지가 무엇을 바라셨는지 알지도 못하면서. 사이먼은 분노가 치밀었다. 그러나 곧바로 죄책감이 몰려왔다. 그 역시 아버지의 바람을 몰랐다. 그곳에, 마지막 순간에 아버지 곁에 없었기 때문에.

"우리는 악마와의 전쟁에서 이기기 위해 여기 남았다. 천천히 지기 위해서가 아니다."

사이먼은 부스의 숨소리에 집중했다. 그가 무슨 말을 하든 중요하지 않았다. 오늘 밤 그는 무엇이 그를 기쁘게 하는지 알았다. 소녀와 소녀의 가족을 구한 것은 기분 좋은 일이었다.

"듣고 있나?"

"네."

부스가 신중하게 말을 이었다.

"그 사람들은, 악마에 대한 템플러의 경고를 외면한 세대의 후손이다. 그들은 악마를 부정했다. 악마가 존재한다는 템플러의 경고에 주의를 기울이지 않았다. 1307년, 필리프 4세가 템플러를 무너뜨릴 때 그저 보고만 있었다. 그들 중 누구도 악마를 믿지 않았다. 그러길 원하지 않았다. 그런 거대한 힘이 존재한다는 사실을 인정하고 싶어 하지도 않았다. 그 사실을 인정하면, 그들이 지배한다고 믿어 온 세상의 일부를 잃을지도 몰랐으니까. 템플러가 지하로 내려와 몰락한 쇠운을 재건하고 다음 전쟁을 대비하는 동안 그들은 그런 이유로 악마를 부정하며 살았다. 자네가 원한다고 그런 것들이 달라지지는 않는다."

사이먼이 참았던 숨을 내뱉었다.

"우리에겐 병사가 필요하다. 영웅이 아니라. 영웅들은 모두 세인트 폴 대성당에서 죽었다. 이제 우리에게 그런 사치는 없다."

사이먼은 거의 입을 열 뻔했다. 데릭 역시 할 말을 참고 있는 듯했지만 확신은 없었다.

"악마의 약점을 알아낼 때까지 충분히 오래 살아남아야만 우리는 이 전쟁에서 이기고 임무를 완수할 수 있다. 영웅놀이를 하면서는 이룰 수 없다."

극도로 불쾌한 것이라도 되는 양 부스는 내뱉듯 그 단어를 말했다. 사이먼은 말없이 감정의 고삐를 꽉 움켜쥐고만 있었다.

"자네가 그 젠장맞을 영웅이 되길 원한다면, 악마를 어떻게 해치울지 알아내라. 그렇다면 내가 직접 명예의 전당에 이름을 올려줄 테니."

그가 역겹다는 듯 콧방귀를 뀌었다.

"이 시점에서도 자넬 여기 머물게 하는 유일한 이유는, 우리에겐 훈련된 병사가 단 한 명이라도 더 있어야 하기 때문이다. 하지만 또다시 일을 망친다면, 그런 바보 같은 행동으로 내 부대원들을 또다시 위험에 몰아넣는다면 즉시 내쫓을 것이다. 우리 집단에서 영원히 추방한다는 뜻이다. 이해했나?"

"네."

사이먼이 낮고 옥죄인 듯한 목소리로 말했다.

"좋다. 이제 당장 내 눈앞에서 사라져."

사이먼은 차려 자세에서 발꿈치로 뒤돌아 앞으로 걸어 나갔다. 부스의 냉정함에 분개했고, 그에게 되갚아 주고 싶었다. 하지만 그래 봤자 좋을 것이 없다는 사실은 분명했다. 그는 조직 안에 난 좁은 길을 따라 걸어야만 했다.

사이먼은 피곤했지만 병원으로 향했다. 언더그라운드에 도착하자마자 부스에게 호출당한 터였다. 아이들의 어머니인 에밀리는 처음 봤을 때부터 상태가 좋지 않았다. 일련의 사건들로 아이들이 고아가 되지는 않았는지 염려되었다.

잠시 후 그는 의료 센터로 이어지는 터널을 통과했다. 예쁘장하게 생긴 한 여자가 라벤더 색깔 수술복을 입고 환자 분류 센터에 서 있었다. 이름이 카예였던 것 같았다. 그녀는 그가 다가오는 것을 바라보고 있었다.

"크로스죠?"

피곤해 보이는 것과는 달리 그녀의 목소리는 밝고 솔직했다.

"네."

사이먼이 데스크 앞에 멈춰 섰다.

"환자들을 데리고 왔었습니다. 성인 여자 한 명과-"

"아이 두 명."

카예가 미소 지었다.

"꽤 활발한 아이들이에요."

"좀 어떤지 알고 싶습니다."

"아이들은 괜찮아요. 어머니 쪽은 좀 더 치료해야 해요. 당뇨 환자인데 약이 다 떨어졌나 봐요. 지금 혼수상태예요. 당신이 발견하지 못했다면 몇 시간 내에 죽었을 거예요."

"괜찮아지겠죠?"

"그럴 거예요. 지금 몸이 본능적으로 휴식을 취하는 거예요."

사이먼이 안도의 한숨을 내쉬었다. 그날 밤 겪어야 했던 그 모든 일 중 유일하게 반가운 소식이었다.

"만나 보고 싶어요?"

사이먼이 고개를 저었다. 부스는 그들을 구하지 말았어야 했다고 생각한다. 그들의 상태를 확인하기 위해 병동에 들렀다는 사실을 굳이 그가 알게 할 필요는 없었다.

"아뇨, 저는-"

카예가 미소를 지으며 사이먼의 어깨 너머를 보았다.

"늦었네요."

뒤를 돌아보자 남자아이와 누나가 복도를 걸어오고 있는 것이 보였다. 둘 다 새 옷을 입고 붕대를 조금 감고 있었다. 두 아이는 수줍은 듯 그를 바라보았다. 남자아이는 눈을 내리깔고 계속 시선을 피했다.

"아이들은 괜찮습니까?"

사이먼이 물었다.

"몇 군데 타박상을 입고 멍이 든 것 말고는 괜찮아요."

카예가 데스크 뒤로 돌아서 가더니 아이들을 불렀다.

"이리 오렴. 소개해 줄게."

"아뇨, 전 정말로-"

"애들이 당신을 기다렸어요. 당신을 불러 달라고 부탁했다고요. 정말이에요."

마지못해 사이먼은 카예 곁으로 갔다. 그녀는 아이들 앞에 무릎을 꿇고 앉았다.

"이 애 이름은 에마예요. 그리고 이 애는 스티븐."

에마가 한 손을 앞으로 내밀면서 남자아이에게도 똑같이 하라며 팔꿈치로 찔렀다.

"안녕."

사이먼이 옆구리에 끼고 있던 투구를 왼쪽으로 옮기고 오른손 건틀릿을 벗었다. 그는 여자아이의 손을 쥐고 짧게 흔들었다.

"우리를 구해 준 분이시죠?"

어린 소녀가 말했다. 사이먼은 뭐라고 대답해야 할지 알 수 없었다.

"그렇단다. 이분이셔."

카예가 사이먼을 바라보았다.

"내가 듣기로는, 정말 용감하셨다던데."

사이먼은 부끄럽고 불편하여 얼른 자리를 떠나고 싶었다. 부스 귀에 이 일이 들어가면 좋을 것도 전혀 없었다. 그는 발걸음을 옮기기 시작했다.

"우리 엄마를 구해 주셔서 고마워요."

어린 소녀가 말했다.

"아빠가 집으로 돌아오기 전에 괴물들이 우리를 찾아낼까 봐 정말 무서웠어요."

사이먼은 그토록 강한 감정이 치밀어 오르는 것에 놀랐다. 아버지의 죽음을 알게 된 이후, 그리고 런던에서 많은 사람이 죽어 가는 것을 목격한 이후 오랫동안, 이 아이들의 단순한 감사 인사만큼 그를 감동시킨 것은 없었다.

"별거 아니다."

사이먼이 말했다.

"나 혼자 한 일도 아니야. 다른 사람들도 같이 있었단다."

"알아요. 하지만 아저씨가 우릴 구하러 들어오셨죠."

사이먼이 미소 지었다.

"너희를 내버려둘 수가 없었거든."

"아저씨도 그냥 가 버릴 수 있었어요. 다른 사람들처럼요. 어머니가 아파서 정신을 잃었을 때 이웃집에 갔었어요. 도움을 청하려고요. 하지만 아무도 집에서 나오려고 하지 않았어요."

길거리에서 악마에게 무방비하게 노출된 채 이웃집 대문을 두드리는 소녀의 모습이 그려지자 사이먼은 거의 토할 것 같았다.

"그래, 그럼. 내게 도와 달라고 해서 기쁘구나."

그는 아이와 눈을 맞추기 위해 웅크리고 앉았다.

"날 부르러 나온 건 정말 용감한 행동이었다."

소녀가 아까보다 조금 더 활짝 웃었다.

"아저씨가 우릴 구해 줄 걸 알았어요. 그래야 했을 거예요. 반짝이는 갑옷을 입은 기사니까요."

그의 갑옷이 반짝이지는 않았을 것이다. 총탄 자국과 여러 파편에 뒤덮여 있었으니까. 물론 그의 피와 악마의 피, 그리고 다른 템플러의 피도 잔뜩 묻어 있었을 것이다.

"나는 기사가 아니-"

"기사죠."

카예가 미소를 지으며 그의 말을 중단했다.

"이런 시기에 우리 모두 무언가는 믿어야 하잖아요. 그렇지 않아요?"

"아저씨, 아서왕을 알아요?"

스티븐이 물었다.

"만나 보셨어요?"

"아니."

"아."

어린 소년은 실망한 것 같았다.

"엄마는 아서왕 이야기를 많이 읽어 줬어요. 내가 가장 좋아하는 영웅이에요. 전설에 따르면 아서 왕은 자길 가장 필요로 할 때 영국으로 돌아온대요."

어렸을 때 아버지가 그런 고전들을 읽어 줬던 것을 떠올리고 사이먼은 씁쓸하게 웃었다. 아버지는 분명 그런 이야기를 사랑하셨던 것이다. 그리고 템플러가 그만큼 고귀하고 영웅적이라고 여기셨을 것이다. 사이먼은 단 한 번도 그렇게 생각한 적이 없었다. 바로 이 순간 이전까지는.

"난 항상 기사 가웨인을 좋아했지."

사이먼이 말했다. 에마가 주머니에서 파란 천 조각을 꺼냈다. 그리고 한마디 말도 없이 사이먼에게 다가와 사이먼의 팔뚝 부근 갑옷 위로 두르고 잘 묶은 후 물러섰다.

"감사의 마음이에요."

에마가 말했다. 사이먼은 감동해서 고개를 끄덕였다.

"알았다."

"이게 아저씨에게 행운을 가져다주길 빌어요."

"고맙구나."

"자, 그럼."

카예가 몸을 일으키며 말했다.

"이제 사이먼 아저씨를 좀 쉬게 해 주자꾸나. 오랫동안 쉬지 못하셨을 거야."

아이들이 작별인사를 건네고 뒤돌아 어머니의 병실로 갔다.

"저 병실에 아이들을 위해 군용 침대를 놓아 줬어요."

"뭐든 필요한 게 있으면-"

"잘 보살필게요. 걱정하지 마세요. 그나저나 좀 쉬셔야겠어요. 금방이라도 쓰러질 것 같아요."

사이먼도 그렇게 느끼고 있었다. 부스 앞에서는 온 힘을 끌어모았지만 피곤이 엄습했다. 그는 그녀에게 감사와 작별 인사를 건네고 병영으로 돌아왔다.

사이먼이 들어설 때 병영은 조용했다. 템플러 몇 명만이 있었는데 그와 시선도 맞추지 않은 채 지금이 낮임을 알려 주었다. 언더그라운드에서는 바깥세상의 흐름에 맞춰 낮과 밤을 구분하여 일과를 보내려고 노력했었다. 런던에 대혼란이 닥친 지금조차도 그 노력은 지속되고 있는 것이 분명했다.

사이먼은 갑옷을 벗고 데릭의 부대원과 몇 마디 이야기를 나눈 후 수건과 운동복 바지를 가지고 욕실로 향했다.

샤워기 아래 서서 사이먼은 죄책감을 느꼈다. 자러 갈 준비를 하고 있는 바로 이 순간에도 또 다른 템플러들은 저 밖 길거리에서 목숨을 걸고 싸우고 있을지도 몰랐다. 뜨거운 물줄기가 바늘이 되어 찌르는 듯 피부가 따끔거렸다.

한 번에 모든 곳에 있을 수는 없다, 사이먼.

아버지가 그에게 말했었다.

하지만 전쟁이 시작된다면, 단 한 번으로 그치지 않을 것이다. 너는 예상보다 더 많은 전투를 치를 것이고, 놈들은 끈질기게 밀어닥칠 것이다. 십자군 전쟁 때 놈들은 이미 템플러와의 전쟁이 어떠할지 알게 되었다. 놈들이 오면 너는 지겨울 때까지 싸우고 또 싸우게 될 것이다. 그러니 네 동료들이 힘에 겨워할 때면 먼저 나서서 호의를 베풀고 짐을 나눠 지거라.

사이먼의 마음속에 전투 장면이 재생되었다. 그중 가장 두드러지게 나타나는 장면은 어린 소녀가 그에게로 왔을 때 얼굴에 드러났던 절망이었다.

다른 템플러도 그 아이를 도왔을까? 임무도 잠시 잊은 채 부스의 명령을 거역했을까? 아니면 아이를 죽게 내버려뒀을까?

그런 일을 하도록 강요할 수 있다는 사실을 그는 여전히 믿을 수가 없었다. 모든 템플러 가문이 같은 생각인 것은 아마도 아닐 것이다. 런던에는 아직도 많은 사람들이 고립되어 있었다. 그들이 지핀 모닥불을 그는 직접 보았다.

어둠의 시대가 오면, 사이먼, 우리는 인류를 어둠 밖으로 인도하는 빛이 되어야 할 것이다. 우리는 그럴 수 있다. 그것이 우리의 운명이란다.

운명이라고요. 사이먼은 씁쓸하게 생각했다. 난 도망쳤어요. 당신이 나를 필요로 할 때 난 여기 없었어요. 그리고 부스 원수는 우리가 그저 뒤에 물러나 앉아서 무고한 사람들이 죽어 가는 것을 지켜보기를 원해요. 그런 건 내가 템플러에게 기대한 모습이 아니었어요. 그런 사람들과 함께하고 싶지도 않아요.

더는 열기를 견딜 수 없었던 사이먼은 완전히 차가운 물로 바꿔 튼 후 15초 동안 몸을 떨며 서 있다가 밖으로 나가 몸을 말리고 운동복을 입었다.

문을 나서자 키가 크고 힘이 넘치며 짧게 자른 빨간 머리 여자와 마주쳤다. 그녀는 운동복 바지에 크롭티를 입고 스니커즈를 신고 있었다.

"사이먼 크로스."

그녀가 사납게 말했다.

"오늘 밤 네가 내 여동생을 죽였어!"

뭐라고 할 말을 생각하기도 전에 빨간 머리 여자가 주먹을 쥐고 그의 턱에 주먹을 날렸다. 그가 뒤로 비틀거릴 만큼 그녀의 근육은 강했고 몸무게도 충분히 실렸다. 두 발이 젖은 타일 바닥에 미끄러지며 그는 넘어졌다. 바로 다음 순간 여자가 그의 위로 올라타서는 주먹을 쥐고 아무런 망설임 없이 그의 얼굴을 마구 공격했다.

36장

 "템퍼런스! 템퍼런스, 그를 놔줘!"
 여자는 멈추지 않고 벌이라도 주듯 사이먼의 얼굴을 가격했다. 사이먼의 얼굴에 멍이 들기 시작했다. 누군가 뒤에서 그녀를 끌어당겼지만 그녀는 사이먼 위에 걸터앉아 다리를 더 단단히 조였다. 가슴의 압박이 너무 세서 숨쉬기조차 어려울 정도였다.
 사이먼은 엉덩이에 힘껏 힘을 줘 바닥에서 몸을 일으키며 오른팔을 왼쪽으로 뻗어 여자의 오른쪽 팔꿈치 안쪽에 댔다. 왼손으로는 그녀의 오른쪽 손목을 꽉 쥔 채 지렛대의 힘을 빌려 여자를 옆으로 내던진 후 일어섰다.
 그때 한 남자가 그의 얼굴을 향해 한 발 돌려차기를 시도했다. 그는 그대로 맞고 있을 수만은 없었다. 사이먼은 간신히 손바닥을 바깥쪽으로 향하게 하고 팔을 들어 살이 많은 부위를 쿠션 삼아 남자의 발차기를 막았다. 남자가 다리를 뒤로 빼려는 순간 사이먼은 그의 다리를 한 손으로 움켜쥐고 옆으로 살짝 비켜선 후 남자의 가슴 정중앙에 옆차기를 날렸다. 남자가 타일 벽까지 밀려가 세게 부딪쳤다. 벽에서 타일이 떨어질 정도였다.
 사이먼은 통증과 눈물로 시야가 뿌예진 채 숨을 헐떡이며, 몸을 일으키고 있는 빨간 머리에게로 돌아섰다. 한쪽 눈은 이미 부어올라 반쯤 감겨 있었다. 여자가 곧장 주먹과 발차기를 날리며 다시 공격하기 시작했다.
 사이먼은 공격만큼이나 빠르게 방어해 냈다. 그녀는 잘 싸웠고,

몇몇 공격은 그의 얼굴과 배에 명중했다. 계속 방어만 한다면 크게 다칠지도 몰랐다. 그는 여자보다 더 컸고 더 무거웠으며 팔다리도 더 길었다. 하지만 비좁은 샤워장이 그 모든 이점을 앗아 갔다. 그는 그녀의 팔다리가 쉽게 닿는 거리에 있었고 그의 커다란 덩치는 표적으로 삼기에 좋았을 뿐만 아니라 그 자신에게도 걸리적거렸다.

사이먼은 공격을 피하며 뒤로 돌아가 여자의 옆구리와 팔을 함께 꼭 죄고 움직이지 못하게 했다. 하지만 여자가 머리로 턱을 들이박자 눈앞에서 별이 번쩍였다. 여자는 무릎을 살짝 구부렸다가 펴면서 제자리 팔 벌려 뛰기 하듯 팔을 머리 위로 들어 올렸다. 그의 손아귀에서 미끄러져 나온 여자는 관자놀이를 노리고 뒤돌아 옆차기를 시도했다.

더 이상 방어만 할 수 없음을 깨달은 사이먼은 여자가 발을 빼기 전에 붙들고는 그대로 다른 쪽 발을 밀어 여자를 넘어뜨렸다. 그러자 또 다른 남자가 사이먼의 목에 주먹을 날렸다. 사이먼은 옆으로 살짝 피하며 남자의 팔을 휘감아 등 뒤로 꺾은 후 남자의 등 뒤로 가서 잡아당겼다. 남자가 균형을 잃고 쓰러지며 샤워실 유리 가벽에 부딪쳤고 요란한 소리가 났다. 여자는 아까보다 더 집요한 표정으로 재빨리 몸을 일으켰다.

"그만!"

좁은 욕실 안에서 엄격한 목소리가 울렸다. 사이먼은 자신을 방어하기 위해 얼굴 옆으로 손을 올린 채 한 발 물러섰다. 백발이 성성한 병장이 욕실로 들어섰다.

"차려! 자네들 모두! 지금 당장! 그러지 않으면 24시간 동안 체력단련실에서 달리기 훈련만 시키겠다."

템플러들은 즉각 차려 자세를 취했다. 그들 모두 제대로 쉬지 못했고 충분히 자지도 못했다. 아무도 그들에게 주어진 휴식과 수면 시간을 포기하고 싶어 하진 않았다. 템퍼런스조차도 차려 자세를 취했다.

"무슨 일인가?"

"제 잘못입니다. 병장님."

템퍼런스가 말했다.

"제가 크로스를 만나러 왔습니다. 그에게 물어보고 싶었습니다. 너무 멍청해서 런던을 탈출하지도 않은 민간인 때문에 제 여동생이 속수무책으로 죽어야 했던 이유를 말입니다."

"그 민간인들은 너무 멍청해서 런던을 탈출하지 않은 것이 아닙니다."

다른 템플러가 말했다.

"탈출하지 못한 것입니다. 많은 사람들이 도시를 벗어날 능력이 없어 집에 고립되어 있습니다. 여정에서 결코 살아남을 수 없는 병약자와 아이들입니다. 물론 도시 밖으로 나갈 수나 있다면 말입니다. 그런 자들을 데리고 온 겁니다."

"그만하라고 하지 않았나."

병장이 엄격하게 말했다.

"각자 침상으로 돌아간다. 한 사람도 남김없이. 한마디라도 더 하거나 문제를 일으킨다면 후회하게 될 것이다."

긴장감이 잠시 방 안에 감돌았다. 템퍼런스가 먼저 사이먼에게서 뒤돌아 문을 나갔다. 그녀와 함께 왔던 사람들도 그 뒤를 따랐다. 사이먼이 참았던 숨을 내쉬었다.

병장이 그의 얼굴을 잡고 이리저리 살펴보았다. 거칠었지만 한편으로는 점잖았고 세심했다.

"눈 위가 찢어졌다. 치료해야겠는데."

사이먼이 머리를 뺐다. 얼굴가로 피가 흐르는 것이 느껴졌다.

"괜찮을 겁니다."

"상처가 저절로 아물지는 않는다. 직접 치료할 것이 아니라면 의무실로 가게나."

"의무실에는 가고 싶지 않습니다."

"좋다."

병장이 어깨 너머의 부하에게 구급상자를 갖고 오라고 명령했다.

"따끔할 거다."

사이먼은 병장이 시키는 대로 욕실 바닥에 앉아 팔짱을 끼고 있었다. 온 얼굴에서 지끈거리는 통증에 비하면 따끔함 정도는 아무것도 아니었다.

병장의 이름은 브루스터였다. 평소 과묵했지만 의견을 피력해야겠다고 결심하면 독단적이었다. 그가 휴대용 누스킨(Nu-Skin) 봉합기의 전원을 켰다. 기계는 곤충처럼 윙윙거리는 소리를 내며 작동하기 시작했다.

"의무실에 갔다면 의료진이 더 잘 치료해 줬을 텐데."

"그냥 침내로 가고 싶을 뿐입니다. 의무실에 가서 기다리고 돌아오고 하는 게 너무 오래 걸립니다."

게다가 거기까지 갈 힘이 남아 있는지도 의문이었다.

"진통 패치도 있을걸."

"정말로 깊게 잠드는 것이 그렇게 안전할지 모르겠습니다."

브루스터가 동정 어린 미소를 지었다.

"안 되겠지. 템퍼런스 케인에게 용서란 없다고들 하니까. 그래도 자네에겐 관대한 편이었어."

"그런 말엔 속지 않습니다."

"케인이 정말로 자네를 죽이고 싶었다면, 자네가 그 사실을 알아차리기도 전에 죽었을 거야."

브루스터가 몸을 숙였다.

"움직이지 말게."

봉합기가 사이먼의 살에 닿으며 쉬이익 소리를 냈다. 눈 바로 위쪽 머리가 조금 아팠다. 그는 심호흡을 하며 그를 잡아끄는 통증을 무시하고 몰아내려고 했다. 그리고 거의 성공했다.

"거의 다 됐어."

"전 괜찮습니다."

고기 익는 냄새가 났다. 봉합기는 빠르고 효율적이었다. 찢어져 벌어진 피부를 잡아당긴 후 누스킨을 덧대어 열기로 봉합했다. 서서히 흡수되는 저자극성 단백 대체 물질인 누스킨은 상처를 빨리 아물게 해 주었다.

말한 대로 브루스터는 단 몇 초 만에 치료를 끝냈다. 그는 일어서서 구급상자에 봉합기를 집어넣고 그것을 가지고 왔던 부하에게 다시 건네주었다.

"어떤가?"

"아픕니다."

병장이 살짝 웃었다.

"몇 시간 지나면 괜찮아질 걸세."

사이먼이 꾸역꾸역 일어섰다. 순간 방이 빙글빙글 돌며 머리가 뒤집히는 것 같았다. 브루스터가 팔을 붙잡고 버틸 수 있도록 도왔다.

"괜찮습니다."

사이먼이 그의 팔을 뿌리쳤다. 약한 모습을 들켰다는 사실에 화가 났다.

"물론 괜찮겠지."

브루스터가 뒤로 물러났다. 세면대로 가서 사이먼은 거울을 들여다보았다. 다른 피부에 비해 누스킨이 덧대어진 이마 부위가 살짝 분홍빛으로 보였다. 얼굴은 그야말로 푸딩처럼 부풀어 올라 있었다. 뺨과 턱, 이마에는 멍이 들어 있었다.

"템퍼런스가 제대로 해냈네. 되돌려줘야겠군."

"그렇네요."

사이먼이 얼굴을 씻으며 물었다.

"오늘 밤 죽은 사람 중에 그녀의 여동생이 있었습니까?"

브루스터의 얼굴이 좀 더 딱딱해졌다.

"그렇다네. 이름은 채러티. 자매가 서로 가까웠지. 가족이라고는 둘밖에 없었으니까. 부모는 세인트 폴에서 전사했다네."

그 이야기를 듣자 여자가 안타깝게 느껴졌다.

"사네 얘신 들었네. 여사와 아이들 둘을 구했다고?"

"압니다. 제가 다 망쳤습니다."

"또 그럴 셈인가?"

브루스터는 정말로 궁금한 것 같았다. 사이먼은 뭐라고 대답하는 것이 좋을지 생각해 보았다. 최선인 대답은 알 수 없었다. 하지만 그의 대답엔 의심의 여지가 없었다.

"아마도. 도움이 필요한 사람을 본다면 저는 도울 것 같습니다."

그는 깊이 숨을 들이마셨다. 이제 그는 스스로 앞길을 망쳤고, 밖으로 쫓겨날 터였다.

"좋아."

브루스터가 미소를 지으며 말했다.

"나는 사람들을 돕고 싶었기 때문에, 성인이 되었을 때 템플러에 합류하기로 결정했다네. 부스 원수가 반대 입장이라는 것은 잘 알지. 모든 것에 비추어 볼 때 타당한 이유가 있다는 것도 안다네. 하지만 저 바깥에는, 도와야 할 사람들이 너무나 많지."

사이먼이 거울에 비친 남자를 응시했다.

"오늘 밤 자네의 행동은, 여성과 아이들을 구한 것은 용기 있는 일이었다. 부스가 저런 식으로 나오지만 우리 중에도 자네를 존경하는 자들이 많다네. 템퍼런스 역시 마음을 가라앉힌 후에는 자신이 자네를 존경한다는 사실을 깨달을 거야. 동생도 자네와 함께 끝까지 싸우지 않았나."

사이먼이 누스킨을 피해 살살 얼굴을 닦았다.

"만약 자네가 원한다면 병영에 경비를 세워 두겠네. 자네가 잘 잘 수 있도록."

"아닙니다. 하지만 감사합니다."

"좋을 대로. 필요한 게 있으면 부르게나."

사이먼은 그러겠다고 대답했다. 그는 거울 속에서 병장이 떠나는 모습을 지켜보았다. 그리고 욕실에 좀 더 오래 남아 통증이 잦아들기를 기다렸다. 그러나 통증은 사라지지 않았다. 앞으로도 사라질 것 같지 않았다.

그는 침대로 돌아와 자려고 애썼다. 하지만 방 안 사람들의 시선이 느껴져 쉽지가 않았다. 마침내 피로가 그를 깜깜한 어둠 속으로 끌어당겼지만 그곳에는 죽이고 죽여도 계속해서 살아 돌아오는 악마들이 들끓고 있었다.

몇 시간 후, 여전히 통증이 남은 채 사이먼은 레아가 머무는 숙소 앞에 서 있었다. 갑옷은 입고 있었지만 투구는 쓰지 않고 왼쪽 옆구리에 끼고 있었다. 그가 노크했다.

긴 갈색 머리에 피부는 밀크초콜릿 빛깔인 젊은 여자가 문을 열고 그를 유심히 보았다.

"사이먼 크로스."

그녀의 어두운 눈동자가 반짝거렸다. 사이먼은 그녀가 누구인지 몰랐기 때문에 템플러들이 그에 관해 떠들고 다닌다고 추측했다.

"미안합니다. 방을 잘못 찾아왔나 봅니다. 저는 레아 크리시를 찾고 있습니다."

"잘 찾아왔어요."

젊은 여자가 문틀에 기대서 가슴 앞으로 팔짱을 꼈다.

"여기 있었어요."

"있었다고요?"

"떠났거든요."

그는 당혹스러웠다.

"어디로 갔습니까?"

"모르죠. 방을 같이 쓰고 있었는데 오후 교대를 마치고 와 보니 가고 없었거든요."

"뭔가 먹으러 갔을 수도 있죠."

그렇게 말하는 사이먼 스스로도 의심스러웠다. 이곳으로 오기 전에 식당에는 이미 들렀었다.

"물건도 전부 사라졌어요."

젊은 템플러가 말했다.

"게다가 방에 보관해 뒀던 예비 스파이크 볼터도 없어졌어요."

왜 그걸 가져간 거지? 설령 언더그라운드에서 안전하지 못하다 느꼈더라도, 이곳에서 무장한 채 돌아다니면 안 된다는 건 잘 알 텐데. 어젯밤 돌아와서 같이 얘기를 했어야 하는데.

임무 중 있었던 일을 들은 레아가 더 이상 사이먼의 보호를 기대할 순 없겠다고 판단했을 가능성도 있었다. 그는 거의 11시간을 잤다. 흔치 않은 일이었다. 더 일반적이지 않았던 점은, 데릭이 그를 방해하지 말라고 명령했다는 점이었다.

물론 부스가 그녀를 쫓아냈을 가능성도 크지. 하지만 그것은 스파이크 볼터가 사라진 점을 고려하지 않았을 경우였다.

"오늘 아침에는 여기 있었습니까?"

사이먼이 방 안을 살펴보며 물었다. 숙소는 작았고 두 사람이 쓰면 거의 꽉 찰 것 같았다. 아마 결혼 후 아직 아이가 없는 부부를 위한 숙소일 것이다.

"내가 나갈 때는 있었어요. 그녀가 떠난 건 아직 아무도 몰라요."

"왜 아무에게도 얘기 안 했죠?"

"곧 자대 배치가 있을 텐데, 그 전에 여기 머무는 개인적인 시간이 꽤 좋았거든요. 레아는 함께 지내기 괜찮은 사람이었어요. 그 끊임없는 질문들만 빼면 말이죠."

"질문요?"

"질문이 정말 많더라고요."

"뭐에 대해 묻던가요?"

그녀가 어깨를 으쓱했다.

"전부. 그리고 아마 주로 템플러에 대해서. 그녀가 언더그라운드로 오게 된 과정을 생각해 보면 그것도 당연하죠."

사이먼 역시 그렇게 생각했다. 그러나 레아가 사라진 것은, 그것도 스파이크 볼터를 가지고 사라진 것은 자연스럽지 않았다.

"떠날 거라고 언질도 없던가요?"

"오늘 아침에요?"

"언제였든요."

템플러가 고개를 저었다.

"아버지에 대해서 자주 얘기했어요. 무슨 일이 있는 건 아닌지 알고 싶다고. 그리고 아버지가 괜찮은지도. 그녀를 비난할 순 없겠죠."

"쪽지 같은 건 남기지 않았습니까?"

"없어요."

그녀가 뒤로 물러섰다.

"원한다면 들어와서 둘러봐요. 하지만 여긴 아무것도 없어요."

"괜찮습니다. 병영으로 돌아가야겠어요. 오늘 밤 출정이 있어서."

여자가 얼굴을 찡그리며 그의 얼굴에 난 상처를 손가락으로 가리켰다. 심지어 조금 닿기까지 했다.
"그럴 상태로 보이진 않는데요."
"전 괜찮습니다."
그녀가 손을 거두었다.
"뭐 그렇게 말한다면."
"레아가 돌아올 수도 있습니다."
스스로도 그렇게 믿는 건 아니었지만 일단 그렇게 말했다.
"그러면 내가 이야기를 하고 싶어 한다고 전해 주겠어요?"
"물론이죠. 하지만 내 스파이크 볼터를 가져간 걸로 봐서 돌아올 거 같진 않네요. '아, 가져가려던 건 아니었어요' 하고 말 일은 아니잖아요. 그렇지 않아요?"
당연한 말이었다.
"만약에 돌아온다면요."
여자가 고개를 끄덕였다.
"전하긴 할게요."
사이먼이 뒤돌아 걸어갔다. 여자가 그의 뒷모습을 바라보고 있는 것이 느껴졌다.
"저기, 크로스."
사이먼이 멈춰 서서 그녀를 돌아보았다.
"나가면 몸 조심해요."
그녀가 부드러운 목소리로 말했다.
"지난밤 당신이 한 일은 정말로 멋졌어요. 하지만 모두가 나처럼 생각하진 않아요. 동료들이 서로를 지지하는 것처럼 당신 등 뒤를 지켜 주는 건 어려울지도 몰라요."

사이먼도 이미 알고 있었다.

"고맙습니다."

"내 이름은 비비안이에요."

템플러가 어깨를 으쓱했다.

"부스 원수의 규칙에는 항상 동의할 수가 없더라고. 만약 친구가 필요하면 여기로 와요. 내가 있으니까."

그러더니 그녀가 얼굴을 찡그렸다.

"적어도 자대 배치 전까지는요."

"고맙습니다."

사이먼은 고개를 끄덕였다. 그런 후 그는 뒤를 돌아 길을 내려갔다. 서두른다면 부대에 합류하기 전에 감시 시스템을 확인할 수 있을지도 몰랐다.

보안실의 요원은 호의적이지 않았다. 그들은 냉담했지만 CCTV 영상을 보여 주기는 했다. 레아 크리시가 베이커 스트리트 역 구역의 언더그라운드를 떠나고 있었다.

보안실은 온갖 장비로 가득 차 있었다. 수많은 불빛이 반짝였고 일부 기계들은 윙윙거리는 소리를 냈다. 수십 개의 뷰스크린이 언더그라운드의 서로 다른 구역과 시내, 지하철 선로를 비추고 있었다. 악마들이 때때로 지상과 지하철 선로에 모습을 나타냈다.

사이먼은 말없이 서서 레아가 떠나는 모습이 담긴 영상을 보고 있었다. 날짜와 시각을 볼 때 그날 아침 일찍이었다. 사이먼이 얼굴을 꿰매고 있었던 바로 그 시각이었다.

그녀는 어깨에 배낭을 걸치고 혼자 길을 나섰다. 비장하고 단호해 보였다. 지하철역 밖으로 나가면서 그녀는 단 한 번도 뒤돌아보지 않았다. 그 후 카메라 밖으로 사라졌다.

"왜 아무도 그녀를 막지 않았습니까?"

그럴 때 그녀 곁에 없었다는 사실에 죄책감이 들었다. 하지만 달리 방법은 없었다. 맡은 임무를 잘 수행해야만 두 사람 모두 거기 머물 수 있었던 것이다.

"그런 지시는 아무도 받지 못했습니다."

젊은 보안 요원이 말했다. 계기판의 초록빛과 푸른빛이 흐릿한 어둠 속에서 그의 얼굴을 비추었다.

"저 여자는 당신 손님이었어요. 계속 여기에 머물길 바랐다면 당신이 책임을 지셨어야 합니다."

"밖에 혼자 나갔단 말입니다."

사이먼은 멈추지 못하고 말했다.

"많은 사람들이 저 밖에 혼자 있습니다, 크로스."

병장이 말했다.

"적어도 저 사람에겐 여기, 안전한 곳에 머무를 수 있다는 선택지라도 있었지요."

"악마를 귀찮게 해서 여기까지 끌어들이기 전까지는 안전하겠지."

등 뒤에서 누군가 낮게 중얼거렸다.

"다른 볼일이 있습니까?"

병장이 뒤에서 들려오는 소리는 무시하고 물었다.

"아닙니다."

사이먼은 감사 인사를 한 후 방을 나섰다. 여전히 혼란스러웠다. 레아가 떠난 것은 말이 되지 않았다. 언더그라운드에서는 안전했다.

아버지가 밖에 있잖아. 그는 재빨리 생각하기 시작했다. 레아는 자기 아버지가 여전히 살아 있을 가능성은 믿을 수 없을 정도로 작다는 것을 곧 깨달을 것이다.

그녀가 아버지의 주소를 줬었는지 기억해 내려고 했다. 분명 그런 이야기를 나눈 적은 있었다. 분명히 기억했다. 하지만 주소를 받아쓰지는 않았었다. 주소를 얘기해 줬는지도 기억나지 않았다. 들었다 해도 이미 잊어버린 것이 분명했다.

절망스러웠다. 초조해진 사이먼은 복도에서 자신을 바라보는 템플러들의 시선을 의식하고 투구를 썼다. 투구가 닫히자 HUD가 연결되었다. 부대 집결 시각까지 4분 남았다. 그는 이제 곧 또다시 목숨을 걸어야 한다는 사실에 집중하려고 애썼다.

37장

애절하게 울부짖는 소리가 워런을 고치처럼 감싼 차갑고 어두운 죽음으로부터 깨웠다. 그는 자신이 카발리스트 의무실에 있을 줄 알았다. 나오미가 그의 몸속으로 흘려보낸 그 엄청난 고통 때문에 다른 곳에서 깨어날 거라고는 결코 상상할 수 없었다.

하지만 그는 열기에 녹아내린 듯한 오렌지색 유리 방 안에서 깨어났다. 유리가 아니라면 수정으로 만든 방 같았다. 확신할 수 없었다. 예전에 한 번도 본 적이 없었던 것만은 분명했다.

그것은 반투명했다. 벽은 그 너머의 세계가 느껴질 정도로 얇았다. 그쪽 세계의 건물들은 질서정연하게 늘어서 있었지만 무언가 빠진 듯 조화를 이루지 못했고 지평선도 망가져 보였다.

바닥은 벽보다 훨씬 두꺼운 것이 분명했다. 바닥 안쪽에서는 잉크 같은 것이 검게 퍼지며 꿈틀거리고 있었다. 벽 너머 풍경을 보니 1층이 아닌 더 높은 층에 있는 것 같았다. 벽에는 여러 상징들이 장식되어 있었다. 주먹만 한 반짝이는 거미들로 채워진 둥그스름한 공에서 빛이 뿜어져 나오고 있었다. 거미들이 이리저리 기어 다닐 때마다 빛은 강하고 약하게 흔들렸지만 그림자 한 점 드리우지 않았다.

워런은 자신이 두 발로 서 있다는 사실을 깨닫고 놀랐지만, 어쨌든 그는 서 있었다. 거미 공에서 나오는 금빛 불빛이 그의 왼팔에 돋은 초록빛 검은 비늘에 반사되어 반짝였다. 방 안을 둘러보았지만 자신이 왜 그곳에 있는지 여전히 알 수 없었다.

나오미가 보냈나 아니면 그냥 꿈인가? 어쩌면 죽어서 그가 알았던 삶 너머의 어떤 공간에 와 있는 건지도 모른다는 생각도 잠깐 들었다. 하지만 곧 그 생각을 몰아냈다. 만약 그가 죽었다면 분명 그 사실을 알았을 것이다.

"환영한다. 탐하는 자(Devourer)여."

커다란 목소리가 울려 퍼졌다.

워런은 본능적으로 가까운 벽으로 물러서서 누군가 공격해 오더라도 무방비로 노출된 부위를 줄이려 했다. 그러나 방 안은 텅 비어 있었고 어디에서 목소리가 들려오는지 알 수도 없었다. 불에 녹아 버린 오렌지색 유리인지 수정인지 아니면 그 무엇으로 만들어진 벽의 온기가 등 뒤로 느껴졌다.

"무엇을 가지러 왔는가?"

워런은 망설였다. 방 안에 꼭 누군가 있는 것만 같았다. 하지만 숨을 곳도 없었다.

"이해가 되지 않아요."

"먼저 물어라, 그러면 대답할 수 있다."

"묻다니, 뭘요?"

워런은 귀를 기울였지만 그 목소리가 방 안에서 나는 것인지 다른 방에서 들려오는 것인지 알게 해 주는 단서는 전혀 없었다.

"알고 싶은 것은 무엇이든."

"내가 왜 여기 있죠?"

워런이 벽에서 몸을 떼고 빙 뒤편으로 걸음을 옮겼다. 빛이 덜 비추어 직사각형 그림자가 드리워 있었는데 어쩌면 복도일지도 몰랐다. 가까워지자 거기 문이 있는 것이 보였다. 비스듬히 나 있어 잘 알아볼 수 없었던 것이다.

"네가 바랐기 때문이다."

"아니에요. 여기 오고 싶어 한 적 없어요. 이런 곳이 있다는 것도 몰랐는데요. 그러니 여기 있길 바랄 수도 없다고요."

"역병을 가져오는 자, 메리힘이 이곳으로 오는 길을 너에게 열어 주었다."

워런은 조심스럽게 문을 지나갔다. 그러자 이전 방만큼이나 텅 빈 다른 방이 나왔다.

"여긴 어디죠?"

"무기의 전당(the Hall of Weapons)이다."

이제 그 목소리는 옆방 한가운데에서 나오는 것처럼 들렸다. 워런이 곰곰 생각해 보았다.

"메리힘이 왜 이런 곳을 열어 준 거죠?"

"찾아야 하는 것에 대해 알 수 있도록."

"뭘 찾아야 하죠?"

"베일코르의 해머(The Hammer of Balekor)."

워런은 무척이나 혼란스러웠지만 한편으로는 흥미가 솟았다.

"그게 뭐죠?"

"전설의 무기. 수백 년 전 인간 세상에서 사라졌다."

"어떤 무기죠?"

"살생한다. 파괴한다. 베가로크(Vegalok)가 만든 가장 강력한 무기 중 하나다."

"베가로크가 누군가요?"

"암흑 대장간의 대장장이. 다크윌(Dark Will; 악마 종족의 계급)을 위해 강력한 오른팔로 무기를 벼리는 자."

워런은 다크월이 무엇인지 묻고 싶었지만 두려웠다.

"베일코르의 해머에 대해 더 말해 주세요."

"어떤 것을 더 알고 싶은가?"

워런은 순간 당황했다. 그런 질문을 받으리라고는 예상하지 못했다. 그가 어떻게 여기 왔는지 알려 주었기 때문에 어째서 오게 되었는지도 알려 줄 것이라 여겼던 것이다.

"해머의 역사에 대해 말해 주세요."

"베가로크는 해머를 만든 후 파사파르[14]에게 바쳤다."

악마겠지. 워런이 생각했다.

"왜 그런 걸 만든 거죠?"

"전쟁을 위해."

"누구와의 전쟁이요?"

"파사파르가 원하는 상대라면 누구든지."

"파사파르는 어디 있죠?"

"죽었다. 아직 부활하지 않았다."

아직 부활하지 않았다고? 워런은 소름이 끼쳤다. 악마를 겨우 죽였는데 만약 그들이 부활할 수 있다면? 그런 일은 생각도 하지 못했다. 그들과의 전쟁은 진정 헛될 것이었다.

"해머는 어디 있죠?"

워런은 살아남아야 했기에 물었다. 해머를 찾는 데 쓰이기 위해 목숨이 연명된 것이라면, 찾아볼 작정이었다.

---

14) Passapar, the Bringer of Flashing Ruin. 악마, 빛나는 파멸을 가져오는 자.

"몇 세기 전 인간 세상에서 사라졌다."

"해머가 여기 없는데 나는 왜 여기 있는 거죠?"

"네가 왔기 때문이다."

더 논쟁할 생각은 없었다. 그는 가장 가까운 벽으로 걸어가 도시의 들쭉날쭉한 지평선을 바라보았다.

"이곳은 악마의 세계인가요?"

목소리는 잠시 아무 말이 없었다.

"이곳에 사는 존재를 '악마'라고 부르는 것을 받아들이겠다. 예전에 쓰였던 이름이지."

"다른 이름도 있어요?"

"아주 많다. 네가 원한다면 그들을 다르게 부를 수도 있다."

"아니에요."

악이란 더 많은 이름으로 불릴수록 더 크게 자라는 법이다. 어머니의 책에서 그런 이야기를 읽은 적이 있었다.

"이곳이 다크윌의 세계라고 했죠."

"그렇다."

"다크윌이 뭐죠?"

"계급이다. 수십억 명의 생명을 앗은 전사만이 얻는 지위다."

"메리힘도 다크윌인가요?"

"아직은 아니다. 그러길 갈망하지만."

"베일코르의 해머를 손에 넣으면 메리힘은 다크윌이 될 수 있나요?"

"그렇다."

바로 그것을 돕는 거구나. 워런이 깨달았다.

"너는 그에게 도움이 될 것이다. 기뻐해야 마땅하다."

"왜죠?"

"메리힘이 관대함을 보일 수도 있으니까."

"관대하지 않기로 한다면요?"

"너를 파괴하겠지."

워런은 토할 것 같았지만 간신히 억눌렀다. 이 탑에서 아프기라도 한다면 무슨 일이 벌어질지 알 수 없었다.

"해머에는 어떤 능력이 있죠?"

그가 속삭이듯 물었다.

"어둠을 조종한다. 사그라드는 검은 불길을 다시 일으키고 주변을 통제하고 섀도(Shadow)로 통하는 문을 연다."

"섀도라고요?"

"세계 사이에 존재하는 장소다. 베일코르의 해머를 소유하는 자라면 그곳에서 죽은 자들을 불러와 그의 편에 서서 싸우게 할 수 있다."

일체의 감정도 담기지 않은 설명이었지만 워런은 오싹했다. 그는 그런 일의 일부가 되도록 요구받은 것인가? 요구받지 않았지. 명령받았을 뿐. 그건 서로 다르니까. 만약 명령받은 대로 하지 않으면 메리힘은 널 죽이고 그 더러운 일을 시킬 다른 사람을 찾을 거야.

툴레인과 카발리스트들은 메리힘으로부터 그를 구할 수 있을까? 한번 떠오른 의문은 즉각 의심으로 이어졌다. 당장 그 답을 알고 싶었다.

"이곳에 머물 시간이 얼마 남지 않았다. 메리힘이 열어 준 길이지만 그조차도 오래 열어 둘 수는 없다. 너는 너의 임무를 끝내야 한다."

"어떻게요?"

"오너라."

방 한쪽 벽이 갑자기 더욱 밝게 빛나기 시작했다. 그는 마치 최면에 걸린 것처럼 방을 가로질러 벽 앞에 섰다.

허공에 어떤 이미지가 형체를 드러내더니 곧 생생해졌다. 어릴 때 읽었던 책에서 보았던 전쟁 해머였다. 북유럽인들의 무기처럼 보였지만 그보다 머리 쪽이 거대했고, 손잡이를 빼고도 그 길이가 60센티미터, 너비는 30센티미터는 족히 나가는 것 같았다. 그리고 두툼했다. 몇백 킬로그램은 될 것이 분명했다. 검은 금속면을 타고 진홍빛 실 같은 것이 흐르고 있었다. 바이킹 해머의 전체 길이가 1~1.5미터쯤이라면 베일코르의 해머는 손잡이만 적어도 2.5미터는 되어 보였다. 그 메리힘조차도 다루기 힘들지 몰랐다.

워런은 자기도 모르게 해머로 손을 뻗었다. 손이 닿기도 전에 녹색 전기 충격파 같은 것이 해머 자루에서 뻗어 나왔다. 그는 손을 마구 떨며 자루를 쥐려 했지만 손은 아무것에도 닿지 않은 채 그대로 허공을 통과했다.

"너는 해머와 연결되었다, 탐하는 자여."

목소리가 울렸다.

"이제 너의 주인을 위해 해머를 찾아라."

어둠이 되돌아왔고 워런을 집어삼켰다. 그는 저항하면서 도망가려고 발버둥 쳤다. 순전히 반사적인 행동이었다. 그는 절대로 그 탑에 계속 머물고 싶지는 않았기 때문이다. 그는 그저 그의 삶을 어느 정도 통제하길 원했다. 그러나 그를 덮치는 어둠을 막을 정도로 충분히 강하지 않았다.

깨어나 보니 온몸이 얼어붙을 듯 추웠다. 그는 옆으로 늘어져 있는 담요를 힘없이 끌어당기며 절망적으로 조금이라도 더 온기를 찾으려 했다. 온갖 생각들이 어지럽게 뱅글뱅글 돌면서 서로 마구 부딪치고 있었다.
"담요 좀 더 가져다주세요."
한 여자의 목소리가 들렸다.
"열이 너무 높아요."
주위가 소란스러웠지만 온 힘을 다했는데도 눈을 뜰 수가 없었다. 담요가 하나 더 덮이는 무게가 느껴졌다. 그는 감사하다는 듯 그것을 꼭 붙들었다.
"워런과 함께 있을 수 있었나?"
한 남자의 목소리가 들렸다.
직접 듣고 있는 것인지 방 안의 메아리가 울리는 것인지는 알 수 없었지만 그 목소리가 툴레인이라는 것은 간신히 알 수 있었다.
"아뇨."
나오미였다.
"방어막이 있었어요. 뚫고 들어가지 못했어요."
"해냈을까?"
"모르겠어요."
워런의 이가 딱딱 맞부딪쳤다. 등과 다리가 너무 심하게 떨려서 아플 지경이었다.

"열이 거의 40도까지 올라갔어요."

또 다른 남자 목소리였다. 아까 만났던 의사 같았다.

"알코올로 몸을 닦아야겠어요. 그렇지 않으면 목숨을 잃을지도 모릅니다."

"괜찮아질 겁니다."

툴레인이 말했다.

"모르는 일이에요."

의사가 맞섰다.

"메리힘이 그를 죽이려고 접촉한 건 아닐 겁니다."

"악마들은 셀 수 없이 많은 사람들을 죽였어요. 하나 더 죽인다고 해서 달라질 건 없어요."

"그는 괜찮을 겁니다."

무언가 워런의 머리를 건드렸다. 얼음처럼 차가웠다.

"41도예요."

의사가 말했다.

"지금 당장 이 사람을 치료하게 해 주지 않는다면 몇 분 안에 죽을 겁니다. 이미 뇌가 손상됐을지도 몰라요."

뇌가 너무 뜨거워지면 무슨 일이 일어나는지 워런은 알 수 없었다. 고열이 위험하다고는 들었지만 뇌에 직접적으로 어떤 영향을 끼치는지는 몰랐다. 뇌가 달걀처럼 익어 버리는 걸까? 아니면 양초처럼 녹아 버릴까? 확신할 수 없었다. 툴레인이 마지못해 대답했다.

"알겠습니다. 열을 내려 보세요."

그 즉시 여러 개의 손이 워런을 쥐고 침대에서 끌어 내렸다. 손을 뿌리치려 했지만 그는 너무도 약했다. 그들은 그의 옷을 벗긴 후 환하게 불이 켜진 방을 가로질러 얼어붙을 듯 차가운 액체가 담긴 욕조에 그를 담갔다. 새로운 욕지기가 온몸을 휩쓸며 올라왔다.

"악마의 세계에 들어가도록 놔두면 안 되는 거였어요."

나오미가 말했다.

"가지 않았어."

툴레인이 부정했다.

"아직 여기 있으니까."

"몸은 여기 있었지만 정신이 그곳으로 간 것을 느꼈어요. 나는 계속 따라갈 수 없었어요. 악마의 세계를 엿보는 것은 너무 위험하니까요. 거기 갔던 모두가 미치거나 정신을 다친 채 돌아왔어요. 이 사람을 보내지 말았어야 했어요."

"나오미."

툴레인이 부드러운 목소리로 말했다.

"워런은 악마에게 끌려갔던 거야. 메리힘에게서 벗어날 수 없었던 거지. 당신이 애쓴다고 막을 수 있는 일이 아니었어."

"노력이라도 했어야 해요. 워런은… 그 누구도 겪지 못한 일을 당했어요."

"우리 모두 힘겨운 나날을 보내고 있어."

"우리는 이런 일을 대비해 훈련이라도 했죠. 악마라는 존재를 이미 알고 있었다고요. 하지만 워런은 몰랐죠."

툴레인과 다툴 징도로 나오미가 그를 신경 쓴다는 사실에 워런은 잠시 기분이 나아졌다. 하지만 곧 다시 차갑게 식었다. 그는 곧 죽을 테니 절대 그녀에게 고맙다고 말할 수 없을 것이다.

그만. 너는 그렇게 약하지 않다.

메리힘이 말했다. 악마의 목소리가 워런을 찌르기라도 한 듯 그는 극심한 고통을 느꼈다. 그를 붙든 손아귀에서 벗어나 거의 욕조 밖으로 뛰쳐나갈 뻔했다. 놀란 고함 소리와 욕설이 여기저기서 들려왔다.

"경련이야!"

의사가 외쳤다.

"꽉 잡고 눌러요. 안 그러면 죽을지도 몰라요!"

워런은 발버둥 쳤지만 다시 차가운 액체 속으로 밀어 넣어졌다.

너는 붙잡혀 있지 않다.

메리힘이 명령했다.

너는 다른 사람들보다 강하다. 자유를 손에 넣어라. 가서 베일코르의 해머를 찾아라. 템플러가 손에 넣기 전에.

명령에 저항하는 것은 불가능했다. 워런은 다시 분투했다. 이번에는 그의 몸속에서 열기가 사그라드는 것이 느껴졌다. 대신 단 한 번도 겪어 보지 못한 강력한 힘이 흘렀다. 그는 욕조에서 벌떡 일어나 한 손으로 의사와 의료진을 밀치고 바닥에 내동댕이쳤다.

"막아!"

툴레인이 외쳤다. 나오미가 두 손을 번쩍 들고 나섰다. 그는 생각보다 더 재빨리 여자의 손을 잡았다.

"안 돼요."

그가 말했다. 그녀가 그의 두 눈을 들여다보자 그녀로부터 어떤 힘이 스며드는 것이 느껴졌다. 지난번에 그를 쓰러뜨렸던 그 힘이었다. 하지만 이제 그는 그 힘을 신속하게 막고는 더 이상 그에게로 흘러들지 못하게 했다.

"안 돼요."

그가 좀 더 정중하게 반복했다. 그녀의 손을 놓고 물러섰다. 또 다른 감정이 그의 내면에서 솟구쳤다. 그를 재촉하는 사이렌의 부름 같기도 했다.

"난 가야 해요."

"왜죠?"

툴레인이 물었다.

"내 옷은 어디 있죠?"

워런이 욕조에서 나와 방 안을 둘러보았다. 옷은 어디에도 보이지 않았다. 켈리도 없었다.

"켈리는 어디 있죠?"

"당신은 못 갑니다."

툴레인이 말했다.

"켈리에게 진정제를 주었어요."

나오미가 말했다.

"당신이 경기를 일으키는 순간 그녀도 고통을 느끼는지 비명을 지르기 시작했어요."

워런은 계속해서 옷을 찾으며 물었다.

"지금은 괜찮나요?"

"모르겠어요."

모르면 어쩌자는 거지? 켈리에게 무슨 일이라도 생겼으면 그건 당신 잘못이야. 워런은 갑자기 밀려오는 죄책감을 몰아내려 애쓰며 옷에 집중하려고 했다. 옷은 이 방 어딘가에 있어야 했다.

"못 간다고 했습니다."

툴레인이 워런 앞으로 다가섰다. 감금된 느낌에 화가 치민 워런은 그를 향해 돌아섰다.

"나는 갈 거예요. 지금 당장."

"그럴 수 있는지 한번 보죠."

툴레인이 거칠게 명령을 내렸다. 보안 장비로 무장한 카발리스트들이 즉시 방으로 들어섰다.

저놈들이 널 막게 하지 마라.

메리힘이 명령했다. 워런은 스스로도 의식하지 못하는 사이 쭈그려 앉은 후 초록빛 검은 비늘이 돋은 왼손으로 바닥을 쳤다. 본능에 따라 움직였고, 내면의 힘을 끄집어냈다.

창백한 보랏빛 전기파가 마루를 타고 달려가 요원들에게 닿았다. 그러자 그들은 공중으로 튕겨 올라가 바닥에 내팽개쳐진 후 정신을 잃었다.

다시 일어선 워런은 돌아서서 왼손으로 툴레인의 셔츠와 코트를 한꺼번에 단단히 움켜쥐었다. 거의 아무런 힘도 들이지 않고 툴레인을 들어 올려 방 밖으로 내던질 수 있을 것 같았다.

"난 갑니다."

워런이 말했다.

"날 막을 수 없어요. 당신은 날 막지 않을 겁니다."

그는 옛 힘을 사용했다. 그가 어릴 때부터 갖고 있었던, 가장 친숙한 힘이었다.

"알겠습니까?"

툴레인이 설득당하지 않으려고 버텼다. 이마에서 땀이 송골송

골 솟았고 얼굴이 뻣뻣하게 굳었다.

"악마예요."

나오미가 곁으로 다가와 워런의 시야를 막고 서서 툴레인에게 말했다.

"악마가 워런에게 힘을 불어넣고 있어요. 나는 아무것도 할 수 없어요."

"좋습니다."

툴레인이 말했다.

"떠나게 해 드리겠습니다. 하지만 우리가 함께 가도록 해 줘요. 배울 것이 너무나 많습니다."

안 돼.

메리힘이 말했다. 워런은 악마의 바람과 맞서려 했지만 힘든 싸움이었다. 그의 일부는 여전히 악마에게 통제되고 싶어 했다.

"도와드리겠습니다."

침착하려는 노력에도 불구하고 워런은 툴레인에게서 공포의 냄새를 맡을 수 있었다.

"어떻게 하려고요? 그냥 걸어서 나가려고요? 자동차를 준비해 드릴 수 있습니다."

저놈과 함께 가려는 건 아니겠지.

워런은 손에 힘을 빼고 툴레인을 내려놓았다. 툴레인은 마치 뼈가 다 사라지기라도 한 듯 바닥에 주저앉았다.

"원한다면 그러세요."

워런이 말했다.

"그리고 내 옷을 가져오세요."

몇 분 후 워런은 옷을 입고 카발리스트 저택을 나와 드넓은 뜰로 나왔다. 강해진 느낌은 여전했다. 툴레인은 벌써 소형 밴을 준비시켜 놓았다.

넌 항명하지 못할 것이다, 인간. 나는 언제든 네가 서 있는 그 자리에서 즉시 너를 죽일 수 있다.

워런이 눈을 감고 잠시 악마의 목소리를 차단했다. 그리고 내면에서 차오르는 기운에 집중했다. 거의 즉각적으로 한 이미지가 머릿속에 팟 하고 떠올랐다.

템스강 하류 어디쯤이었다. 커다란 건물은 사방으로 확장되어 마구 지어진 듯했다. 시내의 전기가 끊겼으므로 당연히 사방이 어두웠다. 그는 벽돌 벽에 쓰인 희미한 이름을 읽으려고 애썼다.

홀드스톡 유리 제조 공장.

"원하는 걸 가져다주죠."

워런이 악마에게 속삭였다. 그렇게 할 작정이었다. 반항하기엔 메리힘은 너무나 두려웠다.

"하지만 혼자서는 못해요. 이 사람들의 도움이 필요해요."

악마가 더 이상 제지하지 않자 워런은 툴레인과 나오미를 따라 밴에 올라탔다. 밴 안에는 사람들로 꽉 차 있었다. 정문을 통과해 도로를 타고 속력을 올리자 그들 뒤로 차량 한 대가 더 따라붙었다.

"어디로 가는 건지는 알고 가나요?"

나오미가 물었다.

"네."

워런은 툴레인의 심술궂은 시선을 무시하며 대답했다. 카발리스트 리더는 악마에 비하면 위협적이지 않았다. 그리고 툴레인으로부터 스스로를 지킬 힘이 충분하다는 사실을 그는 잘 알고 있었다. 비록 악마와 거래를 하는 중이지만, 자기 몸을 지킬 힘이 있다는 사실을 아는 것으로 충분했다. 그 깨달음이 워런에게 위로가 되었다.

"어디로 가죠?"

나오미가 계속해서 물었다. 워런은 그 질문을 무시하고 전면 유리창만 바라보았다. 런던 시내의 고층 빌딩들이 저 멀리 보였다.

"워런."

나오미가 다시 시도했다.

"알아야 할 때가 되면 알게 될 거예요."

"다른 악마들은요?"

툴레인이 물었다.

"그들이 우리를 공격하면 보호받을 수 있나요?"

"아뇨."

"그렇다면 이건 바보 같은 짓입니다."

"원한다면 돌아가세요."

툴레인은 잠시 워런을 바라보다가 차창 밖 멀리 시선을 돌렸다.

워런은 다른 사람들의 적개심에 마음 쓰지 않기로 했다. 앞으로의 생존이 더 걱정이었다. 베일코르의 해머와 그를 한데 묶은 그 신비한 마법이 무엇이든, 다른 누군가가 지금 해머를 찾고 있음을 그에게 알려 주었다. 살아서 아침을 볼 수 있을지 알 수 없었다. 하시만 살아남기 위해 할 수 있는 모든 것을 할 작정이었다.

38장

황혼이 세상을 그날의 가장 어두운 빛으로 물들였다. 하늘 너머로 저물어 가는 해는 회색과 검정색 빛을 세상에 드리웠고 곧이어 그 두 빛마저 서로 섞여 들었다. 아침은 분명 조금 선명한 빛깔을 띠었으나 저녁이 되자 오로지 점점 더 어두워지는 무채색 세상이 되었다.

해 질 녘은 하루 중 가장 위험한 시간이었다. 이 무렵이면 많은 포식자들이 본능적으로 사냥감이 많은 곳을 찾아 나오거나 물웅덩이에 몸을 감추고 먹잇감을 노렸다.

그동안 지켜본 결과, 악마들의 약탈 성향은 거의 똑같았다. 또한 놈들의 먹잇감 대부분은 항상 건물 안, 너무 빈약한 모닥불에 모여 앉아 겨울의 혹독한 추위를 피하고 있었다.

퀸 앤스 부두에서 멀지 않은 제조 공장의 그늘에 몸을 웅크린 채 사이먼은 다크스폰과 그렘린들이 거리를 돌아다니며 사냥하는 모습을 지켜보았다. 인간의 시신 중 몇 구는 죽은 지 얼마 되지 않은 듯했다. 사이먼은 위가 뒤틀렸고, 욕지기가 올라오는 것을 겨우 억눌렀다.

템스강의 런던 브리지를 따라서는 더 많은 악마들이 움직이고 있었다. 차량들이 다리 위에 어지러이 흩어져 있었고 그중 대부분은 통째로 불에 탄 듯했다. 강 위로 보트와 배 몇 척이 보였는데 수면에 떠 있다기보다는 마치 수렁에 빠져 있는 것 같았다. 배들을 피해 항해하는 것은 불가능해 보였다. 수평선의 안개는 평소

이맘때에 비해 훨씬 짙게 깔려 있었다. 셔츠 단추만 한 눈발이 먼지처럼 빽빽하게 날렸다.

블러드 엔젤들이 강 위를 빙글빙글 돌면서 가끔씩 배 위로 하강했다가 부리에 시체를 물고 즉시 위로 날아올랐다.

"저놈들은 시체로 뭘 하려는 걸까?"

누군가 물었다.

"아마도 먹겠지."

다른 누군가 대답했다. 블러드 엔젤 한 마리가 다시 보트를 향해 막 내려오려고 하자 배가 갑자기 시동을 걸더니 질주하기 시작했다. 악마는 내려오다 말고 방향을 바꾸어 배를 쫓았다. 놈이 고함을 내지르자 사이먼이 숨어 있는 곳까지 그 날카로운 소리가 분명하게 들렸다.

다른 블러드 엔젤 세 마리도 합류해 런던 브리지에서부터 도망가는 보트를 쫓기 시작했다. 놈들은 날개를 위협적으로 퍼덕거리며 빠른 속도로 배에 가까워졌다.

사이먼은 보트에서 필사적으로 방어하는 사람들에게 HUD 망원경의 초점을 맞추었다. 배에 타고 있는 사람들은 무장했지만 일반 군용 무기와 경기관총, 기관총이 전부였고 악마에게 아무런 위해도 가하지 못했다. 예광탄 한 발이 날아가 악마의 가죽에 명중했다.

하지만 그쯤은 가뿐히 무시하고 갑판으로 돌진해 내려앉은 블러드 엔젤이 선원들을 마구 찢어발기기 시작했다. 발톱이 번쩍일 때마다 선원들이 죽어 바닥으로 내동댕이쳐졌.

보트 조종사는 자리를 버리고 난간을 넘어 강으로 뛰어들었다.

그리고 보트가 화물선과 충돌해 불길을 뿜으며 폭발하기 직전에 잠수했다. 선체 파편들이 수면 위로 떨어지기 시작할 무렵 폭발 소리가 사이먼이 있는 곳에 닿았다.

몇 미터쯤 잠영하던 조종사가 숨이 다할 때쯤 고개를 내밀고 충분히 공기를 마신 후 다시 잠수했다. 블러드 엔젤 한 마리가 그가 마지막으로 머리를 내밀었던 곳 주변을 훑었다. 남자가 다시 수면으로 모습을 드러내자 악마는 바로 그 자리에 있다가 남자의 머리와 한쪽 어깨를 움켜쥐고는 잔혹하게 발톱을 박았다. 남자는 발버둥 치며 싸우려 했지만 아무 소용없었다. 블러드 엔젤은 아무 힘도 들이지 않고 사냥감을 낚아 쥔 채 어두운 하늘 속으로 사라졌다.

남아 있던 보트 선체는 한동안 불에 타다가 물속으로 가라앉았다. 불꽃이 화물선으로 옮겨붙었지만 금속 선체에서는 불이 금방 꺼졌다. 그리고 몇 분 후 템스강은 다시 한번 어둠에 잠겼다.

템플러들은 아무 말도 하지 않았다. 그리고 악마들은 계속해서 시체를 날랐다.

"강 수위가 내려갔어."
워덤이 말했다.
"헬게이트가 열리기 전보다 1.5미터, 어쩌면 1.8미터 낮아졌군."
사이먼은 몇몇 템플러와 함께 템스강을 둘러보았다. 목표 지점은 강가 근처로, 현재 위치에서 18미터 정도밖에 떨어져 있지 않았다. 그는 강이 달라졌는지 조금도 알아채지 못했다.
"확실해요?"
노턴이 물었다.

"확실해. 지난 30년 동안 매일 여기서 낚시를 했어. 다른 사람들처럼 인생을 언더그라운드에서 보내진 않았지. 낚시 사업을 했거든. 지금 이 강은 예전 어느 때보다도 수위가 낮아. 악마와 관련 있는 게 분명해."

세인트 폴 대성당 주변의 지평선이 변한다는 보고가 있었다. 템플러가 '화마(The Burn)'라고 부르기로 한 현상이 매일매일 확산되었다. '화마'는 지나는 자리의 모든 것을 빨아들였다. 그 경로에 템스강이 있었다.

"이 현상이 악마 때문이라는 거예요?"

노턴이 물었다. 워덤이 대답했다.

"다른 이유는 생각할 수 없군."

"그런 일은 불가능해요. '화마'가 강에 영향을 끼쳤다 해도 템스강은 북해로 흘러 들어가니까요. 놈들도 바다를 말려 버릴 수는 없다고요."

남자의 목소리에 서린 긴장을 사이먼도 느낄 수 있었다. 템플러 중 그 누구도 악마의 능력이 어디까지인지 확신하지 못했다.

"수문을 노렸을 수도 있네."

워덤이 말했다.

"템스강에는 수문이 45개 있어. 수문이 닫히면 강도 마를 테지."

"놈들이 수문을 닫지는 않았을 겁니다."

세드릭 사우서드가 말했다. 세드릭은 사이먼과 비슷한 나이로 흑인이었으며 열정적이었다. 하지만 평소에는 말이 없었다.

"왜?"

노턴이 물었다.

"수문을 닫으면 사람들의 탈출로도 막힐 테니까."

검붉은색에 금빛 무늬가 그려진 세드릭의 갑옷이 어둠 속에서 희미하게 빛났다.

"강은 여전히 영국 내에서 이동하거나 런던을 벗어날 때 가장 빠른 경로고."

사이먼도 그 말이 사실임을 알았다. 하지만 만약 수문이 닫히지 않은 것이라면 악마가 템스강 강물을 말려 버릴 수 있다는 사실을 받아들여야만 했다. 그것은 또한 놈들이 이 세상의 바다도 말릴 능력이 된다는 의미였다. 세드릭은 말을 이었다.

"만약 그들이 정말 강물을 말려 버린다면 이후에는 바닷물을 끌어오겠지. 그렇다면 우린 여기 이 깨끗한 물 대신 소금기를 머금은 바닷물을 마셔야 할지도 몰라. 저지대 지방에서는 이미 이런 문제를 겪고 있어."

생각만으로도 너무 끔찍했다. 주변 환경은 생존하려는 인류의 노력을 쓸모없이 만들며 점점 바뀌어 갔다. 인간은 바다에서 많은 식량을 얻었다. 비를 내리게 하고 공기 중에 습기를 제공하는 바닷물이 마른다면 육지의 농작물도 필요한 물을 얻지 못할 것이다. 농작물, 가축, 그리고 야생 동물들이 멸종할 것이다. 신선한 물이 그 모든 것의 열쇠였다.

진지하고 침울한 침묵이 몇 분이나 흘렀다. 그리고 데릭의 정찰병들이 돌아와 문제가 발생했음을 보고했다.

"지시받은 개인 박물관을 찾았습니다."

머서가 말했다. 키가 작고 강단 있는 남자로, 완벽한 정찰병이었다.

"하지만 누군가 이미 와 있었습니다."

"누가?"

데릭이 물었다. 템플러가 역겹다는 듯 말했다.

"카발리스트였습니다. 그 악마 숭배자들 말입니다."

"그들은 악마를 숭배하지 않는다. 연구를 하지."

"카발리스트는 악마를 살려 두길 원합니다."

머서가 사납게 말했다.

"그것만으로도 카발리스트를 적으로 간주하기에 충분합니다. 저는 그자들을 믿지 않습니다."

"그들은 세인트 폴 대성당 공격을 준비하는 써머라일 경을 도와 정보를 모아 주었다."

머서가 욕지거리를 뱉었다.

"아침이 되었을 때 그 전장은 누구의 피로 물들어 있었습니까?"

데릭은 아무 말도 하지 않았다.

"카발리스트는 우리와 함께 싸우고 죽지 않았습니다."

머서가 계속했다.

"그것만 봐도 알 수 있습니다. 그자들은 자기들 이익에만 관심 있을 뿐입니다."

사이먼은 카발리스트를 직접 만난 적은 없었지만 들어 본 적은 있었다. 자신이 그들을 어떻게 생각하는지도 아직 몰랐다. 그가 읽었던 책에 따르면, 악마를 연구하려는 자라면 누구든 의심할 만했다.

"그자들은 스스로를 악마처럼 보이게 만들고 있습니다."

머서가 계속했다.

"악마의 갑옷을 입고 온몸에 문신을 새긴다고 합니다. 뿔이 난 자도 본 적 있습니다. 머리에 쓰는 그런 뿔이 아니라, 진짜로 머리통에서 자란답니다. 피부가 진짜로 도마뱀 같은 자도 있다고 합니다."

"악마처럼 보이고 싶다거나, 그래서 그렇게 분장을 하는 건지도 모르지."

누군가 말했다.

"악마를 숭배하는 것일 수도 있고 말이야."

머서가 거칠게 말하고는 침을 뱉었다.

"몽땅 죽여 버릴 테다."

"박물관에서 카발리스트들이 무엇을 하고 있던가?"

데릭이 물었다.

"모르겠습니다. 거기에 공장 하나가 있습니다. 홀드스톡 유리 제조 공장인데 몇 년 전 문을 닫았습니다."

카발리스트가 그곳에 나타난 것에 데릭이 왜 그토록 신경을 쓰는지 사이먼도 알 수 있었다. 카발리스트와 템플러는 각자의 영역에서 분리되어 존재했지만 그들은 여전히 악마를 제대로 연구하고 쓸 만한 것들을 많이 아는 것이 분명했다.

"그렇다면 좋다."

데릭이 말했다.

"가서 카발리스트가 무엇을 알아냈는지 보자고."

템플러는 강기슭을 따라 난 뒷골목의 그늘 속에 숨어 움직였다.

거리에는 시신이 가득했다. 몇 구는 공습이 시작된 무렵부터 있었던 것 같았지만, 몇 구는 죽은 지 얼마 되지 않아 보였다.

팽팽하게 긴장된 몇 분이 흐르고 사이먼은 팀원들과 함께 박물관으로 들어가 HUD의 자기온도 디스플레이 기능으로 박물관을 훑었다.

턴불 박물관 바로 옆에 위치한 제조 공장은 30년 전쯤 문을 닫은 후 한 번도 재가동되지 않았다. 그리고 개인 소장품을 전시한 박물관은 몇몇 사람들에게만 방문이 허락된 곳이었다. 데릭이 그들에게 전달한 정보에 따르면 조프리 턴불은 모험가였는데 유물을 수집하기 위해 저 멀리 지구 구석까지 여행을 떠났다고 했다. 여기 초대되어 온 손님은 아프리카 아샨티족 도자기나 몽골 무역 화폐만큼이나 손쉽게 보르네오섬의 야생에서 발견한 쭈그러든 해골을 볼 수 있었을 것이다.

최근까지 아무도 몰랐지만 조프리 턴불은 신비로운 힘에도 관심이 많았다. 템플러가 로버트 손턴의 저주받은 책을 조사해 알아낸 정보였다. 처음에는 이 정보에 그다지 큰 기대를 하지 않았다. 브루스를 집어삼킨 이야기가 여전히 생생했기 때문이었다.

그 정보는 악마 대장장이가 벼린 것으로 추정되는 해머에 관한 것이었다. '베일코르의 해머'라고 불렸다는 이 무기는 악마의 세계로 향하는 문을 열 수 있는 힘을 지닌 것으로 추측되었다. 템플러는 이 힘을 얻어서 활용하기를 바랐지만 만약 실패하더라도 악마가 사용할 수 없도록 안전하게 숨겨 둘 계획이었다.

박물관은 6층 건물에서 아래 두 층을 쓰고 있었다. 위로 4층에는 작은 사무실과 창고가 있었다. 그들이 입수한 정보가 맞다면,

턴불이 열대지방에서 가져온 물품을 비밀스레 보관하기 위해 만든 공간이 건물 지하에 있을 것이다. 건축업자 말고는 아무도 모르는 정보였다. 내력을 가진 자들의 특권이었고, 부자들은 그들의 비밀을 그렇게 즐겼던 것이다.

카발리스트들이 골목을 가로질러 제조 공장으로 들어가는 모습이 보였다. 사이먼은 HUD 망원 기능으로 가까이 당겨 보았다. 뿔과 악마 갑옷 때문에 그들은 얼핏 악마처럼 보였다. 사이먼은 그 모습에 즉시 거부감이 들었다. 그들에게 호감을 느낄 수는 없을 것 같았다.

그들 중에는 여자도 두 명 있었다. 사이먼은 레아 크리시가 떠올랐다. 레아가 왜 언더그라운드를 떠났는지 알 수 없었지만, 문득 그가 카발리스트에게 거부감을 느낀 것처럼 그녀 역시 템플러에게 거부감을 느꼈을 수도 있음을 깨달았다.

데릭이 정찰병들을 불러들였고 그들은 다 함께 즉각 이동하기 시작했다. 블러드 엔젤 한 마리가 머리 위를 날자 그들은 골목 벽에 찰싹 달라붙은 채 얼어붙었다. 그리고 다시 박물관을 향해 걸음을 옮겼다.

두꺼운 체인이 박물관 정문에 걸려 있었다. 깨진 창문으로 보아서 누군가 건물에 침입한 것 같았다. 강 쪽에서 가끔씩 비명 소리가 들려왔다.

사이먼은 악마로부터 도망가다 바다에 가라앉은 사람들을 떠올리지 않을 수 없었다. 그 누구도 악마와 맞설 수 있는 훈련을 받지 못했었다. 물론 전기도 들어오지 않는 도시에서 겨울을 날 수 있는 훈련도 받지 않았겠지. 설사 그들이 그때 악마를 피해 살아남 았다 하더라도 이 겨울을 견디지는 못했을 것이다.

개중에는 사이먼이 구했던 남매 같은 아이들도 있었을지 모른 다. 그의 마음속이 그런 생각으로 가득 차오르며 그를 괴롭혔다.

"천천히 진입한다."

데릭이 명령했다.

"민간인들이 숨어 있을 수도 있다."

템플러들도 모르지 않았다. 머서가 건틀릿을 찬 손으로 체인을 잡고 잡아당겨 산산조각 냈다. 그가 문에서 체인을 벗겨 내고 문을 밀어 열자 모두들 건물 안으로 진입했다.

39장

워런은 제조 공장에 내려앉은 어둠 속으로 걸어 들어갔다. 그의 육체는 건물 안에 가득 찬 쓰레기, 버려진 장비들, 건물 바깥에서 휘몰아치는 바람 소리, 악마와 놈들의 먹잇감이 내지르는 비명 소리, 먼지 냄새, 그리고 창고 안까지 스며들어 물어뜯을 듯한 추위까지 생생하게 전달했다.

카발리스트 은거지를 떠난 이후 꾸준히 강해지는 또 다른 감각들이 있었다. 이 감각들이 그가 가능하다고 믿었던 것보다 훨씬 많은 것을 그에게 전했다. 그 새로운 감각은 평소 감각에 덮어 씌워져 그는 혼란스러웠다.

눈가에서는 한때 공장을 채웠던 노동자들의 그림자가 어른거렸다. 녹인 유리를 보관하던 묵직한 강철 솥은 과거에는 체리처럼 붉게 빛났지만 지금은 오로지 그림자만 드리워 있었다. 커다란 용광로는 텅 빈 동시에 활활 타오르고 있었다. 건물에 쌓인 눈 때문에 더욱 무거워진 침묵 사이로 속삭이고 농담하고 투덜거리는 소리가 들렸다. 냉기와 함께, 코트를 벗어야 할 정도로 뜨거운 열기를 느꼈다.

그를 단단하게 죄어 오며 현재와 더불어 과거가 살아났다. 워런은 진짜에 집중하기 위해 애써야 했다. 하지만 그 모든 것이 진짜라는 점이 문제였다. 워런은 전혀 괜찮지 않았다.

"뭔가 잘못됐나요?"

나오미가 물었다. 워런은 한겨울에 버려진 건물 안에 있다는 현재에 집중했다.

"아뇨. 그냥 확인하는 중입니다."

"해머가 어디 있는지 아십니까?"

툴레인이 물었다. 워런은 알고 있었다. 그를 여기까지 이끈 감각은 현재와 과거가 뒤섞이는 혼동 속에서도 사라지지 않았다.

"우리 아래 있어요."

워런이 가장 가까운 동쪽 벽을 가리켰다. 벽 너머에는 골목을 사이에 두고 6층 건물이 한 채 있었다.

"아래?"

툴레인이 그의 경호원들에게 몸짓했다. 경호원들은 즉시 적외선 고글을 쓰고 흩어져 건물을 수색했다. 어둠을 꿰뚫을 수 있는 능력 덕분에 워런에겐 필요 없는 장비였다.

툴레인의 경호원 대부분은 카발리스트의 방식에 익숙하지 않았다. 대부분 경호 경력이나 무기 숙련 덕분에 선발된 사람들이었다. 그럼에도 그들은 카발리스트의 훈련을 받으며 조금씩 기술을 습득하고 있었다.

워런은 두 눈을 감았다. 머릿속에 즉각적으로 창고의 도면이 떠올랐다. 바로 옆에서 직접 보는 것만 같았다. 반짝이는 자주색 덩굴 같은 것이 그로부터 뻗어 나가 아무 저항 없이 곧장 북쪽으로 흘러갔다. 그는 해머가 모습을 드러냈다고 확신했다. 덩굴손은 문을 통과해서 계단을 둥둥 떠내려간 다음 지하 벽을 통과했다.

문 없는 방에 안전하게 설치된 거대한 금고 속에 해머가 들어 있는 것이 보였다. 워런이 눈을 뜨면서 말했다.

"기다려요. 이 건물이 아니에요."

툴레인이 그를 응시했다.

"해머가 여기 있다고 했잖습니까."

"내가 틀렸어요."

워런은 말하면서도 자신이 틀렸음을 어떻게 알 수 있는지는 몰랐다. 카발리스트 몇몇이 걱정스러운 눈빛을 주고받았다. 그들 중 누구도 이곳으로 따라오는 것을 반기지 않았다. 무엇보다도 여전히 악마들이 활발하게 돌아다니는 시내로 들어오는 것은 더더욱 원치 않았었다.

"어느 건물로 가야 하죠?"

툴레인이 짜증 난 듯한 목소리로 물었다.

"옆 건물이에요."

워런이 말했다.

"해머는 그-"

갑자기 머릿속으로 극심한 통증이 파고들어서 순간적으로 눈이 멀 것만 같았다.

멈춰라!

메리힘의 목소리가 머릿속에서 울렸다. 그는 버티지 못하고 무릎을 꿇고 쓰러지면서 토했다. 머리가 마구 울리고 속이 뒤틀리는 와중에도 아무도 자신을 도우려 하지 않음을 알아차렸다. 카발리스트들은 마치 그가 폭발하기라도 할 듯 멀찍이 떨어졌다. 머리가 터질 듯 죄어 오는 압력 때문에, 완전히 불가능한 일도 아니라는 생각이 들었다.

경호원 중 한 명이 툴레인에게 돌아와서 지하는 사실상 텅 비었으며 해머나 다른 어떤 무기의 흔적도 보이지 않는다고 보고했다.

"이 건물이 아니다."

툴레인이 말했다.

"옆 건물이다."

"박물관이요?"

경호원이 혼란스럽다는 듯 물었다. 나오미는 워런을 계속 지켜보고 있었다. 그는 그녀의 눈길을 느꼈다.

너는 박물관으로 들어갈 수 없다. 그 길은 나를 막고 있다. 그리고 이젠, 너를 막고 있다.

메리힘이 말했다. 툴레인과 경호원들이 막 자리를 뜨려 하고 있었다.

저들을 멈춰라!

인식하기도 전에 고통이 워런을 이끌었다. 워런은 이제는 온통 비늘로 뒤덮인 왼팔을 뻗어서 악마의 힘을 내뿜었다. 문 바로 앞에 불꽃이 활활 타오르며 툴레인과 경호원들을 막았다.

"안 돼요."

워런이 쉰 목소리로 명령했다. 워런은 그 목소리가 분명 그의 것이지만, 메리힘의 것임을 알 수 있었다.

경호원들은 무기를 어깨에 걸친 후 쏠 자세를 취했다. 툴레인의 말 한마디면 바로 발포할 것이 분명했다.

"그쪽으로는 갈 수 없어요."

워런이 말했다.

"그쪽 길을 보호하는 힘이 있어요."

툴레인이 워런을 살폈다. 워런은 그 남자의 생각을 거의 꿰뚫어 볼 수 있었다. 툴레인은 경호원들에게 발포 명령을 내릴지 고민하고 있었다.

"저들이 총을 쏜다 해도 당신은 살아서 그 모습을 볼 수 없을 겁니다."

워런이 위협적으로 속삭였다. 툴레인이 얼굴을 찡그렸다. 하지만 발포 명령을 내리지도 않았다.

"해머는 손에 넣을 수 있어요."

"어떻게 말입니까?"

"지하실을 통해서요. 그 길은 보호받지 않아요."

머리가 욱신거렸다. 메리힘의 힘이 몸속 깊숙이 부글부글 끓어오르는 것을 느끼며 지하실 문을 향해 걸음을 옮겼다. 잠깐이지만 그는 툴레인이 그를 죽일지도 모른다고 생각했다. 하지만 곧이어 뒤를 따르는 발걸음 소리가 들렸다.

나선 계단을 내려서자 바로 윗방과 크기가 거의 같은 지하실이 나타났다. 한때 꼭 필요해서 보관해 두었으나 이제는 필요 없어진 온갖 것들의 악취가 점점 강해졌다.

워런은 좀 더 확신에 찬 걸음으로 벽을 향해 다가갔다. 금이 몇 개 간 것을 제외하고는 아무 특징이 없었다. 거대한 아궁이가 벽 맞은편에 설치되어 있었지만 사용되지 않아 불이 꺼진 채 차가웠다.

서둘러야 할 것이다.

메리힘이 말했다.

해머를 찾는 자들이 또 있다.

"누가요?"

놈들은 신경 쓰지 마라. 여기서 너의 임무에만 집중해라.

거대한 벽을 살펴보았지만 어떤 비밀의 문 같은 것은 발견할 수 없었다. 돌벽의 모르타르를 느끼며 손바닥을 지그시 눌러 보았다. 어째서인지는 알 수 없었지만 벽 너머에서 해머가 느껴졌다. 툴레인이 물었다.

"거기 있는 게 확실합니까?"

"네."

툴레인이 날카롭게 지시하자 경호원 절반이 어깨에는 무기를 걸치고 손에는 칼을 든 채 벽에 다가갔다. 하지만 그런 무기로 사람이 지나갈 만큼 길을 낼 수 없다는 사실을 금세 알았다.

켈리가 워런의 옆에 와서 섰다. 그녀는 몇 시간째 말 한마디 없었다. 얼굴에는 어떠한 감정도 떠오르지 않았다. 그들이 무엇을 하고 있는지 궁금한 기색조차 없었다. 워런은 그녀의 손을 잡고 부드러운 온기를 느꼈다.

"그 여자에게 무슨 짓을 하고 있는 건지 알아요?"

나오미가 조용하게 물었다. 워런이 방어적으로 말했다.

"아무 짓도 안 해요."

나오미가 짙은 눈동자로 그를 살폈다.

"당신이나, 당신이 그녀를 통제하는 힘이 없었다면 이 사람은 여기 오지 않았을 거예요."

"맬컴이 아니었다면 내가 당신을 만날 일도 없었겠지요."

테스트를 받던 중에 맬컴은 은거지를 떠났다. 워런은 그 남자가 런던으로 돌아갔거나 또 다른 임무를 수행하러 간 것이라 예상했다.

"그리고 당신이나 툴레인이 아니었다면, 나 역시 여기 오지 않았겠지요."

"당신은 여기 왔을 거예요."

나오미가 말했다.

"악마가 그걸 바랐으니까요."

경호 대장이 부하들에게 위로 올라가서 망치나 끌, 아니면 벽을 파낼 수 있는 어떤 도구라도 찾아오라고 지시했다.

"악마가 바랐기 때문이라면 당신을 만나지 않고 여기로 올 수도 있었지요."

워런이 지적했다.

"당신은 이유가 있어서 우리를 만나러 왔잖아요."

"무슨 이유요?"

워런은 좌절감을 느꼈다. 평생 그는 언제나 누군가에 좌지우지되며 살아왔다. 처음에는 부모였다. 그다음에는 보육 센터였고, 그 후에는 그를 무시하면서도 필요로 하는 공동 세입자들이었다. 나오미가 고개를 저었다.

"나도 모르죠."

그녀가 잠시 말을 멈추었다.

"메리힘 목소리가 들려요?"

워런은 망설였다.

"들리는군요. 그렇죠? 그의 목소리를 듣는 거예요."

"만약 그렇다면요?"

"글쎄요. 악마와 이야기할 수 있는 사람을 만나 본 적은 없으니까요."

워런이 씁쓸하게 웃었다.

"하지만 당신들 모두가 악마와 이야기하고 싶어 하죠."

"아니에요. 우리는 그들의 비밀을 알고 싶은 거예요. 그것이 진실이에요. 악마와 이야기하는 것은, 아무런 안전장치 없이 그들의 목소리를 듣는 것은 위험해요. 온갖 연구를 해 보았지만, 그 점만은 다르지 않았어요. 문학이나 전해져 오는 이야기에는 늘 악마에게 영혼을 판 인간 이야기가 나오죠. 그게 전부 허구일 뿐이라고 생각하나요?"

불안감이 워런을 스쳐 지나갔다.

"나는 거래도 하지 않았어요."

"확신해요?"

나오미가 조용히 그를 바라보았다.

"당신이 화상을 입었을 때, 건물 아래로 떨어졌을 때, 충분히 목숨을 잃을 만했다고 생각하지 않나요?"

워런은 그 순간을 잘 기억하지 못했다. 너무 빨리 지나갔고, 너무 큰 고통으로 가득했다.

"그러한 혼동과 단말마의 고통 어딘가에서, 당신 스스로를 구하기 위해 무언가와 닿지 않았다고 확신할 수 있나요?"

"그런 일 없어요. 그런 일이 있었다면 기억했을 거예요."

"그랬을까요?"

나오미가 숨을 들이쉬었다.

"악마는 속임수를 잘 써요, 워런. 그들의 본성이죠."

"그리고 당신은 그들처럼 되고 싶고요."

그기 빈발했다.

"아니에요. 그들이 어떻게 그런 힘을 쓰는지 알고 싶은 거예요. 이해할 수 있다면, 그 힘으로 좋은 일을 많이 할 수 있을 거예요."

"그래서 여기 있는 거예요? 좋은 일을 하려고?"

워런이 비웃으며 고개를 저었다.

"모두가 얻을 수 있는 것을 얻으려고 해요. 일반적인 힘을 말하는 게 아니에요. 다른 사람들이 지닌 힘을 말하는 거죠. 바로 툴레인이 원하는 것이기도 하죠."

툴레인이 그들의 대화를 들었는지는 알 수는 없지만 그런 기색은 전혀 보이지 않았다. 경호원들은 위층으로 올라가 망치와 쇠지렛대 몇 개를 들고 돌아왔다. 그러고는 다시 벽에 덤벼들어 바위를 잘라 내고 끄집어냈다.

"이런 일에 혼자 맞설 필요 없어요."

나오미가 말했다. 워런은 켈리의 손을 힘주어 쥐었다.

"나는 혼자가 아니에요."

"당신이 그녀의 마음을 조종하지 않았다면 그녀는 여기 오지 않았다고요."

"난 켈리를 조종하고 있지 않아요."

켈리는 텅 빈 시선으로 워런이 아닌 그 뒤의 무언가를 보고 있었다. 워런도 그 사실을 알 수 있었다. 조지도 똑같은 말을 했었다.

"당신이, 당신 때문에 켈리가 죽을 수도 있어요."

나오미가 말했다. 켈리는 어쨌든 죽어. 켈리라면 절대로 도시를 빠져나가지 못할 거야. 너무 약하니까. 워런은 이렇게 생각하고는 즉각 죄책감을 느꼈다. 하지만 곁에 그녀를 두었다는 사실이 미안하지는 않았다. 그는 그동안 계속 혼자였다. 지금은 그 사실을 바꿀 힘이 생겼고, 그 힘을 쓰지 않을 이유가 없었다.

"켈리가 죽길 바라요?"

워런이 나오미의 시선을 피하며 벽 앞에 뭉친 모르타르 먼지 덩어리를 바라보았다. 여전히 켈리의 손을 쥐고 있었다. 그녀를 놓아 주기가 무서웠다.

"두렵군요."

나오미가 말했다. 워런은 그녀를 무시했다.

"당신 안에 도사린 두려움이 보여요."

그제야 워런은 나오미를 바라보았다.

"당신은 두렵지 않다고 말할 셈이에요?"

"아뇨, 그런 말을 하려는 게 아니에요. 나도 두려워요. 정말이에요. 하지만 어떤 면에선 당신이 두려워지기 시작해요."

예상치 못한 말에 워런은 맹렬한 기쁨이 치솟아 오르는 것이 느껴졌다. 하지만 그 기쁨은 한 경호원이 벽에 생긴 구멍에 머리를 집어넣는 순간 사그라들고 말았다.

"다 됐습니다. 여기 방이 있어요. 물건이 한가득입니다."

그 남자가 말했다. 급격히 흥분한 워런은 켈리의 손을 놓고 앞으로 나아갔다. 베일코르의 해머가 벽 너머에 있는 것이 느껴졌다. 압도적이라고 느껴질 정도로 강력한 힘을 내뿜고 있었다.

툴레인이 먼저 벽에 다가가 있었다. 그는 주머니에 손을 넣어 손전등을 꺼냈다. 전원을 켜고 방을 비춰 본 후 경호 대장에게 고개를 끄덕이고는 물러섰다.

"더 크게 파세요."

벽을 긁는 소리에 워런은 귀를 기울였다. 그 소리는 얼핏 벽 너머 방 안에서부터 들려오는 것 같았다. 하지만 곧 커다란 방에서 메아리치는 소리 탓에 방향이 헷갈렸음을 깨달았다. 그는 용광로

쪽으로 다가갔다.

 깊게 팬 용광로 깊숙한 곳에서부터 무언가 긁는 소리가 점점 커지며 다가왔다. 경호원 몇몇이 뒤돌아 용광로를 바라보며 무기를 꺼내 들었다.

 워런의 등 뒤에서는 갑자기 빛이 뿜어져 나왔다. 직사각형 형태로 뚫린 구멍을 통해 벽 너머 방 안쪽의 금속 형체 같은 것이 언뜻 보였다.

 바로 그 순간 인간 같지 않은 목구멍에서 치솟아 오르는 것 같은 끔찍한 비명 소리가 울려 퍼졌다.

 용광로 쪽으로 몸을 휙 돌린 워런은 굴뚝을 통해 지하에서부터 올라온 악마들을 보았다. 곤충처럼 보이는 놈들은 온몸을 마구 흔들며 떼거지로 용광로에서 쏟아져 나와 전선을 구축했다.

 해머를 가져와라.

 메리힘이 명령했다. 고통에 이끌려 워런은 다시 뒤돌아 벽 구멍을 향해 다가갔고 본능적으로 팔을 뻗었다. 그가 힘을 주어 손을 내밀자, 거의 눈에 보이지 않는 힘이 파도처럼 밀려 나오는 것이 느껴졌다.

 모르타르와 돌들을 마구 흩뿌리며 벽이 무너졌고, 방 안에 있던 무장한 형체까지 함께 뒤로 내동댕이쳐졌다.

 악마들이 카발리스트들을 향해 막 덤벼드는 모습을 보며 워런은 벽 너머로 걸어 들어갔다.

40장

 턴불 박물관의 암흑 속에서 겁에 질린 눈들이 사이먼을 지켜보고 있었다. 사이먼은 스파이크 볼터를 조준한 채 마주 보았다. 아드레날린이 치솟고 있음을 갑옷 시스템이 알려 주었다. 모든 템플러가 전투태세를 취했다.
 "쏘지 마!"
 데릭이 외쳤다.
 "쏘지 마라! 민간인이다!"
 사이먼이 박물관 안쪽을 응시하며 무기를 내렸다. 눈보라가 들이치고 먼지가 잔뜩 낀 창문을 통해 달빛이 비치긴 했지만 HUD의 야간투시경 기능을 사용하지 않고서는 건물 안에 숨은 사람들의 모습은 거의 보이지 않았다.
 사실 거기 모여 있는 사람들끼리도 서로를 거의 볼 수 없다고 사이먼은 확신했다. 템플러들이 문을 열고 들어왔을 때 저들이 무슨 생각을 했을지 알 수 없었다.
 열린 문으로 눈보라가 휘몰아쳤다. 눈은 어둠과 대비되어 하얗게 빛나는 듯하다가 마루에 내려앉은 후 거의 즉시 녹아 사라졌다. 문이 닫혀 있을 때보다 더욱 극심해진 추위가 맹렬하게 그들을 물어뜯었다. 박물관 안에서는 사람들이 서로 몸을 꼭 붙인 채 담요와 코트를 덮고 있었다. 적어도 서른 명쯤 되는 것 같았다. 사이먼은 문득 이 건물 곳곳에 분명 더 많은 사람들이 숨어 있을 것이라고 생각했다.

데릭이 한 손을 들자 템플러들은 그 자세 그대로 움직이지 않았다. 그들의 임무 때문에 무고한 사람들이 위험에 빠질지도 모르는 상황에 좌절한 데릭이 조용히 욕을 뱉었다.

"이 사람들 여기서 뭐 하는 거지?"

누군가 말했다.

"은신처로 삼은 거지."

다른 누군가 대답했다. 데릭이 손을 내리고 앞으로 나아갔다. 그의 목소리가 갑옷을 통해 울렸다.

"당신들은 여기 머물 수 없습니다."

사이먼은 손턴의 집에서 책을 손에 넣으려 했을 때의 일이 떠올랐다. 그들이 찾는 해머에는 힘이 있다고 했다. 이 사람들이 계속 건물 안에 남는다면 위험해질 수도 있었다.

비쩍 마르고 등이 굽은 데다 머리가 희끗희끗한 50대 남자가 그들 앞에 와서 섰다.

"나갈 수 없습니다. 우리가 찾은 유일한 안전한 장소입니다. 악마들은 이 안으로 들어오지 않거든요."

주변을 둘러보던 사이먼은 건물 밖과는 달리 시체가 한 구도 없다는 사실을 깨달았다. 어떤 전투나 파괴의 흔적도 보이지 않았다. 선반과 유리장은 진작에 전시물들이 사라져 텅 비어 있었지만 그 외에는 대부분 멀쩡했다. 악마가 아니라 도둑이 침입했던 것일지도 몰랐다. 바닥에는 간이침대들이 어지럽게 널려 있었다.

"이 건물은 보호받고 있는 것이 분명하다."

데릭이 갑옷의 개인 주파수로 말했다.

"누군가 주문을 걸어 일종의 성역으로 만든 것이 분명해."

"기사들이십니까?"

남자가 나지막하게 물었다. 한 손에는 긴 부엌칼을 들고 있었지만 그걸로는 갑옷이나 악마에 흠집 하나 내지 못할 것임을 분명히 아는 듯했다.

"아서왕을 따르는 원탁의 기사들입니까? 시대의 부름에 따라 우리를 도우러 오신 겁니까?"

데릭은 아무 말도 하지 않았다. 사이먼은 소년이 똑같은 질문을 했던 것을 기억했다. 한동안 사람들의 기억에서 잊혔던 그 이야기들이 지금 다시 세상에 모습을 드러내고 있었다. 놀라운 일이었다.

"아서왕이 언젠간 돌아올 거라고 믿었어요."

남자가 희망적으로 말했다.

"영국이 간절히 필요로 할 때, 다시 한번 엑스칼리버를 잡을 거라고요."

그가 템플러를 바라보았다.

"여기 우리를 돕기 위해 오신 겁니까?"

데릭이 망설이다가 입을 열었다.

"그건 그냥 이야기입니다. 우리는 그 이야기에 등장하는 사람들이 아닙니다."

"알겠습니다."

남자가 구부정한 자세로 너덜너덜한 담요를 추스르며 잡아당겼다. 문 밖에선 악마들이 비명 소리를 내지르고 있었다. 사이먼은 손이 닿을 만큼 뒤로 물러나 문을 닫았다. 박물관에 남아 있던 적은 열이라도 보존해야 했다. 사람들은 너무도 연약해 보였다.

"혹시 먹을 것 좀 있나요?"

1부: EXODUS(대탈출) 469

한 여자가 물었다.

"음식 구하기가 너무 어려워요."

눈물이 두 뺨을 타고 흘러내렸다.

"제가 먹으려는 게 아니에요. 아들에게 주려고요."

그녀가 담요를 들추자 그 안에 숨어 있던 작은 소년 두 명이 보였다. 끔찍하게도 두 아이 모두 곧 숨이 끊어질 듯 보였다.

"애들이 굶는 걸 볼 수가 없어요. 우리 모두 며칠째 아무것도 못 먹었어요."

사이먼이 스파이크 볼터를 총집에 넣고 갑옷의 탄약 주머니에 손을 뻗어 가져온 배급품을 꺼냈다. 에너지바와 콩을 넣은 샌드위치였다. 자가 발열 전투식량은 도시 밖으로 나갈 때에만 챙길 수 있었다.

"많지는 않습니다."

그가 변명하듯 말하며 갑옷의 식수관으로 채워지는 수통도 건네주었다. 여자는 그에게 감사의 미소를 지었고 얼마 안 되는 음식을 아이들과 다른 부모들과 서둘러 나누었다. 배급은 재빨리 이루어졌다. 다른 한 템플러도 앞으로 나서 그의 식량을 나누어 주었다.

"바보 같은 녀석들."

머서가 쏘아붙였다.

"우리가 어딘가 갇혀서 며칠 동안 탈출하지 못한다면 너희 모두 굶어 죽을 거야."

"한두 끼 정도는 건너뛰어도 돼."

워덤이 말했다.

"아이들이 굶주리는 걸 알고도 모른 척하지는 않을 걸세. 나는 그런 짓은 하지 않아. 하란다고 할 수 있는 일도 아니고."

그가 격앙된 목소리로 말했다. 템플러 몇몇이 그 말에 부끄러움을 느끼고 앞으로 나서 보급품을 나눠 주었다. 데릭 역시 마찬가지였다. 머서와 다른 세 템플러만이 움직이지 않았다.

"부스 원수님이 모르시길 바라자고."

머서가 위협했다. 데릭이 머서를 향해 돌아섰다.

"만약 원수가 안다면, 누가 그에게 보고했는지 알겠군."

머서가 무례하게 상관의 시선을 잠시 응수하더니 결국 시선을 돌렸다.

"우리를 나가게 해 줄 수 있나요?"

한 남자가 물었다.

"어디로 가시려고요?"

데릭이 물었다.

"모르겠습니다. 안전한 곳이 있나요?"

"이 도시에는 없습니다."

"여기 계속 머물 수는 없어요."

한 여자가 말했다.

"악마가 들어오지는 못하지만 밖에서 떠나지도 않아요. 먹을 걸 찾으러 나가려고 하면 뒤쫓아 와요. 여기에선 그냥 죽기를 기다리는 거나 마찬가지예요."

"해안에는 아직 프링스로 가는 피난선이 있습니다."

데릭이 말했다. 남자가 고개를 저었다.

"우리는 절대 거기까지 가지 못할 거예요. 추위를 버틸 장비도 거의 없고. 지금 우린 너무 약해졌어요."

그들을 보자 사이먼은 마음이 찢어지는 것 같았다. 박물관에 있는 모두가 필연적으로 덫에 갇힌 운명이었다. 처음엔 필요해서 들어왔지만, 이젠 너무 약해져서 나가지 못하게 되었다. 박물관에 남아서 서서히 공포에 질려 죽음을 맞을 테지만 그렇다고 그들 중 누구도 탈출하지 못할 것이었다.

앞으로 몇 분 후에 죽지 않는다면 말이지만. 이런 생각이 드는 것을 사이먼도 어쩔 수 없었다.

"미안합니다."

데릭이 말했다.

"여러분을 호위해서 해안까지 안내하고 싶습니다만 그럴 수 없습니다. 우리는 임무 수행 중입니다."

"군인이신가요?"

"아닙니다."

데릭이 잠시 말을 멈추고는 그 남자를 비롯해 절망에 빠진 사람들을 바라보았다.

"일단 지금은 여기를 떠나 더 안전한 곳으로 가는 것이 좋을 듯합니다."

"그럴 수 없습니다. 당신은 그런 요구를 할 권리가 없어요. 여기엔 노인과 아이들도 있습니다."

"죄송합니다."

데릭이 박물관 안쪽으로 걸음을 옮겼다. 건물 설계도에 따르면 그쪽에 지하실 입구가 있었다.

사이먼은 사람들이 혹한에서 대부분 살아남지 못할뿐더러 조금 후 실질적으로 위험에 처할 가능성이 크다는 사실을 애써 떨치며 데릭의 뒤를 따랐다. 아버지라면 어떻게 했을지 궁금했다. 물어볼 수 있다면 얼마나 좋았을까, 그는 간절히 바랐다.

"이곳이 보호받고 있다고 생각하는가?"
워덤이 지하실로 향하는 계단을 내려가며 물었다.
"모르겠습니다."
코리건이 대답했다.
"이런저런 이야기를 들은 적은 있지만 그런 일이 가능한지도 모르겠네요."
사이먼 역시 악마로부터 숨은 언더그라운드 보호 마법의 일부는 아닌지 궁금했지만 알 수가 없었다.
"보호 마법은 중요하지 않아."
머서가 무뚝뚝하게 말했다.
"악마는 보호 마법을 뚫는 방법 정도는 알아. 효과적으로 방어했다는 기록 같은 것도 없고."
사이먼은 부정적인 생각은 떨치고 진입하여 주변을 살피는 데 집중했다. 지하실은 넓었다. 한때 박물관을 가득 메웠을 전시품들을 넣어 놓은 상자들이 가득했다. 지하실 구석구석 숨어 있던 피난민들이 템플러들이 진입하는 것을 보고 재빨리 짐을 챙겨 계단 위로 달아났다.
저 사람들도 우리를 믿지 않는군. 사이먼은 깨달았다. 그러자 예상했던 것보다 훨씬 불편한 마음이 들었다. 데릭이 서쪽 벽 앞에 서서 머뭇거렸다.

"어디 장치가 있을 텐데. 아, 저기 있군."

그가 벽의 한 지점에 손을 대고 지그시 눌렀다. 우아하다고 할 정도로 천천히 벽이 움직였다. 너비 3미터 정도가 90도로 회전하더니 안쪽 어둠 속으로 두 갈래 길이 열렸다. 나선 계단을 따라 내려가자 곧장 또 다른 문에 다다랐다.

새로운 문에는 상징이 가득 그려져 있었다. 사이먼의 미미한 마력으로도 문이 어떤 힘에 의해서 잠겨 있는 것이 느껴졌다.

아마도 방 전체에 마법이 걸렸겠지. 사이먼은 생각했다.

데릭이 시도해 보았지만 문은 열리지 않았다. 그가 뒤로 물러서 워덤을 불렀다.

"아마도 자네 특기일 것 같군."

"그럴지도."

워덤이 동의했다. 그는 건틀릿을 벗은 맨손을 금속 문에 대더니 기도문 같은 것을 외기 시작했다. 그가 주문을 읊조릴 때마다 상징에서 빛이 났다. 1분도 지나지 않아 금속이 긁히는 듯한 소리가 나면서 문을 고정한 볼트들이 빠졌다.

워덤이 문을 열고 뒤로 물러섰다. 귀중품 보관실 가득 유물들이 놓인 선반이 어렴풋이 보였다. 여러 무기와 예술 작품, 모형, 도자기를 비롯해 박물관 주인이 엄청난 노력과 헌신 끝에 수집한 깨지기 쉬운 물건들을 보았다. 볼턴은 자기 일에 열정적이었던 것이 분명했다.

바로 그때 어둠 속에서 무언가 움직이는 것이 포착되었다. 그는 광증폭기 설정을 적외선으로 전환하여 보관실 안쪽 벽이 커다랗게 뚫린 것을 발견했다. 들쭉날쭉 무너져 뾰족해진 구멍 주위는 열기 때문에 빛이 나고 있었다.

그곳을 통해 악마의 괴성이 들려왔다. 영상을 확대하여 선명하게 하자 악마들이 카발리스트 수십 명에게 덤벼드는 모습이 보였다. 카발리스트들은 살아남기 위해 흩어져 도망가고 있었다.

"조심해!"

데릭의 뒤를 이어 방 안으로 들어오던 머서가 칼을 뽑아 들며 외쳤다. 데릭은 금고 방에 들어서자마자 벽에 설치된 특별 케이스 안에 놓인 해머 쪽으로 걸어가고 있었다.

베일코르의 해머는 마치 오랜 동면에서 깨어난 것처럼 짙고 어두운 자줏빛으로 빛나고 있었다.

다른 템플러들도 무기를 꺼냈다. 미처 준비 태세를 갖출 시간도 없었다. 사이먼은 벽에 난 구멍을 통해서 한 젊은 흑인 남자가 그들을 향해 돌진하는 것을 보았다. 온통 검은색 옷을 입고 있었지만 다른 카발리스트들처럼 불이 나거나 문신이 가득하지는 않았다.

템플러 쪽에서 그 누구도 대응하기 전에 그 남자가 손을 뻗었다. 그러자 사이먼의 눈앞 허공에 희미한 잔물결이 이는가 싶더니 갑자기 믿을 수 없는 힘이 폭발하며 벽을 산산조각 냈다.

41장

  뒤로 날아가 내동댕이쳐진 사이먼 위로 돌조각과 모르타르 덩어리가 쏟아져 내렸다. 그와 부딪힌 템플러 두 명이 보관실을 가로질러 파도처럼 밀어닥친 힘에 휩쓸려 쓰러졌다.
  "물러서!"
  데릭이 소리쳤다.
  "계단을 확보하지 않으면 갇히고 만다!"
  사이먼은 벌떡 일어서 검을 꽉 움켜쥐고 벽에 뚫린 구멍 너머를 들여다보았다. 그들이 있는 보관실은 골목 건너편 건물의 지하실과 맞닿아 있는 것이 분명했다. 그쪽 지하실 벽이 산산이 조각나 바닥에 잔해가 널려 있었다.
  카발리스트들이 보관실로 밀려들어 오며 갑작스럽게 닥친 목숨을 잃을지도 모를 위협에 혼란을 더했다. 템플러 몇몇이 뒤로 물러서며 무기를 들고 그들을 겨누었다. 하지만 카발리스트가 악마에게 공격을 받고 있는 것인지, 악마와 함께 템플러를 공격하고 있는 것인지조차 알 수 없었다. 그러나 곧 한 악마가 카발리스트들과 함께 있던 경호원 둘을 총으로 쏘아 쓰러뜨리자 상황은 분명해졌다. 경호원들은 벽 쪽에 자리를 잡고 총으로 응수하려 했지만 악마의 광란을 늦추지는 못했다.
  사이먼은 스파이크 볼터를 들어, 벽을 산산조각 낸 검은 옷을 입은 남자에게 조준했다. 언뜻 보았을 때 사이먼보다 어린 것 같았다. 남자의 코트 소매 안으로 주먹 쥔 손에 비늘이 덮인 것이 보였다. 마치 원래 피부를 제거한 후 도마뱀 거죽을 이식한 것 같았다.

"도와주세요."

키가 큰 카발리스트가 몸을 피하며 소리쳤다.

"악마에게 습격당했습니다."

"저들을 이리 넘어오게 해."

데릭이 명령했다. 템플러들은 욕을 내뱉고 투덜거리며 카발리스트를 밀고 지나가 경호원들 곁에 섰다. 그리고 악마들에게 맞서 무기를 들었다. 악마들은 멈추지 않았다.

"머서."

데릭이 외쳤다.

"이 사람들을 여기서 데리고 나간다. 모두, 뒤로 물러나라! 여기에서는 놈들과 싸울 수 없다."

머서가 계단을 뛰어 올라갔다. 데릭은 베일코르의 해머를 두 손으로 쥐고 출구를 향해 힘껏 달렸다. 악마 무리가 뒤쪽에서 밀어붙이자 데릭은 부하들을 재촉하며 앞으로 나아갔다.

보관실 안에서 악마들이 무기를 쏘기 시작했다. 광선이 번쩍이며 날아와 사이먼의 투구를 맞히고 불꽃을 튀겼다. 그 힘에 사이먼은 뒤로 넘어질 뻔했지만 버티고 섰다.

"데릭!"

머서가 계단 꼭대기에서 외쳤다.

"문이 닫혔습니다! 어디 걸렸는지 열 수가 없습니다! 여기 갇혔어요!"

사이먼은 그들이 쫓아내려고 했던 피난민들이 그 문을 막은 건 아닌지 궁금했다. 설령 그렇다 해도 그들을 비난할 수는 없을 것 같았다.

"문을 열어라!"

데릭이 어깨 너머로 소리쳤다.

"워덤이 애쓰고 있습니다!"

파도처럼 밀어닥치는 카발리스트들을 헤집으며 사이먼이 앞으로 나아갔다. 벽을 무너뜨린 검은 옷을 입은 남자가 가장 가까운 출구를 찾은 듯 재빨리 그를 스쳐 지나갔다.

"데릭."

악마들이 다가오는 것을 보며 사이먼이 말했다. 그는 카발리스트들 앞에 버티고 서서 무기를 뽑아 든 후 갑옷의 방어벽을 가동했다.

"도망칠 수 없습니다. 시간이 없어요. 여기 갇혀 버리면 놈들이 우리를 하나씩 먹어 치워 버릴 겁니다. 도망치다가 그냥 당할 순 없습니다."

데릭이 사이먼 곁에 와 섰다.

"맞서 싸워야 합니다."

사이먼이 검과 스파이크 볼터를 들었다.

"죽기 아니면 살기입니다. 도망칠 수 없는 싸움이에요."

"이쪽으로!"

데릭이 외쳤다.

"전선을 구축하라! 놈들과 싸운다!"

사이먼은 아드레날린이 마구 치솟는 동시에 공포와 두려움이 휘몰아치는 것을 느꼈다. 이놈들이 아버지를 베어 버린 바로 그놈들은 아닐 것이다. 하지만 똑같은 악마다. 그는 전투태세를 갖추었다. 데릭이 HUD 개인 회선으로 그에게 신호를 보냈다.

"무슨 일이 있더라도 해머를 놓쳐서는 안 된다."

사이먼이 벽을 가르는 또 다른 광선 세례에 맞서 비틀거리면서도 비장하게 고개를 끄덕였다.

"여기 계속 둘 수도 없죠."

"안다."

데릭이 해머를 어깨에 걸치고 칼을 빼 들었다.

"돌격!"

템플러들은 바닥에 피를 흘리며 쓰러진 카발리스트들의 시체를 뛰어넘으며 보관실 한가운데로 뛰쳐나갔다. HUD의 음향 증폭기로 더욱 커진 전투의 함성이 벽에 울려 퍼졌다. 그들은 벽의 구멍에서 3미터도 떨어지지 않은 위치에서 악마 부대와 맞닥뜨렸다.

템플러가 구축한 견고한 전선의 물결이 들쭉날쭉한 악마 대열과 맞부딪쳤다. 악마는 잠시 버티는 듯했으나 곧 갑옷의 힘에 밀려 옆으로 쓰러졌다.

사이먼은 악마의 얼굴에 바짝 스파이크 볼터를 대고 방아쇠를 당겼다. 악마의 머리가 조각조각 터져 나가며 사이먼의 머리 위로 응혈의 비를 퍼부었다. 자세를 바꾼 사이먼은 검을 휘둘러 또 다른 악마의 몸속 깊숙이 찔렀다.

너무 많다. 마음속에서 비명이 터져 나왔다. 그래도 아까보다 두 마리 줄었어. 그는 두려움을 억누르고자 스스로에게 일깨웠다. 놈들은 그가 지나갈 수 없을 정도로 정면에 단단히 뭉쳐 있었다. 그는 오로지 계속해서 싸워야만 했다.

금속과 금속이, 템플러의 검과 갑옷이 악마의 무기와 갑옷에 맞부딪쳤다. 쓰러진 악마들 중 몇은 죽었고, 몇은 죽을 정도로 상처를 입은 채 악을 쓰고 있었다. 악마가 쓰러진 템플러에게 하는 것처럼 템플러 역시 쓰러진 악마의 목숨을 완전히 끊었다. 자비는 없었다. 마치 지옥에서도 가장 깊은 구덩이에서 들려오는 것처럼 참혹한 소리가 울려 퍼졌다.

사이먼은 HUD를 통해 다른 템플러들의 위치를 파악하며 움직였다. 한데 모여 있으려 했지만 모두들 너무 근접 거리에서 싸우고 있었기에 불가능했다. 그는 검을 뻗어 올려 도끼를 막으면서, 쓰러진 템플러를 공격하는 또 다른 악마의 뒤통수에 스파이크 볼터를 쏘았다.

머리가 조각난 악마가 고꾸라지는 순간, 사이먼은 그의 행동이 너무 늦었음을 알았다. 놈은 쓰러진 템플러의 가슴에 이미 창을 찔러 넣은 후였다. 전자파와 아케인 힘이 갑옷에서 방출되었지만 피 또한 흐르고 있었다. 놈은 템플러 위로 쓰러져 그를 완전히 덮었다.

사이먼은 악마의 시체를 걷어찼다. 쓰러진 템플러에게 손을 뻗어 바이털을 확인하기 위해 갑옷과 접촉했다. 전달된 생체 신호는 모두 평행선을 보이며 절망스러운 상태를 알렸다. 심장박동이 전혀 없었다. 호흡도 없었다. 이 남자는 죽었다.

"사이먼! 조심해!"

데릭이 검으로 사이먼의 심장을 겨눈 창 옆을 쳐 내면서 말했다. 사이먼보다 덩치가 거의 두 배는 큰 야수 같은 놈이었다.

악마가 거대한 주먹을 날려 데릭의 얼굴 전체를 때렸다. 투구가 없었더라면 그 한 방에 목숨을 잃을 수도 있을 만했다. 데릭은 거의 6미터쯤 뒤로 날아가 벽에 부딪쳤다. 데릭은 온 감각이 뒤흔들리는 것을 느끼며 순간 자신이 쓰러질 것이라 예상했다. 하지만 그는 심호흡을 한 후 타격의 충격을 떨쳐 냈다.

사이먼이 그 싸움에 다시 끼어들었다. 천장과 벽, 바닥을 그을리며 날아오는 빔과 온갖 무기의 타격과 휘두르는 팔다리가 뒤엉켜 전투가 어떻게 돌아가고 있는지 알 방법은 없었다.

그는 검을 휘둘러 다크스폰의 목과 가슴 사이로 근육이 굵게 불거진 곳에 검을 밀어 넣었다. 악마가 그를 찌르려고 했지만 사이먼은 검을 더욱 깊숙이 박아 넣으며 마지막 숨을 끊어 놓았다. 그리고 죽어 가는 놈을 발로 차 검을 뽑아내려고 했다.

하지만 미처 검이 다 빠지기도 전에 다른 다크스폰 한 마리가 부상당한 동료의 어깨 뒤에서 불쑥 나타나 사이먼의 얼굴에 총을 겨누었다. 사이먼은 피하려고 했지만 제때 해내지 못했다. 탁한 녹색 액채가 투구에 뿌려지자 곧장 하얀 연기가 구름처럼 피어오르며 시야를 일부 가렸다.

검을 쥐었던 손을 잠시 놓고 사이먼은 엉덩이를 비틀어 반동하는 힘을 끌어올린 후 오른손으로 다크스폰의 목을 때렸다. 강타가 제대로 목을 맞히기도 전에 목뼈가 부러졌다.

악마는 허억 하고 두 번 숨을 내쉬고는 힘겹게 뒤로 물러났다. 사이먼은 놈에게 주먹을 두 번 더 날린 후 가죽을 쥐어뜯었다. 얼굴 살이 함께 발라져 나오며 두개골이 으스러졌다.

아직 검이 박혀 있는 것을 본 사이먼은 놈에게 다가가 가슴에 한 발을 올리고 검을 뽑아냈다. 그리고 악마의 액체에 갑옷이 팬 것을 발견했다.

"갑옷 상태 확인."

사이먼이 가장 가까이 있는 악마에게 다가가며 말했다.

- 갑옷 손상 17퍼센트.

HUD가 응답했다.

"갑옷 외부 물질 분석."

사이먼이 한 악마의 등에 검을 꽂아 넣고 심장을 제대로 찔렀길 바라며 말했다. 악마의 육체는 저마다 달라서 예상한 곳에 필요한 장기가 있는 것은 아니었다.

- 미확인 물질. 한 번도 본 적 없음.

새로운 무기라는 건가 아니면 옛 무기인데 아직 본 적이 없다는 건가? 사이먼은 궁금했다. 그에게 공격당한 악마가 뒤돌아서려고 애썼다. 사이먼은 왼팔로 놈의 권총을 막으려고 하면서 오른손으로 검을 힘겹게 뽑았다. 척수가 크게 바사삭 소리를 내며 파열되었다. 하반신이 마비된 악마는 땅으로 쓰러졌다. 사이먼이 놈의 얼굴을 때려 마지막 숨통을 끊었다.

"더 많은 놈들이 오고 있습니다!"

누군가 외쳤다. 사이먼은 산산이 부서지기 직전인 벽에다 템플러를 꽂아 넣고 있는 그렘린 한 쌍에게로 몸을 던졌다. 놈들 중 하나는 템플러의 검을 잡고 자기 칼자루에 넣고 있었다. 사이먼의 HUD에 다른 한 녀석이 왼쪽 방향으로 맹렬하게 총을 쏘아 대는 모습이 희미하게 잡혔다.

사이먼은 그렘린 한 놈의 머리를 두 팔로 감싸 죄고 옆에 있는 놈은 가까스로 어깨로 들이받아 두 녀석 모두 땅에 쓰러뜨렸다. 한 놈이 거의 즉시 몸을 일으켜 눈 깜짝할 사이에 사이먼 위로 올라탔다. 그러고는 면도날처럼 날카로운 검으로 사이먼의 투구를 두 번 베었다. 사이먼은 스파이크 볼터로 그렘린의 턱을 떠밀며 방아쇠를 당겼다. 팔라듐 스파이크가 악마의 머릿속을 꿰뚫으며 그 속을 떠돌았을 마지막 생각까지 날려 버렸다.

다음 순간 사이먼은 커다란 망치에 가슴 정중앙을 강타당하고 시체들이 나뒹구는 바닥으로 밀려갔다. 그 충격이 너무 강해 그는 숨을 헐떡거렸다. 갑옷 흉판이 박살 났고 숨이 멎을지도 모른다는 생각에 그는 순간적으로 패닉에 빠졌다. 하지만 가까스로 호흡을 찾은 그는 흉판이 갑옷 전체로 퍼뜨리지 못한 유체 정역학적 충격만 전달했음을 깨달았다. 그 순간 또 다른 일격이 넘어져 있는 그에게로 날아와 어깨를 강타했다.

잠시 정신을 놓았던 사이먼이 즉시 몸을 돌려 카발리스트 경호원과 악마와 템플러 시체 사이를 기어갔다. 시신과의 아주 짧은 접촉으로도 사이먼은 그 템플러가 죽었다는 사실을 알 수 있었다.

사이먼은 자신을 가격한 그렘린의 다리를 붙들고 넘어뜨리기 위해 몸을 번대었다. 그렘린이 넘어지자 사이먼은 놈 위에 걸터앉고는 검을 가슴에 박아 넣고 비틀었다. 단말마의 고통으로 그렘린의 온몸에 경련이 일었다.

다시 일어선 사이먼이 전장을 둘러보았다. 더 많은 악마들이 저쪽 지하실 끝의 굴뚝을 통해 보관실로 넘어오고 있었다.

함정이야. 사이먼은 깨달았다. 놈들은 우리가 온다는 걸 알고 있었어. 하지만 곧 카발리스트의 존재를 떠올린 그는 판단을 달리했다. 악마들은 누군가 여기 올 것이라는 사실을 알고 있었던 것이다.

모두 해치우기엔 너무 많았다. 템플러 3분의 1이 쓰러졌고, 그들 대부분이 전사했다. 전부가 쓰러지는 데에는 얼마 걸리지 않을 터였다. 악마들은 죽는 것조차 두려워하지 않는 것처럼 보였다.

42장

 사이먼은 절망적으로 탈출 경로를 찾았다. 그는 그렘린의 검을 쳐서 막고 그에게 달려드는 다크스폰 뒤로 몸을 굴렸다. 문득 런던 아래로 건설된 터널에 생각이 미쳤다. 도시의 지하철 터널은 벌집처럼 얽혀 있었는데 보행자 터널이 템스강 아래를 가로질렀다. 그곳을 통해 화물 운송도 이루어졌고 거대한 하수구로 쓰레기를 반출하기도 했다.
 "건물 설계도."
 사이먼이 HUD에 대고 말했다.
 - 영상 이중 송출. 현재 위치 표시.
 - 이행.
 HUD가 대답했다. 사이먼은 그를 돌아보려던 다크스폰의 뒤통수를 쏘았다. 악마가 쓰러지자 놈의 등을 어깨로 세게 받아 그렘린을 향해 로켓처럼 날렸다. 두 놈은 서로 팔다리가 얽히며 쓰러졌다. 사이먼은 놈들 위로 풀쩍 뛰어 그렘린이 몸을 일으키기 전에 가슴 깊숙이 검을 찔러 넣고는 목이 돌아갈 정도로 강하게 얼굴을 발로 찼다.
 - 도면 전송 중.
 HUD가 말했다. 그리고 거의 즉각 선명한 3차원 설계도를 스크린뷰에 띄웠다. 사이먼의 위치가 금색 점으로 표시되어 있었다.
 "이 방 아래로 터널이 지나가나?"
 사이먼이 물었다. 광선이 날아와 갑옷에 맞자 쪼개지는 소리가 났다. 사이먼은 뒤로 밀려 비틀거리다가 다크스폰 뒤로 재빠르게 돌아서며 방패로 삼았다. 다음 광선 공격은 사이먼 대신 악마에게 맞았다.

- 그렇습니다.

HUD가 대답했다. HUD 화면에 즉각적으로 넓은 터널의 모습이 은색으로 나타났다.

"무슨 터널이지?"

- 부두와 연결되는 사설 화물 터널입니다. 폐쇄 전까지 홀드스톡 제조 회사에서 사용했습니다.

"접근 가능한가?"

- 확인할 수 없습니다.

"도면에 터널을 표시해."

사이먼이 명령하며 자신을 향해 뒤돌아서는 악마의 배를 검으로 갈랐다. 놈의 몸 반쪽은 광선에 맞아 온통 엉망으로 타 버린 채 연기가 솟고 있었다. 사이먼은 쓰러지는 놈을 재빨리 피했다.

"데릭."

"왜 그러나?"

데릭의 목소리는 자포자기한 듯했다.

"이 아래 터널이 있습니다."

사이먼이 권총을 겨눈 악마를 발견하고 스파이크 볼터를 들어 쏘았다. 팔라듐 스파이크가 악마를 밀어붙이자 놈은 비틀거리며 뒤로 밀려났다.

"성형작약탄으로 바닥을 폭파하고 탈출할 수 있을지도 모릅니다."

콘크리트 바닥은 피를 비롯한 온갖 것들로 뒤덮여 있었다. 함부로 발을 딛는 것조차 위험해 보였다. 템플러들은 보관실에 여전히 갇혀 있었고, 몸을 숨길 곳은 많지 않았다. 겨우 기둥 몇 개와 차량 크기의 버려진 물품들을 비롯해 작은 상자들까지 활용해야 할 판이었다.

"지도가 있습니다."

"전송해."

사이먼이 목숨을 걸고 싸우는 와중에도 지도를 보냈다. 굴뚝을 통해 더 많은 악마가 들어온다면 막아 낼 충분한 여력은 없을 것이었다.

"히긴스."

데릭이 불렀다.

"네."

"성형작약탄이 필요하다. 이 지도에 표시된 지점에 설치하도록."

스파이크 볼터를 발사하는 사이먼에게 데릭의 지시가 들려왔다. 그들의 현재 위치 뒤쪽으로 비워 둔 보관실 중간 지점이었다. 사이먼이 말했다.

"터널로 진입하면 남쪽으로 향해야 합니다. 강 쪽으로요. 거기 문이 있을 겁니다."

"모르타르에 막히지 않았다면 말이지."

머서가 말했다.

"터널 문 위로 새 부두를 건설했을 수도 있고, 배가 막고 있을 수도 있지."

"어느 쪽이든 죽는다면 적어도 이쪽에는 기회라도 있겠군."

워덤이 말했다.

1부: EXODUS(대탈출) 487

"문은 두고 왜 여기 있어요!"

머서가 소리쳤다.

"문은 꽉 막혔네."

워덤이 말했다.

"위층에 있던 사람들이 우리를 여기 가둔 것 같아. 아무리 힘을 써도 열리지 않아. 한 번 마법이 걸렸던 문이어서 힘이 전혀 안 통하는 건지도 모르지. 힘의 법칙이 깨지는 데에는 얼마 걸리지도 않았을 거야."

"포기하지 말았어야죠."

머서가 외쳤다.

"난 동료들과 싸우기 위해 내려온 걸세."

워덤이 말했다

"닥치고 엄호해."

데릭이 말했다.

"수류탄 준비."

사이먼은 방을 둘러보았다. 죽은 악마들의 시체가 벽을 이뤄 새로 진입하려는 악마들에게 방해가 되고 있었다. 악마들은 일단 멀찍이 후퇴해 불을 지르려 하고 있었다. 템플러들의 사격술은 뛰어났지만 악마들은 머릿수라는 유일한 실력을 명명백백히 보여 주고 있었다. 워덤이 말했다.

"놈들이 재공격을 위해 집결하는군."

"버텨라."

데릭이 명령했다.

"수류탄을 들고 있다가 지시하면 일제히 던진다."

"카발리스트들은 어쩝니까?"

머서가 사납게 말했다. 사이먼은 HUD를 통해 보관실에 카발리스트들이 남아 있는 것을 확인했다. 도마뱀 비늘이 돋은 그 흑인은 문 근처에 서 있었다. 그의 곁엔 한 여자가 있었다. 키가 큰 남자는 반대편 벽의 구멍 근처에서 몸을 움츠리고 있었다. 남은 카발리스트는 거의 없었다.

흑인 남자의 눈빛에 담긴 무언가가 거슬렸지만 사이먼은 그 점에 대해 생각할 시간이 없었다. 악마들이 모여들어 또 다른 공격을 준비하고 있었다.

"워덤?"

데릭이 물었다.

"준비 완료."

워덤이 바로 곁에 뒹굴던 악마 시체를 잡고 성형작약탄 위에 놓아 무게를 더했다. 시체 두 구가 더 놓였다.

"폭발 방향이 제대로 설계되었는지 확인하도록."

"수류탄 투척!"

데릭이 외쳤다. 템플러가 동시에 던진 수류탄이 악마 무리를 향해 높이 포물선을 그리며 날아갔다.

놈들 대부분은 너무 멍청하거나 경험이 없어서 수류탄이 무엇인지도 모르는 듯했다. 그래도 개중 일부는 피하기 위해 몸을 날려 엎드리기도 했다.

사이먼은 피투성이 바닥에 납작 엎드렸다. 갑옷이 통제를 시작히기도 전에 심장이 미친 듯이 뛰는 것이 느껴져 신성하려고 애써야 했다.

"워덤!"

데릭이 폭발음 속에서 소리를 질렀다.

"지금이다!"

수류탄에 든 그리스의 불이 푸른빛을 맹렬하게 뿜어내며 연쇄적으로 폭발을 일으키기 시작했다. 일반적인 폭탄이었다면 큰 효과가 없었을 테지만 템플러 탄약의 치명적인 화학물질 조합은 엄청난 피해를 발생시켰다.

사이먼이 흘끗 올려다보았다. HUD가 자동적으로 섬광을 걸러주었다. 폭발에 휩쓸린 악마들이 사방으로 내동댕이쳐지며 대열이 무너졌다. 하지만 몇 놈은 살과 뼈를 집어삼키려는 창백한 푸른 불꽃이 활활 타오르는데도 굴하지 않고 꿋꿋이 서 있었다. 블러드 엔젤 한 놈이 혜성처럼 불붙은 꼬리를 그리며 쓰러지더니 다시는 움직이지 않았다.

곧바로 성형작약탄이 폭발했다. 워덤이 쌓아 올린 악마 시체들이 천장까지 날아올랐다. 사이먼의 갑옷을 통해서 지진 같은 엄청난 진동이 느껴졌다. 뒤쪽 바닥이 마구 뒤흔들렸다.

사이먼은 머리를 돌리지 않은 채 HUD를 통해 바닥에 커다란 구멍이 뚫린 것을 확인했다. 구멍에서는 연기가 뿜어져 올라오고 천장에서는 악마들의 시체가 조각조각 떨어져 내렸다. 워덤이 말했다.

"내려갈 수 있습니다. 아래에 터널이 있습니다."

"가라!"

데릭이 명령했다.

"워덤, 앞장선다. 당장!"

악마들이 공격을 위해 집결하고 있었다. 놈들이 보기에도 상황이 바뀌었음이 명백했을 것이다.

"사격!"

데릭이 외쳤다.

"안전이 확인될 때까지 막아라. 퇴로를 확보하면서 후퇴한다."

사이먼은 일어서서 총을 쏘며 바닥에 난 구멍을 내려다보았다. 화물 터널의 지름은 2.4미터 정도 되어 보였다. 지게차가 공장에서 창고로 화물을 내보낼 수 있을 만큼 충분히 넓었다. 터널 안은 한밤중처럼 어두웠지만 야간투시경으로 시야를 확보할 수 있을 것이다.

템플러가 한 명씩 재빠르게 구멍을 통해 내려갔다. 데릭은 카발리스트들을 향해 돌아섰다.

"여기서 나가고 싶다면, 지금입니다."

카발리스트들이 뛰어왔다. 그러다 경호원 두 명이 악마의 무기에 명중당해 한 명은 번갯불에 맞은 듯 타 버렸고 다른 한 명은 화염에 휩싸인 후 벽에 검은 그림자만 남겼다.

사이먼 곁에 있던 한 여자 템플러의 오른 다리 갑옷 일부가 날아갔다. 사이먼은 그녀를 부축해 구멍으로 향했다.

베일코르의 해머를 잡아라!

메리힘의 목소리가 워런의 머릿속에서 울렸다.

지금이다!

악마 부대가 그들에게 덤벼들고, 이세 막 탈출이 손에 잡힐 듯 가까워진 바로 이 순간 메리힘이 그런 요구를 한다는 것을 워런은 믿을 수 없었다. 템플러도 카발리스트를 구하려 하고 있었다. 베일코르의 해머를 손에 넣으려다가 실패할 수도 있었다. 솔직하게 말하자면 어떻게 해야 성공할 수 있을지도 몰랐다. 게다가 템플러가 그를 적으로 돌리는 것은 자명했다.

지금이다!

메리힘이 사납게 말했다.

해머에 손을 뻗어라, 그러면 나머지는 내가 다 할 것이다. 그러지 않는다면 결코 살아서 이곳을 떠나지 못할 것이다.

눈앞이 깜깜해질 정도의 고통이 워런의 머리를 꿰뚫었다. 그는 휘청거리면서 겨우 앞으로 나아갔다. 나오미가 도우려 했지만 뿌리쳤다. 아주 짧은 순간 몸이 닿았을 뿐인데 나오미는 그가 무슨 짓을 하려는지 알아차렸다.

"안 돼, 워런. 그러면 안-"

바로 그 순간, 그녀 곁에 있던 워런이 베일코르의 해머를 등에 지고 있는 템플러를 향해 달려들었다. 템플러는 그가 접근하는 것을 느꼈는지 뒤돌아서려 했다. 하지만 워런이 더 빨랐다. 그는 해머를 향해 손을 뻗었다.

오른손으로 자루를 쥐자 강력한 전기가 몸으로 흘러드는 것만 같았다. 해머가 인(燐)과 같은 강한 빛을 즉각 내뿜었다. 어떤 힘이 강하게 방출되자 그 파동으로 템플러는 내동댕이쳐졌다. 바로 그 자리에, 해머를 든 워런이 서 있었다.

그는 악마들의 사격에 무방비였다. 빛을 내뿜는 해머를 손에 든 채 서 있는 자신이 바로 악마들의 표적임을 그는 깨달았다. 미처 깨닫기도 전에, 또한 확신하지도 못한 사이 그의 가슴 불과 몇 미터 앞 허공에서 날아오던 총알 세 개가 멈추었다. 멈추지 않았더라면 그의 심장을 정확히 맞혔을 것이 분명했다.

워런은 신기해하며 총알들을 바라보았다. 그것을 멈추게 한 것이 자신인지 궁금했다. 손짓 한 번으로 벽도 폭파하지 않았는가? 물론 그런 일을 할 수 있을 거라는 사실도 그는 몰랐었다. 메리힘과 만난 이후로 그는 변했다.

네가 아니다.

메리힘이 비웃듯 말했다.

내가 너를 구한 것이다. 네가 내 말에 따르기만 한다면, 나는 언제나 너를 구할 것이다. 나는 너를 점찍었다. 워런 시머, 너는 내 것이다.

워런은 위협을 느끼고 몸을 부르르 떨었지만 한편으로는 안도하기도 했다. 악마가 그를 손에 넣었다. 평생 동안 그 누구도 그를 원한 적 없었다. 그 누구도 이런 식으로 그를 보호해 주지 않았다.

총알 네 개가 더 날아와 멈추었다. 그는 지금 보호받고 있었다.

내 이름을 불러라.

메리힘이 재촉했다.

내 이름을 불러라, 그러면 내가 너에게 갈 것이다.

양손으로 해머를 쥔 워런은 악마를 느낄 수 있었다. 메리힘은 이미 가까이 와 있었다. 아주 가까이 와 있는 것이 느껴졌다.

내 이름을 불러!

워런은 그의 내면으로 전해진 충동에 못 이겨 해머를 들어 올리고 외쳤다.

"메리힘!"

그 즉시 허공에 자줏빛 2차원 원반 같은 것이 나타났다. 원반 안에서는 번개가 쳤고 때때로 너머까지 분출되었다. 정전기 때문에 나오미와 켈리의 머리카락이 위로 뻗었다. 엄청난 음속 폭발이 일어나 지하실을 가로지르며 울려 나갔다.

워런은 몸 위로 개미들이 기어다니는 것만 같았다.

"메리힘!"

믿을 수 없게도, 악마가 원반 안에서 서서히 기어 나오기 시작했다.

43장

  사이먼이 몸을 일으켰다. 남자가 데릭의 등에 진 해머를 움켜쥐었을 때 일어난 폭발로 감각은 여전히 마비된 상태였다. 갑옷이 방어해 주었는데도 입에서 피 맛이 났다. 사이먼은 자줏빛 원반이 내뿜는 빛과 그 안에서 서서히 모습을 드러내는 악마를 보았다. 남자 앞 허공에는 총알이 얼어붙어 있었다. 저 남자, 워런이라고 했지. 사이먼은 한 카발리스트 여자가 그의 이름을 불렀던 것을 기억해 냈다. 남자가 해머를 쥐기 직전이었다.

"저자를 막아!"

데릭이 외쳤다.

"해머를 뺏어!"

  악마의 괴물 같은 형상에는 사이먼 내면의 공포를 건드리는 무언가가 있었다. 예전에는 한 번도 느껴 본 적 없는 감각이었다. 원시적이고도 멈출 수 없는 그 감각은 사이먼의 내면에서 이리저리 날뛰었다. 악마에게 다가가는 행동만큼은 정말 하고 싶지 않았다.

  하지만 그와 데릭만이 정신을 잃지 않았다. 데릭은 두 다리로 제대로 서 있지도 못했다. 그가 고통스럽게 숨을 몰아쉬었다. 데릭이 가까스로 몸을 일으키자 악마의 창 조각이 부러진 채 배에 꽂힌 것이 보였다.

"사이먼!"

  데릭의 목소리가 사이먼에게 걸려 있던 마법을 깨부쉈다. 사이먼은 곧장 앞으로 나아가려 했지만 그를 뒤로 밀어붙이는 압력이 느껴졌다. 바로 그 압력 때문에 총알들 역시 허공에 멈추어 있었음을 사이먼은 깨달았다. 아케인 에너지가 워런을 보호하고 있었던 것이다.

사이먼은 포기하지 않고 앞으로 꾸역꾸역 나아갔다. 그 자신의 마력을 있는 힘껏 끌어올려 워런을 겨누었다. 그리고 힘이 충분히 모여 강해졌을 때 워런을 향해 뿜어냈다. 두 사람 사이를 가로막고 있던 무언가가 파문을 일으키며 요동쳤다.

워런은 비틀거리면서 뒷걸음질 쳤다. 집중력이 산산조각 나 흩어졌다. 하지만 원반은 여전히 형태를 유지하고 있었고, 그곳을 통해 악마가 보관실로 넘어오려 하고 있었다.

압력이 사라지자 사이먼은 워런에게 뛰어들어 검을 휘둘렀다. 해머를 떨어뜨릴 작정이었다. 하지만 워런이 몸을 피했고, 검은 그의 오른손을 잘랐다.

워런의 손이 손목에서 떨어져 나갔다. 끔찍한 상처로부터 피가 솟구쳤다. 워런은 날카롭게 비명을 지르며 해머를 떨어뜨리고, 다른 한 손을 잘린 손목 끝에 가져다 댔다.

의도치 않게 벌어진 일에 사이먼은 마음이 편치 않았지만 바닥에서 해머를 들어 올렸다. 멈추어 있던 총알들이 다시 날아왔고, 워런이 그중 적어도 한 발은 맞은 듯 그 자리에서 쓰러졌다.

원반이 폭발하기 직전, 아케인 힘과 함께 악마를 대포알처럼 무자비하게 쏘아 보냈다. 악마는 멀리 가지 못하고 중간에 멈추더니 정신을 잃은 듯 무릎을 꿇으며 쓰러졌다. 분노와 고통으로 내지른 놈의 비명 소리만이 메아리치듯 울리고 있었다. 사이먼은 놈의 의식이 돌아왔을 때 절대 그 자리에 남아 있고 싶지 않았다.

두 여자가 워런에게로 달려갔다. 검은 머리 여자는 절단된 손목을 살펴보았고 다른 한 명은 옆에 서서 그를 부축하더니 목석같은 미소를 지었다.

카발리스트는 우호적이지도, 아니, 심지어 중립적이지도 않다는 사실을 깨달은 사이먼은 그들을 내버려두고 데릭을 따라 바닥의 구멍으로 내려갔다.

"갈 수 있겠습니까?"

사이먼이 데릭 옆에 서서 물었다.

"가야만 한다."

데릭이 꼿꼿하게 서려고 애쓰며 말했다. 갑옷 앞쪽에서 피가 흘러내리고 있었다.

"해머를 줘."

사이먼이 해머를 건네자 데릭은 그에게 폭탄을 쥐여 주었다.

"터널을 막아."

데릭이 구멍을 올려다보며 말했다.

"저 위에 있는 사람들을 다 해치우고 나면 악마들이 내려올 거야."

사이먼이 고개를 끄덕이고 어깨에 수류탄 더미를 짊어졌다. 그들은 달렸다.

조금 후 터널이 방향을 틀었다. 사이먼의 HUD 지도에 따르면 강으로 향하고 있었다. 그는 멈추어 서서 폭발물에 기폭장치를 설치했다. 모퉁이 뒤로 숨어 적어도 뇌진탕은 면하기를 바라며 모퉁이 너머로 폭탄을 던졌다.

그들이 왔던 터널 쪽에서 첫 번째 악마가 모습을 드러냈다. 곧이어 구멍을 통해 네 마리가 더 떨어졌다. 그들은 사납게 으르렁거리더니 무기를 들고 쏘기 시작했다.

모퉁이를 돌아 몸을 피한 사이먼은 데릭이 여전히 제 속도로 걸을 수 있는지 확인했다.

"워덤."

"응?"

"터널 끝에 도달했습니까? 막히진 않았나요?"

터널을 폭파해 그들의 무덤으로 삼고 싶진 않았다. 터널이 무너지더라도 어떻게든 빠져나갈 길을 파낼 수도 있겠지만 그런 위험은 무릅쓰고 싶지 않았다.

"1분만. 거의 다 왔네."

"사이먼."

데릭이 불렀다.

"터널을 폭파해."

갑옷의 기능 덕분에 악마의 발자국 소리가 터널을 울리며 모퉁이에 가까워졌음을 알 수 있었다. 그들은 빠른 속도로 움직이고 있었다.

터널 출구가 막혀 있거나 불발탄이어서 터널이 무너지지 않는다면 저놈들과 정면으로 싸워 이길 수는 없을 거야. 놈은 우리를 전부 죽이겠지. 나는 그저 전멸을 늦추는 정도-

"다 왔어!"

워덤이 소리쳤다.

"나갈 수 있다!"

"사이먼, 폭파-"

갑옷 시스템을 통해 발소리가 모퉁이 앞까지 왔음을 확인한 사이먼이 폭탄을 터뜨렸다. 동시에 앞으로 몸을 날려 납작 엎드렸다. 사이먼의 배 아래에서 땅이 진동했고 터널이 마구 흔들려 뇌진탕이라도 일으킬 것 같았다. 곧바로 노랗고 붉게 타오르는 불길이 그의 머리 바로 위를 맹렬하게 뻗어 나갔다. 사이먼은 화염에 휩싸였다.

그놈이 내 손을 잘랐어! 절단된 팔에서 피가 솟구치는 것을 두 눈으로 직접 보면서도 워런은 믿을 수가 없었다. 메리힘이 원반 밖으로 몸을 내미는 것에 정신을 빼앗겨 미처 갑옷 입은 사람을 보지 못했고, 깨달았을 때는 너무 늦었다.

마땅히 느껴야 할 만큼의 통증은 없었다. 사실, 거의 아무런 통증도 느껴지지 않았다. 그의 뇌를 울리는 메리힘의 비명 소리가 차라리 더 고통스러웠다. 부상을 입고 화가 난 악마는 두 발로 일어서더니 분노에 가득 찬 소리로 울부짖었다.

나오미는 부츠에서 신발 끈을 풀더니 몸을 숙이고 워런을 누른 후 팔을 압박하기 위해 묶었다.

"누워 있어요! 출혈이 심해서 죽을 거예요! 가만있어요!"

워런은 신경 쓰지 않았다. 스스로를 방어할 수 없었기 때문에 또다시 무서운 일이 벌어진 것이다. 아무도 그를 신경 쓰지 않았고, 그를 보호하지 않았기 때문이었다. 오한이 들며 온몸의 힘이 빠져나가더니 시야가 흐려졌다. 그는 계속 버둥거렸지만 나오미에게서 벗어나기에도 너무 약해졌다. 나오미는 그의 팔뚝을 신발 끈으로 묶고 겨우 출혈을 막았다.

"하지 마요."

그가 속삭였다.

"제발, 그만둬요."

그는 죽을 준비가 되었다. 그녀는 몰랐지만 그는 알았다. 쇼크에 빠진 그는 지금 이 자리에서 죽을 준비가 되었다. 두렵지 않았다. 죽음은 당장이라도 그에게 찾아올 수 있었다. 싸우지 않을 터였다. 워런은 더듬거리며 신발 끈을 찾아 풀어 버리려고 했다. 피가 흐르는 대로 놔두고 싶었다. 나오미가 그의 손을 붙잡았다.

"멈춰요."

그녀가 말했다.

"제발 멈춰요, 워런."

"그자가 내 손을 잘랐다고요!"

약해진 목소리가 그의 귀에도 들렸다.

"알아요."

나오미가 말했다.

"나도 알아요. 괜찮을 거예요."

"나는 불구가 됐다고요!"

"살아남았잖아요."

뜨거운 눈물이 두 눈에서 왈칵 솟구쳤다. 그는 살아남고 싶지 않았다. 죽고 싶었다. 그리고 그의 손을 자른 남자 역시 죽길 바랐다.

"조심해."

튤레인이 말했다.

"저들이 오고 있어."

워런은 악마들이 다가오는 모습을 간신히 보았다. 그들 중 몇몇은 갑옷 입은 남자들이 내려간 바닥의 구멍으로 미끄러져 내려갔다. 그러나 나머지는 카발리스트들에게 다가왔다. 어쩔 작정인지는 분명했다.

다크스폰 한 마리가 워런의 잘린 손을 집어 들더니 음흉하게 웃었다. 악취가 진동하는 거대한 녹색 악마, 페티드 헐크가 다른 놈들 위로 우뚝 모습을 드러냈다. 언뜻 보면 인간을 본떠 만들다 만 미완성 점토 같았다. 놈은 다크스폰 뒤에 서서 침을 질질 흘리며 코웃음을 쳤다. 온몸엔 매끄러운 비늘이 돋아 있었다. 거대한 괴물의 머리통은 귀가 없이 맨들거렸고 커다란 턱을 벌리자 날카로운 이빨이 보였다.

놈은 계속해서 히죽히죽 웃었다. 다크스폰이 워런의 손을 공중으로 던지자 페티드 헐크가 목을 늘려 머리를 앞으로 죽 잡아 빼더니 덥석 물었다.

"안 돼!"

워런이 몸을 일으키려고 애쓰며 소리쳤다. 페티드 헐크가 손을 질겅질겅 씹더니 뼛조각은 뱉고 나머지는 삼켜 버렸다. 그리고 다음은 어느 부위가 좋을지 고민하듯 워런을 물끄러미 바라보았.

다른 악마들은 칼을 빼 들고 다가오기 시작했다. 이젠 보호받지 못하는 먹잇감을 직접 자기 손으로 죽이려는 것이 분명했다.

그때 메리힘이 그들을 막아섰다.

"안 된다. 이놈들은 내 것이다. 내가 손에 넣었다."

악마들이 얼굴을 찡그리고 불행한 듯 울부짖었다. 그리고 놈들 중 셋이 앞으로 나섰다. 메리힘이 커다란 삼지창을 늘어 한 놈을 가리켰다. 그렘린이 비명을 지르기 시작하더니 자기 머리를 마구 때렸다. 바로 다음 순간, 피로 가득 찬 풍선처럼 놈의 머리가 터졌다. 다른 악마들이 뒷걸음질 쳤다.

"가라."

메리힘이 그들에게 말했다.

"가서 다른 이들을 뒤쫓아라. 여기는 얼씬도 하지 마라."

악마들은 마지못해하며 조금 물러날 뿐이었다.

"좋다."

잠시 생각하던 메리힘이 말했다.

"죽은 자들은 가져도 좋다."

악마들이 몸싸움을 벌이며 정신없이 시체에 덤벼들었다. 방 안은 놈들이 먹잇감을 찢고 씹는 소리로 가득 찼다. 메리힘이 워런을 돌아보았다.

"너는 놈들이 베일코르의 해머를 가져가게 놔두었다."

워런은 대답하지 않았다. 그저 죽음이 조금이라도 빨리 그를 평안하게 해 주기만을 바랐다.

"너는 죽지 않을 것이다. 아직 넌 쓸모가 있다."

내가 원한다면 나는 죽을 수 있어. 워런이 생각했다. 네놈이 할 수 있는 건 아무것도 없어. 그는 이미 심장이 느려지는 것을 느꼈다. 시야가 주변부터 뿌옇게 회색빛으로 변했다. 메리힘이 그에게 걸어왔다.

워런은 그의 팔을 쥔 나오미의 손에 힘이 들어가는 것을 느꼈다. 그녀는 두려워하고 있었다. 하지만 상관없었다. 그는 그 어떤 것도 상관할 수 없었다.

악마는 워런에게 몸을 숙이더니 가슴에 손을 놓았다.

"살아라."

그가 명령했다. 경고도 없이 워런의 몸속으로 전기가 밀려들어 왔다. 아니, 전기가 아니었다. 다른 어떤 것이었다. 좀 더 강력하고 좀 더 영적인 것이었다. 그의 심장박동이 다시 빨라졌다.

그리고 통증이 거대한 파도처럼 밀려들어 죽고 싶다는 희망을 산산조각 내었다. 죽음을 눈앞에 둔 그 어떤 사람도 그 정도의 고통을 느낄 수는 없었다.

"내 손!"

워런이 소리쳤다. 그전까지는 느껴지지 않았던 모든 감각이 이제는 생생하게 살아났다. 메리힘이 곁에 있던 도끼를 집어 들었다.

"선물을 주겠다. 유용하게 쓰도록."

의식을 간신히 붙든 워런은 메리힘이 자신의 팔을 돌바닥에 놓고 손목을 베어 내는 것을 공포에 질려 바라보았다. 피는 거의 흐르지 않았다.

악마는 한마디 말 없이 도끼를 옆에 놓고 잘린 손을 주워 들었다. 그리고 나오미에게 넘겨주며 영어로 말했다.

"그에게 주거라. 그렇지 않으면 나의 분노를 알게 될 것이다."

나오미는 손을 잡으려고 했지만 놓치고 말았다. 손은 바닥으로 떨어지기 전에 그녀의 손목을 붙잡고 쥐었다. 그녀는 비명이 터져 나오려는 것을 간신히 억눌렀다.

메리힘이 웃음을 터뜨리더니 잘린 팔을 들었다. 검은 힘줄이 절단 부위에서부터 솟아나 함께 꼬이기 시작했다. 단 몇 초 만에 다른 손이 자라났다.

"자라거라, 낫거라. 다시 네가 필요할 때가 올 것이다."

워런은 자신이 죽지 못할 것이라는, 살 것이라는 공포를 느끼며 어둠 속으로 빠져들었다. 그가 산다는 것은 손을 자른 갑옷 입은 남자가 그 대가를 치를 것이라는 의미이기도 했다.

폭발의 여파로 어지러움을 느끼며 사이먼은 간신히 검에 몸을 지탱하며 일어섰다. 갑옷의 약음기 덕분에 청력은 손상되지 않았고 HUD는 섬광을 걸러 주었다. 터널은 먼지로 가득했다. 갑옷은 먼지를 막고 투구를 통해 유입되는 공기를 깨끗하게 유지했다.

그는 스파이크 볼터를 꺼내 들고 터널을 가득 메운 장애물들을 살펴보았다. 위에서부터 무너져 내린 바위와 파편이 옆 건물 지하실까지 들어가 있었다. 터널이 완전히 막히지는 않았다. 위쪽으로 몇십 센티미터 정도의 틈이 보였지만 움직임은 포착되지 않았다.

사이먼은 뒤돌아 빠르게 뛰어 데릭을 따라잡았다. 그리고 데릭의 팔을 어깨에 걸친 후 좀 더 빨리 이동할 수 있도록 도왔다. 두 사람은 함께 터널의 끝으로 향했다.

몇 분 후 사이먼은 터널을 빠져나왔다. 템스강에서 겨우 몇 미터 떨어진 지점이었다. 둑에서부터 진흙이 흘러들어 가며 강의 수위가 낮아졌다는 사실을 증명했다. 보트와 배 몇 척이 진흙탕에 빠져 있었고 망가진 것들도 보였다.

블러드 엔젤 몇 마리가 조용히 머리 위를 날아다니며 먹잇감을 찾고 있었다. 건물과 보트 안에서 사냥하는 또 다른 악마들도 있었다.

데릭을 부축하고 선 채 사이먼은 박물관에 두고 온 남자와 여자와 아이들을 생각했다. 보관실에서의 전투가 보호 마법을 해제했는지는 알 수 없었다. 그러지 않았기를 바랄 뿐이었다. 그 밤, 그 사람들이 희생될지도 모른다고 생각하니 속이 뒤틀리는 것만 같았다.

템플러는 조용히 그늘 속에서 이동했다. 리사가 대열의 뒤로 이동해 사이먼을 도와 데릭을 부축했다. 데릭은 의식을 잃어 가는 듯 이따금 헛소리를 했다. 갑옷 패치가 치료하기에도 부상이 심각한 것이 분명했다.

"저길 보게나."

워덤이 강 하류를 가리키며 말했다. HUD의 확대 기능으로 사이먼은 어둠 속의 움직임을 확대했다. 카발리스트들이 유리 제조 공장에서 빠져나오는 모습이 보였다. 사무실 바닥 카펫을 잘라 내 만든 임시 들것으로 누군가를 나르고 있었다.

"저놈들, 악마와 결탁했어."

머서가 욕설을 뱉으며 말했다.

"절대 믿을 놈들이 못 된다고 했잖아. 몽땅 죽여서 뒤탈이 없게 해야 한다고."

사이먼은 아무 말도 하지 않았다. 하지만 카발리스트가 악마와 손을 잡은 것 같지는 않았다. 처음 카발리스트를 발견했을 때, 그들은 살기 위해 도망치고 있었다. 그 점에는 의심의 여지가 없었다.

그러나 카발리스트가, 그러니까 워런이 베일코르의 해머를 뺏어서 악마를 소환하려 한 것은 설명할 수가 없었다. 그들은 악마를 이용하는 것인가? 아니면 악마가 그들을 이용하는 것인가?

그는 그런 생각을 몰아내려고 애썼다. 지금 집중해야 할 다른 일들이 있었다. 언더그라운드로 안전하게 귀환하는 것, 그의 삶에 변화를 주는 것. 뒤로 물러나 원수의 명령을 수행하는 것은 그가 원하는 삶이 아니었다. 또한 그런 일을 위해 아버지가 그를 훈련시킨 것도 아니었다.

44장

"이런 식으로 밖에 나갈 만큼 바보로군. 자네도 잘 알겠지."

사이먼은 원수의 말을 무시하며 침상에 놓인 더플백에 옷가지와 배급품을 넣었다. 가방 공간은 넉넉하지 않았다. 그의 생존 계획은 남아프리카 초원에 있을 때보다 더 달성하기 어려워 보였다. 병영에서 그를 지켜보고 있는 템플러들의 시선이 느껴졌다.

"하루도 버티지 못할 거야."

부스가 경고했다.

"여기 돌아왔다면 다른 건 몰라도 그 점은 배웠어야지."

사이먼이 더플백을 어깨에 메고 돌아섰다. 하지만 부스가 막아섰다.

"내 말 듣고 있나?"

사이먼이 남자를 빤히 내려다보았다. 부스의 오만함이 적나라하게 들여다보였다.

"듣고 있습니다. 하지만 절 막지는 못합니다."

"어디로 가겠다는 건가?"

"저 밖에 사람들이 있습-"

"거기 사람들이 있는 것은 안다."

부스가 짜증스럽게 말을 막았다.

"나는 바보가 아니야."

"그들이 도시를 탈출하려면 도움이 필요합니다. 악마가 그들을 불태워 죽이기 전에, 아니면 추위에 얼어 죽기 전에 말입니다."

"똑똑한 사람들은 알아서 살길을 찾을 것이다. 도시를 버리고 떠날 거야."

부스가 우겼다.

"그럴 만큼 강하지 않습니다."

사이먼은 다른 템플러들이 그들의 대화를 듣고 있음을 알았다. 몇몇은 그 사람들을 동정하는 듯했다.

"도움 없이 공격에서 살아남을 만큼 강하지도 않습니다."

"그래서 어떻게 하겠다는 건가?"

부스가 자기 엉덩이에 두 손을 올리고 사이먼을 바라보았다. 사이먼은 부스와 실랑이를 벌이는 것이 피곤했다. 어릴 때부터 계속 반복해 오던 일이었다. 부스는 늘 요란했고 약한 아이들을 괴롭혔다. 그리고 여전히 자기 뜻대로 일이 풀리지 않으면 화를 냈다.

지난 이틀 동안 사이먼은 기력을 되찾으며 계획을 세웠다. 부스는 의심했지만 그에겐 계획이 있었다. 아마도 희망했던 것만큼 용의주도한 계획은 아닐지 몰랐지만, 그는 자신이 무엇을 하고 싶은지는 잘 알았다. 또한 그 계획을 이루는 데 필요한 것을 어디서 얻을 수 있을지도 잘 알았다. 아마도, 잘 안다고 믿었다.

데릭은 아직 병원에 있었지만 회복 중이었다. 의사들은 비교적 빠른 시일 내 완전히 나을 것이라 전망했다. 템플러들은 동료의 죽음을 애도했다. 복구팀은 다음 날 시신과 갑옷을 수습하러 전투 장소로 갔다. 사이먼은 템플러로서 마지막 임무를 실행하고자 그들과 합류했다. 복구팀은 동료 대부분을 수습했지만 그중 누구도 온전하지는 않았다.

불과 한 시간 전에 사이먼은 언더그라운드를 떠나겠다는 메시지를 채널을 통해 전송했다. 반발이 있을 것은 알았다. 부스는 자기 명령에 복종하지 않는 것을 싫어했기 때문이었다. 하지만 원수가 직접 오리라고는 예상하지 못했다. 두 사람 사이의 오랜 반목 때문일지도 몰랐다.

"할 수 있는 한 많은 사람들을 런던 밖으로 내보낼 겁니다."

"그들을 자네 등에 지고 나갈 계획인가?"

"그래야 한다면요."

"그런 식으로는 많은 사람들을 구하지 못한다."

"오직 한 사람만 구한다 하더라도, 그럴 가치가 있을 겁니다. 그리고 한 사람보다는 많이 구해 낼 작정입니다."

"자네는 변하지 않았군. 언제나 지나치게 동정심이 많았어. 그럴 때 주변은 보지 않지."

사이먼은 부스를 지나쳐 가려 했다. 원수가 그의 앞을 막아섰다. 사이먼이 숨을 들이켰다.

"비키십시오."

"아니, 자네는 내 지휘 아래 있다."

"이제는 아닙니다."

"명령 불복종으로 감금하겠다."

부스는 개인 경호원 8명과 함께 왔다.

"나는 원수다. 자네 상관이라고."

"내가 여기 머물기로 선택했을 때에나 그랬습니다. 이제 그런 선택은 하시 않습니다. 그리고 장담하는데, 나를 감금하기는 쉽지 않을 겁니다."

"그렇게 될 것이다."

사이먼은 심호흡을 하면서 온전히 부스에게 집중했다.

"만약 명령을 내린다면 내가 존중할 수 있는 명령을 내리십시오. 저 바깥에서, 썩은 시체 같은 도시에서 굶어 죽고 얼어 죽어 가는 불쌍한 사람들을 지키라는 명령을 말입니다. 그 사람들을 도시에서 탈출시키라는 명령을 내리십시오. 탈출 전까지 그들을 먹이고 입히고 보호하라는 명령을 내리란 말입니다."

사이먼이 참았던 숨을 내뱉었다.

"당신이나 다른 원수들이 내려야 할 명령은 바로 그런 것입니다. 저들이 매 순간 겁에 질린 채 굶주리고 고통스러워하는 동안, 여기 이 어둠 속에 숨어서 뭔가 찾아오라는 명령 대신 말입니다."

병영은 잠시 침묵에 잠겼다. 사이먼은 템플러들의 시선을 강하게 느꼈다. 야외에서 벌거벗고 있는 것 같았다. 그의 말은 허허벌판에서 공허하게 울리는 것처럼 들렸다. 바로 이런 것을 예상했기에, 자신이 어쩔 작정인지 아무에게도 말하지 않았던 터였다.

"중요한 임무였다."

부스는 반발했다.

"악마를 물리치는 데 중대한 기회가 될 수도 있기 때문에 유물을 회수한 것이다. 알고 있었지만 결코 행동에 옮길 수는 없었던 것들, 수년간 배우고 지켜 온 비밀들, 그 모든 것들이 전쟁에서 힘의 균형을 바꾼다. 무슨 일을 하고 있는지 우리는 정확하게 알고, 행동에 옮긴다."

"좋습니다. 하지만 간신히 세상을 구했는데 아무도 살아남지 못했다면, 대체 무슨 의미란 말입니까?"

"우리가 있다. 템플러가 살아남을 것이다."

"이 세상에 살고 있는 건 우리 템플러만이 아닙니다."

"우리는-"

"닥쳐!"

사이먼이 폭발했다. 그는 부스에게로 한 걸음 다가갔다. 남자가 즉시 입을 다물고 뒤로 물러섰다.

"평생에 걸쳐 템플러가 되기 위해 훈련했습니다. 내 이전에 아버지가, 아버지 이전에 할아버지가 그랬던 것처럼. 악마와 싸우기 위해 훈련했고, 스스로를 지키지 못하는 사람들을 보호하기 위해 훈련했습니다. 악마를 부정하는 자들을 위해서도."

부스가 사이먼을 노려보았다.

"아버지는 나를 템플러 기사로 키우셨습니다."

사이먼이 선언했다.

"갑옷 입은 심부름꾼 소년이 아니라. 아버지는 내게 기사도 정신을 가르치셨고, 관대하고 겸손하며 현명하라 하셨습니다. 자기 자신을 지킬 힘이 없는 사람들을 보호해야 한다고 항상 말씀하셨습니다."

그가 숨을 들이켰다.

"그렇게 믿고, 그렇게 성장하길 바라셨습니다."

방 안의 침묵이 더욱 무거워졌다.

"나는 이런 식으로 살지는 않을-"

"그러니까 또다시 버리고 떠난다는 말이군."

부스가 비웃었다.

"그렇지 않아!"

사이먼이 외쳤다.

"이번엔 다릅니다. 예전엔 왜 내 삶을 포기해야 하는지 납득할 수 없었기 때문에 떠났습니다. 보고 싶은 것, 하고 싶은 것을 외면하고 그저 여기 앉아 주어진 훈련 외에 아무것도 할 필요가 없는 삶을 이해하지 못했으니까. 맞아요. 믿음을 잃었었죠. 하지만 지금, 악마가 여기 왔습니다. 우리 세계를 그들의 세계로 바꾸려 한다고요. 놈들은 무고한 많은 사람들을, 남자를, 여자를, 그리고 아이들을 죽이고도 단죄받지 않습니다. 아버지와 함께했던 그 모든 훈련을 통해 많은 사람들을 구할 수 있습니다. 내게는 그런 게 바로 템플러입니다."

병영의 누군가가 박수를 치기 시작했다. 처음에는 천천히, 이내 빨라졌다. 다른 템플러들도 곧 그에 동조했다.

사이먼은 부끄러웠다. 투구에 가려진 부스의 얼굴을 볼 수는 없었지만 이 남자의 분노가 생생하게 느껴졌다. 그는 다시 한번 하이스트를 지나쳐 가려고 시도했다.

부스가 옆구리에 찬 권총집에서 서지캐스터(Surgecaster)를 꺼냈다. 견고하고 무거우며 전기 에너지 볼을 발사하는 권총이었다.

"너를 구금한다. 그리고 너는--"

사이먼이 부스의 손목을 잡고 비틀었다. 서지캐스터에서 발사된 에너지 볼이 휙 소리를 내며 날아가 벽에 명중했다. 사이먼은 HUD를 통해 그 자리에 아무도 없음을 미리 확인했다. 병영의 방어벽은 폭발에 견디도록 설계되어 있었다.

사이먼이 부스의 손아귀에서 권총을 잡아채려 할 때 두 번째 폭발이 일어났다. 불덩어리가 소용돌이치며 벽을 타고 올라갔다. 경보기가 비명을 질러 댔다.

사이먼은 부스의 투구를 주먹으로 때렸다. 금속끼리 부딪치며 불꽃이 튀었다. 부스는 도망가려고 했지만 사이먼이 어깨를 붙잡고 온 힘을 다해 때렸다. 부스가 속수무책으로 방을 가로지르며 날아갔다. 그를 피하느라 템플러 한 명이 몸을 숙였고, 부스는 벽에 부딪치고는 튕겨 나왔다.

부스가 무릎을 꿇고 몸을 일으키려 하자 사이먼이 그 위로 올라탔다. 통제할 수 없는 잔혹하고 맹렬한 분노가 들끓었다. 그는 부스의 머리를 발로 차 바닥에 내팽개쳤다. 차고 또 차서 부스의 투구는 금이 가고 파편이 떨어져 나왔다. 하지만 투구는 부서지지 않았다.

누군가 뒤에서 사이먼을 잡고 끌었다. 방어하기 위해 몸을 돌린 사이먼은 워덤의 갑옷을 알아보았다.

"멈추게."

늙은 템플러가 말했다.

"지금 멈춰. 죽이기 전에."

워덤은 사이먼이 자기 얼굴을 알아볼 수 있을 정도로 투구를 투명하게 조작한 후 말했다. 여전히 사이먼의 두 팔을 붙든 채였다.

"내 말 들리나?"

사이먼은 숨을 몰아쉬었다. 처음엔 대답할 수 없었다. 그래서 고개를 끄덕이고 간신히 말했다.

"네."

"부스를 죽이면 여기를 떠날 수 없을 거야."

사이먼도 알았다. 템플러들 뒤로 부스의 개인 경호원들이 태세를 갖추고 서 있었다. 템플러 몇몇이 그들과 사이먼 사이를 막고 있었다.

"저놈을 죽여라!"

부스가 소리쳤다.

"저놈을 죽여!"

"아뇨."

워덤이 말했다.

"오늘 여기서 누구도 죽지 않습니다."

"자네가 저놈을 지지한다면 자네 역시 구금하겠다."

부스가 위협했다.

"사이먼이 떠나려는 것을 막으려거든 저 말고도 더 많은 사람들을 구금해야 할 겁니다."

워덤이 차분하게 말했다. 부스가 잔뜩 흥분해서 크게 욕을 했다.

"템플러는 절대 주인을 섬기지 않습니다."

워덤이 말했다.

"지도자가 있을 뿐이지요. 템플러는 각자 자기 길을 선택합니다. 아실 텐데요, 원수. 아무리 이런 시절이라 하더라도 그것은 지켜져야 합니다."

사이먼이 몸을 일으켰다. 어찌해야 할지 알 수 없었다. 이렇게까지 문제를 크게 만들고 싶지는 않았다. 그냥 떠났어야 했는데. 그저 지하철 터널을 걸어 나가 다시 돌아오지 않으면 그만이었다.

하지만 그렇게 간단히 떠나 버리고 싶지는 않았다. 부스의 방식에 대한 의견을 말하지 않고 그냥 떠나는 것은 내키지 않았다.

"게릴라처럼 싸워서는 안 됩니다."

사이먼이 말했다.

"투사가 되어야 합니다. 악마와 싸우고 생명을 지키는 전사가 되어야 합니다. 평생. 우리의 생명뿐만이 아닙니다. 어둠 속에 숨어서 중요하다는 임무를 선택한다면, 죄를 짓는 것이나 마찬가지입니다. 템플러가 서 있어야 할 그 모든 것에서 멀어지는 길입니다. 그래서 나는 떠납니다."

그가 잠시 말을 멈추었다.

"아버지의 기억을 더럽히지는 않을 겁니다. 밖으로 나가, 도시에 갇힌 사람들을 도울 수 있다면 무엇이든 할 겁니다. 막고 싶다면 날 죽여야 할 겁니다."

부스가 비틀거리며 힘겹게 사이먼에게 다가왔다. 워텀이 두 사람 사이를 막아섰다. 부스의 투구가 열리고 얼굴이 드러났다. 피가 흘렀고 한쪽 눈은 거의 감길 정도로 부어 있었다.

"그렇다면 가라. 하지만 여기 돌아올 생각 같은 건 다시는 하지 마라."

그가 사이먼의 투구에 피가 섞인 침을 뱉었다. 그러고는 뒤로 물러나 소리 높여 말했다.

"저놈을 가게 놔둬라. 악마에게 잡아먹히게 두어라."

사이먼은 한마디 말 없이 더플백을 어깨에 짊어지고 몸을 돌려 걸어 나갔다. 여전한 분노 사이로 두려움이 조금씩 스며들었다. 하지만 해야 할 일이 있다는 확신만은 사그라들지 않았다.

부스의 개인 경호원들과 템플러 몇몇이 사이먼을 따라 출구까지 갔다가 지하철 터널로 나가는 모습을 지켜보았다. 사이먼은 아무런 제지 없이 보안 문들을 통과한 후 괴물들이 숨어 기다리는 어둠 속으로 나아갔다.

그의 발걸음 소리가 터널 속에서 울렸다. 그 소리는 한편으로는 취약하게 들렸다. 잠시 후 워덤과 다른 템플러 세 명이 터널로 걸어 나왔다. 각자 더플백을 짊어지고 있었다. 사이먼이 걸음을 멈추고 그들을 돌아보았다.

"뭐 하시는 겁니까?"

"자네와 함께 가려고."

워덤이 말했다. 그가 투구 안면부를 투명하게 만들고 활짝 웃어 보였다.

"자네 말을 듣고 내가 한때 템플러임을 자랑스러워했던 이유를 깨달았네. 그 모든 훈련과 지켜야 했던 비밀에 대해 아주 오랫동안 의심을 품고 있었는데. 그러니 그런 일로 자네를 나무랄 수는 없지. 그렇다고 우리가 마땅히 해야 하는 일을 위해 자네가 길을 나서는 동안 마냥 한가하게 앉아만 있진 않겠네."

사이먼이 나이 든 남자를 응시했다.

"저와 함께 가신다면 목숨을 잃을지도 모릅니다."

워덤이 활짝 웃었다.

"의심스러운 것도 당연하지. 하지만 악마가 나를 잡아갈 만큼 세진 않을 것 같은데."

그의 웃음이 더 커졌다.

"그렇지 않으면 적어도 나를 따라잡지 못하거나."

"부스가 돌아오지 못하게 할 겁니다."

"내게 묻는 건가? 그렇다면 규칙적인 식사나 침대가 그렇게까지 대단한 건 아니라고 답해야겠군."

워덤이 진지하게 말했다.

"우리가 박물관에서 본 사람들 말이야… 난 그러고 싶지 않았다네. 거기 그렇게 남겨 두고 가는 일 같은 건 하고 싶지 않았어."

"압니다."

"그 사람들이 어떤지 확인하러 갈 셈이지? 어떻게 런던을 벗어날지 알아본 후 말일세."

"계획이 있습니다."

"좋아, 한번 들어 보자고."

다른 템플러 한 명이 중얼거렸다. 사이먼이 물었다.

"기차에 대해서 잘 아십니까?"

45장

 워런은 마취 가스에 휩싸인 채 깨어났다. 어렸을 때 양아버지의 총에 맞은 후 병원에서 며칠을 보냈을 때의 감각이 되살아났다.
 일어나 앉거나 입과 코에 씐 플라스틱 마스크를 벗겨 낼 기운도 없었다. 머리를 옆으로 돌리는 것이 고작이었다. 비늘이 돋은 왼팔에 정맥 주사가 꽂힌 채 테이프로 고정되어 있었다. 푸른빛이 도는 주사액은 병원 같은 곳에서는 한 번도 본 적이 없던 것으로, 작은 물고기처럼 생긴 생명체가 들어 있었다.
 그것들 중 하나가 플라스틱 주머니에 얼굴을 바짝 가져다 대고 누른 채 입을 뻐끔거렸다. 그러자 입에서 잉크 같은 물질이 뿜어져 나와 주사액과 섞이며 푸른색이 더욱 짙어졌다. 그러자 거의 즉시 워런은 머리가 더 무거워지고, 신체 나머지 부위는 더욱 멀게만 느껴졌다. 물고기 같은 놈의 비밀이 무엇이든 그의 혼미함과 관련 있는 것 같았다.
 왼팔을 보자 오른팔이 생각났다. 잘린 손목. 그는 머리를 오른쪽으로 돌렸다. 잘린 손목에 악마의 손이 이식된 채 튜브가 연결되어 있었다. 기괴한 손바닥은 아래로 향하도록 철사로 둥그렇게 고정되었고 손가락은 마치 예술 작품처럼 쫙 벌려 놓았다.
 고약한 냄새가 나는 습포제가 상처 부위를 덮었었지만 투명한 젤리 같은 재질이어서 꿰맨 부위가 들여다보였다. 실도 평범해 보이지 않았다. 생물학 수업 시간에 실험실에서 고양이를 해부할 때 보았던 힘줄 같은 것과 더 비슷했다. 염증 탓인지 그의 살뿐만 아니라 악마의 살도 붉었다. 카발리스트의 작품이 분명했다. 그들이 메리힘의 손을 그에게 연결한 것이었다.

"안 돼."

워런이 쉰 목소리로 속삭였다. 그가 겪었던 공포와 통증, 그리고 상실감이 한데 뒤섞여 거대한 소용돌이처럼 그를 덮쳤다. 갑옷 입은 남자의 검이 그의 손목을 차갑고 잔인하게 물어뜯던 감각이 여전히 생생했다. 그의 가슴 위로 악마의 손이 묵직하게 떨어지던 순간이 바로 방금인 것만 같았다.

"워런."

나오미가 침대 옆 안락의자에서 일어나며 말했다. 그녀는 탈진했고, 그를 걱정하는 듯 보였다. 켈리는 침대 머리맡의 다른 의자에 앉아 있었다. 그를 바라보고 있었지만 두 눈동자는 마치 아무 일도 없었다는 듯 어둡고 공허했다.

"무슨 짓을 한 거예요?"

워런이 오른팔을 들어 올리려 애쓰다가 포기했다.

"괜찮을 거예요."

나오미가 부드럽게 말했다.

"당신 손을 붙여 준 의사가 수술은 성공적이라고 했어요."

"내 손이라고요!"

워런이 힘겹게 꺽꺽대며 말했다.

"저건 내 손이 아니에요."

페티드 헐크가 그의 손을 먹어 버린 것이 떠올랐다.

"지금은 이게 당신 손이에요."

나오미가 거의 숭배하기라도 하는 듯 그의 손등을 어루만졌다.

워런은 악마의 손등에 닿은 그녀의 부드러운 손가락이 느껴지자 소스라치게 놀랐다.

"하지 마요. 만지지 말아요."

나오미가 호기심 어린 시선으로 그를 바라보았다.

"느껴져요?"

워런은 대답하지 않았다. 나오미가 그의… 그 손을 꼬집었다. 다칠 정도는 아니었지만 피부색이 밝아졌다가 원래대로 돌아왔다

"아야."

"느껴지는군요."

굉장히 지쳤는데도 나오미는 흥분한 듯했다.

"외과의사는 신경을 연결하지는 못했어요. 거의 18시간 동안이나 동맥과 정맥을 접합했지만요. 완전히 새로운 방식으로 손의 지도를 그려야 했어요. 저는 그 과정을 전부 지켜보았어요. 그런 건 한 번도 본 적 없었어요. 이식 수술 후에도 손이 괴사하지 않으면 그때 신경을 다시 연결할 거라고 했는데."

"이러지 말았어야 했어요."

워런이 말했다. 그는 공격적으로 손을 뻗으려 했지만 왼손은 침대에 단단히 고정되어 있었다.

"날 보내 줘요."

나오미의 눈에 슬픔이 어렸다.

"못해요."

"보내 줘요!"

아무 말 없이 그녀가 고개를 저었다. 좌절감에 솟구치는 눈물을 참으며 워런이 크고 길게 욕설을 내뱉었다. 그리고 힘이 다 빠져

숨을 헐떡이게 되어서야 멈추었다. 마스크를 통해 산소를 들이마시자 급격히 취하는 것처럼 느껴졌다. 그는 자신을 묶어 놓은 힘에 더 이상 저항하지 못하고 침대에 다시 누웠다. 워런은 속삭였다.

"당신들에겐 이럴 권리가 없어요."

"헤드거 툴레인은 다른 선택이 없다고 생각해요. 메리힘이 이렇게 하라고 명령했으니까요."

메리힘. 워런은 그녀가 얼마나 쉽게 악마의 이름을 소리 내어 불렀는지 깨달았다.

"그가 당신에게 선물을 준 거예요, 워런. 그의 도움이 없었다면 당신에겐 한 손이 없었을 거예요."

"그게 차라리 나았을 거예요."

워런은 지쳐서 두 눈을 감고 누웠다. 그리고 순식간에 잠에 빠져들었다.

나흘이 지났다. 그동안 워런의 건강은 호전되었다. 팔 끝에 이어 붙인 악마의 손도 마찬가지였다. 툴레인이 저택으로 데려온 외과의사들은 그 점에 만족하고, 심지어 놀라는 듯했다.

사실 워런은 손을 볼 때마다 놀랐다. 그리고 거부감이 들었다. 그가 받는 치료법도 역겹기는 마찬가지였다. 전통 의학과 카발리스트 동종요법을 조합한 치료법이었다.

링거 주머니에 들어 있던 '물고기'는 진짜 물고기가 아니라 최근 템스강에 서식하는 작은 악마 종이었다. 일부 카발리스트들은 '화마' 현상 때문에 독성을 품은 눈이 내렸고, 그 영향으로 일부 지역에 새로운 동식물군이 나타났다고 믿었다.

네스터(Nester) 악마로부터 채취한 분비물을 연구한 결과, 그 액체에 천연 마취와 치유 효과가 있음을 알아냈다. 워런은 인간에게 조금이라도 도움이 되는 악마가 있다는 사실을 믿지 않았다.

"도우려는 게 아니에요."

나오미가 말했다.

"네스터 악마는 먹잇감을 진정시키기 위해 마취 성분을 분비하는 거예요. 일단 마비가 되고 나면 안에서부터 지방과 불필요한 근육을 먹어 치우는 거예요. 심장, 폐, 그리고 다른 주요 기관은 마지막까지 남겨 둬요. 분비물은 숙주가 먹히는 동안에도 상처를 봉합하고 신체 나머지 부위를 건강하게 남겨 놓아 목숨이 끊기지 않도록 하는 거죠."

워런이 본 것 중 가장 끔찍한 광경은 바로 어제, 마침내 침대에서 일어나 걸을 수 있게 되었을 때였다. 나오미가 그를 네스터 악마 연구실로 안내했다. 그가 더 알고 싶어 했기 때문이었다.

연구실은 널따란 동굴에 있었는데 최첨단 기술을 집약한 듯한 이상하게 생긴 장비를 비롯해 19세기에나 사용했을 것 같은 옛 장비까지 가득했다. 실험실 한가운데 한 중년 남자가 물속을 떠다니는 유리 상자에 매달려 있었다. 연구실 조수들이 함께 그 남자를 지켜보았다. 엑스레이가 남자의 신체 안에 똬리를 튼 네스터 주머니를 보여 주었다. 남자의 피부가 축 늘어진 것으로 보아 지방은 이미 모두 먹어 치웠음을 알 수 있었다. 다리 대부분의 근육 조직 또한 찾아볼 수 없었다. 워런이 물었다.

"저 사람, 구하지 않을 건가요?"

"네."

나오미가 대답했다.

"알아내야 할 게 더 있어요."

"죽을 거예요."

"연구팀이 발견하지 못했다면 어쨌든 죽었을 사람이에요. 게다가 아직은 숙주를 죽이지 않고 네스터를 분리할 방법도 몰라요. 아마 이 남자가 죽기 직전에 네스터를 끄집어내긴 할 거예요."

"그러지 못하면요?"

"실험체는 더 있어요. 그들을 연구할 거예요."

워런은 남자를 바라보았다. 눈을 뜨고 있었지만 무언가를 보고 있는 것 같지는 않았다. 하지만 착각이었다. 남자는 자신에게 무슨 일이 일어나는지 알고 있었다. 네스터 악마의 분비물이 모든 감각을 죽이진 않았던 것이다. 남자는 마음 깊숙이부터 비명을 지르고 있었다.

"저 사람 의식이 있어요."

"우린 그렇게 생각하지 않아요. 눈은 뜨고 있지만 그냥 반사 작용이에요."

"비명을 지르고 있다고요. 난 들을 수 있어요."

나오미가 그를 바라보았다.

"확신해요?"

"네."

"다른 사람은 아무도 못 듣는데."

나오미가 변명하듯 말하더니 연구팀에게 이야기를 전하러 갔다.

워런은 끊임없는 비명 소리를 들으면서 남자를 지켜보았다. 엑스레이 화면을 보자 남자의 몸 곳곳에 흩어져 있는 네스터 악마

주머니가 보였다. 워런은 정맥 주사에 들어 있던 생명체들을 떠올리지 않을 수 없었다. 나오미가 그에게 돌아왔다.

"정맥 주사에 있던 네스터 악마가 내 혈류로 흘러 들어왔다면 어떻게 되는 거죠?"

"그런 일은 일어나지 않았어요. 당신 치료에 도움이 됐을 뿐이에요. 그 사실만 생각하세요."

나오미가 그의 손을 바라보았다.

"당신 몸이 손을 거부하지 않았으니까, 굉장히 희망적이죠."

워런은 아무 말도 하지 않았다. 하지만 희망도 없었다. 그저 그의 손을 자른 남자를 죽이고 싶었다. 그런 생각을 할 때마다 마음속 깊숙이에서 메리힘이 조용히 웃는 소리가 들려왔다.

그런 생각을 놓지 마라.

악마가 용기를 북돋았다.

증오는 너를 강하게 할 것이다. 충분히 증오하게 되었을 때, 네가 원하는 것이라면 무엇이든 할 수 있도록 충분히 강하게 만들어주겠다.

워런의 손목에 붙인 습포제는 '화마'가 변형을 일으킨 또 다른 지역에서 발견된 악마 종의 점액으로 만든 것이었다. 달팽이처럼 보이기도 했지만 1미터가 채 되지 않는 키에 비해 혀는 3미터 멀리까지 공격할 수 있었다. 혀에 맞으면 치명적인 독소에 감염되었다. 카발리스트들은 아직도 그들에게 적절한 이름을 붙이지 못했는데, '죽음의 화살'이라는 의미로 데스 다트(Death Darts)라고 부르는 것을 고려했다.

하지만 카발리스트는 분비물 대신 껍질에서 점액질로 이루어진 부위를 긁어 내 약초를 섞어 쓰는 법을 발견했다. 그들은 아케인 힘을 불어넣어 달팽이의 몸과 약초와 에너지가 한데 잘 융합되게 했다. 그리고 숙주의 몸이 뿔과 같은 이식 부위를 잘 받아들이도록 그 혼합물을 활용하기에 이르렀다. 자신의 몸을 보호하기 위해 분비되는 것이 분명한 이 데스 다트의 독소가 원활한 이식을 도왔던 것이다.

워런 이전엔 그 누구도 팔다리를 이식하려는 시도는 하지 않았지만 이젠 시도하려 하고 있었다. 지금까지는 악마의 사지를 이식받기 위해 절단 수술을 했던 사람들의 몸은 하나같이 새로운 신체를 거부했던 것이다.

워런의 몸은 한 번도 메리힘의 손을 거부하지 않았다. 대신에 손의 비늘이 손목의 접합 흉터를 뒤덮으며 조금씩 번져 나갔다. 비늘은 팔뚝 중간에서 멈추었다.

"더 강해지도록 비늘이 피부를 한 겹 더 추가한 것 같군요."

일곱 번째 날 아침에 의사 메처가 워런에게 말했다. 50대인 이 외과의사는 문신이 아주 많았고, 침공이 시작되자마자 이식한 듯한 숫양의 뿔이 돋아 있었다. 의사가 하얀 가운을 만지작거리며 물었다.

"당신 몸이 그 손을 거부하지 않을 것이라 확신합니다. 오늘 기분은 어떻습니까?"

"좋습니다."

워런이 대답했다. 항상 같은 대답이었다.

"손을 움직일 수 있습니까?"

의사는 항상 똑같은 질문을 했다.

"아뇨."

워런은 시도조차 한 적 없었다.

"곧 철심을 제거할 수 있을 겁니다."

메처가 악마의 손을 둘러싼 기록들을 가리키며 말했다. 단단한 금속 바늘들이 손가락을 관통하여 꼿꼿하게 고정하고 있었다.

"싫습니다."

워런이 말했다. 그것들을 제거하도록 놔두고 싶지 않았다.

"알겠습니다."

메처가 호기심, 그리고 조급함을 애써 억누르며 말했다.

"좀 더 크게 움직여 볼 만큼 충분히 나았다고 생각합니다만……."

"싫습니다."

메처가 한숨을 쉬며 고개를 끄덕였다.

"움직이려는 시도는 해 보셨습니까?"

"네."

워런이 거짓말을 했다.

"꼼짝도 안 해요."

사실 워런은 손가락을 하나씩 꼼지락거릴 수 있었다. 하지만 누군가 보고 있을 때는 절대로 움직이지 않았다.

시간이 되었다.

메리힘이 워런의 머리 뒤편에서 속삭였.

손은 나았다. 이제 너의 것이다.

그러면 나는 그 손을 쓸 수 있겠군요. 아니, 쓰지 않을 수도 있겠군요.

너를 불구로 만든 남자에게 복수하고 싶지 않은 것이냐?

악마가 비웃었다. 워런은 아무 말도 하지 않았다. 자신의 생각이 그 자신을 배신하지 않길 바랐다.

너는 복수를 원한다, 워런. 나는 안다. 네 안에서 복수심이 불타오르는 것을 느낄 수 있다.

외과의사가 무어라고 말하고 있었다. 워런은 그 남자의 말에 집중하려고 했지만 할 수 없었다.

나는 너에게 선물을 주었다. 예전에는 한 번도 준 적 없었던 선물이다. 그것이 얼마나 중요한 일인지 너는 모른다.

워런은 알기조차 두려웠다. 그 대가는 보통, 인간의 영혼이었다.

그렇게 저속한 것은 필요 없다. 나는 네가 나를 위해 일하길 바란다.

무슨 일을요?

나를 도와라. 이곳은 새롭다. 왕국을 이룩하기에 이 세상은 낯설다. 나는 모든 것을 손에 넣기를 원한다. 너는 나를 도울 수 있다.

워런은 더 깊이 생각하지 않으려고 애썼다. 카발리스트는 강하다는 것을 입증했다. 이 세상이 마주할 싸움에서 그들은 결정적인 힘을 보일 것이다. 대부분의 악마는 인간과는 그 무엇도 함께하려고 하지 않는다.

하지만 당신은 예외인 건가요?

그렇다. 네가 그들을 이끌기를 바란다. 그 많은 인간들 중에서 내가 너를 택한 것이다. 내가 너를 돕기에 너는 더욱 강해질 것이다. 그리고 필요한 때가 오면 너는 나에게 힘을 빌려줄 것이다. 너는 나의 투사가 될 것이고, 나는 그 누구도 너를 해치지 못하게 할 것이다.

워런의 머릿속에서 총성이 울려 퍼졌다. 어머니의 인생을 끝장 내고 아버지의 목숨을 앗아 갔으며 그를 상처 입힌 바로 그 소리 였다. 너무도 가까이 들려와 화약 냄새까지 맡을 수 있을 것 같았다.

그 누구도.

악마가 반복했다.

그 누구도 다시는 너를 해칠 수 없을 것이다.

워런이 악마의 손을 응시했다. 난 이미 다쳤어요.

그것이 마지막이다. 너는 누구보다 강해질 것이다. 워런, 너는 나의 것이 될 것이다.

워런이 눈을 감았다. 외과의사가 괜찮으냐고 묻는 소리가 들렸 지만 대답하지 않았다.

여기 앉아 있는 동안 네 손을 앗아 간 놈이 도시 밖으로 달아나 고 있다. 그가 도망가게 두고 싶으냐?

거짓말.

순간 관자놀이를 강하게 찌르는 통증이 느껴졌다. 그는 악마가 분노했음을 알았다. 그러나 통증은 갑자기 들이닥친 만큼 갑자기 사라졌다. 그리고 환영이 떠올랐다. 갑옷 입은 남자가 보였다.

그놈은 템플러다.

메리힘이 말했다. 그는 지하철역에서 다른 갑옷 입은 남자들과 함께 있었다. 그들 주변으로는 몇몇 노숙자들이 너덜너덜한 코트 를 입은 채 보잘것없는 모닥불 주위에 모여 웅크리고 있었다. 갑 옷 입은 남자는, 그러니까 그 템플러와 다른 남자들은 풀링 엔진을 수리하고 있었다.

저들이 뭘 하는 거죠?

탈출하려 하고 있다.

기차를 타려는 건가요?

그렇다.

잠시 동안 워런은 템플러가 엔진에 엎드려 새로운 부품을 장착하는 모습을 지켜보았다.

이 작업을 시작한 지는 얼마나 되었죠?

네 손을 자른 이후부터.

환영이 희미해지기 시작했다. 워런은 그것을 붙들려 했지만 자기 손목을 가르던 차가운 금속의 감촉만이 반복적으로 느껴졌다. 저 남자, 저 템플러가 날 다치게 했다.

너를 다치게 한 마지막 사람이 될 것이다.

악마의 약속을 어떻게 믿죠?

나는 너에게 내 손을 주었다.

당신 손은 다시 자라났죠.

너를 죽일 수도 있었다 지금도 다른 선택을 할 수 있다. 나를 거부하면 그리할 것이다.

환영은 사라졌지만 워런은 자신을 그렇게 아프게 한 사람이 멀어져 가는 모습을 잊을 수 없었다. 그는 런던을 떠날 것이고 워런은 다시는 그를 볼 수 없을 것이다. 워런은 그 사실을 견딜 수 없었다.

손을 받아들여라. 네 손으로 삼아라. 그 손은 그자를 물리칠 힘을 줄 것이다.

워런은 자신이 그토록 원했던 일을 하는 것이 두려워 깊게 심호흡했다. 손을 받아들이는 것은 암흑을 받아들인다는 뜻일 것이다. 그가 읽었던 모든 책에서 경고했다. 그는 문 옆에 강아지처럼 앉아 있는 켈리를 보았다. 그녀의 마음은 이제 거의 텅 비어 있었다. 그는 자신이 깨닫기도 전에 이미 암흑을 받아들였음을 깨달았다.

한발 더 나아간다고 해서 뭐? 워런이 생각했다. 하지만 그저 한발 내딛는 것이 아니라 이미 너무 멀리 왔음을 그는 너무도 잘 알았다. 그는 두려웠다. 동시에 메리힘이 약속한 힘을 원했다. 그에게 충분한 힘이 있다면, 스스로를 지킬 수 있을 것이다.

심지어 악마로부터도.

워런이 감았던 눈을 뜨고 팔 끝에 이식된 악마의 손을 바라보았다.

"워런?"

나오미가 물었다.

"난 괜찮아요."

그가 말했다. 그의 청각도, 목소리도 더 강해진 것처럼 느껴졌다. 정말로 한 번도 들어 본 적 없을 정도로 강한 목소리였다. 불구가 된 이후 줄곧 그를 감싸고 있던 불길한 기운이 히터로 데워진 창가의 겨울 안개처럼 사라졌다. 그는 일어섰다.

"기기를 제거해 드릴-"

의사에겐 질문을 끝낼 기회도 없었다. 워런이 손을 구부려 주먹을 쥐었다. 그러자 손을 감싸고 있던 교정기가 산산조각 나 바닥으로 떨어졌다. 손가락에 박혀 있던 철심들은 쏜살같이 방을 가로질러 날아가 벽에 박혔다. 철심이 부르르 떨리는 자리에서 연기가 피어올랐다. 워런이 툴레인을 돌아보았다.

"차를 준비해 주세요."

"왜 그러시죠?"

툴레인이 한편으로는 걱정스럽고 한편으로는 짜증이 난 듯 물었다. 통제에서 벗어난 일이 벌어졌다고 생각하는 것이 분명했다.

"당신 질문에 대답할 시간이 없어요."

"젠장맞을, 대답하-"

워런이 생각하기에 앞서 악마의 손을 들어 올렸다. 툴레인이 갑자기 말을 멈추었다. 그러고는 두 손을 관자놀이에 가져다 대고 고통스러워하며 날카로운 비명을 질렀다.

"내게 질문하지 마세요."

워런이 말했다.

"시간이 없어요. 사람을 시켜 시내로 들어가는 차량을 준비시키세요. 지금 당장. 그렇지 않으면 당신 머리를 포도처럼 터뜨려 버릴 테니까. 알겠어요?"

코에서는 피를 흘리고 고통으로 괴로워하며 툴레인이 고개를 끄덕였다. 워런이 손을 내렸다. 툴레인이 무릎을 꿇고 바닥에 손을 댄 채 엎드려 토하기 시작했다.

"무슨 짓이에요?"

나오미가 물었다. 워런이 바라보자 그녀는 무의식적으로 뒷걸음질 쳤다.

"원한다면 떠나세요. 하지만 내 앞에서 비켜요."

그는 문을 향해 걸었다. 툴레인이 일어나 발을 질질 끌며 그 뒤를 따랐다. 워런이 동굴 통로를 지날 때 툴레인은 이미 보안팀에 연락을 하고 있었다. 보안팀은 제때 도착해 라이플을 들고 워런을

1부: EXODUS(대발출) 531

조준했다.

 잠시 두려움이 스쳤지만 워런은 그 두려움을 곧바로 날려 보냈다. 그의 몸 깊숙이부터 힘이 소용돌이치며 솟는 것이 느껴졌다. 그가 손을 뒤로 뺐다가 휙 하고 날렸다. 용암 같은 불길이 천장을 향해 날아간 후 기다란 밧줄처럼 매달려 흘러내렸다.

 워런이 툴레인을 돌아보며 명령을 철회한 후 새로운 지시를 내리도록 압박했다. 툴레인이 고통으로 가득한 두 눈을 들고 보안팀에게 지시했다.

 "그를 데려가, 원하는 곳이라면 어디든지."

46장

　사이먼은 갑옷 대신 작업복을 입고 철도회사 '버진 크로스 컨트리(Virgin Cross Country)'의 풀링 엔진 펜더에 앉아 배급받은 종이 그릇에 담긴 스튜를 숟가락으로 떠먹고 있었다. 지치고 기름투성이였으며 투지가 넘치는 만큼 수면 부족인 그는 불타는 듯한 눈으로 피난민들을 바라보았다.
　지난주 템플러들이 무너진 건물과 지하철에서 발견해 음식과 탈출을 약속하고 데리고 나온 사람들이었다. 지난 며칠 동안 그들 중 몇몇이 음식을 찾으러 가는 데 동행했다. 사이먼은 그들이 염려되었고, 악마로부터 그들을 보호할 수 있을지 확신할 수도 없다. 그러나 결국 피난민들을 돌보는 데 필요한 그 모든 식량과 물품을 구하는 것은 템플러만으로는 불가능했다.
　처음 템플러가 생존자들을 발견했을 때 그들은 템플러를 따라 나서려 하지 않았었다. 악마에게 곧, 그리고 반드시 발각되리라는 사실보다 은신처를 떠나는 것을 더 두려워했었다.
　첫날 밤 열세 명이 템플러에 합류했다. 불길한 숫자였다. 워덤은 상서롭지 못하다고 여겼다. 그러나 다음 날 밤 그 수는 갑절이 되더니 기하급수적으로 늘었다. 패딩턴 기차역은 주거 지역 한가운데 있었고 다른 나라에서 왔다가 발이 묶인 사람들이 묵었던 호텔들도 많았다.
　그날 저녁 마지막으로 세었을 때, 패딩턴 역에 모인 사람들은 1,089명에 이르렀다. 식량과 식수 부족이 큰 문제로 닥쳤다. 근처에 그랜드 유니언 운하가 있었지만 수위가 너무 내려간 데다 수질이 어떤지도 믿을 수 없었다. 수질을 정화할 자원조차 부족했다. 아직까지는 악마에게 발각되지 않았지만 놈들이 빠른 시일 내 들이닥칠 것을 사이먼은 확신했다. 예상보다 훨씬 많은 사람들이 구조를 기다리는 한, 그들의 행운은 영원히 지속될 수 없었다.

워덤이 스튜 그릇과 물통을 가지고 사이먼에게로 걸어왔다. 늙은 템플러가 안면 보호구를 열자 지치고 초췌한 얼굴이 드러났다.
"자원자들이 더 왔어."
워덤이 사이먼 옆에 자리를 잡고 앉으며 말했다. 템플러의 안내나 지휘를 받지 않고 그들만의 방식대로 은신처를 꾸리는 이들이 그날 밤 더 들이닥친 것이었다. 사람들이 기사의 기차에 대해 알게 되는 것은 좋은 일이었지만, 그 이야기가 너무 널리 퍼졌다가는 모두 함께 파멸할지도 몰랐다. 그토록 많은 사람들이 그들에 대해 알게 된다면, 악마 역시 머지않아 그들을 찾아낼 것이다.

사이먼이 기다란 지하철 역내를 바라보았다. 사람들은 작은 그룹으로 나뉘어 모닥불 주위에 앉아 땅속 깊이까지 스며드는 추위를 간신히 버텨 냈다. 많은 사람들이 담요나 커다란 코트를 두르고 잔뜩 옹송그리고 있었다.
"얼마나 왔습니까?"
"서른둘."
"식량은 충분한가요?"
워덤이 고개를 끄덕였다.
"지금은 충분해. 그래도 이렇게 계속 맨몸으로 식량을 구하러 다닐 수는 없어. 곧 트럭 한 대는 필요할 거야. 더 멀리 가야 할 테니."

"압니다."

"식량이 떨어지지 않더라도 곧 발각될 거야."

"압니다."

"그리고 기차 공간도 부족해질 걸세."

사이먼이 탈진한 듯 한숨을 쉬었다. 상황이 다시 절망적으로 느껴졌다. 패딩턴 역 차고지에 버려진 풀링 엔진을 개조해 생존자를 런던 밖으로 데리고 나가자는 생각은 처음에는 그럴듯해 보였다. 하지만 사람들이 속속들이 찾아들 때마다 그 계획은 조금씩 실현 불가능해져 갔다.

"그것도 압니다. 좋은 소식은 없습니까?"

워덤이 활짝 웃었다.

"아직 살아 있잖은가."

그가 그의 물통과 함께 토스트 한 조각을 내밀었다.

"행운과 순수한 심장을 위하여."

사이먼이 자신의 물통을 그의 물통에 짧게 부딪히며 그를 따라했고, 두 사람은 물을 마셨다. 수염에 묻은 스튜를 닦으며 워덤이 사이먼을 바라보았다.

"잠은 좀 잤나?"

"네."

"언제?"

사이먼이 고개를 저었다. 풀링 엔진에 꼭 필요한 기기를 설치하는 일에 집중하면서부터 지하철역 밖으로 나가지 않았고, 시간이 어떻게 흐르는지 알 수 없어졌다. HUD로 확인할 수도 있었지만 갑옷을 마지막으로 입은 것이 언제인지도 기억나지 않았다.

"기억이 안 납니다."

"자넨 좀 더 쉬어야 해."

"그럴게요. 사람들을 도시 밖으로 내보낸 다음에요."

"엔진은 언제쯤 마무리되나?"

"몇 시간 정도요. 며칠이거나."

사이먼이 고개를 저었다.

"저도 모르겠습니다. 맥코르클슨도 마찬가지고요."

70대 후반의 노인이었지만 이언 맥코르클슨은 신의 은총을 몸소 실현해 보였다. 여전히 압정처럼 예리했고, 힘쓰는 일을 전부 직접 하지 못하는 대신 유능한 사람들을 골라 엔진 개조를 돕도록 했다.

거의 평생토록 기차 정비공으로 일하면서 장차 큰 파도가 될 전자기 엔진인 마그나푸시(MagnaPUSH)를 설계한 초기 멤버이기도 했다. 일본을 비롯한 다른 나라들이 이미 자기부상열차를 개발했지만 선로를 흐르는 전류에 의존하는 방식이었다.

반면 마그나푸시는 전기가 아니라 지구의 자연 전자기장을 끌어옴으로써 비용을 획기적으로 절감했다. 풀링 엔진을 개발하여 상용할 수 있도록 하기 위한 10년 계획이 추진되던 참이었다.

비록 마그나푸시는 완전히 개발되지 못했지만 템플러 기술은 언제나 다른 나라에 비해 발전되어 있었다. 템플러는 악마와의 전쟁을 대비 중이었다. 가장 똑똑한 사람들이 저마다의 대의에 앞장서고 있었다. 마그나푸시가 현실화되기 몇 년 전부터 템플러는 이미 나노다인 기술을 활용해 오고 있었다.

사이먼 또한 그의 스케이트보드에 나노다인 엔진 기술을 실험적으로 적용했었다. 자기부상 스케이트보드가 출시되긴 했지만 그 어떤 모델도 사이먼이 설계한 스케이트보드의 파워에 미치지 못했다. 사이먼은 그때의 경험을 통해, 기술이나 힘에 접근하고 활용하는 법을 온전히 배웠다.

사이먼은 빈 템플러 언더그라운드에서 나노다인 엔진을 발견했다. 세인트 폴 대성당에서의 학살 이후, 인근 템플러 언더그라운드는 심각한 인력 부족에 허덕였다. 혹은 완전히 버려졌다. 한편으로는 필요하다면 몇 년 동안 숨어 지내며 때를 기다리도록 해 줄 만큼 충분한 보급품이 남아 있는지 확인해야 하는 장소가 되었다.

맥코르클슨은 사이먼이 찾아내 가져온 엔진들이 멀쩡하거나 제대로 작동할 것이라고 믿지 않았다. 엔진이 처음 가동될 때 하우징으로부터 분리되지 않도록 위치와 중심을 잡아야 하는 문제도 있었다. 그들은 구조를 몽땅 뜯어고쳐야 했다.

"맥코르클슨은 며칠 더 시험해 보고 싶어 해요."

사이먼이 말했다.

"어제 시험했을 땐 선로에서 벗어났었지."

어제였구나. 사이먼은 믿을 수 없었다. 겨우 몇 시간 전 일 같았다.

"균형이 맞지 않았어요. 수리하긴 했지만 하우징을 교체해야 한다는군요."

"사실 난 우리에게 며칠씩이나 여유가 있다곤 생각하지 않네. 물자가 바닥나거나 악마에게 발각될 걸세. 사람들도 더 늘어날 테고."

"엔진을 제대로 시험해 보지 않고 출발했다가는 우리 모두 선로에 내동댕이쳐질지도 모릅니다. 게다가 엔진이 폭발하기라도 하면 큰일 아닙니까."

워덤은 잠시 생각하더니 대답했다.

"무슨 문제인지 알겠네."

그가 눈썹을 찌푸렸다.

"하지만 곧 떠나지 않는다면 악마에게 발각될 테고, 사람들 전부를 남겨 두고 떠나야 할지도 몰라."

사이먼이 고개를 끄덕였다. 어느 쪽도 마음에 들지 않았다.

"저기, 실례합니다. 기사님."

한 여자가 부르는 소리에 사이먼은 순간 현실로 돌아왔다. 풀링 엔진 아래에서 기름이 잔뜩 묻은 해진 천을 수거하던 사이먼이 몸을 빼고 내다보았다. 그 천으로 아무리 박박 닦아도 손에서 딱딱하게 굳어 버린 기름때는 사라지지 않았다.

왼쪽 눈에 붕대를 감은 중년 여성이 그를 기다리고 서 있었다. 사이먼이 일어서려 하자 여자가 말했다.

"아뇨, 나오실 필요 없어요. 거기 계세요. 저랑 우리 가족은 오늘 여기 왔어요."

사이먼은 오늘이 언제인지 가늠해 보려고 했지만 할 수가 없었다.

"방해하려던 건 아니지만, 얼마나 감사한지 말하고 싶어서요."

사이먼은 부끄러웠다. 한편으로는 그런 감정을 감당하기에는 너무 지치기도 했다.

"저 혼자 한 일이 아닙니다. 돕는 사람들이 많습니다."

"알아요."

여자가 미소를 지었다.

"정말로, 알아요. 하지만 이 모든 일을 시작한 분은 바로 기사님이라고 하더군요."

사이먼은 뭐라고 말해야 할지 몰랐고, 그래서 그저 고개를 끄덕였다. 아마 아버지였어도 그랬을 것 같았다.

"그저 감사드리고 싶었어요. 이렇게 우리를 보살펴 주시는데. 기사님이 아니었다면 우리 세 아이는 저 시내에서 괴물들의 손에 끔찍하게 죽었을 거예요."

우린 아직 도시 밖으로 나가지 못했어요. 사이먼은 현실을 일깨워 주고 싶었다. 하지만 그러지 않았다. 희망은 아무것도 할 수 없는 그들에게 남은 거의 유일한 것이었다. 너무 깨지기 쉽다는 이유만으로 사람들에게서 희망을 앗아 가고 싶지 않았다. 그들 대부분은 마지막 몇 끼니의 식사를 위해 온 것이기도 했다.

"신의 가호가 있기를. 이 말씀밖에 드릴 게 없네요."

그녀가 기름때 묻은 그의 손을 힘주어 쥔 후 멀어져 갔다.

사이먼은 잠시 그녀의 뒷모습을 바라보았다. 어떻게 반응해야 할지 막막했다. 다른 무엇보다도 두려움이 앞섰다. 잘 알지 못하는 사람들이 바로 그들의 집에서 악마에게 목숨을 잃는 것을 지켜보는 일도 큰일이었지만, 여기 모인 이들을 잃는 일은 더욱 고통스러울 것이다.

여기까지 왔는데 악마에게 당한다면, 내 책임이다. 사이먼은 물을 조금 마시고 풀링 엔진 아래로 다시 기어들어 갔다.

"잘돼 가나?"

맥코르클슨이 물었다. 사이먼이 배터리로 작동하는 드릴을 집어 들고 보호경을 착용했다. 그리고 격자 지지대를 설치하기 위한 또 다른 구멍을 뚫기 시작했다.

"네."

사이먼의 얼굴을 찌를 정도로 날카로운 금속 조각들이 튀었다.

"옳든 옳지 않든 말이야, 그리고 일이 어떻게 되든 상관없이 자네가 할 수 있는 모든 걸 해야 해. 나머지는 알아서 진행될 걸세."

"압니다."

"아니."

노인이 부드럽게 말했다.

"지금은 그저 그렇게 대답만 하는 거지, 아직 모를 텐데. 하지만 곧 알게 될 거야."

사이먼 역시 그러길 바랐다. 다른 무엇보다도, 모든 일이 잘 풀리기를 바랐다.

"이상 무!"

맥코르클슨이 풀링 엔진의 통제 센터에서 외쳤다.

"이상 무!"

사이먼이 받아 외쳤다. 다른 세 남자가 풀링 엔진 주위로 서 있다가 똑같이 외쳤고, 맥코르클슨이 전원을 올려도 괜찮음을 알렸다.

나노다인 전자기 엔진들은 태양열이나 특별 지렛대로 크랭킹해서 충전해 두었다. 스쿠버다이빙 산소탱크만 한 그 엔진들은 모두 16개로 풀링 엔진 하우징 바로 아래에 간신히 장착할 수 있었다. 사이먼과 맥코르클슨은 이것으로 모두를 탈출시킬 만큼 충분히 빠르게 달릴 수 있기를 바랐다.

맥코르클슨이 전원을 올리자 엔진이 덜덜덜 떨렸다. 선로 위로 7.5센티미터 정도 미끄러지듯 올라가면서도 자기 리프트는 거의 아무런 소음도 내지 않았다. 악마의 침공이 시작되고 겨우 몇 시간 만에 지하철 전력은 손실되었지만, 나노다인 엔진은 풀링 엔진의 힘을 충분히 끌어올려 믿을 수 없는 속도로 달릴 만한 추진력을 얻었다. 바로 이것을 노리고 한 개조 설계였다.

각각의 엔진들은 쉽게 균형을 잡았고 함께 어우러져 작동했다. 조종석에서 맥코르클슨이 괴짜처럼 크게 웃었다. 그들은 엔진을 다시 선로 위에 내려놓았다.

"달릴 준비가 되었군."

맥코르클슨이 선언했다. 지하철 터널에 옹기종기 모였던 남자와 여자와 아이들로부터 환호성이 터져 나왔다. 건너건너 소식이 퍼져 나갔고 기쁨의 함성은 더 멀리까지 파도처럼 이어졌다.

"좋습니다, 그럼."

사이먼이 말했다.

"화물 차량들을 볼트로 고정하고 어떻게 되는지 봅시다. 오늘 밤 완전히 어두워지면 출발합니다."

갑옷을 입은 사이먼은 피곤이 조금 가시는 것을 느꼈다. 스스로를 돌보지 않아도 컴퓨터 시스템이 알아서 그를 돌보았다. 일단 신체와 접촉하는 순간 갑옷은 무엇이 필요한지 확인했다. 그리고 신체가 오롯이 경계 태세에 돌입할 수 있도록 화학 물질이 함유된 패치를 사용했다. 나중에 대가를 치를 테지만 당장은 도움이 필요했다.

기차는 그들이 계획한 대로 준비가 되었다. 얼마 안 되지만 귀중한 보급품들을 할 수 있는 한 많이 채워 넣었다. 그런 다음 사람들을 객차에 태웠다. 결국 예상보다 더 많은 무게가 실렸지만 맥코르클슨은 풀링 엔진이 그 정도는 충분히 버틸 거라고 확신했다.

단 한 가지 문제가 남아 있었다. 사이먼은 그 문제를 일부러 여태껏 그 자리에 남겨 두었다.

도시에 전기가 끊겼을 때 기차 한 대가 주요 터널에 멈춰 선 그대로 남아 있었다. 풀링 엔진을 보관해 놓은 차고지에서 밖으로 이어지는 터널을 막고 있었다.

사이먼과 맥코르클슨은 연료 동력 엔진을 하나 찾아내서 부서진 기차에 장착해 보기로 했다. 고맙게도 그 엔진은 여전히 시동이 걸렸다.

지하철 관련 경력이 있는 사람 몇몇이 엔진을 타고 올라가 동력을 공급했다. 엔진이 울리는 거대한 굉음이 역 안을 가득 채웠다. 연료가 바닥날 가능성뿐만 아니라 바로 그 소리 때문에 사이먼은 나노다인 엔진 활용을 추진했던 터였다. 나노다인 엔진은 소음이 거의 없었다.

도시를 관통하며 지하철 선로를 달릴 때 연료 동력 엔진은 악마들에게는 무시할 수 없는, 사이렌 같은 소리를 낼 것이다. 지금도 기차 객차마다 달린 바퀴들은 선로를 나아가며 요란한 소리를 내고 있었다. 당장 그 위험을 상쇄할 만한 방법은 아무것도 없었.

멈추어 있던 기차는 아주 서서히, 몇 센티미터씩 에지웨어 로드 역이 있는 북동쪽으로 나아가기 시작했다.

"사이먼."

워덤이 HUD로 호출했다.

"네."

워덤은 선로가 지하에서 지상으로 올라가는 지점에 배치되어 있었다. 런던을 빠져나가는 과정에서 지상을 달리는 순간이 바로 가장 위험한 때라고 사이먼은 예상하고 있었다.

"문제가 생겼어. 악마 한 무리가 방금 막 이쪽 터널로 진입했다."

공포가 엄습했다. 하지만 갑옷이 곧장 약물 패치를 가동해 두려움을 억눌렀다.

"들킨 것 같나요?"

"아니, 엔진 소리를 들은 게 분명해. 갑옷의 소리 증폭기 없이도 여기까지 들리거든."

사이먼은 순간 눈앞이 깜깜해졌다. 하지만 어떻게 해야 할지 신속하게 판단해야만 했다. 약물 패치가 그의 두뇌를 더욱 예리하고 명료하게 만들어 주었음에도 쉽지 않은 일이었다.

그들이 할 수 있는 일이란, 계획대로 진행하는 것뿐이었다. 이제 와서 되돌리기에는 너무 늦었다.

"할 일을 하면서 버텨야죠."

사이먼은 워덤과의 통신을 종료한 후 그의 위치로 템플러를 호출했다. 그리고 다 함께 북동쪽을 향해, 패딩턴 지하철역 끝을 향해, 악마들이 있는 곳을 향해 달리기 시작했다. 만약 운이 좋다면 악마들과 맞서 싸우면서 망가진 기차에 접근해 선로에서 치울 수 있을지도 몰랐다. 맥코르클슨이 기차를 메인 선로에 진입시켜 제 속도로 달리게 할 때까지만이라도 놈들의 주의를 끌 수 있을 것이다.

단지 탈출 성공을 위해 얼마나 오래 버티느냐의 문제일 뿐이었다. 단순했다. 정말로. 하지만 사이먼은 잃게 될지도 모를 사람들 생각을 떨치기 위해 애써야 했다. 그렇지 못하면 그들은 실패할지도 몰랐다.

  사이먼은 습관처럼 무기를 확인했다. 그리고 다시 달리기 시작했다.

47장

"세워요."

워런이 명령했다. 운전자는 에지웨어 로드 역 근처에 SUV를 세웠다. 에지웨어 로드와 벨 스트리트에 줄지어 늘어선 중간 규모 건물들 사이에 차는 멈추었다. 깨진 창문들은 어두웠지만 서쪽 하늘에서는 아직 회색 석양빛이 비쳤다.

"여기서 뭘 하려는 거죠?"

나오미가 물었다. 그녀는 잠깐 주저하는 듯했지만 어쨌든 그를 따라나섰다. 정말 원해서인지, 그저 호기심 때문인지, 아니면 툴레인에게 보고하기 위해 염탐하려는 것인지 워런은 확신할 수 없다. 하지만 어쨌든 자신이 신경 쓸 일은 아니라는 생각이 들었다.

"내 손을 자른 남자가 여기 있어요."

워런이 SUV 문을 열고 내렸다. 눈이 내리고 있었다.

"어떻게 알아요?"

나오미는 차에서 나오지 않고 있었다.

"여기 있는 걸 봤으니까요."

워런이 머릿속에서 진동하며 떠오르는 강한 이미지에 집중하며 대답했다.

"여기 있다는 걸 느낄 수 있으니까요."

그는 지하철역 앞에 어지러이 널린 잔해 사이를 걷기 시작했다. 나오미가 얼어붙을 듯한 바람을 막으려고 코트를 여미며 그의 뒤를 따랐다.

"어쩔 작정이에요?"

"내가 어쩌겠어요?"

그녀는 절대 알 수 없을 거라고 믿으며 워런은 음울하게 코웃음을 쳤다. 수년 동안, 양아버지가 자신을 쏘는 모습과 함께 살아왔다. 하지만 이제는 아니었다. 그날 이후로, 치료하는 동안에도, 그는 날마다 그자가 자기 손을 자르는 악몽에 쫓겼다. 해묵은 공포가 되돌아온 것이다. 그 공포를 없애기 위해서는 그를 제거하는 것만이 유일한 방법이었다.

"죽일 거예요."

"직접요?"

워런이 주위를 둘러보았다. 카발리스트들과 보안요원들이 차 안에 남아 있는 모습을 보자 조금 자신이 없어졌다. 그는 그들을 소리쳐 불렀다.

"지난번에 저들과 마주쳤을 때 보니, 제법 많은 것 같았어요."

나오미가 말했다.

"여기 데려온 한 줌도 안 되는 보안요원들이 저들과 맞설 수 있을 거라 생각해요?"

워런은 좌절감을 느끼며 지하철역을 바라보았다. 사람들을 더 많이 데려와야겠다는 생각은 하지 않았다. 사실 더 많이 데려올 수 있을지도 의심스러웠다.

걱정하지 마라.

메리힘이 말했다.

저들은 필요 없다. 너에게 군대를 주겠다.

"혼자 갈 거예요."

워런이 나오미에게 대답했다.

"죽으러 온 건 아닐 거 아녜요."

"아니죠."

워런이 돌무더기를 계속 지나며 말했다. 그때 갑자기 자신을 바라보는 시선이 느껴졌다. 그는 주변을 둘러보았다. 건물 위 스카이라인을 따라 그림자들이 움직이고 있었다.

멈춰라.

메리힘이 말했다. 워런이 걸음을 멈추었다.

"악마예요."

나오미가 뒷걸음질 치며 나지막하게 경고했다.

"우리를 포위하고 있어요."

워런은 공포가 벌레처럼 스멀스멀 기어다니는 것을 느꼈다. 다크스폰, 임프(Imp), 그렘린이었다. 게다가 머리 위로는 블러드 엔젤 12마리가 건물 외벽에 달라붙어 있었다. 워런은 메리힘이 자신를 죽이려는 의도로 그들을 불러들인 것은 아닌지 의심할 수밖에 없었다.

아니다. 너를 배신한 것이 아니다. 너를 위한 군대다. 이들은 나를 섬긴다. 저들을 불러라, 그러면 네 것이 될 것이다.

왜 당신은 오지 않았죠?

이것은 너의 전투다. 나에겐 나의 전투가 있다. 오늘 밤 너의 가치를 증명하라, 그렇지 않으면 목숨을 잃을지도 모른다. 어느 쪽이든 상관없겠지. 네놈이 성녕 쓸모 있는지, 내 계획의 일부가 될 수 있는지 알 수 있을 테니.

"워런."

나오미가 부드럽게 불렀다.

"차로 돌아갈 수도 있어요."

그녀가 한 손을 조용히 그의 어깨에 놓고 살짝 당겼다.

"이리 와요. 공격당하기 전에."

바로 그때, 그림자에 몸을 숨기고 있던 악마들이 그들에게 돌진했다. 워런은 도망가고 싶었지만 움직일 수 없었다. 나오미가 그의 어깨를 두 번 더 잡아당겼지만 그가 꼼짝도 하지 않자 그를 버리고 SUV로 달려갔다.

저들에게 명령을 내려라.

메리힘이 용기를 북돋웠다.

공포가 온몸을 뛰노는 것 같았다. 그에게 가장 친숙한 감정이었다. 공포는 그의 인생 전체를 함께했다. 두려움 때문에 그는 평생 움츠러든 채 살았고, 정을 준 사람들로부터 미움받았으며, 조금도 똑똑하지 않은 사람들에게 이용당했다. 밤이면 침대까지 엄습하는 공포에, 아침마다 요동치는 심장을 움켜쥐고 깨어나야 했다.

저들을 다스리기 위해서는, 너 자신을 먼저 다스려야 한다.

"워런!"

악마들이 이빨을 드러내고 무기를 휘두르며 다가왔다. 기적인지 놈들 중 누구도 총을 쏘지는 않았다.

워런의 등 뒤에서 SUV 문이 닫히는 소리가 들렸다. 그는 그 소리가 무엇을 의미하는지 즉시 깨달았다. 악마들이 울부짖는 와중에 그들은 차를 출발시켰고, 그대로 멀어져 갔다. 어쨌든 악마들이 코앞까지 와 있었기 때문에 도망치기에는 너무 늦었다.

"멈춰!"

가슴속에서 심장이 엄청나게 뛰는 것을 느끼며 워런이 말했다. 10여 마리에 이르는 악마들이 즉각 제자리에 섰다. 블러드 엔젤 두 마리는 날개를 퍼덕이며 에지웨어 로드 역사 지붕에 날렵하게 내려와 앉았다. 흥미롭다는 듯 그를 쳐다보는 놈들은 여전히 잔혹해 보였다.

그들의 허기와 흥분이 워런에게도 느껴졌다. 놈들은 자신의 피 냄새를 맡고 맛보길 원했다. 움직임 하나하나에 집중하면서 워런은 악마들에게로 다가갔다. 공포로 얼어붙는 것 같았지만 한편으로는 악마들과 마주 보고 있다는 사실이 그를 매료했다. 악마들이 몸을 비켜 그를 위해 한가운데 자리를 만들어 주었다.

놈들은 그를 좋아하지 않는 것이 분명했다. 그들에게 명령을 내릴 수 있는 위치에도 불구하고, 허락만 떨어진다면 즉시 그의 목을 자를 것임을 알 수 있었다. 메리힘은 공포심을 이용해 놈들을 통제하고 있을 것이었다. 그리고 워런은 메리힘의 총애를 받고 있었다.

그래서 저들이 너를 싫어하는 것이다. 네가 실패하는 순간, 저들에게 너를 내어 줄 것이다.

놈들에게 둘러싸이자 워런의 공포가 한층 커졌다. 하지만 그는 꿋꿋하게 버텼다. 어떠한 운명이 그를 여기까지 이끌었던 간에 그는 이미 여기 와 있었다. 카발리스트의 말대로 그에게 아버지를 죽음으로 몰아간 그런 힘이 있다면, 어떻게 해서든 그 힘에 좀 더 가까이 다가갈 수 있을 것이었다.

나는 더 배워서, 더 강해질 수 있어. 그렇게 하고 말 테다. 누군가를 두려워하며 살진 않을 거라고.

메리힘이 웃었다.

신중해라, 어리석은 인간. 야망은 좋은 것이지만 널 오만하게 할 것이다.

워런은 그 말에 대답하지 않았다. 지금 그는 악마들을 통제하도록 주어진 힘의 달콤함을 맛보고 있었다.

"한 남자를 쫓고 있다."

그가 악마들에게 말했다. 놈들 대부분은 침을 뱉고 으르렁거릴 뿐, 말없이 듣고 있었다. 하지만 당장이라도 그 먹잇감을 찾아 쫓아 나가고 싶은 것이 분명했다.

워런은 갑옷 입은 기사, 템플러의 모습을 마음속에 그렸다.

"이 남자다. 나는 이자의 목숨을 원한다."

악마들이 안달을 내며 몸을 비비 꼬았다.

"놈은 이 지하철 안에 있다."

워런이 에지웨어 로드 역 입구를 가리키며 말했다.

"발견 즉시 내게 데리고 와라."

악마들이 즉각 몸을 돌려 역으로 돌진했다. 놈들은 문을 박살내며 안으로 밀고 들어갔다.

워런이 놈들의 뒤를 따라 달렸다. 그는 악마와 같은 속도로 움직일 수 있었다. 그 또한 메리힘의 선물이었다. 음울한 기대가 차올랐다. 복수를 완수했을 때 템플러의 표정이 어떨지 보고 싶어 견딜 수 없었다.

사이먼은 한 손에는 검을 들고 한 손에는 스파이크 볼터를 든 채 서 있었다. 맥코르클슨과 다른 이들이 기차를 제때 선로에 올려놓을 수 있을지 염려되었다. 그의 오른쪽에 선 워덤을 포함해 템플러는 모두 43명이었다. 더 많은 템플러들이 부스 원수에게 항명하고 사이먼의 뒤를 따랐던 것이다.

그들은 악마와의 전면전 전에, 도시에 남아 있는 피난민들을 모두 탈출시키고 싶어 했다. 그 누구도 그들의 가문이 악마와 대적하기에 충분하다고 믿지 않았다. 사이먼과 함께 무기를 든 템플러 대부분이 세인트 폴 대성당에서 가족과 친구를 잃었다.

사이먼은 야간 투시경을 통해 저 멀리 지하철 터널로 진입하는 첫 번째 악마 무리를 확인했다. 워덤이 앞장서서 달리기 시작하자 템플러들이 곧장 그 뒤를 뒤따랐다.

"젠장."

한 템플러가 저도 모르게 말했다.

"많다고 했잖나."

워덤이 말했다.

"멈추게 할 순 없겠어요."

사이먼이 말했다.

"시간이라도 끌 수밖에요."

"기차가 지금이라도 출발했다면 이럴 필요도 없었을 텐데."

누군가 투덜거렸다.

"한 시간 전에 출발했다면 더 좋았겠지."

워덤이 말했다.

"하지만 지금 그런 불평을 해 봤자 아무 소용없지 않나."

템플러 중 그 누구도 이 자리에서 벗어나야 한다는 말은 하지 않았다. 폐허가 된 도시에서 생존자들을 구하고 돌보는 동안 사이먼은 템플러들의 진정한 정신을 보았다. 그들은 상대적으로 풍족했던 은거지에서 지낼 때보다, 보잘것없는 배급품으로 버티면서도 기백이 넘쳤다.

이들은 싸우기 위해 태어났어. 사이먼은 자랑스러웠다. 하지만 그것은 또한 이들이 전투에서 최후를 맞이한다는 의미이기도 했다.

악마들이 발포를 시작해 템플러 셋을 명중시켰다. 하지만 다행히 갑옷을 뚫지는 못했다.

"대기."

사이먼이 침착하게 말했다.

"신호가 있을 때까지 모두 대기한다."

그들은 꼼짝도 않고 버티었다. 악마들이 무서운 기세로 돌격해 오고 있었다. 패딩턴 역은 넓고 천장이 높았다. 선로 양옆으로는 상점이 늘어서 있었다. 진열장 유리 대부분은 깨져 있었다. 지난 몇 주에 걸쳐 약탈당했던 것이다.

"준비."

사이먼이 말했다.

"지금이다!"

동시에 그는 터널 끝에 방어선으로 장착해 둔 기폭 장치에도 갑옷을 통해 신호를 보냈다. 템플러 모두가 똑같은 신호를 HUD에 암호화해 놓았었다. 한 명이라도 살아남는 한 폭파는 성공할 수 있도록 하기 위함이었다. 차고지와 이어지는 터널 반대편 끝에도 마찬가지로 폭발물을 설치해 두었다. 최후의 공격이 실패로 끝날 경우를 대비한 것이었다.

파도처럼 연쇄적으로 폭발이 일어나 잔해와 먼지 구름이 허공으로 치솟았다. 잔해가 쌓이며 눈 깜빡할 사이에 터널 한쪽이 깜깜해졌다. 사이먼의 갑옷 위로도 돌덩어리들이 우수수 떨어졌지만 그는 무시했다. 높은 천장 일부가 무너지며 악마들이 줄지어 진입하는 길을 막았다.

"맥코르클슨."

사이먼이 HUD 주파수를 맞춰 호출했다.

"예압."

맥코르클슨이 응답했다.

"놈들이 쫓아왔나 보군."

"그렇습니다. 기차는 어떻게 됐습니까?"

"거의 다 됐어. 저 기차는 예상보다 속도가 느리군."

자리를 뜨기 직전에 직접 보았기 때문에 사이먼도 그 사실은 잘 알고 있었다.

"서둘러 주세요."

"알겠네."

"할 수 있는 한 오래 붙들어 보겠습니다."

"조심하게, 사이먼."

선두에 선 악마 한 마리가 휘몰아치는 먼지 구름 속에서 튀어나와 잔해로 뒤덮인 동료의 시체들을 뛰어넘으며 덤벼들었다. 놈은 망설임 없이 템플러에게 몸을 던졌다.

"발사!"

사이먼이 스파이크 볼터를 겨누고 방아쇠를 당기며 말했다. 반동에도 불구하고 그는 목표물을 제대로 겨누었다. 다른 템플러들 역시 사격을 시작했다. 악마와 템플러 사이로 팔라듐 스파이크와 불꽃, 독성 액체 포탄들이 날아다녔다. 제일 먼저 템플러의 불길이 악마들을 멈추었다. 놈들의 몸뚱어리가 조각조각 부서져 땅으로 나뒹굴었다. 하지만 그 뒤로 더 많은 악마들이 모습을 드러냈다.

블러드 엔젤 두 마리가 머리 위를 날았다. 놈들은 천장 높이 드리운 그림자 속에서 그 정체를 드러내자마자 기습해 들어왔다. 놈들이 하강하며 강력한 황백색 스펙트럼 에너지 불꽃을 방출하자 템플러 넷이 맞고 뒤로 날아가 버렸다.

사이먼이 스파이크 볼터를 들어 바로 앞을 날아가는 블러드 엔젤 한 마리를 조준했다. 템플러가 미처 땅에 내동댕이쳐지기 전에 사이먼이 쏜 팔라듐 스파이크들이 블러드 엔젤의 날개 가죽을 찢으며 몸을 관통했다. 놈은 누더기가 되었다.

블러드 엔젤은 고통과 분노로 울부짖으며 몇 미터 뒤 벽 쪽으로 날아가 부딪쳤다. 놈이 곧장 일어서려 하자 한 템플러가 검을 들고 달려 나갔다. 그는 검을 두 번 휘둘러 놈의 목을 자르고 다시 몸통을 베자 배 속의 장기들이 쏟아져 나왔다.

악마들이 연이어 응사했다. 불꽃과 소리와 유독물질이 한꺼번에 쏟아졌다. 템플러들이 선로 위로 쓰러졌다. 그들 중 몇몇은 다시는 일어나지 못할 것이었다. 사이먼은 알 수 있었다.

48장

 사이먼은 더욱 신중하게 목표물을 선택하여 조준했고, 팔라듐 스파이크를 명중시켰다. 하지만 놈들은 너무 많았다. 게다가 계속해서 들이닥쳤다.
 "천장!"
 워덤이 외쳤다. 고개를 들자 스토커들이 벽을 타고 천장으로 모여드는 것이 보였다. 놈들은 템플러 머리 위를 노리고 거꾸로 매달렸다.
 "산개하라!"
 사이먼이 외쳤다.
 "피스트(Fists) 대형!"
 템플러가 즉각 소규모 전투팀으로 나뉘었다. 대부분의 가문에서 행하는 훈련법으로, 백병전에서 4명에서 6명 정도가 한 팀이 되어 서로의 등을 지키는 전술이었다.
 사이먼은 자신이 정한 세 명의 템플러에게 합류했다. 그는 검을 검집에 넣은 후 쓰러진 템플러가 들고 있던 스코처(Scorcher; 총기류)를 주워 들었다. 한 손에서는 스파이크 볼터가 팔라듐 스파이크를 쏘았고, 다른 손에서는 스코처가 화염구를 날려 보내 천장에 충격을 퍼트렸다. 스토커 몇 마리가 연달아 타격을 입고 파리처럼 땅으로 떨어졌다.
 "맥코르클슨!"
 사이먼이 악마의 응혈 덩어리에 미끄러져 발을 헛디디며 외쳤다.

"거의 다 됐네! 거의 다 됐어, 사이먼. 조금만 더 버텨."

사이먼의 오른쪽에 있던 템플러가 아스트랄 폭발(별이 폭발하는 것 같은 위력)에 휩싸여 몸 절반이 날아갔다. 사이먼은 무기를 발포한 그렘린에게 스코처를 겨누고 방아쇠를 당겼다.

그렘린의 끔찍한 얼굴에 명중한 탄환이 폭발하며 악마의 머리는 그리스의 불꽃에 휩싸였다. 놈은 비명을 지르며 머리를 마구 할퀴었지만 그 노력도 오래가지 못하고 쓰러졌다.

그때 터널 한쪽 벽이 산산조각 나며 역 안쪽으로 쏟아졌다. 그리고 그 구멍을 통해 거대한 형체가 넘어왔다. 놈은 호수에서 모습을 드러내는 한 마리 개처럼 몸을 떨어 돌 조각들을 털어 냈다. 사이먼은 놈을 알아보았다. 카나고어였다. 다른 두 놈이 맞은편 벽을 뚫고 나타났다. 그중 한 놈은 또 다른 악마 무리를 이끌고 왔고, 놈들은 죽은 동료들의 시체를 넘어 템플러에게 다가왔다.

카나고어는 거대한 머리를 이리저리 흔들며 가장 가까운 사이먼을 향해 입을 쩍 벌리고 울부짖었다. 사이먼은 제자리에 버티고 선 채 멈추지 않고 응전했다. 팔라듐 스파이크가 놈의 얼굴에 꽂히자 사이먼은 접촉이 감지되면 터지도록 설계된 폭발물을 놈의 목구멍으로 던져 넣었다.

"정지하라!"

사이먼이 명령했다. 카나고어가 등장한 틈을 타 스토커들도 다시 공격 기회를 노렸다. 놈들은 천장에 매달린 채 앞뒤로 몸을 흔들며 먹잇감을 추적한 후 기습했다.

사이먼은 카나고어의 주의를 끌면서 쏜살같이 옆으로 몸을 날렸다. 거대한 생명체는 그를 쫓아 몸을 돌리려 했지만 앞으로 나아가던 기세가 너무 강했다. 놈은 날카로운 발톱으로 선로 양옆의 승강장을 할퀴었다.

사이먼은 최대한 빠르게 달리면서 송곳니를 악문 카나고어의 머리 위로 힘껏 뛰었다. 기본 운동 능력을 넘어서 3미터 가까이 점프하자 중력이 잡아당기는 것마저 느껴졌다. 부츠가 자동으로 스파이크를 세워서 벽과의 마찰력을 끌어올려 주는 것을 확인한 그는 벽을 강하게 차서 허공으로 몸을 날렸다.

HUD 덕분에 360도 시야를 확보한 사이먼은 양옆으로 총을 겨누어 악마들을 쏘았다. 팔라듐 스파이크가 천장에 매달린 스토커에게 가서 박혔고, 화염탄은 바닥에 있는 그렘린에게 명중했다. 죽은 스토커들이 천장에서 떨어졌고 그렘린들은 그 자리에서 쓰러졌다.

사이먼은 공중에서 등을 구부려 스파이크 볼터를 총집에 넣고 수류탄을 쥐었다. 카나고어의 등에 착지하는 순간 부츠의 스파이크를 단단히 박아 넣었다. 두꺼운 악마 거죽을 뚫는 충격에 부츠가 덜컥거렸다. 악마 몇 마리가 사이먼을 향해 화염과 유독 액체를 발포했다. 갑옷이 타격을 입었으나 그는 버텼다. 맹공격이 쏟아졌지만, 발아래에서 거대한 악마가 꿈틀거리며 몸을 돌려 그를 붙들려 하는 찰나에 신경 쓸 여력이 없었다.

카나고어는 뒷다리로 버티고 서서 사이먼에게 손을 뻗었다. 움켜쥐려는 놈의 손가락을 피해 재빨리 무릎을 꿇은 사이먼은 수류탄 안전핀을 뽑아 놈의 왼쪽 귓구멍으로 딘져 넣었다. 놈이 자기 귀를 긁기 시작할 때 사이먼은 그 짐승의 등에서 뛰어내렸다.

놈은 사이먼이 무슨 짓을 했는지 알아차릴 정도로 똑똑하지 않았다. 하지만 뭔가를 느끼고 손을 휘저었으나 아무 소용 없었다. 놈은 분노로 괴성을 지르며 발을 구르고 땅을 헤집기 시작했다. 얼마 안 가 수류탄이 폭발했다. 피투성이 덩어리나 다름없어진 거대한 머리에서는 연기가 피어올랐고 살은 불에 타 뼈가 드러났다. 그리스의 불은 계속해서 날름거리며 놈의 몸까지 집어삼켰다.

"사이먼."

맥코르클슨이 호출했다.

"기차를 선로 위에 올렸다. 자네를 기다릴까, 아니면-"

"여기서 나가요!"

사이먼이 호통쳤다. 그는 한 손으로 땅을 짚고 몸을 일으켜서 그에게 덤벼든 악마를 할 수 있는 한 많이 내던졌다. 그러고는 어깨 너머로 팔을 뻗어 검을 뽑았다. 그는 자신의 아케인 파워에 집중하며 재빨리 대화재의 기도문(Prayer of Conflagration; 템플러 아케인 주문)을 외웠다.

그의 몸 주위로 즉시 둥근 화염 덩어리가 나타났다. 악마 몇 마리에게 그 불이 옮겨붙자 놈들은 비명을 지르며 달아났다. 사이먼은 두 손으로 검을 쥐었다.

사이먼이 거의 아무 힘도 들이지 않고 검을 휘둘러 악마의 몸을 베었다. 검술 같은 것을 의식할 사이도 없이 그저 베고 또 베었다. 그가 맞닥뜨린 그 순간에 필요한 것은 짐승 같은 힘뿐이었다. 적들이 고치처럼 그를 둘러쌀 때 기교 같은 것은 아무 소용없었다. 악마들은 깊이 부상을 입었음에도 계속해서 그를 잡아끌었다. 템플러 몇 명이 이미 놈들 손에 쓰러진 것이 보였다.

"퇴각!"

사이먼이 남은 자들에게 외쳤다.

"퇴각하라!"

"들었잖나!"

워덤이 외쳤다.

"우린 열차를 타야 해!"

사이먼이 스코처를 들어 자신을 쏘려는 다크스폰의 얼굴을 날려 버렸다. 사이먼은 잠시 멈춰 템플러들이 모두 지하철 터널을 뛰어 후퇴하는 모습을 확인한 후 그들의 뒤를 따라 달리기 시작했다. 그는 악마들도 놀라게 할 정도의 힘과 속도로 선두를 따라잡았다.

충분히 시간을 끌었기를 바랐다. 지옥은 끈덕지게 그를 쫓았다.

산처럼 쌓인 악마들의 시체를 밟고 올라선 워런은 주변을 둘러보고 믿을 수가 없었다. 그가 보기에 템플러는 분명 열세였다. 악마의 수에 상대도 되지 않을 것이 분명했다. 지금 템플러의 절반이 지하철 바닥에 쓰러져 있었다. 아직 숨이 붙어 있는 사람들도 그리 오래 버티진 못할 터였다.

천장에서 커다란 돌덩어리가 떨어지며 워런의 머리를 스쳤다. 눈에서 별이 번쩍이듯 세상이 이중으로 보이며 흔들렸다. 워런은 동요한 채 가만히 서 있었다. 절대로 템플러를 따라잡을 수 없을 것 같았다. 그의 손을 자른 자도 여전히 살아 있었다. 어찌할 바를 모르던 그는 분노에 가득 차 울부짖었다. 하지만 곧 좋은 생각이 떠올랐다. 그는 근처의 블러드 엔젤 한 마리를 보고 말했다.

"이리 와 나에게 복종하라."

블러드 엔젤이 미끄러지듯 그에게 다가왔다. 놈은 하악거리며 달려들려 했지만 몸 근처까지 갈 수조차 없었다.

"엎드려라."

블러드 엔젤은 워런의 발에서 겨우 몇 센티미터 떨어진 자리에서 무릎을 꿇었다. 워런은 눈에서 흘러내리는 피를 닦으며 악마 위에 매달리듯 몸을 실었다.

"일어나라."

워런은 날개가 퍼덕일 만큼 충분한 공간을 남기고 블러드 엔젤의 허리에 다리를 감은 후 명령했다.

"날아라."

블러드 엔젤이 벌떡 일어나 도약했다. 워런의 무게가 내리누르자 다급하게 날개를 퍼덕이는가 하더니 공중으로 날아올랐다. 놈은 대학살의 현장을 지나 템플러를 쫓기 시작했다. 무게를 버티며 가장 빠른 속도로 날며 간신히 사냥감을 추적했다. 워런은 갑옷이 착용자의 스피드와 힘을 끌어올려 준다는 사실을 알았다.

아래를 내려다본 워런은 악마들도 멈추지 않고 템플러를 쫓고 있는 것을 보았다. 저들 역시 템플러가 쉽게 도망가게 놔두지 않을 것이다. 템플러를 괴멸할 때까지 맹렬하게 추격할 것이 분명했다.

하늘을 나는 블러드 엔젤의 근육이 긴장하듯 수축하는 것을 느끼고 워런은 고개를 들어 정면을 바라보았다. 블러드 엔젤이 악마 무리의 선두를 따라잡자 템플러의 주의를 끌었던 것이다.

그 순간 워런은 저 멀리 어둠 속에서 멀어져 가는 밝은 불빛을 발견했다. 기차다!

오도 가도 못 하고 멈춰 있었어야 할 기차가 어떤 동력으로든 움직이고 있음을 알았다. 그리고 거의 동시에 그것이 무엇을 뜻하는지 알아차렸다. 템플러가 탈출을 계획한 것이었다.

템플러들이 기차의 마지막 차량을 따라잡고 풀쩍 뛰어올랐다. 그들은 즉시 산개해 각자 자리에 엎드려 총을 조준했다.

에너지 볼트와 화염탄이 워런을 스치고 지나가 터널의 천장과 벽에 부딪쳤다. 블러드 엔젤은 전혀 동요하지 않고 총을 쏘아 기차를 맞췄다. 갑옷 입은 남자 한 명이 쓰러졌다.

워런은 몸 깊숙이에서 느껴졌던 힘을 끌어모아 빛을 발하는 작은 공 형체로 손안에 응집시켰다. 그리고 크기와 힘이 적당해졌음을 본능적으로 확신한 순간 기차에 던졌다.

기사 두 명이 재빨리 몸을 피해 차량 뒤쪽으로 물러났지만 다른 한 남자는 운이 나빴다. 공은 청백색 에너지를 타다닥 뿜어내며 갑옷을 산산조각 내고는 그를 근처 터널 벽까지 날려 버렸다.

기차는 계속 달렸지만 아직 최고 속도에 이르지는 못한 듯했다. 악마들은 점점 가까워지고 있었다.

워런은 블러드 엔젤을 조종해 기차에 충분히 가까이 다가갔다. 갑옷 입은 자들이 저토록 절실히 지키려는 것이 무엇인지 확인할 작정이었다. 깨진 창문 사이로 남자와 여자, 아이들을 발견한 워런은 깜짝 놀랐다. 그들은 공포에 질린 채 차량 바닥에 옹기종기 모여 앉아 있었다.

바로 그때 어둠 속에서 무언가 날아와 블러드 엔젤의 목을 칭칭 감자 워런은 더욱 놀랐다. 악마는 옆으로 휙 내던져져 차량 측면에 제대로 충돌했다.

워런은 어지러움을 참으며 블러드 엔젤을 붙든 손을 놓지 않으려 했다. 그러나 악마의 발이 차량 바퀴에 말려 들어가는 것을 보고, 블러드 엔젤이 기차 바퀴에 깔려 으스러지기 직전에 차량 안으로 몸을 날렸다. 미처 몸을 일으키기도 전에 얼굴에 겨눠진 거대한 총구가 느껴졌다. 한 기사가 차량 끝에 선 채 그를 노려보고 있었다.

사이먼은 있는 힘을 다해 달려 다른 템플러들과 함께 기차를 따라잡았다. HUD를 통해 전사 19명을 잃었음을 알 수 있었다. 충격이었다. 예상하긴 했지만 이 정도로 많을 줄은 몰랐다.
 더 생각하지 말자. 구해야 할 사람들이 여기 1,000명도 더 있어.
 세 걸음 더 나아가 1.5미터쯤 남자 사이먼은 차량 안전바에 손을 뻗었다. 그때 날개뼈 사이를 무언가가 가격했다. 그는 잠시 휘청거리다가 다시 중심을 잡고 달렸다.
 기차에 다시 한번 충분히 가까워졌을 때 그는 할 수 있는 한 세게, 갑옷이 줄 수 있는 힘을 최대한 활용하여 점프했다. 그리고 적당한 높이에서 앞으로 몸을 날린 후 공중에서 회전하며 총을 양손으로 당겨 쥐고 기차를 쫓는 악마 무리를 향해 쏘았다.
 팔라듐 스파이크와 그리스의 화염은 놈들에게 타격을 입히는 듯했지만 멈추게 하지는 못했다. 때마침 기차는 속도를 조금 끌어올렸다.
 사이먼은 차량 지붕 위로 올라가 두 다리로 버티고 섰다. 그의 무게 때문에 지붕이 약간 꺼진다고 느끼는 순간, 그는 중심을 잃고 앞으로 미끄러졌다. 그 바람에 블러드 엔젤이 공격해 들어오는 것을, 놈의 등에 탄 자가 던진 빛나는 에너지 탄환에 한 템플러가 맞는 모습을, 두 눈으로 지켜볼 수밖에 없었다.

49장

믿을 수 없었다. 빛나는 에너지 공에 맞은 불운한 템플러가 갈기갈기 찢겨 차량에 흩날리는 모습을 사이먼은 경악하며 보았다. 그가 놓친 그래플러가 차량 지붕 위로 날아왔다.

사이먼은 스코처를 내려놓고 간신히 그래플러를 낚아 쥐었다. 스코처는 지붕 아래로 미끄러져 사라졌다.

사이먼은 그래플러를 들고 서서 차량 지붕에 부츠를 단단히 고정했다. 그리고 차량 바로 옆까지 다가와 미끄러지듯 나는 블러드 엔젤 쪽을 향해 겨냥했다. 처음엔 악마 등에 탄 자를 겨냥할 셈이었지만 블러드 엔젤이 여전히 살아남아 공격할 것임을 깨달았다. 기차 뒤를 쫓던 악마들은 이제야 뒤처져 멀어지고 있었다.

자유가 거의 눈앞에 있었다.

사이먼이 목표물을 바꾸어 블러드 엔젤에게 방아쇠를 당겼다. 나노 분자 그물(nano-molecular line)이 악마를 향해 쏜살같이 날아가 목을 휘감았다. 사이먼은 그래플러 릴을 감아 줄을 팽팽히 당기며 마음의 준비를 단단히 했다. 그리고 블러드 엔젤을 기차 쪽으로 홱 잡아당겼다.

충격에 차량이 흔들렸다. 사이먼은 버티고 선 채 블러드 엔젤이 어쩌지 못하고 나동그라지는 것을 보았다. 놈이 차량 바퀴 아래 깔리자 사이먼은 릴을 느슨하게 풀었다. 차량 여기저기로 찢어지고 조각난 블러드 엔젤의 살점과 핏덩어리가 튀어 올랐다. 바로 그 순간 그는 차량 옆을 꽉 붙든 악마의 손을 보았다.

기차가 선로를 미끄러지는 소리를 들으며 사이먼은 지붕 끝으로 걸어갔고, 악마의 손이 달린 한 남자를 발견했다. 그가 베일코르의 해머 임무 때 맞닥뜨렸던 바로 그 남자라는 사실을 깨닫고 사이먼은 놀랐다.

사이먼은 스파이크 볼터를 들어 남자의 미간을 조준했다. 이 남자가 어째서, 그리고 어떻게 여기 있는 것인지 알 수 없었다. 무엇 때문에 악마와 손잡게 되었는지도 몰랐다. 하지만 그것도 이제는 끝이었다. 템플러는 너무 많은 동료를 잃었고, 복수조차 할 수 없게 저 뒤에 남겨 두었다.

남자가 한 손을 올리는 바로 그 순간 사이먼은 방아쇠를 당겼다. 남자의 앞쪽으로 아케인 에너지가 응집해 팔라듐 스파이크를 허공에서 얼렸다. 사이먼은 단념하지 않았다. 스파이크 볼터를 총집에 집어넣은 후 장비함에서 수류탄을 꺼내 핀을 당기고 남자의 얼굴로 던졌다.

사이먼의 예상대로 수류탄 역시 공중에 멈추었다. 하지만 폭발을 멈추진 못했다. 사이먼이 몸을 날려 피하기 전에, 남자가 그에게 까딱, 손짓을 했다.

보이지 않는 벽이 사이먼을 가격했다. 차량 지붕에 고정되었던 부츠가 뽑혀 나갔고 그는 뒤로 내동댕이쳐졌다.

"사이먼!"

차량 안에 있던 워텀이 그에게 손을 뻗었다. 건틀릿이 잠깐 스치는 듯했으나 사이먼은 그대로 휙 사라졌다.

워런이 허공에 멈춘 수류탄에 대고 자유로워진 팔을 뻗었다. 팔라듐 스파이크가 얼굴에 파고들지 않도록 제자리에 멈춰 두었다. 그는 본능적으로 움직였다. 하지만 그가 미처 어찌해 보기도 전에 수류탄이 터졌다. 객차와 가까웠지만 템플러의 마력으로 보호받고 있던 기차는 조금 흔들리다가 중심을 잡았다. 하지만 워런은 폭발에 휩쓸렸다. 첫 번째 충격에 이어 두 번째 여파가 밀어닥치자 워런은 더 버티지 못하고 기차 밖으로 튕겨 나갔다. 폐에서 모든 공기가 빠져나가는 듯했다.

그는 자신이 땅에 부딪치는 것도 거의 의식하지 못했다. 공포가 온몸을 휘감았다. 이번에야말로 얼마나 큰 부상을 입은 것인지 상상조차 할 수 없었다.

그에게 남은 것이 무엇인지도.

추락을 통제하지 못한 채 사이먼은 땅에 떨어져 굴렀다. 세상이 빙글빙글 돌았다. 그는 일어서려 했지만 잠시 몸을 움직일 수 없었다. 기차를 쫓던 악마들이 순간 가까워지고 있었고, 기차는 더 멀어지고 있었다.

하지만 그런 건 중요하지 않았다. 기차는 더 이상 고려할 사항이 아니었다. 악마는 기차를 따라잡을 수 없을 것이다. 그 역시 마찬가지다. 그 편이 안전했다. 오히려 그러길 바라야만 했다. 그는 무릎을 꿇고 엎드린 채 일어설 수 있을 때까지 기다리기로 했다.

"사이먼!"

HUD의 경고등이 켜졌다.

- 경고. 출처 미확인 회선.

하지만 사이먼은 그 여자의 목소리를 알았다. 레아 크리시였다.

템플러의 통신 시스템을 그녀가 무슨 수로 해킹한 것인지 알 수 없었다.

"일어나요."

사이먼은 놀랐다. 그가 엎드려 있는 것을 그녀가 어떻게 안단 말인가?

"일어나요! 당장! 지금 그쪽으로 가고 있어요! 시간이 얼마 없어요!"

사이먼은 신음하며 몸을 일으켰다. 악마들이 쫓아오며 발포하려 하고 있었다. 사이먼은 터널 벽으로 물러나 몸을 숨겼다. 탄환과 포탄, 화염 줄기가 그의 주위로 비처럼 쏟아졌다.

곧이어 힘찬 오토바이 엔진 소리가 투구 오디오로 들려왔다. 그 친숙한 소리를 좇아 사이먼은 기차가 사라진 쪽을 돌아보았다.

오프로드용으로 특별히 제작된 BMW R 1200 GS 어드벤처 엔듀로(BMW R 1200 GS Adventure Enduro)가 사이먼을 향해 다가왔다. 전조등을 켜지 않았다는 것으로 보아 운전자는 야간투시경을 쓰고 있는 듯했다.

"레아?"

"맞아요. 타요."

오토바이가 사이먼 앞에서 방향을 바꾸며 미끄러지듯 멈췄다. 오토바이를 타고 있는 사람의 모습은 비현실적으로 보였다. 여러 부위를 겹쳐 조립한 듯한 검정색 무광 갑옷은 거의 곤충 같아 보였다. 하지만 몸에 착 달라붙어 여성적인 몸매를 완벽히 드러냈다. 작지만 얼굴을 모두 가리는 투구에 고글 비슷한 것을 쓰고 있었으며 왼쪽 귀 부위에는 안테나가 튀어나와 있었다. 목, 어깨, 팔꿈치, 허벅지, 무릎 부위 갑옷은 더 견고해 보였고 다른 부위에 비해 색깔이 조금 더 밝았다.

"레아?"

사이먼은 두 눈으로 보고서도 믿지 못해 재차 물었다.

"맞다니까요. 자, 저놈들이 오기 전에 얼른 타라고요."

사이먼이 뒷좌석에 올라앉았다. 공간이 넉넉하지는 않았지만 발을 올릴 수 있는 보조 풋 스텝도 있었다.

"여기서 뭐하는 겁니까?"

레아가 스로틀을 비틀자 뒷바퀴가 땅바닥을 찢을 듯 회전했다. 누군가 오토바이의 힘을 끌어올리는 작업을 한 것이 분명했다. 그의 무게가 더해졌는데도 오토바이는 힘이 달리지 않는 것 같았다. 그가 왼쪽 팔을 미끄러뜨려 그녀의 허리를 감싼 후 그녀에게 몸을 기댔다.

"당신을 구하고 있죠."

그녀의 목소리는 너무나 차분했고, 남아프리카공화국을 출발하는 비행기에서 처음 만났을 때와는 사뭇 달랐다.

"사실 이러면 안 되는 건데. 내 X-O가 좋아하지 않을 거예요. 난 여기 지켜보러 왔거든요. 개입하러 온 것이 아니라."

"당신 X-O요?"

군 사령부에 대해 공부한 적이 있었기 때문에 사이먼은 X-O가 참모(Executive Officer)를 뜻한다는 것은 알고 있었다. 하지만 레아는 군인이 아니었다.

그렇지만 두 사람이 막 영국 해안에 도착했을 때 그녀가 라이플을 어떻게 다루는지 그는 또렷이 기억했다. 그녀가 이것저것 끊임없이 물었던 것도 새삼 떠올랐다. 모든 것에 대해서. 템플러 근거지에서 자취를 감추기 직전까지.

"그런 이야기나 하고 있을 시간 없어요."

"나중에는 있습니까?"

"아뇨."

레아가 몸의 일부인 양 오토바이를 몰았다. 어둠 속에서 여기저기 널린 잔해들을 피하며 능숙하게 선로를 달려 나갔다.

"난 여기 있으면 안 되는 거라고요."

"하지만 여기 있잖아요."

"내가 마음 약하고 어리석어서 그러네요. 이러라고 훈련받은 건 아닌데."

훈련이라고? 누구에게? 무슨 목적으로?

기차가 저 앞 어둠 속에서 아주 작게 형체를 드러냈다. 살아남은 템플러들이 객실 주위에서 경계를 서고 있었다.

"당신 동료에게 연락하는 게 좋을 거예요. 우리가 적이 아니라는 걸 알려요. 길바닥에 뻗어 있는 걸 기껏 구했는데 동료 총에 맞아 죽는 건 좀 아니잖아요."

옳은 말이었다. 사이먼은 워덤을 호출했다.

워런은 땅에 부딪친 충격에, 한편으로는 여전히 살아 있다는 사실에 망연자실하여 지하철 터널 어둠 속에 서 있었다. 예전에 익힌 야간 시야 능력을 사용하지 않고 잠시 어둠에 적응했다.

터널 오른쪽에서 오토바이의 굉음이 다가왔다. 워런은 자신이 쓰러뜨렸던 기사가 오토바이를 타고 질주해 오는 모습을 보았다. 운전자는 스로틀을 비틀며 더욱 속력을 높이더니 순식간에 그를 지나쳤다.

워런은 온 힘을 다해 숨을 쉬어 보았다. 가슴 안에서 무언가 부러진 듯 통증이 느껴졌다. 그저 갈비뼈 하나 정도이길 바라며 두 손도 살펴보았다. 부상당했거나 달라진 곳은 어디에도 없었다. 산산이 부서지는 대인용 수류탄이 아니었던 것이다.

게임을 했던 덕분에 수류탄에 대해선 조금 알고 있었다. 기사가 던진 수류탄은 아마도 폭파 시 충격을 주는 목적으로 쓰이는 고성능 군수품이었던 것 같았다.

그는 운이 좋았다.

하지만 곧 그저 운이 아니었음을 깨달았다. 그 정도 폭발은 아무 탈 없이 받아 낼 수 있을 만큼 충분히 강해진 것이다.

그는 오토바이가 작아지는 것을 지켜보았다. 곧이어 악마 무리가 뒤를 쫓았다. 워런은 무리에서 또 다른 블러드 엔젤을 불러 등에 올라탔다. 그는 자기 손을 자른 기사를 따라잡을 수 있기를 바라며 다시 한번 하늘로 날아올랐다.

"나를 따라온 겁니까? 그래서 여기 있는 거예요?"
사이먼이 물었다.
"남아프리카공화국에서부터 내 임무는 당신이었어요. 거기서부터 당신을 따라온 거죠."
그녀가 오토바이를 기울여 거대한 모르타르 덩어리를 피했다.
"오늘 밤 당신을 구한 건 그냥 요행이었어요. 다른 임무 중이었거든요."
사이먼은 그녀가 여기서 무슨 임무 중이었는지는 묻지 않기로 결심했다. 어차피 대답하지 않을 것 같았다. 하지만 그의 마음속에선 이미 온갖 의혹이 떠올랐다.

"남아프리카공화국에서부터 나를 따라온 이유가 뭡니까?"

"우리는 템플러에 대해 더 많이 알아야 했어요."

"'우리'가 누구죠?"

"묻지 말아야 할 질문이에요."

물론 묻지 말아야 할 여러 질문 중 그저 하나일 것이다.

"그럼 그들은 왜 나를 뒤쫓으라고 시킨 거죠?"

오토바이가 기울 때마다 그는 절로 그녀에게 몸을 기댈 수밖에 없었다.

"템플러에 대해 더 알아야 했기 때문이라니까요."

"내가 템플러라는 건 어떻게 알았어요?"

"당신 아버지 신원이 밝혀졌어요."

"아버지요?"

순간 희망이 어른거렸다.

"내 아버지 말입니까?"

레아가 잠시 침묵했다.

"아니, 미안해요, 사이먼. 당신 아버지 시신으로 신원을 알게 됐다는 뜻이었어요. 갑옷을 입고 계셨거든요. 그래서 조사를 한 거예요. 곧 당신에 대해서도 알게 됐고요. 당신 아버지가 템플러라는 걸 알아냈지만 당신은 어떨지 몰랐어요. 그렇다는 데 걸 수밖에 없었죠. 당신은 우리와 템플러의 유일한 연결고리였으니까요. 어떻게든 그 정보를 이용해야만 했어요."

이용. 그 말은 공격적으로 들렸다.

"내 목숨을 구해 주지 않았다면 당신을 오토바이에서 던져 버렸을 겁니다."

사이먼이 거칠게 말했다.

"그러진 않을걸요. 당신은 보이스카우트 같은 면이 있으니까."

레아가 또 다른 잔해를 피한 후, 기차를 따라잡기 위해 더욱 속력을 높였다.

"그런 점 때문에 당신이 마음에 들기도 하고."

"템플러에 대해서는 왜 알려 했던 거죠?"

"악마에 대해서 더 잘 아니까요. 공습이 실제로 일어나기 전까지 다들 그런 건 그저 성전 기사단이나 다른 사람들이 퍼뜨린 이야기일 뿐이라고 믿었는데."

"그냥 물어보지 그랬어요?"

"드러내 놓고 물을 수는 없었어요. 그런 건 우리 방식이 아니에요. 이제 좀 조용히 해요. 난 오늘 밤 잠복 임무 중에 뛰쳐나왔고, 그 이유가 뭐든 엄청난 징계를 받을 거란 말이에요. 저기, 쫓아오는 악마들 말고 다른 문제도 있어요."

사이먼이 레아에게 다시 기대자 그녀가 속력을 높여 기차를 쫓기 시작했다.

"사이먼."

워덤이었다. 워덤은 차량 지붕에 서서 검과 블레이즈 피스톨(Blaze Pistol; 템플러 무기)을 들고 서 있었다. 건틀릿은 끼지 않고 있었다. 객실 창문 너머로 공포에 질린 사람들의 얼굴도 보였다. 기차에 남은 전투 흔적들을 보고 사이먼은 어떻게 다들 무사할 수 있었는지 알 수 없었다. 하지만 그는 곧 잡념을 떨쳤다.

"전 무사합니다."

"누구랑 있는 겐가?"

"레아 크리시요."

"자네가 데려왔던 여자?"

"네."

"그 여자가 여기서 뭘 하는 겐가?"

"도와주고 있다고 주장하네요."

"그래?"

"저기서 제 목숨을 빚져 버려서요."

"글쎄, 그게 시작이지. 오늘 밤 우리를 돕겠다는 사람이 있다면 그게 누구든 까다롭게 굴 처지는 아니지 않은가."

레아가 기차를 추월한 후 레일을 뛰어넘어 선로 중앙에 착지하더니 스로틀로 추진력을 얻어 속력을 더욱 높였다. 모터가 요란한 소리를 냈다.

"다른 문제도 있다고 했잖습니까."

"네.

레아가 몸을 숙이더니 옥스퍼드 서커스 역에서 채링 크로스 쪽으로 방향을 틀었다.

"메리힘이라는 악마가 헝거포드 다리에서 기차를 기다리고 있어요."

그 말에 사이먼은 정신이 번뜩 들었다. 런던의 모든 철로는 헝거포드 다리를 통해 템스강을 건넜다. 런던 남부로 가는 다른 선로는 없었다. 베이컬루 노선은 강 아래로 통했지만 그쪽으로는 접근할 수 없었다.

만약 레아의 말이 사실이라면, 탈출 경로에서 악마가 기다리고 있는 것이었다.

50장

워런은 지하철 터널 안을 날아 기차를 쫓는 블러드 엔젤에 매달려 있었다. 다른 블러드 엔젤들도 그에게 합류했다. 놈들은 박쥐 떼처럼 비명을 질러 대며 기차를 추격했다.

워런은 분노에 차 있었다. 기차는 채링 크로스 역을 지난 후 헝거포드 다리를 건너 런던 남부로 향할 것이다. 채링 크로스에서 지상으로 올라와 다리 위를 달릴 때가 기회였다.

기차를 추월하는 데는 얼마 걸리지 않을 것이었다. 블러드 엔젤이 통제실에 있는 기술자만 처치한다면 기차는 멈출 것이다. 그 기사는 분명, 기차를 돕기 위해 되돌아올 것이다. 기차에 타고 있는 사람들이 다칠지도 모른다고 생각하니 기분이 썩 좋지는 않았다. 그들이 다치는 건 원하지 않았다. 하지만 만약 그의 목숨을 그들의 목숨과 맞바꿔야 한다면, 그들은 죽을 수밖에 없었다. 그는 그 사실을 잘 알았다.

지금껏 그 누구도 그를 신경 쓰지 않았다. 지금, 그의 목숨이 걸린 상황에서, 그들을 신경 쓸 만큼 바보는 아니었다.

인내를 가져. 그가 마음속으로 블러드 엔젤들에게 속삭였다. 곧 기회가 올 테니.

레아가 채링 크로스 역 안에서 오토바이를 멈추었다. 그녀 뒤에서 사이먼은 몸을 빼고 헝거포드 다리를 내다보았다. 역에서부터 뻗어 올라가는 다리가 템스강 위로 걸쳐져 있었다. 아직 밤은 오지 않았지만 땅거미가 져 하늘이 잿빛으로 물들었다. 멈추지 않는 눈발이 그의 시야를 가렸다.

하지만 사이먼은 HUD 자기 온도 장치를 통해 다리 한가운데 서 있는 오렌지색 형체를 또렷이 볼 수 있었다.

"저놈입니까?"

사이먼이 물었다. 두 사람은 기차보다 겨우 몇 분 정도 앞서 있을 뿐이었다.

"메리힘이라는?"

"네."

"저놈에 대해선 어떻게 알게―"

레아가 고글을 쓴 무표정한 시선으로 그를 바라보았다.

"사이먼. 그런 걸 묻고 답할 시간이 없어요. 기차를 구할 생각이라면요. 뒤에서 쫓아오는 악마들은 절대 포기하지 않을 거예요. 만약 기차가 멈추면 놈들이 곧장 들이닥쳐서 모두 몰살할 거예요. 그 소란에 이끌려 찾아오는 다른 악마들도 상대해야 하고요. 이해했어요?"

"네."

사이먼은 분했다. 그녀는 굉장히 프로다웠고, 굉장히 자신만만했다. 그런데 그는… 글쎄, 모든 것이 생각대로 풀리지 않았다. 구출 시도는 엉망이 되어 가고 있었다. 치열하게 계획을 세우고, 며칠 동안 잠도 제대로 자지 못한 채 일했는데 그 모든 것이 무슨 소용이었나? 결국 실패하기 위해서였던가? 한 끗 차이로?

"우리는 메리힘을 지켜보고 있었어요."

우리가 누구냐고 묻고 싶은 충동을 사이먼은 억눌렀다.

"최근 이곳 악마들의 질서에 변화가 생긴 것이 포착됐어요. 메리힘은 뒤늦게 나타났지만 우리가 아는 한 놈은 굉장한 힘을 드러내며 악마들을 통제하고 있어요. 메리힘이 우리 세상으로 넘어올 때, 카발리스트 조직에 우리… 요원이 잠입해 있었어요. 메리힘은 자기만의 게임을 하는 중이에요. 오늘 밤 놈은 당신의 구출 작전을 그 게임에 포함시켰어요."

"어떻게?"

"기차가 지나갈 때 다리를 폭파할 거예요. 그러면 기차에 탔던 사람들 모두가 강으로 떨어지겠죠."

"왜 그런 짓을 하죠?"

"어떤 피의 의식 같은 거라고 추정해요. 희생양 같은 거죠. 우리가 수집할 수 있는 정보는 그게 전부예요. 템플러가 하는 일만큼이나 악마가 하는 일도 이해하긴 어렵더군요."

"모든 걸 이해할 순 없겠지요."

사이먼이 다리 위에서 기다리고 있는 오렌지 빛깔 형체를 바라보며 순순히 인정했다.

"그렇다 하더라도 대체 다리는 어떻게 폭파시킨다는 거죠? 폭약으로?"

"우리도 몰라요. 우린 카발리스트 한 명을 조사하고 있었어요. 우릴 쫓아오는, 날아다니는 악마를 타고 있는 바로 저 남자 말이죠."

"블러드 엔젤입니다."

사이먼이 저도 모르게 일러 주었다.

"어쨌든 저 남자가 메리힘을 염탐하더군요."

레아는 고개를 저었다.

"저 사람들, 어리석고 한심해요. 모두가요. 몽땅 집어삼켜질지도 모르고 정체 모를 괴물이랑 노는 아이들 같아요."

사이먼은 그녀의 평가에 그다지 동의하지는 않았다. 카발리스트들은 똑똑했다. 그들의 이익을 좇을 만큼. 아니, 곤경에 처하거나 목숨을 위험하게 할 만큼 지나치게 똑똑했다.

"마약사범으로 구금되었던 그 카발리스트를 심문하면서 몇 가지 정보를 입수했어요. 불행하게도 그 남자가 아는 것도 거의 없었지만요. 지금은 당신이 선택할 시간이에요. 터널로 돌아가서 악마들과 싸울지, 아니면 메리힘을 물리칠 방법을 찾을지."

사이먼이 잠시 생각했다. 생각할 시간이 많지는 않았다. 기차는 시시각각 가까워지고 있었다. 워덤과의 짧은 통신으로도 확인할 수 있었다.

"제때 가려면 당신 오토바이를 빌려야겠어요."

사이먼이 여분의 탄약과 폭탄을 넣어 항상 메고 다니는 배낭을 확인했다. 탄띠에 수류탄 7개가 남아 있었다. 행운의 숫자라고 여기며, 그것으로 충분하길 바랐다. 악마를 물리치진 못하더라도, 적어도 기차가 지나갈 동안 주의를 끌 수 있길 바랐다. 기차 없이 생존자들이 런던에서 안전하게 빠져나갈 방법은 없었다.

그는 탄띠를 어깨에 메고 수류탄 안전핀을 한 번에 모두 뽑을 수 있도록 장착한 줄을 확인했다. 수류탄은 반드시 제때, 한꺼번에 폭발해야만 했다.

"뭐라고요?"

레아가 쓰고 있던 헬멧에 표정이 드러났다면 분명 엄청나게 충격받은 얼굴을 볼 수 있었을 것이었다.

"당신은 저기 못 가-"

사이먼은 재빨리 두 손을 그녀의 허벅지 아래로 미끄러뜨려 갑옷의 힘을 발휘해 그녀를 오토바이 밖으로 던졌다. 그녀는 공중에서 고양이처럼 몸을 틀어 10미터쯤 떨어진 곳에 착지했다. 하지만 사이먼은 이미 핸들을 잡고 있었다. 그는 기어 시프트 레버를 발로 차고 스로틀을 비틀며 클러치를 푼 후 기차역 바깥으로 쏜살같이 달려 나갔다.

"사이먼!"

그녀가 부르는 소리를 무시하고 사이먼은 워덤을 호출했다.

"어디쯤입니까?"

"채링 크로스 역에 거의 다 왔어."

사이먼이 선로를 따라 악마가 서 있는 다리 중간 지점을 향해 달렸다.

"전방을 잘 주시하고 있으세요."

사이먼이 충고했다.

"제때 지나가기 전에 다리가 폭발하는 것이 보이면, 기차를 세울 준비를 하셔야 합니다."

"다리가 폭발한다고?"

"그냥 대비하세요, 워덤. 행운을 빕니다."

사이먼이 핸들바로 몸을 숙였다. 바보 같은 짓이라고 욕을 퍼부으며 돌아오라고 애원하는 레아의 목소리가 귓속에서 울렸다. 사이먼은 그 모든 걸 다 무시했다. 대신에 아버지를 생각했다. 아버지가 그에게 가르친 모든 것을 생각했다. 그 모든 기억들이 지금 이 순간 그에게 얼마나 소중한지 아버지에게 말할 수 없다는 생각을 했다.

아버지는 알 거야. 사이먼은 생각했다. 아버지 모르게 할 수 있는 일은 거의 없었으니까. 아버지는 아셨을 거야. 조금 위로가 되었다. 비록 아버지는 돌아가셨지만, 그 또한 아버지가 가르친 대로 죽을 것이었다.

무언가 잘못되었다.

기차가 속도를 조금 늦추는 것을 보고 워런은 생각했다. 채링 크로스 기차역에 거의 다 왔기 때문일 수도 있을 듯했다.

블러드 엔젤 무리가 속력을 높였다.

악마를 향해 다가갈수록 사이먼의 머릿속은 두려움으로 저릿저릿해졌다. 악마의 등 뒤로는 짙은 그늘이 강 위까지 드리웠고, 내리는 눈과 두터운 안개로 그 모습이 반쯤 가렸다.

만약 저놈이 고대의 엘디스트[15] 중 하나라면, 심지어 다크월이라면 사이먼은 아마도 놈을 죽이지 못할 것이었다. 그리고 놈을 죽이지 못한다면 그 자신이 죽을 것이 분명했다.

놈을 죽일 필요는 없어. 사이먼이 자신을 일깨웠다. 어떤 수로 다리를 폭파하려는 건지는 모르지만, 일단 그 수단을 없애기만 하면 돼. 아니면 기차가 지날 때까지 늦추거나.

사이먼은 메리힘이라는 이름을 한 번도 들어 본 적이 없다는 사실에 조금 용기를 얻었다. 아마도 그렇게까지 강하진 않을지도 몰

---

[15] Eldest. 악마 계급. 풀라가르는 다크월. 메리힘과 하르가스토르, 크나알, 토크로르크, 시도나이는 엘디스트.

랐다. 그가 어떤 쪽을 택하든, 메리힘은 그 길을 함께하며 자기 이름을 알리길 바라는 것일 수도 있었다. 그렇다는 건 그가 아직은 파괴될 만큼 약하다는 뜻일 것이다.

하지만 널 이길 만큼은 강할 수도 있겠지.

70미터가 채 남지 않았을 때 악마가 몸을 돌려 사이먼을 보았다. 놈은 평범한 인간보다 겨우 1미터 남짓 컸다. 그 사실에 새삼 용기를 얻은 사이먼은 총집에서 스파이크 볼터를 꺼내 놈을 조준하는 즉시 쏘았다.

악마가 한 팔로 얼굴을 가리고 몸을 조금 비껴 공격을 피하며 울부짖었다. 재빠르게 제자리로 돌아온 메리힘은 손 위로 빙글빙글 회전하는 화염구를 띄우더니 곧장 사이먼에게로 날렸다.

기차가 채링 크로스 역에서 탁 트인 구역으로 빠져나올 때쯤 워런은 블러드 엔젤의 속도를 높였다. 그는 힘을 끌어올려 두 손을 가득 채울 만큼 커다랗고 맹렬하게 타오르는 에너지 볼을 만들었다.

블러드 엔젤이 쏜살같이 하강하여 조금씩 기차를 따라잡고 있었다. 워런은 오토바이와 기사를 찾아보았지만 기차에는 둘 다 없었다. 그는 풀링 엔진을 향해 에너지 볼을 던졌다.

사이먼은 오토바이를 지그재그로 몰며 악마가 던진 불덩어리를 간신히 피했다. 화염의 열기에 닿은 피부가 지글거렸다. 화염구는 소금 선水시 그가 날리던 지섬을 강타했고, 사방으로 불덩어리가 튀었다. 땅에 곧장 구멍이 패더니 부글거리는 거품과 함께 거의 반쯤 액체가 될 때까지 녹아내렸다.

10미터쯤 남았을 때 사이먼은 일부러 오토바이를 넘어뜨리며 펄쩍 뛰어내렸다. 정확한 속도는 알 수 없지만 오토바이는 울퉁불퉁한 지면에 걸려 미끼를 문 물고기처럼 공중으로 치솟을 만큼 충분히 빨랐다.
　믿을 수 없게도 사이먼은 목표 지점을 정확하게 노렸다. 빙글빙글 돌며 날아가는 오토바이는 제대로 항로를 유지하며 악마의 가슴에 맞았다. 가스탱크에 불이 붙더니 오토바이는 그대로 폭발했다. 악마는 불길에 휩싸였지만 사이먼은 그 정도로는 놈에게 그 어떤 타격도 줄 수 없을 거라 확신했다.
　넘어진 사이먼은 바닥에서 빙글빙글 돌며 미끄러지고 있었다. 움직임을 통제할 수 없었기 때문에 갑옷이 제대로 보호해 주기만을 바랐다. 팔이나 다리로 멈추려 했다가는 갑옷 안에서조차 골절될 수 있었기에 그는 최대한 몸의 긴장을 풀려고 했다. 주변 세상까지 미친 듯이 도는 듯한 느낌에 구역질이 올라왔고, 갑옷이 패치를 작동시키고서야 진정되었다.
　그는 다리 옆쪽 난간에 충돌하고서야 멈추었다. 그는 숨을 몰아쉬면서 그가 아주 잠깐 정신을 잃었음을 깨달았다.
　HUD를 힐끗 확인한 사이먼은 기차가 채링 크로스 역에서 나오고 있다는 것을 알았다. 풀링 엔진 주변을 악마들이 날아다니고 있었다. 템플러의 무기에서 발사되는 예광탄이 주변을 환하게 밝히며 불타올랐다.
　사이먼은 몸을 일으켜 등에서 검을 빼 들고는, 가슴에 달라붙은 오토바이 파편을 쓸어 내고 있는 악마를 향해 달렸다. 그제야 사이먼은 악마의 뒤쪽에서 아른거리는 그림자에 실체가 있음을 깨달았다.

다리 건너편에 끔찍한 시체들이 빽빽하게 군집해 있었다. 그림자와 안개가 걷히자 언데드 부대가 모습을 드러냈다. 이제 막 무덤에서 나온 듯한 좀비들이었지만 사이먼은 그들 중 그 누구도 실제로 묻힌 적은 없었을 거라는 생각이 들었다. 걸어 다니는 시체들은 머뭇거리면서 비틀비틀 앞으로 나아가고 있었다. 기차가 선로를 달리며 전달하는 진동에 몸이 흔들리는 것처럼 보였다.

사이먼은 악마 앞으로 돌진해 스파이크 볼터를 쏘고 검을 휘둘렀다.

워런은 에너지 볼이 풀링 엔진을 때리는 모습을 보았다. 강한 충격에 무거운 기관차가 한순간 한쪽으로 기울었다. 선로 위에서 바퀴가 마구 덜컹거리며 기관차는 다시 제자리로 돌아왔다.

객실에 탄 사람들이 공포에 질린 비명을 질렀다. 그들은 한데 엉켜 바닥에 엎드려 있었다.

다음 순간, 기차는 채링 크로스 역 바깥으로 나갔다. 워런은 힘을 더 끌어모으며, 속도를 높이라고 블러드 엔젤을 다그쳤다. 블러드 엔젤 두 마리가 풀링 엔진을 움켜쥐려는 순간 템플러가 응전해 왔다. 헛되이 팔을 뻗던 놈들은 그대로 갈기갈기 찢겨 땅 위로 떨어졌다.

워런이 막 에너지 볼을 던지려는 순간 한 템플러가 워런이 타고 있던 블러드 엔젤에게 팔라듐 스파이크를 연속해서 쏘았다. 스파이크들이 머리에 꽂힌 녀석은 거의 빈사 상태가 되었다.

블러드 엔젤은 방향을 잃고 끈 떨어진 연처럼 마구 흔들리며 형거포드 다리 옆으로 낙하했다. 그리고 목숨이 끊어졌다.
 거꾸로 뒤집힌 채 필사적으로 매달려 있던 워런은 강의 검은 수면이 급속도로 가까워지는 것을 보았다. 그는 수면에 강하게 부딪쳤고, 온몸의 감각이 강물만큼이나 새까맣게 가라앉았다.

 악마가 사이먼을 향해 울부짖더니 손을 뻗었다. 그와 동시에 클러스터 라이플에서 발사된 로켓 세 발을 맞고 뒷걸음질을 쳤다. 사이먼은 로켓이 폭발하는 것을 확인하고 적에게 돌진하면서 눈을 겨냥해 스파이크 볼터를 쏘았다. 어떤 악마들은 몸이 재생되었다. 사이먼은 비록 일시적이더라도, 잠깐이나마 놈의 눈이 멀기를 바랐다.
 또 다른 로켓 세 발에 맞은 악마가 다시 뒤로 몇 걸음 물러났다. 제자리로 오기 전에 사이먼은 놈에게 올라타 로켓탄이 이미 만들어 놓은 부위에 검을 휘둘러 상처를 더 크게 벌렸다.
 HUD를 통해 사이먼은 기차가 빠르게 달려오는 것을 확인했다. 그대로 달린다면 몇 초 안에 그를 지나칠 것이었다.
 악마가 두 팔을 뻗어 그를 베러 들어오는 검을 잡았다. 팔까지 붙들린 사이먼은 힘을 줄 수 없었다. 하지만 놈의 가랑이 사이를 걷어찬 후 손아귀에서 검을 빼냈다.
 사이먼이 착지하려는 순간 악마가 팔을 휘둘러 손등으로 그의 투구를 때렸다. 강타라고 할 만큼은 아니었지만 트럭에 부딪친 것만 같은 충격이었다. 그는 몸을 휙 돌리며 겨우 두 다리로 버티고 섰다. 이렇게 강한 누군가와, 혹은 무언가와 싸워 본 적이 없었다. 그 단 한 번의 일격에도 간신히 서 있는 것이 전부였다.

사이먼은 다시 스파이크 볼터를 들어 올려 코앞에서 메리힘을 향해 쏘았다. 그런 후 곧장 그에게 덤벼드는 좀비 무리를 조준해 다시 발포했다. 징그러운 퍼런 피부색에 눈동자는 텅 빈 좀비들이 쓰러졌다. 한때는 사람이었을 좀비들을 쏘는 것은 내키지 않았다. 반면에 악마는 결코 사람이었던 적이 없었다.

악마가 기차로 주의를 돌렸다. 놈은 두 손을 들어 허공에 어떤 상징들을 그리기 시작했다. 그러고는 큰 소리로 울부짖었다. 어쩌면 무어라고 명령을 내리는 것 같기도 했다.

바로 그때 기차가 다리 위로 진입했다. 사이먼은 악마에게 가까이 가기 위해 온 힘을 끌어올려 앞길을 막는 좀비들을 베어 냈다.

더 많은 로켓탄이 그를 지나쳤다. 악마가 아니라 기차에서 발사한 것이었다.

악마가 그르렁거리며 사이먼을 후려치려 했다. 사이먼이 타격을 피해 반사적으로 몸을 날려 젖힌 후 스파이크 볼터를 쉬지 않고 쏘았다. 기차가 그들을 향해 점점 더 커지면서 돌진하는 것을 보고 사이먼은 총집에 총을 집어넣었다.

사이먼의 분투에 힘입어, 기차에 탑승한 템플러들이 다른 무기들로 응전했다. 악마가 분노로 울부짖으며 뒷걸음질 쳤다.

사이먼은 두 손으로 검을 움켜쥔 채 두 발로 힘껏 점프해 좀비 무리 가운데 착지했다. 메리힘을 보호하듯 몰려든 언데드 군대를 헤치며 그는 달렸다. 좀비들은 사이먼의 힘과 무게에 짓눌려 두개골이 으깨어지고 목이 부러졌으며 어깨가 부서졌다. 사이먼은 멈추지 않고 악마에게 다가갔다.

메리힘이 그에게 또 다른 화염구를 날렸다. 제대로 명중당한 사이먼이 멈칫했고, 그의 주변 좀비 몇몇은 화염에 휩싸였다. 하지만 사이먼은 갑옷을 믿고 계속 나아갔다. 갑옷은 이미 경고음을 내보내고 있었다.

마침내 악마 곁에 도달한 사이먼은 두 손에서 생생하게 느껴지는 검을 크게 휘둘렀다. 그는 악마의 머리에 일격을 날렸고 휙 돌아갔던 머리는 곧 제자리로 돌아왔다. 비늘 돋은 거죽에 새겨진 '룬' 문자가 녹아 버릴 듯 주홍빛으로 불타올랐다. 검에 잘리고 벌어진 깊은 상처 부위에서는 액체가 흘러내리며 더욱 붉게 빛을 발했다.

메리힘은 분노와 고통으로 울부짖으며 주먹으로 사이먼을 되받아쳤다. 그 충격에 뼛속까지 뒤흔들리는 듯했고 사이먼은 자신이 틀림없이 죽을 것이라 확신했다.

그때 사이먼의 HUD를 통해, 한 템플러가 기차에서 수류탄 발사대를 악마에게 조준하는 것이 보였다. 수류탄들이 악마에게 쏟아졌다.

그 충격에 악마는 휘청거리며 잠시 혼란스러워하는 듯했다. 그 틈을 타 사이먼은 앞으로 돌진해 악마의 가슴에 검을 꽂아 넣었다. 기차가 빠르게 달리며 다가오는 모습을 보며 사이먼은 어깨에 메었던 수류탄 탄띠를 쥐고 안전핀을 모두 뽑았다. 그러고는 메리힘의 머리에 빙빙 감고 죽음의 목걸이를 걸어 주듯 어깨 위로 걸쳐 놓았다.

"죽어라, 지옥에서 온 짐승!"

사이먼이 칼자루를 쥔 채 메리힘의 배를 걷어찼다. 놈은 비틀거리며 뒷걸음질 쳤다. 선로에 발이 걸려 좀비들 한가운데로 넘어진 악마가 목으로 손을 뻗었지만 바로 그 순간 수류탄이 폭발하며 놈의 상반신을 갈기갈기 찢었다. 하지만 그는 여전히 살아 있었다.

사이먼은 믿을 수 없었다. 엘디스트도, 다크월도 아니었는데 이 악마를 죽이기는 너무 힘들었다. 사이먼의 HUD 교신기가 켜졌다.

"사이먼!"

HUD를 통해 사이먼은 기차가 정말로 그에게까지 온 것을 보았다. 템플러 몇 명이 거기까지 쫓아온 블러드 엔젤 무리를 쏘아 떨어뜨리고 있었다.

"손을 이리 줘!"

워덤이 외쳤다. 사방에 널린 언데드 시체와 그 시체 조각들과 부딪치며 마구 흔들리면서 기차는 좀비들을 향해 돌진했다. 워덤은 마지막 차량에 서서 한 손은 안전 난간을 단단히 붙들고 다른 한 손은 사이먼을 붙잡으려고 내밀고 있었다.

사이먼이 몸을 돌려 왼쪽 팔을 뻗었다. 워덤은 미쳤고, 그들 둘 다 죽을 것이 분명했다. 두 손이 서로의 팔뚝을 단단히 쥐었다. 사이먼은 기차의 속도가 그의 두 다리를 휙 잡아끄는 것을 느꼈다.

기차는 가까스로 좀비 떼를 비꼈지만 사이먼은 놈들과 부딪치고 엉기었다. 짧은 순간이었지만 사이먼의 세계가 혼돈으로 뒤흔들렸다. 워덤이 그를 객차 뒤의 난간 안쪽으로 끌어당겼고 두 사람은 넘어지며 엉덩방아를 찧었다.

사이먼은 즉시 몸을 일으켰으나 이제 좀비들과 메리힘은 그들 뒤로 멀어지고 있었다. 기차가 속력을 올리자 놈들은 점점 더 작아졌다. 하지만 메리힘은 여전히 거기 서 있었다. 약해진 것은 분명했지만, 그럼에도 미동 없이 서 있었다. 기차를 쫓아오려 하지는 않았다.

  이제 살아서 런던을 빠져나가는 건가. 사이먼은 생각했다. 그는 눈보라가 소용돌이치는 지평선을 바라보았다. 런던은 괴사로 절단해야만 하는 감염 부위처럼 새카맸다. 세인트 폴 대성당의 헬게이트 주위로 검은 구름이 휘몰아쳤다. 블러드 엔젤들이 하늘을 점령한 듯 건물 위를 날고 있었다.

  죽음의 덫이 되어 버린 런던을 바라보면서, 사이먼은 이제 그 누구도 여기를 탈출할 수 없을 거라는 생각을 하지 않을 수 없었다.

  그저 진실이 아니기를 바랄 뿐이었다.

에필로그

　이틀 후, 생존자를 태우기 위해 구조 수송선이 왔다. 템플러는 그들을 런던에서 탈출시켜 브리스틀까지 데리고 왔다. 템플러 한 명이 구조대에 메시지를 보내는 전초기지를 겨우 찾아낼 수 있었다.
　구조선들이 항구에 닻을 내리고 정박한 사이 대형 보트들이 왕복하며 생존자들을 실어 날랐다. 이른 아침이었고, 미래가 밝아 보이는 날이었다. 그 무렵 들어 처음으로 하늘이 청명했다.
　웨버는 한때 런던에 살았던 베테랑 선장이었다. 그는 사이먼과 워덤 옆에 서서 생존자들이 배에 타는 모습을 지켜보았다.
　사이먼은 겨울 추위는 아랑곳하지 않고 투구를 벗어 옆구리에 낀 채 햇빛을 받으며 해안에 서 있었다.
　"우리와 함께 가셔도 됩니다."
　웨버가 제안했다. 사이먼은 떠날 수 없었다. 그는 배에 타는 사람들을 바라보며 깊이 숨을 들이마셨다가 뱉었다.
　"감사하지만 괜찮습니다. 제가 있을 곳은 여기입니다."
　웨버가 고개를 돌려 북쪽을 바라보았다. 이렇게 멀리에서도 헬게이트가 퍼트리는 하늘의 얼룩이 보였다. 잿빛 겨울 아침이었다면 보이지 않았을지 모르지만, 오늘처럼 맑은 날씨에서는 너무도 선명해 보였다.
　"이런 때 런던은 있을 만한 곳이 못 됩니다."
　선장이 말했다.
　"난 저기서 자랐지요. 악마들이 나타났을 때 시내에 있었지요.

하지만 운이 좋아서 빠져나올 수 있었습니다."

그가 고개를 저었다.

"저기로 돌아가고 싶진 않아요. 그럴 거 같지도 않고요."

나이 든 남자의 두 눈에 수심이 가득했다.

"저는 돌아갑니다."

"악마들이 있는데도?"

사이먼이 쓸쓸하게 미소를 지었다.

"그것이 제 소명입니다, 선장님. 바다가 선장님 소명인 것처럼요. 배에는 절대 올라타지 않을 사람들이 있습니다."

웨버가 고개를 저었다.

"그래요, 저 악마들이야말로 당신의 바다겠죠. 저놈들을 없앨 방법을 아는 사람은 아무도 없다고들 하던데."

"그 답이 저곳에 있습니다. 우리는 반드시 그 답을 찾아야 합니다."

하지만 의문은 한층 커졌다. 그는 메리힘이 죽지 않았음을 확신했다. 레아 크리시로부터 정보를 들은 후, 줄곧 놈의 목적이 궁금했다.

레아 또한 비밀에 싸여 있었다. 그녀는 누구인가? 누구를 위해 일하는가? 알아봐야 할 것이 많았다. 그것은 또한 런던에서 저마다 퍼즐 조각들을 맞춰 가고 있음을 의미하기도 했다.

그 열쇠 중 하나가 메리힘이었다. 그 때문에 레아와 그녀가 속한 비밀스러운 집단이 놈을 추적한 것이 분명했다. 메리힘은 독단적으로 움직이고 있는 것 같았다. 레아의 말대로 만약 메리힘이 악마 종족들 사이에서 어떤 일을 꾸미고, 힘을 행사하려 하는 것이라면 기회였다. 악마를 물리칠 정보를 그쪽에서 얻을 수 있을지도 몰랐다.

사이먼은 런던으로 돌아가 할 수 있는 한 악마에 대한 많은 정보를 모을 작정이었다. 하지만 먼저 함께한 템플러들이 기력을 회복하고 건강을 되찾아야만 했다. 고맙게도 브리스틀까지는 아직 악마의 손길이 미치지 않았다. 그곳에는 아직 보급품이 가득했고, 해안을 오가는 악마 순찰대를 제외하면 상대적으로 안전했다.

단 며칠간의 휴식이면 충분할 것이었다. 죽음을 애도하고 상처를 치료한 후 최상의 상태를 회복하면 그들은 다시 런던으로 향할 것이다.

도시를 지키는 전쟁은 이제 막 시작되었다.

굿 세인츠 묘지(Good Saints' Cemetery)를 둘러싼 높은 돌담과 연철 울타리는 기물 파손을 막기 위해 설치된 것이 분명했다. 하지만 입구는 워런의 손짓 한 번에 폭파되었다. 그는 자신이 이제 막 하려는 일이 내키지 않았지만 한편으로는 고대했다. 한 번도 해본 적 없는 일을 할 참이었다.

그의 손을 자른 템플러에 대한 복수가 좌절되고 템스강으로 추락한 후 사흘이 지났다. 그는 간신히 목숨을 건졌다. 그 템플러가 끝내지 못한 일을 직접 하기 위해 메리힘이 나타나진 않을까, 워런은 한동안 두려움에 떨었다.

하지만 악마의 노여움은 사그라들었고, 워런은 또 다른 지령을 받았다. 힘은 다시 돌아왔다. 이렇게 그렇게 빨리 회복되는지 스스로도 놀라울 정도였다.

워런은 묘지 사이를 걸었다. 그곳을 배회하는 악마들은 조금도 무섭지 않았다. 놈들도 느낄 수 있었다. 워런은 메리힘의 손안에 있었고, 그의 보호를 받았다. 악마들이 그에게 가까이 다가오는 것조차 않으려 한다는 것을 워런도 잘 알았다.

악마의 낙인이 찍힌 자(Demon-claimed). 놈들은 워런을 그렇게 불렀다. 워런은 그 이름을 기꺼이 받아들였다. 악마의 낙인이 찍혔다는 것은 악마에게 보호받는다는 것을 의미했다. 도시의 악마들은 통제당하고 있었다. 그리고 그에겐 힘이 있었다. 지금 여기에서, 그는 제왕이었다.

그는 점점 더 강해지고 있었다.

그는 묘비 사이를 걸으며 특정한 표시가 있는지 살펴보았다. 마침내 발견하자 그 앞에 양반다리를 하고 앉아서 메리힘이 일러 준 주문을 외웠다.

얼어붙은 땅에서 파란 안개가 피어올랐다. 전자기를 띤 한 안개는 점점 더 두텁게 층을 이루더니 묘지를 뒤덮기 시작했다. 얼마나 시간이 흘렀을까, 죽은 자들이 무덤에서 기어 나오기 시작했.

수백 년이 넘은 묘지였기 때문에 좀비들의 행색은 다양했다. 크니커스 바지[16]뿐만 아니라 카키복을 입은 시체도 있었다. 군인이나 예비역 장교였을지도 몰랐다. 하지만 그들 모두 이미 죽은 자들이었다. 영혼도 없이, 단지 메리힘의 군대를 위한 존재였다.

워런이 기다리던 언데드는 마지막까지 버티기라도 한 듯 한참 후에야 일어나 워런 앞에 나타났다. 생전에 스스로 총을 쏴 조각났던 머리는 장의사가 제대로 맞춰 주었을 터였다. 하지만 워런은

---

16) knickers, 허벅지는 헐렁하고 무릎에서 조이는 바지로 20세기에 유행했다.

총알이 뚫고 지나간 자리를 여전히 볼 수 있었다. 워런은 그 자리에 선 채 양아버지의 시체를 향해 악마의 손을 뻗었다.

"당신은 안 돼요."

워런이 나지막하게 말했다.

"당신은 함께 가지 않을 겁니다."

워런의 손끝에서 불꽃이 튀어 오르더니 좀비를 휘감았다. 놈은 울부짖으며 불길을 끄려고 했다. 열기 때문에 시체의 힘줄이 터지고 끊어지기 시작했다.

워런이 좀비를 향해 팔을 내밀었다. 놈의 몸에서 뿜어져 나오는 열기로 두 손이 따뜻해졌다. 좀비는 곧 쓰러졌다. 워런은 양아버지의 시체가 온통 불타 재가 되어 얼어붙은 땅에 무너지는 모습을 가만히 바라보며 서 있었다.

마지막 불씨가 사그라들자 워런은 몸을 돌려 언데드 군대를 묘지 밖으로 이끌었다. 주인 메리힘의 임무를 시작할 때였다. 워런은 고대하고 있었다. 메리힘의 힘이 강해질수록 워런 또한 강해졌다. 혼자 우뚝 설 수 있도록 힘이 세지고 강해지기만 한다면 그 모든 끔찍한 일들도, 그 모든 암흑도 가치가 있었다.

마음속 한편은 템플러에 대한 복수심으로 여전히 활활 타오르고 있었다. 그대로 잊진 않을 작정이었다. 템플러를 찾아내서, 할 수 있는 한 가장 고통스러운 방법으로 죽일 것이었다.

이제 곧.

〈헬게이트: 런던〉의 전설은
《헬게이트 런던 2부: GOETIA(게티아)》에서 계속됩니다.